무에서 천까지

무에서 천까지

발행일 2019년 10월 25일

지은이 김현식
펴낸이 손형국
펴낸곳 (주)북랩
편집인 선일영 편집 오경진, 강대건, 최예은, 최승헌, 김경무
디자인 이현수, 김민하, 한수희, 김윤주, 허지혜 제작 박기성, 황동현, 구성우, 장홍석
마케팅 김회란, 박진관, 조하라, 장은별
출판등록 2004. 12. 1(제2012-000051호)
주소 서울시 금천구 가산디지털 1로 168, 우림라이온스밸리 B동 B113, 114호
홈페이지 www.book.co.kr
전화번호 (02)2026-5777 팩스 (02)2026-5747

ISBN 979-11-6299-905-9 03810 (종이책) 979-11-6299-906-6 05810 (전자책)

이 도서의 국립중앙도서관 출판예정도서목록(CIP)은 서지정보유통지원시스템 홈페이지(http://seoji.nl.go.kr)와 국가자료공동목록시스템(http://www.nl.go.kr/kolisnet)에서 이용하실 수 있습니다.

김 현 식
에 세 이

무에서 천까지

북랩 book Lab

추천사

나의 진정한 친구이자 동역자인 김현식 장로님의 자서전 『무에서 천까지』가 출간됨을 진심으로 축하합니다.

김현식 장로님의 자서전을 읽으면서 나도 모르게 입에서 맴도는 찬양이 있었습니다. '내가 믿고 또 의지함은 내 모든 형편 잘 아는 주님, 늘 도와주실 것을 나는 확실히 아네'. 우리가 너무나 잘 알고 애창하는 찬송가 가사입니다.

예수를 믿는 사람이라면 이 찬송가의 가사처럼 일상의 삶에서 하나님이 함께하시며 역사하시는 은혜를 경험하고 간증하며 살아야 합니다. 김현식 장로님의 자서전을 읽어보면 아시겠지만 장로님의 삶이 바로 이런 간증의 삶이었습니다.

오늘도 많은 사람들은 치열한 삶의 현장과 세상 속에서 지친 하루하루를 살아가고 있습니다. 이번에 출간하는 김현식 장로님의 자서전 『무에서 천까지』는 단순히 김현식 장로님의 인생 여정을 적거나 인생 성공담을 제시한 책이 아니라 하나님이 사람에게 개입하시면 어떻게 인생이 달라지는지 보여주는 간증서와 같은 책입니다.

성경에 보면 하나님께서는 한 사람의 지도자를 빚으시려고 삶에 적극적으로 개입하심을 봅니다. 때로는 광야로 내모셔서 깊은 고립을 경험하게도 하시고 때로는 시련과 연단을 통하여 우리를 다듬어 가시며, 결국 단련시키신 그를 위대하게 사용하십니다.

김현식 장로님은 이러한 하나님의 섭리 손길을 생생하게 체험하신 하나님의 사람입니다. 그래서 이 자선 전에는 하나님이 장로님을 만지신 흔적으로 가득합니다. 이 자서전은 장로님의 어린 시절부터 소상하게 하나님께서 어떻게 삶을 이끌어 오셨는지, 걸음걸음을 기록한 개인의 역사로 그치지 않고 신앙공동체와 한국 사회에 자라나는 다음 세대들에게 큰 도전을 줄 수 있는 귀한 옥고(玉稿)라 자부할 수 있습니다.

대개 사람들은 세상적으로 성공하면 흥청망청 지내게 마련이지만, 김현식 장로님은 그 귀한 물질적 축복을 하나님께서 주신 것이라 굳게 믿고, 하나님 나라를 위한 일에 바치고 있습니다. 특히 청소년들과 청년들의 미래와 희망을 중시하여, 교회와 나라의 기둥이 될 그들에게 현실의 장벽을 극복하고 미래를 꿈꿀 소망의 메시지를 전하고 있습니다. 더 나아가 "사단법인 아름다운 미래유산"을 통해 세계 10대 빈민국의 다음 세대 어린이들에게 교육의 기회를 제공하는 사업을 함으로써, 메시지의 지경을 더욱 넓혀가고 계십니다.

김현식 장로님은 참된 예수님의 제자로서 맡겨주신 사명을 힘에 지나게 헌신하고 계십니다. 그 삶의 모든 발자취를 장로님의 자서전에 담아 그 귀한 신앙의 유산을 우리에게 전해주셔서 뜻깊게 생각합니다. 특히 어린이·청소년·청년과 같은 다음 세대에게 인생의 전환점을 제공할 귀한 메시지가 될 것으로 믿습니다.

다시 한 번 김현식 장로님의 자서전 출간을 축하하고 그가 남은 삶이 하나님께 더욱 영광되는 삶이 되길 바라며 이 자서전을 통해 오늘도 어떠한 삶을 살아야 할지 고민하고 방황하는 모든 이에게 희망과 도전의 메시지로 전달되길 간절히 소망합니다.

2019. 9. 23.
대한 예수교 장로회 총회장
꽃동산교회 담임목사 김종준

머리말

이 책은 한 사람의 자서전으로서 그 어떤 흥미로운 소설과 같이 단순히 읽고 즐기라는 측면에서 기술한 것이 아니며, 저자가 살아온 인생의 삶을 깊이 묵상하며 기술하였으므로 독자가 저자와 같이 깊은 생각으로 읽고 독자가 저자보다 더 나은 삶으로 세상을 살아가기를 간절히 바라는 마음입니다.

특히 청소년들과 청년들이 미래의 삶을 향하여 희망을 가지고 충실한 계획을 세우고 성공하며 세상을 이기는 삶을 살아가려고 할 때 꼭 필요한 좋은 참고서가 되기를 간절히 바라는 마음으로 기술한 것입니다.

저자는 아주 어려서부터 어려운 환경에서 자라 왔고, 사회생활을 시작하면서도 세상의 그 어떤 것에도 의지할 수가 없는 객지 생활에서 나 홀로 삶을 정착하려고 할 때 먹고 입는 것은 물론이고 잠자리도 정하지 못한 상태에서 어떻게 한 단계 한 단계 삶의 진행 과정을 거쳐서 자신이 세상에 뿌리를 내리면서 계속 도전하고 세상을 이기려고 몸부림치며 어려운 삶을 전심전력을 다하여 극복하면서 이겨내고 결국 성공의 삶으로 성장해 왔는가를 알려 주기 위한 것입니다.

특히 이제 청소년부터 성장하며 미래를 살아가야 하는 청년들과 젊은 사람들이 자신과 가정이 경제적인 부족함과 세상의 어려운 장벽을 넘어 이기고 성장할 수 있도록 본을 보여 주는 교과서로 제공하기 위함과 미래의 희망적인 메시지를 전달하고자 이 책을 드리고 싶은 것입니다.

세상에 도전하라. 세상에 도전하여 세상을 이기며 정복하여 쟁취하는 사람에게 기회는 얼마든지 많이 주고 있으므로 지금 이 시간이 당신의 인생에 가장 소중하다는 것을 알고 지금부터 나아갈 방향과 할 일을 결정하고 당장 시작하여 자신을 변화시키며 성장시켜야 합니다.

물질적으로 아무것도 없는 상태라도, 능력이 없고 의지할 곳이 없을지라도 지금 자신을 돌아보고 시작하는 기회이며, 자신이 머무는 그 자리가 출발점이라는 것을 알고 눈에 보이는 환경 속에 자신의 할 일이 있고 세상을 내 삶의 놀이터로 바꾸는 길이 있다는 것을 알아야 합니다.

지금 눈에 보이는 모든 환경이 내 인생을 도와주는 전부가 되도록 하나씩 내 편으로 만들어 나가는 것이야말로 결국에는 모든 세상을 지배하며 살아가게 된다는 것을 알아야 할 것입니다.

그 어떤 과거의 문제와 세상의 어려움에도 세상이나 남을 탓하지 말아야 할 것은 어려운 세상은 오히려 나를 인내하게 하여 단련시키고 소망의 길을 가게 하므로 세상을 정복하며 살아야 할 대상으로 받아들이고, 세상 흐름이나 계절의 변화나 경제적으로 경기가 나쁘더라도 그 모든 원인을 그대로 받아들여 이겨 내고 정복하려는 긍정적인 생각을 가지고 타인에게 의지하지 말고 스스로 자신을 인내하며 단련시키어 강하게 만들면서 뛰어야 합니다.

세상과 환경을 탓하며 자신의 약점만 보며 핑계를 대는 피동적인 게으른 삶을 살아가는 사람이야말로 자신의 삶을 스스로 포기하며 아무것도 하지 못하는 무능한 사람인 것을 알아야 합니다.

또한 자신이 지식을 충실히 쌓지 못하고 경험도 부족하여 세상 삶에 완벽하지 못한 상태에서 스스로 잘 알고 있다고 착각하고 빈 깡통처럼 떠들다가 실수를 계속하는 사람이야말로 교만하고 세상을 볼 줄 모르는 어리석고 부족한 사람이라는 것을 알아야 합니다.

흘러가는 말이라도 많이 경청하고 시간과 장소에 구애를 받지 말고 삶에 도움이 되는 것이라면 끝없이 배우며 많은 것을 경험하면서 자신의 삶에 무능에서 일어나 자신을 변화해야 할 것입니다. 세상이 자신을 도와주기를 바라는 1회성 복 타령을 하지 말고 자신이 세상에 맞추어 세상에 합당하고 또 세상을 정복하고 다스리는 사람으로 강하게 살기 위하여 평생 동안 계속해서 복을 받을 수 있는 자신만의 능력 있는 구조를 만들어 성공의 삶을 살아가라는 것입니다.

내가 세상을 이기고 다스리면서 세상 모든 것들을 자신의 것으로 이용하고 세상을 자신이 판단하는 가장 올바른 진리 안에서 공의와 정의로운 기준이 되는 사람이 됨으로써 세상이 자신을 휘두르지 못하는 강한 능력의 사람으로 만들어 가라는 것입니다.

그러면 아무것도 두려워할 필요도 없으며, 그 무엇으로부터 통제를 당하지도 않고 그가 세상을 자유자재로 이용하고 그가 세상을 다스리며 위대한 자유를 누리며 기쁨을 만끽하며 살아갈 것입니다.

그러나 일을 배우며 완성하고 성공시키는 과정에서 수많은 고통과 고난이 따를 것이나 그 어려움에 절대로 좌절하지 말고 인내하고 연단하여 자신을 강하게 성장시켜 미래를 소망으로 바꾸어 점점 강해져서 끝까지 성공의 결과를 볼 때까지 뛰어야 합니다. 그리고 하루하루에 최선을 다하여 그날을 완성하고 정복하여 하루하루를 만족하는 사람이 되어 저녁에는 하루의 완성을 성취감으로 감사해야 합니다.

하루, 일주일, 한 달, 일 년 계속 펼쳐지는 날들을 정복하여 이기는 자는 10년 아니 평생에 큰 성공을 거두고 세상 사람들로부터 존경받으며 부러워하는 삶을 살 것입니다.

내일 일을 걱정하지 말고 오늘 하루 완성이 평생을 완성한다는 생각을 갖는 것이 성공의 시작이라는 것을 명심하여 지금 하고 있는 일에서 하루의 결실을 맺어 오늘 하루부터 성공시키십시오.

지금 이 시간과 오늘이 귀중하므로 이 시간을 그냥 흘려보내지 말고 붙잡아 내 것으로 만들도록 흘러가는 시간을 멈추어 세워야 합니다.

당신은 모래시계의 줄어들어 가는 시간의 삶에도 불구하고 지금 어떤 생각으로 한가롭게 세월을 보내며 흘러가는 세상만 바라보고 있을 것입니까?

잠자는 자나, 누워 있는 자나, 앉아 있는 자도, 다 일어나 미래를 향하여 철저한 계획을 세우고 도전하여 당장 출발하고 전심전력을 다하여 뛰어야 합니다.

출발 없는 종점도 없으며, 시작 없는 결과나 심지 않은 좋은 결실이 없는 것은 분명한 것으로 아무것도 하지 않고 도전 없는 당신은 어디서 좋은 결실의 열매를 얻을 것입니까?

최선을 넘어 전심전력을 다하여 하는 모든 일과 삶 속에서도 목숨 걸고 뛰며 자신의 한계에 계속 도전하는 사람이야말로 자신의 인생에 이노베이션이 계속되기 때문에 진정한 프로가 되어 성공할 것입니다.

내 인생에 '성공'이라는 두 글자를 가슴과 머릿속에 새기고, 뛰고 또 뛰며 좋은 결실을 얻으면서 성공하여 의로운 자와 공의로운 자가 되어 완벽한 성공의 인생을 살아야 하는 것입니다.

또 타인의 도움으로 세상에 왔으니 많이 베푸는 자로 기쁨을 찾고, 의로운 일을 하여 존경받는 자가 되어 세상 모든 사람에게 칭찬을 받으며, 좋은 교훈을 남기고 후대가 당신을 존경하며 기념하고 당신을 배우기를 원하고 우러러보는 사람이 되기를 간절히 바라는 바입니다.

인생은 큰 틀에서 한 번을 살아가게 되는 것이므로 절대로 피동적으로 느슨하게 살거나 아무렇게 살아갈 수가 없으며, 목표를 확실하게 설정하여 전심전력을 다하여 뛰어 꼭 성공을 해야 하는 것입니다.

그러므로 자신에게 최선을 다하여 세상에 알맞은 맞춤 인간으로 세상이 자신을 도와주는 구조를 만들며, 진실하고 올바른 삶으로 세상에서 인정받고 높임을 받으며 빛을 발하며 최대한 만족의 삶을 살아야 합니다.

내가 세상을 정복하고 다스리는 세상에서 최상의 걸작품으로 만들어 살아가시기를 간절히 바라는 것입니다.

저자 서문

저는 성경을 보며 깨달을 때 참 감사를 하며 지키려고 노력을 하는 편입니다. 진리 하나님 말씀을 묵상하기 위하여 산을 혼자 오를 때가 가끔 있으며 산책을 좋아하는 편이고 집에서 식물과 꽃을 가꾸고 정원을 손질하는 것이 취미입니다. 또 미래 청소년들을 위하여 그들을 교육하는 시스템인 복음 학교를 많이 지어서 남기려고 내 재산을 100억 원 이상 기부하려고 계속 최선을 다하고 있습니다. 과거 학창시절에는 하모니카를 부르다가 노래를 잘 부르고 많이 알게 되었는데 지금은 단독주택인 집에 노래방기계를 사다 놓고 가끔 부르며 스트레스도 날려버리며 살고 있습니다.

책을 집필하게 된 동기는 이렇습니다.

저는 어린 시절 가난하여 많은 어려움을 겪으며 살아왔으며 청년 시절부터 꿈은 미래에 돈을 벌어서 어린 생명들에게 하나님 말씀을 열심히 전하여 그들이 미래에 성장하여 진리 하나님 말씀과 공의로운 삶으로 하나님 나라가 영원하여 이 지구 상에 평화가 계속되기를 바라는 마음에서 빈민국 오지에 학교를 신설하여 어린이들에게 교육을 계속 지원하고 있습니다.

그래서 현재 사단법인 아름다운 미래 유산이라는 NGO를 2011년에 창립하여 6개소의 학교를 지원하고 그 외 여러 곳의 불의 아동시설을 지원하고 있습니다.

요즈음 대학교를 졸업한 청년들에게 미래의 직업을 물어보면 머뭇거리며 생각을 해보겠다는 방향이 없는 미결정적인 이야기를 합니다.

저는 저의 삶을 통해서 청년들과 일정한 직업을 선택하지 못하고 방황하는 사람들에게 미래에 대한 도전정신을 불어넣어 주고 특히 진리 하나님 말씀을 깨달아 능력 있는 삶으로 성공하라는 말씀을 강력하게 드리고 있는 것입니다.

하고 싶은 말은 다음과 같습니다.

"대한민국의 미래 주역인 소년, 청년들이여 일어나라!

강하고 담대한 사람으로 거듭나서 직업을 일찍 선택하고 발전을 시켜 자기 일에 성공하고 가정과 대한민국을 책임지며 더 강하게 만들어 가도록 25세~30세는 결혼하고 아기도 2~3명을 낳아 자신이 공의로운 자로 세상에서 가장 살기 좋은 대한민국을 책임지는 유능한 사람이 되라."는 것입니다.

핵폭탄보다 더 무서운 것이 인구감소로 대한민국이 약해지는 것이며 우리 스스로 국가를 포기하고 자멸하는 것과 같은 것입니다.

차례

제 1 장

공부와 미래의 꿈을 꾸며 성장한다

1.
권세와 능력의 하나님

서두에 내 인생이 육적인 삶의 죄 가운데서 살다가 죽을 수밖에 없는 상태에서 하나님의 끝없는 진리의 사랑으로 예수 그리스도를 이 땅에 보내셔서 연약한 자를 구원하시고 함께하셔서 끝없이 나를 인도하시며 축복하여 주신 진리의 하나님에 대하여 말씀을 드리는 것이 순서일 것 같습니다.

진리의 하나님 말씀은 우주의 주인과 우주 만물이 창조되기 전부터 우주의 근원과 우주의 질서로 존재하셨으며, 하나님 진리 말씀이 시작되어 세상을 창조하셨으며, 그 후 세상을 다스리시며 세상을 심판하시고 마감하시며 세상 끝날 후까지라도 영원히 진리 말씀으로 살아 계시는 참 진리의 하나님이십니다.

하나님의 세계는 한마디로 참으로 살아 계시는 진리 말씀이므로 둘이 될 수가 없으며, 영원히 하나로서 영원불변하며 우주 만물의 최상위에서 존재하고 계십니다. 먼저 우리가 예수 그리스도께서 우리를 죄악에서 구원하여 주시기 위해 우리를 대신해서 십자가에서 보혈을 흘려주으심으로 우리와 하나님과 화목하게 하셔서 우리를 구원하신 것을 믿음으로 하나님의 진리 말씀과 예수님과 내가 하나

되고 이를 증명하시고 우리를 하나님께로 인도하여 하나님의 진리를 깨닫고 진리 안에서 자유하게 하셔서 우리가 하나님의 자녀와 백성이 되는 성삼위일체 성령 하나님의 권세와 능력으로 하나가 되어 일하시는 성령님과 내가 또 하나가 되어 나를 모든 의로운 삶으로 함께 하시며 인도하셔서 하나님의 아름답고 축복된 세상을 내 안에 이루는 위대한 역사인 것입니다.

그럼에도 불구하고 세상의 많은 사람들은 '하나님이 있다 없다.' '신은 죽었다.'고 말하며 논쟁하고 있고, 기독교가 세상에 있는 여러 종교 중에 하나로 보아 하나님을 어느 한 종교의 창시자이거나 여러 종교 교주라는 인식으로 하나님을 평가절하하며 결론을 맺고 있는 것은 유일하게 사람에게 진리 안에서 참 행복을 주시는 하나님을 외면하여 죄 가운데 머물며 어두움 속에서 살아가고 있는 수많은 사람들을 볼 때면 정말로 안타까운 심정입니다.

"요한복음 1:1 태초에 말씀이 계시니라 이 말씀이 하나님과 함께 계셨으니 이 말씀은 곧 하나님이시니라. 2 그가 태초에 하나님과 함께 계셨고 3 만물이 그로 말미암아 지은 바 되었으니 지은 것이 하나도 그가 없이는 된 것이 없느니라. 4 그 안에 생명이 있었으니 이 생명은 사람들의 빛이라 5 빛이 어둠에 비치되 어둠이 깨닫지 못하더라."라는 말씀은 하나님의 진리말씀을 외면하는 사람들은 어두움의 사람들인 것입니다.

하나님을 외면하는 세상을 볼 수밖에 없는 것이 현재의 대한민국 교회를 외적으로 보면 기독교나 교회의 모습은 특별하게 다른 종교와 다르다고 느낄 수가 없을 정도로 세속화되어 세상적으로 많이 변해 보이고, 특히 언론에서 성령을 받지 못하고 인간의 생각으로 목회를 하는 목회자들의 부족하고 연약한 문제점을 다루면서 교회가 주택가에 세워지는 것조차도 싫어할 정도가 되었습니다.

그러나 하나님의 진리 말씀은 창세전부터 지금까지 변함없이 생명과 빛과 사랑으로 살아 계시며 진리의 말씀으로 거듭나 성령을 받아 목회를 하는 대부분의 많은 참신한 목회자들은 세상을 계속해서 공의로운 세상으로 변화시키고 수많은 사람들을 구원하고 있으며 선교에 희생으로 동참하고 복음을 전하며 하나님께 영광을 돌리고, 세상 사람들에게도 완전한 사랑을 실천하므로 모범이 되어 칭찬과 존경을 많이 받으며 사람들에게 빛과 소금과 같은 행동으로 기쁨을 주면서 자신을 희생하며 공의로운 삶을 살아가려고 최선을 다하고 있는 참된 교회와 목회자들이 얼마든지 존재하고 있습니다.

우선 큰 틀 안에서 하나님의 진리 말씀을 받아들인 자유 민주주의 나라들이 자유와 경제 부흥을 이루었던 것들을 보면 선진국들은 모든 나라들이 하나님 말씀을 받아들여 믿고 살아가는 나라들입니다. 그 나라들은 사람이 국가를 통치하는 것이 아니라 하나님의 말씀이 국가의 지도자들의 마음과 생각위에 계시고 백성들의 위에 존재하여 계시므로 하나님의 진리의 뜻에 따라 공의로운 나라가 계속되기 때문입니다. 그 나라들이 과연 어떻게 부유하고 행복하게 잘 살아가며, 또 어떤 모습으로 신앙생활을 하여서 복을 받고 잘 살고 있는지 살펴보도록 하겠습니다.

첫 번째는, 예수 그리스도를 믿으며 하나님의 진리 말씀에서 나오는 하나님 나라의 공의와 사랑을 실천하며 참 자유를 누리며 행복하게 살아가고 있는 자유민주주의 나라들입니다.

두 번째로, 국민들이 하나님을 믿는 신앙의 자유를 누리면서도 하나님의 진리 말씀의 위대함을 깨닫고 서로의 인권이 존중되며 국민들이 지도자를 직접 스스로 뽑는 직접 선거와 복수의 정당을 인정하는 다당제로서 하나님의 진리 말씀을 중심으로 국민 모두를 위한 공의를 추구하는 국민의 의견과 소리가 관철되는 국민이 주권을 가진 나라들입니다.

세 번째는, 사유재산이 존중되며 시장경제가 이루어져서 자유로운 경쟁을 하며 부를 축적하면서도 가난하고 연약한 사람들을 개인이나 단체와 국가에서 돌보고 함께하면서 모든 국민이 서로 섬기며 화합을 하면서 부유하게 함께 살아가는 나라들입니다.

네 번째는, 국가를 이끌어 가는 모든 일들을 행하는 권력의 기반은 공의를 위한 정의와 질서가 잡힌 나라들이기 때문에 그 권력은 왕을 위한 것도 아니고 독재정치를 하고 있는 나라의 독재자를 위한 것이 아니라, 오직 국민을 위하여 사용되고 있고 국민이 우선되는 누구든 정치에 관여하고 참여할 수 있는 모든 국민의 평등 원칙이 구현된 나라들입니다.

이 참 진리의 질서와 공의가 살아 있는 나라들은 하나님의 진리 말씀을 우선적으로 믿고 진리 안에서 자유를 누리며 부유하게 살아가는 선진국이며, 국민들이 하나님의 진리 말씀으로 살아가는 것이 어디에서부터 시작되었고 어디에서 왔을까를 깊이 있게 생각해 보면 하나님의 진리 말씀은 살아 있으므로 사람이 믿고 실천하며 살게 되면 사람들이 긍정적인 사고방식으로 위대하게 성장하도록 하면서 무한한 진리 안에서 자유하고 지혜와 명철을 얻어 발전을 거듭하며 성공의 삶을 계속 살아가게 하는 것입니다.

바로 우리 육신의 눈에는 보이지 않지만 모든 사람의 삶의 기준이 되며 모든 사람을 위하는 '하나님의 진리'에서 나오는 '공의'를 위하여 '정의'로 나라를 통제하고 있고, 하나님을 믿으며 하나님을 주인으로 모시고 스스로 진리 말씀에 구속되어 하나님의 뜻대로 살아가는 사람들이 그 나라 안에서 중심이 되어 생명력을 가지고 살아 움직이므로 세상의 주인인 참 하나님의 진리 말씀인 '공의'와 '정의'가 살아나 '진리의 의'가 행하여지는 평화를 주장하는 나라들인 것입니다.

세상에서 흔히 말하는 '진리'와 '윤리'와 '도덕적인 지식'은 사람이 깨달음을 단순히 기록하여 만들어 놓았으나 권력자들이 자신들의 목적을 위해 이용하는 수단에 불과한 교과서적인 진리로 살아 있지 않아서 사람들의 위에서 사람들을 공의로 이끌지 못하고 각자 사람들의 생각하는 틀 안에서만 머물러 있는 것이 사실입니다.

세상에서 말하는 진리는 사람을 죄에서 구원하기 위한 예수 그리스도 십자가 보혈의 희생적인 완전한 사랑의 의를 실천하는 생명력이 없어서 지식적으로 믿고 따르더라도 사람을 거듭나게 하고 새 생명으로 변하게 하여 발전하고 위대하게 만들어 주지는 못하는 것이며 초등 학문의 수준의 세상적인 자기 생각의 지식적인 진리에 불과한 것입니다.

성경에서 말씀하시는 하나님의 진리 말씀은 유일하신 진리 하나님과 성자 예수님을 향해 강력한 방향을 설정하고 있습니다. 구약성경에서 하나님의 말씀은 선지자로부터 하나님 말씀을 대언하여 백성들에게 설명하여 미치는 말씀이므로 하나님을 믿고 따르는 사람들이 진리의 말씀을 듣고도 잘 깨닫지 못하고 실천하기까지는 쉽지 않을 수가 있었습니다.

그러나 신약성경에서는 우리를 세상 죄악 가운데서 살고 있는 사람들을 위하여 하나님의 진리이신 독생자 예수 그리스도께서 이 땅에 육신으로 오셔서 죄인인 사람들을 구원하시고 십자가 보혈의 피를 흘리며 죽으시고 3일 만에 하나님의 예수님에 대한 확증된 사랑으로 다시 부활하시여 승천하셨습니다. "로마서 5:8 우리가 아직 죄인 되었을 때에 그리스도께서 우리를 위하여 죽으심으로 하나님께서 우리에 대한 자기의 사랑을 확증하셨느니라"라는 말씀에서 입증되는 것입니다.

다시 하나님의 진리 말씀과 예수님의 영이 함께 오신 보혜사 성령과 성삼위일체가 되시어 우리 가운데 진리 성령이 직접 계시려고 십자가 보혈 감동의 은혜로 오셔서 우리와 함께 영원히 살아 계시는 것입니다. 하나님의 성령 진리는 우리를 십자가 은혜와 사랑의 감동으로 거듭나 새 생명을 얻게 하시여 하나님의 진리 가운데 참 자유를 누리며 영원히 나와 함께 동행하시며 살아계시는 것입니다.

진리 성령은 우리를 예수 그리스도 십자가 보혈의 은혜와 사랑으로 하나님의 진리 말씀 안으로 들어가게 하셔서 하나님의 진리 안에서 자유롭게 살게 하시며 하나님과 예수님과 성령의 능력으로 거듭나서 구원받게 하시므로 새 생명을 얻게 하셔서 우리가 진리 하나님과 하나가 되어 하나님의 자녀와 백성과 상속자가 되어 세상의 빛과 소금의 일을 하며 빛의 열매를 맺게 하시는 것입니다.
"예배소서 5:9 빛의 열매는 모든 착함과 의로움과 진실함에 있느니라"라는 결과로 천국의 삶이 시작되는 것입니다.

"요한복음 14:6 나는 길이요 진리요 생명이라 나를 통하지 않고서 아버지께로 올 사람은 아무도 없느니라."는 말씀은 예수님께서 우리를 죄에서 구원하시기 위하여 우리를 대신하여 스스로 십자가 보혈의 피를 흘리시고 죽으심으로 우리가 예수님의 십자가 보혈의 한없는 사랑과 은혜를 통하여 하나님의 진리 말씀 안으로 들어가는 길이 되시므로 우리를 구원하신 십자가 보혈과 사랑의 은혜로 진리이신 하나님 말씀을 깨달아 실천하여 진리 안에서 참 자유를 누리며, 진리의 성령을 받아 새 생명을 얻으므로 하나님의 온전한 사랑을 실천하는 자녀와 백성으로 살게 되는 것입니다.

예수님은 하나님의 진리 말씀을 증언하시고 자신이 세상의 죄인인 사람들을 구원하여 진리의 하나님께로 인도하시기 위해 하나이신 진리의 독생자로 하나님이 친히 육신의 옷을 입고 세상에 성령의 복음으로 오신 것입니다.

진리 하나님이 한 분이시고 예수님이 독생자인 것은 진리는 둘일 수가 없으며 그 진리의 독생자도 하나님과 똑같은 진리이시므로 한 분의 하나님이시며 이를 증명하시는 성령도 진리이시므로 성삼위일체 하나님과 모든 분이 하나인 진리 하나님이신 것입니다.

그러므로 예수님께서 십자가 보혈의 피를 흘리시고 죽으심으로 우리가 죄에서 살다가 죽을 수밖에 없는 존재에서 구원하셨다는 것을 믿는 사람은 하나님의 진리 말씀을 깨닫고 거듭나 결국은 성령을 받아 권세와 능력으로 하나님의 모든 것을 깨달아 하나님의 자녀와 백성이 되는 것은 "요한 1:11 또 증거는 이것이니 하나님이 우리에게 영생을 주신 것과 이 생명이 그의 아들 안에 있는 그것이니라 12 아들이 있는 자에게는 생명이 있고 하나님의 아들이 없는 자에게는 생명이 없느니라". 세상의 육적인 삶보다는 진리에서 나오는 공의에 대한 긍정적인 삶의 공의로운 목적이 생겨나게 되고, 공의를 추구하며 정의를 실행하면서 참 사랑을 실천하며 살아가려는 위대한 의로운 삶이 그 사람의 영혼이 잘되게 하시며 마음 안에서부터 시작하여 수많은 세상의 삶속에 빛과 소금의 역할을 감당하고 실천하며 살아가는 공의로운 사람이 되는 것입니다.

그러므로 하나님을 믿는 기독교 중심의 나라는 국민들이 긍정적인 삶 속에 공의와 정의가 잘 실천되어 자유로운 삶과 진리 하나님을 믿는 국민이 자유함 속에서 보호받으며 함께 부유하게 되어 행복한 삶을 살아가는 것을 볼 수 있는 것입니다.

이것은 세상에서 육신으로 죄를 짓다가 잘못되어 법에 구속되는 것이 아니라 하나님 진리의 말씀에 스스로 구속되는 삶을 살아가는 진리 안에서 참 자유를 누리며 행복한 삶을 살아가는 공의로운 삶을 말하는 것입니다.

바로 예수님을 믿는 사람들은 무에서 유가 창조되며 약한 것이 강해지며 영적으로 죽었던 모든 죄 속의 문제가 해결되고 진리 안에서 진실로 올바르게 살아나 꽃이 피고 열매가 맺는 삶으로 자유를 누리게 되는 것입니다.

이것이 진리 하나님의 본 모습의 권세와 능력의 힘이요, 진리 안에서 참 자유요, 참 진리 하나님이 세상을 진리의 말씀으로 창조하시고 세상을 이끌어 다스리시며 세상을 주관하시는 참 모습이며, 우리를 구원하신 십자가 사랑의 힘인 것입니다.

이 모습이 진리 하나님을 믿고 예수 그리스도를 믿는 기독교의 중심으로 발전한 선진국들의 대표적인 모습과 결과라고 말할 수 있는 것입니다.

이렇게 하나님을 믿고 살아가는 선진 국민들은 독재나 억압에서 목숨을 희생하며 자유를 열망하여 독재정권에서 해방되려는 국민들이 진리의 해방으로 자유를 찾는 일들이 벌어지고 남들보다 특별한 결과가 나타나는 일들도 많이 있는 것입니다.

그 대표적인 예는, 먼저 에이브러햄 링컨이 흑인들을 해방시켜 자유롭게 하는 것을 시작으로 지구상의 모든 흑인들이 자유를 얻었으며, 세계 많은 나라들이 어려운 정치 환경 속에서도 자유를 찾은 진리 하나님을 믿는 유능한 지도자들과 국민들을 볼 수 있는 것입니다.

특히 하나님을 믿고 따르는 이스라엘 인구는 전 세계에 살고 있는 모든 사람들이 약 1천5백만 명 정도이나, 노벨상을 200개 이상을 받았다는 이야기는 하나님을 믿으며 그들 안에서 샘처럼 솟아나는 능력의 결과로 하나님을 믿는 기독교인들이 특별한 능력이 많이 나타나 실력을 발휘하여 세계 모든 민족 속에서도 우수한 결과를 나타내는 사람들이 많다는 것으로도 방증됩니다.

하나님을 온전히 믿는 사람들이 자신의 IQ를 훨씬 뛰어넘는 실력을 발휘하는 것으로 나타나는 것은 하나님을 믿고 하나님 진리로부터 나오는 진리 말씀의 긍정적 생명력의 힘과 마음속에 삶의 목적인 뚜렷한 힘이 그 사람을 통해 특별하게 나타나 전심전력을 다하게 하는 힘으로 작용함으로써 자신이 하고 있는 일들이 성공하는 사례가 수도 없이 많습니다.

우리가 지원하는 (사)아름다운 미래 유산의 지부인 여러 나라의 학교에서는 다른 학교보다 평균적으로 성적이 뛰어난 학생들이 많이 나오고 있으며 미래 목적이 분명한 아이들이 많다는 것입니다.

그러나 독재정치를 하는 정권이나 어떤 우상 종교를 국교로 믿으며 그 종교 사상에서 헤어나지 못하는 나라들은 권력자의 개인적인 욕심으로 정치를 하고 있기 때문에 사람 위에서 국민들을 올바로 이끌어 주는 생명력이 약합니다. 그래서 단순히 사람들의 생각 안에서 만들어진 사람보다 못한 우상을 의지하고 섬김으로써 일반 사람들의 생각을 벗어날 수가 없고, 통제된 권력 속에서도 벗어나지 못하고 그 나라가 계속 운영되므로 그 나라가 발전되지 못하는 것을 볼 수가 있는 것입니다.

또한 종교를 핑계로 사람의 생각으로 정리한 지식적인 진리를 행하며 정의로운 정치를 하는 것 같으나 권력을 유지하는 것에 종교와 국민을 이용하여 자신의 정치 아래 두고 악용하고 있기 때문에 결과적으로 정치를 하는 힘과 자유가 국민 편에 있지 않고 권력자에게 집중되어 권력자를 위하여 국민들을 희생시키는 정치를 하게 되므로 그 국민들은 미래의 소망이 작을 수밖에 없는 것이 사실입니다.

그 나라와 국민들은 하나님의 진리 말씀에서 나오는 참 자유가 없어 생명력이 떨어지거나 없어서 발전이 더디거나 멈추어 버림으로써 삶은 고통 속에서 힘없이 살아갈 수밖에 없는 것입니다.

그 나라 통치권자는 일당독재를 하고 있으므로 당을 쉽게 장악하고 일방적인 정치를 하면서 국민들이 옳은 것을 옳다고 주장을 못하도록 언론을 통제하고 있어서 옳은 말을 듣지 못하고 권력에 이로운 독재자가 유도하는 대로 조종당하며 개인의 능력을 발휘할 수가 없으므로 국민들이 피동적으로 살게 되어 그들의 각자 재능을 발휘하지 못하고 권력에만 의지하고 권력에 이끌려 살게 되어 있으므로 그 국민은 가난에서 벗어나지 못하며 힘들게 살아갈 수밖에 없는 것이므로 이것이 곧 사탄의 세상인 것입니다.

진리 말씀이신 하나님은 우리가 예수님을 믿을 때 우리를 대신하여 예수님이 십자가에서 보혈의 피를 흘리시고 죽으심으로 우리를 죄에서 구원하심을 통해 감동의 은혜와 우리의 마음에 진리의 성령으로 오셔서 살아 계시고 우리와 함께하시며 우리를 인도하셔서 진리 안에 우리가 거하게 하시면서 의로운 삶을 살게 하시는 것이므로 내 안에서 변화를 가져와 평생 동안 안전한 진리 안에서 복을 누리고 살아가게 하는 것입니다.

그러나 세상 종교는 자신은 노력과 변화는 잘 하지 않고 그저 운이나 사주팔자나 외적인 복, 즉 자신을 이롭게 해 주는 것을 외적으로만 기대하고 찾는 것으로 복을 준다거나, 자신의 미래를 이끌어 주고 안전하게 해 준다고 하면서 닥치는 대로 아무것이나 섬기는 맹목적인 신앙이라고 하는 맹신, 즉 미신을 믿고 살아가는 것으로 사람보다 못한 하나님의 피조물과 사람들이 다스리며 통제하는 사람 아래 있는 신이 아닌 신들을 믿음으로 사람을 어리석고 미련하게 만들어 후퇴하는 삶으로 인도하게 되는 것입니다.

결과적으로 하나님은 어느 한 종교의 창시자나 교주가 아니라 우주 만물의 최상위의 유일하게 살아 역사하시는, 사람을 살리시고 새 생명을 주시는 진리 하나님이시며 이를 증거하시기 위하여 이 땅에 오신 예수 그리스도께서 십자가 보혈의 피를 통하여 우리를 죄악에서 구원하여 주신 은혜와 사랑으로 예수 그리스도를 믿음으로 진리의 말씀을 깨닫고 거듭나 자신의 삶을 진리 가운데로 계속 이노베이션을 하는 위대한 삶을 살게 하시는 것입니다.

이 진리 말씀이 우리의 심령 안에서 새 생명을 주심으로 죄악 속에서도 참 진리와 새 생명으로 변화되고 나타나게 하신 진리 자체이므로 진리의 하나님 말씀을 믿고 실천하여 세상 삶 속에서 좋은 열매를 맺어 자신의 삶에 행복으로 돌아오도록 하고, 내 안에 계시는 하나님의 진리가 나를 공의로 인도하시고 도와주시므로 참 자유를 누리며 행복한 삶을 살아가게 되는 것입니다.

이 믿음을 우리도 믿음으로 복을 받고 살아가며 자손만대에 계속되도록 자녀들과 후대에 하나님 진리 말씀을 믿도록 교육하여 아름다운 미래 유산으로 물려주는 것이 가장 옳은 일이라 생각하며 인간은 하나님의 진리 말씀을 영원하도록 스스로 실천하며 하나님께 가까이 가기를 서원 기도하여 올바로 살면서 그 위대하신 참 진리의 하나님께 영광을 돌려야 마땅할 것입니다.

한마디로 하나님의 진리 말씀은 진리의 성령으로 내 안에 계시는 하나님의 진리 말씀이 역사하시어 나 자신을 소생시키시며 새 생명을 주시는 나 자신을 변화시켜 영원한 복을 받는 참 진리의 삶이므로 우리가 예수님을 믿고 행복하게 살아가며 하나님께 영광을 돌리는 것입니다.

이 말씀을 서두에 기록한 것은 하나님께서 살아 계시는 진리 말씀으로 나와 어머니 후손들인 우리가족들을 평생 동안 인도하셔서 일평생의 삶 속에서 일어났던 모든 일들이 하나님의 뜻대로 모두 이루어진 것이므로 진리 하나님에 대한 영광과 진실한 마음과 감사로 시작하였으며 다시 한번 감사를 드리며 하나님께 영광을 드리는 것과 하나님의 진리 말씀 안에서 감동으로 모든 글을 기술하고자 하는 것입니다.

• 진리 하나님은 태초부터 지금과 이 후에도 영원히 계시며 사람에게 영원히 영광 받으실 분이다.

• 사람은 만물위에 있어서 세상에 섬길 대상은 없으나 사람이 오직 섬길 대상은 진리 하나님 뿐이시다.

• 예수님을 믿고 성령 받으면 진리 하나님 말씀 안에서 세상을 다스리는 하늘나라 백성이 된다.

• 진리 하나님 말씀을 믿고 실천하면
의로운 좋은 결실을 맺어 최고의 삶을 살게 된다.

• 진리 하나님 말씀을 자녀와 후대에게 계속 교육하여 자손대대로 영원히 복 받고 살아야 한다.

2.
미래 꿈은 빨리 꾸어라

아버지께서는 어머니와 결혼 전부터 술을 좋아하셨다고 합니다. 결혼 후에도 술을 계속 드시다가 결국 내가 태어난 후 7개월 만에 아버지께서 34세에 간염으로 돌아가셔서 나는 아버지 얼굴을 모르고 성장하였습니다. 32세에 홀로되신 어머니와 열한 살 된 형, 세 살의 누나와 함께 삼 남매 가족으로 홀어머니 보호 아래 시골 면 소재지 월세방에서 어려운 삶을 시작하였습니다.

어머니께서는 20세인 아버지와 18세에 결혼을 하신 후 아버지께서는 결혼하신 다음 해 일본 탄광에 가셔서 석탄을 캐는 일을 하시던 중 어머니께서 아버지를 만나시기 위하여 일본 탄광의 이름만 기억하고 일본으로 배를 타고 건너가셔서 아버지를 만나 함께 사시다가 1945년 해방이 되자 어머니께서는 형을 임신한 채로 만삭이 되어 돌아오셔서 형은 해방이 되던 해에 태어났습니다.

그 후 형 둘이 더 태어났으나 어려서 열병으로 죽었고, 두 살 위인 누나가 태어났으나 누나도 어려서 열병으로 많이 고생하였지만 어머니께서 지극정성으로 보살피셔서 건강하게 성장하였습니다. 그 후 2년 후에 내가 태어났으나 7개월 만에 아버지께서 간경화 병으로 돌아가셨는데 재산을 모두 탕진하고 남긴 것 없이 돌아가셨기 때문에 어머니는 32세에 홀로 무일푼의 과부가 되어 3남매와 함께 길거리에 내동댕이쳐지는 걸인과 같은 신세가 되었습니다.

어머니께서는 32세 젊은 나이에 3남매를 버리시거나 고아원에 맡기지 않고 살리기 위하여 젊은 나이에도 재혼을 포기하시고 어머니 스스로 낳은 자녀들을 키우시기 위해 면 소재지인 무안군 몽탄면에 방 한 칸의 월세방을 얻으시고 생선 행상을 하시면서 오직 자식들을 살리기 위해 삶을 포기하지 않고 고난을 이겨 내시고 살다가 몇 년 후 우리 가족은 친척들이 터전을 잡고 살고 있는 몽탄면 대치리 총지마을 산골짜기에 이사를 가서 작은 농토를 마련하고 작은아버지 집에서 방 한 칸을 주셔서 같이 살게 되었습니다.

어머니께서는 3남매를 키우시면서 논밭 바쁜 농사일과 자식들을 교육하기가 어려워하시면서도 아이들이 아버지가 없다고 버릇없이 자라면 어떡할까 하는 심정으로 고심하시다가 자식들을 올바로 키우시기 위하여 먼저 어머니께서 동네 언덕에 있는 교회에 나가시면서 우리 3남매도 다 교회에 다니도록 인도하셨습니다.

우리 3남매는 어려서부터 어머니의 인도로 교회를 열심히 다니면서 크리스마스 전날 저녁에는 1년 동안 교회에서 배운 무용과 노래 등을 열심히 연습하여 발표하고, 장기자랑을 하는 행사 등을 어머니께서 보시고 아주 기뻐하시며 신앙생활을 하시는 보람을 느끼셨으며, 어머니께서는 주일날이면 모든 농사일도 멈추고 온 가족이 옷을 깨끗이 입고 몸과 마음을 다하여 주일예배를 정성껏 드리며 주일을 지키는 것으로 하루를 쉬는 삶을 실천하셨습니다.

주일학교 시절에는 지금의 대한 예수교 장로회 합동 총회장이시며 상계동 꽃동산교회 김종준 담임목사님과 동네 친구들과 함께 교회 마룻바닥에 방석을 깔고 무릎 꿇고 앉아 차트에 기록된 찬양 악보를 보고 풍금에 맞추어 즐겁게 예수 사랑하심은 노래를 부르고, 성경 말씀 요절을 외우면서 분반공부를 하며 하나님께 예배를 드리며 주일학교를 다녔습니다.

크리스마스 전 24일 밤 저녁에 교회에서는 장기자랑과 발표회를 한 후 자정이 넘는 새벽에는 대나무를 쪼개어 십자가를 만들어 겉에는 창호지를 바르고 그 속에는 석유 랜턴 등을 넣어 만든 십자가 등불을 들고 모든 교우들 가정과 김종준 목사님이 사시는 먹배라는 마을까지 2㎞ 길 산속의 숲을 헤치고 새벽 찬송가를 부르며 각 가정을 모두 돌고 돌아와 주일학교 선생님과 아이들이 함께 간식을 먹으며 즐겁게 찬양을 하고, 밤샘을 하면서 예수님께서 이 땅에 오신 것을 환영하며 축하 파티를 하였습니다.

우리 시골 교회의 종소리는 '땡땡' 하며 산골짜기 구석까지 울려 퍼지고 멀리 4㎞까지 들려서 수요일 밤에는 학교에서 늦게 집으로 돌아오는 길에 우리 교회 종소리가 멀리서 산 계곡을 타고 들리면 교회에 늦을까 봐 교회를 향하여 달려가는 등 교회의 종은 우리들을 교회로 불러 들여서 교회 가는 날을 기다리게 하는 설렘과 어머니 품 같은 아늑한 종소리로 항상 가슴에 새겨져 있었습니다.

그 후 아름다운 종소리는 정부에서 타종을 못 하게 하면서 종이 교회 처마 밑에 방치되어 온 것을 다른 사람이 가져가려 하여 내가 교회에 헌금을 하고 경기도 용인까지 가져와 우리 집에 설치하여 지금 보관을 하고 있으며, 다시 영구히 설치할 장소를 찾고 있었는데, 이제 용인시 기흥구 청덕동에 아름다운 미래 유산의 선교센터가 완공되면 높은 언덕 위에 종을 설치하고 기념일마다 타종을 하려고 생각하니 이제야 종이 제자리를 찾게 돼서 하나님께 감사와 영광을 드리는 것입니다.

우리 3남매는 어머니와 열심히 교회를 다니며 신앙생활을 하여 어머니의 신앙을 이어받은 결과로 우리 3남매와 형수, 매형, 아내는 현재 교회 직분이 중직자가 되어 형과 매형과 나는 다 장로요, 어머니와 형수, 누나, 아내는 다 권사가 되었고, 자녀들도 모두 신앙으로 성장하여 어머니의 증손주들까지 신앙생활을 잘하는 어머니의 후손은 하나님께 축복받은 가족으로 성공한 명문 가정이 되도록 어머니께서 신앙의 유산을 우리에게 물려주시고 본을 보여 주신 것을 평생 감사를 드립니다.

초등학교 시절에는 동네 친구들과 함께 집에서 학교까지 약 6㎞ 길을 비가 오나 눈이 오나 강추위와 태풍의 비바람까지 이기며 논둑길과 밭둑길로 학교를 열심히 걸어 다녔습니다.

그때는 라디오도 없는 시대라 기상청의 일기예보를 들을 수 있는 때가 아니어서 아침에는 멀쩡하던 하늘에서 학교에서 수업하던 중에 갑자기 비가 오거나 학교에서 집으로 돌아오는 길에 소낙비가 갑자기 쏟아지면 우산이나 우비를 구할 방법이 없고, 길가에는 비를 피할 수 있는 집들도 없고 들판이라 아무 곳에도 비를 피할 곳이 없어서 6㎞ 귀갓길에 비를 그대로 다 맞고 온몸이 물에 모두 젖어 달달 떨며 웅크리고 집에까지 뛰어갈 수밖에 없었던 것이 어린 시절의 고단한 형편을 보낸 추억 거리가 되었습니다.

비가 갑자기 쏟아지면 아무리 책보를 가슴에 안고 책에 비를 맞지 않으려고 노력하여도 책보에 싼 책까지 다 젖어서 책이 불어서 두 배로 두꺼워지고, 도시락 김칫국이 책에 스며들어 냄새도 나고 엉망이 되어 학교에서 돌아와 방 아랫목에 책을 펼쳐서 말려야 했습니다. 책이 엉망인 상태로 6㎞ 등굣길을 오가는 것은 힘이 들고 추억거리도 많았지만 병에 걸린 경우를 제외하고는 결석하지 않고 열심히 다녔습니다.

6㎞ 먼 길의 학교를 갔다가 집에 돌아오면 집안일에 고생하시는 어머니의 심부름을 도와드리고 저녁이 되면 피곤하여 공부도 제대로 할 수가 없었으나 추운 겨울 길에 눈이 많이 쌓일 때면 찬바람과 추위에도 대나무를 쪼개어 다듬고 불에 달구어 구부려 만든 외발 스키를 타고 정신없이 눈길을 달리다 보면 금세 학교에 도달하였고, 등굣길에는 수많은 재미있는 일들이 많이 있었습니다. 초등학교를 오가는 길에 봄, 가을 가뭄에는 말라 있는 냇가의 작은 웅덩이에는

송사리가 왔다 갔다 하는 것을 보고 참지 못하여 기차표 검은 고무신으로 웅덩이 물을 열심히 품어 송사리를 잡아 고무신에 물과 함께 담아 들고 송사리가 땅에 떨어질까 봐 조심하며 맨발로 집 앞에까지 갔다가 “너, 이 녀석 그런 것을 왜 잡아 가지고 들고 다녀!” 하시면서 어머니께 혼이 나고야 후다닥 냇가로 달려가 송사리를 버려서 다시 살려 주었습니다.

한번은 여름에 학교를 다녀오다가 너무 더워서 참지를 못하고 옷을 벗어 냇가 언덕 위에 책보와 함께 놓고 개울에서 친구들과 물싸움을 하며 물놀이를 한참 재미있게 하고 옷을 입으려고 언덕 위로 가 보았으나 옷이 없어져서 발가벗고 이리저리 한참 동안 찾다가 숨겨 놓은 옷을 발견하였습니다. 나중에 안 사실이나 지나가던 형들이 옷을 멀리 가져다 나무들 사이에 숨기고 가 버려서 벌거벗고 옷을 찾다가 창피해서 죽을 뻔했던 기억도 납니다.

하루는 초등학교 4학년 때 오후반이라 학교를 오후에 가는 날인데 동네 친구들과 학교에 가다가 학교 시작 시간이 조금 남아 있는 것 같아 길가 넓은 공터에서 구멍을 파고 구슬치기를 하다가 너무 재미있어 정신없이 놀다가 시계가 없는 터라 학교 가는 시간을 놓치고 1시간이나 지각을 하여 학교에 도착을 했습니다.

담임선생님은 우리 친구들을 다 불러서 학생들이 왔다 갔다 하는 복도에 윗옷을 벗긴 다음 모두 줄줄이 세우고 배에다 물감으로 “구슬치기를 하다가 지각을 하지 않겠습니다.”라고 쓰고 손을 들고 1시간 동안 서 있는 벌을 주셔서 학교의 모든 학생들이 보고 놀려서 창피해서 죽는 줄 알았던 추억도 생각납니다.

구슬치기했던 것을 선생님이 어떻게 알았는지 나중에 알고 보니, 옆 동네에 사는 아저씨가 지나가다가 학교 등교시간이 지나 구슬치기를 하는 것을 보고 학교 선생님께 고자질하였던 것입니다.

그때는 시계를 가지고 있는 친구들이 없어서 시간 가는 줄 모르고 놀다가 딱 걸려 버렸던 것입니다. 우리가 구슬치기를 하고 놀고 있을 때 학교 시간이 늦었으니 빨리 학교에 가라고 타일러 주지 않으시고 학교에 고자질한 아저씨가 미웠습니다.

우리 동네 아이들은 집들이 대부분 가난하여 간식을 먹지 못하여 나와 동네 아이들은 학교를 오가는 6㎞ 길가에 있는 남의 밭에 몰래 들어가 무, 다래, 당근, 심지어는 벼이삭까지 주인 몰래 훔쳐 먹고 다녀서 길바닥에 우리들이 무 껍질을 벗겨 먹고 버려진 무 껍질이 하얗게 널려 있어서 주인이 몰래 무 밭을 지키는 일까지 있는 등 그저 학교를 열심히 오가는 것으로도 만족하고 공부는 뒷전이며 큰 관심을 두고 학교에 다니지는 않았습니다.

내가 사는 동네는 "간짓대 걸쳐 놓은 꼬작"이라는 별명이 있었으나 간짓대는 대나무를 말하는 것이며, 그 동네는 산과 산이 너무 가까운 골짝이라는 뜻으로 산 사이에 대나무를 걸쳐 놓을 수 있을 만큼 산과 산이 가까운 산골짝 동네라는 뜻입니다.

그곳에는 구멍가게도 없어서 배고파서 군것질을 하려면 봄철에는 들에 나가 찔레꽃 순과 소나무 새순 등을 먹고 여름에는 밭에 가면 가지, 오이, 다래 순 등을 먹고 가을에는 고구마, 무, 당근, 심지어는 벼이삭을 까먹고 살았던 추억이 있었던 것을 지금에 와서 생각해 보면 생식을 많이 하여 지금도 건강하게 잘 살고 있다고 해도 과언이 아닐 것이며, 나의 자랑의 한 가지는 지금도 무엇이든지 잘 먹는다는 것입니다. 그저 학교에 다녀오면 우선 소를 먹이는 꼴을 베어다 소죽을 쓰거나 밭에 가서 어머니나 가족이 하는 일을 도와드려야 하므로 학교에서도 대충 공부를 하고 선생님이 꼭 해 오라는 숙제나 공부는 뒷전이어서 학교에 가서 선생님께 숙제를 하지 않았다고 손바닥을 맞는 단골이었습니다.

어려서 농사일을 거들며 대충 학교를 다녔으나 6㎞의 먼 길을 왕복하며 결석을 많이 하지 않고 인내하며 다녔던 것이 자연스럽게 체력 단련이 되었고, 어른이 되어 어렸을 때 인내하며 참고 살았던 것들이 어려움이 닥쳤을 때 포기하지 강인함으로 많은 도움이 되고 있습니다.

중학교 입학은 신앙생활을 더 잘하도록 기독교 학교인 목포 영흥중학교를 부모님의 권유로 다녔습니다. 영흥중학교는 이남기 교장선생님이 운영하시는 사립학교로, 교장선생님은 초대 국회의원으로서 이승만 대통령과 정치를 함께하신 훌륭하신 분이십니다.

중학교를 다니면서도 나는 학교를 다니는 것 이외에서는 집에서나 스스로 공부하는 습관이 몸에 배지 않아 학교에서만 공부를 열심히 하고 집에서는 일이나 하고 놀며 다녔습니다.

중학교에 입학 후에는 학교 기숙사에서 1학년 1학기를 다니며 가까운 이남기 교장선생님이 설립하신 양동제일교회를 다녔습니다. 2학기에는 기숙사 생활이 힘들어 목포 산정동 이모네 집에서 6개월을 다니다가 이모네 식구도 8명으로 크지 않은 집에서 나까지 함께 사는 것이 너무 죄송하여 2학년 때부터 힘이 들지만 다시 시골집으로 와서 통학을 했습니다.

통학을 하려면 대치리 총지 골짝에서 몽탄역까지 걸어서 6㎞의 길을 약 1시간 이상을 걸어가야 하고 몽탄역에서 기차를 기다리다가 다시 기차로 목포역까지 약 40분을 타고 가서 또 목포역에서 학교까지 30분 정도를 걸어가야 했습니다. 기차역에서 기차가 출발하는 시간을 기다리는 것까지 생각하면 약 3~4시간 이상이 소요되어 왕복 6시간 이상을 길거리에서 보내게 될 수밖에 없어 새벽에 일어나 학교를 갔다가 집에 돌아오면 밤중이 되므로 공부고 뭐고 지쳐 버려서 말로만 학교를 다니는 것이지 제대로 공부를 할 수 있는 시간과 마음의 여유도 없었습니다.

그래서 내 형은 중학교 2학년 여름방학 때 광주에 계시는 작은아버지께 부탁하여 중고 자전거를 구입하여 작은아버지 집에 가져다 놓도록 하셨습니다. 나는 신이 나서 광주 서석동까지 가서 자전거를 받아서 무안군 몽탄 집까지 약 60㎞를 광주에서 무안군 몽탄면 대치리 총지 집까지 1번 국도 길로 거의 쉬지도 않고 자전거를 계속 타고 달려왔지만 여름철 강한 태양빛 아래 땀이 많이 흘리며 자전거를 타고 온 바람에 갑자기 엉덩이 사이에 땀띠가 많이 생겨 따끔거려 한 달 동안 고생을 많이 했습니다.

그러나 아침이나 저녁에 자전거를 타고 집에서 기차역까지는 따르릉 따르릉 벨을 울리며 6㎞를 신나게 달리는 즐거운 통학길이 되었고, 통학하는 시간도 1시간에서 10분 이내로 줄어들었습니다. 하루는 너무 빨리 달리다가 앞에 가는 사람이 있어서 따르릉따르릉하며 벨을 울렸지만 벨소리를 못 들었는지 미리 비켜 주지 않은 바람에 사람들을 피하려다가 뚝방 길에서 2m 아래쪽인 한참 벼가 자라고 있는 논 속으로 자전거와 함께 곤두박질쳐서 자전거 앞 포크가 부러지고 내 옷과 가방은 논 뻘에 박혀 엉망이 되어 학교를 못 가는 사고도 있었습니다.

그러나 기차를 타고 통학하는 길에서 나를 설레게 하는 것은 아침에 몽탄역에서 기차를 타고 일로역에 도착하며 창밖으로 고개를 내밀어 밖을 바라보면 약속이나 한듯이 아주 예쁜 한 여학생이 내가 항상 타고 있는 세 번째 기차 칸으로 올라오는 것이 눈에 들어왔기 때문입니다.

그 여학생은 항상 내가 세 번째 칸에 타고 있다는 것을 알기 때문에 항상 세 번째 칸으로 탔으며, 기차 안에서도 서로 얼굴을 마주보며 눈빛으로 서로 안부를 물어보는 듯 가까운 거리에서나 혹은 멀리서 서로 바라보았던 아름답고 설레는 추억이 생각이 납니다.

그 여학생은 목포여중에 다니며 용모가 단정하고 약간 수줍은 태도로 아주 점잖은 모습이었으며, 내가 좋아하는 스타일이었습니다.

그것을 증명할 수 있는 것은 중학교 3학년 말 정도가 되면 서로 호감이 가는 사람에게 앙케이트라는 질문지를 돌리며 주고받는 추억이 있었는데 나는 수줍어서 그 여학생을 속으로만 좋아하고 아무 행동도 하지 않았지만, 그 여학생은 과감히 나에게 다가와서 앙케이트와 편지를 건네주고 돌아갔습니다.

앙케이트 내용은 무엇을 좋아하느냐, 무엇에 관심이 많으냐, 장래 희망은 무엇이냐 등등부터 시작하여 그 여학생이 묻고 싶고 호감이 가는 내용들이 2페이지 분량에 볼펜으로 가득 적혀 있었습니다. 편지는 여러 가지 시적인 이야기와 기차에서 마주 보면서 설레었던 이야기들이 적혀 있었지만 나는 용기를 내어 그 여학생에게 답장은 하지 못했습니다.

물론 한 사람에게만 돌리는 것은 아니고 자신에게 호감이 가는 사람들에게 앙케이트를 돌리는 경우가 있으나 그 어여쁜 여학생은 나에게 앙케이트와 특별히 편지까지 주고 도망가듯이 사라졌던 것입니다. 그것은 그 여학생이 나에게 최소한 남다른 관심을 가지고 있었다는 것으로, 편지를 받는 순간 내 얼굴이 빨개지고 주변 친구들이 환호성을 지르고 난리가 났습니다.

그러나 그 여학생과 끝내 말 한 마디 못 하고 중학교 졸업을 하였고 그 후에 고등학교에 들어가서는 통학을 하지 않아서 결국은 또다시 얼굴조차도 볼 수가 없었습니다. 고등학교를 졸업하고 고향 집에 가서 추억의 편지 상자를 찾았으나 다 없어졌으며, 지금도 그 아름다운 여학생의 얼굴은 예쁘고 아름답다는 생각이 희미한 옛날의 아름다운 추억으로 남아 있습니다. 추억은 그 시절 그 모습 그대로 시간이 멈추어 지금도 지워지지 않는 아름다운 영원한 추억이 되어 내 마음속에나마 존재하는 것입니다.

중학교에 다닐 때 학교 수업이 조금 일찍 끝나서 통학 열차 시간이 여유가 있을 때 학교 운동장에서 친구들과 함께 축구나 배구를 신나게 하며 놀다가 땀으로 온몸이 범벅이 되었습니다. 배가 고프거나 목이 마르면 운동장 가에 설치되어 있는 수도꼭지를 틀어 수돗물을 벌컥벌컥 마시며 배를 채웠으나 수돗물을 너무 많이 마셔서 배앓이를 하고 설사를 할 때도 몇 번 있었습니다.

그러나 중학교의 그립고 수많은 추억도 3학년을 졸업하기 전에 목포공고 원서를 중학교에서 써 주지 않은 탓에 중학교의 모든 학교 추억을 다 잊어버리고 살았기 때문에 중학교 친구들까지 연락도 하지 않게 되었던 것은 지금은 아쉬움으로 남는 한 가지입니다.

또 기차 통학을 하면서 창가에 스쳐 가는 오곡이 익어 가는 들판과 산과 냇가의 아름다운 숲들과 도시의 좋은 집들을 바라보며 항상 나는 가난에서 벗어날 수가 없어서 보리밥에 늘 도시락을 싸가지고 다녀야 하고 오가는 길에 다른 아이들이 다 먹는 간식은 생각할 수도 없어 늘 친구들이 사 주는 것을 조금씩 얻어먹고 다녀야 했던 것이 늘 창피하게 느껴졌던 게 사실이었습니다.

우리 집은 농사짓는 논이 아주 작아 쌀이 부족하여 어머니께서는 내 도시락을 싸 주시기 위해 쌀을 한 주먹만 씻어 가마솥에 보리쌀을 먼저 넣고 그 위에 가만히 쌀 한 줌을 올려 밥을 하여 쌀밥이 섞인 부분을 살짝 떠서 내 도시락에만 쌀이 조금 섞이도록 정성을 다해 담아 주셨습니다.

그러나 나 외의 모든 식구들은 꽁보리밥을 먹는데도 그 당시에는 철이 없었던 나는 보리가 많이 섞여 있는 도시락을 먹는 것을 친구들의 쌀밥 도시락과 비교하면서 늘 창피하게 생각했으나 긴 세월이 지나면서 어려서 그 시절을 생각하면 어리석었던 생각을 하며 입가에 잔잔한 웃음이 피어납니다.

중학교 3학년 때부터 통학을 하면서 늘 어떻게 가난에서 벗어날 수가 없을까 생각하며 학교에 다녔습니다. 어머니께서는 시골 산골짜기에서 내 학비와 기차표 값도 마련하기가 곤란하여 시골집에서 6㎞나 되는 거리를 시금치, 무, 배추 다발을 묶어 머리에 이고 고개가 빠지도록 힘들게 걸으셔서 5일장이나 기차역에서 장사들에게 팔아 작은 돈을 마련하시는 것을 늘 보았고, 때로는 나도 야채 보따리를 어깨에 매거나 자전거에 싣고 5일장까지 갔습니다.

중학교 수업이 끝난 후에는 학교에서 목포역을 오가는 길에는 김이 모락모락 나는 찐빵 집 옆을 지나가게 되면 나도 모르게 그 자리에 잠깐 서 있다가 꼬르륵 소리나는 배를 잡고 침만 삼키다가 다시 발걸음을 옮기어 기차역으로 가곤 할 때가 있었습니다.

계속 참지 못하고 심지어 그 빵을 사 먹고 싶어서 어머니께서 힘들게 야채를 여러 번 팔아서 마련해 주신 돈이 엄청난 고생을 하셔서 미련한 돈인 것도 망각하고 거짓으로 참고서 값을 달라고 졸라서 돈을 받아가지고 참고서는 사지 않고 친구의 참고서를 빌려서 어머니께 보여 드리고 그 대신 어머니께 받은 참고서 값으로 찐빵을 맛있게 사 먹은 적이 있었습니다.

손주들을 둔 지금도 현장이나 지방 출장 중에 지방도로를 가다가 도로가에 찐빵 집에서 김이 모락모락 나면 그냥 지나치지 못하고 찐빵을 사 먹고 가는 때가 여러 번 있어서 아내는 나에게 찐빵 아저씨라고 골려 먹는 때가 많이 있으나 내가 사다 주면 아내도 찐빵을 잘 먹고 있습니다.

형과 누나는 가정 형편이 너무 어려워 초등학교를 겨우 졸업하였으나 어머니께서는 야채를 팔아 힘들게 살고 있지만 3남매 중 막내라도 공부를 시키기 위해서 학비를 마련하시느라 최선을 다하셨고, 형과 누나는 농사와 집안일에 어머니를 도우며 힘들게 살며 내가 학교 다니는 것에 많은 도움을 주셨습니다.

그러나 어머니께서는 농사일과 가정에 작은 생활비라도 마련하시려고 고생하시는 고단한 삶은 잊으신 채 항상 자식들을 볼 때마다 내 자식이라는 이유로 쓰다듬고 미소를 지으셨습니다. 학교에서 돌아오면 "오늘도 학교에 갔다 오느라 힘들지?" 하시며 항상 고구마 등 간식이라도 준비하여 이불 속이나 가마솥 속과 그릇을 보관하는 시렁 등에 보관해 놓으셨습니다.

내가 어머니께 "엄마, 힘들지?" 하면 어머니께서는 항상 "나는 괜찮다."고 하시며 오히려 나에게 위로의 말씀을 건네주신 고마우신 어머니셨으나 철없는 나는 어머니께 종종 거짓말을 하여 용돈을 타다가 찐빵이나 사 먹었던 불효자식이었습니다.

공부도 잘 못하면서 어머니께 거짓말까지 하고 왕복 6시간을 통학하면서 힘들게 학교를 다녔으나 난 기차를 타고 학교를 다니며 차창 밖을 내다보면서 작은 꿈 하나를 키우기 시작했습니다.

"뽀오옹~ 칙칙폭폭~!" 증기 기관차가 일로역을 지나 문내미제 언덕을 오르면서 속도가 줄고, 증기기관차가 힘들다고 검은 연기와 하얀 수증기를 내뿜으며 거센 소리로 '뽀오옹!' 힘들다는 소리를 내고 기차는 문내미제고개를 겨우 넘었습니다. 임성리를 지나면서 창밖의 기찻길 옆에 있는 공장에서 연기가 나는 것을 매일 기찻길을 왕복하며 보면서 '저 공장을 운영하는 사장은 돈이 참 많겠구나' 생각을 하곤 했습니다.

나도 빨리 커서 저런 공장 사장님과 같이 사장이 되어야겠다는 생각을 수없이 하게 되었습니다. 빨리 돈을 벌어서 나 때문에 고생하시는 어머니를 도와드려야겠다는 생각을 하며 일찍 사회에 진출하기 위하여 목포공고를 가야겠다고 마음을 굳히기 시작했습니다.

여러 번, 사회 진출을 빨리 해서 돈을 벌어야겠다는 생각을 반복하며 생각한 끝에 목포공고를 가야겠다고 어머니와 형에게 말씀드리고 동의를 얻어 목포공고 시험을 치르기로 하였습니다.

학교와 교회를 열심히 다닌다고 했으나 무엇보다도 새벽 5시에 일어나 아침을 먹고 자전거로 몽탄역까지 가서 기차를 타고 가 목포역에서 학교까지 왕복 6시간의 길에 체력 단련과 강인한 정신력이 나도 모르게 길러지면서 성장하게 되었습니다. 그것이 성인이 되어서도 어려운 환경을 극복하는 인내심이 남보다 더 크게 되어 내 삶에 많은 도움이 된 것이 사실입니다.

학교라는 것은 공부를 하면서 선생님 말씀이나 어르신들 말씀을 듣고 배우며 조금씩 생각을 하면서 자신을 성장시키게 되는 곳이므로 바른말 한마디라도 누가 해 주며 인도해 주는 사람들이 있으면 성장기에 많은 도움이 될 수가 있을 수 있으나 내 주변에는 말 한마디 상의할 사람이 없었습니다. 오직 주일마다 목사님 설교말씀으로 나를 이끌어 주시는 하나님 진리 말씀이 나의 유일한 스승으로 나에게 가장 위로가 되었습니다.

우리 가정은 다행히 유일하신 진리이신 하나님을 믿고 살면서 성경책을 읽으며 잘못된 생각들을 바로잡을 수 있었으며, 어머니와 우리 삼 남매는 우리 가정의 유일한 삶의 스승이 되시어 기회를 주신 하나님께 감사를 드리지 않을 수가 없습니다.

그것은 사람이 어른이 되어 권력과 명예와 부와 각종 명성을 얻고도 세상 법에 저촉이 되어 한 번 사는 인생을 망쳐 버리고 세상으로부터 손가락질을 받으며 범죄인으로 낙인찍힐 수가 있기에 하나님의 진리 말씀대로 진실하고 올바로 살아가는 것을 명심하고 또 명심하여 살아가야 하는 것입니다.

또한 우리 가정에 어려울 때마다 말씀으로 다가오셔서 스승이 되어 주신 진리의 하나님께 감사를 드립니다. 육신의 아버지가 계시지 않은 것을 뛰어넘어 진리의 영이신 하나님 아버지를 믿고 살아가는 것이 우리 가정에 큰 축복으로 참 감사를 드리는 것입니다.

- 거짓말은 자신을 거짓되게 하며
  거짓을 계속 감추려고 계속 거짓말을 하게 한다.
- 거짓말을 계속하면
  그 사람을 상대하는 사람이 하나씩 떠나게 되어 외톨이가 된다.
- 자신에게 거짓말을 계속하는 사람은
  그 사람이 죽어야만 거짓말을 멈추게 된다.

- 첫사랑의 달콤함은 꽃향기와 같아서 생각날 때마다
  그 향기가 되살아나 새로워진다.
- 미래 꿈은 빨리 꾸고 그 꿈을 빨리 시작하면 그만큼
  빨리 성장하여 빨리 성공한다.
- 목표를 빨리 정하고 즉시 출발하는 사람이
  먼저 원하는 목표에 빨리 도달하기가 쉽다.

- 중학교 때 미래의 방향을 결정하고
  고등학교에서 목적한 공부를 충실히 하면 성공하기 쉬워진다.
- 꿈이 있는 사람은 그 생각이 살아 있고, 그 꿈으로
  긍정적인 삶을 계속 살게 된다.

3.
미래의 삶 한 가지 공부

중학교 3학년 가을에 다니던 중학교에서 목포공고 시험을 보기 위하여 목포공고 원서를 써 달라고 요청했으나 선생님은 무조건 다니던 영흥고등학교에 진학하여야 한다고 하시면서 원서를 써 주지 않고 졸업예정증명서도 발급해 주지도 않아서 영흥고등학교 외에 다른 고등학교 시험을 보는 길이 완전히 막혀 버렸습니다.

영흥고등학교 외에 다른 고등학교를 가지 못하게 하는 이유는 영흥고등학교 지원자가 적어 학생 수가 부족하게 되면 영흥고등학교 유지가 어렵게 되므로 영흥중학교 졸업자를 억지로 영흥고등학교에 그대로 남게 하려는 것이었습니다.

나는 목포공고를 꼭 가야 하는 목표가 있어서 다시 어머니와 함께 영흥중학교에 가서 담임선생님을 찾아가 원서를 써 달라고 통사정을 하며 애원했으나 또 거절당하였고, 원서 마감 날이 하루밖에 남지 않은 상태에서 어머니와 나는 많은 걱정을 하며 물어물어 먼 인척 당숙님이 예전에 중학교 음악 교사 출신이라는 것을 알고 찾아가 목포공고 시험을 치르기 위한 해결책을 의논하였습니다.

당숙님은 목포공고에 잡일하시는 한 분을 알 수가 있다고 하시며 지인을 통하여 찾아가 만나 사정을 말씀한 결과, 그분이 목포공고 교장선생님을 다시 찾아가 중학교 졸업 예정자가 틀림없다고 사정하면서 본인이 잘 안다고 설명하시어 시험을 보고 합격하면 후에 졸업 예정증명서를 제출하는 조건으로 마감 날에 겨우 원서를 가접수로 제출하고 시험을 치르게 되었습니다.

다음 날, 시험을 치르기 위해 내가 목포공고 정문에 도착했을 때 나는 깜짝 놀랐습니다. 목포공고 교문 앞에 영흥중학교 담임선생님이 내가 시험을 볼 수 없도록 붙잡으려고 눈에 쌍불을 켜고 이리저리 보면서 지키고 서 있는 것이었습니다.

중학교에서 원서를 써주지 않아서 어렵게 물어물어 가접수를 하고 여기까지 왔으니 시험을 포기할 수가 없어서 학교 담장 전체를 돌아다니며 넘어갈 곳을 살피다가 공업고등학교 선배 학생들이 목포역 쪽 육교 옆에 담장 위 철조망을 망가뜨려 넘어 다녔던 것을 발견하고 그곳으로 몰래 넘어가 겨우 시험을 치르게 되었습니다.

그 후 목포공고 합격증을 가지고 중학교에 가서 졸업예정증명서를 발급해 달라고 싸움을 하다시피 하여 겨우 졸업예정증명서를 받아 목포공고에 제출하고 나서야 입학을 하게 되어 다행이었습니다.

내가 입학할 때 목포공고는 목포역 앞에 석재 건물로 건축되어 오랜 역사를 지닌 학교 이었으며, 우리나라와 전라남도 지역의 수많은 산업의 일꾼들을 많이 배출해 낸 국가 산업의 기초가 되는 학교로서 지역이나 국가에 소중한 기술학교입니다.

겨우 입학한 목포공고는 한 반에 정원이 40명이지만 원호 대상자 2명을 추가로 받아 한 반에 42명으로, 건축과가 2개 반이었습니다. 그 후 입학 후 처음으로 성적 테스트 시험을 치렀으나 결과는 중학교에서 대충 공부를 하며 다녔던 것으로 예상보다 점수가 너무 나쁘게 나와 꼴찌에서 몇 번째 되지 않아 나 자신도 깜짝 놀랄 만큼 많이 창피했습니다.

중학교에서는 공부를 하지 않고 놀기만 해도 시험 범위를 알려 주어서 시험을 그런대로 잘 치러 중상위 성적으로 걱정은 하지 않고 학교를 다녔으나 앞으로 고등학교에 다닐 일과 앞날을 생각했을 때 어머니 얼굴을 어떻게 뵐 수가 있을까, 걱정이 앞섰습니다.

아무리 생각해도 이렇게 공부를 못해서는 앞날에 문제가 있다는 생각으로 고등학교 1학년 1학기를 다니며 고민 끝에 어머니께 사실을 말씀드렸습니다. 통학을 계속하면 하루 6시간 이상 시간 낭비가 되어 공부를 잘할 수가 없으니 자취방을 얻어 자취를 하며 공부를 열심히 해야겠다고 말씀드려서 학교에서 가까운 문태고등학교 뒤에 자취방을 얻어 마음먹고 공부를 시작했습니다.

당시 내가 입학할 때 학교의 정식 명칭은 목포기계공업고등학교였으며, 목포역 앞에서 6개월쯤 다니다가 목포 공설운동장 주변 안장

산 아래에 미국 아이디아이 차관을 지원받아 기계공업을 육성하기 위하여 새로 건설한 첨단 학교로 1학년 2학기부터는 이전한 곳에서 공부를 하게 되었습니다.

일반 고등학교는 한 학급당 학생 수가 60명 정원인 것에 비해 목포공고는 1972년도에 준공한 학교지만 학급 학생 수가 40명이 기준으로, 학생이 각 학과 교실로 이동 수업을 하는 대학교 수업 방법을 채택하고 과목별 과락이 있어서 2과목 이상이 40점 이하가 되면 학년을 올라가지 못하고 그 학년에서 1년간 다시 공부를 해야 하는 유급 제도가 있는 첨단 기계공업고등학교였습니다.

목포공고는 갯뻘을 메운 간척지 땅에 학교를 세운 관계로 처음 입학하면서부터 매일 아침에 동네에서 연탄재 2개씩을 주워 새끼에 묶어 들고 등교하자마자 운동장 등 학교 내 주변 약한 땅에 연탄재로 계속 메우는 일을 1년 정도 하며 학교를 가꾸며 다녔습니다.

고등학교 교과목에는 교련이라는 군사훈련 과목이 있었는데 요즘으로 치면 준 군사훈련으로 주 1회씩 하고, 1달에 한 번은 혹독한 각개전투를 하면서 학교를 다녔기 때문에 강한 체력에 강한 정신력까지 더해졌습니다. 요즘 학생들에 비하면 비교할 수 없을 정도로 성숙되어 있는 남자들로서, 당장 전투를 하더라도 부족함이 없을 정도로 훈련을 많이 하면서 학교에 다녔습니다.

고등학교에서 처음 배우는 건축 전공과목은 흥미롭고 내가 좋아하는 과목으로 공부를 열심히 하려고 자취방 책상 앞에 "인내는 쓰고 그 결과는 달다."라는 구호를 붙이고 늦은 밤중까지 열심히 공부하여 성적이 좋았으나 중학교에서 대충배운 국어, 영어, 수학은 기초가 부족하여 중하위권으로 엉망이었습니다.

특히나 공업고등학교에서는 인문계 과목을 한 과목당 일주일에 1~2시간 정도만 배우고 전공과목은 작게는 4시간, 많은 과목은 7~12시간 이상 이수해야 하는 수업 편성으로 인문계 과목은 실력을 도저히 향상시킬 수가 없었습니다.

고민 끝에 생각한 것이 고등학교를 졸업하고 사회에서는 건축 공부가 삶에 큰 도움이 되리라고 생각하여 인문계 과목은 유급만 면하도록 공부를 하고 건축에 관한 전공과목만 열심히 하기로 마음을 단단히 고쳐먹고 전공과목에 최선을 다하여 공부하였습니다.

그 결과, 대부분 전공과목에서 최상위로 성적이 올라갔으며, 시간이 가장 많이 배정되어 있는 제도나 실습에서도 매번 최고 점수를 받으며 나름대로 학교생활에 활기가 넘치게 되었습니다.

공부에 큰 도움을 주셨던 고마운 노군열 선생님은 나를 가장 아끼시고 사랑하여 주시는 성실하신 선생님으로 구조기술사 면허와 건축사 면허를 획득하신 유능한 교사였습니다.

선생님은 퇴근도 미루시고 밤에 나와 몇 사람을 불러 실습실에서 밤 10시가 넘도록 구조역학과 건축구조 등 건축에 관한 공부를 무료로 특강해 주신 분으로 지금도 감사하게 생각합니다.

노군열 선생님 덕택에 목공 기능대회를 학교 대표로 여러 번 참가했고, 결과는 최상위 상은 받지 못하였으나 그때 필기시험을 보기위하여 공부했던 책이 건축사 갑, 을, 병 시험을 준비하는 수준 높은 책을 보아야 할 정도로 기능대회 학과 시험 난도가 높았습니다.

그러나 이 책을 거의 외우다시피해서 건축에 대한 튼튼한 기초 공부가 되어 나중에 사회에서 큰 도움이 되었습니다.

나는 무엇을 만지고 고치는 것에 상당한 소질을 가지고 있었던 것입니다. 건축과를 다니던 2학년 여름방학 때 학교 주최로 건축, 토목, 기계, 전기, 화공과에서 모범생이며 전공과목과 기능이 우수한 학생들을 몇 명씩 뽑아 무안 영해도 라는 작은 섬의 초등학교로 주민들을 위한 봉사 활동을 1주일간 갔었습니다.

그곳에는 외딴섬으로 아직 전기가 들어오지 않아 우리 학교 전기과에서 실습용으로 사용하던 중고 발전기를 가져다가 전기를 생산하여 학교에 불을 밝히고 환등기를 가동하여 주민들에게 영상으로 교육하려고 가지고 갔으나 학교에서는 시운전 때는 작동되었던 발전기가 막상 현지에 가서 사용하려고 시동을 걸 때에는 가동이 되지 않아 문제가 발생되었습니다.

그런데 봉사대원 중에는 전기과 선생님과 학생들도 같이 갔으나 아무도 발전기를 고칠 줄 몰라서 섬 주민들에게 환등기로 교육하고자 한 내용을 하나도 보여 줄 수가 없게 되었습니다.

나는 3kW 이동식 발전기는 처음 보는 물건이었으나 갑자기 호기심과 도전 정신이 생겨서 내가 한번 고쳐보겠다고 전기과 선생님께 말씀드리고 발전기를 고쳐 보기로 하였습니다.

처음 대하는 발전기를 고치기 위해 땅바닥에 신문지를 깔고 발전기 부속을 하나하나 분해하여 순서대로 늘어놓고 석유로 부품을 하나하나 닦기 시작했습니다. 2시간을 열심히 정비하였는데, 공기가 들어가는 곳의 개폐기에 찌든 때가 많이 끼어 있는 것을 발견하고 깨끗이 닦고 다시 기름을 바르고 해체한 역순서로 조립을 하나씩 하여 시동을 힘차게 걸어 보았습니다.

처음에는 시동이 걸리지 않아서 다시 공기조절레버를 부분 해체하여 기름을 바르고 조립하여 시동 줄을 힘껏 당겼으나 시동이 걸리지 않다가 몇 번을 계속 시동 줄을 당기니 통통통통 시동이 걸려 발전기 정비를 성공적으로 마칠 수 있어서 다행이었습니다.

고장 원인은 시동을 걸면 자동으로 열리는 공기조절레버를 그동안 정비를 하지 않고 계속 사용하여 찌든 때가 많이 끼여 부드럽게 작동이 잘 안 되었던 것을 가솔린을 솔에 적셔서 찌든 때를 깨끗이 닦고 기름을 칠하여 조립하여서 시동이 걸렸던 것입니다. 섬마을 사람들은 내가 고쳐 놓은 발전기로 학교에 전등을 몇 개 설치하여 교실이 밝아지고 환등기를 가동하여 신기한 영상을 보고 신이 났고,

나는 발전기를 고쳐 놓은 기술자 대접을 받으면서 봉사 활동 내내 최고의 인기 스타가 되어 있었습니다.

그 다음 날은 마을 사람들이 바닷가 웅덩이에서 투망으로 잡고기를 바께쓰로 가득 잡아 오고 닭을 몇 마리 잡아서 요리를 하여 선생님보다 먼저 나에게 먹어 보라고 할 정도로 인기가 많았습니다.

나는 늘 일하기를 싫어하며 스스로 게으른 사람이라고 생각하며 무슨 일이든 뒤로 미루며 살았으나 무엇을 해야 한다고 작정하면 속도는 느리나 계속 목적했던 것들을 중도에 그만두지 않고 계속 완성될 때까지 끈기 있게 일을 마치곤 했습니다.

발전기를 고쳤던 것도 중학교에 다니면서 자전거 튜브가 터지면 스스로 때웠고 자전거가 고장 나면 손수 부속을 사다가 다 분해하고 조립하여 스스로 고쳐서 타고 다녔던 경험에서 나온 자신감으로 발전기까지 고치게 되었던 것입니다.

학교를 다닐 때에는 가난한 관계로 용돈이 없어서 군것질도 하지 못하고, 만화책도 보지 않았으며, 운동도 돈이 들어가는 탁구 같은 것을 하지 않고 축구와 배구 등 운동장에서 뛰는 운동을 즐겨 했었습니다.

학교 운동회에서는 자전거로 공설운동장을 네 번 돌아오는 기록경기에서 자전거로 통학하며 실력을 마음껏 발휘하였던 경험을 살려 영어 선생님의 자전거를 빌려 타고 두 바퀴를 돌 때까지는 1등을 하다가 삐걱거리는 자전거가 잘 나가지 않아서 결국 1등은 내주었으나 작은 상을 받았습니다.

또 하나의 장기가 있다면 중학교 수학여행을 가지 않고 여행비로 하모니카를 사고 나머지로 빵을 사 먹었습니다. 중학교 때부터 하모니카를 혼자 연주하기 시작하여 외로울 때마다 시골 동네 높은 산 위 바위에서 홀로 앉아 하모니카를 연주하였으며, 혹은 길을 가면서 계속 불며 연습하여 고등학교 때 프로급 정도로 잘 연주하게 되었습니다.

중학교 시절에 혼자 몽탄역에서 집에까지 6㎞ 길을 걸어서 통학할 때는 밤중에 갈 길은 멀고 배도 고프지만 참고 가는 도중에 철길 강다리 밑을 가다 보면 어디선가 '땅! 땅!' 하는 소리가 나서 무섭고 놀라서 발걸음을 재촉하며 지나가곤 하였습니다.
그 '땅! 땅!' 소리는 기찻길 철교의 철의 수축 팽창 과정에서 나는 소리였을 뿐인데, 그 어린 시절에는 어찌나 소름이 끼치며 무섭게 느껴지던지 '걸음아! 날 살려라.' 하고 도망을 갔습니다.

그리고 몽탄역에서 집에까지 가려면 산모퉁이를 세 곳 지나가야 겨우 우리 동네 마을 안으로 진입하게 되는데, 어린 마음으로 혼자 산모퉁이를 갈 때면 무서워 등골이 오싹하여서 스스로 담대함을 기르며 빠른 걸음을 재촉하며 갈 수밖에 없었던 것입니다.

그래서 가방에는 항상 책과 하모니카를 가지고 다니며 어둡고 캄캄한 시골길과 산기슭 옆, 묘지 주변을 지날 때 두려운 마음을 없애기 위해서 하모니카를 불며 6㎞ 길을 계속 가면 내 연주에 취해 무섭고 두려운 마음은 사라졌습니다. 마을 뒷산 꼭대기에서 하모니카 연주를 몇 시간씩 연주하여 하모니카 연주 실력은 찬송가, 가곡, 트로트 등 아는 노래를 수십 곡 연주하게 되어 나날이 발전하여 남보다 실력이 좋아져서 하모니카를 불지 않은 지 수십 년이 지난 지금도 교회에서 찬양대회나 크리스마스 전날 밤에 연주를 하면 큰 박수로 찬사를 받을 정도의 실력을 자랑합니다.

학교 가는 길 문태고등학교 뒤 언덕길을 올라가면 수돗가 윗집에서 자취를 하였는데, 마을 뒤에 조금 높은 언덕 위에 올라가면 평평한 바위가 있어 밤에 그곳에 앉아 목포 시내를 바라보면, 멀리 시내 교회 십자가 불빛과 목포항의 뱃고동 소리, 유달산의 등산로 가로등 불빛과 함께 시내의 아름다운 불빛이 어우러져 아늑한 야간 풍광과 함께 나만의 아름다운 휴식 장소가 있었습니다.

밤중에 공부하다가 졸리거나 지루하면 하모니카를 들고 마을 뒷산 언덕에 올라가 나만의 휴식 장소인 바위에 앉아 시내의 아름다운 교회 십자가 불빛과 야경을 바라보며 조용히 하모니카 연주를 시작하면 연주에 취하여 수십 곡을 계속 연주하곤 하였습니다.

밤중에 수십 곡을 연주하면 마을 사람들도 내가 언덕에서 하모니카 연주를 한다는 것을 알고 있었으며, 그중에는 동네에 내 또래의 여학생들 3명도 내가 연주하는 것을 알고 있었습니다.

조용한 밤에 언덕에서 하모니카 연주를 하면 언덕 밑에 마을에까지 하모니카의 예리하고 은은한 소리가 울려 퍼지고 여학생들이 살고 있는 몇몇 집에는 불이 꺼져 있다가 한 집에서 다시 불이 켜지고 조금 있으니 주변에 조금 떨어져 있는 바위 언덕에 한 여고생의 모습이 도시의 불빛 아래 희미하게 보이는 것이었습니다.

그 여고생은 밤중에 잠자리에 누웠다가 뒷산 언덕위에서 하모니카의 아름다운 선율이 밤공기를 타고 잠자리까지 잔잔하게 울려 퍼지면 잠 못 이루고 자신도 모르게 몽유병에 걸린 사람처럼 하모니카 소리에 이끌려 언덕 위까지 올라와 조금 떨어진 곳에서 시내의 아름다운 불빛과 함께 조용히 내가 하모니카 연주하는 모습을 바라보고 감상하고 있었던 것입니다.

그러나 그 여학생은 하모니카 소리에도 잠이 깨었을 것이고, 나에 대한 관심도 있어서 언덕 위에 올라왔을 것이나 약 1시간 정도 수십 곡을 연속 연주하다가 말없이 조용히 집으로 가 버렸기 때문에 그 여고생들과 대화는 한마디도 해 보지는 못하였으나 그 여고생이 어느 집과 어느 학교에 다니는 것쯤은 알고 있었습니다.

그 여고생은 학교를 오가는 길에서 마주치면 나를 똑바로 바라보지 못하고 고개를 숙이고 가는 등 부끄러워했던 기억을 생각해 보니 아마도 말은 못 하였지만 나를 좋아한 눈치였던 것 같습니다.

그 후 학교에서 2학년 2학기 가을철 운동회를 하였습니다. 10㎞ 마라톤에 참여하여 다리가 굳고 몸이 많이 지쳐서 오후 5시쯤 자취방에 돌아와 피곤을 이기지 못하여 추리닝도 벗지 않고 방바닥에 벌렁 큰대자로 누워 자고 있었습니다.

그런데 갑자기 밖에서 "저기요, 저기, 계셔요?" 하는 가느다란 여자의 목소리가 들려오는 것 같아 화들짝 놀라서 "네에." 하며 일어나 문을 열었습니다. 동네에서 오가며 얼굴을 마주칠 때마다 고개를 숙이고 지나갔으며 밤에 하모니카를 연주할 때 언덕에서 조금 떨어져서 하모니카 연주하던 나를 바라보았던 그 여고생이 내 방문 앞에 서 있었습니다.

깜짝 놀라서 엉망인 모습으로 멍하니 아무 말도 하지 못하고 얼굴만 마주하고 무슨 말을 해야 할 줄도 모르고 바라보고 있는 순간에 "저기, 장갑 좀 빌려주세요."라고 말을 하였습니다.

엉겁결에 갑자기 무슨 장갑을 빌려달라고 하는지 망설이다가 운동회를 하면서 황토 흙이 붉게 묻은 목장갑이 생각나서 목장갑을 순간적으로 얼른 내주었습니다. 그 여학생은 목장갑을 받고 나서 머뭇거리며 무슨 말을 나에게 하려는가 싶더니 나도 말을 하지 못하고 있자 장갑만 받아가지고 그냥 휙 도망가듯 가 버렸습니다.

그 여고생은 무언가 나에게 다음 말을 걸려고 하는 것 같았으나 나는 멍청하게 부끄러워만 하고 아무것도 물어보지도 못하였으며 잠깐 들어오라고 할 수도 있었으나 당황만 하다가 그냥 멍하니 돌아가는 뒷모습만 바라볼 수밖에 없었습니다. 지금 생각해 보면 나에게 다가왔던 아름답고 귀한 소중한 사귐의 기회를 그냥 날려 버렸던 멍청이인 내 모습인 것 같습니다.

3일 후에 학교에서 돌아왔을 때 더러운 목장갑은 빛나도록 빨아져 향수 냄새가 나는 채로 방 문고리에 걸려 있었습니다. 그 뒤로 동네 길거리에서 여러 번 얼굴을 마주쳤으나 그 여학생에게 한마디도 말을 걸어보지 못했습니다. 말솜씨가 없고 여학생보다 용기가 더 없어서 결국은 고등학교를 졸업할 때까지도 말 한번 걸어 보지도 못하고 영원한 멍청이 추억으로 끝나 버렸습니다.

건축 전공과목에서 특히 실습과 건축제도 실력이 뛰어나 1학년부터 3학년까지 실습과 제도 점수가 계속 올 "수" 점수를 받는 최상위였고, 3학년에 올라가서 1학년 때 하위권의 성적은 우수한 전공과목 성적 때문에 석차는 상위 10%권 안으로 향상되었습니다.

3학년 1학기를 마치고 2학기가 되면 대학 진학을 하는 학생을 제외하고 기업체로 실습 나가는 것을 계기로 목포역에서 가까운 '근대건축'이라는 설계사무소에 배치되어 선배들 6명과 설계사무실 소장님이 지시하는 설계를 열심히 그리며 설계를 배웠습니다.

그러나 소장님은 실습을 시키는 것이 아니라 정상적인 설계인 허가용 도면을 여러 건 그리게 하여 허가를 신청하는 것이었습니다.

그 후 소장님은 내 실력을 알아보고 졸업 후에도 내가 일을 잘한다고 설계사무실에서 남아 계속 일해 주기를 원하셨습니다. 그러나 선배들이 말하는 것을 옆에서 들은 결과 박봉을 받아가며 밤중까지 설계하는 일보다는 건축시공을 배워 미래를 열어 가는 것이 나을 것이라 생각했습니다. 그래서 실습을 3학년 2학기 중간에 포기하고 학교에 건설회사에 취업을 신청했으나 건설회사에서 고등학교 출신을 잘 받아주지 않아서 결국 무산되었고, 건설회사에 취업을 위하여 스스로 회사를 찾아 다녀야만 했습니다.

건설회사에 취업을 못 하면 학교 졸업식에도 가지 않겠다고 다짐하고 동분서주한 결과, 그래도 학교에서 전공과목 성적이 상위라는 장점이 있어서 우리나라에서 종합건설업 3위 업체인 '삼부토건종합건설회사'에서 시공하고 있는 마산 수출 항구 매립공사 건설 현장에 취업하게 되었습니다.

이 현장은 마산 수출 항구를 건설하기 위해 산에서 흙을 굴착하여 덤프트럭으로 바다를 매립하는 공사로, 덤프트럭 수십 대가 매일 산에서 흙을 가득 싣고 마산 항구까지 왕복하는 공사 현장이었습니다.

황무지 같은 넓은 매립지 땅 중간 들판에 그늘도 없는 곳에 파라솔과 테이블을 설치하고 덤프트럭들이 지나가면 덤프트럭 번호를 확인하고 지나가는 시간과 흙을 가득 실었는지 검사하여 장부에 기록하여 회사에 보고하면 장부를 근거로 덤프트럭의 하루 운반 수량을 계산하여 일당을 지급해 주는 일을 하였습니다.

그러나 날마다 수만 평에 흙만 깔려 있는 사막과 같은 매립지 들판에 먼지를 날리며 덤프트럭이 오가는 곳에 그늘은 하나도 없었고, 대소변보는 가림막도 없는 노천에서 힘이 들었지만 들판의 흙먼지와 태양 빛에도 목마름을 참고 아침 7시부터 저녁 8시까지 계속 6개월 이상 일을 해야 하는 업무여서 내 얼굴은 이미 아프리카 검둥이가 되어 꼴이 말이 아니었습니다.

내 몸은 키가 175㎝인데도 깡마른 몸무게가 63kg에서 더 빠져 57kg이 되었고, 앉아 있다가 일어나면 현기증이 나고 하늘이 노랗게 변할 때가 많았습니다. 학교 다닐 때부터 자취를 하면서 못 먹어 영양실조에 몸이 약해진 상태가 취업한 후에도 계속되어 앉아 있다가 일어날 때마다 눈앞이 노랐고 잘 안 보이는 빈혈이 점점 심해져 한 여름의 태양 빛 아래에서 도저히 견딜 수 없는 고통의 날들이 계속되었습니다.

사회에 첫발을 내딛는 순간의 일이 이렇게 힘들 줄이야 미처 생각하지 못했으나 육체가 버텨 주어야 한다는 마음으로 바로잡고 일도 하고 미래를 살아갈 수가 있겠구나 생각했습니다.

학교 다닐 때는 그저 생각만으로 앞으로 어떻게 살아야 되겠다는 각오만 있었으나 사회에 진출하여 몸소 그 환경을 직접 체험하며 살아가는 현실은 내 생각과 전혀 달랐습니다.

모든 것을 스스로 견디며 스스로 미래를 개척해 나아가기 위해서는 건강이 정말로 중요한 것을 깨달았으며, 어떻게든 현재 어려움을 극복하고 살아야겠지만 지금 당장은 버틸 수가 없었습니다.

계속되는 한여름의 태양 빛은 나를 구워 먹을 만큼 괴롭혀서 도저히 버틸 정신이나 힘이 남아 있지 않은 관계로 결국 취업한 지 8개월 만에 덤프트럭을 카운트하고 관리하는 일을 포기하고 다른 일을 찾아야겠다는 생각을 하게 되었습니다.

'삼부토건'에 취업한 지 8개월 만에 한여름 태양 빛에 계속 근무하다가는 죽을 것만 같아 한여름의 광야의 들판에서 덤프트럭을 카운트하는 너무너무 힘든 일을 그만두고 1군 3위 종합건설업체 삼부토건주식회사를 다니는 것도 포기하였습니다. 그러고는 고등학교 졸업식에도 가지 않았으며, 75년 여름철 8월에 전공과목 책 몇 권과 옷 몇 가지가 들어 있는 작은 가방 하나 달랑 들고 처음 나 홀로 서기를 시작한 경남 마산을 떠나 머물 곳도 정해지지 않은 서울행 열차에 몸을 싣고 무작정 상경을 시도하게 되었습니다.

서울에 가면 할 일과 머물 곳이 있으리라고 생각하였으며, 부산에 사시는 삼촌과 외할머니를 만나 뵙고 건강히 잘 계시라고 인사를 드리고 용산행 야간 완행열차를 타고 무작정 상경했습니다.
야간열차를 타고 달그락달그락 기차 바퀴 구르는 소리를 들으며 어두운 밤 창문가에 스쳐 가는 도시의 불빛과 터널을 통과하는 어둠이 교차할 때마다 이상하게 나에게 두려움을 안겨주었습니다.

서울에 가서 무엇을 하며 어떻게 살 것인지 끊임없이 걱정하며 앉아 있다가 배고픈 것을 달래기 위해 기차 칸을 왕래하며 장사하는 아저씨에게 우유와 빵을 사먹었으나 난생처음 먹어 보는 우유와 불안한 마음으로 경직되어 몸이 받아주지를 못하여 배탈이 났습니다. 급기야 화장실을 여러 번 다니며 배 속을 다 비우고 겨우 한숨 푹 자고 나니 아침이 되어 용산역에 도착하였고, 난생처음 서울의 첫날 아침 공기를 마시며 허기진 배를 참고 새로운 서울의 삶을 시작하게 되었습니다.

난생처음 와 보는 서울의 환경이 나를 맞이하였으나 눈에 보이는 것보다 앞으로 어떻게 살아가야 할지, 정해진 집도, 일거리도, 반겨 줄 사람도 없으므로 불안한 마음을 달랠 길이 없었으나 마산에서 전화로 사촌 형이 중랑천에서 건설공사를 한다는 소식을 듣고 주소를 받아서 적어둔 것을 꺼내어 전혀 생소한 길을 물어물어 버스를 타고 발걸음을 중랑천으로 옮겼습니다.

학창 시절에 게으름을 피우고 공부도 열심히 하지 않고 항상 놀기만 했던 일들이 머리를 스쳐 후회도 하고 있지만 지금은 지나간 과거보다는 미래의 삶은 비교할 수 없을 정도로 중요한 일이기 때문에 불안한 마음을 달래며 지금은 미래를 위해 다시 시작하고 도전해야 한다는 생각으로 중랑천을 찾아가고 있는 것입니다.

이제 내 인생의 주사위는 던져졌습니다. 내 인생의 모든 일들은 과거에 고생하시는 어머니께 의지를 하였으며, 학창 시절에 공부를 잘하였든 못하였든 학교에 교복을 입고 다니면 모습은 다 같은 학생이었습니다. 그러나 그 결실이 이제 이 사회에서 한 가지씩 결과로 나타날 것이나 아직은 나는 아무것도 모르고 미래를 향해 나아가는 것뿐이며 내 인생의 앞날에 어떤 일이 일어나려는지, 어떻게 펼쳐지려는지 두렵고 떨리는 마음으로 아무것도 보장이 없는 미래를 향해 오늘은 서울이란 타향의 길을 걷고 있었습니다.

불안한 마음으로 하나님께 기도를 하며 길을 걷고 있으나 눈에 보이는 것은 세상이요, 하나님께서 나를 온전히 붙잡아 주시기를 바라는 어린 마음이 전부인 것입니다.

- 학창 시절에 열심히 하였던 공부는
  그 사람의 평생을 좌우할 수 있다.
- 어렸을 때 좋은 경험은 어른이 되어서도 평생 동안
  자신감으로 남게 된다.
- 한 가지 공부만이라도 잘해야 미래 사회에 전공하여
  성공할 수가 있는 있다.

- 일반 공부는 기본만 하더라도
  미래 삶 먹거리인 한 가지 공부는 전심전력을 다하라.
- 한 가지 일이라도 계속 도전하고 잘하여
  자신감을 계속 키우면 성공하기 쉬워진다.
- 과거는 현재보다 못하고 현재는 미래보다 못하나
  미래는 남은 인생의 전부이다.

- 체육이나 음악 등 예능은 각각 한 가지 정도는
  취미로 하는 것이 미래 삶에 도움이 된다.

4.
사회 초년생의 수업료

옛말에 "사람이 태어나면 서울로 보내고 말이 태어나면 제주도로 보내라."고 했던가. 내 빌길은 무슨 발인지도 알지 못하고 있었으나 내 발걸음은 이미 서울이란 미지의 길을 걸으며 내 인생의 역사를 기대하며 시작한 것입니다.

그러나 아무도 반겨 주는 사람은 없지만 한 가지 믿는 구석은 사촌 형이 중랑천에서 토목공사를 하고 있다는 정보뿐이었습니다. 그것도 사전에 찾아가겠다는 연락도 없이 무조건 주소 하나만 가지고 물어물어 찾아갔습니다. 사촌형을 만난 결과, 토목공사를 한다고 소문을 듣고 찾아왔으나 사실은 최종 말단의 개천가 법면의 핀블록 설치의 인건비 하청업을 하는 것이며 발주처로 부터 자재를 지급받아 핀블록을 설치만 하는 인건비 공사의 순수한 노동 일이였습니다. 그러나 오갈 때 없는 나는 이곳 외에는 선택할 여지가 없어서 일단 머물며 다음 기회를 생각해야 했습니다.

중랑천 제방 핀블럭 설치공사를 하청으로 일하시는 사촌 형을 만나 내 어려운 사정 이야기를 하고 현장에서 잡일이라도 하며 머물게 해 달라고 하여 낮에는 잡일을 하고 밤에는 개천가의 현장의 공사용 합판으로 지은 움막에서 나 홀로 지내면서 고난의 서울 생활을 시작하게 되었습니다. 사실 개천가 움막은 노숙하는 것이나 다름없는, 시멘트 자재를 보관하고 있는 창고는 먼지 구석에 자재가 무질서하게 널려있는 한편에 잠을 잘 곳을 합판으로 막아 놓고 자재를 지키는 작은 공간이었습니다.

낮에는 그늘 하나 없는 넓은 개천가에서 20kg 가까이 되는 핀 블록과 시멘트를 나르며 블록 쌓는 일의 보조공을 하고, 밤에는 기름 냄새가 나는 거푸집으로 지은 움막에서 시멘트와 자재를 지키며 창고 구석방에서 다 해진 이불을 덮고 잠을 청할 수밖에 없었습니다.

그러나 밤이 되면 중랑천의 모기들이 떼거리로 달려들어 마산 매립지 현장에서부터 깡마른 나를 무엇이 그렇게 뜯어 먹을 것이 많았는지 내 몸은 모기들의 먹거리가 되었습니다. 인부들과 함께 똑같이 막노동일을 시작한 것으로 지금의 하루하루 삶은 마산의 들판에서 고생보다 더 큰 고난의 삶이 시작되었던 것이나 아무것도 모르는 나는 무작정 상경을 한 것이었습니다.

하루 이틀 한여름의 뜨거운 태양 빛을 벗 삼아 겨우 살아갈 수밖에 없었으나 몸은 마산 수출 항구의 매립공사에서 이미 에너지를 다 소진해 버린 상태에서 개천가 그늘이 없는 뚝방 언덕의 태양 빛을 그대로 다 쪼이며 아프리카 흑인처럼 되어 두 달간 계속 막노동일을 계속할 수밖에 없었습니다.

그러나 핀블록 공사 하청을 준 원청회사에서 인건비가 지급되지 않아 사촌 형은 나에게도 인건비를 한 푼도 줄 수가 없어서 내가 살아가야 할 앞날이 또다시 막막해졌습니다.

사촌 형을 만난 지 2개월 만에 육체노동이 계속되며 일당도 받지 못하고 움막에서 살아가는 내 처지를 바라보며 여기는 내가 머물 곳이 아니라는 것을 생각한 끝에 사촌 형에게 작별을 고했습니다. 그러고는 무조건 도봉구 중랑천 주변에서 목적지도 없이 버스를 타고 창밖을 멍하니 보면서 '앞으로 어떻게 살아갈 수가 있을까?' 걱정하며 목적지가 없이 계속 버스를 타고 가다가 남대문 주변에서 내렸습니다.

지금도 중랑천 개천가 동일로 도로를 승용차를 몰고 달리면서 개천가 법면을 바라보며 무작정 서울에 상경하여 처음으로 신고식을 하며 핀블록을 설치하며 노동일을 했던 그 시절이 생각나고 일당도 받지 못하고 쓸쓸히 길을 떠나야 했던 처량한 내 모습이 그려집니다.

마산에서 올라올 때 가져온 작은 가방 하나를 손에 들고 머무를 곳이 없이 무작정 길거리 사람이 되어 이리저리 정처 없이 길을 걷고 있는 중, 서대문 주변 어느 전봇대에 사람을 모집한다는 하얀 종이 광고를 보고 전화를 하였습니다. 재워 주며, 먹여 주고, 임금은 열심히 하는 대로 가져간다는 말에 중랑천 제방 거푸집 창고에서 자던 것보다 나을 거라 생각하고 우선 잠을 잘 곳이 생기고 먹는 문제가 해결되는 그런 곳의 일은 할 만하겠다는 생각으로 무조건 승낙하고 오라고 하는 곳으로 버스를 타고 갔습니다.

그곳은 수색역에서 한참 들어가 시골에 있는 버스 종점으로, 별도 건물이 있었고 어두컴컴한 허술한 슬레이트 집 안에는 나와 비슷한 청년들이 20명 이상 일을 하며 숙식하는 곳으로 청소가 잘 되지 않아서 어지러워진 상태로 냄새가 나는 곳이었습니다.

그곳 사람들이 하는 일은 수색 쪽 버스 종점에서 수색역을 지나 광화문과 서울역을 경유하여 수색으로 돌아오는 시내버스를 타고 전체 노선을 하루 종일 반복해서 돌며 손님이 어느 정류장에서 몇 명이 타고 다시 어느 정류장에서 몇 명이 내리는 것인지 회사에서 받은 기록 용지에 사람 수를 표시하는 일이었습니다. 차고지에 돌아와 버스 회사에 보고하고 쉬는 시간은 겨우 10~20분 내외 대기하는 시간으로 버스를 타는 일이 하루 종일 반복되는 일입니다.

이 일은 고등학교를 다닐 때 목포시의 요청에 따라 버스회사에 파견되어 버스를 타고 다니며 정류장마다 타고 내리는 인원을 체크하는 교통량 조사 일과 비슷했습니다.

그 회사에서 받은 기록 용지를 통해 버스 노선을 돌면서 기록한 결과와, 안내양이 손님으로부터 버스비를 받은 현금과 비교하여 회사에서 결산할 때 안내양이 현금을 빼돌리는 소위 '삥땅'을 하는지 기초 자료로 활용하고 안내양을 감시하면서 그날 하루 문제가 없으면 일당을 3백 원씩 계산하여 1개월에 한 번씩 월급으로 지급하는 시스템이었습니다. 한 달 동안 열심히 하면 겨우 8~9천 원을 받을 수 있는 것입니다.

오늘날 같으면 안내양도 필요가 없겠으나 그때는 차량에 CCTV, 카드단말기도, 토큰도 없는 시대였으므로 사람이 사람을 감시하며 관리하는 방식으로 값싼 인건비로 안내양을 관리, 감독하는 가장 좋은 방법일 수 있었었습니다.

그런데 안내양이 회사에 입금한 돈과 내가 제출한 기록 용지 자료가 차이가 많이 나면 그날 버스에서 일한 것은 임금에서 공제를 한다는 소식을 나중에 들었으며, 그런저런 이유로 월급을 제대로 받는 사람이 얼마 없다는 사실도 알게 되었습니다. 그러나 그 당시 나는 갈 곳이 없으므로 일단 일을 계속하기로 했습니다.

일하는 사람들 숙소의 잠자리 이불은 언제 빨았는지 알 수 없을 정도로 더럽고 냄새가 나는 이불이었고, 방은 엉망이었으나 현재로서는 머물 수 있는 유일한 곳이므로 선택할 여지가 없었고, 먹는 식사는 반찬 한두 가지에 국이 전부였습니다.

이것도 식사 시간이 버스 배차 시간과 겹치면 제때 밥을 먹을 수가 없고, 식사 시간에 버스노선을 돌고 돌아오면 먼저 먹는 사람들이 반찬은 대부분 다 먹어 버리고 밥만 남아 있는 경우가 많이 있어서 그때 식사는 찬물에 밥만 말아 먹고 밥을 먹는 둥 마는 둥 대충 때우고 다시 버스를 타러가는 것이 반복되었습니다.

가장 빠른 배차 시간은 아침 5시 30분부터 막차는 밤 12시가 넘어 들어오는 때도 있어 잠자는 시간 외에는 버스를 타고 다니며 일만 하는 때가 많았으며, 나름대로 일을 열심히 한다고 했으나 한 달이 다가오자 생각지도 못한 어처구니없는 사건이 발생했습니다.

매번 버스회사에서 배차 때마다 지정해 준 버스를 타고 맨 뒤 좌석에 앉아서 기록 용지에 정거장마다 타고 내리는 사람 수를 놓치지 않고 열심히 기록하며 종점에 가까워졌을 때 갑자기 안내양이 다가와 일방적으로 내 손에 500원을 슬쩍 쥐어 주고 종점에서 내려 버렸습니다. 그 당시 500원이란 돈은 버스비가 약 20~30원 정도이니 오늘날 같으면 약 4~5만 원으로 큰돈은 아니나 예기치 않았던 일이었습니다.

갑자기 당한 터라 어떻게 할 줄도 모르고 망설이다가, 어디 가서 안내양을 만나 이에 대한 이야기도 할 수가 없었고, 한편으로는 아무 문제가 없으려니 하고 안내양이 문제가 될까 봐 타고 내리는 사람 중에 500원에 해당하는 숫자를 줄여 회사에서 받은 용지에 기록하여 보고하였습니다.

그날 밤, 우리를 고용한 사장이 나에게 다가와서 한마디 말도 없이 내 따귀를 무조건 때리며 당장 나가라고 해서 멍청하게 얻어맞고 왜 맞았는지 생각을 하게 되었습니다.

그 이유는 단 한 가지, 안내양이 나에게 슬쩍 주고 간 돈을 회사에 보고해야 했으나 보고를 하면 안내양이 쫓겨날 것이 뻔한 일이고, 순간적으로 하루 일당이 공제된다는 생각을 하니 그 당시 용돈도 없는 신세라 머뭇거렸던 것이 사실입니다.

나는 버스를 타고 내리는 인원 수 대로 계산한 합산 금액에서 500원을 공제하여 회사에 보고했으나, 안내양은 나를 고용한 사장의 사주를 받고 고의로 내가 돈을 요구하여 주었다고 회사에 보고하게 하여 나는 한 달 동안 일한 월급을 한 푼도 받을 수 없는 처지를 고의적으로 만들어 내쫓아 버리는 수법에 걸려 든 것입니다.

그때야 열심히 일하여 월급을 받을 때가 되면 경험이 없는 몇 사람을 골라 이런 식으로 임금을 주지 않고 내보낸다는 것을 알아차리고 세상의 악한 사람들의 속임수에 속수무책으로 당했다는 생각을 하게 된 것입니다.

사회 초년생인 나로서는 안내양과 우리를 고용한 사장은 사실 한 통속이라는 것을 생각할 수도 없었기에 그대로 당할 수밖에 없었습니다. 악한 세상을 경험하지 못한 사회 초년생의 수업료라고 생각하고 이런 식으로 일을 시키고 급여를 주지 않고 안내양을 이용하여 회사를 운영하며 비리를 만들고 인건비도 주지 않고 내쫓는다는 것을 알게 되었을 때는 항의를 해 봤자 아무런 소용이 없다고 생각하고 두말하지 않고 뛰쳐나왔습니다.

사촌 형에게 2달 동안 한 푼도 받지 못하고, 버스회사 안내양 감시원 1개월 생활에도 한 푼도 못 받고 3개월 동안 이유 없는 무료 봉사 일만 하고 고생만 죽도록 하다가 다시 길거리에 서서 오갈 곳 없는 신세가 되었지만 어디에다 하소연도 할 수 없는 길거리의 집시 신세가 되었던 것입니다.

멍청하게 500원을 받고 안내양의 생각을 모르고, 망설이다가 한 달 동안 고생 끝에 받아야 할 9천 원을 받지 못하고 한 달 월급이 고작 500원밖에 되지 않는 신세가 되어 버린 것입니다.

결국 안내양을 이용한 사장에게 속수무책으로 당하였던 것으로 나를 고용한 사장은 버스회사에서 몇만 원을 받았을 것이나 나는 하루 평균 18시간을 버스를 타고 1개월 동안 일한 결과, 1개월의 보수가 고작 500원짜리가 되어 길거리로 쫓겨난 어처구니가 없는 사건이 벌어진 것이었습니다.

새벽 5시 30분부터 밤 12시까지 계속 버스를 타고 다니느라 잘 먹지 못하여 깡말라 있고, 몸은 잠이 부족하고, 매일 새벽부터 일을 해야 하므로 몸은 대충 씻고 살았으나 옷은 빨 시간도 없어서 더러웠고, 이발도 하지 않아서 장발족인 허술한 모습은 나를 아는 사람도 알아볼 수가 없을 정도로 볼품없는 사람이 되었고, 아무 곳에도 의지할 곳이 없어 걱정을 하며 불안에 떨고 있는 내 모습은 갓 태어나 어미를 잃어버리고 불안에 떨며 소리치는 짐승처럼 점점 길거리 걸인이 되어 가고 있었습니다.

그래도 먹고 잘 수 있는 곳이 있었으나 갑자기 길거리로 나와 방황하다가 저녁이 되어 여관이라도 잘 곳을 마련해야 하지만 내 주머니에 있는 돈은 겨우 3천 원도 되지 않았습니다. 그것을 써 버리면 나는 구걸을 해야 하는 신세가 되므로 절대 안 된다는 생각으로 아침부터 하루 종일 빵 한 조각으로 끼니를 해결하고 배고픔을 참고 어디서 무슨 일을 하며 잠을 잘 수가 있을까? 하며 길을 계속 걷기만 하였습니다.

밤 11시가 되도록 계속 길거리를 해매고 다니며 '어떻게 하지? 어디에서 잠을 자지?' 하면서 망설였으나 잘 곳을 찾지 못하고 어떻게 할까, 안절부절못하다가 길옆에 상가를 건축하는 공사 현장 한 곳을 발견하고 중랑천 개천가 천막에서 잠을 자던 일을 생각하면서 머리에 스치는 생각에 내가 의시할 곳이 있을까 하여 공사 중이던 건물 안에 들어가 보았습니다.

어두운 현장에 자재들이 흐트러져 있는 귀퉁이에 불빛이 희미하게 비치는 구석에서 인부들이 휴식하던 거푸집으로 만든 작은 방 같은 것이 눈에 들어와 조심조심 살피며 들어가 보았습니다. 방 안에는 합판으로 만든 바닥에 쓰레기와 누군가 덮다가 버린 이불이 있었습니다. 더 생각해 볼 것 없이 그곳에 들어가 옷을 입은 채로 인부들이 쓰다 버린 더러운 이불을 그냥 덮고 웅크리고 잠을 청하였습니다. 여러 가지 냄새와 합판의 기름 냄새에도 불구하고 빈대, 벼룩은 생각할 수도 없으며, 가을의 찬바람을 막아 주는 공사장 움막이 나에게는 참으로 다행스러운 잠자리로 여기며 내일을 기약하고 웅크린 채 잠자리에 들었습니다.

아침 일찍 공사가 시작되기 때문에 인부들이 출근하기 전 몸을 대충 털고 일어나 옆 건물에서 중학교 때 운동하며 허기진 배를 참지 못해 수돗물을 벌컥벌컥 마시던 것처럼 주변 건물 화장실 세면대물로 세수를 대충 하고 수돗물로 배를 채우고 아무도 반겨 주지 않고 의지할 곳 없는 서울이라는 땅에서 나를 먹여 주고 재워 줄 곳을 찾아 하염없이 길을 걸었습니다. 점심때가 되어서 빵 하나를 사 먹고 부족한 배를 채우기 위해 또 건물 화장실 수돗물로 다시 배를 채웠습니다. 나는 길을 잘 몰라서 수색에서 버스를 타고 다니며 시내를 돌며 노선 버스 길을 숙지하였던 광화문 쪽으로 내가 유일하게 아는 길이므로 무심코 계속 걸어갔으며 오후쯤 종로까지 걸어가게 되었습니다.

어디를 가야 하지? 앞으로 무엇을 하며 살아갈 수가 있는 것일까? 내가 머물 곳은 어디일까? 나 자신에게 끝없는 질문을 하며 그날도 길거리를 한없이 헤매고 다니다가 또 밤이 되었지만 구멍가게에서 빵 하나를 사 먹고 허기진 배를 움켜잡고 참아야 된다는 주문을 걸며 참고 또 참았습니다.

그러나 하루 종일 걸어 다녀서 빵 하나를 먹고 견디며 굶주린 뱃가죽은 등 뒤에 붙어 있었습니다.

조금 있는 돈을 더 이상 써 버리면 안 된다는 생각으로 먹을 것은 뒤로하고 잠자리를 어디서 청할까 하여 다시 주변 공사 현장을 찾다가 지금의 삼일빌딩 주변 어느 공사 현장 속으로 들어가 다시 공사장에서 쓰던 비닐을 이불 삼아 노숙을 하여 하루 밤을 또 보냈습니다. 다음 날도 종로, 동대문, 청계천, 을지로 주변을 이리저리 계속 걸어 다니고 있었으나 머물 곳을 찾지 못하고 방황을 계속하고 있었습니다.

아무리 생각을 해도 내가 정착할 곳은 보이지 않았으며, 파고다 공원 벤치에 앉자 지나가는 사람들을 말없이 구경하다가 점심때가 지나고 신설동까지 계속 걷다가 다시 되돌아 걸으며 종로 3가 길 건너편 한 건물 3층에 직업소개소라는 간판이 눈에 들어와 혹시 그곳에 가면 일자리가 있을 것이라고 생각하고 무조건 직업소개소에 들어가서 직업을 소개해 달라고 하니 직업을 소개받으려면 소개비를 내라고 하였습니다.

그러나 이제 내 생명을 유지해 주는 돈은 주머니에 2천 원 정도밖에 없었으나 직업소개소 사장은 중장비를 배우며 먹고 자는 곳 소개비는 3천 원이라고 하였습니다. 나는 가진 돈이 부족하였기에 용접하는 일을 도와주며 잔심부름을 하고 용접을 배우는 일은 소개비가 1천2백 원이라고 하며 식사와 잠자리가 제공되지만 월급을 조금 준다는 말에도 고마워하며 1천2백 원의 소개비를 주고 직업소개소 사장이 적어 주는 주소를 받아들고 소개를 받은 영등포구 신길3동을 향해 버스를 타고 어렵게 찾아갔습니다. 그곳은 주택이나 아파트 현관문과 창문, 방범창 등 잡철물을 제작하여 설치하는 잡철물 제조 공장이었습니다.

공장에 가서 면접을 했으나 만약 이곳에서 받아주지 않으면 길거리 신세가 되므로 무조건 최선을 다하여 시키는 일을 하겠다고 말씀드렸습니다. 숙식이 제공되는 대신 한달 월급이 5천 원이라고 했으나 무조건 일을 하겠다고 하여 일단 취업을 하게 되어 먹고 잠을 자는 곳이 해결되었습니다.

공장 구조는 싱글 강판으로 대충 지어진, 비바람만 겨우 막을 정도의 허술한 상태의 건물이였습니다. 숙소는 공장 안 중간에 이층으로 만들어 놓은 방을 사다리를 타고 올라가면 합판으로 바닥을 만들어 놓은 삐걱거리는 장소에 지붕은 슬레이트로 덮고 천장은 합판으로 대고 도배를 한 곳이었습니다. 여름철 더위나 겨울 추위에는 무방비 상태인 간이 숙소였으나 노숙을 하지 않아도 되고 먹고 잘 수 있는 곳이 있어서 오갈 곳 없는 나에게는 그나마 다행으로 생각하고 머물게 되었습니다.

숙소는 공장 기능공 10여 명이 함께 사용하는 곳을 잠자리로 제공받았고, 밥은 공장 뒤쪽 사장 집에서 밥을 직접 해 주어 먹고 그런대로 버틸 수가 있었습니다. 월급도 주고 기술도 배울 수 있다는 말에 무조건 허락을 하였으나 여기에서 만약 받아주지 않았다면 버스 차비 한 푼도 없는, 이제는 말 그대로 완벽한 거지가 되어 서울 시내를 떠돌며 구걸하며 살아야 했으므로 무조건 최선을 다해 일을 하겠다고 하여 겨우 머무를 곳을 찾아 서울 생활의 세 번째 삶이 다시 시작되었습니다.

그러나 공장에서 일하는 사람은 15여 명으로 그중 숙련공이 12명이고, 심부름하며 일을 배우는 나와 같은 사람이 2명 더 있었으나 그들은 공장에 온 지 2년이 지났는데도 아직도 잡철물의 제작 기술을 다 습득하지 못하고 공장에서 여러 가지 잔심부름에 잡일만 계속하고 있었습니다.

기술자 숙련공들은 신장은 크고 깡마른 체격의 나를 노리개 다루듯 비웃으며 조롱했습니다. 온갖 심부름을 시키며 실수하면 욕을 하면서 연장을 집어 던지고 비웃으며 네가 언제까지 버티는가 보자는 식으로 무시하였고, 아무 일이나 마구잡이로 시키고 골탕을 먹이는 것이 일쑤였습니다.

아무것도 모르는 나에게 할 수 없는 일만 골라 시키고 고의적으로 일을 늦게 한다거나 잘못한다고 트집을 잡고 욕설을 하면서 길들이기를 하는 것이 초보자들이 당하는 이 세계의 생활이었습니다.

한 달이 지나면서 숙련공들의 생리를 조금씩 파악하고 오기가 생겨서 어떻게든 기술을 하루빨리 배워서 이 회사를 떠나 다른 회사에 가서 기술자로 인정받아 월급도 많이 받겠다는 생각으로 낮에 일이 끝나고 밤에 모든 사람이 다 퇴근한 후에 다시 몰래 공장에 들어가 고철을 가져다가 전기용접과 산소용접을 해 보고 산소절단기로 철을 절단해 보고 다음에는 스스로 제품을 만드는 도면을 몰래 살펴보며 기술을 터득하기 시작하였습니다.

그러나 주야로 전기용접에서 나오는 강한 가스와 용접 불빛이 직접적으로 눈에 타격을 줬고, 밤에 용접 연습을 많이 한 다음 날은 눈에 최루탄 가스가 들어간 것처럼 눈을 뜰 수가 없어서 고통의 날이 계속되었지만 나는 포기하지 않고 날마다 소금물로 눈을 씻고 담그며 계속 잡철물 제작 기술을 습득하였습니다.

주야로 숙련공들이 만들어 놓은 제품을 제작 과정을 다시 하나하나 살피며 가공과 제작순서를 외우고 생각하면서 새로 들어온 도면은 여러 번 살펴보며 도면을 모두 외우다시피 습득하여 6개월이 되어 공장에서 취급하는 대부분 기술을 습득하게 되었습니다.

숙련공들이 시키는 대로 심부름하면서 기술을 배우려면 3년은 걸려야 한다는 말에 오기가 생겨서 밤마다 12시가 되도록 최대한 일을 빨리 습득하기 위하여 노력을 한 결과 날마다 내 기술은 발전하여 공장 사람들이 미친놈이라고 할 정도였습니다.

기술을 빨리 습득할 수가 있었던 것은 고등학교에서 건축 과목만큼은 나를 따라올 사람이 없을 정도로 공부를 열심히 하여 실력이 우수했으며 그 덕택에 건축을 하는 부속적인 일의 잡철물 제작 도면을 잘 보고 이해가 빨랐던 터라 추가로 기능적인 일을 열심히 배우면서 빠른 판단과 건축 도면 보는 실력이 결합하여 창호 등 잡철물을 제작하는 기술도 쉽게 습득하였던 것입니다.

주야로 노력한 덕분에 우수한 기능공으로 성장하여 6개월이 넘었을 때 계획했던 대로 그 공장에서 무조건 나와 그동안 같이 근무하며 사귀었던 친구가 이직을 한 다른 공장으로 옮겨 한 달에 2만 5천 원을 받는 당당한 기술자로 인정받기 시작하였습니다. 이제 월급 5천 원을 받으며 심부름이나 하는 말단 보조공의 때를 벗어 버리는데 성공하였던 것입니다.

이제 서울에 무작정 상경하여 9개월이 되던 날, 스스로 살아가는 당당한 사람으로 성장하게 되었고, 서울 땅에서 아니 대한민국 어디에서도 무시당하지 않고 살 수 있다는 것을 스스로 자축하며 기뻐하게 되었습니다. 이제까지 사회 초년생이란 고난의 삶 속에서도 인내와 연단으로 나를 강하게 하시고 한없는 지혜와 명철을 주시며 소망으로 인도하신 하나님께 감사를 드렸습니다.

내가 노숙하며 불안에 떨고 간절하게 직장을 찾았던 심정으로 공장에서 일을 배우는 과정에서도 주야로 도면을 여러 번 숙지하고 제작 과정을 열심히 배웠던 것들은 내 안에서 항상 위기의식과 경직된 삶으로 나 자신이 최선의 노력을 하도록 이끌어 주신 하나님 은혜로 빨리 성장하게 하신 것을 감사하는 것입니다.

그러나 나는 잡철물을 제작하는 노동자로 살아가야 하므로 힘드는 일이었지만 밤이면 건설에 관계된 대학 책을 사다가 보면서 자격증을 따야 한다는 욕심으로 건설에 대한 지식을 계속 쌓아가며 현장에서 설치되는 철제품에 관한 시공이나 제작에 관한 일들을 다 내 지식으로 만들어 실력으로 쌓으며 최선을 다하였습니다.

잡철물을 만드는 직장에서 한 달에 5천 원을 받으며 일하면서 입었던 옷은 다 해진 옷에 페인트가 덕지덕지 묻어 있으며, 철제품을 다루며 철제 녹이 옷에 많이 묻어 있고, 날카로운 철의 모서리에 찍혀 옷이 떨어진 상태에서 계속 빨지 않고 입어서 다른 사람이 길거리에서 내 모습을 보면 영락없이 거지 형상과 재활용품을 줍는 넝마주이 같은 모습이었습니다.

하루는 신길동에서 다 떨어진 옷에 페인트가 덕지덕지 묻은 옷과 검은 고무신을 신고 리어커 바닥만 헌 합판으로 깐, 너덜거리며 페인트 작업 중인 붉은 녹막이 페인트가 묻어 있는 리어커를 끌며 딱 거지의 형상으로 다니는 내 모습을 마침 고향에서 일찍 서울에 올라와 제법 자리를 잡은 영등포에서 사는 친구가 지나가다 거지 형상의 나를 보고 시골 우리 동네에 가서 현식이가 영등포에서 거지가 되어 돌아다닌다고 소문을 냈습니다.

잡철물 일을 배우며 다녔던 그때를 생각하면 보는 사람은 그렇게 착각할 수도 있을 정도로 내 모습은 초라하기 짝이 없었으며, 나 자신도 누가 보면 어쩌나 했던 것이었기에 친구라는 놈도 나를 보는 순간에 창피하여 아는 척을 할 수가 없었을 것입니다.

그러나 외면했던 것은 이해하지만 거지꼴을 하고 있는 모습을 보았으면 풀빵이라도 하나 사 주고 갈 것이지, 그것도 어머니가 계시는 고향에 가서 거지가 되어 영등포에서 돌아다닌다고 소문을 낸 것은 지금 생각해 봐도 정도가 지나친 것 같습니다.

어머니께서 이 소문을 들었을 때 갖은 고생을 하며 막내 자식이라도 고등학교를 보내려고 생선 장사와 야채 장사를 하며 죽도록 고생하면서 학비며 용돈을 벌어 주신 것을 생각해 보면 진짜 나쁜 자식으로 한 대 패 주고 싶지만 그 후에도 만나지는 못했습니다.

또 한 번은 잡철물 공장에서 거지같은 모습으로 심부름을 하면서 일을 하고 있을 때 공장에 갑자기 용접봉이 다 떨어졌다는 말을 들었습니다. 용접봉 정도는 영등포에 공구 상가에서 사 오는 일은 대수롭지 않다고 생각하고 영등포라는 도시의 거리도 구경을 할 겸 심부름을 "제가 영등포에 가서 용접봉을 사 가지고 오겠습니다." 하고 한 달 월급 정도인 5천 원을 받아 두 바퀴만 겨우 굴러가는 너덜거리는 자전거를 타고 빨지도 않고 계속 입고 일하던 작업복 차림으로 오전 11시 30분쯤 처음으로 영등포 당산동 주변 공구 상가로 용접봉을 사러 간 적이 있었습니다.

다른 사람이 용접봉을 사러 갔으면 길을 잘 알기 때문에 40분 정도면 다녀왔을 길을 처음 가는 영등포 공구 상가와 용접봉 가게를 찾느라 헤매다가 겨우 용접봉을 구매하였으나 서울 길이 복잡하고 초행길이라 돌아오는 길 방향을 잡지 못하고 이리저리 헤매다가 겨우 방향을 잡고 길을 찾아 어렵게 돌아오게 되었습니다.

사실은 용접봉을 파는 가게가 골목길을 돌고 돌아 깊은 곳에 있어서 두 배가 넘게 1시간 30분이 지나서야 공장으로 되돌아오게 된 것입니다. 더구나 돌아오는 길이 갈 때는 내리막길이었으나 올 때에는 오르막길로 초행길을 땀을 뻘뻘 흘리며 겨우 공장을 찾아 돌아오게 되었던 것입니다.

공장 사람들은 이미 점심을 다 먹고 돌아와 쉬고 있었습니다. 그런데 기능공 중 평소 나에게 잘해 주던 고흥이 고향인 나보다 한 살 아래인 사람이 "김 형!" 하며 잠깐 보자고 하면서 하는 말이, 우리 모두가 점심을 먹으러 사장 집에 갔는데 사장이 하는 말이 "현식이라는 놈이 틀림없이 돈 5천 원과 자전거를 가지고 도망을 갔다."는 말을 하였다는 것입니다.

공장에 올 때부터 얼굴은 번지르르한 놈이 철공장에 왔다며 여기에 있을 놈이 아니라고 하면서, 그놈은 처음부터 일을 배우러 온 것이 아니라 도둑질을 하려고 여기 온 놈이라고, 그놈은 도둑놈이라고 하더라는 것이었습니다.

어처구니가 없는 말이었으나 내가 모르는 초행길을 헤매며 용접봉을 사오느라 온 힘을 다하여 1시간 30분이 걸려서 용접봉을 겨우 사 가지고 왔던 것은 생각하지 못하고 스스로 착각을 하고 돈 5천 원과 자전거를 가지고 도망을 갔다고 오해를 한 것입니다.

그러나 점심은 고사하고 공장 구석에서 내 신세가 너무 초라하여 눈물을 참을 길이 없어서 울면서 빨리 기술을 배워 이곳을 떠나야 한다는 생각으로 이를 갈면서 전심전력을 다하여 기술을 습득하였으며, 기술을 빨리 배우며 성장시켰던 것이 사실입니다.

어려움 속에서도 전심전력을 다하였던 것은 중학교 3학년 때부터 돈을 벌어 어머니를 빨리 도와드려야 한다는 생각이 항상 마음에 가득하였기 때문입니다. 또 어머니로부터 이어받은 하나님 말씀을 어려서부터 듣고 성실하게 살려고 노력하였으며, 공장 일을 하면서도 2주에 한 번씩 쉬는 날에는 온몸을 깨끗하게 씻고 가까운 교회에 가서 기도하며 예배를 드리고 살면서 믿음과 긍정적인 사고방식의 정신이 마음과 가슴에 항상 자리 잡고 있었으며 도전을 계속하게 하신 하나님 말씀 덕분이었던 것입니다.

고등학교를 졸업하고 어디서 무엇을 하고 살아야 할지, 목적도 없이 서울 땅에서 사회생활을 시작하면서 힘든 일과 무서움이 엄습해 올 때마다 하나님을 믿으면서도 '어떡하지?' 하는 말밖에는 아무 생각이 나지 않아서 안절부절못할 수밖에 없을 때 내 안에 계시는 하나님께서는 미래를 바라보는 소망을 주시고 길을 인도하시며 항상 함께하여 주신 은혜에 감사를 드리는 것입니다.

젊은 사람들이 직업을 선택할 때 각자가 원하는 좋은 직업만 선택하려고 한다면 어느 한 직업에 사람이 몰리게 되어 경쟁도 심하고 결국은 실업자가 늘어나게 되어 있고, 또 다른 쪽에서는 사람이 부족한 문제가 발생할 수가 잇는 것입니다.

그러나 직업은 내가 선택을 할 수도 있겠으나 더 정확한 것은 이 사회가 원하는 직종과 그 시대의 흐름에 따라서 사회가 원하는 직업을 선택해 주어야 맞습니다.

직업은 사회에서 사람에게 내려주는 귀한 선물이라는 생각을 하게 됩니다. 그리하여 사람들은 사회에서 원하는 곳으로 가서 최선을 다하여 일을 해 주어야 이 사회가 골고루 발전하며 그 사람도 빨리 성장하게 되며, 서로 협력하여 이루는 사회가 되므로 직업은 사회의 필요에 따라서 결정이 되어야 마땅한 것입니다.

직업을 찾는 사람들은 나쁜 일이 아니면 무슨 일이든 주어진 직업에 최선을 다하여 성장을 시킨다면 꼭 성공할 수 있을 것입니다.

이제 내가 스스로 살아가는 기술자로 성장하였으니 어려움과 두려움도 조금씩 사라져 가고 절대로 후퇴하지 않고 앞으로 계속 미래를 향해 전진하리라는 마음을 먹으면서 이제 내 인생에 기초를 조금씩 쌓아가게 된 것을 하나님께 감사하게 생각하는 것입니다.

낯선 타향살이 서울 삶은 순탄하지 않았으며, 노숙자로부터 출발했기 때문에 환란에서도 인내하며 연단하면서 나아갈 수 있다고 자신을 달랠 수 있었던 것은, '내가 원래 거지와 같은 노숙자였는데 더 이상 후퇴할 곳은 없다'고 생각하며 배수진을 치기 때문입니다.

지금도 나는 어려울 때마다 본모습이 노숙자였으므로 '뒤로 후퇴할 곳은 없으니 앞으로 전진할 일만 남아 있다'는 생각으로 스스로 배수진을 칩니다.

믿음으로 사는 사람은 "마태복음 6:25 그러므로 내가 너희에게 이르노니 목숨을 위하여 무엇을 먹을까 무엇을 마실까 몸을 위하여 무엇을 입을까 염려하지 말라 목숨이 음식보다 중하지 아니하며 몸이 의복보다 중하지 아니하냐"라고 말씀하신 것은 오직 하나님 나라 진리의 의로운 삶을 실천하며 살아가는 것을 목표로 삼고 하나님께서 원하시는 삶을 하루하루 최선을 다하여 살다 보면 어려운 고난과 환란 속에서도 하나님께서 모두 해결하여 주시는 것을 믿고 나아가는 것입니다.

내가 서울에 무작정 상경하여 감당하기 어려운 문제들을 해결하고 살아갈 미래를 위한 조금만 자리를 잡고 살던 어느 날, 갑자기 시골 형으로부터 전화가 왔습니다. "아따! 너 시방 어디 가 있냐. 군대에서 영장 나와 붙땅께" 그 후 77년 10월 13일, 영장을 받은 많은 젊은 청년들이 대한민국의 부름의 국방의무를 감당하기 위해 광주 공설운동장에 집합하여 인원을 확인한 다음 논산행 입영열차를 타고 논산훈련소로 가서 대한민국 남자로서 나라를 지키는 국방의 의무를 완수하기 위하여 입대하게 되었습니다.

- 내가 서 있는 이 장소에서 지금 보며 하고 있는 이 일이 내 인생을 시작하는 스타트라인이다.
- 지금 이 순간에 두려워하지 말고 하고 있는 일에 무조건 도전하고 전심전력을 다 하여라.
- 어려움과 환란과 고통을 인내로 연단시키면 더 강한 사람으로 변하여 성공하게 된다.

- 무슨 일이든지 한 가지 일만 성공을 시키면 그 일이 평생 나와 내 가족을 먹여 살린다.
- 세상은 쟁취하는 사람들에게만 내어 주며 그 길을 열어주며 행복과 보물도 안겨 준다.
- 어려운 삶도 의로운 목표를 가지고 계속 노력하면 하나님께서 인도하시며 도와주신다.

제 2 장

남자의 틀, 군 생활

5.
남자의 틀, 훈련소

입영 영장을 받고 광주 공설운동장에서 집합하여 논산훈련소로 가기 위하여 군용열차에 오르는 순간부터는 이제까지 내가 자유롭게 성장하며 생각하면서 살아온 정신과 육체적인 자유는 무조건적이며 강압적인 무식한 방법으로 모두 박탈당했습니다.

이유는 우리를 초기에 제압하려고 논산훈련소 조교가 미리 군용열차에 타고 와서 대기하고 있다가 우리가 훈련소에 가기 위하여 군용열차에 오르는 순간부터 갑자기 상식적으로 이해가 되지 않은 자신들의 훈련소 방식으로 통제가 시작되어 내 개인은 존재하지 않은 상태가 되었습니다.

이제까지 제멋대로 살아온 우리들에게 지옥의 통제가 시작되어 기차 안에서는 "동작 그만! 일어서! 앉아! 동작 봐라! 여기가 너희들 집인 줄 알아?" 하면서 정신을 빼앗아 가려는 저승사자처럼 으르렁거리며 강하고 우렁찬 목소리의 절도 있는 조교들이 훈련소에 가기도 전에 기강을 잡느라 사회에서 제멋대로 살다가 온 입대자들을 정신 못 차리게 했으나 지금의 훈련소 같으면 인권 존중이 확실하게 되었을 것입니다.

온 정신을 다 빼앗기며 정신을 못 차리는 순간에 어느새 논산역에 도착하여 논산훈련소에서 입소식을 마치고 입대한 훈련소 28연대는 사회에서 제멋대로 살아온 청소년들을 새롭게 각지고 강한 남자로 만들어 주는, 콩알같이 흐트러질 수밖에 없었던 존재들을 하나로 뭉치게 하는 씻고 갈고 끓여서 두부 틀에 부어 각진 두부를 만드는 제조기와 같았습니다.

처음 제식훈련은 좌향좌, 우향우 할 때마다 손과 발이 따로 놀아 오합지졸로 우왕좌왕하다가 점점 각이 살아났습니다. 각개전투에서는 붉은 흙탕물에 뒤범벅되고 철조망에 훈련복이 찢기면서 넘어졌고 이리저리 뛰며 고지 점령을 하면서 진땀을 빼고 나면 사회에서 없었던 밥맛이 새로 살아났습니다.

훈련이 정점에 이르자 나중에는 수류탄을 터뜨리는 것을 처음 보았고, 화생방 가스실에 들어가 눈물 콧물 다 흘리며 꽥꽥거렸습니다. 사격훈련 등 여러 가지 훈련을 받으며 규칙이라는 새로운 틀 안에서 다시 한 단계 성숙한 남자로 태어나기 시작했습니다.

그중에서도 특별히 생각나는 것은 훈련병들이 사격훈련에서 영점사격을 잘하면, 연대 간의 경쟁에서 유리하게 되면, 교관의 평점이 올라가고 진급에도 영향이 있다고 들었습니다.

교관은 자신이 훈련시킨 훈련병들의 사격 점수가 잘 나오도록 하기 위하여 사격을 잘 못하는 다른 훈련병들 사격 표지판에 사격 점

수가 잘 나온 나보고 대신 사격하라는 말에 한 사람이 3발씩 3번을 사격하여 총 9발을 쏴서 영점을 잡는 것인데, 다른 사람 몫까지 36발을 사격하라고 하였습니다. 처음 만지는 M1소총의 반동이 어찌나 심했던지 36발을 사격하다가 소총의 반동에 오른쪽 볼이 붉게 부어오르도록 실컷 사격을 해 보았습니다.

그래도 훈련소의 주일날은 연무대 교회에 가서 예배를 드리면서 즐겁게 찬송가를 부르고 간절히 기도하며 하나님께 고된 훈련을 잘 마친 후 자대 배치를 받아 군 생활을 마지막까지 잘 마치고 건강하게 제대하게 해 달라고 기도를 간절하게 드렸습니다. 주일날에는 내무반에서 쉬면서 점심에는 사회에서 먹어 보지 못한 찐 라면을 먹어 보면서 앞으로 새로운 군 생활을 어떻게 하여야 할지 약간의 두려움이 앞섰습니다.

군 생활을 마친 후 많은 세월이 흐르고 2017년 극동방송에서 논산훈련소 연무대교회를 건축한다는 소식이 있어서 내가 군 생활에서 많은 경험을 쌓고 제대한 것에 감사하여 우리 회사에서 건축헌금으로 1천만 원을 하였습니다. 그랬더니 연무대교회에서 감사편지와 기부증명서를 보내왔으며, 2018년 12월에 입당예배를 드린다고 연락이 와서 하나님께 영광과 감사를 드렸습니다.

논산훈련소에서 한 달간 훈련을 마치고 주특기는 급수 장비 521를 부여받고 후반기 교육을 받기 위해 김해공병학교로 주특기 교육을 받으러 갔습니다.

김해공병학교에 오후 1시쯤 도착하자마자 배가 고픈 늦은 점심시간에 식당에서 꽁치찌개와 밥을 배식받아서 막 먹으려고 할 때 조교는 '동작 그만!'이라고 소리를 지르는 바람에 식사를 시작할 수 없었습니다. 군대는 개인보다는 단체의 신속, 정확, 협동을 최우선시하기 때문에 모든 입소 훈련병들이 100% 배식을 받았을 때 다시 조교로부터 "식사 개시!"라고 외치는 소리가 들리고 훈련병들도 "식사 개시!"를 복창함과 동시에 식사를 할 수 있었습니다.

그러나 그것도 잠시, 식사 시작 후 몇 술 뜨지도 않고 불과 1/3 정도 먹고 있을 때 조교로부터 다시 불호령이 떨어졌습니다.

식사를 시작하며 조금 먹고 있으니 "식사 그만! 일어섯!" "운동장에 2분 내로 집합한다!" 소리가 식당에 울려 퍼졌습니다. 그 순간 우르르 운동장으로 뛰어가는 것을 조교는 "동작봐라!" 하면서 늦은 병사들을 뒤에서 독촉하는 것을 시작으로 논산훈련소보다 한 단계 더 높은 훈련이 시작되었습니다. "밥 먹을 때는 개도 안 건드린다"는 말도 있으나 김해공병학교는 밥도 제대로 못 먹게 하고 훈련이 시작된 것입니다.

그 후부터는 식사 개시 복창이 끝나고 2분이면 밥을 다 먹어 치워 악당과 같은 조교로부터 먹던 밥까지 빼앗기지 않으려고 정신없이 먹었으나 그 뒤로는 식사 중에 '동작 그만'은 하지는 않았습니다.

사회에서 제멋대로 살다가 군에 입대하여 논산훈련소도 교육이 아주 강했다고 생각하며 힘들어했으나 김해공병학교의 교육은 '아!

여기서 죽었구나'라고 생각했습니다. 조교 말에 의하면 지휘관이 명령하면 "날아가는 새도 직각으로 떨어진다"고 하면서 밥을 먹을 때도 숟가락을 수직으로 들어 직각으로 먹으라고 명령했습니다.

논산훈련소에 10월 13일 입대하여 훈련을 마치고 배치가 늦은 바람에 1주일을 더 대기하다가 11월 20일경에 김해공병학교로 가서 후반기 교육을 한참 받고 있을 때는 12월 중순으로, 추운 겨울이었습니다. 아침 기상점호 때는 윗옷을 벗고 2킬로미터를 "사나이로 태어나서 할 일도 많다만…" 노래를 기간병들과 훈련병들이 함께 부르며 구보를 했습니다.

처음에는 몸이 얼었다가 나중에는 몸에서 김이 모락모락 피어 오르며 온몸에서 열이 났습니다. 김해공병학교의 훈련은 정말 말 그대로 무식하게 훈련을 시키기로 유명했던 곳입니다.

겨울철 영하인 날씨 속에 달도 없어 아무것도 보이지 않은 밤중에 연병장에서 '헤쳐 모여'를 반복하여 훈련병들끼리 충돌하게 하고, 훈련병을 운동장에 집합시키고 앞, 뒤, 옆을 띄지 않고 바짝 붙이는 '방수밀착'이라는 것을 시키고 뒤로 취침하여 '좌로 굴러, 우로 굴러'를 시키고 빨리 구르라고 독촉하는 바람에 비명 소리가 나면서 사람 위에 사람이 겹치며 허리가 다치는 사고가 발생하여 때마침 지나가는 상관이 밤에 운동장에서 얼차려를 시키는 조교를 조사하고 조치하기도 했습니다.

내무반은 6·25 때 쓰던 시설 그대로 반달 모양의 아아치 골강판으로 만들어진 허술한 건물이었습니다. 골강판 내부에는 단열이 잘 되어 있지 않아서 조개탄 난로를 내무반 중앙에 설치하여 난방을 하였으나 중앙 통로는 그런대로 따뜻하나 창가에 골 강판 가까이까지 발을 뻗으면, 그곳은 영하 상태로 양말을 신고 자는데도 발가락에 동상이 걸려 발이 퉁퉁 부어 아침이면 전투화에 발이 잘 들어가지 않았습니다.

군 생활에도 김해공병학교에서 동상이 걸린 후유증으로 40년이 넘은 지금도 계속 새끼발가락 주위가 조금씩 굳어 와 어려움을 겪고 있을 때가 있습니다. 발가락이 굳어 너무 통증이 심할 때에는 굳은살을 면도칼이나 손톱깎이로 깎아 내면서 살고 있습니다.

김해공병학교에서는 차량에 부착된 장비로 오염된 물을 정수하여 전쟁 시에 병사들의 식수 등의 물을 해결하는 훈련을 하였고, 지하수를 정화하고 소독하는 것을 배웠습니다.

훈련을 마치고 저녁 밤중에 외곽 경계 보초를 설 때에는 유난히 밝은 보름달이 떠 있어 고향의 어머니 생각에 젖어 있을 때가 많았습니다. 보초를 서고 있을 때 어디선가 '땅, 땅' 하는 여자 소리가 작게 들려서 고개를 돌려 보면 아주머니들이 훈련병들이 보초 서는 울타리 밖 개천가까지 다가와 몰래 라면땅 과자를 훈련병에게 팔며 신호로 '땅, 땅' 하였지만 불법인지 알면서도 보초를 서면서 몰래 사 먹는 과자 맛은 정말 꿀맛과 같았습니다.

그런데 취침 중 새벽 1시경에 비상이 걸려 갑자기 기상하라고 하여 내무반 침상 끝 선에 정렬하였는데 중대장이 급한 목소리로 용접할 줄 아는 사람이 있느냐고 물었습니다. 내가 얼떨결에 손을 들었는데 무조건 차에 태우고 훈련소 전체에 물을 공급하는 급수장으로 데리고 갔습니다.

이 급수장은 김해공병학교 훈련소 전체에 물을 공급하는 곳인데 갑자기 한파로 온도가 급강하하여 급수 장비가 동파되어 여러 곳의 파이프가 터져 물난리가 났던 것입니다. 급수장은 훈련소 병력에게 식사와 전체 병사들에게 물을 공급하고 사용해야 하는 중요한 시설이었으나 파이프라인이 동파가 나서 물을 공급할 수가 없으므로 훈련소 모든 병력이 밥을 굶을 지경에 이르렀고 세면도 할 수가 없게 되었던 것입니다.

군 입대 전에 일했던 잡철물 공장에서 배웠던 산소 절단과 용접 실력을 마음껏 발휘하였습니다. 아침 8시까지 배관을 자르고 용접하여 급수장이 정상적으로 가동되도록 완성하여 훈련소 전체 병력이 늦은 아침 식사라도 할 수 있게 하여서 다행이었습니다.

그 후 공병학교 내 훈련은 대부분 열외되어 편해졌습니다. 중대장은 나를 따로 불러서 훈련을 받게 하는 대신 교육 차트를 매직으로 쓰라고 하면서 훈련을 열외시켜 주었습니다. 밤이면 급수장으로 호출받아 가면 닭고기, 돼지고기 등을 기간병이 취사반에서 가져다주어 여러 번 잘 먹었습니다. 만약 급수 장비 수리가 느졌다면 관계자들이 처벌을 받았을 것이므로 훈련병인 나를 대접하는 것은 당연한 일인 것입니다.

훈련을 40일간 잘 마치고 퇴소식에서 훈련소 최고의 상인 김해공병학교 교장 준장 상을 받고 안양 야공단으로 배치받아 야간 군용열차에 몸을 싣고 안양으로 갔습니다. 군 생활을 위해 배치받은 부대는 안양시 박달동에 있는 야전공병단으로 우리 부대 뒷산에는 유격훈련장이 있는 부대였습니다.

급수장비 주특기를 받은 대로 배치받아 갔다면 미군 카추샤보다 더 편한 산 정상에 있는 급수장에서 기타나 연주하면서 소독약만 물에 타 주고 근무하며 아침, 저녁 점호도 열외되어 추리닝만 입고 편하게 군 생활을 할 수 있는 부대 정수장으로 배치를 받아야 했으나, 야전공병대 급수장에는 이미 선임 병사들이 배치되어 보직이 차 있어서 일반 야전공병 소대에 배치되었습니다.

막 도착한 소대 내무반에는 소대 병력이 훈련을 하러 가고 없었고, 제대를 앞둔 병사 한 명이 훈련에서 열외되어 휴식을 취하고 있었습니다. 나는 내무반 침상 끝에 부동자세로 앉아 있었습니다.

잠시 후 제대가 1개월도 남지 않은 병장이 훈련에서 열외 되어 내무반에서 쉬고 있으면서 신병을 놀리려고 내게 다가와서 "야, 야, 편하게 앉아라! 괜찮아." 하면서 부드럽게 말하였습니다. 그런데 자세를 편하게 앉으려 하자마자 상병이 군홧발로 툭툭 차면서 "똑바로 앉아!" 하면서 군기를 잡았습니다. 조금 뒤에는 일병이 오더니 창고로 데리고 가서 '자세가 불량하다, 목소리가 작다, 동작이 느리다'며 이런저런 이유를 대고는 계속 구타하면서 약 2시간 동안 군기를 잡는 것이었습니다.

고등학교에서 각개전투 훈련을 받아 보았기 때문에 논산훈련소에서 사회에서 경험하지 못한 훈련을 받으면서도 그런대로 참고 넘겼습니다. 그렇지만 김해공병학교에서는 한마디로 무식한 교육을 40일 동안 받았고, 공병학교를 마치고는 이제는 자대 배치를 받아서 '군 생활만 잘하면 되겠구나' 생각했는데 정작 자대에 와 보니 영문도 모르게 무조건 잘못했다고 하며 구타하는 것이었습니다.

너무나도 이해할 수도 없는 일이었으나 내 자유는 이미 국가에 반납한 상태로 '두들기면 맞으며 당하는 것이 군대구나'라고 생각할 수밖에 없었습니다. 이제 내 생각은 자연스럽게 포기하게 되었고, 시키는 대로 열심히 하며 살아가야 하는 것이 군 생활이라는 것을 뼈저리게 경험하였습니다.

남자들이 군대를 가면 속이 든다는 어르신들의 말씀이 있습니다. 그 말씀은 자신이 뜻과 상관없이 훈련을 열심히 받고, 원하지 않은 일도 시키는 대로 하며 부당한 대우를 받는 어려움과 고난의 훈련 속에서 혹독한 삶을 살다 보면 그동안 부모님의 품 안의 그리움과 자신이 사회에서 얼마나 제멋대로 살았는가를 돌아보게 되어 있어서 부모님께 감사하는 마음과 자신의 삶을 얼마나 열심히 살아야 하는지, 군인으로서 나라를 책임지는 일이 어떤 삶인지, 자기 한 사람이 국가를 위해 임무를 다하는 일이 얼마나 중요한 것인지 애국하는 마음이 생겨 자신과 가정과 국가의 소중함을 깨닫게 된다는 것입니다. 그래서 군 생활의 어렵고 힘든 과정 속에서 속이 점점 깊어진다고 할 수 있습니다.

내가 이 땅에서 존재하고 있으려면 나를 보호해 주고 자유롭게 살아갈 수 있는 국가라는 거대한 틀이 존재해야 합니다. 국가가 존재하면 나와 우리 가족이 국가에 의지하여 안전하게 보호받고 살아갈 수가 있으므로 내가 국가를 보호해야 하며, 국가를 사랑해야 하는 것이 국민의 도리인 것입니다.

그리고 국가가 안전해야 내 가정 역시 안전하게 존재할 수가 있으며 또 나를 안전하게 지킬 수 있으므로 내가 국가와 가정과 이 자유로운 사회를 위해서 희생하는 공의로운 삶을 살아야 한다는 것을 조금씩 알아가는 것 같았습니다.

특히 남북으로 갈라져 북한에는 개인의 자유가 박탈되어 오직 통치자를 위해서 국민이 존재해야 하고 종교의 자유까지 박탈하여 하나님을 믿고 살아갈 수도 없지만 자유 대한민국에서는 하나님을 믿고 신앙생활을 자유롭게 할 수 있으며, 다툼이 있으나 공의가 우선되는 것만으로도 정말 행복한 사람이라는 것을 깨달았습니다. 이 자유로운 대한민국을 위해 국방의 의무를 다하며 이 한목숨 국가를 위하여 바칠 준비가 되어 있어야 할 것입니다.

훈련소에서 훈련과 자대 생활을 시작한 지 약 4개월이 되어 말단 졸병으로 열심히 심부름을 하며 군 생활의 요령을 열심히 배우는 병사가 되어 몸에는 제법 각이 잡인 군인으로서 국방의 의무를 충실히 시작하였습니다.

• 버려진 고철과 강한 철은 높은 열의 불에 담금질로 인하여
부드러워지고 새롭게 태어난다.
• 모든 어려움은 인내와 연단으로 한 단계 성숙하여
소망으로 완성하게 된다.
• 어려운 삶을 극복하고 이기며 사는 사람은
평범한 삶도 귀중하게 여기며 철저하게 살아간다.

• 완벽한 준비가 돼 있는 사람은
자신의 때가 되면 항상 빛을 발하며 성공하게 된다.
• 무리수를 두는 사람은
난관에 빠지나 질서 있는 삶은 안전한 길로 계속 성장한다.
• 대한민국 안에 내 가족이 존재하고
내 가족 안에 내가 존재하는 것은
공의 안에 내가 존재하는 것이다.

6.
군 3년 경력이 사회 10년

자대에 배치받아 말단 사병에서 군 생활을 힘들게 적응하며 약 2개월이 지난 후 건축 공사 경험이나 공사 관리에 경험이 있는 병사를 뽑는다는 명령이 내려왔습니다.

대학에서 건축과를 전공해서 졸업했거나 다니는 사람과 건설공사 실무에 대하여 경험이 있는 사람이 있으면 나오라는 대대장의 명령이 내려와 중대장이 공사에 경험이 있는 사람을 찾아서 손을 들었고, 대대에 불려 가서 테스트를 받게 되었습니다. 각 중대에서 불려온 사람 20여 명은 대부분 대학을 다니다가 왔거나 졸업한 사람들이었는데, 그중에 2명을 뽑는 테스트에서 부대대장의 질문에 경험했던 일들을 자신 있게 대답하여 당당히 고등학교를 졸업한 내가 선택이 되었습니다.

그 후에 육군본부, 특전사령부, 육군사관학교 등 육군본부 직할부대의 중요한 직영공사나 도급공사의 관리 사병으로 현장에 파견을 나가 많은 공사를 관리하며 경험을 쌓게 되었습니다.

가장 먼저 공사 관리에 투입된 현장은 거여동 공수특전사령부 공교육장, 취사장 직영 공사, 특전사령부 여군 막사 공사, 장교 숙소 아파트 공사, 교육대대 창설부대 공사 등을 관리하였고, 그 후에는 3공수부대 신축 공사까지 관리하였습니다.

공사 관리를 시작했을 때 선임 병장이 1개월 후 빨리 제대하는 바람에 공사 관리를 내가 모두 담당하게 되었습니다. 신임 이등병이 의외로 공사 관리 일을 잘하자, 중대장과 선임하사까지 공사에 대한 모든 일을 나에게만 맡겼습니다. 휴일에도 쉬는 날이 없을 정도로 바빴으나 내가 해 보고 싶은 공사를 배우고 많이 경험해 볼 수 있게 되어서 하나님께 감사하게 생각하며 닥치는 대로 최선을 다하여 일하기 시작하였습니다.

우리 중대는 먼저 교육대대 창설부대 공사와 공 특전사령부 교육장 공사에 중대 병력 전체가 투입되었고, 대대에서 보유하고 있는 모든 중장비까지 투입되어 관리하게 되었습니다.

수송부의 덤프트럭 10여 대와 도자 2대, 그레이다 1대, 포크레인 2대 등 우리 대대 공사 장비가 총출동하여 창설부대 부지 조성 공사를 하였고, 모든 장비가 내 관리 안에서 움직였습니다. 매일 우리 중대 병력을 직영 공사에 작업 배치하고 장비의 할 일을 계획하고, 이에 필요한 덤프트럭의 자재 운송 지시와 도자와 포크레인 작업 지시, 중장비의 연료 지급 등 막중한 임무를 수행하면서 현대건설이 시공하는 장교 숙소 아파트 공사까지 감독하기 시작하여 잠자는 시간 5시간 외에는 쉴 틈이 없었습니다.

계급은 이등병이었으나 중대 모든 병력이 공사를 할 때에는 내 지휘에 따라야 했으므로 아침 5시에 중대 병력보다 일찍 일어나 아침밥을 거르면서 공사 계획을 짰습니다. 병력을 현장에 각 공정에 맞게 배치한 후 장비 작업을 위한 연료를 지급하여 덤프트럭은 미사리에서 모래와 자갈을 운반하도록 선임하사에게 지시하고 중장비 작업을 지시하는 등 공사 현장에서만은 내 지시에 따라야 했으므로 내가 최고 사령관이었습니다.

과거 버스 회사에서 암행원을 하다가 실업자가 되어 직업을 구하기 위해 종로 거리를 헤매고 다니다가 한 직업안내소를 갔을 때, 포크레인 운전을 배우는 소개비가 3천 원이라는 생각이 나서 포크레인을 타 보고 싶어 제자리에서 포크레인 바가지를 들었다 놨다 해 보았습니다. 다시 도자에 올라 앉아 운전을 해 보았으나 말로 설명을 들었을 때와 차이가 많아서 도자를 운전하다가 산 밑으로 도자와 함께 굴러 떨어질 뻔했던 아찔한 사건도 있었습니다. 그런데도 내가 사고를 당하지 않고 살아 있는 것을 생각해 보면 하나님께 감사를 드리는 것입니다.

그러던 중 우리 중대가 작업하는 공교육장 취사반 공사와 훈련장 직영 공사를 진행하는 동안, 공사 기간을 앞당기라는 특전사령관의 지시가 있어서 중대에서 급하게 공사를 하느라 문제가 하나둘 발생하기 시작했습니다.

하루는 우리 중대 일병이 콘크리트 공사를 마치고 피곤하여 작업

복을 입은 상태로 신발을 대충 신고 특전사령부 앞 메인 도로를 터벅터벅 걸어 중대 막사로 돌아오던 중, 특전사령부 여군 장교 대위에게 흔들거리며 걸으면서 풍기문란하다는 지적을 받으며 인사를 하지 않았다는 이유로 여군 장교에게 따귀를 맞고 중대 막사로 돌아왔습니다.

우리 중대장은 병사들을 올바로 교육하지 않았다는 이유로 사령부에 호출당하여 사유서를 쓰고 같은 계급의 여군 장교에게 갖은 모욕을 당하는 일이 벌어졌습니다. 공병대의 작업의 특성상 매일 힘들게 작업을 해야 하므로 피곤이 겹쳐서 잠깐 일어난 일이 결국은 특전사령부의 규율을 잘 몰라 벌어진 일이었습니다.

중대장은 공사가 지연되고 있는 것을 만회하기 위하여 특별한 대안을 마련하고 병사들에게 지시를 하면서 토요일 오전까지 지연된 공교육장 콘크리트를 다 타설하면 일부 병력을 외출 보내 주고 나머지 병사들에게는 휴식을 주겠다는 약속을 하고 중대 병력에게 막걸리를 사다 주고 콘크리트 타설을 지시하였습니다.

토요일 오전까지 콘크리트를 모두 타설하고 병사들은 외출을 가겠다고 다짐하고 레미콘 차도 없을 때 전기모터로 돌리는 믹서기로 모래와 자갈 시멘트를 나르는 조를 편성하고 전기 콘크리트믹서를 가동하면서 병사들은 막걸리를 마시며 피곤한 줄도 모르고 공교육장 콘크리트 타설을 오전에 완료하였습니다.

오후에 병사들 중 1/3은 외출을 갔으나 남은 2/3 병사들이 다시 오후에 운동장에서 축구 시합을 하고 진 팀이 야간에 회식비를 부담하기로 하고 신나게 운동을 하였습니다. 저녁 식사 후 파견대 내무반에서 술과 음식을 부대 밖에서 사다가 먹고 회식을 하며 즐겁게 보내고 있었습니다.

그러나 파견 공병대에서는 덤프트럭이나 중장비에 연료를 공급하기 위하여 휘발류와 디젤기름을 운동장 모서리에 100여 드럼 이상 쌓아 놓고 철조망으로 경계를 한 연료저장고 보초와 내무반 불침번은 규정상 야간에 보초를 서야 하므로 술 취한 병사들이지만 순서에 따라 교대로 보초는 서야 했습니다.

외출 나가고 남은 병사들은 야간에 회식을 하였으나 모든 병사들이 술에 취해 있었고, 먼저 일병이 술에 취한 채로 연료고 앞 출입구 기둥에 총을 메고 비틀거리며 보초를 서고 있었습니다.

그 후 상병이 화장실을 가다가 비틀거리는 일병 보초를 보고 자신도 술 취한 모습으로 비틀거리며 일병에게 똑바로 보초를 서라고 발길질하며 구타를 하여 1차로 문제가 발생하였습니다.

그다음 보초가 일병을 구타한 상병 차례였고, 상병도 술에 취하여 비틀거리며 연료고 보초를 서고 있는 것을 병장이 술에 취한 채로 자신도 비틀거리며 외부 화장실을 가다가 상병이 비틀거리며 보초 서는 것을 보고 똑바로 서라고 술김에 구타하였습니다.

그러나 보초를 구타하는 것은 경계를 하지 못하게 하는 것과 같아서 군에서는 큰 범죄에 해당하는 것이나 보초를 서던 상병은 술김에 참지 못하고 병장과 시비를 하다가 싸움을 하였습니다. 두 사람은 싸우다가 나중에는 서로 화해하였으나 상병이 소총을 소지한 채로 병장과 함께 밤중에 어디론가 사라져 버렸습니다.

중대장은 퇴근한 상태이고 대신 중사가 주번사령으로 중대 병력을 책임지고 병력을 관리하고 있었으나 주번하사는 싸운 상병과 병장이 밤에 들어오리라 생각하고 찾지 않습니다.

그러나 그들은 다음 날 아침 6시 점호시간까지도 돌아오지 않았습니다. 실탄은 가지고 있지 않았지만 총을 가지고 사라진 것이 문제가 되어 하는 수 없이 특전사령부 주번사령실에 탈영 사실을 보고하고 중대에 보유하고 있는 덤프트럭 10여 대를 몰고 특전사령부 외곽 주변을 수색하기 시작했습니다.

그러나 이들은 태평스럽게 부대 밖 한 식당에서 술을 먹고 식당 방에서 잠을 잔 후에 해장국 식사를 맛있게 하고 있는 것이었습니다. 아뿔사! 때는 이미 늦었으며 큰일이 나 버린 뒤였습니다.

이미 특전사령부 헌병대에서는 탈영병이 발생했다는 신고로 수도권에 비상을 걸었고, 수도권 각 검문소에는 검문검색이 강화되어 빼도 박도 못하고 범법자가 되어 이들을 결국 헌병대에 체포되어 조사를 받고 재판을 받은 후 남한산성 군 교도소에 수감되어 감옥형을 살게 된 사건도 발생했습니다.

또 5톤 덤프트럭 10여 대가 미사리에서 거여동 공수사령부까지 하루 5번을 왕복하는 데 필요한 기름은 5톤 덤프트럭 1대당 200리터한 드럼인데, 선임하사 입회하에 모든 트럭에 200리터씩 아침에 가득 지급했습니다. 그런데 선임하사는 인솔자이면서 하루 2번만 왕복하고 기름이 다 떨어졌다고 하면서 다시 기름을 달라고 하고 모래나 자갈 티켓도 5번 운반하도록 지급했으나 2번 운반하고 없다고 다시 골재 티켓을 달라고 해서 모래와 자갈을 운반한 현장에 가서 모래를 부은 봉우리를 표시하여 매일 조사해 보았습니다.

결과는 하루에 2번 운반한 것을 확인하였는데 선임하사는 미사리 골재를 상차하는 곳에서 골재 티켓을 군인만 채취하게 되어 있는데 골재 채취장에서 민간인도 채취하도록 민간인에게 골재 티켓을 몰래 팔아서 개인적인 이득을 취하였던 것입니다.

또 경유는 민간인이 미사리 모래 땅속에 탱크를 묻어 놓고 군 트럭의 연료통에서 기름을 빼내어 헐값에 사들이는 수법으로 선임하사는 범죄행위인 줄을 뻔히 알면서 디젤 기름을 팔고 난 후 선임하사는 나에게 거짓말을 한 것이었습니다. 이 내용은 헌병대에 고발하여 조사받도록 했어야 하나 선임하사에게 다시 한 번만 더 속이면 상부에 보고하여 헌병대에 조사를 받게 하겠다고 경고하여 사과를 받고 비리가 멈추도록 했습니다.

특전 사령부에서 우리 중대장과 중대 병력들과 함께 근무를 하였으나 직영 공사 현장 2곳과 민간 공사 현장 2개소의 공사를 관리하느라 정말로 손발이 열 개라도 모자랄 지경으로 잠을 정상적으로 자지 못했습니다. 아침에는 병사들보다 먼저 일어나 각 현장에 배치하는 인력 계획과 장비 배차, 그날 필요한 자재 파악과 앞으로 현장에 투입되는 자재 조달 등을 하고, 낮에는 직영 공사와 민간 공사 현장 4곳을 돌아다니며 납품한 자재 검수와 공사가 올바르게 되고 있는지 확인하고 관리하며 결재와 보고서를 작성했습니다. 밤이면 작업일지 소모품대장 등을 기록하느라 잠을 자는 시간이 부족하였으며 새벽부터 밤중까지 일만 하느라 너무나 많은 힘이 들었습니다.

그러나 국방부 시계는 돌아가고 있어서 일병이 되어 어느 날 기다리고 기다리던 첫 휴가 날이 다가와 일이고 뭐고 다 치우고 전투화를 닦고 정장을 다려 입고 중대장에게 가서 "충성! 일병 김현식 휴가를 명 받았습니다!" 하고 휴가 신고를 멋지게 하였습니다.

그런데 갑자기 중대장은 인사도 끝나기 전에 "야, 새끼야! 휴가 같은 소리 하고 있네. 이 새끼!" 하며 중대장은 A4 용지에 할 일을 가득 적어 주고는 "이것 다 해 놓고 휴가를 가든가 말든가 해." 하며 던져 주었습니다.

중대장이 나에게 휴가 기간 동안에도 일을 시키고자 한 것은 내가 없으면 공사 관리를 확실하게 하는 사람이 없어서 공사 전반에 문제가 발생하여 특전사령부 공사 일정에 차질이 발생할 수도 있어서 중대장 입장에서는 당연한지도 모르겠으나 내 입장에서 보면 심하게 부당한 일이며 말도 안 되는 욕설과 지시를 한 것입니다.

그러나 일병은 힘이 없으며 오직 순종만 요구되는 것이 군대이므로 아무 말도 못 하고 중대장이 주는 종이를 받아들고 그날부터 잠을 자는 둥 마는 둥 중대장이 시킨 일을 주야로 12일 동안에 죽어라 다 해치우고 다시 중대장에게 가서 지시하신 일을 다 마쳤다고 휴가를 보내 달라고 했습니다.

그런데 중대장이 하는 말이 휴가기간 15일 중 12일이 지나갔으니 3일만 휴가 갔다가 오라는 것이었습니다. 그러고서 휴가증을 3일 동안만 적어 주었습니다.

요즘이면 군 규정을 어기는 잘못된 명령이나 그 당시는 중대장이 파견대를 모두 책임지고 운영하는 최고자로서 자기 맘대로 해도 되니 말 그대로 중대장의 말이 군법이 되는 세상이었습니다.

어쩔 수 없이 3일간 휴가를 갈 수밖에 없었으나 서울에서 전라남도 무안까지 하루 동안 가서 잠을 자고 하루를 쉬고 나니 다음 날은 부대에 복귀를 해야 하는 어머니와 가족들의 얼굴만 보고 돌아오는 엉터리 휴가를 다녀오게 된 것입니다. 부대 복귀할 때 말로만 휴가지 너무 피곤하고 화도 나고 다시 부대에 복귀하여 많은 일을 하려고 생각하니 너무 힘이 들어서 엉터리 휴가를 갔다가 파견지로 복귀할 때 마시지 못하는 술을 마시고 취한 채로 파견대로 복귀하였으나 중대장은 휴가를 마치고 술에 취하여 복귀한 일병에게 아무

말을 하지 않았습니다.

중대장은 양심은 있었는지 일 시킬 욕심으로 술 취해 부대에 복귀한 나에게 책임도 묻지 않고 또 일감을 잔뜩 주어서 고난의 군 생활이 다시 시작되었습니다. 중대장은 3일간 휴가 보낸 것이 양심에 찔린 것인지 나에게 전보다는 잘해 주었고 관심을 더 가져 주는 느낌을 받았습니다.

특전사령부에서 창설부대까지 총 4건의 공사를 마무리하고 광주민주화운동 진압 부대인 3공수부대 막사 신축 공사를 마치고 제1공수부대 부지 정리, 육군본부 체육시설, 관악산 시설 공사, K16 비행장 공사 등 많은 공사를 사고 없이 다 마치고 육군사관학교 홍무관 신축 공사 관리 사병으로 다시 배치되었습니다.

이곳은 공사 규모가 커서 1군 건설회사가 공사를 수주하였고, 감독 장교는 부대대장 총감독을 하였습니다. 보조 감독관으로 중위와 공사 관리 사병으로 나 외 3명의 관리 사병, 부대대장 운전병과 함께 사병들만 5명이 현장에서 파견 근무를 하였습니다.

부대대장과 중위는 공사에 대한 경험이 없어서 내가 실질적인 공사 감독과 현장 회의를 주도하며 공사 운영을 모두 하였는데, 그 동안 특전사령부와 여러 곳의 현장에서 사고 없이 공사를 완료하였고 많은 경험을 통해 공사 관리 능력이 뛰어나 육군사관학교에서도 내가 현장을 주도하여 관리하였습니다. 부대대장은 내가 보고하는 대로 보고받으며 공사에 문제가 발생하면 현장 소장을 불러 호통치며 과시하면서 출퇴근을 하며 자리만 지켰습니다.

공사 관리를 하는 내용은 민간인 도급공사이므로 자재가 들어오면 KS인증을 받은 자재가 들어오는지 검사를 하고 불량 자재로 시공과 공사가 올바로 진행되는지 날마다 모든 공종을 파악하고 돌아다니며 조사를 하여 부대대장에게 보고하고 현장에서 공사를 규정대로 잘 하고 있는지 각 공정마다 검사를 하였습니다. 또 내역서에 기록된 모든 자재가 정확하게 어디에 사용되었는지 날마다 공사 작업을 파악하여 작업일지를 기록하고 매일 하루 동안 사용된 모든 자재를 소모품대장에 기록하여야만 하루의 일과가 마무리되었지만 이 모든 일을 철저히 하다 보니 공사에 관한 모든 것을 머릿속에 담게 되었습니다.

공사 관리를 시작한 후 지금까지 공사하였던 모든 군 공사에서는 토목, 건축, 설비, 전기 자재까지 다 자재 소모품대장을 기록하고 정리하려면 그 자재가 어디에 얼마나 사용이 되어야 하는지 공사는 올바로 되었는지를 계속 체크하고 기록할 수밖에 없는 것으로 상세하게 파악을 할 수밖에 없어서 같은 일을 반복할 때 자동적으로 실력이 향상될 수밖에 없었던 것입니다. 그래서 자연스럽게 건설 현장에 사용되는 토목, 건축, 전기, 설비의 모든 자재를 머릿속에 외우게 되고 부분적인 공사까지 다 알아야 감독과 관리를 할 수 있으므로 공사에 대하여 도사가 될 수밖에 없었습니다.

매일매일 너무 바빠서 잠을 제대로 잘 수가 없었던 것은 같이 근무하는 후임 병사들은 대학을 다니다가 왔으나 공사에 대한 기초를 배우다가 와서 현장 실무를 잘 몰라서 심부름이나 할 정도였고, 부대대장도 육군사관학교 출신으로 공사 경험이 없어서 공사를 잘 모르는 장교였고, 보조 감독인 중위도 일반 대학을 다니다가 ROTC 장교로 입대하였기 때문에 공사를 잘 아는 사람은 나밖에 없었습니다. 그래서 그날그날 현장을 책임지고 감독하며 관리를 하고 서류 정리도 대부분 내가 하여야 했던 것이었습니다.

군 입대 전에 공사 경력과 특전사령부에서 5건, 그 외 약 5건의 공사 경력이 있었으므로 현장에서는 건설회사 소장도 나와 공사 협의를 하고 부대대장에게 매일 보고를 하고 현장 소장은 현장에 문제가 생기면 나에게 대책을 묻고 협의했습니다. 심지어는 육군사관학교 교장(중장)이 갑자기 현장에 오셨을 때 상병인 내가 현장 상황 보고를 할 정도로 모든 일에서 혼자만 정신이 없을 정도로 바삐 움직일 수밖에 없었습니다.

그러니 잠이 부족할 수밖에 없었고 새벽부터 밤 12시가 넘도록 일만 하다가 책상 위에 모포를 깔고 사무실에서 잠을 자는 경우가 많았습니다. 그 덕분에 남들이 배우지 못하는 공사 현장 일을 많이 배우고 머리에 모두 숙지하였으며, 다른 사람들보다 공사에 대한 지식을 빨리 습득하여 군 현장 생활에서 엄청난 지식을 쌓아 사회에서 10년을 넘게 배워도 못 배우는 건설 일들을 2년의 시간에 다 터득하여 전문가가 되었다고 할 수 있습니다.

우리 부대대장은 내가 모든 공사 관리를 잘해 주어야 군 생활에 지장이 없으며, 특히 육군사관학교 교장은 별이 3개인 중장으로 한 번 눈 밖에 나면 소령인 부대대장의 군 진급은 끝이므로 나에게 친절하게 해주었습니다. 2주마다 건설회사에서 용돈을 받아 병사들에게 회식을 하라고 2만 원을 주어서 사병들 5명은 육군사관학교 PX에서 면세품을 사거나 부대대장을 퇴근시키고 돌아오는 짚차 운전병에게 간식을 사 오도록 지시해서 회식을 하곤 했습니다.

육군사관학교는 사회에서 개봉되기 전에 영화를 먼저 육사 생도들에게 상영하여 우리는 특별한 배려로 사관생도와 함께 무료로 여러 편의 개봉 전 영화를 보는 재미도 있었으며, PX도 사관생도와 같이 면세품을 구매할 수가 있었습니다.

그러나 군대에서 신앙생활은 여의치가 않았습니다. 자대에 있을 때는 주일마다 교회를 빠지지 않고 다녔으나 파견지에서는 주일날에도 공사가 계속되어 평일과 같이 공사 관리를 해야 하므로 1달에 1~2번 정도 교회를 갔으며, 평소에 책상 옆에 성경책을 놓고 틈이 날 때마다 조금씩 보았던 것이 전부였습니다.

특전사령부에서 나를 괴롭히다시피 일을 많이 시키고 엄청나게 부려 먹고 휴가도 제때 보내 주지 않았던 우리 중대장 지휘를 떠나 부대대장 지휘 아래서 근무하면서 대대에서 오는 전령에게 외출증을 30장씩 가져오라고 중대장에게 전달하게 하여 중대장은 꼼짝없이 내가 시키는 대로 중대장 도장을 찍은 외출증을 보내 줄 수밖에 없는 재미난 일도 있었습니다.

외출증을 보내 줄 수밖에 없었던 것은 내가 외부까지 나가서 자재를 검수한다거나 내가 데리고 있는 4명의 사병들의 외출까지 내가 결정하기 때문이었습니다. 미니 중대장 노릇까지 하여 현장이 쉬는 주말에는 불법이지만 부대대장 짚차를 타고 밖에서 음식을 사 먹거나 놀다가 들어오고 외출증에 외출 시간을 넉넉하게 맘대로 기록하여 사병들을 밖에서 놀다가 오도록 하고 나 역시 그렇게 할 때도 몇 번 있었습니다.

이제 중대장이 맘대로 부려 먹는 사병에서 중대장에게 외출증 등을 보내라고 전령병에게 시키고 부대대장과 대대장이 사병인 나를 보호하여 주며 공생하는 관계가 되었습니다.

우리 부대는 여름철에 모든 부대원이 장관조립교 등 여러 가지 교육을 받고 1년에 한 번씩 유격 훈련을 받고, 겨울철에는 혹한기 전투 훈련 주둔지 훈련과 철조망 구축, 지뢰 매설, 사격 훈련, 폭파 훈련 등을 합니다.

그러나 중대장은 육군본부 직할부대에 야전공병대대에서 시행하는 공사 중에는 내가 관리하는 공사일이 가장 중요한 일이라는 것을 알고 있었고, 대대장도 자신의 미래의 군 생활과 진급을 위해서는 육군사관학교 공사가 사고 없이 잘 마무리되어야 하므로 내가 현장에 꼭 있어야 하고 공사 관리를 완벽하게 처리해 주어야 하는 것을 잘 알고 있었습니다.

육군사관학교 현장 일이 잘되어 사고 없이 정해진 기간에 공사가 완료되면 대대장이나 연대장에게도 진급에 영향이 미치는 일이기 때문에 대대장이 나에 대한 남다른 관심으로 나를 훈련에서 제외시키고 공사 관리에만 집중하도록 하는 일이 여러 번 있었습니다.

하루는 중대장의 명령으로 내가 육군사관학교 현장에서 근무하는 중에 대대에 들어와서 유격 훈련에 참여하라고 명령하여 자대에 복귀하여 유격장에서 유격 번호를 부여받고 몸 풀기 피티체조를 '하나둘! 하나둘!' 하며 열심히 하고 있었습니다.

그런데 대대장이 대대 병력의 훈련 과정을 돌아보기 위해 유격장 순시를 돌다가 내 앞에 와서 말했습니다. "야! 중대장! 김 상병이 왜 여기가 있어! 육사 현장에 김 상병이 없으면 현장 관리할 사람이 없잖아!"라면서 당장 현장에 데려다 놓으라고 호통을 치고는 대대장 운전병에게 지시하여 대대장 짚차로 육사 현장까지 잘 모셔다 주어 편하게 현장까지 간 적이 있었습니다. 현장에는 타 중대 3명의 공사 관리 사병이 있었는데도 유격 훈련에서 고의적으로 나를 제외시켜 주면서까지 특별하게 배려해 준 것입니다.

또 중대장이 겨울철 훈련을 받으라고 해서 겨울에 공사도 중단되어 있어서 자대에 복귀하여 제식훈련과 철조망 구축 훈련, 지뢰 매설, 폭파 훈련 등을 연병장에서 열심히 받고 있는 훈련 첫날에 대대장이 훈련을 잘하고 있는지 훈련 과정을 중대마다 순시하다가 또 중대장에게 또 호통을 치며 "김 병장은 국방부 감사를 준비해야 하는데 왜 여기서 훈련을 시키냐."고 하였습니다.

대대장은 대대장실 옆방에 나를 데려다 놓고 국방부 감사를 위해 1년 동안 공사를 했던 모든 현장 서류를 꼼꼼히 보라고 훈련에서 제외시켜 주었습니다. 그 결과 작은 자재까지 사용한 결과를 서류로 완벽하게 작성하여 1주일 동안 국방부 감사에서 지적을 하나도 받지 않았던 유일한 사람이 될 정도로 서류를 철저히 준비하였습니다.

중대장은 매번 훈련에서 제외되는 나를 속으로 미워했을 것이나 대대장이 감싸고도는 진짜 이유가 공사나 서류 정리 말고도 따로 있었습니다. 물론 대대장 말처럼 현장 관리를 철저하게 해야 하는 것도 있으며, 국방부 감사를 잘 받아야 하는 중요한 일도 있는 것이 사실이었습니다. 그러나 더 중요한 것은 군 직영 공사에서 민간인 기능공을 고용해 사용하라고 각 공사마다 육군본부에서 현금으로 지급된 돈 몇 천만 원이 2~3차례 있었는데 이에 관계된 일이라고 보아야 할 것입니다.

야전공병부대는 각종 기능공들이 공사 직종별의 보직을 받아 공병부대에 들어오므로 민간 기능공을 사용하지 않고 군 사병 중에 각종 기능을 가지고 있는 사병을 해당 기능공으로 대신 사용할 수가 있어서 정밀한 기능 외에는 자체 병력으로 해결하므로 민간 기능공을 사용하라고 지급되는 돈을 일부만 공사 현장에 사용하고 남은 돈은 눈먼 돈이 되었습니다.

나는 상부 지시에 따라 지혜를 동원해 안양 시내를 돌아다니며 길거리 아무 집이나 다니며 문패를 보고 이름과 주소를 적어 동사무소에 가서 주민등록초본을 발급받아 막도장을 파서 대충 어떤 기능공이라고 기록하여 인건비 대장을 만들어 장부 정리를 하고 육군본부에 보고하였습니다.

그 근거로 육군본부에서 인건비를 받아 현장에는 일부만 사용하고 남은 돈은 상부 어느 누구의 주머니로 들어갔는지도 모르는 비리 사건이었으나, 지금은 개인정보법에 주민등록초본의 타인 발급은 불가능한 일이라 태생적으로 발생할 수 없습니다.

그러한 연유로 대대장은 특별히 훈련에서 나를 제외시켜 주고 입을 막으려고 했을 것이고, 그런 사실을 중대장은 소득이 없었으므로 대대장이 나를 감싸는 것을 속으로 불편해했을 것입니다.

군 생활 3년이 어떻게 지나갔는지도 모르게 공사 일만 정신없이 하다가 제대를 했는지 모를 정도로 바빴으나 군 생활에서 경험한 수많은 경력은 사회에서 10년을 쌓아도 부족할 만큼 큰 경험을 많이 하였으며 내 인생에 엄청난 건설경험과 성장을 가져왔습니다. 그러던 어느 날 갑자기 국방부 시계가 멈추어 제대 명령을 받고 세상으로 나와 세상의 경쟁 속에서 다시 시작이라는 출발의 스타트라인에서 있게 되었습니다.

군에 입대하기 전 고등학교에서 전공과목의 건축 공부를 열심히 하였던 것과 사회에 진출하여 공장과 현장에서 경험을 열심히 쌓았던 것들이 군 생활에 많은 도움이 되었습니다. 또 군대에서 몸을 사리지 않고 주야로 공사 감독과 관리를 열심히 하며 최선을 다하였던 일들이 엄청난 경험으로 쌓여 군 생활을 잘하도록 함과 동시에 나를 보호하여 부대대장과 대대장으로부터 인정을 받게 하여 군 생활을 보람 있게 다 마치고 무사히 제대를 하게 되었습니다. 이 모든 것을 하나님께 감사를 드리는 것입니다.

그렇습니다. 우리는 일이 많아지면 짜증을 내고 업무가 많은 것을 회피하거나 다른 사람에게 떠넘기는 행동을 할 때가 대부분입니다. 그러나 사실은 많은 일거리를 통하여 끝가지 포기하지 않고 일을 최선을 다하며 모두 처리하는 습관을 가지고 자신을 연단하게 되면 자신의 능력을 발휘하게 되므로 자신을 테스트를 해볼 수 있는 기회가 되고, 인내와 연단으로 자신도 모르게 엄청난 성장을 하게 된다는 것이므로 게으름만 피우고 편안함만 찾는 우리 자신들에게 자문과 자책을 해 보아야 할 것입니다.

오늘날에는 하루 일하는 시간이 8시간으로 일을 더 할 수도 없는 노동법이 있는 것이 젊은 사람들에게는 일을 배울 수 있는 시간이 제한되어 자신의 능력의 성장에 한계가 있을 수 있을 것입니다.

"젊어서 고생은 사서라도 하라"는 선조들의 말씀은 그만큼 일을 많이 하고 열심히 하면서 어려움을 극복하고 고생하는 것은 미래의 삶에 엄청난 경험과 성장의 효과로 잘 살 수 있는 기초를 완성하게 된다는 것입니다. 요즈음 젊은 사람들 대부분의 생각은 일을 편하게 적게 하면서 대우는 잘 받으려는 생각을 할 수가 있을 것이나 회사 입장에서 본다면 모순된 일이며, 이는 자신에게도 발전이 없게 되어 미래에는 그 사람 자신에게 큰 손해가 된다는 것을 알아야 합니다.

아무리 어려운 일도 견딜 수만 있다면 힘들어도 참으며 무조건 다 해치우고 자신의 한계에 도전해 보는 것이 자신이 성장할 수 있는 프로정신의 절호의 좋은 기회라는 것을 잊지 말아야 할 것입니다.

군대 생활에서 거부할 수 없는 삶의 위치에서 수많은 어려움을 견디고 인내하며 연단을 하였던 결과로, 강한 육체와 정신력과 건설의 실력이 남다르게 크게 성장하여 멋진 남자가 되어서 사회에 나오게 해 주신 지혜로우신 하나님께 감사드립니다.

또 나와 함께하시며 아무 사고 없이 안전하게 군 생활 마치고 제대하게 하신 하나님의 은혜에 한없는 감사를 드리는 것입니다.

• 피할 수 없는 고난이라면
기꺼이 즐기며 인내하여 연단시켜 소망으로 나아가라.
• 기회는 지금도 자신의 앞을 지나가고 있어서
기회는 항상 잡는 자의 복이 되는 것이다.
• 배움은 시간과 장소와 때를 가리지 말고
가능한 빨리 배워야 미래 삶에 도움이 된다.

• 모르는 것에는 치료하는 약도, 대안도 없기 때문에
무조건 배워서 알아야 한다.
• 불의한 자에게도 충성을 다하면서
자신을 의로운 방향으로 성장시켜라.

• 불의한 자도 자신에게 충성하는 자는
돌보아주고 아껴준다는 사실을 알아야 한다.

• 회사 일을 최선을 다하여 성공시키는 것은
그 일의 능력이 회사 것이 아니라 자신의 것이 된다.
• 내가 성장한 만큼
세상에 자리는 넓어지고 세상도 그만큼 크게 나를 받아 들인다.

제 3 장

내가 성장한 만큼 세상도 인정한다

7.
끝없는 변화에 도전하라

34개월의 군 생활은 자대를 배치받기 전, 훈련을 전·후반기 70일 정도 받는 것 외에는 말 그대로 공사 관리만 정신없이 하다가 갑자기 전역 명령을 받고야 일손을 놓고 제대를 하게 되었다고 말할 수 있을 것입니다. 그러나 막상 제대를 하고 난 후에 앞길은 군 입대하기 전 노동자로 되돌아와서 앞으로 노동을 하며 살아가야 하는 생각에 걱정이 앞섰습니다.

화려한 경력을 쌓아 군 생활을 마치고 제대를 하였지만 사회에 막상 나와 보니 잡철물을 제작하는 철공소 기능공에 불과하였습니다. 제대 후 내 삶은 무일푼의 삶 속에서 머무를 방 한 칸도 생활을 위한 비용도 해결된 것이 없어서 다시 안개가 가득 낀 들판에 서서 방향을 찾고 있는 사람처럼 어디로 가야 하는지도 모르고 서 있게 되었습니다.

당연히 고향에 내려가서 사랑하는 어머니와 가족에게 '군 생활을 잘 마치고 무사히 돌아왔습니다'라고 인사를 드려야 마땅했으나 내 발걸음은 고향에 가지 못하고 서울에 머물러 있었습니다.

고향에 가더라도 내 앞길을 인도해 주는 사람도, 함께 동행 해주는 사람도, 의지할 곳도 없고, 다시 서울에 돌아올 차비도 줄 사람이 없기 때문에 고향에 내려갈 생각은 아예 엄두도 내지 못하고 그냥 서울에 머물러 앞날을 설계하기로 하였던 것입니다.

사실은 마지막 휴가를 갔다가 부대에 복귀하는 길에 인척들이 차비하라고 주시는 작은 돈을 모아 제대 후 서울에 머물기 위해 길가의 헌옷을 파는 리어카 장사에게 작업복과 운동화를 구입하여 서울 지인의 집에 맡겨 놓고 부대에 복귀했으며, 제대 후에 오갈 때가 없는 나는 헌옷과 작업복이 나의 전 재산이었으며, 밑천으로 사회생활이 시작되었습니다.

중학교 시절부터 주변에 아무에게도 의지할 곳이 없어서 스스로 미래를 꿈꾸며 계획을 하였고, 모든 일들을 하나씩 해결해 나가야 했기 때문에 무슨 일이든 독립적으로 혼자 스스로 생각하며 결정할 수밖에 없었습니다.

중학교를 졸업한 후에도 그러한 독립적인 생활 태도는 계속되어 가난에서 벗어나기 위해 사회 진출을 빨리하려고 몸부림을 쳐야 했던 것입니다.

고등학교에서 작고 초보적인 건설 기초를 성실히 마련하고 사회 초년생의 노숙자의 신세에서 살아남으려고 최선을 다하여 일하다가 군에 입대하여서 많은 건설공사에 대한 서류 작성과 현장 실무에 대한 일들을 철저하게 실천하며 배워서 실력을 키웠으나 대학 건축과를 나오지 않았고 자격증이 없는 나에게는 제대 후에 기술자로서 사무실에 근무하는 확실한 취업 보장과 방향이 없었습니다.

오갈때가 없는 나에게는 앞으로 어떻게 취업을 하여서 먹고, 입고, 잠을 자는 생활을 마련하여야 하는 기초적인 생활 문제가 내 앞에 여전히 큰 문제였습니다.

과거에 길거리를 방황하다가 공사 현장에서 노숙하였던 일을 생각하고 아무것도 없이 다시 내 모습 이대로 이 자리 밑바닥에서 출발하여 이 사회에 도전장을 내밀고 서울이란 땅에서 어떻게든 살아남으려고 무한 경쟁의 스타트라인에 다시 서 있는 것입니다.

제대를 하고 하룻밤을 지인의 집에서 자고 난 다음 날, 하루 종일 우선 잡일이라도 하려고 구리시에 있는 현장을 찾아다녔고, 다음 날부터 구리 시내 건축 현장의 목수 일을 돕는 잡부로 일주일 동안 일을 했습니다. 이유는 돈이 아무것도 없어서 일단 얼마라도 벌어서 활동을 시작하는 돈이 필요했기 때문이었습니다.

그다음에는 군대 가기 전에 잡철물 기술자로 일했던 영등포구 신길동 직장으로 찾아가 사장을 만나 보니 사장은 일손이 부족했는지 크게 환영하며 좋아했습니다. 일단 기능공으로 복귀하여 일을 하고 얼마든 돈을 벌면서 미래를 준비하여 앞날에 대한 도전을 다시 하려고 작정했습니다.

군에 입대하기 전 직장으로 복귀하면서 월급을 협의한 결과, 군대에 입대하기 전에 받은 월급은 3만 원이었으나 34개월 동안 군대 갔다가 온 순간에 전국에 아파트 공사와 건설 붐이 일어나 기술자가 부족한 관계로 월급이 하늘 높은지 모르고 상승하여 3만원 하던 월급이 약 7배가 올라 20만 원을 주겠다고 하여 우선 사회에 나와 자리를 잡는 사회생활에 필요한 돈을 만드는 데는 큰 도움이 되어 다행이었습니다.

노동일을 하며 늘 생각하는 것은 군대 생활에서 각종 공사로 건설 실력을 쌓았던 일들을 생각하면서 기회가 주어진다면 육체노동에서 벗어나서 사무실 직원으로 과감하게 도전해야겠다는 생각을 계속 하였습니다.

그러나 우선적으로 머물 집을 얻으려면 월세 보증금이 필요했기 때문에 우선 잡철물 제작 공장에서 열심히 일하여 목돈을 만들고 그 후에 다음 계획을 세우기로 하였습니다.

제대 후 6개월 동안 다니던 잡철물 기능직 직장에서 일을 하여 작은 목돈이 마련되자 기능직 직장을 과감하게 퇴사하고 사무직 직장에 도전하려고 과거처럼 며칠간 시내 길을 이곳저곳 무작정 걷기도 하며 교회에서 하나님께 앞날의 길을 열어 주시기를 간절하게 기도하며 생각과 고민을 정리하고 있었습니다.

어느 날 교회에서 기도하고 나와 버스를 타려고 가는 길에 전봇대 A4 용지에 '용접공 00명 모집'이라는 매직펜으로 쓴 종이 광고가 눈에 띄었습니다. 이 회사는 00명을 모집하는 곳이라 큰 규모의 회사라는 것을 직감하고 이 회사에 사무직 직원으로 취업해야겠다는 생각으로 광고지에 적힌 전화번호로 전화를 하여 마장동에 있는 회사 위치를 확인하고 이력서를 들고 무조건 찾아갔습니다.

면접을 보면서 상무 이사에게 용접이나 기능적인 일도 물론 잘하지만 공업고등학교 건축과를 나왔으며 많은 잡철물 공사 경험과 도면을 보고 견적을 낼 수 있는 능력도 있고, 또 군대에서 많은 건설 경험이 있으니 귀사에 많은 도움이 될 수 있을 것이라는 것을 상세하게 설명하고, 용접공으로 일할 수도 있으나 사무실에서 일하고 싶어서 왔다고 하면서 적극적으로 나 자신을 소개하였습니다.

사무실 직원으로 고용해 주시면 일을 최선을 다할 것이며, 월급은 주는 대로 받겠다고 제안했습니다. 면접을 보던 회사 상무는 외근 중에 있는 사장에게 면접 사실을 전화로 보고하였습니다. 조금 기다리니 사장이 회사에 와서 내 이야기를 다 듣고 잘 왔다고 하면서 자기 회사를 위해 일을 잘해 보자고 사무실 직원으로 근무를 허락하여 드디어 육체노동과 고난의 삶을 벗어나 한 단계 상승되는 삶을 살게 되어 다행이었습니다.

그동안 군 생활에서 과도한 업무로 많은 고난과 힘든 과정에서도 참고 실력을 쌓아 왔던 모든 것이 나 자신에게 자신과 용기를 불어넣어 주어서 이제야 내 삶에도 빛을 보게 되었다는 것에 취업의 기쁨이 두 배가 되어 하나님께 감사를 드렸습니다.

이 회사는 일반 주택, 빌딩, 아파트에 들어가는 모든 철제품을 생산하여 시공까지 하는 철물 단종 건설회사였습니다. 그러나 공장의 생산과 회사 관리가 잘 되지 않는 것이 한눈에 보였으며, 사무실이나 공장이 어수선한 것 같았습니다.

단종회사 사무실에 취업하게 된 회사에서도 군대에서 공사 관리를 하던 것처럼 근무시간에 상관없이 아침 일찍 출근하여 밤중까지 무조건 닥치는 대로 일을 다 해치우고 사장이 영업하는 일까지 업무 파악을 다 하고 견적을 하는 업무에도 최선을 다했습니다. 그 결과 두 달 정도에 공장에서 생산하는 기계와 생산라인, 영업 등 모든 업무의 다방면으로 닥치는 대로 일을 다 장악하게 되었고, 영업과 공장 생산과 현장 시공까지 사장이 신임하는 확실한 사람으로 자리를 잡았습니다.

또 이 회사에서 지금까지 생산하지 않았던 새로운 제품을 생산하는 일에도 계속 도전하여 새로운 제품도 제작하여 납품하게 되므로 덕분에 회사 매출은 1년도 되지 않아 30% 정도 증가하였고, 공장 생산 인원을 추가로 고용하면서 회사가 급성장하여 월급도 입사 때보다 1년 만에 20% 더 받게 되었습니다.

많은 사람들은 회사에 입사하면서 월급과 일하는 조건과 환경을 중요하게 생각하여 자신이 좋은 환경에서 정해진 시간에만 편하게 일을 하고 월급은 많이 받으려고 생각하면서 일은 적당히 하고 스스로 노력하지 않습니다.

반대로 어려운 주변 환경을 좋은 환경으로 개선하고 일하기 좋도록 만들며, 여러 사람들과 대화를 하여 효율적인 업무와 공장 생산 라인을 개선하며 새로운 일거리를 만들어 회사를 이끌며 나아간다면 분명히 회사가 잘되면서 개인의 발전도 보장될 것입니다.

가장 중요하게 생각하는 것은 주어지는 일들이 회사나 내 개인의 미래에 얼마나 기술적으로 성장을 가져다 줄 수 있는지와, 일들을 계획대로 잘 처리하고 새로운 일들을 능동적으로 받아 들여 그 일을 잘 완성하여 하루하루 만족하는 성취감을 가장 중요하게 생각하면서 일을 성공하는 재미로 열심히 근무하면 자신의 능력이 향상되고 소득도 늘어날 것입니다.

모든 근무 환경이 열악하면 최선을 다하여 그 환경을 개선하고 제도적으로 좋아지도록 하여 회사를 성장시키면서 받는 급여보다는 일을 더 중요하게 생각하고 열심을 다하다 보면 회사 대표는 일을 능동적으로 잘하며 내 회사처럼 아끼고 발전을 시키는 사람의 월급은 올려줄 수밖에 없습니다. 그래서 나는 날마다 일에 미친 사람처럼 일에 대한 성취감으로 지금까지 살았던 것입니다.

급여는 실력에 따른 회사의 영업 이익에서 평가를 받는 것이기 때문에 월급보다도 주어지는 새로운 먹거리 일을 찾아 계속 도전하여 자신의 실력을 우선적으로 키우고 회사를 성장시키며 영업에서 성공시킴으로 회사가 나를 의지하고 필요로 하도록 만들면 월급은 무조건 오르게 되고, 그만큼 권한도 커지는 것이 사실입니다.

사람의 평가는 '그 사람이 하는 일의 능력에 있는 것'이지 인물이나 학교 간판이나 외적인 것에는 일시적인 것일 뿐입니다. 장기적으로는 개인의 내면에서 자신을 다스려 주는 강한 힘에서부터 시작되어 자신과의 싸움에서 계획하고 생각을 하는 정신이 육체를 지배하여 실행하게 되므로 일의 결과에 성공으로 나타나는 것이 되어야 합니다.

직장인들이 조심해야 할 것은 회사는 일 때문에 직원을 채용한 것이지 월급만 무조건 주기 위해서 채용하지 않았다는 것입니다. 물론 월급을 지급해야 하나 일이 우선하는 것으로 일을 완벽하게 하는 조건으로 그 결과로 월급을 준다는 것을 알아야 합니다.

좋은 조건에서 편하게만 일하려는 것은 회사와 서로 모순되는 것으로 먼저 일에 확실한 능력을 보여 주고 최선을 다하여 회사의 일을 하여야 하는 것이고, 결과적으로 본인에게도 일을 열심히 하다 보면 실력이 향상되는 것으로 본인이 다니던 회사를 나중에 퇴사하더라도 그 기술과 실력은 본인이 보유하고 있는 것으로 본인의 미래의 삶에 도움이 된다는 것을 알아야 할 것입니다.

우리와 항상 함께하시기를 원하시는 하나님을 믿는 신앙은 항상 긍정적인 사람으로 인도하시어 무슨 일이든 담대하게 도전하도록 하시며, 지혜와 명철을 주시며, 하나님의 권세와 능력이 함께하시기 때문에 하나님을 믿는 사람은 다른 사람보다 모든 일들을 긍정적으로 더 빨리하면서도 완벽하게 마무리를 하려고 최선을 다하여 노력할 수밖에 없는 것입니다.

어느 날 회사에 정장 차림의 신사 3명이 회사를 방문하였습니다. 그중 한 사람은 일본말을 하였고, 일본어 통역사와 함께 공장을 찾아와 공해 방지 기계 도면을 보이며 일본에서 설계한 특허 도면으로 우리 회사 공장에서 기계를 만들 수 있겠느냐고 물으며 여러 회사에 제작 문의를 했으나 만들 사람이 없다는 것이었습니다.

그 도면은 일본어로 작성되어 있었으며, 수치는 인치 단위를 사용하였고, 동물 사체나 병원 부산물과 타이어와 엔진오일 같은 공해 물질을 태워도 무공해로 연기가 나오지 않는 특수한 공해 방지 기계로서 일본에서 특허를 받아 한국 기업체가 특허를 인수하여 제작을 시도하고 있는 것이었습니다.

나는 며칠간 처음 보는 도면을 잘 살피고 파악하며 모르는 일본어는 사전을 찾아보며 공부를 하여 공해 방지 기계의 새로운 일거리를 제작하여 납품함으로써 회사 성장에 큰 도움이 될 것이라는 것을 직감하고 다른 회사들처럼 포기하지 않고 견적서를 성실하게 작성하여 견적을 의뢰한 회사에 제출하고 제작을 하겠다고 적극적으로 의견을 설명하여 기계 제작 일을 수주하였습니다.

우리 회사에서는 만족할 만한 이익을 보는 금액으로 공해 방지 기계 제작 일을 수주하여 처음 보는 어려운 제작 과정에서도 케스타블이나 바인다를 기계 안의 로에 부착하는 공법이나 정밀한 부품을 선반과 밀링으로 제작하여 부착하는 과정에 어려움도 많았으나 결국은 발주자가 원하는 공해 방지 기계 2대를 무사히 제작하여 납품까지 하는 데 성공했습니다.

공해 방지 기계 제작을 의뢰한 상대방 회사에서는 감탄을 하였으며, 공해 방지 기계를 처음 제작하는 것이므로 계속 제작할 수 있는 기술자를 확보할 수가 없어서 결국 나를 조용히 만나서 스카우트 제의를 하였으나 회사에 하는 일이 많아 요구하는 스카우트 제의를 일단 거절하였습니다.

상대방 회사에서는 샘플 기계를 제작했으나 계속 기계를 시험하고 생산해야 하는 인력이 없어서 자신들의 공장 전체를 책임지고 생산에서 납품까지 모든 것을 책임지는 직책을 제공하겠다며, 보수는 2배를 주겠다고 스카우트 제안을 하는 것이었습니다.

그 후 스카우트 제의를 계속 뿌리치지 못하고 약 6개월 뒤에 공해 방지 기계를 만드는 새로운 회사로 이직을 하고 공해 방지 기계를 제작하고 시험을 하여 공해 방지 기계를 여러 곳에 설치하여 가죽 쓰레기와 타이어, 엔진오일 등을 태우며 많은 사람들 앞에서 시험을 하고 동력자원부 정부 관계자들을 초청하여 브리핑을 하고 좋은 공해 방지 기계라는 것을 시험하며 확인시켜 주었습니다.

공해 물질을 태우며 공해를 잡는 기계는 태우는 과정에서 고열과 공해가 발생하지만 아주 불규칙한 열과 공해 가스가 많이 발생하여 이 공해 가스를 잡으려면 고도의 기계 조작이 필요하므로 수없이 이를 바로잡기 위해서 시험을 반복하다가 아이디어를 생각해 냈습니다. 그것은 바로 장작불이 잘 타고 있을 때 약간의 물을 뿌리면 불의 열기가 더 강해져 화력이 높아진다는 사실이었습니다.그 후 초고강도 10㎜ 스텐레스 원형 파이프를 일본에서 수입하여 100㎜ 지름으로 동그랗게 스프링처럼 말아 끝은 초고강도 스텐레스를 가공하여 붙이고 산소 용접기 끝처럼 작게 구멍을 내어 그 파이프 끝은 다시 스프링 안으로 향하게 하고 공해 물질을 태우는 불꽃 위에 설치한 다음 스텐레스 스프링 안에 미세한 물을 넣고 가열하여 수소와 산소로 분해하는 증기로 만들어 다시 700~1,000도 열로 스프링을 가열한 증기를 다시 불 속의 가스와 만나 폭발을 시키는 열로 온도가 약 3,000도의 고열에서 모든 공해 물질을 태워버리는 정밀한 기계를 만드는 데 성공하였습니다.

그 후 일본에서도 관심이 높아 아도무공업주식회사에서 엔진오일과 타이어를 태우는 열로 보일러를 만들어 일본의 추운 지역 홋가이도 지역에 판매하겠다고 기술제휴가 들어왔으나 사장의 지분과 이익금 분배 욕심으로 거래는 무산되었습니다.

그 후 2년이라는 세월이 흘러 우리나라 정부에서 공해 방지 기계에 대한 신기술의 지원을 받기 위하여 정부와 많은 협상을 하였으나 신기술에 대한 정부의 지원은 불가하다고 하였으며 회사는 좋은 기계는 만들었으나 판매가 어려워 회사 운영자금이 한계가 있었으며, 일본 회사와 공동투자도 무산되어 회사 앞날에 문제가 발생하였습니다.

우리나라 동력자원부에서는 1980년도 초기에는 아직 대기의 미세 먼지나 자동차나 공장에서 태우는 나오는 공해 가스는 대수롭게 생각하지 않아서 공해 방지 기계에 대한 관심이 적었으며, 국가의 지원과 시중의 판매가 쉽지 않다는 것을 경영주가 잘 모르고 있었던 것이었습니다.

우리 회사는 공해 방지에 좋은 기계를 개발하고 시험과 연구에 많은 자본을 투자하고도 빛을 보지 못하였으며, 투입하였던 막대한 자금도 회수를 못 하고 보유하고 있는 자금마저 모두 고갈되어 회사 운영이 잘 되지 않아 월급도 지급되지 않았고, 결국에는 일하는 날보다 앉아서 책을 보는 날이 더 많아져서 내 앞날에도 다시 먹구름이 다가왔습니다.

이 공해 방지 회사에서 일하는 동안은 기술을 개발하느라 온 신경을 집중하여 최선을 다하여 기계를 완성하였으나 결과적으로는 회사 성장에는 좋은 결실을 만들어 내지는 못하였고, 내가 만들고 시험을 하며 기계 성능을 개선하며 개발을 한 공해 방지 기계는 인생의 첫 작품이었음에도 회사의 경영 능력의 한계로 기술이 사장되는 안타까운 일이 벌어졌으며, 내 능력의 한계는 여기까지인가 생각되어 안타까웠습니다.

매일 책만 읽고 놀면서 월급 받기가 민망하여 대표에게 퇴사하겠다고 하자 아직은 우리나라에 이 기계를 만드는 사람이 당신밖에 없으니 퇴사하지 말라고 대표는 간절히 원했으나 월급이 2개월이나 밀려 있는 상태에서 대표도 나를 계속 붙잡을 수는 없었던 것입니다.

그러나 회사가 다시 회생되고 정상화되어 내가 필요하게 되어 나를 부르신다면 다시 회사에 돌아오겠다는 약속과 함께 2개월의 월급도 포기하고 퇴사하였으나, 다시 나의 앞길이 막막했습니다.

한 가지 후회가 되는 것은 과거 잡철물을 만들어 시공하는 단종 건설회사에서 근무를 계속했더라면 지금도 잘 있었을 것이나 먼 장래를 보지 못하고 돈의 유혹에 이끌려 확인되지 않은 미지의 세계인 새로운 공해 방지 기술에 도전하여 그만큼 위험을 안게 되었고, 자신 있게 전공하였던 건설을 떠나서 새로운 일에 모험을 하였던 것은 그만큼 위험도 뒤따른다는 사실을 사회의 초년생이 몰라서 어렵게 구한 사무실 직장에서도 막을 내려야 했습니다.

새로운 일에 도전할 때 과거 건설에 대한 일도 버리고 왔고, 군대에서 실력을 쌓고 기술을 축적했던 것을 사용하지 못하는 것도 후회를 했으나 지금은 그 회사로 다시 되돌아갈 수 없어 후회를 하게 되었습니다.

이제 다시 건설을 하는 업종으로 되돌아가야 하나 고졸자와 자격증이 없는 나는 앞으로 어떻게 다시 취업을 해야 할지 막막하기만

하고 앞길을 헤쳐 나가기가 쉽지 않을 것 같았습니다.

내 삶은 일 보 전진을 하여 이제는 안심이 되었는가 싶으면 다시 문제가 발생하여 제자리걸음을 반복하며 다시 시작을 하는 스타트 라인에 서는 것을 반복하는 등 계속적인 성장을 하는 것이 쉽지는 않았습니다.

그러나 한 가지 분명한 것은 기술적 실력과 경력은 계속 성장해 가고 있는 것이 사실이었습니다.
그러나 경제적인 사정은 나아지지 않아 어려움이 계속되어 제자리걸음을 하고 있는 것이 사실이므로 다시 기도하며 시작해야 할 것입니다.

- 인생은 태어날 때 시작하고,
  공부를 마치고 사회 진출로 시작하고,
  결혼하여 다시 시작한다.
- 높은 산에 도전하고 계속 오르는 사람은
  높은 산 정상에서 세상을 내려다 볼 수 있을 것이다.
- 아무것에도 도전하지 않은 사람은
  자신을 비관하고 남의 탓만 하고 살아갈 것이다.

- 세상은 쟁취하는 사람에게 내어주므로
  세상을 쟁취하여 자기 것으로 만들어 살아가는 것이다.
- 성공하는 사람은 경기가 어려워도 세상을 탓하지 않고
  미래를 위하여 지혜만을 계속 구한다.
- 그저 여름은 비바람과 태풍이 지나가고
  겨울은 한파가 지나가는 잠깐 추운 것뿐이다.

- 하루하루를 완성하여 1주일 1달 1년을 완성하면
  인생 전체를 완성하여 성공하게 된다.

8.
진리 하나님의 선택

공해 방지 기계를 만드는 회사를 다니며 결혼하기 전까지 약 4년을 넘게 살았던 곳은 경기도 구리시 교문동 딸기원이라는 마을이었습니다. 서울에서 망우리고개를 막 넘어가면 좌측 산동네 마을 중턱에 있는 교회가 보이고 교회 옆에서 인근 마을이 내려다보이는 언덕의 집에서 자취를 하면서 강남구 청담동 회사로 출근을 하며 살고 있었습니다.

회사를 다니며 밤이면 틈틈이 성경책을 계속 읽고 새벽기도회에 가서 기도를 하고 주일 날 아침이면 교회를 먼저 청소하고 대예배를 준비하였습니다. 교회 마당이 흙으로 되어 있고, 교회 주변이 풀로 덮여 있는 관계로 항상 먼지가 교회 안으로 들어올 수밖에 없어 어쩔 수 없이 주일날 아침이면 교회 시멘트 바닥에 물을 뿌리고 쓸며 걸레로 닦으며 청소하여 예배 준비를 하였습니다.

주일학교 예배를 드리기 위하여 동네 아이들을 모아 예배를 드리고 성가대, 어른 예배와 오후에 어린아이들 심방과 전도를 하고 저녁 예배까지 드리는 등 교회에서 하루 종일 여러 가지 일을 하며 지내다가 집에 돌아오면 밤중이 되는 때가 많았습니다.

나는 어렸을 때부터 어린아이들을 참 좋아하였고, 그 아이들을 보면서 세상의 미래를 위하여 잘 성장시키려는 생각을 항상 하면서 돈을 벌어 어린 생명들을 위한 선교를 해야겠다는 생각을 하였으며, 선교에 대한 꿈을 키우는 기도를 계속하며 살아왔습니다.

내가 다니는 교회는 마을 뒤편 산 중턱 언덕 위에 있어 차가 올라갈 수도 없어서 어르신들은 힘들게 교회를 다니셨습니다. 교회 마당은 차를 두 대 정도 주차할 정도로 면적이 작았으며, 마치 언덕에 걸쳐 놓은 교회 같았습니다.

우리 교회 마당이 너무 작고 마을에도 아이들의 놀이터가 부족한 것을 늘 아쉽게 생각하던 중 하나님께서 지혜로운 생각을 열어 주시어 철물점에서 삽과 곡괭이와 리어카를 구매하여 교회로 가져와 회사에서 돌아오면 밤마다 교회 마당 높은 곳의 언덕을 파서 리어카에 담아 교회 마당 낮은 곳으로 계속 메우기 시작했습니다.

나 홀로 밤마다 말없이 교회 마당을 넓히는 일은 힘이 들었지만 아이들이 뛰어놀 수 있다는 즐거운 생각을 하면서 밤 11시가 넘도록 계속하였습니다. 처음 1개월 동안은 아무도 협력을 하지 않아 매일같이 외롭게 땅을 계속 파서 낮은 곳을 매웠습니다.

나중에 주일학교 여교사 박효선 선생님이 10일 이상 도와주어 외롭지 않았습니다. 박선생님은 아주 발랄한 아가씨였는데 나와 오손도손 이야기를 하며 용기를 더해 주었고, 유치원 선생님을 하면서 자기도 아이들을 즐겁게 해 주는 것이 행복이라며 교회 주일학교에서는 스스로 아이들을 즐겁게 해주기 위하여 오리 궁둥이 춤을 추는 재미있는 선생님이셨으며, 아이들을 위하여 흙을 파고 나르면서 보람이 있다면서 결혼해야겠다는 말까지 해 왔습니다.

그때 나는 우리 교회에 남자 청년들이 여러 명 있어서 우리 교회 청년들을 염두에 두고 아무 생각 없이 그냥 "가까운 데서 구해 보세요."라고 대꾸했는데, 그 후 얼마 지나지 않아 박 선생님은 나를 지칭한 것으로 오해하고 나에게 데이트 신청을 해 왔습니다.

둘이서 춘천 소양강까지 가서 관광하는 나룻배를 타고 나들이를 하며 데이트를 하는 중 내가 "가까운 데서 구해 보세요."라고 대답했던 이야기를 꺼내며 자신과 결혼할 생각이 있느냐고 청혼 의사를 밝혀 왔습니다.

그때 "가까운 데서 구해 보세요."라고 한 이야기는 우리 교회에도 청년들이 여러 명 있어서 우리 교회 청년들을 두고 했던 말이었다고 설명하고, 나는 이미 마음에 정한 여인(현재 아내)이 있어서 결혼 결심을 한 상태라고 고백했습니다.

밤마다 찬송가를 부르며 하나님과 함께 땅을 파서 나르는 나만의 거대한 마당 확장 공사에 목사님께서도 홀로 밤마다 3시간 넘게 땅 파는 것을 보시고 기도하시고 안타까워하시며 가끔 협력해 주셨습니다. 밤마다 약 3개월 동안 계속 흙을 파 운반하느라 손이 부르트고 온몸이 견디기 어려웠으나, 결국에는 3개월 만에 약 330㎡(100평) 정도 마당이 만들어지게 되어서 힘이 들었지만 인내하며 결실을 보게 되어 하나님께 감사를 드렸습니다.

그 후 놀이 기구를 설치하려고 하였으나 내 형편으로는 가격이 많이 비싸서 어떻게 마련할까 고민하고 있을 때 어느 분이 동사무소 옆 뜰에 놀이 기구를 제작해 놓고 설치하지 않은 것이 있다고 가져가라고 했습니다. 우리 교회 젊은 교우들과 함께 차도 올라가지 못하는 언덕길에 리어카로 실어서 밀고 당기며 손으로 들어서 운반하여 그네와 시소와 회전그네, 철봉을 어렵게 설치하였습니다.

갑자기 산동네에 유일하게 놀이터가 있는 교회가 되었고, 주일 아침이나 평소 학교에서 돌아오면 마을에는 놀이터가 없었기에 교회 마당으로 아이들이 많이 놀러 와 동네 아이들을 위한 놀이터가 되었습니다. 주일날에는 교회 마당에서 놀고 있는 아이들을 다 교회 안으로 몰고 들어가 예배를 드리고 성경 공부를 시키니 교회가 시끌벅적하고 어린이 전도가 자동적으로 되었습니다.

우리 어른들은 아이들을 통제 대상으로만 생각하고 꾸지람만 하는 경우가 많으나 아이들과 대화하고 그들의 말을 들어주며 이해하여 함께 살아가는 동반자로 대우하면서 세상 살아가는 방법을 도와주고 이끌어 주어 뛰어놀고 스스로 자라나며 올바로 성장하여 미래의 하나님 나라와 대한민국을 책임지고 나가도록 해야 할 것입니다.

이 아이들의 미래와 대한민국의 미래를 생각하며 그들의 세상을 펼쳐 주고 만들어 주어 아이들을 위해 최선을 다하여 올바로 교육하며 키워야 합니다.

자취를 하면서 구리시에서 강남 청담동까지 출퇴근하느라 버스를 갈아타고 다니다 보면 버스 안에는 앞 옆 할 것 없이 빈틈이 없을 정도로 밀착되어 버스가 흔들거릴 때마다 이리저리 쏠리며 힘들게 가다 회사에 가기 전에 힘이 다 빠져 버렸습니다.

밤마다 흙을 파 나르지만 자취를 하면서 반찬 한두 가지에 국도 없이 먹는 식사가 변변치 않아 원래 체중이 63kg이었으나 교회 마당을 확장하느라 3개월을 밤마다 밤 11시가 넘도록 중노동을 하여 처음 취업하여 여름 태양 빛에 몸이 빠졌던 것처럼 체중이 63kg에서 57kg으로 빠져 낮에 걸을 때도 현기증이 나고 식은땀이 나며 어지럼증이 계속되었습니다.

그러나 교회 마당 확장 공사를 멈추지 않았고 계속 높은 곳 땅의 흙을 파서 리어카에 실어 낮은 땅을 메워서 결국은 330㎡의 땅을 만들었습니다. 아이들이 뛰어놀고 있는 모습을 보고 해냈다는 보람과 성취감으로 하나님께 감사하며 기뻐했습니다.

어린이에 대한 나의 사랑이 많았던 연유로 이 어려운 일을 결국 해낼 수 있었던 것 같습니다. 교회 마당 확장 공사를 마치고 하나님께 감사하는 마음이 더 충만해졌습니다. 회사에 갔다 와서 밤이면 자취방에 돌아와 색소폰 찬송가 경음악을 카세트 녹음기로 계속 반복하여 조용히 들으면서 하나님의 진리 말씀인 성경책을 읽으면 은혜가 더하여져서 마음이 편안해졌습니다. 성경을 읽으면 말씀이 새롭게 마음속으로 다가와 감사하며 밤중까지 성경을 보는 습관이 계속되었습니다.

내가 보는 성경은 많이 보아서 그런지 겉표지가 많이 해지고 많이 보았던 속종이가 너덜거렸습니다. 대신 이에 대한 보상으로 신앙적으로 많이 성숙되어 교회에서도 내게 주신 은사를 마음껏 사용하여 봉사를 하였습니다. 버스를 타고 오가는 길에도 말씀을 묵상하며 기도를 계속하면서 회사를 다니는 버릇이 생기게 되었으나 나에게는 알 수 없는 질병이 하나 있었습니다.

항문 속 주위에 통증이 있었고, 소변을 볼 때에도 시원스럽게 나오지 않는 것 같아 동네 병원을 찾아가 진찰한 결과, 항문 안에 치질의 염증이 있다고 하여 약국에서 처방해 주는 5~6개 알약을 계속 먹어도 별로 효과가 없어서 나름대로 고민하면서 기도를 계속하면서 회사를 다니고 있었습니다. 그러던 어느 날, 회사에서 집으로 돌아오는 길에 버스 맨 뒤 좌석에 앉아서 눈을 감고 계속 기도를 하던 중에 갑자기 머리 위로 뜨거운 기운이 몸 아래로 내려앉는 것 같았습니다. 그러더니 조금 뒤 다시 머리끝에서부터 열이 나기 시작하여 천천히 온몸 아래로 내려오면서 열이 퍼지고 있는 순간에 또 머리 위에서부터 불덩이같이 뜨거운 것이 다시 천천히 아래로 내려와 가슴과 아랫배로 내려오더니 다리 사이 항문 속의 아픈 부위에 이르자 멈추었습니다.

열이 환부에 멈추자 환부가 더 뜨거워서 견디기 힘들 정도가 계속되면서 한참 동안 머물러 있었습니다. 그 순간에 하나님께서 환부를 치료해 주시고 계신다는 것을 마음으로 확신하면서 감사 기도를 계속하였고, 나도 모르게 눈물을 흘리며 "감사합니다. 감사합니다." 하면서 계속 기도를 드렸습니다.

그런 시간이 20~30분간 지속되었고, 이후부터 신기하게 고민하던 병의 통증이 모두 깨끗이 사라졌습니다. 그날 이후부터는 기쁨으로 거의 매일 밤샘으로 감사 기도를 하고 찬양을 들으며 성경 말씀을 보다가 12시가 넘어서 잠이 들 때가 많았습니다. 새벽 기도 가기 전에도 일어나 시간이 남으면 앉아서 이불을 둘러쓰고 기도하다 잠깐씩 잠이 들 때도 있었습니다.

그 후 며칠이 지나 어느 겨울철 새벽에 이불을 뒤집어쓰고 기도하다가 비몽사몽간에 내 앞에 나타나는 환상을 보았습니다. 앞을 보는 순간 언덕 같은 산이 보이고 그 산 위 하늘에서 강한 빛이 나를 향해 비치는 순간 산 위에 흰옷을 입은 세 사람이 빛을 등지고 나를 바라보고 있었습니다. 빛이 너무 강해서 서 있는 세 사람의 얼굴을 볼 수가 없었으나 사람 형상만은 또렷이 볼 수가 있었습니다.

내 눈은 세 사람 사이로 강하게 비추는 빛과 사람을 바라보고 있었으나 앉아 있는 내 발 아래에는 작은 실개천에 검은 물이 흐르고 있었고, 검은 물이 흐르는 곳에 내 발이 잠겨 검게 물들어 있는 것을 내 손으로 발을 깨끗하게 씻으려고 한없이 노력을 하고 있었습니다.

그러나 손마저 검게 되어서 손으로 씻어도 깨끗해지지 않아서 내 눈과 마음은 앞의 세 사람과 강한 빛을 바라보며 손은 발을 깨끗하게 씻으려고 열심히 노력하였던 기억이 생생합니다.

이것은 내 영은 하나님의 광명의 빛을 바라보고 있었으나 내 발은 세상에 잠기어 손으로 세상 죄를 씻으려고 영과 육의 싸움을 하는 모습이었습니다. 내 머릿속의 생각으로는 손과 발을 계속 씻어야 한다고 명령하고 있으나 손과 발은 아무리 씻어도 깨끗하게 씻어지지 않았던 것입니다. 하나님의 사자가 내 모습을 지켜보는 가운데 내 영이 내 육체를 지배하고 있는 모습이었으나 육신은 세상의 죄 가운데 머물러 있는 모습이었습니다.

지금까지도 타의든 자의든 세상 죄를 수도 없이 범하고 살면서 죄에서 벗어나려고 몸부림치고 있는 내 모습을 볼 때 하나님께서 미래 삶의 과정을 보여 주시고, 계속 말씀과 기도 속에서 세상 죄에 빠져 살지 말고 세상을 이겨 내며 살라는 말씀을 하시고 계신 것으로 해석해 봅니다.

그 강한 빛과 세 사람의 형상이 항상 머릿속에 계속 머물러 있는 것이 지금까지도 계속되고 있습니다. 그 환상을 본 후 영적으로 하나님께서 늘 함께하심을 느끼고 생각하는 것들이 긍정적이며, 전보다는 다른 사람의 모습으로 변하여 교회나 길을 가는 때에도 하나님 말씀을 전하며 신앙생활 하는 것을 세상에서 가장 잘한 일이라고 자랑하고, 성경 책을 읽으면 전보다도 해석이 잘되면서 감사와 즐거움으로 살기 시작하였습니다.

영적인 모습은 신앙생활을 할수록 더 강하게 되었고, 교회 예배가 끝나 집에 돌아오는 길에 대문이 열려 있는 집을 보면 무조건 들어가 말씀을 전도했습니다. 강아지에게도 말을 걸고, 작은 풀에게도 대화를 하며 만나는 사람들에게 거침없이 말씀을 전하며 매주 아이들을 어떻게 전도할까 생각하면서 기도를 하게 되었습니다. 이렇게 된 것은 그 후 성령 하나님께서 늘 함께하시고 동행하시며 내 삶을 인도하시기 때문에 한번 하나님말씀을 증거 하다보면 지금도 잘 멈추지를 않고 계속 말하게 되는 것입니다.

마치 구름을 타고 세상을 내려다보며 하나님 나라를 생각하며 모든 것을 다 알 것 같고 다 이해할 것 같은 생각으로 성령이 충만되어 아주 긍정적인 사람으로 바뀌게 되었던 것이 사실입니다.

그때 바로 하나님의 영이 나를 이끌고 있었던 것을 느꼈으며, 성경을 즐거움으로 더 열심히 읽어 보고 성경의 해석이 과거와 달리 다 영적으로 이해가 되고 다른 사람들에게 성경을 설명하는 일이 즐거워 그 후 사람들과 성경 이야기를 시작하면 밤새는 줄 모르고 성경에 관하여 대화하는 것을 좋아하는 사람이 되었습니다.

내가 사는 딸기원 마을에는 약 50세가 되는 남자 거지 한 사람이 있었습니다. 동네 길을 오가며 집이나 가게에서 구걸하면서 마을 뒤 계곡 옆 작은 밭 가에 비닐과 거적 같은 것들로 대충 덮어 움막을 만들어서 구걸하며 살고 있었던 것입니다.

평소에는 그 거지를 보고 그냥 더럽다는 생각으로 피하거나 지나치곤 했으나 새벽에 환상을 보고 마음에 감동의 삶으로 바뀐 다음 날, 강추위와 함께 눈보라가 몰아치는 12월에 버스를 타고 집에 오면서 창문 밖을 내다보고 서 있었습니다.

그러나 과거와 달리 눈보라 속에 그 거지가 추위에 떠는 환상을 보여 주시어 갑자기 그 거지가 불쌍하게 생각되고 오늘 밤에 강추위에 그 거지가 얼어 죽을 것만 같았습니다. 그래서 자취방에 가자마자 내가 덮고 자던 이불을 들고 밤중에 거지가 머무는 마을 뒤 계곡으로 어둠을 해치고 조심해서 올라가 움막을 들쳐 보았습니다. 아니나 다를까, 그 거지는 누워서 웅크리고 떨고 있었습니다. 나는 가지고 간 이불을 거지에게 덮어주고 잘 주시라고 당부하고 돌아왔습니다. 이렇게 하도록 하나님께서 나를 인도하여 주셨던 것입니다. 따뜻한 마음을 주신 하나님께 감사를 했으나 대신 나는 덮던 이불을 가져다 거지를 덮어 주었으므로 대신 추위에 떨어야 했습니다.

덮는 이불을 가져다가 덮어 주고 돌아오게 되어 내 마음도 평안을 가지게 되었던 것이나 이 일은 성령 하나님께서 나를 인도하셔서 의로운 삶을 실천하며 살게 하신 것으로, 그 후에는 많은 사람들에게 항상 먼저 음식을 대접하며 베푸는 삶을 즐거움으로 하게 하시고 나를 부유하게 하신 하나님께 감사를 드리는 것입니다.

그 무렵 우리 교회에 나와 같은 나이인 이상한 청년 한 사람이 찾아왔습니다. 대구에서 왔다는 그 사람은 아버지는 절을 세 개나 운영하는 주지 스님이라고 하였고, 자신이 아버지 뒤를 이어서 절을 운영하기 위하여 절 어느 한 곳의 방에서 백일기도를 계속하고 있었는데 기도 중 도를 깨달아 입신을 하려고 불교 경전 책과 성경 책을 같이 읽었다고 하였습니다.

백일기도를 시작한 지 100일 가까이 다가오면서 기도를 계속하던 중 불교 경전 책을 보고 깨달은 것이 아니라 성경을 계속 읽고 깨달아 백일기도를 하던 절을 박차고 나와 자기 어머니께서 살고 계시는 우리 동네 교회로 찾아왔다는 것이었습니다.

그런데 100일을 며칠 남겨 놓고 그는 성경 말씀 이사야 60장 1절 "일어나라 빛을 발하라 이는 네 빛이 이르렀고 여호와의 영광이 네 위에 임하였음이니라"라는 말씀을 읽다가 깨우쳐 '내가 이 산속 절에서 무엇을 한단 말이냐. 그렇다. 내가 가야 하는 곳은 세상에 나가 빛과 같은 삶을 살면서 많은 사람들을 깨우고 빛을 발하여 세상에 영향을 미치는 것이다.'라고 생각하여 즉시 보따리를 싸서 자신의 고향 집이 있는 우리 동네 우리 교회에 와서 성경의 도를 배우겠다고 찾아왔던 것이었습니다.

그 후에 그 사람은 성경을 읽고 말씀 해석이 어려우면 2~3일에 한 번씩 나를 찾아와 감동하면서 '성경 말씀에 이런 좋은 말씀이 있다'면서 말씀을 해석해 달라고 하였습니다. 그는 밤중에도 찾아와 함께 밤샘을 하면서 성경에 대한 말씀을 해석하여 주며 시간 가는 줄도 몰랐습니다.

그 사람은 그 후 신앙이 성장하여 교회에서 주일학교 교사도 하고 성가대도 하면서 열심히 신앙생활을 하였습니다. 나중에는 목사님의 권유로 신학대학교를 다니고 목회자가 되어 현재는 영등포에서 목회를 하고 있습니다.

나는 그 사람 덕분에 성경을 더 깊게 더 많이 볼 수 있는 기회가 주어져 감사했습니다. 성경을 읽고 완벽한 해석이 되지 않고 은혜를 받지 못할 때도 깨달을 때까지 반복해서 읽는 버릇이 생겨서 결국은 은혜를 받게 되었습니다.

나는 군대를 제대하고부터 열심히 신앙생활을 하면서 교회 안에서 전심으로 예배하고 봉사하므로 목사님께서도 인정해 주셔서 26세 총각이 서리집사가 되어 다른 사람들의 모범이 되었습니다.

다니던 교회는 산중턱의 땅을 파서 마당을 메워 확장하여 아이들이 많이 전도되었고, 그 후 어른도 많이 전도되어 교회가 부흥되면서 작은 교회에 성도가 넘치게 되었습니다. 그래서 성전을 새롭게 건축하기 위해 구리시 한복판에 교회 건축을 위한 대지를 마련하고 교회를 신축하여 이전을 하고 부흥하여 현재는 큰 교회로 성장하게 되었습니다.

어머니께서는 내가 서울에서 혼자 살고 있는 것을 항상 걱정하셨습니다. 청년 시절, 우리 어머니께서는 몸에 신경통이나 잔병들이 많으셨습니다. 어머니께서는 잘못하면 본인이 돌아가시기 전에 우리 막내아들 장가가는 것도 볼 수 없을 수 있으니 하루빨리 장가를 가야 한다고 계속 말씀하시며 선을 보라고 독촉하셨습니다. 나는 어머니의 말씀을 거절할 수가 없어서 순종하기로 하고 27세에 선을 보기 위하여 매형이 소개해 준 아가씨를 만나려고 목포로 갔습니다.

그러나 그 당시 전에 공해 방지 기계를 만드는 회사에서 몇 개월 전에 퇴사하게 되어 실업자 상태였습니다. 또한 아는 사람이나 배경 등도 없어서 다시 사무직 직장을 구하지 못하고 또 실업자가 되어 경제적으로 어려운 상태가 계속되어서 결혼할 수 있는 준비가 전혀 되어 있지 않은 사람이었으나 그냥 어머니 말씀만은 순종하기로 하였습니다.

세상은 내 생각과 내 판단으로 살아가는 것 같으나, 그 길을 가보면 결국은 잘못되었다는 생각을 많이 하게 되므로 경험이 많은 부모, 스승, 하나님의 진리 말씀을 따라 실천하며 가면서 새로운 생각을 하는 것이 신세대에 걸맞다고 판단하고 부모님 말씀에 순종하였습니다.

- 무슨 일이든 시작하고 쉬지 않고 전심전력을 다하면
  결국은 다 이루어져 결실을 얻는다.
- 진실과 의로운 생각으로 하나님을 찾는 사람에게는
  진리의 하나님께서 그 사람을 인도하신다.
- 모든 일의 결과는 하나님께 맡기고
  하루하루를 최선을 다하여 완료하고 성취감을 얻으라.

- 말씀을 읽고도 실천하지 않는 자는
  세상을 탓하며 근심 걱정에서 살 것이다.
- 말씀을 읽고 실천하는 자는
  그 말씀의 열매를 먹고 좋은 결실의 삶을 살 것이다.
- 진리 하나님을 의지하고 사랑하라.
  그러면 진리 하나님께서 그를 위대하게 할 것이다.

9.
실업자의 결혼과 삶

내 나이 28세, 아내 나이 25세에 두 사람 모두 무일푼 신세에서 오직 신앙 하나만으로 서로 의지하고 믿으며 결혼하여 지금까지 한평생을 작은 다툼을 하며 같이 살면서 서로의 사랑을 하고 살고 있는 아내의 이야기를 해 보고자 합니다.

결혼 전 실업자이며 가진 것 없이 살아가고 있었지만 어머니의 결혼 권유와 매형의 소개로 아가씨를 맨 처음 만날 때는 어제까지 예비군 동원훈련을 하고 피곤이 덜 풀린 상태였으나 어머니의 말씀을 순종하려고 선을 보기 위해 목포 고향에 내려갔습니다.

이로동 한 다방에 조금 빨리 도착하여 훈련 때문에 피곤함을 이기지 못하고 앉아서 졸고 있다가 선볼 아가씨가 들어온다는 누나의 말에 놀라 깨어났습니다. 아가씨는 집안 언니와 함께 나와서 만났으나 건강한 모습과 밝은 얼굴이었고, 서로 대화를 진지하게 나눈 후에 다시 만나기로 약속하고 헤어졌습니다.

두 번째 만났을 때는 아가씨가 다니는 목포시 산정동 시온교회에서 여 전도사님 사택에서 만났습니다. 그러나 아가씨가 몸이 아파방에 누워서 일어나지 못하고 있는 상태에서 나를 맞이하여 잠깐 대화를 하고 돌아올 수밖에 없었습니다.

살다 보면 아플 수 있다는 생각을 그냥 했으나 그녀가 처녀 시절에 교회에서 여러 가지 봉사를 많이 하는 등 신앙이 좋다고 매형이 칭찬을 많이 하셔서 내가 가진 것도 없고 능력이 있는 사람도 아니라는 생각을 하고 살아왔고 또 항상 나보다 신앙만 좋으면 아무 조건을 보지 않고 결혼하겠다는 생각이 있었기 때문에 몸이 아프다는 것을 대수롭게 생각하지 않았습니다.

그러나 공해 방지기계를 만들던 직장에서 회사가 잘 운영되기를 원하였으나 회사의 판매가 어려워 2개월간 월급도 받지 못하여 회사를 그만두고 나온 후에는 다시 취업에 실패하여 결혼을 생각하지도 못하고 미래에 대한 고민을 많이 하고 있었습니다.

그 후 결혼보다는 하나님 말씀을 더 많이 배워 깨달아야 되겠다는 생각으로 성결교신학대학에서 공부를 더 하려고 아내 만나는 것을 뒤로 미루려고 편지를 써서 그만 만나자고 통보하고 신학대학 시험을 보았습니다.

신학대학교 경쟁율은 2:1로 시험에 합격한 결과를 보면 성경 시험 100문제 중 2문제만 틀려 자신감을 갖고 학교에 전화하여 돈이 없어서 그러니 장학생으로 선발해 줄 수 있느냐고 문의했습니다. 그러나 일단 등록금을 내야 한다는 말에 당시 낼 등록금이 없고, 나중에 장학금을 받을 수 있을지도 몰라 다시 생각해 보아야겠다고 고민하면서 대학 등록을 보류하고 있었을 때였습니다.

그런데 그만 만나자고 통보했던 아가씨가 갑자기 목포에서 경기도 구리시까지 찾아와서 왜 만나지 않으려는지 물어서 많이 부족한 사람이라고 하며 나 같은 사람과 결혼할 수 있겠느냐고 물었습니다. 그런데 아내는 어떤 말을 듣고 어떻게 나를 보았는지는 모르겠으나 그냥 결혼하겠다는 의사를 밝혔습니다.

아내는 내가 직장을 잘 다니고 있는지, 월급은 얼마나 받는지, 돈은 얼마나 벌어 놓았는지, 앞으로 어떻게 살 것인지, 아무것도 묻지 않았습니다. 나 스스로 부족한 사람이라는 생각과 아내같이 신앙이 좋은 사람이 부족한 사람을 믿고 결혼할 수 있겠느냐고 물었을 때 기꺼이 허락하며 받아 주는 아내가 고마워서 그냥 서로 아무런 의심 없이 결혼하기로 약속하고 기념으로 스카프를 하나 사 주고 보냈습니다.

나중에 아내가 이야기할 때 자신은 시골에서 살았기 때문에 가난하였지만 내가 서울에서 살고 있어서 돈도 많이 있으리라고 믿었고, 아내도 당시 시골에서 어머니를 모시고 동생들을 위해 구멍가게를 하면서 살았기 때문에 내세울 것이 없어서 나에게도 아무것도 묻지를 않고 매형을 통해 신앙이 좋다는 말을 듣고 그냥 결혼을 결심했다고 하였습니다.

특히 아내가 다니는 교회 여 전도사님은 영적으로 미래를 예언하는 능력이 있는 신령한 분으로, 과거에 아내에게 결혼 상대자를 선택할 때는 꼭 자신이 시키는 대로 하라고 했다고 합니다. 그런데 다른 사람을 선보고 오면 아니라고 계속하셨다가 교회에서 나를 보신 후에는 저 사람을 꼭 붙잡으라고 하면서 '너와 천생연분'이라고 하시고는 무조건 결혼하라고 승낙을 했다는 것입니다.

아내는 전에 목회자 될 사람과 선을 보고 오면 여 전도사님이 너는 목회자 사모가 아니라 장로의 부인이 되어야 잘살 수 있을 것이라고 하시면서 너의 짝이 아니라고 했다는 것입니다.

여 전도사님은 나의 어떤 부분을 보고 결혼을 승낙했을까 생각해 보면 전도사님이 40일 금식기도를 하시며 영적으로 깨어 있던 분이라 나와 서로 영적으로 사람을 알아보았던 것으로 생각됩니다.

그 여 전도사님에게 성령이 계신 것을 알 수 있는 것은, 내가 그 당시에 성령이 충만하여 하나님의 인도하심을 받아 살아가고 있었기 때문에 내 얼굴에 나타나는 표정이나 대화 과정에서 신앙의 깊은 면을 서로 파악하고 아내에게 승낙했을 것으로 보입니다. 그러나 결혼 당시에는 아주 가난하여 겨우 생계를 유지하고 있는 실업자요, 겉모습은 정상적인 사람 같으나 내용적으로는 거지와 같은 사람이었는데 아내는 나에 대한 아무것도 모르고 오직 내 신앙 하나만 보고 결혼을 하겠다는 생각했던 것입니다.

또한 신앙을 중심으로 아내를 선택하려고 했던 순간에 서로 얼굴은 이상형이 아니지만 신앙으로만 결혼하겠다는 것은 참으로 하나님께서 귀하게 만나게 해 주신 커플이라 할 수 있는 것입니다.

아내와 결혼할 때에는 결혼 전에 회사에서 퇴직하면서 2개월분의 월급을 못 받았고, 그 후에도 4개월 동안 실업자였으며, 그동안 벌어 놓은 돈은 많이 써 버리고 조금밖에 없었습니다. 그래서 목포 산정동에 있는 아내가 다니던 시온교회에서 비용을 절감하여 결혼식을 했습니다. 그러나 적은 돈도 결혼 비용으로 다 써 버린 상태여서 신혼방은 단칸방 반지하 원룸으로 월세 보증금 50만 원이 부족해서 일부는 차용해야만 했었습니다.

우리 부부는 결혼을 하고도 서로 돈이 없어서 신혼여행을 갈 생각도 하지 못하였지만 아내가 밖에서 하루라도 자고 집에 가자고 하여 부모님께 말씀도 드리지 않고 광주에 있는 신양파크호텔에 가서 이틀 밤을 보내면서 그래도 사진이라도 남기려고 매형에게 빌려 온 사진기로 필름 3통을 열심히 찍었습니다.

그러나 카메라가 고장 났는지 사진이 한 장도 나오지 않았습니다. 다행히 호텔에서 산등성으로 설치되어 있는 곤도라를 타고 올라갔다가 내려오는 곤도라 위에서 내려다보는데 아래에서 사진사가 대기하고 있다가 "찍겠습니다." 하여 "찍으세요!" 했는데 그때 찍힌 그 한 장의 사진이 짧은 신혼여행의 사진 전부입니다.

아내와 구리시 교문리 반지하 방 한 칸을 마련하고 신혼생활을 시작할 때에는 자취할 때 내가 쓰던 철 책상과 앵글 선반과 비닐로 된 비키니 옷장 2개를 2만 5천 원에 구입하였습니다. TV, 선풍기 등 가전 살림은 아무것도 없었고, 아내도 가난하여 이불과 그릇 몇 가지, 장모님이 쓰시던 작은 중고 냉장고로 신혼을 시작한 것이 전부였습니다.

나만 돈이 없는 것이 아니라 아내도 아버지께서 일찍 돌아가시고 고향 시골에서 어머니를 모시고 어렵게 자라면서 아홉 살부터 밥을 하며 농사일에 바쁘신 어머니와 할머니를 도와드리며 동생들의 학업에 도움을 주었습니다.

중학교를 다닐 때는 농사일이 바쁘면 일을 돕기 위해 학교를 가지 않고 집에서 점심이나 참을 만들어 들에 나르는 일 등을 많이 하며 장모님과 가정 일을 많이 도와드렸습니다. 공부하는 것보다는 농사일을 많이 하다 보니 중학교도 어렵게 간신히 졸업하였고, 남동생들이 공부를 계속해야 했으므로 아내는 남동생들을 위해 자신의 공부를 포기하고 자신이 돈을 벌어 세 명의 남동생들 학비를 조달해야 했습니다.

아내는 중학교 졸업 후 자신은 가난해서 학업을 포기하고, 남동생들 세 명을 고등학교와 대학까지 보내기 위하여 목포에서 작은 수퍼마켓을 운영하면서 동생들의 밥과 빨래를 해 주며, 손수 학비를 벌어서 동생들을 대학까지 보냈습니다. 이렇게 악착같은 삶으로 아버지께서 계시지 않은 가정을 위해 가장 노릇을 하며 희생하며 강인한 삶을 살아왔던 것입니다.

결혼 후에 우리 부부는 가난하여 경제적인 불편을 느꼈으며, 아내의 저혈압과 위염 등의 병들이 결혼 생활에 어려움을 겪게 했으나 나는 한 번도 포기하지 않고 가난 속에서도 최선을 다해 아내를 돌보아 주었습니다. 서로 맞지 않은 성격으로 다툼이 있을 때가 많았지만 항상 잠깐 다툼이 있던 후에는 먼저 다가가 화해를 하고, 다음 날 아침에도 먼저 일어나 아내를 살펴 준 것들을 생각하면 분명히 아내가 나를 더 잘 만난 것만은 사실인 것 같습니다.

아내가 결혼하여 저혈압으로 쓰러져 정신을 잃었던 것이 몇십 번 있었으며, 결혼 전과 후에도 택시에서 실신을 해서 여러 번 업어서 내린 적도 있습니다. 결혼 후에도 10여 번 이상 내 차에 타고 가다가 실신을 했고, 집에서도 아침에 일어나지 못하던 때가 많이 있었습니다. 심지어는 이틀 이상 깨어나지 못하여 응급실에 갔던 때도 있었습니다. 또 퇴근했을 때 우리 집 목욕탕 욕조에서 저혈압으로 실신하여 물에 목만 남기고 잠겨 있을 때가 있어서 내가 없었으면 질식하여 죽었을 아찔한 순간을 겪은 것입니다.

내가 아내를 보살펴주므로 지금 살아 있는 것이 사실이나 아내는 하나님께서 자기를 많이 사랑하셔서 나를 붙여 주셨다는 말을 하면서 자신을 더 잘 돌보아 주라고 말도 되지 않은 농담을 여러 번 하곤 합니다. 지나간 이야기지만 이런 사람이 다른 남자와 결혼했으면 과연 지금까지 결혼 생활을 계속할 수가 있었을까, 하는 생각이 들었을 때가 여러 번 있었습니다.

아내가 저혈압으로 쓰러져 있으면 등을 두들기며 등과 허리, 팔, 다리, 머리를 주물러 주는 마사지를 하여 혈액순환을 잘되게 하고, 때로는 팔과 다리를 꼬집어도 보고, 빰을 살짝살짝 때려 보기도 하면서 깨어나도록 별짓을 다하며 애태울 때가 수도 없이 많이 있었습니다. 그런데 아내는 저혈압으로 쓰러져 있어서 내 안타까운 심정과 정성을 알 리가 없었습니다.

그러나 간절한 정성으로 돌보아 주었음에도 아내가 겨우 깨어나고 일어나 정신이 온전하지 못한 상태에서 울며 아내를 때렸다고 무서워하면서 피할 때가 여러 번 있었습니다. 아내를 위하여 정성을 다하여 돌보아 주었던 일에 감사의 말을 듣는 것은 고사하고 가난한 가정경제와 아픈 아내까지 어깨를 무겁게 하여서 우리 가정의 앞날이 캄캄할 때가 여러 번 있었던 것이 사실이었습니다.

아내가 깨어나지 못하는 상태에서 내가 마사지를 해 주고 등을 살살 두들겨 주고 얼굴의 빰을 살짝살짝 때리며 정신을 차리라고 했던 것을 아내는 자신의 몸이 저혈압으로 움직이지 못하였지만 생각은 살아 있었기 때문에 정신이 흐리한 가운데 겨우 깨어나 내가 때렸다고 착각하여 무서워했던 것입니다. 이러한 사실을 모르는 나는 아내가 나를 무서워하고 피하면 정신이 이상해진 줄 알고 아내를 끌어안고 흘러나오는 눈물을 참을 수가 없어서 하나님께서 속히 아내를 치료해 달라고 간절히 기도만 할 따름이었습니다.

아내가 깨어나면 어떻게든 음식을 골고루 잘 먹게 하고, 운동을 해야 혈압이 좋아진다고 생각하며 수없이 강요를 하였지만 아내는 일단 잘 먹지를 않고 운동도 싫어하여 아내 혈압이 상승될 수 있도록 아내에게 억지로 반 욕설까지 해가며 강제로 먹이고 동네를 억지로 걷게 하고 뒷산으로 등산하게 하여 체력을 보강하도록 하여서 조금씩 혈압이 올라가기 시작했습니다.

아내의 혈압이 정상적으로 돌아오도록 포기하지 않고 수많은 시간과 세월을 노력한 결과, 아내의 혈압이 조금씩 나아졌으며 완전히 정상적으로 돌아오기까지는 결혼 후 약 20년이라는 세월이 걸렸습니다. 그 세월은 나를 많이 지치게 하였으나 또한 나를 인내하게 하시며 가정을 이루는 하나님의 훈련이었던 것입니다.

아내가 저혈압으로 아파 누워 있을 때마다 혈액순환이 잘되어 일어나게 하려고 하나님께 간절히 기도하기를 계속하면서 마음속으로 다짐하고, 이 사람은 내가 평생 잘 돌봐주어야 할 사람이라고 생각하면서 아플 때마다 측은히 생각하며 깨어나지 못한 아내를 바라보았습니다. 함께 힘들게 보냈던 세월 동안 내 정성은 아내가 건강하여 좋아진 것으로 보상받았고, 이에 대해 하나님께 한없는 감사를 드리는 것입니다.

아내의 저혈압 병은 내 끈질긴 정성으로 20여 년이 지나면서 완전히 좋아졌고 지금의 아내는 나를 데리고 운동하러 가자고 하며 나보고 건강관리 잘하라고 잔소리를 할 정도로 정상적인 생활을 하고 있어서 그동안 어려운 삶을 함께하며 노력해 준 아내에게 감사하게 생각합니다.

그러나 아내가 결혼 전에 작은 수퍼마켓을 하며 동생들을 모두 대학을 보냈던 아내의 강인한 생활력은 좋았지만 동생들과 오랜 세월을 같이 보내면서 말을 잘 듣지 않은 동생들과 서로 다투며 살아오면서 굳어진 성격은 동생들에게 명령하는 말투로 소리치는 것처럼 나에게도 가끔 화를 참지 못하고 정색을 할 때가 있어서 나 자신도 너무 당황하여 어떻게 아내와 대화를 하여 풀어야 할지 방법을 잘 찾지를 못하였습니다. 내가 참으려고 하지만 심할 때는 화날 때도 많이 있으며, 저혈압으로 쓰러져 있다가 일어나 생활을 할 때 조금만 다툼이 있어도 심한 다툼으로 갈 때가 있어서 서로 강한 성격이 마주칠 때 어떻게 설득을 할까 걱정도 많이 했었던 것도 사실이었습니다.

아내는 아내대로 내게 하는 말이 '당신은 회사 직원들에게 하듯이 나에게 명령하는 말투를 항상 사용한다'고 불평하고, 나는 나대로 그것을 잘 느끼지 못하고, 아내에게 실수를 여러 번 하고 있습니다. 그러나 서로 자신이 자신의 단점을 잘 알지 못하고 깨닫기가 쉽지 않지만 서로의 단점까지 이해하며 잘 참으며 상대방의 고쳐지지 않는 버릇까지 서로 포용하고 자신을 인내와 연단으로 극복하며 살아가는 하나님의 아가페적인 사랑이 필요한 것으로 우리 가정이 조금씩 극복하고 하나하나 완성되어 가는 것입니다.

그러나 인생이란 죽을 때까지 서로 잘 모르면서 이해하려고 노력하며 살아가는 것이므로 우리 부부는 신앙의 힘으로 잔잔한 파도와 같은 철썩거리는 작은 파도의 다툼의 삶을 넘어 머나먼 수평선으로 바라보고 큰 문제 없이 항해를 하고 있는 것입니다.

우리는 서로 신앙으로 잘 조율해 가며 싸움은 짧게 하고 작은 다툼을 계속하면서 지금까지 잘 살아오고 있는 것이 사실입니다.

아내가 참으로 머리가 좋은 것은, 학교 다닌 지 40년이 지났으나 과거의 오래된 전화번호를 아주 많이 외우거나, 오래된 자동차 번호를 외우는 것을 보면 기억력이 많이 좋은 것 같습니다. 중학교 다닌 지 40년이 지났으나 6개월 동안 학원을 다닌 후 고등학교 검정고시를 합격한 것은 정말 기적 같은 일입니다.

그 후 야간 전문대학에 들어가 사회복지사 자격증 등 여러 개 자격증을 따는 것을 보면서 아내가 어려서 공부를 조금만 더 하도록 도와주었다면 참 좋았을 것이라고 생각되었습니다. 그래서 검정고시 합격하고 전문대학을 다닐 때 공부를 계속해 보라고 조언했으나 아내가 가정생활과 공부를 함께 하는 것이 많이 힘들어서 공부를 계속하지 못한 아쉬움이 있습니다.

처남들은 어려서부터 아버지가 계시지 않아서 아내를 부모같이 의지하고 아내의 도움과 희생으로 대학까지 공부를 하며 살았으나 결혼 후에도 큰 동생이 공장 방 한 칸에서 사는 우리에게 의지하여 같이 살면서 작은 월급을 쪼개어 학원을 보내어 삼성전관에 취업이 되었습니다.

둘째 동생은 군에서 제대하고 누나를 의지하여 우리 집 단칸방에서 같이 살며 놀고 있어서 아내가 고향에 내려가 어머니께서 혼자 고생을 하시니 농사일을 도와주라고 권유했으나 내려가지 않고 놀고만 있었습니다.

아내가 둘째 처남이 놀고 있는 것을 보지 못하고 집에서 가까이 있는 단추공장에 가서 일하여 밥값이나 벌어 오라고 취업을 시켜 주었습니다.

그러나 단추공장에 다닌 지 얼마 후 단추를 세척하는 세척기에 오른팔로 단추 자루를 넣는 순간에 세탁기가 돌아가 단추 자루와 팔까지 함께 딸려 들어가서 팔이 여러 동강이 나는 큰 사고가 발생하였습니다.

토요일 오후에 급하게 한양대학교병원에 응급실로 실려 갔으나 의사는 팔이 360도로 휘감기며 뼈가 여러 조각으로 부러져 오른팔을 잘라야 된다고 적극적으로 권유했습니다. 그러나 아내와 나는 수술하는 의사를 붙잡고 장가도 가지 않은 사람이고, 하필 오른팔이니 손가락 하나라도 붙여 달라고 계속 울며 사정을 하였습니다.

그러나 의사는 만약에라도 수술을 하다가 자를 수밖에 없으면 자르겠다는 동의서에 사인을 하지 않으면 수술할 수가 없다고 하였습니다. 하는 수 없이 팔을 잘라도 좋다는 수술지에 사인을 하여 수술을 시작하였습니다.

4시간동안 수술을 하고 나온 처남의 결과는 팔은 자르지 않고 수술을 마쳐서 천만다행이었으나 부작용이 심하여 장기간 입원을 하게 되어 장모님 얼굴을 어떻게 볼 수 있으려나 마음이 복잡하였습니다. 군 제대 후에 장모님을 돌보아주라고 시골에 강제라도 내려보냈어야 한다는 후회가 앞서고 처남의 앞날에 그림자가 둘러싸여 오는 것 같아서 나와 아내는 걱정이 태산 같았습니다.

처남은 팔 하나 때문에 1년 4개월 동안 병원에 입원하였고, 입원 중 팔을 다쳤을 때 여러 가지 많은 오염이 되어 있어서 팔의 살이 계속 썩어 들어가고 뼈가 여러 조각으로 부러져 붙지를 않아 네 번의 수술을 하였습니다.

여러 조각난 팔뼈가 썩어서 뼈끼리 붙지를 않아서 잘라 내고 다리 종아리뼈 두 개 중 하나를 잘라 팔에 이식하고 팔의 겉을 둘러싸고 있는 살이 썩어 들어가 엉덩이 살을 떼어 붙이다가 실패하여 다시 가슴살을 떼어 내어 팔에 피부 이식 수술을 하는 등 여러 번 수술을 하였지만 계속 팔의 살이 살아나지 않고 썩어들어 가는 바람에 의사들도 고생을 원 없이 한 것입니다.

처남이 장기간 병원 치료를 계속하면서 아내와 나는 매 주말마다 아이 둘을 데리고 한양대학교병원 언덕을 오르며 처남에게 반찬 등을 주려고 병원에 가면 침대에서 놀고 있는 처남을 어떻게든 새로운 사람으로 변화시키기 위하여 하나님께 기도하면서 교회를 가본 적도 없는 처남에게 성경을 가져다주고 성경을 읽으며 하나님을 믿고 살아야 된다고 권유를 계속하였습니다.

결국 하나님께서는 우리 부부의 간절한 기도를 받아들이시고 그 후 둘째 처남을 인도하여 주셔서 결국 성경을 계속 읽게 되었습니다. 둘째 처남은 병원에서 교회를 나가며 깨닫고 퇴원하면서부터 교회를 열심히 다니며 누나의 구멍가게를 도와주면서 신학대학에서 공부를 열심히 하여 현재는 목사님이 되어 목회를 하는 훌륭한 사람으로 바뀌게 되어 단추공장에서 사고로 다친 팔을 통하여 목회자의 길로 인도하신 하나님께 영광을 돌리는 사람이 되었으므로 감사를 드리는 것입니다.

그래도 셋째 처남은 목포에서 어머니와 함께 있으면서 해태유업에 취업하고 장모님을 가까이서 돌보아 드리고 있어서 처남 중 가장 착한 사람이라고 늘 생각하며 감사하였습니다.

그 후 첫째 처남과 셋째 처남은 내가 운영하는 회사로 이직을 하여 건설 일을 잘 배워서 건설회사를 운영하는 훌륭한 건설회사 대표가 되었습니다.

처남들에게는 아내가 많은 고생을 하여 학교를 보낸 결과로 각자 잘 살아가고 있는 것이 정말 다행이며 고맙게 생각을 하면서 부모님이 다 하지 못함 일들을 아내가 수많은 고생을 하면서도 잘 극복하여 이룬 결과에 칭찬을 아끼지 않는 것입니다.

아내의 일가친척들은 대부분 불신자들이였으나 남편도 없는 연약한 장모님 가정이 자녀들까지 신앙으로 뭉쳐서 잘 살아가는 것을 일가친척들이 지켜보았고, 특히 우리 가정이 신앙으로 만나 성공의 삶을 살아가는 것을 보면서 세상의 샘플과 빛이 되어 지금은 집안 대부분 사람들이 신앙생활을 하고 있어서 신앙의 본을 보이게 하신 성령 하나님의 함께하심과 인도하심에 감사와 영광을 드리는 것입니다.

우리 장모님은 신체가 약하시지만 시골에서 여러 가지 농사를 지으시고, 시골 고향 교회를 열심히 출석하시며 항상 아들들을 위해 기도하시고 농사로 거둔 작물들을 자녀들에게 보내주시는 고마운 장모님이셨습니다.

장모님께서는 계속 홀로 외롭게 사시다가 시골에서 작은 교통사고를 당하셔서 파킨슨병이 빨리 와서 요양병원에서 오랜 세월을 보내셨으나 심한 편은 아니었습니다. 아내와 같이 장모님을 뵈러 이것저것 드실 것과 병원에 필요한 물품들을 준비하여 매주 주일날 오후에 요양병원에 가면 아내의 고생은 뒤로하고 큰아들을 찾으며 큰아들에게 고기 사다가 밥을 해 주라고 하시고 시골집에서 계시는 것처럼 밭에 가서 일을 해야 한다는 등 치매의 증상이 있었습니다. 매주 장모님을 뵈러 가는 아내와 나는 아들들만 찾는 장모님께 서운함을 표시하며 농담을 하기도 하였습니다.

아내가 장모님을 보살펴 드리는 지극정성은 누구도 따라올 수 없었습니다. 매주 죽을 쓰고 장모님이 잘 드시는 여러 가지 음식을 만들어 찾아뵙고 목욕을 시키며 식사를 떠먹이면서도 파킨슨병에 걱정을 하며 최선을 다했으나, 아내는 장모님이 아들들만 찾는다고 넋두리를 하곤 하였습니다.

그러나 지금은 병상에서라도 열심히 섬기던 장모님도 돌아가셔서 뵐 수가 없으며, 이제는 병원에도 계시지 않은 장모님 사진만 바라보는 것이 전부여서 부모님에 계시지 않은 지금은 많이 허전하고 보고 싶은 것이 사실입니다.

- 같은 일에 계속되는 실패는 실패의 확률을 점점 줄어들게 하여 성공으로 인도한다.
- 가난한 부부가 의롭게 최선을 다하여 사는 것은 부유한 가정의 분쟁보다 낫다.
- 믿음은 미래 완료형으로 시간이 지나면 믿음은 꼭 이루어진다는 사실이다.

- 진리의 하나님을 믿는 것은 배신을 당하지 않으나 달콤한 세상은 당신을 이용하며 배신한다.
- 부모에게 최선을 다하여야 돌아가신 후 후회하지 않으며 자식에게도 좋은 교육이 된다.
- "불효자는 부모님이 돌아가신 후에 통곡한다"는 사실을 꼭 기억하라.

10.
죽음에서 삶으로

결혼 후 몇 달간 나는 건설 전문직으로 사무실에 서 관리하는 직장을 계속 찾았으나 아는 곳이 없어서 결혼 후에도 계속 취업에 실패하였습니다.

무슨 일이든 하며 먹고살아야 하는 나는 당시 한국에서 처음 시도한다는 그림 영어책과 영어 테이프가 월간지로 발행되었는데 그것을 한번 구독하면 계속 보게 되어 있어서 구독자만 많이 확보할 수가 있으면 좋은 사업이 될 것 같아서 그림 영어책과 영어 테이프 영업을 시작하였습니다. 고객들과 만나기 위해 책 박스를 어깨에 메고 망우리 금난교회 뒤 주택가 골목길에서 메가폰으로 찬송가를 크게 부르며 아이들과 학부형들의 관심을 끌기 위해 이 골목 저 골목을 돌아다녔습니다.

마침 오전에는 아이들을 학교에 보내고 집에 있는 젊은 어머니들이 메가폰으로 찬송가를 부르면서 돌아다니면 어떤 사람이 찬송가를 부르며 떠드는지 궁금하여 창문이나 대문을 열고 내다보았습니다.

그러면 얼른 다가가 그림 영어책을 보여 주고 하루를 무료로 보게 해줄 테니 아이들과 함께 영어 테이프와 영어책을 깨끗하게 들으며 책을 보고 내일 돌려달라는 술책으로 다음 날은 주문을 받는 방법을 사용하여 구독 부수를 계속해서 많이 늘렸습니다.

또 학교 앞에서 영어 테이프를 틀어 놓고 관심을 가진 아이들에게 하루 동안 빌려주고 다음 날 학생들이 적어준 주소지를 찾아가 가정을 방문하여 꽤 많은 부수를 올리게 되었습니다. 이 영업을 계속하여 잘하면 사업이 될 수 있겠다는 생각으로 2개월 동안 최선을 다하여 400부 이상을 확보하여 한 달 수입만 50만 원을 넘게 받도록 노력하였고, 그 결과 잘하면 일반 회사에 다니며 받는 월급보다 몇 배나 더 많이 벌 수 있었습니다.

이 사업은 한 곳에서 성공한 사례를 경험하여 중랑구 전체에 대리점을 두고 운영하려고 했는데 생명과 같은 밥줄로 고생 끝에 많은 부수와 사업의 길을 이루어 놓았지만 책을 발행한 출판사가 갑자기 부도가 나서 앞날에 희망이 보이는 첫 사업의 영업도 모두 허사가 되었습니다. 다음 달에 영어책과 테이프를 공급할 수가 없어 기존에 1~2달 동안 깔아 놓은 책과 테이프 값마저 받을 수가 없게 되어 부채만 늘어갔습니다.

그 후 돈을 또 꾸어다가 등산할 때 물이 옷에 묻지 않는 발수제, 정전기 방지제, 방수용품 등 제품 판매 사업을 시도했으나 그것도 실패하여 빚은 늘어가고 아내에게 생활비도 가져다줄 수가 없어서 차마 아내의 얼굴을 볼 수가 없었습니다.

결혼 후 3개월 동안 한 푼도 아내에게 가져다주지 못하는 한심하고도 무능한 사람이 되어 그 후부터는 심각한 우울증과 자살 충동으로 고민하다가 차라리 죽는 것이 낫겠다는 생각만 가득했습니다.

어느 날 서울 시내를 방황하다가 동대문 옆에서 출발하는 속초행 관광버스를 보고 아무것도 가지지 않고 무작정 버스를 타고 속초 위 민통선이 가까운 백도해수욕장 바닷가 절벽 끝에 서서 동해 바다를 멀리 바라보며 저 바다에 몸을 던질 때 떠오르지 않도록 돌을 몸에 달고 뛰어내려야 하겠다고 생각으로 멍하니 동해 바다를 보고 서 있었습니다.

동대문 옆에서 속초행 관광버스를 탄 것은 시내를 방황하며 무엇을 해야 할까 망설이다가 갑자기 무엇에 홀린 사람처럼 무조건 속초를 간다는 버스를 보고 무작정 타고 가능한 한 집에서 멀리 떨어진 속초시 백도해수욕장까지 갔습니다. 마음속으로 죽어야 한다고 다짐하면서 갔기 때문에 아내에게 어디를 다녀온다고 말도 하지 않고 말없이 떠났습니다. 그래서 내 주머니에는 돈도 없었고, 입은 옷 그대로 입고 아무것도 가진 것 없이 내 삶의 길을 찾지 못하여 죽음의 여행을 떠났던 것입니다.

그 시기는 7월 초순으로 해수욕장이 개장을 앞두고 있는 때라 해수욕장에서는 여러 시설들을 하고 있었습니다. 나는 백도해수욕장 근처 바닷가 절벽까지 올라가서 저물어 가는 동해 바다를 멍하니 멀리 바라보며 앉아 있었습니다.

그날은 바닷가에서 방황하다가 밤이 되어 한숨만 쉬며 거닐던 중 해수욕장을 개장하기 위해 합판으로 삼각형 모양으로 만들어 놓고 그 위에 여러 가지 색상의 천막을 덮어 만든 삼각형 방갈로가 있어서 그 속으로 들어가 모래 바닥을 침대 삼아 공사용 천막을 덮고 웅크리고 잠을 청하였습니다.

그러나 야간에 동해안 바닷가 경계초소에 근무하는 군인들이 바닷가에서 순찰을 하며 해수욕장에서 만들다 만 시설들을 모두 뒤지며 검색을 하다가 갑자기 내가 잠자기 위해 누워 있는 방갈로까지 와서 총을 들이대고 검문을 하였습니다. 나는 주민등록증을 보여주며 죄송하지만 잠잘 곳이 없어서 그러니 이해해 달라고 겨우 사정을 해서 잠을 자게 되었습니다.

그러나 밤중에 갑자기 총소리가 가까이서 들려서 내다보았더니 경계병들이 바다를 향해 공포탄을 가끔 쏘고 있었습니다. 또 바닷가의 모기들이 불청객에게 텃세를 하듯 나를 가만두지 아니하는 바람에 잠을 제대로 잘 수가 없었고, 아침 일찍 동해 바다에서 떠오르는 태양 빛에 깨어 일어나게 되었습니다.

다음 날은 아무것도 먹지 않고 바닷가 바위에 앉아 있다가 마음을 잡지 못하고 다시 바닷가를 거닐며 바다를 바라보면서 많은 생각을 하던 중 모래사장 물속 무릎 정도 깊은 곳에 파란 파래 같은 것이 보여 바지를 걷어 올리고 발가락으로 모래 속을 휘저어 보니 파래가 있는 곳에 조개가 발가락에 잡혔습니다.

발가락 끝에 걸린 조개가 2~3㎝ 정도 큰 것이 나와 그냥 줍고 싶어지는 생각이 들어서 두 손으로 가득 주워다가 바닷가에 쓰레기를 버린 곳에서 버려진 고물 냄비를 주워 나뭇가지를 모아 불을 피워서 끓여 먹어 보았습니다. 그런데 모래 속에 있던 조개를 겉만 씻어 그대로 끓였기 때문에 조개에서 나온 물이 많이 짜고 동해 바다 고운 모래가 조개 속에서 많이 나와 찌그럭찌그럭해서 도저히 먹기가 힘들어 버릴 수밖에 없었습니다.

다시 이리저리 방황을 하며 돌아다니다가 절벽 위에 앉아 먼 바다에 가끔 오가는 배를 바라보며 아무리 생각을 해 보아도 내 삶의 미래가 보이지 않았습니다. 또 결혼하여 아내 한 사람도 책임지지 못하는 자신을 도저히 용서할 수가 없었고, 아내에게 돌아갈 생각을 도저히 할 수가 없어서 죽어야 한다는 생각을 점점 강하게 굳히며 또 하루를 보내고 있었습니다.

저녁에는 절벽 바위틈에서 멀리서 몇 척의 고깃배의 집어등 불빛이 바닷물에 비치는 빛을 멍하니 바라보다가 온몸을 오그리고 계속 안절부절못하다가 새벽에 잠깐 잠을 잤습니다.

3일째는 정신이 나간 사람처럼 안절부절못하고 서성거리고 있었으나 아무것도 먹지 못하여 기운이 너무 없었습니다. 바위 위에서 강한 여름 햇빛으로 태워 버리기라도 하면 좋겠다는 마음으로 축 늘어져 누워 있었는데 여름 바닷가 태양은 유난히도 따가워 얼굴이 붉게 변해가고 있었습니다.

3일 동안 물도 먹지 않아 입술도 마르며 이제는 더 이상 어떤 생각조차도 할 수 없이 기운도 떨어져 가고 육체적으로나 정신적으로도 버틸 기운이 없어 햇빛이 내 눈에 비추어지면 실눈을 뜨고 바다를 바라보다가 우연히 해수욕장 쪽을 멍하니 바라보았습니다.

그러던 중 저 멀리 백도해수욕장에서 어떤 사람이 혼자서 천막을 치고 있는 것을 보았습니다. 천막이 바닷바람에 자꾸 날려 여러 번 천막 설치를 시도하는데 혼자서 여러 곳을 붙잡을 수가 없어 천막 설치를 못 하고 고생만 하고 있는 것을 보고 나도 모르게 발걸음을 옮겨 도와주어야겠다는 생각으로 천막을 치던 사람에게 다가가 붙잡아 주고 돌아오려고 했습니다.

정오쯤 아무 말 없이 다가가 잠깐 천막 치는 것을 30분 정도 도와주고 되돌아오려고 하는 순간 아저씨는 태양에 탄 내 초라한 얼굴 모습과 노숙을 한 옷 모습을 보고 식사도 못 하였을 것이라는 것을 직감적으로 알았는지 천막 치는 것을 도와준 보답으로 자신이 준비해 온 도시락이 충분히 있다고 하며 부족하지만 같이 식사를 하자고 계속 권유하였습니다.

만 2일 이상 동안 먹지를 못하여 거절할 기운도 없어서 그 아저씨가 주는 식사를 말없이 함께 나누어 먹을 수밖에 없었습니다. 오후에도 그 사람은 천막 설치하는 일 외에도 다른 일을 같이 할 사람이 없다고 하시며 계속 도와달라고 하여 점심을 얻어먹고 그냥 오기가 미안하여 하는 수 없이 계속 도와주고 있었습니다.

그 사람은 나를 보고 무언가 이상하다는 생각으로 내 사정을 집요하게 물어보며 왜 여기를 왔으며 왜 혼자 있느냐고 말을 계속 걸어오다가 어쩌다 내가 대화를 하다가 울컥하며 눈물을 흘려버린 바람에 자살을 하려고 여기가지 왔다는 사실을 알아차려 버렸습니다.

그 사람은 오후 내내 나를 계속 설득하며 오후 일을 도와달라고 하면서 저녁을 같이 먹고 밤에도 잠을 같이 자자고 간절히 부탁을 하여 낮에 설치한 천막 안에서 저녁을 먹고 잠잘 곳을 마련하고 함께 깊은 밤까지 대화를 하며 여러 가지 삶에 대한 이야기를 많이 하였습니다.

그 사람과 이야기를 서로 계속하다 보니 그 사람은 육군본부 현역으로 근무하는 육군상사였습니다. 여름에 백도해수욕장에서 임시 샤워 시설을 운영하면 짧은 기간에 많은 돈을 벌 수 있다는 지인의 말에 장기 휴가를 내어 해수욕장에 샤워 시설을 운영하는 조건으로 임대료를 주고 돈을 벌어서 돌아가려고 속초시 백도해수욕장까지 와서 샤워장 천막을 설치하고 있었던 것이었습니다.

그 상사님은 자살하려고 하는 나를 정말로 따뜻하게 감싸주시며 인생 삶에서 절대 포기하지 말라고 하시면서 하나님께서 현재의 고난을 이길 분명한 길을 열어 주실 것이라고 말씀하셨습니다. 자살하려고 하는 굳은 마음으로 다시 살아가면 새로운 길이 있다면서 자신도 예수님을 믿는 그리스도인이라고 하시며 설득해 주시고 자신의 말을 꼭 한 번만 들어달라고 애원을 하였습니다.

그분은 내게 하는 말이 젊은 사람이 세면도 하지 않은 채로 산에서 노숙을 하여 옷 꼴이며 얼굴은 태양에 그을리고 머리는 흐트러져 있었고, 눈동자는 흐리고 얼굴은 붉게 탄 모습으로 힘없는 사람처럼 보이면서 직감으로 무슨 문제가 있는 사람으로 알아차렸다고 합니다.

그 상사님은 나에게 서울에 돌아가서 종로5가 어느 건물에 가면 재향군인회라는 단체가 있다고 말하면서 전화를 해 놓을 테니 당신도 군에서 제대를 한 재향군인이니 가서 만나면 취업을 알선해 줄 것이라고 안내하여 주며 참으로 따뜻한 인정을 베풀어 주었던 고마운 은인이며 천사였던 것입니다.

상사님의 끈질긴 설득으로 마음을 바로잡아 자살을 포기하고 다음 날 돌아갈 결심을 하였습니다. 그 상사님이 돌아갈 때 버스 차비까지 주셔서 집에 돌아갔으나 아내는 아무것도 모른 채로 갑자기 사라져 버린 내가 혹시 사고는 나지 않았는지 걱정하며 내가 돌아오기를 간절히 기다리고 있었습니다.

아내를 보면서 너무 미안한 마음에 아무 말도 할 수가 없었으나 거지꼴이 되어 돌아온 나에게 아내는 집에 쌀이 떨어졌음에도 꽁보리밥에 국까지 맛있게 끓여 주어서 너무나 감사하며 먹었던 기억이 생생합니다.

다음 날, 종로 5가에 있는 재향군인회 사무실에 찾아가서 그곳에서 직업 선택에 대한 면접을 했습니다. 담당자가 알선해 주는 취업 업종을 보았으나 과거에 기능공으로 일했던 용접공 일자리가 적합하다고 구직을 하는 회사의 주소와 전화번호를 제시하여 주었습니다.

그다음 날, 작성한 이력서를 가지고 재향군인회에서 알선해 준 회사로 찾아가서 사장을 만나 면접을 보았습니다. 그러나 그 사장은 기능공으로 바로 취업을 해 주는 것이 아니라 나에게 집에 가서 기다리면 곧 연락을 주겠다고 하였습니다.

기능공 일자리는 당장 인력이 필요해서 구인 광고를 할 법한데도 집에 가서 기다리라는 말을 선뜻 이해하지 못했으나 다른 곳에 취업할 수 없는 상태이므로 그냥 집에 돌아와 기다리고 있을 수밖에 없었습니다.

결혼 후 6개월 동안 집에 돈을 한 푼도 가져다주지 않았으나 아내는 어디서 식량을 팔아 왔는지 꼬박꼬박 밥을 해 주었습니다. 나중에 알고 보니 결혼 후에 자신이 꼭 필요할 때에 쓰려고 시집올 때 가져온 귀한 비상금을 실업자인 무능한 남편을 위해 썼던 것이었습니다. 그 눈물겨운 비상금을 써 가면서도 실업자이며 무능한 남편에게 아무 불평도 없이 밥을 해 주며 어려움을 견디어 냈던 아내에게 머리 숙여 감사하는 것입니다.

그런 아내의 고마운 마음씨도 모르고 비겁하게 세상을 떠나려는 생각을 한 것을 정말로 후회를 하며 아내의 얼굴을 차마 볼 수가 없었습니다.

나에 대한 아무것도 무르고 시집을 와 힘든 나날을 아내가 참고 견디어 주었으므로 지금은 아내와 내가 잘살게 되었다는 것을 자랑하고 싶고, 아내에게 고맙게 생각하며 열심히 하나님 말씀에 순종하며 살아가려고 노력하고 있는 것입니다.

그 후 곧 연락을 준다는 사장의 말을 믿고 눈이 빠지도록 소식을 기다렸으나 14일 동안 기다려도 면접을 본 회사에서 소식이 없었습니다. 그런데 15일째 되던 날 회사에서 전화가 와서 다시 회사를 방문하여 사장을 만났을 때 사장은 기능공으로 취업을 위하여 온 내 손을 꼭 붙잡고 잘 부탁한다고 하면서 자기 회사를 도와달라고 하여 나는 무슨 영문인지 어리둥절하였습니다.

사장은 공장에 기능공으로 근무하라는 것이 아니라 본사 사무실에서 당장 내일부터 근무하라고 하면서 기존에 관리이사가 회사에 문제를 일으켜 퇴직하였다고 하시면서 이사가 했던 여러 가지 일을 내게 맡기며 잘해 달라고 간절하게 부탁까지 하면서 중요한 업무를 맡기는 것이었습니다.

나중에 알았지만 전에 공해 방지 기계를 만들면서 근무하다가 퇴사를 한 회사 사장과 현재 회사 사장이 서로 대학 친구였습니다. 내 이력서에 과거 회사의 관리 능력과 경력을 보고 용접공으로 근무시키는 것보다 사무실 근무를 시키는 것이 더 나을 것 같아 전 회사

사장으로부터 경력과 실력을 설명 듣고 사무직으로 고용하면 회사에 큰 도움이 될 것이라는 것을 확신했는데, 전 회사 사장과 연락이 잘 되지 않아 이를 확인하느라 15일 동안 시간이 소요되었던 것입니다. 이 모든 일들이 하나님께서 함께하시며 가브엘천사인 육군본부 상사를 내게 보내셔서 인도하신 일이었다는 것을 후에 깨닫고 하나님께 너무 죄송하고 감사를 드리는 것입니다.

얼마 전만 해도 아무도 모르는 속초 백도해수욕장 인근 바다에서 아무도 모르게 돌멩이를 몸에 매달고 내 인생의 모든 것을 아무도 모르게 바다에 수장시켜 조용히 삶을 포기하려고 혼자 알지도 못하는 죽음의 먼 길을 갔었던 것을 뒤늦게 참회하였습니다. 그러나 그곳에도 계시는 진실하시며 의로우신 하나님께서는 가브리엘 천사인 육군본부 상사를 내게 보내셔서 위로하시고, 이 회사까지 다시 인도하시고 전 회사 사장까지 동원하셔서 나에 대한 설명도 좋게 하시고, 기능공으로 노동하며 근무하는 것이 아니라 사무실 직원으로 취업을 하도록 보호하시고 함께하시며 보살펴 주셨던 것으로 참으로 진실되고 의로운 하나님께 무한한 감사와 영광을 드리는 것입니다.

일시적으로 잘못되어 자살하려던 생각을 깊이 반성하고, 더 열심히 살아서 거지와 같은 나를 믿고 시집온 아내와 아내의 배 속에서 자라고 있는 자식을 책임져야겠다고 굳게 생각하면서 죽음에서 구원하시고 인도하시며 함께하시는 하나님께 무한한 감사와 영광을 돌려드렸습니다.

아내는 결혼 전에는 자유롭게 살다가 결혼 후 2개월 가까이 되었을 때 내가 직장도 없고 돈도 없이 결혼만 하여 자신을 반지하 단칸방 집에 가두어 둔 나와는 도저히 못 살겠는지 어느 날 갑자기 친정집에 가겠다고 하여 붙잡을 명목이 없어서 아무 말도 못하고 보냈습니다.

월급도 못 가져다주어 친정에 가겠다는 아내의 손을 잡지도 못하고 말없이 아내를 포기하는 마음으로 보내 놓고는 또 아내를 경제적으로 책임을 질 수가 없을 것 같아 돌아오지 않으면 놓아주려고 생각했습니다. 10일, 20일, 한 달 가까이 되어도 돌아오지 않는 아내를 돌아와 달라는 연락도 하지 않고 포기하고 있었습니다.

그러나 아내는 그 후 1개월이 지나 어느 날 다시 돌아왔는데 아내가 임신을 하여 하는 수 없이 돌아왔던 것이었습니다. 이것은 아내의 배 속에 있는 아들이 아내와 헤어지지 못하도록 묶어준 것이었으나 나는 아내가 아이를 가졌다는 것도 알지 못한 상태였습니다.

속초에서 돌아왔을 때 아내는 큰아들 대희가 배 속에서 5개월이 되어 있었는데도 생을 포기하려 했으나 나를 포기하지 않고 돌아온 아내에게 감사를 했으며, 나는 아내와 배 속에 있는 아이를 위해 정말로 죽을힘을 다하여 다시 열심히 살아야겠다는 결심을 하게 되었습니다.

사람이 살다 보면 어려울 때도 있고 좋을 때도 있고 해 뜰 때도 있고 비 올 때도 있고, 직장을 다닐 때도 있고 직장을 잃을 때도 있을 수 있다는 이런 일 저런 일을 모두 이겨 내고 살아야 한다는 생각을 가지고 살아야 되겠지만 그 당시에는 너무나 마음의 여유가 없었던 것은 사실이었습니다.

실업자 상태에서 결혼하고 그 상태가 계속되면서 다가오는 두려움, 무력감, 정신적인 압박의 고통과 위기의식에서 미래에 살아가야 하는 해결 방법을 찾지 못하여 이성을 잃어버리고 결국 세상을 회피하려고 했던 것입니다.

그러나 나를 선택하신 하나님께서는 위기 속에서도 계속 인도하시고 계시는 것을 잊어버리고 모르고 있었던 것을 회계하며, 무능하고 연약한 나를 다시 이끌어 주신 은혜와 사랑에 너무나 죄송하게 생각하며 하나님께 감사를 드리는 것입니다.

사람이 저절로 태어나 자기 생각대로 살다가 제멋대로 죽음을 선택할 수가 있을 것 같으나 사람은 창조자 하나님의 뜻에 의해 태어났으며, 하나님의 뜻대로 하나님 나라와 그에 진리 안에서 공의로운 삶을 살아야 하며 형제자매를 사랑하고 하나님의 영원한 나라를 위하여 복음을 전하다가 하나님께서 부르실 때에 다시 우리의 영원한 본향인 천국으로 돌아가야 한다는 사실을 알고 살아야 할 것입니다.

겨울에 한파를 이기면 따스한 봄날이 오게 되어 있는 것을 알아야 하며, 여름의 비바람과 더위를 이기고 나면 가을의 풍성한 결실이 있는 것과 좋은 것이 있는 반면에 나쁜 것도 함께 존재하고 낮이 있으면 어두운 밤도 존재한다는 것을 알고 항상 대비하며 사탄의 역사를 하나님의 진리의 말씀으로 전신갑주하여 물리치며 세상의 모든 악조건을 이겨 내며 평안과 기쁨으로 살도록 최선을 다하여야 하는 것입니다.

- 세상은 사람에게 많은 실망을 주고 있으나
  이것을 해결하는 것도 사람의 할 일이다.
- 바닷가의 작은 파도가 무섭게 보이나
  멀리 보이는 태풍은 잔잔하게 보인다.
- 미래의 사람은 소망을 가지고 최선을 다하여
  현재의 어려움을 이기며 산다.

- 죽을힘과 용기가 있다면
  그 힘과 용기로 전심전력을 다하여 살아야 한다.
- 진리 하나님은 어디든지
  진리로 진실하고 올바른 사람에게 항상 다가오신다.
- 목숨은 세상과 인간을 창조하신 하나님께 맡기고
  진리의 의를 실천하며 살아야 한다.

11.
가난과 고난에서 일어나라

하나님께서 죽음 앞에 서 있는 나에게 가브리엘 천사를 보내 주셔서 새로운 길로 인도하여 주신 것을 감사하여, 용접하는 기능공 일이라도 감사하게 생각하며 열심히 살아야 한다는 것을 알게 하셨습니다.

또한 하나님은 부족하고 연약한 나를 인도하시어 기능직 일이 아닌 사무실에서 일하게 하시고 하나님의 자녀인 안수집사 염남섭 부사장을 만나게 하셨습니다. 우리 두 사람은 신앙 안에서 서로 뜻이 잘 맞아 아무리 어려운 일이라 할지라도 내가 가진 모든 실력을 다 동원하여 최선을 다하여 일을 처리하는 지혜와 능력을 주셔서 회사에 많은 이익을 남기며 일을 하도록 하셨습니다.

이 회사는 단종건설회사로 큰 회사는 아니지만 입사하기 전에 근무하던 기술이사가 일을 잘못 처리하여 문제가 되었던 일들을 내가 하나씩 풀어나가며 열심히 한 결과 사장이 원하는 대로 잘 처리하고 완료하여 과거에 문제되었던 일들까지도 잘 정리하여 회사가 순조롭게 돌아가게 되었습니다.

어느 날, 아내가 만삭이 되어 배가 아프다고 하여 청량리에 있는 산부인과에 아침에 입원시켜 놓고 언제 아기가 태어날지 몰라서 우선 회사에서 바쁜 일을 하다가 다시 점심때 아내를 보려고 병원에 갔으나 아기 소식이 없어서 다시 바쁜 일을 우선 처리하기 위해 회사에 돌아와 정신없이 일을 하고 있었습니다.

그날 오후 저녁때, 병원에서 전화로 득남하였다는 기쁜 소식을 전해 왔습니다. 아내는 아이 낳을 때도 같이 있지 않았다고 많은 세월 동안 구박을 하였지만 그 시절에는 회사 일 때문에 눈치를 보다가 아내를 지킬 수가 없었습니다.

회사에 입사한 후에 회사를 정상화하고 내게 주어진 일들을 잘 처리하였으나 입사할 때 월급은 얼마를 받기로 약속하고 입사를 하지 않아서 17만 원을 주는 대로 받고 근무하고 있었습니다. 그런데 이 월급은 과거의 군대에서 막 제대하여 받은 회사의 월급보다 작아 월세 5만 원을 내고 전기세, 수도세, 관리비 5천 원을 빼면 11만 5천 원이 겨우 남아 우리 세 식구 먹고살기가 너무 힘이 들었습니다.

그뿐만 아니라 아내와 결혼할 때 TV나 다른 가전제품과 혼수는 거의 없이 결혼을 하여 아내가 저혈압이면서 아이를 키우고 고생하며 혼자 집에 있어서 아내를 위하여 결혼 일 년 만에 조그마한 금성 하이테크 TV를 30개월 할부로 구매했습니다. 그러나 매달 할부금 1만 4천 원을 내기가 너무 어려워 어머니께서 집에 오셨을 때 제대로 대접도 못 하고, 돌아가실 때 얼마 안 되는 기차 차비를 드리지도 못하여 마음이 너무 아팠던 것이 생각납니다.

회사에서 받은 월급은 과거에 다니던 공해방지기계 제작 회사의 1/2정도밖에 되지 않아서 생활이 잘 되지 않아 돈을 쪼개 쓰느라 버스 차비는 한 달 치 토큰을 사다가 방문 앞 그릇 속에 넣어 두고 하루에 두 개씩 왕복 버스비만 가지고 다녔습니다. 시장에서 야채를 사면서도 배추나 무를 다듬고 남은 시래기를 주워다가 국을 끓여 먹는 등 최대한 아껴서 사용해도 생활의 여유가 전혀 없어서 미래의 삶이 어떻게 살아야 할지 많이 두려웠습니다.

아내와 살고 있는 집은 신설동 로타리 주변 뒷골목의 옛날 작은 한옥 집으로 가림막도 없는 처마 밑에 연탄불을 넣는 단칸방으로 부엌이 없는 없었습니다. 방은 큰아들이 태어나 어머니께서 오셔서 네 사람이 누우면 움직이기조차 어려울 정도로 작은 방이었습니다.

한옥 집은 벽 2면은 흙으로 만든 흙벽이고, 그중 2면은 나무로 만든 유리 창문이었으며 유리가 3㎜ 한 겹이므로 겨울철에는 바람에 창문이 흔들리며 문틈으로 바람이 너무 많이 들어와 창문 가에 놓아 둔 먹는 물이 얼 정도로 웃풍이 많았습니다. 아이를 보호하기 위해 창문 전체를 밖에서 비닐로 막고 방을 드나들 때는 비닐을 걷어 올리고 고개를 숙이고 낮은 자세로 다닐 수밖에 없었습니다. 또 창문에는 하얀 서리 얼음이 생기는 방이어서 웃풍이 강해서 웅크리고 새우잠을 잘 수밖에 없었습니다.

아내는 부엌이 없는 단칸방에서 살면서 겨울에는 영하 10도 이하의 날씨에도 밖의 마당 콘크리트 물탱크에서 얼음을 깨고 찬물로 쌀을 씻어 처마 밑 땅보다 더 낮은 연탄불 아궁이 위에 솥을 올려 밥을 하였습니다. 아내는 결혼 전부터 저혈압이 있어서 그동안 조금씩 좋아지고 있었으나 많이 힘들어하면서도 밥을 제때에 잘 먹지 않은 관계로 위염까지 겹쳐 구역질을 하며 많이 힘든 생활이 계속 되었습니다.

아내는 아이를 위해서라도 잘 먹어야 하나 저혈압과 위염 때문에 속에서 받지 않는다고 식사를 거르거나 잘 먹지를 못하고 배가 아프다고 하며 구역질을 자주 하는 등 이런 일들이 계속 반복되었습니다. 아내가 고생을 너무 많이 하면서 억지로 버티며 겨우겨우 살아가는 형편이었으나 내 가정은 뾰쪽한 방법이 없었으며, 현재 삶에서 버티며 이겨 내는 방법 이외에는 다른 방법이 없었습니다.

하루는 회사에서 퇴근을 하여 집에 와 보니 아내는 보이지 않고 아이는 방바닥에서 얼마나 울었는지 우는 소리를 제대로 내지 못하고 울고 있었습니다.

아내가 어디를 갔는지 알 길이 없었으며 아내는 밤중이 되어도 소식도 없고 돌아오지를 않았습니다. 급히 가게에서 우유를 사다 데워서 아이에게 우유를 먹여도 아이는 먹지를 않고 계속 울기만 하여 아이를 안고 어쩔 줄을 모르며 걱정하면서 아이 때문에 멀리 가서 찾아보지도 못하고 집 주위를 맴돌며 어디서 주인집으로 전화 연락이 오거나 돌아오기만을 간절히 기다리고 있었습니다.

밤 12시가 넘도록 아내가 돌아오지 않아서 안절부절못하며 정신이 나간 사람처럼 기다리고만 있었습니다. 그 당시에는 휴대폰이나 서로 연락하는 방법이 없었으므로 다른 방법이 없어 빨리 돌아오기를 기도하고 한없는 걱정을 하고 있던 중에 경찰서에서 연락이 왔었습니다.

아내가 길거리에 저혈압으로 쓰러져 있는 것을 방범대원이 발견하고 고려대학교병원 응급실에 입원시켜서 응급실에서 계속 깨어나지 않다가 이제야 겨우 깨어나 연락했다는 것입니다.

급히 아이를 안고 안암동 고려대학교병원으로 급히 갔으나 아내는 아이를 보자마자 아이를 빼앗듯이 안고 정신없이 젖을 먹이며 자신의 아픈 몸은 돌아보지도 않고 아이만 생각하고 젖을 먹이면서 많이 울었습니다.

새벽 2시가 넘어 아내와 아이를 데리고 택시를 타고 집으로 돌아왔으나 아내는 그 후에도 집에서도 저혈압으로 실신을 하고 길거리에 쓰러질 정도로 혈압이 낮았고, 잘 먹고 운동을 해야 혈압이 올라가서 정상적인 생활을 할 수가 있을 것이나 위염까지 겹쳐 몸이 너무 약해서 돈이 없는 박봉의 삶에 우리 가정의 살아갈 앞날이 캄캄한 밤 안개 속의 헤매는 모습 그대로였습니다.

아내는 아이가 잠든 시간을 이용하여 잠깐 시장에 갔다 오려고 했으나 저혈압으로 갑자기 길바닥에 쓰러져 있었지만 행인들은 다 그냥 지나가고 밤중에 방범대원과 경찰이 발견하고 고려대학교병원 응급실로 이송해 갔던 것입니다.

나는 그 일이 있은 후 날마다 회사에서 주인집으로 아내가 잘 있는지 확인 전화를 매일 하면서 근무를 하였습니다. 한 번이라도 전화 통화가 되지 않으면 일손이 잡히지 않았습니다. 아내가 길바닥에 쓰러져 있고 아이는 길바닥에 울며 기어 다니는 모습이 상상이 되어 정신이 나간 사람처럼 멍하게 될 때가 수없이 많이 있었습니다.

아침에 버스를 타고 출근하면서 버스 손잡이를 잡고 생각에 잠기다 보면 아내가 저혈압인데도 생활이 너무 어려워 보약도 사 주지 못하고 부엌도 없는 단칸방 신세의 너무 가난한 삶이지만 월급은 쥐꼬리만큼 받고 있어서 온통 내 생각은 앞으로 어떻게 살아갈 것인가를 고민하며 멍하니 버스 창밖을 바라보고 있었습니다.

아무리 생각을 해도 현 상태로는 미래의 삶은 잘 보이지를 않고 현재의 가난한 삶을 언제 벗어날 수가 있을지 몰라 정말로 너무너무 불안하여 내 가정의 앞날은 안개 속의 밤중과 같은 삶이 계속되었습니다.

회사를 다니던 기간이 1년이 넘어서면서 회사의 일을 열심히 하여 회사의 문제들을 바로잡고 안정이 되어 계속 성장하였습니다. 그동안 내 가정은 큰아이가 태어나고 가정생활이 점점 어려워져 너무너무 힘이 들어 견디기가 어려웠으나 사장이 내 실력을 인정하면서도 작은 월급을 올려줄 생각을 하지 않아 어찌할 줄을 모르고 살아가고 있었습니다.

그러나 회사에서 요구하는 모든 일은 잘 처리하여 회사의 매출이나 성장은 잘되어 가고 있었고, 특히 염 부사장은 같은 기독교인이고 안수집사이므로 내 성실함과 실력을 인정하였으나 회사의 성장은 내 삶에는 전혀 도움이 되지 않았고, 오히려 내 앞에 일거리만 많아져 고된 하루하루 삶으로 피곤한 삶만 연장되고 있었습니다.

나는 내 삶의 어려움을 해결하기 위해 용기를 내어 나를 인정하고 믿어주는 부사장에게 건의하여 제가 너무 생활이 힘들어서 그러니 일을 잘하든 못하든 간에 저의 가정을 너그럽게 살펴 주셔서 월급을 조금만 더 올려주시면 감사하겠다는 말을 어렵게 하였습니다.

부사장은 고민을 하다가 사장과 협의를 한 후에 월급은 올려줄 수가 없다면서 대신 경기도 하남시 황산리 가나안 농군학교 옆에 있는 우리 회사 잡철물을 생산하는 공장에 가면 방이 하나 있다고 하면서 그곳에 가서 살면 가정에 도움이 될 것이라고 하였습니다.

나는 두말도 하지 않고 감사하다는 말씀을 드리며 그곳에 가서 살겠다고 하였습니다. 그 후에 공장에 있는 방을 가서 미리 살펴보았어야 했으나, 회사 일이 너무 많아 일에 빠져서 가볼 생각도 못 하고 우선 현재 살고 있던 방에서 1개월 뒤에 이사 가기로 계약만 하고 일만 열심히 하였습니다.

1개월 동안 회사에서 많은 업무로 너무 바쁘게 일을 하느라 공장에 방을 점검할 시간이 나지 않아서 어떤 상태의 방인지 확인도 하지 못하고 1개월 후 이삿날이 되어 회사에서 퇴근하여 밤중에 1톤 용달차로 짐을 싣고 어머니와 아내와 큰아이는 앞에 타고 나는 화물차 뒤 이삿짐과 함께 타고 밤 10시쯤 동대문구 신설동에서 하남시 황산리 공장으로 이사를 갔습니다.

그러나 공장에 방이라는 곳에 도착한 내 가족은 망연자실하여 말이 나오지 않은 일을 현실로 보고 있게 되었습니다. 부사장이 가서 살라고 했던 방이라는 곳은 방이 아니라 문도 없었고 천장도 없었으며, 전기 수도는 물론이요 바닥에는 시멘트 바닥에 지푸라기가 흐트러져 도저히 사람이 살 수 없는, 말 그대로 돼지나 닭 등 짐승들이나 사는 헛간으로 사람이 살 수가 없는 곳이었습니다.

이것을 본 아내는 기가 막혀서 말을 잃어버리고 멍하니 서 있다가 이 밤중에 아기와 어머니까지 모시고 왔는데 어떻게 이럴 수가 있느냐고 길바닥에서 아기를 안고 앉아서 대성통곡을 하며 울기 시작하였습니다.

아내는 결혼할 때에는 내가 부자인 줄 알았다고 했으나 방도 단칸방 월세였고, 1년이 넘도록 전세는 언감생신이고 고작 부엌이 딸린 월셋방 하나도 얻어 주지 못하다가 이제는 길바닥에서 잠을 자야 하는 신세가 된 것입니다.

아내도 홀어머니와 시골에서 가난하게 살았으므로 혼수 없는 결혼을 하여 우리 부부는 아무것도 없이 결혼 생활을 시작하였기 때문에 농이나 큰 이삿짐이 없으므로 작은 화물차 하나에도 차지 않았고, 이삿짐을 싣고도 나는 화물차 뒤 화물칸에 함께 타고 이사를 올 정도였습니다.

한밤중에 이사를 간 곳이 방이 없어서 어머니와 아내와 한 살이 갓 넘은 아이까지 노숙을 하게 되어 아내는 길바닥에 주저앉아 하염없이 흐르는 눈물을 참지 못하고 엉엉 울 수밖에 없었습니다.

어쩔 줄 모르다가 무조건 옆집의 문을 두드려 잠자는 사람을 깨워 사정 이야기를 하고 아이와 어머니까지 계시는데 잠자리가 없어서 그런다고 간절한 마음으로 부탁하고 하룻밤만 재워 달라고 매달리며 사정을 하여 겨우 노숙은 면하고 이웃집 작은방에서 이불만 대충 펴고 잠을 청했습니다.

그다음 날도 방은 해결이 되지 않아 계속 옆집에 무례한 신세를 지면서 아내는 처마 밑의 토방에서 석유곤로에 밥을 해서 어머니와 우리 식구는 끼니를 해결하여야 했습니다.

그러나 돈 없는 죄가 내 책임으로 누구를 원망하겠습니까. 낮에는 회사 일을 열심히 하고 밤에 퇴근 후에는 4~5시간 동안 12시가 넘도록 헛간으로 사용하는 집을 하나씩 고치기 시작하였습니다. 하루는 창문을 달고, 일주일 뒤에는 보일러를 설치하고, 또 일주일 뒤에는 천장과 벽에 도배를 하였습니다. 한 달쯤에는 집 외벽과 담장 사이 폭이 2m 정도 되는 공간에 지붕을 가리려고 목재로 틀을 짜고 슬레이트로 지붕을 만들고 벽은 블록을 사다가 쌓아 부엌을 만들어 연탄보일러를 설치하여 1개월 15일 만에 드디어 입주를 하였습니다.

그러나 입주한 지 1개월도 되지 않아 하남시청 무허가 단속반에서 나와 밤마다 혼자 힘들게 만들었던 처마와 담장 사이의 부엌으로 만든 건축물 부분이 무허가라고 하면서 다 철거해 버렸습니다.

불법이라고 하지만 나는 너무 한다고 생각을 하였으나 다른 대책이 없었고, 여기에 부엌을 다시 만들지 않으면 우리가족이 살 수가 없었기 때문에 오기로 다시 벽체를 두꺼운 철판으로 용접하여 오함마로 쉽게 부수지 못하도록 부엌을 튼튼히 만들어 사용했으나 그 후로는 하남시에서 다행히 철거하지는 않아서 감사했습니다.

우리 가족은 신설동에서 경기도 하남시 풍산리 공장으로 이사를 오면서 정말로 말로 표현할 수 없는 일이 벌어져서 한 달 반 동안 삶의 보금자리를 만들기 위해 고생은 이루 말할 수 없이 많이 했습니다. 그러나 끝까지 포기하지 않고 보금자리를 밤마다 나 홀로 열심히 최선을 다하여 완성했던 것입니다.

어려움을 극복하며 "고생 끝에 보람이 생긴다"는 말처럼 드디어 편안히 잘 수 있는 보금자리를 만들도록 지혜를 주시고 열심을 다하여 삶의 터전을 완성하게 하신 하나님께 감사 기도를 하게 되었습니다.

이사를 오면서 상상하지 못하는 일이 발생되기도 하였지만 꼭 나쁜 일만이 있는 것은 아니었습니다. 신설동에서 살면서 월세와 관리비로 지불하던 방세와 관리비까지 5만 5천 원이 이제는 지불할 필요가 없어서 여유가 생겼고, 공장에서 일을 많이 보게 되어 버스 토큰 비용도 절약이 되었습니다. 또 공장 집 옆 공터에 야채를 심고 길러서 반찬을 만들어 먹을 수 있어 식재료 값이 절약되어 우리 부부는 한 달에 7~8만 원의 여윳돈이 생겼습니다. 이 여윳돈을 어떻게 사용할까 생각하다가 주택은행에 찾아가서 아파트를 추첨받기 위한 주택부금을 바로 넣기로 하고 상담을 하였습니다.

주택부금은 보통 1개월에 10만 원이 기준이나 은행 직원에게 돈이 부족하다고 하니 최소 5만 5천 원부터 넣을 수 있다고 했습니다. 우리가 신설동에서 방세와 관리비가 5만 5천 원이라 하나님께 얼마나 감사했는지 어려움 가운데에서도 우리 가족을 위해 준비하시고 여기까지 인도하시고 함께하시며 도와주신 하나님이신 줄 몰라서 너무나 죄송하고 감사를 드리게 되었습니다.

또 우리 가족은 이사를 올 때 고생을 많이 하였으나 공장 방에서 사랑하는 딸이 태어났고, 집 주위에 가지나 고추와 야채를 심어 반찬거리를 해결하고 비록 돈이 없어서 아들 돌잔치도 못 하고 살았으나 회사에서 공사 현장 사진을 찍고 남은 몇 장의 필름으로 꽃무늬가 많은 밍크 담요를 벽에 걸어 배경을 만들고 아이들 사진을 찍는 등 작은 행복을 찾을 수가 있었습니다.

아내와 나는 한밤중의 안개 속에서 헤매는 삶에서 조금씩 안개가 사라지는 미래의 길을 찾아가고 있으며, 태풍 속에서 비바람을 뚫고 나오는 사람처럼 정말로 힘겨운 싸움을 나날이 하며 조금씩 삶이 변화하고 있었습니다.

그러나 이 싸움이 지나가면 열매를 맺는 가을이 올 수 있으나 다시 한파의 겨울이 기다리고 있는 것처럼 앞날에도 끊임없이 문제가 발생하고 또 그 문제를 풀어나가기 위하여 계속 기도하며 도전하면 결국은 하나님께서 지혜와 명철을 주셔서 능히 다 해결해 나갈 수 있도록 도와주신다는 것을 믿고 나아가는 것입니다.

회사 공장에서 살면서 가까운 곳에는 가나안 농군학교와 교회가 있어서 가나안 농군학교 교장선생님이신 김용기 장로님의 근검절약 정신이 깃든 귀한 설교 말씀 속에서 교훈을 얻었습니다. 또 아내는 가나안 농군학교에서 근검절약 정신의 교육을 받으며 평소에 근검절약 정신으로 살아가라는 말씀을 많이 듣고 더 절약 정신으로 더 열심히 살아야겠다는 정신으로 살았습니다.

우리 가정이 공장 옆 주택으로 이사를 와서 잘 살고 있게 되자, 부사장님 어머니께서 공장 옆방에 이사를 오셔서 살면서 부사장 장로님 가정과 인연을 맺게 되었고, 아내가 기르던 야채로 반찬을 만들어 할머니께 식사를 대접하며 우리 아이들과 함께 가족과 같이 살게 되었으며 서로 선물을 주고받는 등 고난의 삶을 조금씩 위로받으며 해결해 나갔습니다.

고난의 삶 속에서도 어떻게 해결하며 살아가야 하는지 그 방향성과 삶의 기초를 쌓으면서 우리 가정도 점점 안정을 되찾기 시작하였습니다.

하나님께서는 우리 가정의 어려운 삶 속에서도 항상 함께하시며 인도해 주시고 계신 것을 믿음이 연약한 나는 그 도우심을 받고 한참 후에야 알게 되었으며, 세상에서 보이는 눈으로 살아가는 삶은 항상 어려움과 고난과 시험이 뒤따르게 되어 있으나 우리에게 이것들을 이겨낼 수 있는 인내와 연단을 주셔서 점점 강한 사람이 되게 하시는 위대하신 하나님께 감사와 영광을 드리는 것입니다.

그러므로 하나님께서 안개 속 같은 우리 가정 삶 속에서도 조금씩 방향을 찾아가는 지혜를 주시며 모든 삶을 인도하고 계시는 것을 믿고 흔들리지 말고 계속 최선을 다하여 살아가겠다고 기도를 드리는 것입니다.

우선 우리 눈에 보이는 삶이 전부인 것처럼 불안해하지 말고 때가 되면 모든 것들이 진리 하나님의 뜻에 따라 다 해결될 것임을 믿고 강한 믿음으로 계속 노력하며 주어진 삶에 전심전력을 다하며 살아야 하는 것입니다.

이제 우리 가정의 미래를 위한 삶의 틀이 조금씩 잡혀가고 있는 것이 사실이며, 비틀거리는 내 삶도 두 자녀가 있고, 몸이 약한 아내지만 살아 보려고 많은 노력을 하며 저혈압을 조금씩 극복하며 이겨 나가고 있고, 주택부금을 시작하게 된 것 등을 생각해 보면 하나님께서 우리와 함께하시며 인도하시는 것을 깨닫기 시작한 것이 다행이었습니다.

어려서부터 이제까지 살아온 일들을 생각하면 어머니의 수많은 고생에도 불구하고 가정의 변화가 확실하지 않았습니다. 나 또한 세상에 홀로 서는 일이 정말로 어려운 일이었다고 생각이 드나 한 가지 분명한 것은 포기하지 않고 끝까지 노력하는 가운데 진리의 하나님께서 함께하시므로 보이지 않은 삶의 기초가 하나씩 놓이면서 인생의 거대한 집도 완성되어 간다는 사실입니다. 어려움은 하나씩 떠나가고 미래의 소망이 조금씩 다가오는 것으로 내 가정도 하나님의 뜻에 의하여 완성되어 가는 과정이므로 참고 견디며 최후의 성공을 향해 나아가야 한다는 것입니다.

우리가 부모로부터 나쁜 유전 등을 물려받았으며 재산을 물려받지 못하여 세상적인 밑바닥에서 삶을 시작을 하였더라도 하나님의 진리의 말씀대로 올바르고 진실되게 살아가면서 한 가지 공부와 한 가지 일을 끝가지 열심으로 전심전력을 다하여 이루려는 삶을 살아가면 꼭 자신이 원하고 목표를 이루게 되어 성공하는 인생을 살아가게 된다는 것을 잊지 말아야 할 것입니다.

어떤 자녀는 무모로부터 물려받은 재산과 부모의 배경을 가지고 있으나 자신이 올바르고 진실된 삶을 살지 못하면서 자신이 꼭 쌓아 세상을 살아가야 하는 자신만의 일을 완벽하게 발전시키지 못하여 결국은 물려받은 재산을 지키지 못하고 또 자신의 삶을 향락을 중심으로 살다가 패망하는 것을 볼 수가 있는 것은 정말로 안타까운 사실들이므로 항상 경각심을 가지고 살아야 하는 것입니다.

- 어려움 속에서도 미래 먹거리 일을 게을리하면
  미래에 가난이 계속된다.
- 어려운 환경을 그대로 받아 들이고 노력하면
  꼭 잘살며 성공하게 된다.
- 도전하라.
  지금은 실패할지 몰라도 도전은 당신을 계속 강하게 만들고 있다.

- 인내하고 연단하라.
  지금 환란이 강한 당신을 만들고 있다는 것을 알아라.
- 부족한 생활비라도 쪼개어 저축하면
  나중에는 씨앗이 되어 부유하게 된다.
- 아주 작은 씨앗이 바람에 날아가 땅에 떨어지지만
  나중에는 큰 나무가 된다.

- 돈을 따라 사는 사람은 후회하게 되나
  일에 승부하는 자는 꼭 성공하게 된다.
- 작은 기회라도 잡고 최선을 다하여 노력하면
  큰 기회로 돌아와 성공하게 된다.

12.
최선의 직장 생활과 성장

군대에서 공사 관리사병을 하면서 토목, 건축, 전기, 설비공사에 관한 용어와 자재 이름을 모두 암기했고, 또 수많은 공사 경험을 수차례 쌓고 제대를 하였으며, 그 후 사회에서 건설공사를 하면서 공사 공종마다 단위당 인건비까지 대부분 암기를 하여 일반 건설공사에 필요한 지식은 모두 머릿속에 담았습니다.

그리고 잡철물 공장 제품 생산에 들어가는 원가, 현장에서 시공하는 공사 실행 일위대가를 내 방식대로 정리하여 나만의 생산원가와 공사원가 일위대가를 만들어서 숙지했었습니다. 그렇게 얻은 소중한 공사 지식은 어느 누구도 따라올 수 없는 나만이 가지고 있는 보물과 같은 지식이었습니다.

단종건설회사를 다니며 서울 시내에 있는 1군 종합건설 본사나 현장에서 잡철물공사 영업을 하며 제출한 견적 원가는 항상 모두 다 내 머릿속에 들어 있으므로 내 주머니에는 '계산기와 견적서 용지와 회사 도장'만 가지고 종합건설 본사나 현장은 물론이고 시공을 하는 아무 현장이나 돌아다니면서 도면이나 공사 내역서를 보고 즉시 현장에서 견적서를 작성하여 제출하고 상담을 하여 공사를 수주하는 능력 있는 영업을 하였습니다.

그래서 나는 견적을 해서 공사를 수주하는 영업에서 다른 사람보다 우수한 실력으로 빠르게 대처하여 현대건설, 유원건설, 경남기업, 삼성 에버랜드 등까지 드나들며 거래를 시도하고 수주를 하는 등 회사에 큰 공헌을 했습니다. 그 결과로 입사할 때에 회사 규모보다 영업 실적이 매년 성장하여 공장에서는 매일 야근을 하여야 물량을 처리할 수 있을 정도였습니다.

내가 일의 능력을 한참 발휘하는 스물여덟 살 때 공장에서 가까운 지금의 상일동 주변 고덕지구에 수만 세대의 아파트가 건설되면서 이곳을 중점적으로 영업하기 위하여 고덕지구를 공략하려고 현대건설 현장 사무실에 무조건 들어가서 잡철물 공사 견적을 하려고 왔다며 현장 소장님과 공무과장을 찾았으나 직원들은 누구 하나 대꾸도 하지 않고 자기 일만 하였습니다.

그 이유는 현대건설은 미리 하도급업체 등록을 해야 하고 등록된 업체를 심사하여 합격을 한 단종건설회사만 견적을 의뢰받아 하도급 업체를 선정하는 것이 현대건설의 자체 규정으로 현장 직원들은 이 규정에 따라야 했기 때문이었습니다. 우리 회사는 등록되지 않은 업체였으나 무조건 부딪쳐 보고 결과는 나중 일이라 생각하고 문을 두드렸던 것입니다.

그러나 우리 공장이 인근에 있으니 단돈 10만 원짜리라도 성실하게 제작해서 시공해 드리겠다고 하고 현장 사무실에 있는 사람들을 한 사람씩 인사를 하며 사정을 하였습니다.

그런데 사무실 구석 귀퉁이 책상에 있는 고덕지구 놀이터와 아파트 단지 조경을 총괄하는 현대종합조경 현장 소장이 나를 불렀고, 조경 공사 현장 소장은 공장이 가깝다고 하니 한번 가 보자고 하였습니다. 현장 소장과 함께 현장 진흙탕 흙길을 따라 1㎞쯤 버스 정류장으로 걸어가고 있는 도중에 갑자기 먹구름이 하늘을 덮었으며, 천둥소리와 함께 갑자기 소낙비가 쏟아져 소장과 내 옷이 다 젖어 비 맞은 장닭들이 되어 버렸습니다.

소장과 나는 옷이 흠뻑 젖은 채로 공장에 도착하여 불을 피워 놓고 옷을 다 말려 주며 공장 시설 하나하나를 설명하는 순간에 우리는 서로 친해졌습니다. 소장은 일단 견적을 해 보라고 하면서 어린이 놀이터 1개 분량의 물량 내역서를 주었으나 현대건설에서 최저가로 입찰을 하여 수주하였던 것으로 원가 맞추기가 정말로 어려웠습니다. 그러나 나는 특단의 대책을 수립하여 물품을 제작하여 납품을 하기로 하고 현대건설 조경소장이 원하는 견적 금액을 내어 놀이터 1개소 공사를 수주하여 놀이 기구를 성실히 만들어 설치까지 완료해 주었습니다.

이 공사는 정상적인 방법으로 놀이 기구를 구매하여 설치를 하였다면 적자를 면할 수 없는 공사였으나 그네를 만들 때 파이프와 로프, 베어링 등 자재를 각각 따로 구매하였고, 의자는 나무와 볼트 그리고 철자재를 따로 구매하여 공장에서 가공하여 조립하는 식으로 만들었습니다. 이렇게 해서 원가가 약 30~40%가 절약되므로 저렴한 수주 금액에도 상대방에서 원하는 가격으로 제작하여 설치하면서 회사에 이익을 볼 수 있는 것이 가능했던 것입니다.

그 후에 고덕지구 어린이 놀이터 공사 25개를 수주하여 4개월 동안 공장을 풀가동하여 무사히 마치고, 그 후에도 안산시의 현장에 현대건설 아파트 1개 단지의 잡철물 공사를 수주하여 시공을 하였습니다.

내가 수주한 공사 중 기념에 남을 만한 대형 공사는 고덕지구 현대건설 계열 회사인 한라건설 서울시형아파트 9,900세대 수주 건 이었습니다. 서울시에서 발주하여 현대건설 자회사인 한라건설에서 최저가로 입찰하여 수주한 것으로, 원가를 맞추기가 정말 어려운 공사를 견적한 적이 있었는데 타 회사는 원가가 낮아 다 포기하였지만 한라건설 공무 과장과 끝까지 대화하면서 샘플을 여러 번 만들어 서울시 감독에게 계속 제시하였습니다. 결국은 서울시 감독관의 승인을 득하여 9,900세대의 아파트 잡철물 공사를 모두 수주한 것이 큰 보람이었습니다.

지금까지 대한민국의 최고 단지의 공사를 수주하였던 것이나 이 공사는 우리 회사에 크게 기여한 공사 수주 실적으로 내가 단종건설회사에 다니면서 가장 큰 공사 금액의 수주였습니다.

대기업에서 많은 공사 수주와 생산 공장의 관리 능력을 인정받은 결과 나는 대리에서 과장으로 승진을 하였고, 회사에서 기계공학을 전공한 대학을 나와 경쟁하던 기술부 직원들보다 위에 서게 되었습니다.

공사 수주를 잘하고 생산 공장에서도 관리에 대한 일을 잘 보고 현장의 일 처리도 잘하는 내 말 한마디는 회사에서 결정적인 권한을 가진 능력의 말이 됨과 동시에 인정받은 권한을 가진 회사의 중심인물이 된 것이었습니다.

그 후 5년 동안 회사를 다니면서 별 볼일 없는 내가 영업을 잘하여 회사가 잘 성장하는 것을 보고 회사 대표는 회사를 더 키울 욕심으로 경남기업이나 포항제철 대기업의 임원 출신 여러 사람을 데려다가 영업 활동에 투입하여 공사 수주를 확대한다는 생각으로 영업 임원을 늘렸습니다.

영업 임원들이 포항제철과 그 계열회사, 경남기업, 유원건설 등을 영업하면서 여러 가지 핑계를 대고 접대 명목으로 회사 자금을 끌어다가 투입하면서 영업은 되었으나 일을 해 주면 대부분 3~5개월짜리 어음을 받는 일이 많이 생겼습니다.

그러나 매출은 늘어나 회사는 성장하면서도 영업 이익은 낮아졌으며, 결국은 어음이 늘어나면서 어음 할인 비용이 손해로 발생되어 회사가 어려워지자 서로 아는 기업끼리 어음을 맞교환하여 또 서로 할인하여 사용하였습니다. 그러나 어음을 맞교환한 한 회사라도 부도가 나면 두 회사 모두가 부도 위기에 몰리게 될 수밖에 없는 위험한 지경까지 왔습니다.

자금 담당 부장과 나는 매달마다 자금 운영을 맞추어 보며 어음 결제 날짜가 길어지는 등 결제 상태가 점점 어려워지자 회사의 위기를 극복하고 새롭게 시작하기 위하여 회사 대표에게 회사를 재정비하여야 하고 축소하여 다시 시작을 해야 한다는 말을 여러 차례 건의했습니다.

대표는 우리 말에는 아랑곳하지 않고 영업만 많이 하면 해결된다고 영업에만 신경을 쓰며 회사를 키우는 데만 관심을 두어 우리 두 사람은 대표에 대한 실망이 점점 커져 갔습니다.

내가 관리하는 공장 생산 일이나 현장은 한마디로 뼈가 으스러지도록 일을 하여서 이익을 남겨 다른 사람이 하는 현장보다 많은 이익을 남겼고, 어려운 현장도 내가 투입되면 어떤 대가를 치르더라도 모두 다 해결하였으므로 특히 부사장은 어려운 현장만 골라 나를 투입하게 되었습니다.

한번은 인천에 가스탱크가 오래되어 부식되어 있는 것을 철거하고 다시 신설해야 하는, 작업 방법이 매우 까다롭고 위험하여 이익을 볼 수가 없는 현장을 부사장이 공사를 덜컥 수주하여 작업할 사람이 없다고 하면서도 나에게 해결을 하라고 하였습니다.

실행을 짜본 결과 적자를 볼 수밖에 없는 공사지만 편법을 사용하여 계획대로만 될 수 있다면 이익을 남길 수가 있다는 자신을 갖게 되었습니다. 그래서 대표이사에게 너무 어려운 현장과 적자 현장이므로 일정한 이익 이상을 남기면 남긴 금액을 그 일에 참여한 사람들에게 보너스로 나누어 주겠느냐고 건의하여 대표에게서 약속을 받았습니다. 우리 팀은 위험을 무릅쓰고 내가 현장을 책임지기로 하고 공장에서 내 말을 잘 따라주는 6명의 특공대 기능공을 골라 현장 옆에 숙소를 정하고 투입시켰습니다.

우리 팀은 주야와 주말도 쉬지 않고 죽을힘을 다해 일을 하면서 독한 가스를 마시고 힘들어 얼굴이 가스로 인하여 부을 정도였습니다. 독한 가스를 마셔서 목이 아픈 것을 해결하기 위해 매 끼마다 달걀이나 돼지고기 김치찌개를 먹고 목에 있는 가스를 씻어 내며 야간작업을 계속했습니다. 휴일까지 반납하면서 여러 가지 위험을 극복하며 사고 없이 6개월 만에 공사를 완료하여 회사에 제시한 15% 금액 이상인 20%를 넘게 남기며 현장을 마무리했습니다.

보통 사람이 규정대로만 일을 하면 100% 적자를 볼 수밖에 없는 현장이었으나 거대한 가스탱크를 상하로 움직이는 역할을 위하여 설치되어 있는 가격이 비싼 상하로 움직이는 대형 롤러 24개가 페인트 색상은 변하였으나 베어링이나 롤러가 깨끗하다는 것을 파악하고 재사용이 가능하다는 판단 아래 고철 처리를 해야 하는 롤러를 가장 먼저 철거하여 전문 공장에서 분해하여 재생하도록 가공하고 수리하여 페인트를 다시 칠하고 새로운 라벨을 부착하여 새것으로 둔갑시켜 다시 납품을 하여 설치하였습니다.

가장 큰돈이 들어가는 부품을 재생하여 새로운 제품의 내역서 금액보다 70%를 절감하고 고철을 지하 탱크에서 철거하여 꺼낼 때 필요한 고가 금액이 드는 크레인 대신 고정비계를 튼튼히 설치하고 도르래를 2단으로 설치하여 화물 차량 뒤에 로프를 묶어 당기는 방법으로 차량을 이용하여 위험을 무릅쓰고 지하에서 고철을 끌어내고 운반하여 철거 비용을 40% 정도 절약한 바람에 전체의 이익 구조를 어렵게 맞추었습니다.

이렇게 회사에서는 한 푼도 남길 수가 없는 일을 20% 이상을 남기면서 일을 완성하기 위해 주야간을 쉬지 않고 몸부림쳐서 억지로 이익을 낸 현장이지만, 회사 대표는 화장실에 급히 갈 때 약속을 하고 화장실에서 볼일 보고 느긋하게 나오는 사람처럼 보너스를 지급하겠다는 약속을 거짓말처럼 무시하고 약속을 지키지 않았습니다.

나는 대표가 약속을 지키도록 해야겠다는 생각으로 고민을 한 끝에 꾀를 내어 매달 첫 주에 본사 직원 전체 회의 시간 공개석상에서 사장에게 제안하여 이익금이 상당하니 약속한 이익금을 주지는 않더라도 직원 모두에게 체육복을 한 벌씩 다 사 주고 하루를 공휴일로 하여 전체 직원의 사기를 올려 주기 위해 체육대회를 하여 전 직원이 단합할 수 있도록 해 달라고 요청을 하였습니다.

내 제안에 대표가 대답도 하기도 전에 직원들의 박수를 받고 강제로 사장의 승인을 얻어서 내 덕분에 모든 직원이 추리닝을 한 벌씩 얻어 입고 즐거운 체육대회를 할 수 있었습니다.

나는 인천 부둣가에 인천 사료 공장을 증축하는 공사에서도, 뻘밭에 파일을 박아 시공하는 난공사에서도 스스로의 기발한 아이디어로 사고 없이 공사를 무사히 마쳤습니다.

또 내가 견적하고 수주하여 시공까지 한 대전 과학연구단지 안 산꼭대기에 지름이 14㎙ 되는 우주 전파망원경을 우리나라에서는 처음 설치하고 세계에서 네 번째로 설치하는 첨단 공사로 미국에서 제작하여 한국에 설치하는 공사였습니다. 몇백억 가는 전파망원경을 옮기기 위해서는 산으로 올라가는 도로가 협소하여 도로 공사를 먼저 해야 했으며, 전파망원경을 설치를 하는 데 필요한 장비가 150톤 크레인이 있어야 가능한 일이었습니다.

그러나 1986년도에는 국내에 150톤 크레인이 없을 뿐만 아니라 있더라도 산으로 올라가는 길이 좁아 올라갈 수도 없는 실정이었습니다. 미국인 감독관과 긴밀히 협의한 결과, 국내에서 단 두 대밖에 없는 120톤 크레인 두 대로 병행 작업을 하여 전파망원경을 설치하기로 하고 120톤 크레인을 수배했으나 거제도 조선소에 일이 잡혀 있다고 하면서 1개월 뒤에나 이동이 가능하다는 답변을 들었습니다.

그 후 120톤 크레인 두 대를 산꼭대기에 올라오도록 흙길인 도로를 넓히고 정비하여 겨우 120톤 크레인을 산 정상에 설치하여 거대한 전파망원경을 조립을 위하여 미국인 감독관과 여러 번 회의와 대책을 마련하면서 2개월 동안 전파망원경 설치 공사는 어렵게 완료했습니다.

그러나 데리고 간 일꾼 중 두 명이 망원경을 설치하던 중 공중 허공에서 망원경을 조립하면서 평탄하지 못한 땅에서 비계를 움직이다가 비계가 기우뚱하여 땅 아래로 추락하여 발과 어깨가 부러지고 다쳐서 불구가 되는 사고가 발생하였으나 다른 사람들은 작업방법이 어렵고 까다로워 엄두도 내지 못하는 공사를 완료하여 대한민국의 우주탐사시대를 열어주었습니다.

또 한 해는 여름의 태풍으로 수해가 많이 나서 도봉구 수유리의 개천 둑이 많이 무너져 개인 주택과 논밭으로 물이 넘쳤던 곳의 수해 복구 사업으로 석축을 수백 미터 길이로 쌓는 석축 공사와 뚝방을 만드는 공사를 수주하여 나에게 현장을 맡아 공사를 하라고 지시했습니다.

여름철의 큰 장마와 갑작스러운 폭우로 도봉산 골짜기에서 굴러 내려온 지름 2~3m 되는 돌들이 개천을 막고 있었습니다. 나는 개천의 돌을 치우는 것을 아이디어를 내서 견치석을 멀리 포천에서 구매하여 석축을 쌓는 공사이나 개천의 돌도 치울 겸 개천을 막고 있는 돌을 깨는 기능공들을 데려다 개천 돌을 깨면 견치석을 만드는 비용이 70%가 절약되고 모래도 개천을 준설하여 사용하는 방법을 선택했습니다. 잡부 인건비는 저가인 새마을 인부를 사용하여 모래를 개천에서 모으고 견치석을 쌓는 기능공만 수배하여 공사를 마무리한 결과는 70%의 이익을 남기는 말도 않되는 대단한 성과를 올린 것이었습니다.

이 현장은 도로에서도 떨어져 있으며 개천에서 일을 하므로 아침 일찍부터 밤 8시까지 작업을 하느라 회사에 전화할 시간도 없이 오직 일에만 빠져 매일 작업을 계속하며 어두운 밤이 되어서야 현장에서 작업복을 털며 현장에서 나오고 있었습니다. 그런데 앞에서 갑자기 "야! 너 그럴 줄 알았다. 나는 너를 믿고 있었다." 하며 부사장이 다가오며 악수를 하면서 하는 말이, 대표이사가 내가 일을 제대로 하고 있는지 현장에 가서 확인하고 오라고 해서 왔다고 하면서 작업복이 땀에 젖어있는 내 모습을 본 부사장은 자신이 믿는 대로 내가 현장을 책임지고 성실히 일하고 있는 모습을 보고 감동하였던 것으로 나중에 이익금을 보고 입이 떡 벌어지는 것을 보았습니다.

내가 일을 할 때에는 일에 너무 집중하여 일 외에는 아무것도 생각하지 않았으며, 일하는 방법이 조금만 문제가 있어도 바로잡으려는 꼼꼼한 성격에 일하는 사람들과 다툼도 생기곤 하였습니다. 그러나 결과적으로 그러한 성격 때문에 일을 철저하게 잘할 수 있는 능력이 계속 향상되었던 것입니다.

한번 현장에 투입되면 생각 없이 일만 열심히 처리하는 것보다 수단과 방법을 가리지 않고 이익을 많이 내는 수익 구조를 스스로 만들어 일을 완성하면서 전심전력을 다하여 완성된 건물이나 제품을 보았을 때 그 기쁨과 성취감과 그 이익의 만족스러움 때문에 재미가 더욱 생겨서 일을 더 열심히 하였던 결과로, 이 현장에서 수익을 극대화할 수 있는 아이디어를 계속 생각해내고 미친 듯이 일을 하여 자그마치 70%의 엄청난 이익을 남길 수가 있었던 것입니다.

그러나 근무하는 단종건설회사에서 6년이 넘도록 회사를 위하여 최선을 다해 일했으나 대표의 잘못된 사고와 잘못된 경영 판단과 생각으로 죽도록 일했던 공은 다 사라지고 회사 규모는 커졌으나 회사가 점점 기울어져 갔습니다. 더 이상 이대로 볼 수가 없어서 이제는 이 회사를 떠날 때가 되었다는 생각으로 사직서를 제출하였지만 대표와 부사장이 절대 안된다고 말렸습니다.

그러나 나이 어린 내가 회사가 재정비해야 한다는 조언의 말은 뒤로하고 대표의 잘못된 경영으로 계속 기울어져 가는 모습에 화도 나고 대표의 잘못된 경영 방식에 동의할 수가 없어서 강한 어필을 하며 퇴직금을 받고 퇴사하였습니다.

회사 대표는 6년 반 동안 고생하고 받은 퇴직금도 어음으로 주어서 이 회사에서 죽도록 열심히 일했던 것이 무엇이 잘못된 것이 있느냐고 대표에게 따져서 3개월짜리 어음 원금에 3부 할인이자까지 붙여서 달라고 하여 퇴직금을 받아다가 회사가 거래하는 강관거래처에 어음을 할인하여 현금으로 바꾸어 사용하였습니다.

그러나 내가 받은 퇴직금 어음은 현금화되어서 별문제가 없었으나 그동안 내가 다니며 최선을 다해 일해 주었던 회사는 내가 퇴사한 후 6개월이 지나 최종 부도 처리되어 안타깝게도 세상에서 사라져 버렸습니다.

나와 경리부장이 대표에게 회사를 재정비하자고 했을 때만이라도 우리 말을 들었더라면 이 지경이 되지 않았을 텐데, 하는 아쉬움이 많았습니다. 항상 믿고 도와주었던 대표이사의 처남 염 부사장까지 모든 재산을 회사에 보증을 서 주고 융자를 받았던 것으로 회사에 관계된 모든 사람들까지도 길거리 신세가 되었던 것이 안타까웠던 것입니다.

성경 말씀 "야고보서 1장 14절 오직 각 사람이 시험을 받는 것은 자기 욕심에 끌려 미혹됨이니 15 욕심이 잉태한즉 죄를 낳고 죄가 장성한즉 사망을 낳느니라."라는 말씀이 생각이 납니다. 왜 사람들은 자신의 어리석음만 믿고 좋은 말씀들을 귀담아 듣지 않으며 되돌아올 줄을 모르는 잘못된 일방통행 길과 앞이 보이지 않은 절벽의 길로 계속 달려가다가 망하게 되는 것일까요?

우리의 삶에서 자신이 스스로 완벽하게 하지 못하고 남에게 맡기어 하는 일들은 언젠가는 자신이 원치 않은 결과를 초래할 수 있으므로 스스로 안전하게 관리를 하고 사업이 어느 정도 성공하면 사업을 안정화시키면서 사업을 하는 것이 필수적입니다. 만약 이 시기를 놓치고 무리하게 사업을 확장하면 대부분 망하게 된다는 것을 명심해야 할 것입니다.

회사에서 관리를 열심히 하였던 자금 담당 관리부장은 철저한 관리 능력과 그동안 회사의 문제점을 교훈을 바탕으로 나중에는 건설 사업가로 변신하여 성공을 하였습니다. 나 또한 영업을 열심히 하고 공장 생산과 현장 공사를 완벽하게 하였던 실력으로 후에 사업을 하였으나 과거를 거울삼아 사업을 안전하게 하려고 계속 노력하였습니다.

그러므로 항상 마음을 열어 두고 어린아이와 같은 작은 자에게도 듣고 배우며 많이 생각하고 "아는 길도 물어 가고, 돌다리도 두들겨 보며 가라"는 선조들의 말씀을 명심하고 지키며 살아야 할 것입니다.

군 공사에서 모든 자재 단가를 모두 외워서 머릿속에 정리하였으며 내가 퇴사한 후 부도가 난 회사에서 최선을 다하여 근무하면서 후회 없이 일을 열심히 해 보고 다른 사람들이 하지 못하였던 영업들을 과감히 도전하고 끝까지 대화를 하며 상대방의 조건을 충족시키면서 회사의 이익에 부합되는 영업을 하여 성공하였으므로 미래에 대한 자신감을 확실하게 얻은 것은 내 인생의 큰 성과라고 말할 수 있는 것입니다.

공장의 생산은 다른 사람들과 함께 하면서 관리 능력을 발휘했다고 하겠으나 현장을 운영하며 그 어떤 조건에서도 이익 구조를 만들어 가는 방법을 터득하여 남들이 하지 못하는 원가 절감과 저렴한 일위대가 작성으로 큰 이익을 만들어 가는 보이지 않는 나만의 능력을 가진 미래 잠재능력의 사업가로 커 나가고 있었던 것입니다.

이 모든 것들은 가난에서 시작되어 하루하루 삶의 위기의식과 경직된 마음으로 삶을 극복하고 미래의 소망으로 나아가려는 꿈을 꾸는 상태에서 나와 함께하시는 진리 하나님의 의롭고 진실하신 지혜와 명철이 인도하고 계시는 하나님의 축복이라고 생각해야 할 것입니다.

국방의 의무를 다하고 사회에 나온 지 10여 년이 지나면서 여러 회사와 수많은 일들이 경험하며 세상을 이겨 내고 정복하여 다스리려고 노력하고 또 최선을 다했지만 아직도 내가 살아가는 환경과 미래는 여전히 세상에서 나를 받아 주고 책임을 져주지 않으며 외면하였습니다. 다시 세상이 나를 받아 주기를 바라며 세상에 다시 도전을 계속하고 있지만 이제는 과거와 같이 큰 두려움은 많이 사라졌으며, 능히 세상과 견줄 만하다고 생각하는 것이 솔직한 내 심정입니다.

- 많은 보호를 받으며 성장한 사람은
  세상 풍파와 어려움삶을 잘 견디지 못한다.
- 어려운 환경을 이기며 힘들게 성장한 사람은
  세상 풍파에도 잘 견디어 성공하게 된다.
- 자신의 한계에 계속 도전하는 사람이 프로이며
  고난이 있을지라도 많은 성장을 한다.

- 뿌리가 많으면 줄기가 커지고
  가지가 많으면 풍성한 열매를 많이 맺는다.
- 나무는 비바람에 넘어지지 않으려고 하다가
  더 강해지고 몸통이 굵어진다.
- 영업은 상대방을 끝까지 대화로 만족시켜서
  상대방을 감동으로 변화시키는 데 성공하는 것이다.

- 나만의 일위대가를 만들어 삶과 일에 적용하고
  최선을 다하여 삶을 성공시켜라.
- 진정한 프로는 자신의 한계에 반복하여 도전하면
  실력을 계속 향상되어 성공한다.

13.
삶의 도전과 승부수

잡철물 단종회사에 다니면서 최선을 다하는 영업으로 공사 수주를 많이 해 보았고, 내가 맡은 현장은 이익을 극대화시켜서 회사를 성장시켰음에도 불구하고 대표이사의 잘못된 판단으로 회사 경영을 방대하게 운영하여 결국 부도 처리가 된 것을 평생 교훈으로 가슴에 담고 살기로 했습니다.

내가 정성을 다하여 공장 헛간을 개조하며 만들었던 추억의 방에서도 회사를 퇴사했으므로 나와야 했으나 그 헛간이었던 공장 방에서 사랑하는 둘째 딸이 태어나 무럭무럭 자랐습니다. 나는 가나안 농군학교 내에 있는 가나안교회를 다니면서 가나안 농군학교 교장이신 김용기 장로님의 설교를 듣고 좋은 삶의 교육을 받으며 근면 절약을 정신을 항상 실천하시는 것을 보면서 진실되고 올바르게 살아가는 삶의 정신을 배웠으며, 신앙적으로도 많이 성숙하여져서 하나님께 감사를 드렸습니다.

내가 회사를 다니면서도 성공했던 영업이나 공장 생산을 담당하면서 생산 관리를 터득하고 현장을 계획했던 대로 잘 처리하여 여러 건의 공사를 준공해 보고 회사도 함께 운영하는 관리에 대한 시스템까지 관장할 수 있는 사람으로 성장해서 경영의 일부를 알게 된 것도 사실입니다.

그러나 내 가정은 주택부금을 한 달에 5만 5천 원씩 넣고 남은 돈이 얼마 없었고, 전셋집을 구할 수가 없어서 월세방을 다시 구해야만 했으나 이제는 옛날과 달리 단칸방이라 할지라도 부엌이 있는 방을 얻게 되었습니다.

군 생활에서 건설공사 지식을 많이 배우고 사회에 나와서도 내가 맡은 일들을 자신 있게 닥치는 대로 무슨 일이든 다 해치우며 완성하였기 때문에 일에는 자신이 있었습니다. 그러나 내 능력을 모르는 사람들과 회사들은 우수하고 화려한 경력을 소유한 보물과 같은 나를 선뜻 받아 주는 곳이 없어서 다시 처음부터 직장을 다시 구하는 길거리 신세가 되었습니다.

다시 실업자가 되었을 때 이종사촌 누나가 답십리 신답초등학교에서 조금 떨어진 곳에 구멍가게가 나왔다고 하시면서 한번 해 보겠느냐고 했습니다. 나는 아내와 함께 무엇이든 도전해 보자고 하면서 건물주를 만났고, 건물주는 전세로 일천만 원을 요구했으나 그 동안 모아 두었던 돈이 4백만 원이 전부여서 건물주와 타협하기를 부족한 6백만 원을 3부 이자로 매달 계산해 주는 대신 돈을 버는 대로 월세를 전세로 전환하여 전세금으로 채워 주기로 약속하고 구멍가게를 계약하였습니다.

그런데 구멍가게는 가게 안에 겨우 밥만 해 먹을 수 있는 아주 조그마한 부엌과 작은방이 하나 딸려 있었고, 가게는 25㎡ 정도로 학교에서는 가까우나 초등학생들이 학교로 지나가는 길목은 아닌 관계로 장사가 잘 되지 않아 과거에 장사를 대충 하였던 곳으로 문제가 있는 가게였으나 지금까지 도전했던 능력으로 다시 가게를 성공시켜 보기로 하였습니다.

그러나 가게를 오픈하기 위해 진열장을 드러내고 쓸어 담은 먼지가 바께쓰로 가득 나왔고, 천장에는 거미줄까지 줄줄이 걸려 있었으며, 벽체는 시멘트 벽 상태로 페인트칠을 하지 않은 상태였고, 진열장은 앵글로 만들어져 있었으나 녹이 많이 슬어 있었습니다.

가게를 시작하려고 해도 돈이 없어서 벽체에는 페인트 대신 하얀 종이로 풀을 써서 도배를 하고 녹슨 앵글 선반 진열장도 먼지와 녹을 닦아 제거하고 흰 종이로 바르고, 간판은 함석을 사다가 나무로 틀을 짜고 못질을 하여 함석 바탕에 컬러 시트지를 붙이고 그 위에 다시 시트지로 빨강 파랑 글씨를 예쁘게 오려서 '가나다 문구 식품'이라고 새겨서 간판을 설치하였습니다.

물건 값은 지인에게 빌려서 구매하였지만 가게를 채울 물건 값이 부족하여 식품과 문구를 2/3만 채우고 반반씩 좌우측 11자로 진열하고 장사를 겨우 시작하였으나 처음 일주일간은 하루에 2~3천 원어치도 팔리지 않아 먹고살아 가는 일이 까마득하였습니다.

이러다가는 먹고사는 일이 문제라는 생각으로 고민에 고민을 하다가 아이디어를 생각해 낸 것이 우리 가게를 알려야만 아이들이 많이 올 수가 있으므로 우리 가게를 오면 무조건 선물을 준다고 학교 앞 길거리에서 소문을 내고, 한 가지를 사면 작은 문구나 과자를 무조건 하나씩 덤으로 더 주어 이익은 나중 문제로 생각하며 계속 서비스를 하여 아이들을 끌어모았습니다.

아내와 나는 계속 아이들의 많이 우리 가게로 오도록 선물을 주어 유도하고 아이들의 마음을 얻도록 계속 친절 서비스를 한 결과, 동네와 학교에 소문이 났습니다. 그 후 아침에 아이들의 등교 시간이 되면 아이들이 점점 몰려와 가게에 들어오려는 아이들과 물건을 사고 나가려는 아이들과 서로 밀고 당기며 전쟁을 할 정도가 되었습니다.

바쁜 틈을 이용하여 과자를 훔쳐 가는 아이들까지 생겨서 도둑질을 한 아이를 붙잡아 훈계를 하고 도둑질한 과자를 도로 주어 돌려보내며 배고프지만 다시는 훔치는 일을 하지 말라고 타일러 보냈습니다.

가계의 매출은 처음에는 하루에 2~3천 원부터 시작하여 5천 원, 1만 원, 2만 원, 5만 원, 계속 매출이 올라가며 하루 15만 원이 팔리게 되어서 주변의 가게들보다 이익을 많이 내는 결과까지 성장하였습니다.

아내는 몸이 아픈 가운데에서도 정말로 생활력이 강하고 악착같은 사람인 것은 문구와 식품 장사를 하면서도 초, 중, 고등학교 졸업식 날이 다가오면 꽃을 사다가 밤에 꽃다발을 만들어 졸업식 날 교문에서 팔아 몇만 원이라도 벌었습니다.

또 아내와 나는 겨울철이면 문구점과 구멍가게를 하면서도 청량리 경동시장에서 생도라지를 마대로 사다가 손님이 뜸한 시간이나 밤늦게까지 며칠간 껍질을 벗겨서 밤 12시 정도에 경동시장에 가서 도매상에게 넘겨 몇만 원의 인건비를 남기며 조금이라도 돈을 더 벌어서 잘살아 보려고 몸부림을 쳤습니다. 아내는 아픈 몸을 이끌고도 잘살아 보려고 자신이 할 수 있는 모든 일들을 다 감수하며 고생을 스스로 사서 하였던 것입니다.

지금은 대형 마트가 많고 대기업의 진출로 작은 구멍가게는 장사하기가 어려우나 그 시절의 학교 주변 가게는 아이들 장사로서 아이들만 많이 오도록 하면 돈을 버는 데는 어려움이 없었던 것입니다. 아내와 처남은 아침 6시부터 가게를 준비하고 밤 12시까지 장사를 한 결과, 가게 매출은 점점 늘어 그곳에서 약 2년 만에 1천 5백만 원의 이익을 내는 데 성공을 하였습니다.

2년 만에 돈을 생각보다 많이 벌 수 있었던 것은 그 당시 문구의 마진율이 약 30~40%였고 구멍가게 마진율도 30% 내외 선이어서 노력만 하면 얼마든지 많은 돈을 벌 수가 있었습니다. 처음 가게 시작은 가게를 알리기 위하여 주일까지 문을 열었으나 가게가 안정이 된 후에는 주일날은 문을 닫았지만 우리 가게의 서비스와 친절을 아는 많은 아이들은 꼭 우리 가게에 와서 물건을 구매하여 주므로 매출은 주일날 문을 열었을 때와 동일하여 하나님께 감사를 드렸습니다. 이 돈은 내가 직장 생활을 하면서 10년은 넘게 저축해야 가능한 돈이었습니다.

나는 밤 11시에도 동대문 뒤 골목 문구 도매상에서 물건을 자전거에 싣고 와서 진열을 했으며, 아내는 청량리 시장 도매상에서 과자나 식품을 리어카에 싣고 청량리 588골목 창녀촌을 지나 오가면서도 창피를 무릅쓰며 열심히 살아온 것입니다. 아내는 많은 힘이 들었지만 우리 부부는 최선을 다하여 장사를 했습니다.

아내는 결혼 전부터 혈압이 낮은 관계로 힘들게 장사를 하였고, 그동안 많이 좋아지고는 있었다지만 어떤 때는 손님이 왔어도 많이 피곤한 몸을 이기지 못하고 방에서 쓰러져 일어나지 못하여 돈을 받지도 못하는 일이 발생하는 등 자주 아프고 힘들어했습니다.

가게를 하면서 팔을 다쳐 병원에 있었던 처남이 퇴원하여 가게 일을 도와주며 신앙생활을 열심히 한 결과 신학대학에 들어가게 되어서 팔을 다침으로 인하여 하나님을 믿고 목회자의 길을 가게 된 것을 감사드리는 것입니다.

가게를 시작한 후 가게 자리가 잡히자 종합건설에 취업을 위하여 전에 다녔던 회사는 전문 건설인 단종회사였으나 이제는 과거 막노동자 잡부에서 기능공 노동자로 성장하였으며 노동일을 하다가 사무실에 근무하는 건설단종회사 취업에 도전을 해서 내가 기술적으로나 관리 면에서도 많은 성장을 했기 때문에 이제는 단종 건설회사가 아니라 이왕 다시 취업을 하려면 종합건설회사에 도전하겠다는 생각을 했습니다.

그 당시에 서울 시내에는 종합건설회사가 많지를 않아서 고졸자이며 자격증도 없는 내가 종합건설회사에 취업하기는 정말로 어려운 일이었습니다.

나는 무조건 종합건설회사 편람의 책자를 보고 자본금은 충분하나 매출이 적은 중견 건설회사를 무작위로 골라서 직원 모집도 하지 않는 중견 종합건설 5개 회사로 이력서와 자기소개서 세 장의 편지를 써서 대표이사 앞으로 무조건 보내 보았습니다. 이유는 자본금은 충분하나 매출액이 작은 회사를 내가 들어가 살려서 성장을 시킬 수가 있다는 자신감이 있었기 때문에 특별한 방법으로 도전을 하였던 것입니다.

겉모습으로는 자랑할 것이 없는 고등학교 졸업자로 정식으로 직원 채용 공고를 할 때 다른 사람들과 함께 이력서를 제출하여 경쟁하면 100전 100패를 할 수밖에 없어서 특별한 도전으로 직원을 모집하지도 않은 종합건설회사를 무작위로 골라서 일방적으로 무조건 내 장점을 살린 편지를 보내 문을 두드렸던 것입니다.

그런데 5개 회사 중 3개 회사에서 면접을 하겠다고 연락이 와서 찾아갔습니다. 그런데 3개 회사에서 모두 채용을 하겠다고 한 것입니다. 이것이 무슨 대박 사건인가? 이력서는 그동안 내가 일을 하여 잘 처리하였던 경력 중심이었고, 학력이나 자격 면에서는 부족하나 실력을 인정받기 위하여 나만의 자신감 있는 특별한 제안 때문에 3군 종합건설회사를 골라서 갈 수가 있었습니다.

한마디로 말하면, 1986년에 우리나라 최초로 스스로 자기소개서를 쓴 사람은 내가 처음이 아닌가 하는 생각도 듭니다. 자기소개서 편지 내용은 군대의 화려한 건설 경력과 사회에서 영업을 많이 한 실적과 현장 관리, 본사의 관리 능력과 능동적인 사고력으로 일을 처리하는 능력 등 많은 것들을 자세히 소개를 하였습니다.

그리고 채용해 주신다면 일은 죽도록 최선을 다해서 할 것이며, 월급은 주는 대로 받겠으며, 일을 잘못하여 퇴사를 명령하시면 월급도 요구하지 않을 것이며, 두말하지 않고 즉시 퇴사를 하겠다고 하면서 한번 채용하셔서 테스트를 해 보라는 식의 배짱 있는 자기소개서를 썼던 것입니다.

면접을 할 때에도 나의 의견을 분명히 하고 과거에 영업하였던 방법이나 어려운 공사를 무사히 잘 마친 것과 현장과 본사에서 완벽하게 처리했던 관리 능력을 적극적으로 설명하고 문제가 있었던 단종회사를 내가 열심히 한 영업과 공사 현장 처리로 회사를 성장시켰던 일을 충분히 설명하였습니다.

면접을 한 회사 대표는 면접을 하려고 회사를 방문하였을 때 내 이야기를 다 듣고 벌떡 일어나 내 손을 꼭 붙잡고 자기 회사를 살려 달라고 애원할 정도로 오히려 부탁을 하였던 것입니다. 그 이유는 이 회사에서 이사라는 사람이 공무를 보았으나 적당히 업체를 골라 일을 나누어 주고 뒷돈이나 챙기고 사장에게 신임을 받지 못하면서 사장은 회사 경영에 많은 어려움을 겪고 있는 상태라고 털어놓았습니다. 내가 이력서 보낸 것을 보고 호감을 가지고 만나서 내 이야기를 듣고 보니 실력이 대단하다고 생각이 들었던지 오히려 자기 회사를 잘 도와달라고 애원하는 것이었습니다.

3군 종합건설회사의 공무 담당 겸 현장 관리의 업무를 서른 살 어린 나이로 취업하게 되었습니다. 그동안 회사에는 많은 인재와 경험이 많은 나이 든 사람들이 있었음에도 불구하고 과장 직함의 경력사원으로 취업하여 기술부 핵심으로 자리 잡고 회사의 모든 공사를 핸들링한다는 것만으로도 다른 사람들이 시기하고 받아들일 수 없어 문제가 발생할 수도 있었습니다.

그러나 내 근무시간은 회사의 규정과는 무관하게 다른 사람보다 최소 1시간 이상을 먼저 출근하고, 밤 10시 이후에 퇴근하며 심지어는 일이 바빠서 같은 서울 땅에서 집에도 못 가고 주변 여관에서 밥상을 달라고 하여 여관방에서 밤샘 작업을 며칠씩 일을 하는 경우도 있었습니다.

내가 입사하기 전 회사의 관급건설공사 평균 이익률이 10~15% 내

외였으나 나의 철저하고 완벽한 자재 원가와 실행 원가를 바탕으로 원가 관리의 실력을 발휘하여 종합건설회사에서도 관급건설공사 이익률이 평균 20% 이상을 넘게 하여 회사에 이익을 극대화하여 회사를 급성장시켰습니다. 그러므로 경력이 많고 나이가 많은 직원들도 무시하지 못했으며 부러워할 정도가 되었습니다.

우리 회사는 관공서 일을 입찰하는 회사로 업무 담당 이사가 관공에서 낙찰이 되면 계약서를 작성하고 내역서를 5~7부까지 작성하여 관공서에 제출해야만 계약을 끝마칠 수가 있었습니다.

그때에는 복사기나 컴퓨터 액셀 프로그램이 없는 시대라 계산기로 일일이 계산하여 습자지 내역서 용지에 먹지를 받쳐 세 장씩 손으로 꾹꾹 눌러서 며칠을 써야 하므로 직원들에게 부탁하면 서로 미루고 핑계만 대고 퇴근해 버리면 나 혼자 남아서 밤이 새도록 기록을 하거나 집에까지 들고 가서 아내와 함께 새벽까지 적어서 회사에 가져가기도 하였습니다.

하루 일과는 너무 바빠서 아침 일찍 7시부터 현장 1~2곳 이상을 갔다가 9시 전에 사무실에 출근하면 그때야 일반 직원들이 회사에 출근을 하였으나 직원들은 내가 집에서 출근했을 것이라고 생각했을 것입니다.

출근 직후 내 일과는,

1) 16절지 용지에 하루에 해야 하는 일을 모두 일할 순서대로 기록한다.

2) 가장 먼저 전화로 지시할 수 있는 것을 먼저 통화로 지시한다.

3) 내가 업무를 처리하여 다른 직원들에게 넘겨주고 계속 연장하여 일을 봐야 하는 경우는 먼저 그 일을 처리하여 넘겨준다.

4) 대표에게 보고할 사항을 정리하여 보고한다.

5) 나의 일은 맨 나중에 집중적으로 하며, 순서대로 일을 처리하여 모든 직원들이 관계되는 일들이 순리대로 흐르게 한다.

6) 시간을 절약하기 위해 점심때를 이용하여 가까운 현장에 가서 오후 3시까지 돌아보며 지시나 문제를 해결해 주고 사무실에 다시 들어온다.

7) 그 후 야간까지 일하면서 하루 일과를 빈틈없이 이용한다.

최선을 다해도 내가 하는 일은 계속 불어나기만 하고 끝이 없었습니다.

그런데 문제는 너무 열심히 일을 하고 결과가 좋게 나오자 다른 직원들이 나를 경계하였고, 하청 업체 사장이 밤중에 혼자 야근 일을 하고 있을 때 술을 먹고 찾아와 그렇게 일을 짜게 주면 하청 업체는 어떻게 먹고 살겠느냐고 협박을 했던 적도 있었습니다.

또 어떤 직원은 나를 시기하여 대표에게 고자질하기를, 이익이 많이 남는 현장만 내가 하고, 이익이 남지 않는 현장은 직원들에게 배정한다고 말이 되지 않는 말을 하였습니다.

사실은 다른 직원들이 과거에 10~15% 이익을 내면서 현장을 운영하고 업자에게 술을 얻어먹거나 돈을 받으며 현장을 운영하며 살아왔던 것을 내가 공무를 보면서 정직하게 원가를 작성하여 일을 준 것이므로 하도급 원가가 낮아져 하도급 업체의 불만이 있을 수가 있으며, 직원들도 뒷돈이 생기는 것이 작아졌고, 내가 관리하는 현장과 직원들이 관리하는 현장의 평균 이익 차이가 내가 컨트롤하는 현장과의 이익의 차이가 많이 나게 되어 시기 섞인 불만이 자연스럽게 나왔던 것입니다.

직원들의 고자질과 불만으로 대표이사에게 호출을 받고 설명하기를, 내가 일하는 기준은 회사에서 공사 업무와 종합적인 현장 관리를 하여야 하므로 회사에서 가깝고 공사 금액이 작은 현장을 내가 직접 담당하고 현장이 멀리 떨어져 있는 큰 공사는 직원들에게 배정을 했다는 기준을 제시하였습니다. 그때서야 사장은 그 사실을 알고 나를 인정하고 오히려 매달 월급을 주면서 봉투를 하나 더 추가하여 보너스를 주었습니다.

본사에서 계약 업무를 주도하여 입찰을 보조하고 공무를 보고 현장 기성금지급과 가까운 현장 관리까지 챙기고 있었으므로 사장이 월급을 두 배 주는 것은 1인 3~4역을 하는 것으로 어쩌면 당연한 것인지도 모릅니다.

회사 일을 잘하여 우리 회사가 잘된다는 소문은 우리 회사 입찰을 담당하는 임원들을 통해 다른 회사 임원들에게도 소문이 났고,

심지어 나에게 몰래 스카웃 제의가 왔으나 가지 않았으며, 다른 회사 임원들이 찾아와 나를 데려가기 위하여 저녁식사를 사 주고 환심을 사려고 노력한 적도 있었습니다.

공사 원가 관리에 뛰어난 실력이 있어서 실행을 작성하는 것이나 공사 관리를 하면서 이익을 내는 것은 다른 사람들에 비하여 평균 5~10% 이상을 더 남겼으므로 항상 자신감이 넘쳐 다른 사람의 부러움과 시기의 대상이 될 수밖에 없었던 것이었습니다.

종합건설에서 3년이 넘게 근무하고 있을 무렵 우리 가족은 아내 저혈압은 조금씩 좋아지고 있었으나 아직은 힘들어 해서 구멍가게를 그만두고 그 당시 방 두 개인 월셋방으로 이사를 하였을 때 아내의 인척인 사촌 오빠 소개로 아내와 아이들을 데리고 논산에 조그만 기도원으로 우리 가족의 미래를 위하여 기도하러 갔습니다.

그 기도원은 논산시 은진면 복숭아밭 길가 시골에 한 여자 권사님이 기도하면 사람의 병이 낫고, 죽은 돼지를 안고 기도를 하시면 죽은 돼지가 깨어나는 등 여러 사람의 병을 기도하셔서 고치고 예언을 하는 은사가 있어서 하나님의 뜻에 따라 권사님이 보유하고 있는 주택에 작은 닭장을 개조하여 기도원으로 운영하고 있었던 곳인데 면적은 60평방미터(18평)로 아주 작은 공간이었습니다.

기도원에서 오전에 집회를 참석하며 기도를 하고 점심때가 되어 식사를 하고 잠깐 쉬는 시간에 기도원 원장 권사님이 내가 건설회사에 다닌다는 소식을 듣고 기도원을 건축하겠다는 가설계도면 세장을 보여 주며 기도원을 신축하여야 한다고 하시며 도면을 설명하여 주셨고, 부담 없이 설명을 듣고 오후 기도를 모두 마치고 하나님께 감사하는 마음으로 집에 돌아왔습니다.

기도원에서 돌아와 2달 동안 회사를 계속 다니고 있었으나 기도원에서 원장 권사님이 기도원을 건축하여야 한다고 보여준 도면과 말씀이 2개월이 지난 후에도 계속 머릿속에 남아돌았습니다.

하나님께 기도원 건축에 대하여 기도한 결과 기도원 건축을 마음에 주셔서 아내에게 기도원 건축을 해 드리지 않으면 시골 기도원을 건축할 사람이 없을 것 같으니 기도원 건축을 해 드리고 다시 취업하면 어떻겠느냐고 하면서 건축 기간이 6개월 정도가 걸린다고 말했습니다.

아무리 월세에 살더라도 죽고 사는 문제는 아니니 내 마음에 하나님의 뜻이 계신 것을 인지하고 기도원을 건축해 드리고 다시 취업을 하면 어떻겠느냐고 대화를 했으나 아내는 두말하지 않고 기꺼이 허락하여 기도원을 건축하기로 하고 잘 다니던 회사를 퇴사하게 되었습니다.

기도원 건축을 해 드리기 위해서 3군 종합건설에서 퇴사할 때에는 철저하게 공무를 보았던 것과 현장을 관리하였던 자료를 종이 파일로 확실하게 정리하여 3단 파일 박스로 3개를 인계하고 퇴사하였고,

퇴사 후에도 두 번을 회사에 가서 후임에게 인수인계를 하여 부족한 공사 관리 부분을 설명하여 주는 서비스를 하여 주었습니다.

우리는 한 번 세상을 살아가는 것이므로 우리가 일을 할 때 자신이 하고 있는 일들을 정말 최선을 다하여 책임을 지며 멋지게 완성해 보는 것은 미래에 엄청난 자신감을 가질 수가 있어서 나 자신이 성공으로 가는 지름길의 기초가 되는 것을 알아야 할 것입니다.

그러나 많은 사람들은 적당히 살면서 적당히 일하며 즐기며 평안한 삶을 살려고 하고 있으나 사실은 그런 것들이 자신도 모르게 나쁜 습관이 되어서 귀중한 인생의 후퇴로 가는 빈곤의 삶에 얽매어 버린다는 것을 알아야 합니다. 결과적으로 자신이 하는 일을 먼저 성공시킬 때에 부유한 삶이 뒤따르게 되며 명예와 권력도 뒤따르게 되어서 참다운 성공의 삶을 살 수가 있는 것입니다.

이것을 알게 하시고 능동적인 삶으로 살게 하시며 내 삶의 목표를 확실하게 주시어 전심전력으로 뛰게 하시는 진리 하나님께 감사를 드리는 것입니다.

아내와 나의 신앙은 신앙생활을 부지런히 빈틈없이 잘한다는 것보다는 확실하고 분명한 믿음을 가진 것만은 사실입니다.

그것은 전에도 직업이 없을 때 얼마나 많은 고생을 했으며, 결혼해서 장기간 실업자였을 때 죽으려고까지 했던 일을 생각하면 지금은 월세방을 살면서 회사를 그만두고 기도원 건축을 하여 하나님께 영광을 드리려고 하는 확실한 신앙은 나 자신도 모르는 성령하나님의 함께하심과 인도하심이 아니면 불가능한 일이라고 하여야 할 것입니다.

우리 가정은 분명히 하나님의 선택을 받았고 하나님의 함께하심과 인도하심으로 살아가고 있는 것이 분명합니다. 아멘.

- 내 앞에 펼쳐져있는 모든 일은
  내가 완성하고 성공을 시켜야 하는 대상이다.
- 지금보다 더 크고 더 멀리 보고 더 위로 보며
  전심전력을 다하여 도전하라.
- 사람이란 상품은 인물이나 육체적인 것에 있는 것이 아니며
  일의 실력으로 그 값이 결정된다.

- 진정한 인정은 아무도 보지 않은 자신에게
  진실하게 거짓 없이 인정받는 성취감이다.
- 기회란 지금도 계속 지나가고 있어
  붙잡는 사람의 복으로 돌아오게 된다.
- 나만의 체계적인 영업과 관리 시스템을 구축하면
  누구도 따라오지 못한다.

- 일에 최선을 다하는 사람은
  실력도 향상되고 월급도 많이 받게 될 것이다.
- 자신이 하고 있는 일과 싸움에서 승리하여
  그 경험을 토대로 살아가면 모든 일도 잘된다.

제 4 장

일에 대한 성공은 부유한 삶으로 돌아온다

14.
나의 꿈 사업

종합건설회사에서는 군대에서 경험과 단종회사에서 영업, 생산 관리, 현장 공사 등 그동안 쌓은 실력을 모두를 발휘하여 말 그대로 종합적으로 회사 이익을 극대화하여 다른 사람들의 부러움과 자신감을 확실히 얻을 수가 있었습니다. 또한 회사 전체에 대한 공사 업무를 완벽하게 처리하여 실력을 인정받았고, 다른 회사에서도 스카우트 제의를 받았던 터라 실력을 검증받았으므로 스스로도 자신을 믿고 있는 것이 사실이었습니다.

또 아내와 같이 신앙적으로도 성숙하였으므로 기도원을 건축하여 드리고 이제는 직장을 다시 구하는 것이 어렵지는 않을 것이라고 생각하였기 때문에 어렵게 시골에서 기도원을 운영하는 권사님을 도와드릴 겸 해서 하나님의 일을 이루기 위해 기도원을 건축하여 드리고 취업을 다시 하려는 결정이 가능했던 것입니다.

그러나 우리 가정은 결혼 후 지금도 7년째 월세를 살고 있는 여의치 않는 가정이어서 회사를 사직하면 생활이 문제가 될 수 있었습니다. 그러나 시골의 열악한 상태에서 기도원을 운영하시는 권사님과 우리 가정에 하나님께서 함께하여 주시고 기도원 건축을 나에게 하도록 마음을 결정하게 하시는 것이 하나님의 뜻이라 생각하고 회사에 사직서를 내고 기도원 공사를 시작하기로 했습니다.

아내와 그동안 함께 살면서 많은 어려움을 극복하는 가운데서 한 발짝씩 신앙도 성장하였으며, 이제는 무너지지 않은 신앙으로 성장하여 점점 더 자신 있는 신앙생활을 하며 살게 되었던 것이 사실입니다.

친구 설계 사무실에 기도원 설계를 저렴하게 해 달라고 부탁하여 설계를 마치고 기도원 건축 허가를 신청하고 있을 때 전에 다녔던 회사 염 부사장이 전 재산을 은행에 담보를 제공하고 돈을 차용하여 사업에 투자했던 것으로 단종건설회사가 부도가 나서 염 부사장은 모든 재산을 날리고 월세방 신세가 되어 다른 종합건설회사에 입찰을 보는 상무로 취업하여 근무하고 있었습니다.

염 상무님은 과거부터 내 실력을 인정하고 있었던 사람으로 항상 성실하고 적극적이며 어떤 일이든 같이하면 다 된다는 생각을 평소 가지고 있었으며, 실제로 모든 일들이 안 되는 일이 없을 정도로 서로 손발이 척척 맞았던 것으로 내 가정과 좋은 관계를 계속 유지하면서 서로 연락하며 살고 있었습니다.

염 상무님은 그동안에 장로님이 되었으며, 나를 다시 만났을 때 이제는 당신도 자유의 몸이 되었고 사업할 수 있는 능력이 충분하니 사업을 시작하여 공사를 해 보라고 적극 권유했습니다.

기도원 건축을 시작할 무렵, 어느 날 염 상무님이 만나자는 장소를 가 보니 천안시 성정동에 주식회사 진로 회장이 별도의 사업을 확장하면서 위스키 양주 포장 박스 만드는 공장을 건설하는 일을 염 상무님이 근무하는 회사에서 수주했는데 그것을 나에게 건설해 보라고 하청을 권유하였던 것입니다.

사업을 시작하려는 시기에는 내 아내와 함께 구멍가게를 운영하여 돈을 벌었으나 방 2개를 임차하느라 보증금을 지급하고 난 후에 남은 돈이 5백만 원 정도여서 사업을 위한 준비금이 너무 적었으나 나는 하나님의 인도하심이라고 생각하고 사업을 시작하기로 마음먹었습니다.

전 회사에서 일하였던 패기와 능력을 생각하고 어떤 공사도 다 할 수 있고, 이익을 무조건 남길 수 있다는 생각으로 무조건 공장 건축 공사를 하겠다고 약속하고 공사를 수주하여 적자는 나지 않으리라고 생각하며 우선 공사를 착공하면서 실행 내역을 작성해 보았습니다.

그런데 아, 이것이 웬 말인가. 나중에 알았던 사실이나 그 일은 염 상무님 직원이 민간 공사를 잘못 견적하여 수주한 것으로 15% 적자를 보는 실행으로 2개월 동안 착공을 하지 못하고 있었던 것을 나에게 5% 이익금을 종합건설회사에 내고 나머지 공사 금액으로 공사를 하라는 것으로 자신들의 실행에 의하면 20% 적자 상태에서 나에게 공사를 하라는 것과 같은 것이었습니다.

그런 것을 덥석 먹잇감으로 물어 공사를 하겠다고 했던 것입니다. 사실은 염 상무님이 자신의 부하 직원이 잘못 견적하여 일을 수주하였던 것을 나에게 모르는 척하고 일을 맡겼던 것입니다.

그러나 공사를 하겠다는 약속을 지키기로 하고 예전처럼 모든 실력을 동원하여 자재를 조사하고 실행을 절약하여 짜서 무조건 이익을 남겨야 하므로 유일하게 가격 변동이 심한 붉은 벽돌을 저렴하게 사기 위하여 우리나라 벽돌 공장을 10여 곳 이상을 돌아보며 동분서주하였습니다.

결국은 전북 이리에 있는 한 벽돌 공장까지 가서 벽돌 가격을 협상하였는데 벽돌을 생산하였지만 제품의 질이 약간 떨어져 3년 동안 팔지 못하고 공장 구석에 쌓아 놓은 B급 벽돌을 발견하였습니다. 벽돌을 묶은 끈이 다 삭아 있는 것을 끈질기게 협상하여 벽돌을 묶는 끈이 부실하여 벽돌을 실어 주는 조건으로 내릴 때는 현장에서 책임지기로 하고 벽돌 한 장당 60원에 매입하는 데 성공하였습니다.

공사를 수주하면서 견적한 벽돌 값은 120원이었으나 공장을 건축하는 데 사용하는 벽돌로서는 지장이 없는 벽돌이며, 공사비 비중이 큰 자재가 벽돌과 철근, 레미콘 중에 벽돌 값만 유일하게 조정할 수가 있었기 때문에 벽돌을 저렴하게 구매하기 위하여 전국에 여러 곳의 공장을 방문하여 저렴한 벽돌을 찾아야 했던 것입니다.

벽돌도 저렴하게 구매를 했으나 내가 이득을 취한 것은 벽돌 값만

이 아니고 벽돌 유통 과정까지 알게 되어서 일거양득이 되었고, 나중에 벽돌을 다시 구매할 때에는 이 경험을 계속 유효하게 사용하게 되었습니다.

절약적인 공사 실행 계획을 세운 것은 벽돌뿐만 아니라 기초 밑에 들어가는 잡석 지반이 튼튼하여 잡석을 절약하고 후팅에 버림 콘크리트도 버림을 타설하지 않고 직접 철근 배근을 하여 절약하고 공장 바닥 콘크리트 타설 후 미장을 하는 대신 콘크리트 타설 시에 동시에 쇄 흙손 마감 공법을 사용하여 미장 공사의 재료비와 인건비를 절약하고 공사를 진행하여 다 마쳤습니다.

공사를 준공하고 결산해 본 결과 적자는 면하고 5% 부금을 염 상무회사에 주고 5% 정도를 추가로 남긴 결과로, 염 상무 회사에서 15% 적자를 본 것으로 계산하면 수주한 회사보다 25%를 더 남긴 셈이 되는 것입니다.

이것이 다른 사람보다 공사 원가를 철저하게 절약하여 만들어 내는 실력으로 무조건 수익을 낼 수 있는 나만의 우월한 강점인 것입니다. 천안에 공사를 하면서 아주 적은 공사 자금으로 시작했으나 아내를 통하여 처형으로부터 공사를 하며 필요한 자금을 몇천만 원을 차용해 주셔서 정말로 꼭 필요한 마중물같이 잘 사용하여 공사를 잘할 수가 있게 되어 감사했습니다. 몇 년 후에 사업으로 돈을 많이 벌어 연 13% 적금 이자까지 계산하여 드리고 겔로퍼 승용차 한 대를 선물로 사 드렸습니다.

또한 사업을 시작하면서 종합건설회사에 다닐 때 자재를 거래하던 업체를 찾아가 사업을 시작하면서 자금이 부족하여 그러니 1개월 동안만 외상으로 자재를 달라고 부탁해 보았으나 모두 다 거절하였습니다.

그러나 종합건설회사에 다닐 때 수주한 동사무소 보수 공사를 공사 금액에서 22%를 공제하고 일을 해 보라고 제시한 업체가 남지 않는다고 거절했으나 적자를 보면 내 월급의 1개월분을 주겠다고 장담하여 일을 시키고 내가 다시 실행을 저렴하게 하도록 업체를 도와주어 공사를 했습니다. 그 결과 회사에 부금을 내고도 20%가 더 남아 나를 믿었던 업체에서 고맙게 생각하고 목재 한 차를 외상으로 소개하고 보증해 주어 사업 시작에 큰 도움이 되어 감사했습니다.

그러나 천안에 공장을 건축하면서 논산에도 기도원 건축을 병행하였고, 기도원에 돈이 여유가 없어서 천안 공사에 사용하려고 준비한 공사비가 논산 기도원 공사에도 자금이 부족하여 콘크리트를 타설하기 위해 레미콘 공장에 레미콘 값을 선지불해야 하는 등 몸은 봉사하기로 했으나 공사 대금은 공급해 주어야 하는 돈이 부족하여 여러 번 이런 일이 계속되었습니다.

기도원 원장님은 돈이 당장 없다고 하여 하는 수 없이 천안현장에 자재를 구매하거나 현장에 인건비를 주려고 준비한 돈으로 기도원 레미콘 값을 지불하고 레미콘 타설 공사를 할 수밖에 없었던 일련의 일이 기도원 공사가 끝날 때까지 여러 공정에서 계속되었던 것입니다.

기도원 공사는 여러 가지 어려운 일들이 많이 있었으나 모든 일들을 기도로 시작하여 기도로 마칠 수가 있었습니다. 그러나 기도원 공사를 마친 현실은 나에게 고생의 대가와 금전적인 이득은 고사하고 기도원을 건축하며 큰 손해를 보는 일이 발생하였습니다.

기도원에 돈이 있는 줄 알고 공사를 착공했으나 기도원에 돈이 없어서 천안 공장 건설에 투입되어야 하는 돈이 논산 기도원에 자주 투입되는 일이 자주 일어나다 보니 공사를 준공하고 기도원 입당 예배를 드리는 시점에도 기도원 공사에 투입한 돈은 기도원 원장님으로부터 돌려받지 못했습니다. 시골 기도원에서는 돈이 나올 곳이 없어서 기도원 공사를 마무리하고 준공한 다음 입당 예배를 드리기 직전 기도원 교회 강대상 앞에서 무릎을 꿇고 눈물을 흘리면서 하나님께 원망 섞인 목소리로 기도원 공사에 투입된 돈을 해결해 달라고 기도를 드릴 수밖에 없었습니다.

하나님께 기도하기를 왜 월세방에서 어렵게 사는 불쌍한 사람을 이끌어 내셔서 기도원 건축을 하게 하시고 공사를 하는 동안 내 인건비는 고사하고 다른 돈까지 투입하게 하셔서 왜 돌려주시지도 않으신지 울먹이면서 계속 기도하다가 지쳐서 마음을 바꾸어 내 돈을 가져가시려거든 마음이나 편하게 해 주시고 가져가시라고 하면서 나 자신을 하나님 앞에 인정할 수 있도록 하게 해 달라고 다시 기도를 계속하였습니다.

그런데 어디선가 소리가 있어 하시는 말씀이, "이 모든 것은 너희가 나를 위하여 헌금을 한 것이라."라는 소리가 들려와 눈을 뜨고 주변을 보았으나 아무도 없었습니다. 들려왔던 목소리가 하나님의 뜻이라고 생각되어 순종하는 마음으로 한마디로 "감사합니다." 그냥 "감사합니다." 하고 투입했던 모든 돈을 하나님께 헌금하고 순종하게 되었습니다.

잠시 후 기도를 멈추고 눈물을 닦고 일어서서 강대상 앞에 걸려 있는 십자가를 한참 동안 바라보면서 마음의 평안을 찾았고, 기도원 입당 예배를 감사하는 마음으로 드리게 되어 다행이라 생각하였습니다.

하나님을 믿지 않은 사람이라면 그 공사를 완료하고 돈을 받지 못했을 경우에는 유치권 행사라도 했어야 옳을 것이나 하나님을 믿는 사람은 의로운 일을 하면서 이렇게 말이 되지 않는 방법으로 하나님께 헌신을 하게 하시고 감사하다고까지 하며 마음의 평안을 찾을 수 있는 것입니다. 이는 하나님께서 우리에게 순종하게 하신 후에는 특별한 축복으로 인도하시기 때문입니다.

하나님은 아담과 하와를 창조하시고 이 땅에서 충만하라고 하시며 세상을 정복하고 다스리라고 하시는 엄청난 복을 사람들에게 주시고, 대신 좋은 것과 첫 열매로 하나님께 예배하며 나오라고 하시는 것을 내가 시작하는 사업에 큰 복을 주시려고 천안 공장 건설공사의 정말로 귀한 첫 열매와 결실의 수고를 기도원 공사를 하시기 위해 받으신 줄 믿는 것입니다.

이와 같이 우리들에게 믿으라고 하시는 이유는 세상 사람들이 보기에는 어떤 이야기는 전설과 같고, 어떤 이야기는 이해가 되지 않는 것 같으나 하나님의 진리 말씀은 변함없이 영원하시므로 사람이 이해가 되지 않더라도 따르며 지키며 따라서 축복을 받으라는 것 입니다. 여기에서 엉뚱한 나의 지론은 거짓말 같은 하나님의 말씀이라 할지라도 이해가 되지 않지만 하나님 말씀은 진리이므로 믿고 살아갈 때 그 말씀이 인생에 큰 행복으로 돌아오게 된다는 것입니다.

그런데 이 모든 사건을 되돌아보면 천안에서 공장을 어렵게 건설하면서 남을 수 없는 공사를 전심전력을 다하여 피와 땀으로 5%라는 돈 1천2백만 원을 겨우 남겼으나 정확하게 100% 기도원 공사에 모두 투입이 되었습니다.

이 어렵게 남긴 이익금은 전에 다니던 종합건설회사에서 받은 월급이 40만 원이었으므로 월급보다 30배의 엄청난 돈을 6개월 만에 벌었던 것입니다. 이런 특별한 경험을 사업으로 시작한 처음 공사에서 확인하였던 것은 하나님께서 나에게 가장 혹독한 방법으로 사업을 시작하게 하시면서 먼저 테스트를 하시고 경험하게 하신 훈련이요, 사업에 자신감을 심어 주신 것이므로 감사를 드리는 것입니다.

천안 공장공사에서 남은 돈이 하나도 남김이 없이 100% 논산 기도원 공사에 모두 들어가서 기도원이 완성되었다는 자체가 인간적으로 보면 억울하기도 하지만 신기하기도 한 것은 하나님께서 월세방을 사는 나를 이끌어 내시어 결론적으로 천안 공사를 하게 하시고 고생 끝에 피땀으로 남긴 돈을 모두 기도원을 건축하시기 위하여 계획하셨던 것으로 이 모든 것은 하나님의 뜻이 분명한 것이었습니다.

약 6개월 동안 서울에서 천안으로 다시 논산을 오가며 교통사고로 죽을 고비를 넘기면서 기도원 공사와 천안 공장 건설을 했으나 나는 무일푼 신세가 되어 다시 길거리 원점에서 또 출발하여야 했습니다.

그러나 내가 운영하는 건설회사 이름은 기도원 공사를 하면서 간절하게 기도를 계속하던 중 기도원 원장님이 앞으로 사업을 해야 할 것이니 회사 이름은 지었느냐고 물어서 그냥 고민하고 있다고 했을 때 원장님은 그냥 뭐 그리 걱정하느냐고 하시면서 '낙원건설'이라고 하라고 쉽게 말씀하셔서 '낙원건설'이 되었습니다. '낙원건설'은 하나님께 축복받은 이름이며 1,200만 원을 헌금하여 기도원을 건설한 대가인 것으로 100% 손해는 아니며 1,200만 원짜리 귀한 회사 이름을 얻게 되었던 것입니다.

이제 회사를 나온 이상 회사에 취업하는 것을 포기하고 계속 사업에 도전하기로 마음먹었습니다. 일단 6개월에 1천2백만 원이라는 돈을 벌어 보았고, 앞으로 공사만 수주할 수 있으면 건설 사업에 자신이 있었으나 회사에서 갑자기 준비 없이 사업을 시작한 사람의 신용도가 낮아 공사 수주가 그리 쉽지는 않았습니다.

건설을 하려고 수주를 위해 노력하면서 한편으로는 사업을 정상적으로 해 보려고 세금계산서를 발급할 수 있도록 내가 살고 있는 동대문 세무서에 가서 사업자등록을 신청하였으나 세무서 직원은 우리 집 월세방을 와서 보고 월세방에서 사무실도 없이 무슨 사업을 할 수 있겠느냐고 하며 사무실이 있어야 사업자등록증을 발급해 준다고 사업자등록 신청 서류를 반려하여 국가에 세금을 확실하게 납부를 하면서 사업을 시작하려던 내 계획에 국가에서 방해하는 꼴이 되었습니다.

나는 성실하게 세무 신고를 하면서 사업을 시작하려고 했으나 가난한 자는 사업자등록증도 발급해 주지 않는다는 생각에 화가 나서 월세방 두 개 중 작은방을 깨끗하게 치우고 칠판을 벽에 걸고 작은 책상을 사다가 설치하고 다시 세무서에 가서 월세방이지만 방에 사무실을 마련하여 놓았으니 가서 보라고 하면서 가난한 사람은 사업자등록증도 내주지 않느냐고 따지며 정직한 세무 신고를 하며 사업을 하고자 한다고 떠들며 대드는 순간에 내 말을 듣고 있던 세무서 윗사람이 와서 사업자등록증을 내 주라고 지시하여 사업자등록증을 받아 왔습니다.

이제 사업자 등록증을 발급받고 본격적인 사업을 시작하면서 첫 사업으로 다른 회사가 공사를 하다가 문제가 발생하여 중단한 공사를 수주하였습니다. 송파구 장지동 뚝방 옆 논에 송파구청 청소차 차고를 건축하는 일로서 관공서 공사에서만 나오는 흙으로 매립하여 공사를 하게 되어 있으나 관공서 공사에서 나오는 흙이 한정되어 매립할 흙이 부족하여 매립할 수가 없어서 공사가 장기간 중단된 상태였습니다.

그곳은 송파구 장지동 논으로 시내에서 복정역을 가기 전 거여동 쪽에서 우측으로 흐르는 개천이 있는 옆 도로에서 6미터 정도 깊은 논을 6,600㎡ 정도를 서울시 관급 공사장에서 나오는 흙으로만 매립하여 청소차 차고를 건설하는 공사를 다른 사람이 관공서에서 나오는 흙이 많지 않아서 도저히 공사 기간 내에 흙을 받을 수가 없고, 현장에 세워 놓은 경비 인건비만 지불하게 되므로 적자를 면할 수가 없어서 중간에 공사를 포기하는 바람에 내가 그 공사를 중도에 수주하게 된 것이었습니다.

그러나 청소차 차고 건설공사 기간 1년 6개월 중 1년이 지나도록 흙을 조금밖에 받지 못하여 공사가 지연되어 문제가 있는 현장을 중간에 인수한 것도 문제였지만 나 자신도 도저히 흙을 빨리 받아 공사를 기간 내에 완공할 수 있는 방법이 없었습니다. 전에도 여러 차례 적자의 현장에서 무조건 이익을 내고 문제가 있는 현장도 항상 문제를 잘 해결하고 이익을 보는 해결사인 나는 고민 끝에 송파구청에는 죄송하지만 편법을 사용하기로 하고 결국 아이디어를 냈습니다.

그 현장으로 들어가는 길은 큰 도로에서 1㎞ 정도 먼 뚝방길로 농사를 경작하는 농민들과 함께 사용하는 흙길이어서 덤프트럭이 흙을 싣고 뚝방길로 다니면 길이 많이 파이고 망가져 농사를 짓는 사람들이 경운기로 왕래하며 농사일을 하는데 불평이 이만저만 아니었습니다. 이를 이용하여 아이디어를 발동시켜 농민들과 협상을 시작했습니다.

농사를 짓고 있는 농민들에게 차가 뚝방길로 다니지 않게 해줄 테니 한 가지 부탁을 들어달라고 협상을 하여 뚝방길에 농민들이 운전하고 다니며 사용하는 경운기 5대를 줄지어 세워 덤프트럭이 못 다니도록 막아 놓고 뚝방길 옆에 "농사 길을 망쳐 놓은 송파구청은 보상하라!"라는 플래카드를 제작하여 뚝방길 옆의 나무에 설치해 주고 막걸리를 사다 주어 화투를 치면서 5일만 놀아 달라고 부탁하여 농민들이 동의를 하므로 뚝방 길을 막는 데 성공하였습니다.

주민들은 내 의견을 좋다고 동의하여 막걸리를 매일 마시며 화투를 치고 놀고 있는 모습을 사진 찍어 송파구청에 제출하고 도저히 주민들의 민원 때문에 공사를 할 수가 없으니 대책을 세워 달라고 민원을 넣었습니다. 결국은 송파구청장 주최로 대책 회의를 하도록 유도하였던 것입니다.

구청에서는 6개월 뒤에는 청소차 차고를 이전해야 하는 절박한 상황에서 나를 포함한 구청장과 건설국장, 건축과장과 담당 관계자들의 회의를 두 차례 한 결과, 흙을 빨리 받기 위하여 나에게 대책을 보고하라고 하였습니다. 내가 구청에 제안한 방법은 주민들 민원으로 뚝방길로 덤프트럭이 다닐 수 없으니 개천을 바로 건너갈 수 있는 임시 에이치 빔 가교를 추가로 건설하고, 관공서 공사장에서 나오는 흙이 적으니 민간인 공사장에서 나오는 흙까지 모두 받아야 계약된 공사 기간 안에 공사를 완료할 수 있다고 보고했습니다. 결국

구청에서 그 내용을 그대로 받아 들여 민간 현장에서 나오는 토사를 받기로 하고 구청장과 관계되는 모든 공무원들이 주도하는 회의에서 최상의 결론을 이끌어 냈습니다.

항상 문제가 터질 때에도 지혜로운 생각을 하여 최선을 다하면 그 때부터는 최악의 바닥상태이므로 대부분 점점 더 잘 풀리는 경우가 많아서 좋은 공사보다 나쁜 공사와 난이도가 높은 공사에서 의외로 이득이 되는 때가 많이 있습니다. 그러나 사람들은 문제가 발생하게 되면 두려워만 하며 무조건 후퇴해 버립니다. 그것은 인생 삶에서도 기초인 밑바닥의 삶이 탄탄하여야 성장으로 갈 수 있다는 것을 알지 못하는 것이며, 더더욱 문제를 더 큰 문제로 보아 문제를 만들게 되어 좌절을 맛보게 된다는 사실을 알고 살아야 하는 것입니다.

개천을 건너가는 에이치 빔 가교 공사를 수의계약으로 수주하여 1억 원 공사 중 에이치 빔 말뚝을 박을 때 의외로 땅속에 암이 받치고 있어서 약간만 들어가도 되어 천공 공사비와 에이치 빔 자재 가격이 절감되는 바람에 4천만 원을 1개월 만에 벌었습니다.

또 구청장이 민간 공사장에서까지 나오는 흙을 받는 것으로 허가를 하였기 때문에 당당하게 민간인 공사장에서 흙이 나오면 난지도 멀리까지 가야 하는 운반비와 흙을 버리는 비용이 절약되므로 절약되는 운반비 값을 계산하여 덤프트럭 회사와 협상하여 돈을 요구하였습니다. 그들도 난지도로 가는 비용보다 저렴하므로 내 의견에 동의하였던 것입니다.

흙을 버리는 회사나 덤프트럭들은 15톤 덤프트럭 1대당 4천 원을 나에게 지급하였고, 나는 돈도 받고 매립도 간단하게 할 수 있었으며 봉이 김선달처럼 내가 건설한 에이치 빔 가교 위에 차단막을 설치하여 길을 막고 돈을 주는 덤프 차량만 민간인 흙을 받고 버리도록 하여 흙 값으로만 한 달 만에 불로소득으로 3천만 원을 벌었습니다.

또 청소차 차고를 공사하는 과정에서 6미터 깊이로 매립한 후에 지표면 부분에 콘크리트를 20㎝로 타설하도록 설계가 된 것을 긴급하게 매립한 토사가 불규칙적으로 침하가 많이 되므로 침하를 줄이고 콘크리트 크랙을 방지하려면 잡석을 깊이 1m 정도는 매립하여야 한다고 설계 변경을 하여 성남 시내에 백화점을 건설하는 민간공사 지하 4층을 터파기 하는 공사에서 발파하여 나오는 잡석을 공짜로 받아 매립하였습니다. 그렇지만 잡석 값을 구청에서 돈으로 환산하여 받는 등 모든 공사를 마치고 결산해 본 결과 공사 원가를 50%에 완료하여서 결과적으로 약 6개월 만에 청소차 차고 공사를 완료하면서 1억 5천만 원을 벌었습니다.

이 돈은 내가 회사를 다닐 때 아침 7시부터 밤 10시까지 죽도록 노력하여 받은 월급 40만 원에 비하면 6개월 만에 약 400배 가까이 수익을 올린 셈입니다.

이제 고등학교에서 건축 전공과목을 열심히 공부한 것과 사회에 진출하여 밑바닥에서 헤매며 용접 기술을 배웠고 군대에서 휴가도 못 가며 모든 건설공사에 들어가는 자재 이름을 모두 외우고 현장 공사를 모두 배우고 사회에 진출하여 죽도록 고생하며 건설에 대한 실력을 계속 향상시키고 오직 일만 미친 사람처럼 하며 살았던 모든 일들이 드디어 돈이 되어 나를 따라다니기 시작했습니다. 이제까지 한 모든 고생을 돈으로 보상받기 시작한 것입니다.

공사 중 어떤 문제가 터지거나 설계 변경을 하거나 일이 잘되든 안 되든 간에 무조건 지혜를 다 모아 잘되도록 하여 돈을 버는 습관이 내 생각과 몸에 체질화되었던 것은 천안의 적자 현장을 남기는 것을 통해 이를 증명하였고, 청소차 차고 건설 현장에서도 아낌없이 실력을 발휘하여 최고의 내 장점인 건설공사의 실력을 발휘하여 돈을 벌기 시작하였던 것을 시작으로 해서 이제는 돈을 잘 벌 수 있는 습관이 내 삶이 되었던 것입니다.

이제 본격적으로 건설 실력이 돈으로 바뀌는 대박의 일이 시작된 것입니다. 1억 5천만 원이라는 돈을 벌었던 것을 먼저 하나님께 감사와 십일조의 헌금을 하였고, 겨울철에 도봉구 창동역 인근에 준공한 아파트가 입주하는 사람이 부족하여 전세금이 반값 정도로 저렴하여 내 생애 처음 3천만 원으로 전세를 얻어 이사를 갔습니다. 또 7천만 원으로 도봉구 수유리에 사무실을 개설하고 단종회사를 설립하였으며, 1,500cc승용차까지 마련하였던 것입니다.

이제 하나님께서 기도원 공사를 위하여 월세방을 살면서 회사를 퇴사하게 하시고 천안에서 작은 이익의 공사 대금을 강제로 기도원 공사의 의로운 일에 사용하게 하시고 천안 공장공사에서 벌었던 이익금 전체를 기도원공사에 헌금을 하게 하신 다음에 엄청난 10배 이상의 축복으로 돌려주신 것을 하나님을 믿는 사람은 이해가 되었을 것입니다.

고등학교를 졸업한 지 15년이 흘렀고 결혼 후 8년 동안 월세방만 전전긍긍하다가 전세방을 얻고 종합건설회사를 퇴사하고 14개월 만에 사업가의 모습을 갖추었으며, 수많은 고생을 하며 파란만장한 세월 속에 자신을 돌아보고 인내와 연단을 거듭한 결과, 결국 결실의 소망으로 빛을 보게 되어 본격적으로 회사를 사직한 지 1년 만에 대한민국이 인정하는 단종건설회사를 개업하고 오리지널 사업가로 변신하는 데 성공하였습니다.

내가 누군가? 나를 먹여 살리고 나를 인정해 주고 나를 최고 실력자로 만들어 주시는 하나님의 진리말씀을 따라 살며 나만의 일과 직업에 전심전력을 다해 성공을 해야 하는 이유가 바로 이러한 결과를 만들어 내기 위하여 있는 것입니다.

나를, 나 자신이 하고 있는 일에 최고의 상품으로 만들어야 세상이 나를 우러러보고 나를 받들어 모실 것이 아닌가? 생각을 하면서 내 마음은 나라는 브랜드 상품에 미래를 향해 들떠 있습니다. 다시 세상에 더 큰일을 하고 성공하기 위해 세상에 또 건설사업가로서 도전장을 내미는 것입니다.

내 아내도 그동안 부엌이 없는 단칸방의 월세방을 여러 번 옮겨 다니며 이사를 여섯 번 한 결과, 이제야 신축 아파트에 전세방을 구하여 이사하면서 월세방으로 옮겨 갈 때마다 많은 눈물을 흘리며 이사를 다녔으나 전세방을 얻어 주니 이제는 아내의 얼굴에서 눈물이 그치고 웃음과 기쁨과 감사의 말이 나와서 하나님께 감사를 드렸습니다.

세상에는 부피는 가장 작지만 그 값어치가 비싼 금값이 3.75g이 20만 원이라면, 부피는 크나 시멘트 한 포는 무게가 40kg으로서 금 무게의 10000배가 넘으나 시세는 4,000원도 되지 않는 결과도 있으니, 결과적으로 내가 가진 아이디어는 그 값어치가 한이 없으며 어느 누구도 훔쳐갈 수도 없는 것이니 이 지식과 지혜는 보물 중에 보물인 것입니다. 내가 살아가는 동안 나의 값어치가 얼마나 평가를 받을 수가 있을까?

많은 사람들이 세상에서 똑같이 살아가는 것 같지만 일반 노동자의 일당과 기능공의 일당과 대기업 직원의 일당과 중소기업회사 대표의 일당과 대기업의 대표 일당이 다 다를 것이며, 그 차이가 수백 배 아니 수천 배가 넘을 수도 있을 것이므로 똑같이 태어나 똑같이 배우고 성장하였으나 살아가는 세상에서 나를 성공시켜야 할 이유가 여기에 있는 것입니다. 내 일당의 값어치를 한없이 높여야 하는 것을 잊어서는 아니 되는 것이므로 노력을 계속하고 전심전력을 다하여 나를 높이고 성공시켜야 하는 것입니다.

그동안 수많은 고생을 하면서 살아왔던 것들을 생각하며 내 실력을 키워 내 일당을 금값이나 보석 값으로 만들겠다고 다짐하며 단종건설회사의 대표가 된 것을 스스로 자축하며 들떠 있는 것이 사실이었습니다.

이 모든 일들이 노숙자에서 출발하여 고생만 하며 살아가는 나를 하나님께서 순종하도록 훈련하게 하신 후에 우리 가정을 월세방에서 인도하여 내시기 위하여 사업의 첫 수확의 열매를 기도원을 건축하는 곳에 쓰이기를 원하시는 시험을 통과하게 하시고 그 대가로 완벽한 사업가로 만들어 주시는 축복을 주신 결과라고 확신합니다.

이제 내 안에 계시며 항상 함께하시며 우리의 길을 인도하시는 지혜와 권세와 능력의 위대하신 성령 하나님께 진실한 감사와 큰 영광을 돌리며 내 인생에 하나님의 영원하시고 인자하심이 계속되시기를 간절히 원하는 것입니다.

- 자기 기초를 철저하게 다지는 사람은
  어떤 일에도 도전할 수 있는 준비가 되어 있는 것이다.
- 일이 잘 풀리지 않는다고 세상을 탓하지 말고
  욕심을 버리고 자신의 실력부터 향상시켜라.
- 욕심 따라 살지 말고
  어려운 환경에서도 지혜와 명철을 구하며 최선을 다하라.

- 일의 지식을 완벽하게 쌓아 두면
  언젠가는 큰 자산이 되어 성공으로 돌아오게 된다.
- 어려움이 있어도 의로운 생각으로 최선을 다하면
  진리 하나님께서 도와주신다.
- 하나님은 세상 만물로 우리에게 복을 주시고
  첫 열매와 좋은 것으로 예배하기를 원하신다.

- 때로는 편법도 사용할 때가 있으나
  편법을 주로 사용하면 일이 꼬여 망하기 쉽다.

15.
일에 성공하면 돈 벌기는 쉽다

단종건설회사를 설립하고 본격적으로 사업을 시작하자 종합건설회사에 다닐 때 나를 인정하고 스카우트하려 했던 종합건설회사 임원들이 하나둘씩 찾아와 "너는 꼭 성공할 수 있을 거야. 잘해 봐." 하면서 관공서에서 공사를 수주하면 우선적으로 우리 회사에 일을 공급하기 시작했습니다.

종합건설에서 한 건의 공사 전체를 수주할 때마다 틀림없이 공사 실행을 저렴하게 짜고 일도 안전하고도 하자가 없도록 철저하게 잘하여 이익을 남기고 준공하였으며, 일을 공급하였던 사람들에게는 사례비를 철저하게 지급하여 신용 관계를 유지하였습니다.

확실한 신용을 확인한 사람들은 건축공사를 수주하면 우선적으로 나에게 일을 계속 공급하였으므로 영업을 별도로 할 필요가 없었습니다. 새벽부터 밤중까지 지치는 줄도 모르고 자동차를 몰고 다녀 사업 초기에는 승용차 운행 거리만도 1년에 12만㎞ 이상을 달리며 사무실에서 거래처로 현장으로 동분서주하면서 열심히 일한 결과, 수주한 공사마다 많은 이익을 남겨서 첫해에는 자본금 5백만 원으로 시작했으나 2억 원을, 2년째는 3억 원을, 3년 만에 약 8억 원 이상을 벌어서 1990년도에 종합건설을 설립하는 데 성공하였습니다.

이런 말을 하는 사람에게 뻥친다는 말이 있으나 믿거나 말거나 현실은 사실이므로 다른 사람의 사전에는 없는지는 모르지만 내 사전에는 있는 말입니다. 18세부터 33세까지 파란만장한 세월을 보내며 15년간 갈고닦은 건설 실력과 낮은 원가 정리와 체계적인 공사 관리 능력을 유감없이 발휘하였던 결과가 종합건설회사 설립이라는 현실로 나타난 것입니다.

종합건설을 설립하면서 도봉구 창동에서 단종건설회사를 운영하던 사무실을 정리하고 강남구 논현동 가구거리 중심으로 사무실을 이사하여 종합건설 사업을 본격적으로 시작하였습니다.

이유는 아내와 내가 단종회사 공장 방으로 이사 가며 월세와 관리비를 합하여 5만 5천 원의 여유가 생긴 돈을 주택부금을 계속 넣으면서 많은 어려움 가운데서도 주택부금을 해약하지 않고 꼬박꼬박 넣고 있던 것인데 아파트를 추첨하기 위하여 일산신도시, 광명시, 상계동 등 여러 곳에 아파트 추첨을 위해 동분서주하면서 노력했으나 그곳은 당첨되지 않았는데 마지막으로 그 당시 서울에서 최고 인기 지역인 강남구 일원동 31평 아파트에 추첨을 위해 채권을 3천1백만 원을 써넣어 보았습니다.

얼마 후 당첨이 되었다고 소식이 와서 우리 가족은 결혼 후 8년간의 셋방살이에서 해방되어 강남구에서도 공기가 가장 좋은 곳으로 이사를 하였고 종합건설을 설립하는 등 기쁨을 두 배로 맞이하게 되었습니다.

갑자기 아파트 당첨이 되어 계약금이 걱정되었으나 하나님께서는 우리에게 적시에 공사를 수주하게 하셔서 공사 선급금을 받아 아파트 계약금을 납부하게 하셨습니다.

또 아파트 청약 입찰 때 다른 사람들은 채권을 최고가인 7천5백만 원을 쓰고 당첨이 되었으나, 나는 채권을 3천1백만 원을 썼으며, 3천5십만 원이 커트라인으로 채권을 아주 적정하게 쓰도록 지혜를 주신 하나님께 감사를 드렸습니다.

잔금을 치르고 이사를 가서 가구를 배치하면서 가지고 간 가구가 하나하나 빈틈없이 잘 맞는 것을 보고 다시 한번 하나님께 감사를 드리며 하나님께서 예비하여 놓으신 좋은 집이라는 것을 깨닫고 얼마나 감사한지 지금도 그때 일을 간증하며 살고 있습니다.

무일푼에서 종합건설을 설립하기까지 새벽부터 밤중까지 정말 정신없이 일을 하며 열심히 뛰어다녔습니다. 그 당시를 상기해 보면 당시 서울시 여러 구청에서 차가 올라가지 못하는 산동네 지역 노인정이나 유치원 건물은 공사 난도가 높았습니다. 관공서 입찰에 참여하는 서울 시내에 있는 건설회사는 약 60여 개 회사였으나 공사 난도가 높은 산동네 노인정이나 유치원 입찰에 잘 참여하지 않았습니다. 우리 회사는 신규업체로 금액이 많은 공사는 수주하기가 어려워 작은 공사이나 난이도가 높은 공사를 기준으로 이익을 많이 남기는 전략으로 수주를 하였습니다.

그러나 낙원건설은 모든 건설회사가 입찰에 참가하지 않은 난도 높은 공사를 수의계약을 하고 길이 없는 공사는 인건비가 많이 잡혀 있어서 갖은 지혜를 동원하고 일부 장비를 사용하여 원가를 절감하여 이익도 많이 남길 수가 있도록 좋은 조건의 공사로 만들었습니다. 보통 공사는 20%의 이익을 본다면 오히려 악조건 공사를 수주하여 총 공사비에 30~35%까지 이익을 볼 수가 있었습니다.

직접 관공서에서 공사를 입찰하여 수주를 하고 다른 회사에서 꺼리는 난도가 높은 공사를 수의계약을 하면서도 다른 종합건설회사에서도 계속 일을 받아 공사를 하였으므로 우리 회사는 일이 넘쳐서 급성장을 하였습니다.

종합건설 사업을 시작 3년까지는 잠을 5~6시간 정도를 자고 계속 운전을 하며 공사 계획과 자재 조달을 지시하고 하루에 6~10개 현장을 오가며 아침도 거르고 정신없이 현장을 쏘다니다 점심도 거르고 오후3~4시가 지나면 그때가 되어서야 배가 고픈 것을 알고 시간을 아끼기 위해 밥 먹을 시간도 아까워 식당에 가지 않고 구멍가게에서 빵과 생우유를 사서 운전하면서 먹었습니다.

그러나 가끔 급하게 먹은 것과 오래된 식품을 먹었는지 배탈이 나며 힘들 때가 여러 번 있었던 것은 그 당시에 우유나 빵에 유통기간이 없어서 확인할 길이 없었으며, 나 자신은 돌보지 않고 오직 일만 생각하고 동분서주하며 현장을 날아 다녔다고 해도 과언이 아니었던 것입니다.

어느 날 밤에 잠을 충분히 자지 않고 새벽에 운전을 시작하여 정오가 넘어서 국도를 운전하다가 2차선 국도변 우측으로 굽은 길에서 너무 피곤함을 이기지 못하여 완전히 졸아 내 차는 중앙 차선을 넘어 좌측 상대방 반대편 차로를 지나가 버렸으나 커브 길 건너에 다행히 주유소 앞에 대형 트럭 공 타이어가 있어서 그 공 타이어를 들이받고 눈을 뜨며 브레이크를 그때야 밟고 차가 멈추었습니다. 만약 그때 반대편에서 차가 왔었다면 정면충돌하여 사망했을 것입니다.

다행히 주유소 앞에 공 타이어가 있어서 그것을 추돌하면서 졸음에서 깨어났으나 타이어에 충돌하지 않았다면 공 타이어 바로 앞에 주차된 대형 트럭 밑으로 들어가 죽었을지도 모를 일이었습니다.

그 일로 차에서 겨우 내려 다리를 부들부들 떨며 한참 동안 움직이지도 못하고 있다가 겨우 견인차를 불러 정비 공장으로 차를 끌고 가서 고쳤으나 그 후 생명을 살려 주신 것이 하나님께서 나를 사용하실 때가 있어서 살려 주셨을 것이라고 생각하고 더욱더 순종하는 삶을 살기로 했습니다.

두 번째는 호남도속도로 하행선 대전에서 논산 방향으로 시속 150㎞로 1차선을 달리는 중 갑자기 대형 유조차가 내 차 바로 앞 2

차선에서 약 70㎞ 저속으로 달리다가 1차선으로 갑자기 차선을 변경하여 들어오는 바람에 급정차를 하면서 클랙슨을 계속 누르며 중앙선 옹벽 쪽으로 피하려고 했으나 유조차와 내 차 속도 차이가 80㎞ 차이가 있어서 급정차를 해도 유조차가 중앙선 쪽으로 밀려와 내 차가 중앙선 옹벽과 유조차 사이에 끼는 사고가 발생할 뻔했습니다.

중앙분리대와 유조차 사이에 끼어 죽을 뻔한 아찔한 0.1초 직전의 순간에 내가 클랙슨을 계속 누르는 바람에 소리를 듣고 유조차가 간신히 2차선으로 다시 돌아갔고, 내 차는 중앙 분리 콘크리트 바닥에 급브레이크를 길게 밟아 왼쪽 운전석 앞뒤 타이어가 편마모가 심하게 되어 덜거덕거려 두 짝을 바꾸어야 했습니다. 정말로 조금만 유조차가 더 밀고 들어왔더라면 중앙분리대와 유조차 사이에 끼어 화재가 났을 것이며 나는 사망했을 것입니다.

그 후로 1차선으로 달리며 추월을 하려면 2차선의 차량 앞바퀴를 보면서 추월하는 습관이 생겼고, 특히 대형차 옆을 지나갈 때에는 습관적으로 위기의식을 느끼고 지나다니는 버릇이 생겼습니다.

또 한번은 1월 초 직원들과 함께 속초 설악산에서 단합대회를 하고 돌아오던 때였습니다. 속초를 갈 때와 돌아오는 출발 당일 밤에는 눈이 오지 않았으나 미시령 고개 정상을 넘는 순간 갑자기 폭설이 내려서 제설도 되지 않는 미시령 고개 내리막에 구불구불한 길을 내려오게 되었습니다. 그런데 중간 우측 옆에 낭떠러지가 5m 이상인 급커브길 경사 언덕길을 바퀴에 체인도 없는 상태에서 내려오다 차가 미끄러져 버렸습니다. 나도 모르는 사이에 브레이크를 밟았고, 차가 뱅글뱅글 두 번을 도는 순간에 너무 무서워 눈을 감아 버렸습니다.

내 차가 두 번을 뱅글뱅글 돌다가 멈추어서 가만히 눈을 떠 보니 도로변에 자갈이 약간 쌓여 있는 곳에 차바퀴가 간신히 걸렸고, 차가 진행하는 방향으로 멈추어 있어서 다행히 절벽으로 떨어지지 않고 겨우 살아나 인제까지 조심조심해서 왔습니다.

눈 폭풍 같은 폭설이 내리는 밤중에 계속 서울을 간다는 것이 너무 무서워 갈 수가 없어서 인제 여관방에서 하룻밤을 자고 다음 날 점심때가 되어 눈이 멈추자 체인을 사서 감고 서서히 서울까지 왔으나 밤중이 되었습니다.

사업을 시작하였지만 아무것도 의지할 곳이 없는 맨몸인 상태에서 믿을 곳은 믿음으로 항상 의지하는 진리 하나님과 그동안 고생하며 쌓은 건설 실력뿐이었으므로 죽을힘으로 전심전력을 다해서 목숨을 아끼지 않고 뛰었으며 늘 하나님께 지혜를 달라고 기도하며 내가 하는 일에 승부수를 던진 결과, 죽음에서 벗어나고 돈을 벌어 3년 만에 종합건설의 토목, 건축, 종합조경회사 대표가 되었던 것입니다.

그러나 내 주위에 나를 아는 많은 사람들은 갑자기 사업을 시작한 지 3년 만에 월세방에서 집을 사고 종합건설회사를 설립하는 것을 보고 죽다가 살아날 정도로 전심전력을 다하여 사업을 성공시킨 줄도 모르고 돈 버는 도깨비방망이를 가지고 다닌다고 소문이 났습니다.

그 후 종합건설회사를 운영하면서 나 자신만의 원가절감의 능력을 발휘하면서 현장도 다른 사람들보다 3배는 더 많이 뛰어다니며 일을 처리하여 이익을 남겼는데 철저하게 일을 하면서도 임원들을 고용하지 않고 나 스스로 모든 공사 실행과 자재 구입, 현장 관리를 심부름하는 직원을 두고 직접하여 원가를 절감하였던 것은 아무리 유능한 임원을 고용하더라도 내 실력을 따라올 사람이 없었던 것이였습니다.

내가 기념할 만한 일은 종합건설을 직접 운영하면서도 다른 회사에서 공사를 수주하였는데 하루는 여의도에 있는 종합건설회사에서 연락이 와서 만나 보니 자기 회사에서 수주한 일이 할 사람이 없다고 하면서 자기 회사에 전체 공사비의 8%의 이익금을 주고 우리 회사에서 그 일을 하라고 했습니다.

이 일은 전동차 정비를 하는 군자기지역으로 전동차 6대가 한꺼번에 수리하는 대형 건물로 건물 전체 외벽과 지붕이 싱글 강판으로 되어 있는 것을 모두 걷어내고 단열복합강판으로 교체하는 외벽 리모델링 공사였습니다. 그러나 전동차 6대가 동시에 수리를 하면서 그 위에서 공사를 해야 했으므로 전동차 위에는 22,000볼트 전기가 흐르고 있고, 그 위의 10㎙ 정도의 높은 허공에서 강판을 걷어내고 다시 설치하는 매우 위험한 작업이었습니다. 무조건 일을 하겠다고 하고 실행을 짜 보니 일반적인 방법으로는 남길 수가 없는 공사였습니다.

1995년도에 수주 금액이 25억 원이면 우리 회사에서는 큰 규모의 공사였으며, 과거에 남지 않는 공사를 이 공사에서도 지혜를 발동시켰습니다. 공장에서 완성된 단열 판넬을 구매하여 시공하면 공사는 편하나 남는 것이 없어서 포항제철에서 강판만 구매하고 단열재를 따로 구매하여 현장에서 강판+단열재+강판을 조립하는 방법으로 하고 직영으로 현장시공을 하는 것으로 원가를 계산해 보니 단열 판넬 시공도가격이 40%가 절약되었습니다. 또 기존 건물을 철거한 강판을 고철 처리를 하지 않고 매각하여 이익을 보아 결과적으로 이 공사를 수주한 건설회사에 부금 8%를 주고도 25%를 추가로 남기는 대단한 이익을 남겼던 것입니다.

이 공사는 우리 회사에 하도급한 건설회사에서 수주하여 실행을 짜 보니 15% 적자금액으로 이익을 남길 수가 없어서 그 회사 직원들은 위험한 공사에 두려워만 하고 착공하지 못하고 있다가 슬그머니 8% 이익금을 받고 우리 회사에 하도급을 주었으나 나는 과거의 잡철물을 수년 동안 공사해 보았던 많은 경력을 소유한 자로 완전히 제작된 단열 강판을 구매하지 않고 강판과 단열재를 따로 구매하는 방법을 채택하여 현장 조립을 하여 직영으로 시공하는 방법을 찾아 많은 이익을 낸 결과는 수주한 건설회사에 부금 8%를 주는 것을 감안하여 계산하면 우리가 낸 수익은 33% 수익을 냈다고 보아야 할 것입니다. 1년 공사에서 한 현장에서 모든 비용을 공제하고도 약 6억 원의 수익을 낸 것으로 이것이 무조건 수익을 내는 노하우였던 것입니다.

내가 하는 모든 일을 성공으로 이끌게 되어 결과는 모두 돈으로 변한 것이지만 그런다고 특별한 관리 능력 없이 일만 잘한다고 해서 모든 현장에서 돈을 많이 벌 수 있는 것은 아닙니다. 순간순간 현장에서 일어나는 수많은 문제들을 잘 풀어 나가면서 즉시 올바른 판단을 하여 처리하는 능력이 있어야 동시에 리스크도 줄일 수 있는 것입니다.

각 현장에 투입되는 사람은 같은 일을 할지라도 모두 다른 사람이 투입되므로 모든 현장이 똑같이 잘될 수 없기 때문에 그 사람들이 내 생각대로 움직이도록 하려면 회사 구조를 조직화해야 해서 자재를 조사하는 직원을 따로 두고 계속 시장 조사를 하여 같은 자재를 서로 비교 평가를 하여 조금이라도 자재 원가를 줄이도록 계속 노력하였습니다.

또한 각 공정을 최대한 세분화하여 직접 시공자를 찾아 발주하고 현장을 잘 파악하여 인부들의 투입 원가를 계속 줄일 수 있는 방법을 만들어 내고 또 한 해 동안 현장 시공을 하면서 인부들이 각 공정에 투입될 때마다 철저하게 인부가 몇 명이 투입되는지 공정마다 기록하여 겨울철에 현장이 한가하면 현장마다 원가를 모아 공정마다 투입되는 원가를 분석하여 자재와 인건비까지 실행 일위대가를 다시 만들어 다음 원가에 적용하였습니다.

다음 공사나 새해에 회사에서 집행되는 매 공사마다 적용할 표준화 일위대가와 자재 단가를 만들어 적용한 결과로 우리 회사 원가는 해를 거듭할수록 낮아짐으로써 그만큼 더 이익을 올라갔던 것입니다.

그러므로 모든 현장에 적정가격으로 적용하는 일위대가 시스템을 구축하고 최소한 2일에 한 번 이상은 내가 직접 현장을 방문하여 현장 상황을 직접 순회하면서 파악한 후에 시시각각으로 변하는 현장의 여건에 맞추어 일어나는 모든 일들의 작업 방향을 직접 제시하고 문제가 있는 일들에 대한 해법을 정하여 현장 소장에게 즉시 지시를 하여 안전 관리와 공정 관리를 철저히 하고 그때마다 문제점을 즉시 해결하여 신속한 일처리가 되도록 하면 그만큼 공사 기간도 많이 단축되었습니다.

다른 회사들은 현장에서 문제가 발생하면 현장 소장이 회사에 보고하여 그때야 임원이 현장을 방문하여 파악한 후 대표이사에게 보고하여 결정하는 절차를 통해서 한참 뒤에 해결이 되거나 현장 소장이나 임원에게 결정을 맡기므로 잘못된 판단으로 일이 잘못 결정되는 경우가 허다합니다.

그러나 우리 회사는 매일 오전 아침에 대표가 현장 소장과 직접 통화하고 문제가 발생하면 즉시 현장으로 달려가서 직접 해결하고 소장이 점심 때 다음 날 일에 대한 인부 조달과 장비 수급을 하는 업체에게 미리 알리고 2일에 한 번 이상은 대표가 현장을 방문하여 무슨 일이든 즉시 해결하는 것을 원칙을 가지고 일하였습니다. 그렇게 하니 일이 지연되거나 일을 대충 대충하여 발생되는 문제를 원천적으로 차단시켜 신속 정확하게 공사가 최대한 빨리 추진되도록 하였습니다.

우리 회사에서 거래한 회사들의 대표는 어렵게 일을 수주하여 적당히 하청을 주고 쉽게 건설회사를 운영하려고 하는 것과 이 과정에서 일을 처리하는 담당 임원들은 하청 회사에서 용돈을 받고 금액을 높여서 하청 금액을 결정하게 되는 것이나 이 일을 받은 우리 회사는 일을 수주한 회사보다 평균 2배 이상을 남기고 세금처리도 수주한 회사로 직영 처리하게 되므로 하청을 받은 회사는 이익을 많이 보면서도 세금을 내지 않게 되어 최종 이익은 하청을 받은 회사가 원청회사보다 3배 이상을 남기는 것이 되는 셈입니다.

우리 회사는 본격적으로 사업을 하면서 강원대학교 연구소와 의과대학과 전남대학교 공과대학, 초, 중, 고등학교 신축 공사, 관공서, 도로 공사와 아파트 단지 조경 공사 등 많은 건설을 하여서 이익을 극대화하면서 다른 사람들이 생각하지 못하는 성장을 계속하였습니다.

그러나 모든 일들이 잘되었던 것은 하나님께서 한이 없는 지혜와 명철을 주시고 월세방에 살면서도 논산에 있는 기도원을 건설하라는 명령에 순종하였던 것과 천안 공장 건설공사로 남긴 5% 돈 모두가 기도원에 투입시키시어 하나님께 기도하고 헌금을 하면서 감사함으로 사업을 시작한 것이기 때문입니다. 그 과정 속에서 내 사업을 통해서 하나님께서 어떻게 축복을 내려주시는지를 알게 되었습니다.

세 번이나 교통사고로 죽을 수밖에 없었던 위험 앞에서 다시 살아난 것을 하나님께서 살리신 것을 깨닫고 그때부터 내 목숨은 나의 것이 아니고 하나님께서 덤으로 주신 삶을 살고 있으므로 하나님께서 원하시는 뜻이 계셔서 목숨을 연장시켜 주셨는지를 항상 생각하며 앞날에 돈을 벌어서 하나님 나라에 보답과 복음을 전하는데 공헌해야 하겠다는 생각을 항상 하며 살았습니다.

내 마음속에는 늘 하나님 말씀을 생각하고 기도하며 회사에서 매주 월요일 아침 일찍 직원들과 예배를 드릴 때 나도 모르게 자주 직원들에게 돈을 벌어 선교를 우선적으로 할 것이라고 공언을 할 때가 많았습니다.

하나님의 뜻에 따라서 이미 나의 길은 정해져 있는 것으로 어떤 선교를 할까 결정을 한 결과, 어른들을 위해서 복음 사업을 하는 것도 좋으나 어른들은 미래 사회에 할 일은 다하신 분들이므로 남은 생애에 미래 사회에 대한 기여는 부족할 것이라는 것을 깨달았습니다.

장애자들을 위한 생각을 많이 하며 기도해 보았으나 이 일은 나 혼자 감당하기에는 물질의 에너지가 너무 많이 소모되므로 장애자 복지를 책임져야 하는 국가가 하는 것이 좋겠다는 결론을 내렸습니다.

여러 가지 선교 방향을 수년 동안 기도하다가 얻은 결론은 어린 청소년들을 복음으로 잘 교육하여 키운다면 인생 전체 삶을 통하여 하나님 나라를 위한 많은 일들을 하며 미래 사회를 바꾸고 사회에 공헌하는 일들이 아주 많이 일어날 것이라는 사실을 깨닫고 이 일을 위하여 계속 기도하며 사업을 하였습니다.

무엇보다도 세계 많은 나라 속에 빈민 국가 오지에서 기독교 문명의 혜택을 받지 못하고 살아가는 어린 생명을 위하여 일해야겠다는 생각을 하였으며, 국내에도 불우 청소년들의 시설을 돕는 일을 실행에 옮기기로 마음을 정하고 계속 기도하기 시작했습니다.

낙원건설회사는 시간이 지나면서 다른 회사보다 승승장구하여 국가 공사 중에 학교, 국가시설, 지구단위개발의 조경 공사와 토목 공사 등을 많이 공사하여 다른 회사보다 원가를 확실하게 절감하고 관리를 잘하여 수익을 많이 올려 그 수익으로 상업용 빌딩을 개발하여 분양함으로써 더 큰 수익을 올리기 시작하였습니다.

또 자금이 확보되는 대로 임야나 전답 등의 부동산을 개발하여 임대를 한 결과 땅값이 오르면서도 월세를 받게 되어 수익이 추가로 발생되었고, 사업을 확장하면서 땅값이 오르고 있는 부동산을 담보로 제공하여 자금을 확보하였으나 최초 구입하였던 가격을 금융권에서 대출을 받고도 계속 월세도 상승되어 한 가지 투자로 세 가지 이득을 얻는 결과를 만들었습니다. 한 사람의 아이디어로 여러 곳과 여러 가지 수익을 발생하는 구조를 만들어 사업을 시작한 지 15년이 되는 2005년도에는 건설이나 부동산 개발에 대한 복리현상으로 불어난 회사와 개인 재산은 약 5백억 원에 이르게 되는 엄청난 성장을 하였던 것입니다.

돈을 벌고 재산을 모으게 된 것은 내 개인의 실력과 건설의 튼튼한 경험을 바탕으로 잘하는 것도 있겠지만 한 사람의 능력은 한계가 있고 또 돈을 모으려고 해도 중간중간에 리스크가 발생하여 분명히 어떤 문제든 계속 발생하게 되어 있어 성장에 한계가 있는 것입니다.

그러므로 수익으로 모인 재산을 부동산을 개발하거나 사업을 안정화시키며 그 재산으로 인하여 자동적으로 가격이 오르거나 임대료를 계속 받는 구조를 만들어 놓으면 추가로 사업을 확장할 때 담보를 제공하여 금융권에서 자금을 끌어다 쓰거나 사업의 안정화와 함께 자동적으로 재산이 늘어나는 구조, 즉 절대로 망하지 않고 스스로 안전하게 성장할 수 있는 시스템을 구축해 나가는 것이 무엇보다 필요한 것입니다.

건설회사를 설립하고 회사를 크게 성장시켰으나 1996년도에 IMF가 발생하여 우리나라에 국가 부도 위기가 닥쳐왔을 때도 나는 기도하며 이 위기를 하나님께서 기회가 되도록 길을 열어 달라고 기도를 한 끝에 오히려 회사 영업력을 확대하고 사업을 확장하는 쪽으로 결론을 내렸습니다.

회사와 개인이 가지고 있는 모든 자금을 동원하여 종합건설회사를 3개사로 늘리고 단종건설회사를 1개를 신설하고 컨설팅회사를 1개 추가하고, 전라남도 무안 청계공단에 적벽돌 공장을 신설하여 6개의 그룹회사를 거닐면서 국가 공사 수주를 대폭 늘리고 민간 공사를 위하여 영업 직원을 보강하였습니다. IMF를 정면 돌파하면서 어려운 만큼 두세 배로 노력하는 전략적 방법이 적중하였고 그로 인해 회사 전체가 2배로 성장하였던 것입니다.

경기가 좋을 때 사업을 시작하는 사람은 순간에는 잘되지만 경기가 꺾이면 경기가 좋을 때 기준으로 계획을 세웠기 때문에 망하기 쉽습니다. 그러나 경기가 나쁠 때 기준으로 사업 구조를 짜서 사업을 시작하면 어려움은 뒤따르게 되겠지만 경기가 상승하면서 좋아질 때는 많은 수익과 성장이 된다는 것을 알아야 큰돈을 벌 수가 있다는 것이 내 사업 전략이었습니다.

우리 회사가 IMF 상태에서 민간 회사를 상대로 사업을 하였다면 실패하였을 것이나 나는 대한민국에서 가장 부자인 국가를 상대로 사업을 하였기 때문에 국가에서 외환위기로 공사대금 지급이 조금 지연되는 것은 있었으나 나중에 국가에서 지연 이자까지 추가로 받았던 것으로 국가를 상대로 사업하는 것이 가장 안전한 사업이라는 것을 알아야 할 것입니다.

사업을 시작한 지 15년 만에 500억 원의 자산을 이룬 이 역사는 다른 회사들의 경영을 보았을 때 무일푼의 사람이 이루는 것으로 감히 상상을 초월하는 성장과 성과라고 생각될 수 있을 것이나 나에게는 가능한 일들이었습니다.

내 전략은 다른 사람들과 달리 IMF에 대한 역전략으로 IMF 때에 부동산이 1/3 토막이 나며 가격이 폭락할 때 IMF가 일시적인 국가 시스템 문제라고 판단하고 과감히 폭락한 부동산을 사들여 개발한 결과였습니다.

한 가지 예로 90억짜리 빌딩이 헐값으로 경매 32억 원에 나와 은행에서 24억 원을 차용하고 내가 가진 돈 8억 원을 포함하여 32억에 구매하여 한 달에 1억의 월세를 받다가 IMF가 끝이 나자 3년 만에 65억에 되팔아서 월세와 양도 차익에서 약 70억 원의 돈을 버는 등 다른 사람들이 팔지 못한 부동산을 IMF가 곧 끝나리라는 생각으로 부동산을 헐값에 사들이는 나만의 전략은 감히 어느 누구도 따라오지 못하는 특별한 노하우였던 것입니다.

IMF가 두려운 대기업까지도 모든 부동산을 팔고 사업을 축소하며 움츠리기 바빠서 정신이 없었으나 이때 헐값의 사업체나 부동산을 외국 기업들이 많이 사들여서 점령을 하였습니다. 나 또한 외국의 투자 전문가들과 똑같이 행동을 했다는 것은 나만의 건설 경기의 미래와 국가 경제의 미래를 알기 위하여 평소에 공부를 계속하여 IMF 때에도 확실한 전략을 세울 수가 있었던 것입니다.

IMF가 터지자 나 자신의 생각과 대한민국 경제를 이끌어 나가는 박사들과 교수들이 어떤 이야기를 하는지 듣기 위해서 96년도부터 한양대학교 건설CEO과정, 연세대학교 경제과정, 연세대학교 부동산개발과정, 건국대학교 부동산컨설팅과정 등에서 계속 쉬지 않고 다니며 공부하였습니다. 그 후 개성공단의 실패로 남북 관계를 확실히 알고 미래를 향해 가기 위하여 통일비지니스과정을 전경련회관에서 공부하는 등 내가 생각하는 미래 사회의 앞날을 신속하게 판단하기 위하여 나만의 전략을 필요할 때마다 공부를 하며 스스로 전략을 완성하였던 것이 적중하였던 것입니다.

이 모든 것은 오직 하나님께서 성령으로 함께하여 주서서 어려울 때마다 고난을 이겨 내도록 특별한 지혜를 주서서 다시 일어설 수 있도록 오뚝이 인생으로 끊임없는 도전 정신으로 살게 하신 것이며, 무슨 일이든지 포기하지 않고 끝까지 도전하여 결국에는 끝장을 보는 지혜를 주서서 전심전력의 삶에 대한 나만의 뼈대가 완성되어 있었던 덕분입니다.

그것은,

1) 한 가지 일, 즉 건설의 기초부터 철저하게 배우고 경험하며 원가를 절감하는 자신만의 일위대가를 만들어 공사에 적용을 하였으며

2) 철저한 계획을 세우고 전심전력으로 실천하고 최상의 결과로 완성하여

3) 다시 최초 계획에 적용하는 피드백의 원리를 계속 반복 적용하여 나만의 전략 공식을 완성하여 사업에 적용한 덕분이었습니다.

나의 좌우명은 "나 자신을 스스로 정복하고 다스리라. 나 자신의 한계에 계속 도전하는 자가 진정한 프로다"라는 것입니다.

저는 지금도 게으름에 매일 채찍을 가하며 살고 있으며, 내 앞에 펼쳐진 해결되지 않은 많은 일들에 최선을 다해 도전하여 한 가지씩 그 일이 완성될 때마다 보람을 느끼며 성취감을 얻을 때까지 쉬지 않고 계속 전심전력을 다하여 일을 하는 것입니다.

하나님께 지혜를 구하라. 지혜를 구하는 자에게 하나님께서는 지혜를 주실 것을 믿으며, 아무리 어려운 일이라 할지라도 결국은 다 해결된다는 마음으로 최선을 다하며 전심전력으로 나아가면 계획했던 모든 일들을 결국은 완료하고 그 성취감과 기쁨으로 나아가 자축을 하며 하나님께 영광을 돌려드리게 될 것입니다.

많은 사람을 만날 때마다 그 사람들의 말들은 어렵다, 힘들다, 자신은 되지 않는다고 포기하는 말이나 경기가 어려워서 죽겠다는 말이나 별별 핑계를 다 대면서 사업의 실패나 잘되지 않은 것들을 자신의 문제로 보지 않고 타의 문제로 정당화하고 있습니다.

그러나 사람들이 나에게 "경기가 나빠 건설 사업이 어렵지요?" 물으면 나는 "여름에는 비바람과 태풍이 지나가는 것이 당연하고, 겨울에는 한파와 눈보라 치는 것은 항상 있는데 이 모두 다 지나가는 과정이다."라고 대답합니다. 그 사람들은 나에게 특별한 사람이라고 말들을 하지만 이 모든 어려움은 잘 대비하여 살아가면 따듯한 봄

날과 풍성한 가을이 올 것이라는 것입니다. 무슨 일이든 인내하며 계속하면서 연단을 하면 결국에는 해결되어 소망이 되리라고 생각하며 전심전력을 다하여 잘 대비하면 그만이라고 말을 합니다.

그렇습니다. 사업이란 항상 어려움과 문제가 닥치기 마련이므로 이에 대해 대비하고 문제가 터지면 당황하지 말고 그때부터 하나님께 간절하게 지혜 주시기를 기도하며 슬기롭고 지혜로운 삶으로 잘 극복하며 최선을 다하면 결국은 모두 다 해결된다는 것을 알아야 하는 것입니다.

모든 것은 나로부터 시작되고 나로부터 잘못된다는 것을 알고 나 자신을 완벽한 사람으로 만들어 어떤 문제도 해결할 수 있는 사람으로 성장시키기 위하여 항상 하나님 진리말씀을 묵상하며 올바르고 진실된 삶으로 긍정적이며 능동적인 사람이 되어 어떤 일이든지 해결할 수가 있는 지혜로운 만능의 능력자가 되어야 할 것입니다.

- 말이 앞서고 행동에 옮기지 않는 사람은
  많은 사람에게 외면을 받게 된다.
- 작은 약속이라도 철저하게 지키면
  상대는 큰 약속도 지키리라 꼭 믿는다.
- 타인과 약속을 잘 지켜야 하지만
  자신과 약속은 더 철저하게 지켜야 한다.

- 사람들은 가장 안전하고 평안한 방석을 원하므로
  그 방석을 상대에게 제공하라.
- 나를 철저하게 완성을 하여
  세상에 꼭 필요한 좋은 상품으로 만들어라.
- 자신의 일에 계속 도전하며
  이노베이션을 하는 사람이 진정한 프로다.

- 항상 의롭고 정직하게 살려고 최선을 다하는 사람은
  하나님께서 인도하시며 도와주신다.

16.
돈만 좋아하면 망하게 된다

세상에는 돈으로 되지 않는 것이 없을 정도로 돈이면 무엇이든 할 수가 있다고 생각하기 쉬워서 돈을 모으려고 자신의 능력과 타인의 능력이든 간에 모든 것을 동원하고 모든 수단과 방법을 가리지 않고 사용하고 있습니다.

심지어는 남에게 피해를 끼치는 행위와 비리나 도둑질, 강도질까지 하면서 남에게 손해를 주고 오직 자신만을 위하는 욕심으로 죄를 범하면서까지 돈을 벌려고 혈안이 되어 있는 것이 '자본주의 국가', 다시 말해서 '돈 나라'라고 볼 수가 있습니다.

옛날 원시시대에는 단순하게 먹을 것과 잠을 잘 곳이 있으면 모든 삶은 해결이 되어 서로 나누고 섬기며 공동체를 형성하고 살기가 쉬웠습니다. 1차 산업인 농경시대에서도 물물교환이나 작은 돈을 마련하여 먹고사는 문제만 해결되면 서로의 경쟁이 심하지 않았습니다. 타인과의 차별이나 타인을 크게 의식하지 않았으며, 약간의 삶의 질은 있었다지만 그다지 서로 간 크게 경쟁하지 않고 오히려 서로 의지하고 살았던 것입니다.

그러나 1차 산업시대에서 2차, 3차 산업시대가 되면서 이동 시간이 짧아지는 시대에서는 나라 전체가 1일 생활권이 되어 활동 범위가 넓어지면서 많은 것들을 보게 되었고, 문명이 발달되면서 의식주 해결의 문제보다 아파트 생활과 TV, 인터넷, 냉장시설, 수도, 의료서비스 등 더 큰 복지와 문화적인 삶의 질을 추구하게 되며 상대적으로 빈부의 차이를 더 많이 느끼게 되고, 일정한 노동으로만은 해결할 수가 없는 부를 만들기 위해서는 더욱더 많은 돈이 필요하다는 것을 절실하게 느끼고 살고 있는 것입니다.

이 문화를 누리고 살려면 상대적으로 많은 물질이 필요하여 자신이 하고 있는 일을 성공시켜 물질을 많이 모아야 할 것입니다.
요즈음 일부 젊은 사람들은 자신의 미래에 대한 먹거리 일과 직업에 대한 노력을 열심히 하지 않고 사회에 진출하여 자신의 능력과 현실의 경제적인 능력의 차이가 너무 큰 것만을 느끼면서도 현실과 다른 인터넷이나 핸드폰 영상 중심의 가상의 공간을 현실화하며 살면서 현실과 차이가 있는 영상의 공간을 현실로 착각하고 살다가 현실 속에서는 어려움을 겪고 있습니다. 결국 현실에서는 자신의 무능함을 확인하며 자신의 성장에 대한 많은 노력은 하지 않고 세월만 보내다가 나중에는 허둥지둥 쉽게 돈을 벌어 보려는 삶을 찾고 있지만 많은 젊은 사람들이 그렇게 현실을 올바로 보지 못하고 살아가고 있는 것이 사실입니다.

아무리 생각 속에서 잘 정리하고 나름대로 계획을 세우며 자신만의 이론을 완성한다 할지라도 현실 속에서 실천하면서 어려움을 극복하지 못한다면 결과는 자신의 뜻을 이루지 못하고 실패와 좌절만

하게 될 것이므로 자신을 현 사회에 맞춤형으로 잘 성장시켜나가야 하는 것이 사실입니다.

어떤 젊은이는 여유가 있는 부모로부터 집과 재산도 일부를 물려받았지만 공부할 때나 사회생활에서 자신이 일하며 먹고살아야 되는 먹거리 일의 기초를 성실히 쌓지 않고 미래에 대한 자신만 가지고 도전을 하며, 열심히 한다고 이리저리 뛰어다녀 보았으나 결국은 부모로부터 물려받은 재산도 지키지 못하고 타인의 유혹에 빠져서 범죄행위까지 하는 경우도 볼 수 있습니다.

심지어는 외국에서 일거리를 찾아본다고 많은 경비를 허비하며 수없이 다녔으나 결국은 세월만 허비하고 자신이 잘할 수 있는 일을 찾거나 정하지도 못하고 재산만 낭비하며 결국은 자신이 하려고 하는 일을 확실히 성공시키지 못하고 계속 방황하고 있는 모습이었습니다.

그러나 세상이나 어느 누구도 자신을 완성하지 못한 그 사람에게 이익을 가져다주는 경우는 없습니다. 모든 사람이 자신을 위해 살아가고 있고 타인에게는 나 자신이 배불렀을 때 도움을 주는 척하는 것일 뿐이며, 상대를 이용하여 자신의 배를 채우는 행위라는 것을 기본으로 알아야 하는 것입니다.

어떤 사람이 카페트를 외국에서 수입하여 도매를 하면 돈을 많이 벌 수가 있다는 말만 믿고 도매상가에서 카페트 도매상을 하면서 돈을 많이 벌어보려고 외국에서 카페트를 수입하려고 여러 사람에게 돈을 빌려다 물건 값을 치르고 카페트를 수입한 후에 지방 대리점에 물건을 깔고 물건 값이 송금되기를 기다렸습니다.

그러나 대리점주들은 카페트가 잘 팔리지를 않아 물건 값을 빨리 줄 수가 없어서 결국 도매상은 수금이 되지 않고 있었습니다. 대리점에서 물건이 잘 팔렸을 때도 돈을 자신이 먼저 이용하려고 핑계를 대며 카페트 값 송금을 차일피일 지연시키고 있었습니다. 그 가운데 다시 외국에서 카페트를 수입하여 판매하려고 했으나 대리점에서는 물건을 먼저 주면 카페트를 팔아 대금을 주겠다고 하여 다시 외상으로 카페트를 대리점에 보내주었으나 카페트 대금은 잘 수금이 되지 않았습니다. 그동안 물건 값을 꾸었던 인척이나 지인들의 독촉이 심하여 부채가 늘어나며 결국에는 타인에게 피해를 끼치면서도 사업에 큰 문제가 발생되기 시작했으나 남의 돈으로 사업을 시작하고 남에게 판매를 의지하고 있는 어리석은 사업에 불과한 것이었습니다. 결국은 돈을 꾸어 주었던 사람들의 고발로 인하여 사기에 해당하여 구속될 수밖에 없는 신세가 되었습니다.

카페트를 수입하여 판매하면 이익이 상당하다는 돈만 계산해 보며 유통 과정에서 자신의 약점과 문제점은 보지 못하고 돈을 차용하여 무리하게 사업을 하게 된 결과로, 돈도 벌지 못하고 인척과 지인들에게 돈을 차용하여 변제하지 못하여 결국 신뢰를 잃고 법원에 사기죄를 명목으로 고소를 당하는 신세가 되어 버린 것입니다.

결국은 자신이 꿈꾸던 사업은 아무것도 할 수가 없었으며, 타인에게 피해만 주고 몇 년을 버티지 못하고 사업을 그만두고 신용불량자가 되어 길거리의 신세로 전락된 것입니다.

사업을 시작하려면 자신이 사업을 잘할 수 있는 사람인지를 먼저 파악하고 능력이 부족하다면 그 사업에 맞는 사람이 되도록 노력하여 실력을 쌓은 후에 사업에 맞춤형으로 성장하였을 때 사업을 시작해야 합니다. 그러나 이익의 돈부터 먼저 생각하여 사업만 덥석 시작하여 자신의 리스크는 보지 못한 채 길 없는 가시 숲을 향해 가는 것같이 망하는 길을 가는 것입니다.

또 한 사람은 경험도 없이 식당을 하면 돈을 벌수 있다는 생각으로 시작하면서 인테리어 비용 등 상당한 돈을 투자하여 개업했으나 결국은 장사가 되지 않아 대책을 세워야 했으나 결국은 방법을 찾지 못하여 식당을 접어야 했습니다. 그러나 그 식당을 헐값에 인수한 사람은 그동안 다른 식당에서 월급을 받으며 식당 일을 충실히 하면서 경험을 쌓았던 사람으로 실패한 사람과 똑같은 식당과 같은 조건 아래 크게 성공을 거둘 수가 있었습니다.

어떤 사람들은 투자를 하면 고액의 이자를 받는다는 말에 속아서 작은 돈을 투자하였으나 고액의 이자를 2개월 동안 잘 입금해 주어 인척들과 지인들에게 돈을 차용하여 추가로 투자했다가 사기를 당했으나 원금에 문제가 발생했을 때 회수할 수 있는 방법이나 그 장치도 하지 않고 영수증도 받지 않고 돈을 투자하여 돌아올 수 없는 외길과 일방통행의 늪지와 낭떠러지 길을 가게 되는 것입니다. 상식적으로 요즘에 몇십 %의 이자를 받을 수 있다면 자신이 몰래 사업을 할 것이지 구태여 홍보하지 않을 것입니다. 또 홍보를 하지 않더라도 투자자가 많이 있을 것인데 많은 이익을 주겠다는 이유로 대대적으로 홍보하고 있다는 그 자체만으로 논리에 맞지 않는 사기인 것이나 처음에 돈을 가져가서 일정한 이자를 몇 달 동안 꼬박꼬박 주는 것을 믿고 너도나도 다른 사람의 돈까지 끌어다가 투자를 하여 큰 사기에 걸려드는 것입니다.

이 모든 것은 돈을 사랑하고 돈에 대한 욕심으로부터 시작되어 세상을 보는 눈이 멀게 된 맹인이 되어 버린 데서 시작된 것임을 명심해야 할 것입니다.

"디모데전서 6:8 우리가 먹을 것과 입을 것이 있은즉 족한 줄로 알 것이니라 9 부하려 하는 자들은 시험과 올무와 여러 가지 어리석고 해로운 욕심에 떨어지나니 곧 사람으로 파멸과 멸망에 빠지게 하는 것이라 10 돈을 사랑함이 일만 악의 뿌리가 되나니 이것을 탐내는 자들은 미혹을 받아 믿음에서 떠나 많은 근심으로써 자기를 찔렀도다."라는 말씀을 기억하고 자신이 하는 일에 기초부터 성실하게 성장시키지 않고 돈을 많이 벌어 보려는 생각은 아예 하지 말고 자신부터 한 걸음씩 착실하게 일에 성장하며 미래의 소망을 두고 선한 삶에 감사하며 살아가야 할 것입니다.

내 삶 속에서 실제로 있었던 일들을 몇 가지를 살펴보면 건설회사를 하고 있으므로 많은 일을 하여 돈을 많이 벌려는 생각은 끊임없이 머릿속에서 하고 있었습니다. 그때 대기업에 다니는 임원 중 한 사람이 영업을 잘하는 사람이 있다고 소개하여 회사에 회장 명함을 새겨 주고 근무하게 하였는데 사람도 잘생기고 영업을 잘하는 것 같았습니다.

그 사람은 우리 회사에서 영업을 1년 동안 하면서 제주도에 리조트 건설을 한다는 회사를 출입하며 우리 회사에 리조트 공사를 수주한다고 하면서 영업을 하였고, 나를 데리고 제주도 현장까지 답사를 하며 열심히 영업을 하는 듯했습니다.

그러던 어느 날 추석 명절 이틀 전 리조트 사업을 한다는 대표가 급한 소리로 전화를 하여 만났으나 갑자기 자신에게 많은 돈이 투자하여 들어오기로 되어 있었으나 그곳에서 명절 후에 투자를 하겠다고 하였고 그동안 수고한 직원들에게 명절 보너스를 주어야 하는데 여유가 없다고 하면서 직원들을 팔며 급하게 5천만 원을 차용해 주면 명절 직후에 꼭 변제하겠다고 하여 직원들을 생각하여 안타까운 마음에 5천만 원을 차용해 주었습니다.

그러나 명절 후에 알아서 주겠거니 했으나 소식이 없어서 전화를 여러 번 해도 받지를 않아 청담동 사무실을 방문했으나 그곳에는 이미 사무실을 다 치우고 깨끗이 정리가 된 상태로 회사의 흔적도 없이 모두 사라져 버린 후였습니다.

결국 경찰에 사기죄로 고소를 했으나 경찰에서 조사를 다 하고 결과적으로 하는 말이 5천만 원을 받아 우리 회사에서 영업을 하던 사람에게 1천만 원을 주어 나누어 먹었으니 이것을 회사에 변제로 보아 사기죄가 성립이 안 된다는 답변을 하여 5천만 원을 회수하는 것을 포기할 수밖에 없었습니다.

또 연세대학교 경제대학원에서 공부를 하면서 만난 사람이 자신이 미8군과 육군에 야채 식재료를 납품하고 있다고 말하면서 건설회사를 하고 있으니 미 8군 FED(태평양사령부) 공사를 해 보라고 하여 영어를 잘하는 직원을 몇 명을 고용하고 미8군에 등록하고 입찰을 시도했으나 많은 노력에 비하여 입찰이 잘 되지 않고 차일피일 날짜만 보내고 있었는데 그때 미 8군에 출입하는 사람을 소개하여 뇌물을 주고 입찰을 하면 잘된다는 말에 공사비 총액인 5백억 원의 입찰에 1%인 돈을 주고 입찰을 시도했던 적이 있었습니다. 그러나 결과는 잘되지 않았고 뇌물로 준 돈은 회수가 되지 않아 결국은 돈만 날린 셈이 되어 버렸습니다.

무엇 때문에 자꾸 돈만 허비하고 결과가 없는 헛수고를 계속하고 있는가를 생각해 보면 결국 돈을 사랑하여 돈에 대한 욕심이 앞서다 보니 내 앞에 잘못되는 리스크 관리는 뒷전이 되어 계속 문제가 발생하는 것입니다.

내가 운영하는 종합건설은 개성공단에서도 대지 3만3천㎡에 아파트형 공장을 연 면적 약 10만㎡(3만 평)을 건설하면 약 3백억 원 이상 큰 이익을 볼 수가 있어서 아파트형 공장 부지를 LH공사로부터 분양받아 아파트형 공장을 건설하던 중 남북 관계 경색되고 남쪽 정부의 일방적인 5·24 조치를 통해 전면 중단되어 골조 공사를 하다가 공사가 중단할 수밖에 없었던 일이 있었습니다. 이로써 약 200억 원의 손실을 보았는데 국가에서 개성공단 부동산을 담보로 잡고 이자 없는 대출 형식으로 약 41억 원을 지원받았으나 결국은 회사가 큰 손실을 입고 수년 동안 사업을 정상적으로 하지 못하였습니다.

무슨 일을 할 때마다 내가 스스로 모든 것들을 감당하고 그 일을 할 수 있는지를 파악하고 문제가 발생되었을 경우에 자기 능력과 힘으로 해결을 할 수가 있는지도 파악해야 했습니다. 그러나 자신의 능력이 그 일에 충분히 할 수 있는가를 파악하기보다는 결과적인 돈의 이익에만 욕심이 앞서서 먼저 이익금만 계산해 보고 문제점은 완벽하게 파악하지 않은 상태에서 사업만 시작하므로 실수가 계속되어 내 삶의 전체가 무너진 후에 알게 되는 것입니다.

많은 사람들이 사업에 운이 없다고 말하거나, 하는 일마다 안 된다거나 경기가 나쁘고 대통령이 국가 경제 운영을 잘못한다는 탓을 하는 등 자신의 무능은 인정하지 않고 자신의 행위가 옳은 척하며 변명만 하고 있으나 지금도 자신을 돌아보지 못하는 삶을 살고 있는 것입니다.

나 자신도 처음에는 순수하게 5천만 원을 제주도 리조트 사업을 한다는 사기꾼에게 빌려주었다가 사기를 당했는데 돈을 많이 벌려는 욕심에서 시작된 것이며, 두 번째도 미8군에서 큰 공사를 수주하여 돈을 많이 벌려고 한 무리한 금전적인 욕심에서 5억 원을 사기당한 것입니다.

또한 개성공단에서도 큰 프로젝트를 시행하여 큰돈을 벌려다가 더 큰 실수를 하며 해결하기 어려운 사태가 벌어져 회사 전체가 흔들리는 문제에 봉착하였던 것입니다.

큰 욕심을 내면 그만큼 큰 문제와 큰 손해를 보는 큰 사기의 피해를 당할 확률이 높습니다. 그러나 작은 일에 충실하여 하나씩 자신을 완성하여 한 계단씩 오르며 일에 완성을 하고 자신에게 맞는 성장을 해서 능력에 걸맞은 일을 성공하고 그 성공을 이루고 난 후에 돈이 자신을 따르는 구조를 만들어 가야 할 것이다.

모든 사람들은 "야고보서 1:15 욕심이 잉태한즉 죄를 낳고 죄가 장성한즉 사망을 낳느니라"라는 성경 말씀을 깊이 마음에 두고 삶을 살아야 하며 사업을 해야 할 것입니다.

결론을 말하자면 욕심을 내는 자는 결국에는 유혹에 빠져 죄를 범하기 쉬우므로 타인의 꼬임에 빠지기 쉽고 자신의 마음상태와 모습을 보지 못하며 자신의 능력을 과대하게 평가하여 거만하고 교만하여 타인의 말을 듣지도 않으며 무능한 자신을 자신이 생각하는 일에 잘 아는 것처럼 내세우며 결국 자신의 욕심에 빠져 미래를 보지 못하고 살게 되어 망하기 쉽다는 것입니다.

우리의 삶은 자신의 마음을 활짝 열어 두고 전문가들이 기록한 책이나 경험이 많은 사람들의 조언이나 세상에서 들려오는 어떤 이야기도 끝없이 배우고 또 배우는 자세로 경청하고 많이 들으며 만이 생각하고 말은 적게 하고 겸손하게 받아 들여야 할 것입니다.

심지어는 아무 잘못이 없는데도 모르는 사람이 갑자기 나에게 욕설을 할지라도 그 욕설을 하는 이유에서 배움을 터득할 수가 있어야 합니다. 배움이라는 것은 좋은 것에서도 배울 수가 있으나 잘못되고 망하고 죽음에 이르는 곳에서도 깨달을 수 있는 것입니다. 배움은 현재진행형으로 계속되기 때문인 것은 나는 계속해서 끝없이 변화하는 삶을 살겠다고 항상 생각해야 한다는 것입니다.

이스라엘 백성은 예루살렘 성전을 요르단 무슬림들에게 내어주고 성전 밖 통곡의 벽에서 매주 안식일이나 틈나는 대로 성벽을 붙잡고 통곡하며 기도하면서 끝없이 자신들의 과거를 회개하고 현재는 최선을 다하며 살며 미래에 대한 계획을 세우고 다짐하면서 전심전력으로 살아가고 있습니다.

이스라엘 민족이 끝없이 '통곡의 벽'을 찾고 자신을 돌아보며 위기의식과 경직된 마음과 하나님을 경외하는 마음으로 섬기며 살아가는 한 그 민족은 축복을 받고 살아갈 수가 있는 것입니다. 자신을 끝없이 돌아보고 살아가는 것 자체는 올바른 진리를 추구하고 공의와 질서의 정의를 행하며 살아가는 것이 되므로 절대로 망하는 이스라엘이 되지 않을 것입니다. 그래서 '통곡의 벽'은 이스라엘에게 축복의 벽이라고 해도 과언이 아닙니다.

이러한 끝없는 기도의 모습으로 살아가는 이스라엘 민족은 2/3가 사막의 땅이나 지금은 IT 강국으로 정밀한 무기를 생산하여 판매하고 있고, 성지 순례자들이 모여드는 관광 강국입니다. 또 갈릴리 호수에서 물을 끌어다가 사막에 농사를 지어 온 국토에서 올리브, 오렌지, 석류, 바나나, 포도 등 20여 가지 과일이 풍부하게 생산되는 농업 강국으로 유럽이나 중동 지방에 농산물을 수출하는 나라로 하나님께 축복받은 선진국으로 위대한 나라가 된 것입니다.

이와 같이 광야와 사막의 고난과 어려움을 극복하려고 끝없이 기도하게 하시는 하나님은 예루살렘의 성전을 아랍에게 내어주고 하나님께 쉬지 않는 기도를 하는 민족으로 바꾸어 주신 것이 위대한 진리의 영이신 하나님의 축복이라는 것을 기독교인이나 세상 사람들은 깨달아야 합니다.

"전도서 7:3 슬픔이 웃음보다 나음은 얼굴에 근심함으로 마음이 좋게 됨이니라. 4 지혜자의 마음은 초상집에 있으되 우매자의 마음은 연락하는 집에 있느니라. 5 사람이 지혜자의 책망을 듣는 것이 우매자의 노래를 듣는 것보다 나으니라"는 말씀으로 현재 삶의 어려움을 극복하며 항상 깨달음이 계속되는 사람은 겸손하고 생각을 많이 하며 함부로 말하지 않으며, 많이 듣고 신중하게 말하는 사람입니다. 계속 자신을 발전하게 하는 위대한 힘을 지닌 사람이라는 것을 축복으로 알아야 할 것입니다.

나는 어려서 어머니께 몇 차례 거짓말을 하면서 어머니께 죄송하여 수없이 깨닫고 끝없이 생각하며 교회에서나 홀로 세상을 살아가면서 수없이 눈물을 흘리며 하나님께 고백하며 반성하고 기도하고 변화를 시도하여 겨우 현재의 사업가에 이르렀으며, 어머니와 하나님께서 원하시는 선교를 열심히 하려는 사람으로 바뀌어 가고 있는 것입니다.

이제는 육십 대 중반이 넘어 칠십을 바라보며 물질에 대한 욕심을 내려놓고 이제까지 위기에서 나에게 베풀어 주신 하나님께 무한한 감사를 드리며 위대하시고 무한한 지혜의 진리 하나님께 보답하는 마음으로 돈을 벌어도 우리 주 예수님의 십자가 보혈이 나를 구원하여 주신 은혜에 감사하여 하나님께서 원하시는 이 땅에 영원한 복음의 일을 위하여 아름다운 미래 유산으로 남기고 나 자신도 복음 위에 영원히 살아남기를 원하여 복음의 일에 최선을 다할 것입니다.

- 쉽게 돈을 벌려는 욕심은 쉽게 사기를 당하고,
  쉽게 망하고, 죄를 범하기 쉽게 된다.
- 스스로 자신을 속이지 말라.
  그 속임으로 자신이 망하게 된다는 것을 알라.
- 욕심으로 완성하는 것은 쉽게 무너지나
  땀으로 완성한 것은 쉽게 무너지지 않는다.

- 귀한 것은 가장 먼저 내가 취하고
  배부르면 남은 것을 남에게 주는 것이 세상 사람이다.
- 세상에서 큰 이익금을 다른 사람에게 먼저 주려고
  홍보하는 멍청이는 아무도 없다.
- 자신을 바로 보지 못하고 깨닫지 못하는 사람은
  다른 사람의 꼬임에 큰 실수나 손해 보고 알게 된다.

- 끝없이 자신을 돌아보는 사람은
  유능한 스승을 모시고 살아가는 것과 같다.

17.
내 생애에 최대 사업 개성공단

내가 과거에 탈북자들을 도와주면서 그 후로는 항상 우리 민족은 꼭 통일이 되어 함께 살아야 된다고 생각하고 있었으며 지금도 그 생각은 변함이 없습니다. 그러나 북한 정권을 알고 중국과 북한 관계를 알고 북한 땅이 동서남북 사방으로 막혀 고립되어 있고 북한 주민들끼리 서로 감시하면서 또한 서로 통제를 당하고 살아가는 것을 알게 된 후에는 정치적으로나 지역적으로 통일이 쉽게는 되지 않을 것이란 사실을 깨달았습니다.

과거에 탈북자들을 도울 때만 해도 북한 정권이 곧 무너져 최소한 10년 내에 통일이 될 것이라고 확신했습니다. 북한을 향해 기도하면서 동해안 고성의 통일전망대, 판문점 땅굴, 파주전망대, 강화도 애기봉전망대와 압록강과 두만강까지 두루 다니며 통일을 계속 염원하며 북한 땅을 바라보고 많은 기도를 했습니다.

그러나 중국에서 북한의 두만강과 압록강 건너를 바라보면 온 산을 불태워 개간하고 텃밭을 만들어 식량난을 해결하고 북한이 핵실험과 미사일 도발을 하면서 남북통일의 길은 점점 좁아져만 가는 것 같습니다.

개성공단은 김대중 정부로부터 남북 간의 합의로 시작되어 노무현 정부까지 계속되어 개성공단 시범 단지가 완성되고 본격적으로 가동되면서 남쪽에서 높은 인건비로 제조업을 하는 기업들이 남쪽 인건비의 월 1/20도 되지 않은 인건비를 북한 근로자에게 지급합니다. 그래서 인건비가 저렴한 북한의 우수한 인력을 동원하여 물건을 생산할 수 있기 때문에 남쪽에서 인건비 상승으로 어려움을 겪고 있는 기업들이 개성공단에 들어가려고 눈에 쌍불을 켜고 있는 상태였습니다.

남북의 정상들이 회담하여 합의하고 LH공사에서 주도하여 개성공단을 개발하여 개성공단 아파트형 공장 대지를 분양한다는 공고를 보고 낙원건설주식회사도 아파트형 공장 부지를 사려고 토지 입찰에 응찰하여 약 1만 평의 대지를 14만 원/3.3㎡ 가격으로 전체 약 14억 원에 분양을 받았습니다.

아파트형 공장 부지 가격은 의외로 저렴하였고, 토지를 계약한 후 아파트형 공장을 분양받기 원하는 제조업 기업체를 가접수해 본 결과 개성공단에 입주하고자 하는 기업체 공장 면적이 약 20만 평이 넘어서 사업이 확실하게 성공할 수가 있다는 생각을 했습니다. 아파트형 공장 건설을 계획한 결과 약 3만 평을 건설하면 총 분양 금액이 약 1천억 원이었고, 북한의 저렴한 인력을 사용하여 건설을 하는 덕분에 이익금이 북한에 세금을 납부하고도 약 3백6십억 원이 예상되어 중소기업인 낙원건설의 입장에서는 대박 사건이라고 할 수가 있었습니다.

이 사업을 완료하고 이익금 중 200억 원 정도를 가지고 다시 평양과 남포에 북한 정권이 토지를 임대하고 낙원건설에서 외국인 공장을 세워 북한 인력을 사용하는 조건으로 공장을 분양한다면 북한의 경제를 깨우고 북한 사람들에게는 외국의 자유 세계를 자연스럽게 접하게 하는 등 북한 전체를 깨우고 후로는 통일의 길을 열어가는 기초가 될 것이라는 희망을 크게 갖고 부푼 기대로 설계하였던 것입니다.

앞뒤 볼 것 없이 긴급하게 설계를 완성하여 개성공단 관리위원회로부터 허가를 받았고 우리은행으로부터 PF자금 200억 원을 대출받고 회사 자금을 동원하여 공사를 착공하여 북한 인력 400명 남측 인력 50명을 투입시켜 골조 공사를 약 50% 공정을 달성하였을 때 분양도 순조롭게 진행되어 분양 초기에 50% 이상을 분양하게 되어 개성공단 아파트형 공장 사업은 순풍에 돛을 단 배와 같이 생각되었습니다.

노무현 정부가 퇴임 6개월 전에 북한 김정일 정권과 회담하고 개성공단 인력이 부족한 것을 해결하기 위하여 김정일 정권과 노00 정부가 회담한 결과, 개성공단에 기숙사를 건설하여 개성 시내에서 조달하지 못한 부족한 인력을 멀리에 있는 도시에서도 데려와 기숙사에 상주시키며 개성공단에 인력을 풍부하게 공급하여 개성공단을 활성화하려고 했습니다.

그러나 노 정부의 남북 간의 약속을 정권이 바뀐 이 정부에서 지키지 않고 전면적으로 이행을 거부하는 정책이 표면에 드러났습니다. 설상가상으로 금강산에서 우리 관광객이 피격되는 사건이 발생하여 급기야 남북 관계가 경색되고 일시적 개성공단 출입이 제한되기까지 이르렀습니다.

일련의 사태로 우리 회사가 분양하여 공급하는 아파트형 공장에 입주하겠다는 회사가 하나둘씩 계약을 포기하고 개성공단의 위험성을 깨닫고 계약금을 돌려달라고 하는 사태가 계속 벌어지게 되었습니다.

그래서 분양을 받은 업체 전체에 개성공단 아파트형 공장 입주 가부에 대한 설문서를 돌려 전수조사를 해본 결과, 북한에서 공급하는 인력의 문제로 개성공단 입주를 두려워하는 업체들의 많다는 것과 남북 경색 문제 등을 기준으로 판단 아래 아파트형 공장 건설을 계속하는 것은 엄청난 리스크가 발생될 소지가 있다는 것을 파악하였습니다.

그 후 매일 새벽기도에서 하나님께 개성공단 사업을 계속해야 되는지를 목표로 매달리며 기도를 하고 응답을 받은 결과, '공사를 중지하고 철수를 하라'는 하나님의 뜻대로 현장에 철수 지시를 내렸습니다.

그러나 개성공단에서 철수하는 문제는 간단한 문제가 아니었습니다. 이미 투자 금액이 200억 원 가까이 이르렀고, 하도급 업체 정산과 북한 인력 400명을 돌려보내고 그동안 손실을 어떻게 처리해야 하는지 막막했던 것입니다.

현재까지 이미 투자된 자금은 회수할 길이 없어서 큰 손실이 예상되므로 우리은행에서 PF로 차용한 돈을 변제하는 일은 회사에 큰 손실이며 회사 사활이 걸린 중대한 문제로 표면화되었습니다.

그러나 만약 개성공단 아파트형 공장 건설을 계속한다면 회사 자체가 소멸되는 더 큰 문제가 발생하여 낙원건설은 완전히 파산을 해야 했기 때문에 최소한으로 회사가 망하는 것은 피해야 한다는 절박한 심정으로 과감히 철수 결정을 할 수밖에 없었던 것입니다.

이 결정은 정말로 쉽지 않았으나 하나님께서는 새벽에 기도를 할 때마다 공장 건설을 멈추고 철수하라는 말씀을 확고하게 주셨고, 기도하는 시간과 날짜가 거듭될수록 그 말씀은 강력하였습니다.

그러나 회사 개성공단 담당 부사장과 다른 사람들은 공장 건설을 계속하자는 간곡한 의견을 제시했습니다. 그럼에도 불구하고 하나님께서 주신 말씀대로 철수 결정을 내린 결과, 지금도 나와 함께 하시는 하나님께 감사에 또 감사를 드릴 뿐입니다.

공장 건설을 멈추고 철수를 한 후에는 날마다 우리은행 본점 여신부와 PF자금을 변제하라는 독촉과 함께 씨름을 해야 했습니다. 우리 회사는 담보 여유가 충분하여 PF이자를 잘 내고 있고, 원금도 일부씩 계속 상환할 수 있었습니다.

우리은행은 담보로 붙잡고 있는 우리 회사 자산과 개인 재산이 현 시가로 약 600억 원이며 공시지가로 계산하여도 460억 원이었습니다. 이에 근저당을 설정하여 주었기 때문에 차고 넘치는 담보인데도 대출만큼의 담보를 제외하고 나머지 담보를 풀어주지 않고 PF자금을 단돈 1원이라도 다 변제하지 않으면 담보를 하나도 풀어 주지 않겠다는 것이었습니다.

PF 대출 당시 우리은행은 우리 낙원건설에 빌려준 돈이 북한의 PF 1호라고 하여 하나은행과 경쟁에서 밀리지 않기 위하여 여신부장이 내가 회사에 출근도 하기 전에 회사 정문에서 아침부터 기다리면서 금리 경쟁까지 하여 시중 은행의 평균 금리가 약 5.5%일 때 4.07%라는 낮은 금리까지 제시하며 PF를 유치해 놓고 남북이 경색되고 사업을 중단되자 차고 넘치는 담보를 잡고도 낙원건설이 당장 망하는 것처럼 괴롭히고 나쁜 짓을 했던 것입니다.

우리은행이 담보를 풀어주지 않는 횡포를 계속하여 4년 동안 다른 개발 사업을 할 수가 없어서 국가 공사만 하며 많은 고민을 하다가 우리은행 행장 개인 집으로 반 욕설을 쓴 내용증명을 4장 보냈습니다. 은행장 자택으로 보낸 내용증명을 은행장이 읽어보고 지시하여 부행장이 직접 사과하고 그제야 담보를 일부 풀고 이자율도 낮추어 주었습니다.

남북 간의 문제로 어려워진 기업을 도와주기는커녕 오히려 PF자금을 한 푼도 남김없이 다 변제하기 전에는 담보를 하나도 풀어 주지 않겠다고 하는 은행의 횡포를 생각하면 그 '갑' 질은 갑질 중에 갑질이었습니다.

그 후 회사의 재산을 헐값에 팔아 PF자금을 변제하느라 200억 원이 넘게 개성공단 아파트형 공장 건설에서 손해를 보았고, 그동안 국가 공사에서 얻은 모든 수익을 부채 변제에 사용하여 8년 만에 PF자금을 모두 변제하였습니다. 이로써 낙원건설은 다시 원점에서 출발하게 되었습니다.

그 후 이 정권에서 박 정권으로 바뀌고 북한은 계속되는 핵실험과 미사일을 발사하면서 박 정권은 2015년 5월 24일 일방적으로 개성공단에서 모두 철수하라는 지시를 하여 개성공단에서 사업을 하고 있는 모든 기업이 100% 철수하여 결국 개성공단이 중단되고 그 후에 정부에서 일부 지원하게 되었습니다.

우리 낙원건설은 철수 후에 기업이 너무 어려워 수출입은행에 보험금조차도 납부하지 못하였으나 보험이 가입되어 있었다면 70억 원을 지원받을 수가 있었으나 가입되지 않았던 관계로 1/2인 35억 원을 지원받았고, 그 후 추가 지원으로 6억을 더 지원받아 총 41억 원을 받았습니다.

개성공단 아파트형 공장의 실패는 개인적인 잘못으로 투자하여 실패하였다고 하기보다는 남한 정부의 정권이 바뀔 때마다 정부 방침이 변하고 북한 정권이 정치적으로 개성공단을 이용하는 더 큰 문제라고 보아야 할 것입니다.

먼저 첫 번째 문제는 북한 정치는 태생적으로 3대 부자간 세습체계 내에서 독재정권을 유지하려는 것 때문에 어떠한 남북 간에 협의나 타협이 권력에 조금이라도 손상이 가는 것을 막아야 하므로 협상이 어려운 구조입니다.

한편 대한민국 정부는 여야의 정권 교체가 5년마다 일어나고 자유 민주주의 정치의 특성상 각 당마다 북한을 적당히 적대시하면서 국민의 여론을 정권에 집중하도록 북한을 이용하려는 것이 문제입니다.

서로가 한 민족이라는 관점에서 깊은 대화를 하는 것이 아니라 서로 정치적으로 이용 대상으로만 생각을 했지 통일에 관한 대화는 정권 대대로 일관성과 지속성이 없고 정권이 바뀌는 정치 구도에서 그때그때마다 바뀌고 또 서로 다투는 정치 체제에서는 개성공단의 안전한 성공은 기대하기 어렵기 때문입니다.

두 번째 문제는 개성 시내의 인구가 15만 명 정도로 인력을 중심으로 운영되고 있는 개성공단에서 개성 시내에서 공급할 수 있는 인원이 고작 약 5만 명이라는 점입니다. 이에 개성공단에 인력이 부족하여 주변 군 지역에서까지 3시간 거리에서 인력을 수송하여 출퇴근을 시켰으나 개성공단에서 원하는 인력의 1/3 정도를 공급하는데 그쳤습니다. 입주한 공장이나 입주하려는 기업도 인력 문제를 가장 심각한 문제로 꼽았습니다. 현재 개발된 개성공단 전체를 가동하려면 15만 명 이상이 필요한데도 실제로는 5만 명 정도만 나오는 것이 현실입니다.

당장 우리 회사에서 건설하고 있었던 아파트형 공장의 필요한 근로자들만 해도 1만 명이나 되어 인력 부족은 개성공단의 정치적인 문제와 함께 큰 문제점으로 하나의 이슈였던 것입니다.

다행스러운 것은 야당이 북한과의 적정한 관계로 평화통일로 가는 것을 목표로 남북한 교류 활성화를 위하여 개성공단과 금강산 관광을 함께 하였으나 금강산 관광은 북한 주민들의 접촉이 적어서 북한을 깨우고 북한 국민들을 변화시키는 데는 효과가 미비한 반면, 그에 소요되는 비용은 엄청나게 큰 돈이 들어갈 수 밖에서 문제가 있습니다.

그러나 개성공단은 5~15만 명의 근로자를 직접 상대하는 것보다는 개성 시내와 그 주변 군들의 인구와 주변 군인들까지 직접적으로 영향을 미치므로 100만 명 이상 500만 명의 북한인들을 깨우치는 엄청난 효과가 있을 것입니다.

그러나 북한 정권은 자신들에게 경제적으로 큰 이익이 되는 개성공단마저 정치적으로 이용하고 남측 정부에서는 이런 것들을 효과적으로 상대하지 못하고 적대적으로만 생각하여 서로 담을 쌓아 남북 관계가 점점 멀어져만 가는 것이 안타까운 현실입니다.

우리 민족이 하나 되기 전에 남한부터 여야 정치의 당리당략의 형태에서 국가를 위한 진실과 올바른 정치로 바뀌어야 할 것이며 지방 간의 이질감부터 화합으로 바꾸고 모든 국민이 함께 할 수 있도록 마음을 같이해야 합니다. 여야가 바뀌어 대통령이 달라지더라도 전 정권에서 실행하였던 일들을 2/3 정도 이상은 받아 들여 연속적인 행정과 외교정책을 계속 펼쳐 국민들이 혼선이 없도록 하여야 할 것입니다.

한반도의 정세는 남한은 5년마다 정권이 바뀌면서 정권을 잡은 당에서 공약으로 발표한 것과 당에 유리한 정책만 하려다가 국가의 지속적인 정책이나 발전도 뒤로하고 남북 관계에서도 제자리걸음만 하고 있는 것이 사실입니다.

북한은 한 정권이 계속되어 전쟁 준비를 위한 무기 개발이 일사불란하게 진행되어 핵무기와 대륙 간 탄도미사일 개발을 완료하였습니다. 미국도 정권이 계속 바뀌는 상태에서 협상을 하고 있고, 중국이 북한을 경제적, 정치적으로 조종하여 북한에 있는 일부 핵무기를 감추고 협상할 것이 예상됩니다. 결국 회담이 쉽지는 않을 것입니다.

따라서 먼저 핵물질을 생산하는 것을 중단하게 하고, 그 후에 보유하고 있는 핵을 없애도록 회담을 하여야 할 것이라고 생각합니다.

미국과 북한이 협상은 할 것이나 북한의 핵무기 제거는 완벽하게 이루어지지 않고 지연되거나 미국이 이용당할 가능성이 큰 것이 문제입니다. 공산권은 점점 단합이 잘되어 가고 있으나 민주주의 국가들은 모든 정책 결정과 실행까지 시간이 많이 소요되어 국가 위급시에 대처 능력이 떨어질 수밖에 없기 때문에 이에 대한 보완이 시급한 상태인 것입니다.

그러나 하나님의 진리가 세상을 통제하고 있어서 악의 세력들이 처음에 잠깐 이길지는 몰라도 결국은 진리의 하나님께서 세상의 악을 물리치시고 하나님을 믿는 선한 사람들이 세상을 정복하여 점유하게 될 것이라는 것을 확실하게 믿습니다. 세상 모든 믿음의 형제자매들이 하나님의 뜻에 함께하며 진리의 하나님의 뜻에 따라야 진리 안에서 나오는 공의로운 세상으로 변하여 하나님을 믿는 백성들이 평안과 기쁨으로 살아가게 될 것입니다.

• 북한 정부는 자체적으로 쉽게 무너질 수 없는
정치와 지리적인 조건을 가진 나라이다.
• 북한은 지리적으로 사방이 막혀 고립되어
자체적으로 국민들을 통제하기가 쉽다.
• 북한은 중국의 정치와 경제적인 요구대로
이용당할 수 밖에 없으므로
중국의 정치와 경제적으로 속국일 뿐이다.

• 우리의 할 일은 북한 국민과 교류하며
깨우는 일과 변화에 초점을 두어야 한다.
• 민족 간의 교류는 인내하며 변함없이 꾸준히 계속하면
언젠가는 기회가 올 것이다.
• 모든 일의 결과는 하나님께 맡기고
자신의 현재의 일에 전심전력을 다하여 살아야 한다.

18.
기도로 하는 개발 사업

종합건설을 운영하면서 미래의 꿈은 고양시 일산구 장항동 MBC 사옥에서 가까운 번화한 곳에 낙원프라자 빌딩을 약 1,6500㎡를 건설하여 약 400억 원으로 분양하여 그 수익으로 서울 시내에 종로, 청계천, 을지로 등 노후화된 건물을 철거하고 주상복합 고층 건물을 건설하여 분양하려는 사업으로 도심을 새롭고 아름답게 만드는 재개발사업이 꿈이었으나 분양이 지연되면서 방향이 바뀌어 개성공단에 눈을 돌리게 되었던 것입니다.

낙원건설이 개성공단을 들어가게 된 것은 낙원프라자를 완성하고 분양하고 있을 무렵에 북한 사업을 하였던 지인의 소개로 개성공단 아파트형 공장을 들어가려고 대기하고 있는 제조업 기업체가 수백 개 업체가 된다고 하면서 아파트형 공장을 분양하면 대박을 터뜨릴 수가 있다는 소식을 접하게 되어 개성공단을 선택하였던 것입니다. 그러나 남북 관계의 특수성을 잘 몰랐고, 결국 문제가 되어 내 인생에서 돌이킬 수 없는 실수를 범하였던 것입니다.

사업이나 어떤 길을 갈 때에는 타인의 생각을 기준으로 하는 것이 아니라 미래 방향을 자신이 잘 아는 범위 내에서 확실하게 분석하고 사업의 리스크를 사업하기 전에 정확히 확인하며 자신의 완벽한 경험을 토대로 분석하고 돌다리도 두들기는 방법으로 가야 성장은 더디더라도 실패의 확률이나 리스크를 줄일 수가 있을 것입니다.

그러나 눈앞에 보이는 이익이나 항상 주변에서 들려오는 솔깃한 소리에 순간의 이익만 생각하고 장래의 안전한 길이나 일반 상식에서 벗어나 일을 그르치는 것이 큰 문제입니다.

결국 모든 것들이 자신이 빨리 성장하여 성공하기 원하는 욕심의 문제로 보아야 할 것입니다. 개성공단 아파트형 공장 사업의 실패가 국가에 의한 남북 관계 정세를 탓한들 누워서 침 뱉기 식으로 무슨 소용과 이익이 있겠는가? 결국은 모든 잘못된 일들의 결과를 나 스스로 책임져야 하며 다시 시작도 스스로 해야 합니다.

개성공단의 아파트형 공장 실패의 문제는 남북의 정치적 관계로 발생되었고, 개성공단 전체 철수도 국가에서 결정하였으나 그 책임은 개인이 져야 하는 이유는 법적인 판단은 개성공단 투자의 선택은 개인에게 있다는 것이나 지금까지 모든 사람들의 상식적인 대답은 국가에서 책임을 져야 한다고 합니다. 이제 개성공단에 투자하기 전 내 위치로 돌아왔으나 손에는 현금이 부족하였고, 내가 보유한 수백억의 재산에는 은행에서 근저당이 되어 있어 움직일 수 있는 여력이 없었으므로 결국은 몇 년의 세월을 은행 부채를 해결하며 시간을 보낼 수밖에 없게 되고, 결국 회사 성장이 지연되었습니다.

또 전라남도 무안군 일대에 약 600만 평을 개발하여 무안기업도

시를 건설하는 회사에 30억 원을 투자를 한 것도 있었는데 약 400억 원의 토목공사의 지분을 받고 토목공사를 완료하고 토지를 분양하게 되면 나중에는 투자금의 배당까지 돌려받는 좋은 조건이었습니다.

그러나 미국의 리먼브러더스 금융 사태 이후 낙원건설, 중국투자유한회사, 두산 중공업, 전남개발공사, 벽산건설, 무안군, 농협중앙회(농협은행) 등이 총 자본금의 10%인 1천5백4십억 원을 은행에 예치하고도 이 정부 때 PF금융의 불승인으로 PF자금을 사용할 수가 없어서 결국은 1조 5천4백억 원의 사업이 무산되면서 무안기업도시를 건설하고 설립된 대규모 개발 회사인 (주)한중미래도시개발이 파산하게 되었습니다. 이로써 이에 주주로 참여한 낙원건설도 약 15억 원의 손실을 보는 결과가 초래되었습니다.

사업에 손해를 크게 본 것은 두 가지 다 정부와 관련된 것들이나 정부는 책임은 아무것도 없었습니다. 결국 이 모든 사업의 투자가 잘못된 것을 나 자신의 욕심으로 돌리고 정부는 원망하지 않기로 했습니다.

다만 대한민국 정부를 상대로 손해만 본 것이 아닌 것은 국가에서 발주하는 공사를 매년 많게는 100억이 넘는 공사나 작은 공사를 수주할지라도 과거에 원가를 잘 관리하여 이익을 본 것처럼 PF이자를 감당하고도 남는 장사를 했으며, 은행에 근저당은 되어 있으나 보유한 부동산에서 월 1억 원 내외의 임대 소득으로 수익을 창출하면서 부동산 가격은 상승되고 있으나 과거보다는 더딘 성장을 하고 있었다는 것입니다.

또한 죽으란 법이 없다는 말이 있듯이 박 정부가 전면적으로 개성공단을 중단하는 5·24조치를 하면서 보험도 가입되어 있지 않은 우리 회사에게도 약간의 지원 길이 열려 과거에 오래되어 폐기된 서류는 제외하고 85억 원 정도는 인정하였고, 다만 보험을 가입하지 않았다는 이유로 보험 가입 최고 금액의 70억 원 중 1/2인 35억 원과 후에 추가로 6억 원을 지원받아 사업에 작은 숨통이 트이기 시작했습니다.

그동안 국가 공사를 하여 수익을 창출하였으며 정부에서 개성공단 기업체에게 지원되는 자금으로 2동탄 신도시에 상업용지를 매입하고자 은행에서 대출받아 대지를 매입하고 설계한 다음 건축을 하여 수익을 내기 시작했고, 1차는 분양 완료하여 2차, 3차 계속 개발 사업과 부동산을 통해 약 100억 원 이상의 수익을 낼 수 있었습니다.

그러나 개성공단에서 실패하고도 사업을 망하지 않고 계속 성장하는 것은 하나님의 은혜로 항상 지혜를 주셔서 어렵고 문제가 터질 때마다 해결 방법을 주시는 하나님께 간절히 기도하면서 해답을 찾았던 것입니다.

내가 사업하는 것을 본 많은 사람들은 주 사업이 건설공사를 하여 수익을 냈을 것이라 생각하지만 그것은 잘 모르고 말하는 사람들입니다.

사업 초기에 단종건설회사를 경영하면서부터 계속 여러 곳의 종합건설회사로부터 수년간 턴키 공사를 하청받아 공사를 하였지만 종합건설회사의 경영이 얼마나 허술한지 원청 건설회사를 통해 많이 터득을 하였습니다.

그들은 우리 회사에 공사를 턴키로 하청을 주면서 공사비 총액에서 부가세와 보험료를 제외한 금액에서 5~8%의 부금으로 공제한 다음 총액으로 하청을 주었지만, 우리 회사는 종합건설회사에 부금을 주고도 추가로 15~20%를 남겨서 그들보다 약 2~3배 이익을 더 남겼습니다.

국가 공사를 수주하기 위하여 얼마나 많은 노력을 해야 하는 것인지 잘 아는 나는 한 건의 공사라도 철저한 원가 절감의 노하우와 공사 부분별 일위대가를 철저하게 분석하고 자료화하여 저렴하게 공사하는 방법을 체질화시켰던 덕택이었습니다.

우리 회사에 공사 하청을 준 종합건설회사들 중에는 10여 년 동안 대부분 회사가 부도가 나서 사라지고 있는 때에도 우리 회사는 여러 회사로부터 많은 어음을 받았으나 부도를 한 건도 맞지 않을 정도로 원청 회사를 잘 관리하였습니다.

그 원인은 그들의 결제가 지연되거나 원청 회사에 조금만 문제가 발생하여도 예사로 보지 않고 날마다 리스크를 관리하기 위하여 기도하며 종합건설회사의 운영 관계를 상세하게 파악하며 공사가 마무리되면 문제가 있는 회사는 곧바로 거래를 중단하고 새로운 회사를 찾아 수주를 하여 사업은 계속하였으므로 우리 회사는 성장을 계속하였으나 일을 공급한 종합건설회사는 우리 회사에서 거래를 중단하면 대부분 1년 이내에 부도가 났던 것입니다.

그러나 우리 회사와 부도는 상관이 없었던 것은 먼저 하나님께 계속 기도를 하며 하루하루 거래를 철저하게 점검하며 사업을 하였으며, 우리 회사에 일을 공급한 종합건설회사 임원으로부터 회사 내용도 파악을 항상 파악하고 있었으며, 신용을 확보하고 있어서 새로운 회사 영업도 하지 않고 공사를 계속 받을 수가 있어서 걱정이 없었기 때문이었습니다.

내 머릿속은 단종 회사에서 근무할 때부터 부분 하청을 받았을 때 생산과 현장 공사를 완벽하게 하여 수익을 많이 냈는데도 대표이사 경영 잘못으로 부도가 난 것을 철저하게 마음에 새긴 것을 내가 운영하는 회사에 적용시켜 튼튼한 경영을 하였으므로 위기 관리를 잘하였던 것입니다.

내로라하는 1군 건설회사 청구주택, 라이프주택, 건영, 유원건설 등이 수많은 아파트 공사를 하여 크게 성장하였으나 결국은 대부분 쓰러졌고, 우리나라 건설 1위 현대건설까지 위태하여 공적 자금을 받는 것을 나름대로 분석하여 마음에 새기고 건설회사는 키워 놓으면 공사에 대한 수주나 관리에 한계가 있으며 경기가 하락할 때는 건설회사가 가장 빨리 어려워진다는 것을 철저한 이론으로 숙지하였습니다.

건설회사는 결국 고스톱이나 포커와 같은 도박같이 항상 투자할 때마다 있는 모든 자본을 욕심으로 올(ALL) 투자하기 쉬우므로 100번을 성공할지라도 한 번의 투자 실패로 망할 수밖에 없는 것이 건설 투자 구조입니다. 한마디로 대형화된 회사의 앞날을 불경기에 예측할 수가 없는 것이 건설업인 것입니다.

그러므로 건설공사를 열심히 하여 자금이 여유가 있으면 그때마다 부동산을 연구하여 부동산 개발을 하여 임대 소득을 올리도록 안정화하였고, 건설의 불확실성을 부동산으로 옮겨 투자함으로 인하여 부동산 값이 시간의 흐름에 따라 오르며 월세를 받는 구조로 재산이 저절로 불어나는 시스템을 갖추어 사업의 안정을 극대화하였습니다.

빌딩 사업을 할 때에는 부동산의 담보 값어치가 상승하여 처음 매입 원가 이상을 은행에서 대출받고도 그 부동산에서 월세 수익도 창출하므로 이자 걱정은 할 필요가 없는 등 부동산으로 사업 베이스를 구축하여 위기를 극복하는 것이 건설 사업을 하는 사람으로서 가장 안전한 방법입니다. 결국 불확실한 건설업을 부동산이 뒷받침하고 있는 것이라고 말할 수가 있는 것입니다.

개성공단 아파트형 공장 공사에서 큰 손해가 발생하여 사업의 위기가 왔을 때도 부동산의 담보 가치와 계속적인 부동산의 가격 상승과 임대료 수익이 많이 나오고 있었기 때문에 버틸 수가 있었던 것이 사실입니다.

사업이라는 것은 경기를 타고 수주 활동이 잘 안 될 때 굴곡이 있어서 리스크가 크게 발생되지만 부동산은 경기가 후퇴하여 문제가 될 것 같으나 거래만 주춤하고 가격이 떨어지는 것 같지만 임대료는 크게 변화가 없으며 그때가 부동산 가격을 마음대로 깎고 저렴하게 구입할 수 있는 절호의 찬스이며, 경기가 상승할 때에는 급격하게 상승하므로 긴 세월을 평균화해 보면 부동산은 결국 완만한 상승이 계속되고 있는 것을 볼 수가 있는 것입니다.

부동산이라는 것은 말 그대로 경기가 바닥일 때 구매하여 기다리면 좋은 결과로 돌아오게 된다는 이론으로 경기가 바닥을 칠 때 부동산을 적극 매수하여 개발하는 것이 옳은 절약인 것이나, 한 가지 조심을 해야 할 것은 은행에서 너무 과다한 융자를 받으면 위기 관리가 어렵다는 것도 알아야 합니다.

보통 일반 사람들은 가격이 상승할 때 상투에 매입하고 떨어질까 걱정하며 살아가지만 전문가는 부동산이 떨어지기만 기다리다가 최악의 순간에 가격을 내고 하면서 매입하는 전략을 세워야 하다고 조언합니다. 결국 부동산은 공부를 많이 하고 발품을 많이 팔면서 부동산 가격 흐름이 몸에 체질화시켜 기다릴 줄 아는 사람이 세월이 지나면서 돈을 벌수가 있는 것입니다.

사업 이론도 이와 비슷한 것은 경기가 좋을 때 사업 분석을 하면 경기가 좋은 상태이기 때문에 분석 결과가 좋겠지만, 경기가 후퇴하면 역으로 손실을 입게 되나 경기가 바닥일 때 어려움을 기초로 분석을 하면 사업성이 잘 나오지 않을 수가 있으나 경기가 바닥인 상태로 분석이 나오고 어려운 상태에서 일어나려고 사업을 열심히 하다 보면 경기 상승이 일어날 때는 덤으로 상승 효과에 대한 보너스가 주어지게 됩니다. 그러므로 실패의 확률이 그만큼 줄어든다고 해야 할 것입니다.

개성공단에서 큰 손실을 보았지만 부동산 개발을 하여 보유한 부동산이 효자 노릇을 톡톡히 하였으며, 그 부동산에서 나오는 수익과 국가 공사에서 원가를 절감하여 이익을 잘 내어 PF이자를 감당하고도 계속 성장할 수가 있었습니다. 내가 하고 있는 사업은 부동산이 강하게 뒷받침하고 있었기 때문에 수익하고 있는 월세나 부동산 상승 효과는 개성공단의 손실을 충분히 메꾸기 시작했습니다.

사업하는 전체 수익 중 중·장기적으로 성장과 이익금을 분석해 보면 시간이 흐를수록 직접 하는 건설 사업보다는 부동산 개발 후 수익에서 더 큰 성장과 안정을 가져다주었으며, 일반 건설공사보다 몇 배나 더 큰 이익을 가져다주었으므로 사실은 부동산을 중심으로 투자를 하는 개발 사업가라고 해야 맞을 것입니다.

내가 투자했던 부동산을 몇 가지 살펴보면 이사를 창동에서 전세를 살다가 강남 일원동에 주택을 채권 입찰을 하여 구매하여 3배를 남기고 다시 서초구 염곡동의 주택을 구입하여 이익을 남기고, 다시 용인시 기흥구 보정동 동아 솔레시티를 구매하여 3배 가까이 이익을 남기고, 다시 죽전동 단독주택을 신축하여 매매를 하고 이사를 하면서 이익을 조금 남겼습니다. 현재의 용인시 기흥구 하갈동에 1,500㎡의 주택을 개발하여 이사하기까지 주택을 매매하면서 여러 번 이익을 남기도록 주택을 구매하고 매매도 잘하여 이사를 통해 계속 이익을 남기고 돌아다닌 셈이며, 현재의 주택은 서울 아파트 32평 값으로 1,500㎡ 고급 전원주택 생활을 하면서 여유 있게 살고 있는 것입니다.

빌딩 투자에서는 IMF가 왔을 때 우리나라 대부분 기업들은 그동안 어음을 발행하여 사업을 하면서 갑자기 어음 거래가 막히면서 현금을 확보하느라 부동산을 50~70% 이하에 저렴하게 헐값으로 버리다시피 하면서도 매각을 하지 못하여 안달이 났던 것이 사실이었습니다.

그러던 중 외국인이 국내 부동산에 투자를 하려고 해도 외국법인이 비업무용 부동산은 매입이 불가하다는 우리 정부의 규제로 국내에 달러 자금 투자가 비업무용 부동산은 매입할 수가 없어서 국가에서 비업무용 부동산 규제를 전면적으로 해제하게 되었습니다.

개인적인 분석은 IMF가 우리나라 돈이 없어서 생긴 것보다는 모든 기업이 어음으로 사업을 하는 구조나 정치적인 금융 관리의 시스템 문제라는 것을 나는 먼저 알아차렸습니다. 그래서 과감하게 다른 사람들과 반대로 은행에서 자금을 차용하여 투자를 시도하였고, 그것이 적중하여 부동산 투자에서 성공하여 남들이 생각하지 못하고 상상도 할 수 없는 부동산 투자의 성공의 길을 열어 갔던 것입니다.

강남에서 95억 원 가는 빌딩을 은행에서 24억 원을 대출받고 내 돈 8억 원과 함께 32억 원에 매입하여 매월 1억 원의 월세를 받다가 3년 후에 다시 65억에 되팔아 3년간의 수익은 세금을 공제하고 약 50억의 수익을 올리는 저력을 과시하였습니다.

그 외에도 몇 건의 거래와 내가 강남에 살면서도 수도권 부동산을 항상 파악하고 용인시 신갈 고속도로변과 국도변에 있는 농지 약 2,000평을 15억에 매입하여 자동차 정비 공장으로 개발하여 보증금 5억에 월세 약 3천만 원을 받고 있으나 지금은 약 150억 원 이상의 10배의 시세가 형성되고 있습니다.

지금도 보유하고 있는 빌딩 하나는 경매로 65억 원 하던 목욕탕을 21억 원에 매입하여 17억 원을 대출받고 목욕탕을 모두 철거하고 병원에 임대하여 보증금 3억 원을 받고 월세를 2천5백만 원을 받는 구조를 만들었습니다.

실제로 투자한 돈은 융자와 보증금을 빼면 등기 이전비와 철거비를 합하여 약 3~4억 원을 투자하고 1년에 3억의 수익을 올리고 있는 것이며, 부동산을 구입할 때에는 낮은 금액으로 매입하였으나 매각할 때에는 수익성이 있는 건물로 만들어 매각하므로 많은 이익을 볼 수 있는 것입니다.

많은 사람들은 열심히 일하여 수익을 올린 후에도 계속적으로 일만 하는 것이 사업이라고 생각하는 자체는 문제가 있습니다. 사업이 어느 정도 성장하고 난 후에는 반드시 사업이 안정되도록 안전한 재산을 확보하거나 부동산을 개발하여 운영하면서 본 사업의 안정화까지 이루는 것이 정도의 사업이라고 볼 수 있는 것입니다. 대기업이나 보험회사들도 대형 부동산을 매입하여 사업 안정화를 하면서 새로운 투자처를 계속 찾는 것이 사업의 기본이라는 것을 알아야 합니다.

1차 산업에서 사람 손으로 하나하나 움직이던 것을 소나 말이 실어 나르고, 그다음 2차 산업에서는 자동차나 기차가 실어 나르고, 그다음은 비행기가 실어 나르고, 그다음은 인터넷이 발달하는 과정에서 지금은 하나의 시스템이 기업을 이끌고 가고 있습니다. 즉 빅데이터라든지 인공지능이 사람을 통제하며 사람은 인공지능의 시스템의 프로그램에 따라서 일을 할 뿐인 시대가 시작되었다는 것입니다. 따라서 계속 발전하는 삶 속에서 경제의 발전과 흐름에서 벗어나면 도태된다는 것을 알고 살아야 할 것입니다.

또한 빅데이터나 인공지능(AI)보다 더 중요한 것은 하나님의 진리 말씀의 질서입니다. 지금도 그 말씀이 우주 만물의 최상위에 존재하여 태양이 매일 뜨고 지며 사계절의 흐름이 창조의 질서에 따라 계속되고 있는 것이므로 하나님의 진리 말씀대로 실천하며 살아야 하는 것입니다.

한마디로 급격하게 변화하는 경제의 열차에 탑승하라는 말씀을 드립니다. 작은 새의 날개는 쉴 틈 없이 날갯짓을 해도 멀리 날거나 높이 날 수가 없으나 높이 날고 멀리 보는 독수리가 날갯짓을 하지 않고도 바람을 타고 하늘을 유유히 날 수 있는 것처럼 바람 위에 날개를 실어 바람을 이용하는 전략으로 시대의 흐름을 빨리 파악하고 그 흐름의 열차에 탑승하여 저절로 이용하는 사람이 사업에도 크게 성공하기 쉬운 것입니다.

개발사업도 이와 같이 경제의 흐름을 따라 미래 전망을 파악하고 먼저 개발하여 월세를 받으며 시간의 흐름에 따라 기다리다 보면 값이 올라가고 월세의 상승효과가 있는데도 사람들은 은행을 이용하지 않으려고 하고, 자신의 부족한 생각이 우물 안 개구리식 의 사고방식이라는 것도 모르고 물가 상승에도 못 미치는 적금만을 고집하고 들고 있으나 결국은 마이너스 금리를 받는 것이나 다름이 없습니다. 융자받는 것을 나쁘게만 생각하고 아무 행동도 하지 않는 것은 스스로 자신을 도태시키는 것입니다.

저축을 할 때 분명히 필요한 것은 작은 돈을 모을 때는 저축이 효과적이며, 어느 정도 종잣돈이 모이면 이용하는 노하우를 터득하고 새로운 방향을 설정하면 시간의 흐름에 따라 소득을 극대화할 수가 있는 것입니다.

이사만 여러 번 잘 가도 주택에는 3년마다 6억 원 이하는 양도세가 면제된다는 것을 이용하면 차익을 남겨서 돈을 벌 수 있는데도 말입니다. 돈을 많이 벌면 그만큼 세금도 많이 내야 한다는 생각은 기본입니다. 이는 마치 고급 승용차를 타고 다니며 기름도 많이 들게 되는 것은 당연한데 고급 승용차를 타고 다니는 것을 바라면서도 먼저 기름 값부터 걱정하는 것과 같습니다. 돈을 많이 벌어 세금을 신나게 내 보는 것도 국가를 성장시키게 되는 것이며, 가정은 부유한 삶을 살게 되므로 적극 권장할 만한 일입니다.

수익이 많은 사업에는 고율의 세금 42%를 국가에 내는 것을 먼저 생각하지 말고, 더 많이 벌어서 세금은 확실하게 즐겁게 납부하고 여유 있는 자금을 이 사회에 좋고 의로운 곳에 자유롭게 쓰면 될 것입니다.

그러나 나와 가까운 사람은 서울에서 살면서 아파트에 부채가 있어서 그것을 팔아 부채를 변제하고 서울을 떠나 수도권에 잠깐 작은 집으로 이사하고 남은 돈으로 투자해 보라고 권유를 해도 계속 서울에 남아 이자를 변제하고 있으면서 힘들다고 하며 20년 이상 그대로 살면서 복지부동 자세로 삶을 계속 살고 있습니다. 정년퇴직을 하고도 먹고사는 것에 집착만 할 뿐 자신의 변화를 시도하지 않는 삶을 지켜 보면 안타깝고 불쌍해 보이기까지 하는 것이 사실입니다.

어떤 은행원은 평생 은행을 다니며 지점장까지 하고 정년퇴직을 하였으나 은행에서 받은 월급을 모아 처음 은행에서 융자를 받아 집을 구매하고 자식들을 키우며 이자를 변제하다가 퇴직금을 중간 정산을 하여 다 사용한 후에 세월이 흘러 퇴직을 하였지만 지금도 아파트에 부채가 있어서 어려움 속에 이자를 변제해 가며 마누라와 금전 때문에 계속 다툼하고 시름하고 살고 있습니다.

동네 여러 곳의 부동산이라도 돌아다니면 세상 돌아가는 것을 공부하여 알았더라면 세상을 파악하고 대처하고 부유하게 살 수가 있는데 왜 많은 사람들은 학교 다닐 때는 영리하게 공부를 열심히 하였지만 세상에 취업한 후에는 직장에서 주는 쥐꼬리만 한 월급에 의지하고 스스로 자신을 묶어 버리며 전전긍긍하면서 세상 살아가는 것은 낙제점으로 삶을 살아가는지…. '왜 한 번 살아가는 인생을 고생을 끌어안고만 살고 있을까?' 하면서 안타까운 심정이 들 때도 많이 있습니다.

끊임없이 기도하고, 끊임없이 생각하고, 끊임없이 노력하고, 자신이 생각하는 것이 완성되어 만족할 때까지 계속 일하고 연구하며 살아야 합니다.

나는 어떤 때는 잠자리에서도 사업을 계획하고 중요하게 생각하는 것들을 생각하느라 꿈에서까지 계속 일하는 꿈을 꾸다가 잠을 잘 수가 없어서 '에이 씨!' 하며 밤중에 일어나 잠 못 이루며 스스로 내가 일에 미친 것은 아닌가 하고 의심해 볼 때도 있으며, 잠자리에서 생각나는 것들을 잊어버릴까 봐 좋은 아이디어가 떠오르면 잠자리에서 벌떡 일어나 메모를 하고 다음 날 실천하는 것입니다.

그러나 꿈을 꾸면서도 꿈에 문제가 있으면 생각을 조율하고 대책을 세우며 지금은 꿈을 꾸고 있는 거야, 하면서 위로를 할 때가 있고, 꿈에서 나쁜 꿈을 꿀 때도 지금 잠을 자고 있는 것이라고 생각하며 스스로 생각 할 때가 있습니다.

일이 잘 풀리지 않아 답답하면 오후에 무조건 뒷산이나 길을 걸으며 하나님께 길을 열어 달라고 기도하면서 계속 생각을 합니다. 그러면 하나님께서 갑자기 지혜를 주셔서 생각이 정리되고 결심을 하여 다시 도전을 계속하게 되어 결국은 걱정되었던 일이 완성되고 계획했던 모든 일을 다 정복하여 성취감을 느끼고 성공을 스스로 자축하게 되는 것입니다.

그렇습니다. 돈에 미친 사람도 아니며 오직 한 가지 일을 해낼 때마다 나에게 돌아오는 완성의 그 성취감으로 살고 있으며, 지혜를 무한대로 공급하시는 하나님께 감사드리며, 이제 남은 삶에 나에게 물질적인 축복을 주신 하나님께 감사를 드리며, 하나님께서 원하시는 청소년들에게 복음을 전하는 일을 많이 하면서 살아가는 것일 뿐입니다.

나의 전공은 빌딩을 개발하여 분양하는 기획 전문 컨설턴트라고 자부합니다. 부동산 개발 전문가가 되기 위하여 IMF가 왔을 때 먼저 건국대학교 부동산 컨설팅 교육을 받았고 연세대학교에서 경제과정을 공부하였습니다. 다시 연세대학교에서 부동산개발자과정을 공부하였으며, 한양대학교에서 건설 CEO과정을 공부하면서 나 자신을 점검하고 성장시키는 데 게을리하지 않았습니다. 지금도 미래를 위하여 글을 쓰고 원고를 정리하면서 미래에 대하여 지금도 고민하고 생각하며 철저히 하려고 하는 것입니다.

공부만 하는 것이 아니라 내 생각과 현실을 일치시켜 적용하는 것으로 개발 사업을 하기 위하여 설계를 할 때에도 일이 없는 설계 사무실을 골라 설계를 내가 원하는 대로 도면을 그리도록 하면서 나에게 최대한 서비스를 빨리 제공하는 설계 사무실을 찾아 설계에서부터 원가를 절감하고 생각을 실행 원가에 반영하여 공사를 절약하여 하면, 타사보다 원가를 10% 이상을 절감하여 사업의 전체적인 실행 결과는 다른 회사보다 약 15~20% 이상의 원가를 절감하고 분양할 때 어느 회사보다 경쟁력을 키우게 됩니다.

또 내가 설계 디자인을 직접 하는 장점을 살려 다른 사람이 공사를 해 달라고 요구하면 면적과 재료마감표를 기준으로 계약부터 하고 설계를 하여 도면 자체에서 원가를 절감하고 전용율을 높이고 주차대수를 늘려서 상대방을 만족시켜 시공해 주는 시스템으로 공사를 수주하여 이익을 극대화하는 것입니다.

이것은 다른 건설회사보다 원가를 절감하여 상대방과 협의하여 공사비도 상대방을 만족시키며 서로의 이익을 극대화시키는 전략적인 방법입니다.

지금은 개성공단에서 본 손실을 메꾸고 더 큰 이익을 얻어 새로운 인생의 삶으로 세계 빈민국의 가난한 어린이들을 위한 보람된 선교 사업의 일을 계속하며 더 크게 하도록 기도하며 전심전력으로 나아가고 있습니다.

내가 살아가는 삶은 날마다 문제가 있고 수많은 일들이 나를 힘들게 하고 있고, 또 산적해 있는 많은 문제들을 풀어 가려고 눈만 뜨면 계속 노력하다가 꿈속에서까지 일을 하다가 잠 못 이루는 밤이 수없이 계속되고, 나의 삶 속에서도 일어나는 어떤 문제든 시간이 흐르면 풀리지 않은 문제는 없이 결국은 다 풀어가면서 내가 원하는 일들을 하나씩 다 해치우고 결국은 성취감으로 살아가고 있는 것입니다.

내 인생에 전심전력을 다하여 살아가고 있으며 나에게 한없는 지혜를 주시며 귀하게 주신 모든 돈은 하나님의 복음과 의로운 목적으로 사용하고자 계속 기도하며 지금도 한발 한발 하나님께서 허락하시는 대로 최선을 다하며 살면서 앞으로 나아가고 있는 것이 사실입니다.

이제 30년을 사업하면서 1,000억 원을 넘게 벌어 보았다고 해도 과언이 아니나 그 과정에서 일어나는 많은 일들과 여러 가지 문제도 많이 있었습니다. 또 본의 아니게 타인에게 어려움도 주었을 때가 있었으며, 헛되게 사용된 돈도 있었던 것이 사실이나 앞으로 모든 돈은 하나님께서 원하시는 귀하고 의로운 곳에 사용하고자 기도하며 지혜를 모으고 있는 것입니다.

이제는 하나님께서 원하시는 일들을 하면서 하나님 진리말씀에 순종하며 하나님의 복음의 일을 하나씩 완성하려고 기도하며 나아가는 것에 감사하며 내 인생에 함께하시고 인도하셔서 축복하신 하나님께 영광을 돌리는 바입니다.

"마가복음 9:23 예수께서 이르시되 할 수 있거든 이 무슨 말이냐 믿는 자에게는 능치 못할 일이 없느니라 하시니." 아멘!

세상에는 하나님께서 만물들을 창조하시고 사람에게 세상에 충만하게 하고 정복하고 다스리라는 복을 주시고 모든 권한을 사람에게 주셨으니 사람이 게으르지 않고 열심히 살아간다면 세상을 정복하고 다스리며 하고자 하는 모든 일들을 이루며 모두가 행복하게 살아가게 될 것임을 알고 하나님께 항상 감사를 드리며 영광을 돌려야 할 것입니다.

- 노력없이 욕심으로 얻은 이익은
  향락을 위하여 헛되게 사용하므로 쉽게 사라진다.
- 적당히 먹는 음식이 살이 되고 보약이 되며
  몸에 적당히 맞고 편안 옷이 내 옷이 된다.
- 사업이 커갈수록 안정화해야 하는 것은
  큰 나무가 바람을 더 많이 받아 쓰러지기 쉽기 때문이다.

- 은행은 저축하기 위하여 있을 수 있으나
  돈을 이용하여 더 큰 이익을 보라고 있는 것이다.
- 은행에 아무리 높은 금리 저축도
  경제적인 이익을 따라가지 못한다.

- 돈은 세상을 창조하고 다스리시는 하나님 뜻대로
  공의로운 곳에 사용되어야 한다.
- 많은 물질이 있더라도 의로운 목적에 사용되지 못한다면
  결국 헛된 돈이 된다.

19.
사업은 안전해야 한다

사회생활을 시작한다고 처음 사회에 발을 디뎠을 때는 돈도 배경도 이끌어 주는 사람도 없는 타향에서 아무것도 없는 제로(0) 점에서 시작하였습니다.

중랑천 개천가 시멘트 움막창고에서 노숙하다시피 잠을 자며 노동을 하다가 갈 곳 없는 신세가 되어 다시 노숙자의 비틀거리는 삶에서 출발하여 미래를 생각하며 몸부림치며 살아남으려고 오직 주어진 일들을 최선을 다하며 노력한 끝에 기업을 이루기까지 자수성가의 삶은 한마디로 고독하고 외로운 힘든 세상과의 거친 싸움의 삶이었습니다.

오직 나 자신과 스스로의 싸움에서 이기며 세상에서 나를 받아주지 않으려는 수많은 어려움을 이겨내며 견디어야 세상에서도 살아남을 수 있었던 것이 연약한 인생의 삶이었습니다.

특히 어느 누구에도 의지 할 곳이 없는 서울이라는 타향에서 아무것도 없는 무일푼의 삶에서부터 무섭게 닥아 오는 환란을 견디며 전혀 생소한 기술을 습득하면서 먹을 것을 먹지 않고 참으며, 입을 것은 리어카에서 헌옷을 사서 입으며 살아남으려고 절약에 또 절약을 하면서 작은 돈부터 조금씩 모으며 자수성가하여 중소기업을 이루게 되었던 것은 고독과 외로움의 자체이며 들판에서 나 홀로 서서 비바람과 눈 폭풍을 그대로 받으며 우뚝 서 있는 독야청청한 한 그루의 나무와 같은 것입니다.

자수성가를 이루는 회사 대표들은 대부분 모든 일들을 자신이 스스로 생각하고 계획하며 사업에 필요한 돈을 스스로 조달하고 그 생각을 실행에 옮기면서 모든 리스크는 혼자 부담하고 책임을 져야 하는 외롭고 고독한 나 홀로 사업가라고 해야 할 것입니다.

회사를 위하여 직원들 능력의 질을 높이려고 교육하며 일의 과정을 하나하나 점검하면서 좋은 결과로 완성할 때까지는 모든 일이 대표에게 집중되어 모든 판단과 모든 행동에 대한 결과까지 책임을 지고 살아가야 합니다. 황소같이 일하면서도 지치지 않아야 하고 아프지도 않아야 하며 쉬지도 않고 앞만 보고 묵묵히 계속 나아가야 하는 외로운 싸움을 스스로 계속해야 하는 것입니다.

내가 사업을 한참 할 때에 있었던 일입니다. 공사 현장이 15곳 정도가 돌아가고 있을 때 감기가 심하게 걸려 몸이 아파서 정신이 혼미하여 출근할 수가 없었습니다. 그러나 그날도 일을 해야 한다는 생각만으로 운전을 하며 현장으로 가는 길에 독한 감기약 때문에 정신이 혼미하여 스스로 생각해도 앞차를 받을 것 같았으면서도 정신을 바짝 차리려고 했으나 계속 운전하다가 정말로 앞차를 추돌하는 사고를 냈습니다. 앞차에게 현금으로 보상하고 다시 공사 현장 여러 곳을 갔다가 겨우 회사에 돌아왔습니다. 그러나 대표는 아프지도 말아야 하며 아파서는 안 되는 위치이며 항상 건강해야 하는 의무가 있습니다.

대표와 직원과 차이점은 일반적으로 대표는 회사 먹거리의 일들을 스스로 계획하여 만들면서 모든 일을 스스로 판단하여 실행하고 모든 리스크는 대표가 다 떠안으면서도 좋은 결과를 얻도록 전심전력을 다하고 살아가야 합니다.

그러나 직원들은 시키는 일에 대하여 일을 열심히 한다고는 하지만 스스로 생각하여 일을 개선하는 것보다 주어진 일들만 하면서 편하게 살아가려고 합니다. 대표가 지시하는 일을 올바로 완성하지 못할 때에는 대표의 확인과 감독 아래 존재할 수밖에 없습니다. 직원은 잘못된 일들을 슬그머니 보고하지 않고 그냥 넘어가기를 바라는 경우도 있습니다. 결국 직원들은 대표의 통제 안에서 살아갈 수밖에 없게 되고 그것이 현 실정입니다.

직원들은 대부분 스스로 일을 더 나은 방향을 찾아서 대표에게 건의하고 협의하면 좋을 것이나 스스로 선택할 수가 없어서 대표의 지시를 기다리는 것이 대부분입니다. 그러나 대표의 목표에 미치지 못하고 스스로 문제점을 잘 개선하지 않으므로 결과적으로 직원이 일을 하고 있으나 대표가 일감을 제공하고 일의 과정을 점검하고 결과를 얻도록 직원들을 일일이 이끌고 독려해야 합니다. 어쩌면 회사 대표가 일을 다 하는 것과 같은 것입니다.

통상적으로 어떤 일을 잘하여 상을 받는다고 하면 대부분 그 일을 하는 책임자가 아이디어를 개발하고 일을 컨트롤하여 만족스러운 결과를 냈을 때 그 사람의 비중이 그만큼 크기 때문에 그에 대한 보상이 책임자에게 돌아가는 것입니다.

창업을 하는 사람도 거의 100% 가깝게 대표가 아이디어를 창출하여 계획하고 창업에 뛰어들어 살아남기 위하여 고용한 인력을 통제하며 전심전력을 다하는 것이 보통입니다.

창업자가 아이디어 하나만 가지고 자신을 믿고 자기 자본이나 차용한 자본으로 창업한다 해도 3년 이상을 유지할 수 있는 사람의 확률은 통계적으로 30% 이내이고 30% 내에서도 10% 내외가 5년 이상 견뎌 내야 성공할 확률이 있다고 보아야 합니다.

성공하려면 자신과의 싸움에서 우선적으로 이겨야 하며 그다음에는 자신이 하고 있는 일을 완벽하게 하면서 고객이 원하는 것들을 파악하고 고객이 좋아하는 방향으로 결과를 이끌어 내야 사업적인 성공의 길을 갈 수가 있을 것입니다.

이렇게 많은 노력을 기울여도 성공 확률이 낮은 이유는 의외로 기술이나 자본에 있겠지만 더 중요한 것은 창업자가 지금까지 살아오면서 쌓아온 그 일에 대한 기초가 얼마나 튼튼하게 되어 있는지가 중요합니다.

그 기초를 바탕으로 사업을 하면서 성장을 거듭하여 발전하여야 무너지지 않은 튼튼한 사업을 할 수가 있습니다. 또한 사람의 강한 정신력이 얼마나 잘 구성되어 있는가에 따라서 사업을 운영하는 과정에서 일어나는 모든 문제를 적절하게 해결할 수 있으므로 사업 성공의 확률이 좌우된다고 해야 할 것입니다.

아무리 좋은 기술이 있다고 한들 자본이 없으면 생산이 이루어지지 않으며, 좋은 기술과 자본이 있다고 한들 좋은 인력이 없으면 그것을 잘 생산할 수가 없는 것이 대부분입니다. 또한 유통망이 없으면 판매하지 못하고, 대표자가 아무리 올바른 경영을 하고 성장을 시켜 놓아도 결과적으로 여러 가지 이유 중 한 가지라도 부족하여 보완하지 못하면 그 사업은 결국 소멸되고 말 것입니다.

물론 기술과 자본과 좋은 인력이 결합하여 좋은 결과를 만들어 내는 것이 아주 중요하지만 일반적으로 경험이 많고 자기 자신을 철저하게 관리하고 실력을 스스로 향상시킬 줄 아는 사람은 자신이 경험한 비슷한 일만 만나도 그 일들을 다 성공시킬 수 있습니다.

자본이 부족하더라도 결국에는 그 일을 완성하는 것과 기술이 조금 부족하더라도 계속되는 기술혁신으로 그 사업을 성공시키게 되므로 세 가지 조건 중에는 경험이 많은 대표가 좋은 기술적 아이디어가 있다면 경험이 풍부한 아이디어로 인력을 양성하여 언젠가는 그 사람은 100% 성공할 수 있는 확률이 높다고 보아야 하는 것은 그 사람에게 결국에는 미래가 보이므로 투자와 판매를 하는 사람도 나타날 것이기 때문입니다.

그래서 우리나라 창업 1세들이 기술과 자본이 부족한 어려운 환경 속에서 자신을 갈고 닦아 중소기업이나 대기업으로 성장시키게 되었으며, 대한민국의 경제 수장들로서 대기업으로 성장시켰고, 자신이 전심전력을 다하여 기술을 계속 발전시켜 다시 피드백을 계속하여 기업을 성장시킨 것입니다. 기업의 어떤 문제가 발생하더라도 자신의 몸과 같이 생각하여 온몸으로 막아서 이겨 내며 기업을 잘 지켜 내려고 몸부림치고 있는 것입니다.

나 또한 무일푼에서, 아니 길거리 노숙자에서 잠자리를 찾으며 한 걸음씩 걸음마를 시작하는 모습으로, 처음은 공장의 심부름꾼으로 시작하여 용접공 기술자가 되었고, 용접 기능공에서 단종건설회사의 사무실 관리직으로 성장하여 종합건설회사를 책임지는 중견 사원으로 계속해서 성장하여 결국에는 중소기업을 운영하는 기업가로 성장하게 된 것입니다.

자신의 일에 대한 기초를 튼튼히 닦아 한 걸음 한 걸음 계속 성장시켜 결국은 전심전력으로 기업을 성장시키며 많은 고생을 하면서 흘린 피와 땀이 기업 자체가 되었고, 기업을 내 몸과 같이 아끼며 보호하여 지금도 존재하고 있는 것입니다.

결과적으로 기업을 창업하기까지는 건설 일에 종사하기를 시작하여 15년이라는 세월이 흐르며 많은 어려움 속에서 무시를 당하고 밑바닥 생활에서부터 차마 이루 말할 수 없는 고난을 이겨 내며 자신과 싸우며 인내하여 단련하면서 미래의 꿈을 이루기 위해 틈틈이 실력을 쌓고 창업에 대한 공부를 하며 미래의 삶을 준비한 것이 좋은 결실을 얻는 것입니다.

물론 한 가지 일을 시작하기 전에 많은 세월을 낭비하라는 이야기는 아닙니다. 단지 창업을 할 수 있는 능력을 확실하게 배우고 키워 창업에 합당한 사람으로 변화되어 있어야 창업한 후에 실패하지 않고 성공할 확률이 높다는 것을 알아야 할 것입니다.

한마디로 자신이 하려고 하는 사업에 자신의 몸에 체질화되도록 철저한 준비를 하고 그 사업을 시작하라고 조언하고 싶고, 자신이 하고자 하는 일의 직업에 자신을 맞춤형으로 만들라는 것입니다. 운동선수가 시합을 나가기 전에 허약한 몸으로 시합을 한다면 그 사람은 백전백패를 할 수밖에 없지만 선수로 뛰기까지 많은 단련과 노력을 하여 선수가 되는 것같이 자신을 완성하여 경쟁에서 도태되지 않게 되었을 때 창업을 하라는 것입니다.

군인이 단 한 번의 전쟁에서 승리하려고 많은 훈련으로 몸과 정신력을 만드는 것과 같은 것이고, 또 어떤 사람은 4분의 노래를 부르기 위하여 100번 노래 연습을 했다는 이야기처럼 한번 사업에 뛰어들게 되면 무조건 같은 업종에서는 최소한 앞서가야 합니다. 그러기 위해서는 자신이 하고자 하는 일에 대하여 철저한 마음과 몸의 준비를 해야 한다고 생각을 합니다.

자신이 세상에서 성공하려면 자신이 하고자 하는 업종에서만큼은 최고로 만들려고 기초를 튼튼히 쌓고 그 일을 분석하여 자신만의 노하우를 만드는 일과 하고자 하는 사업의 일위대가를 만들어 그 일에 적용하여 반복하여 좋은 결과를 얻고 다시 피드백을 시켜 반복해서 적용하여 성공하는 제도적인 틀을 확실히 구축하여야 할 것입니다.

어떤 업종의 사업이든 성장을 많이 하여 커 갈수록 위험 요소가 많이 발생할 수밖에 없습니다. 그 사업이 유지되려면 회사 크기에 걸맞게 일거리가 많이 있어야 그 회사에 근무하는 사람들의 급여를 줄 수가 있고 성장할 수가 있는데 회사가 커 갈수록 큰 나무가 바람에 많이 맞는 것과 같이 많은 위험 요소가 필연적으로 따르는 것입니다. 큰 나무에 영양분이 많이 필요한 것처럼 계속 에너지를 흡수하지 못하면 그 기업의 생명력은 짧아지고 끝없는 경쟁에서 살아남을 수 없습니다. 결국 수많은 위험 요소가 있더라도 이를 능히 해결하고 생명력을 유지시킬 수 있는 에너지와 관리 능력이 존재해야 오래도록 세상에 남을 수 있습니다.

그러므로 기업은 성장을 할수록 영업의 뿌리가 많아져서 끝없이 수분을 많이 흡수하여 나무줄기에 공급하듯이 그 기업이 생존하려면 수많은 에너지 즉 영업으로 인한 많은 먹거리가 계속 필요하므로 기업 성장과 비례하여 위험도 따라오므로 철저한 대책이 필요하여 기업이 성장하고 난 후에는 반드시 안정적인 사업을 병행해야 합니다. 따라서 기업의 포트폴리오를 구성하고 상호 보완적으로 운영해야 기업이 장수하게 된다는 것을 명심해야 할 것입니다.

실례로 우리나라가 한참 건설 붐이 일어날 때 급성장하는 회사가 많았으나 우리나라 1위 현대건설마저 공적 자금을 받아 생존해 있는 것으로, 건설 단독 법인들은 불경기 때 많은 회사가 몰락하였으나 현대건설보다 작은 삼성건설, 엘지건설, SK건설 등 대기업 그룹들의 계열로 있는 건설회사가 아직도 건재한 것은 기업 전체로 볼 때 포트폴리오 안에서 존재하며 그룹들이 서로 지원하며 도와주고 건설이 필요할 때마다 일정한 일감을 공급하며 계열 회사에서 보증을 서로 서 주기 때문에 견딜 수가 있는 것이고, 건설이 잘될 때에는 스스로 성장하는 것입니다.

그러나 건설회사만 운영하여 성공하였던 회사들은 많은 성장을 거듭하다가도 불경기가 닥치면 문을 닫거나 M&A되어 사라지는 것을 볼 수가 있으며, 어떤 사업이든 한 업종에만 올인하는 것은 언젠가는 위험에 노출되어 크게 흔들릴 수 있는 것이기 때문입니다.

내가 사업을 하는 방식은 성장기에는 한 업종에 올인하다가 기업이 성장했을 때 과감히 자체 개발 사업으로 확장하면서도 안정적인 부동산 개발 사업으로 전환하였습니다. 이로써 덤으로 부동산 개발에서 얻은 이익과 시간이 흐르면서 가격 상승과 임대료를 바탕으로 사업을 안정화해서 결국은 건설사업이 불안정하였을 때 든든한 뒷받침이 되었던 것이 사실입니다.

낙원건설은 30년을 사업하면서 아직은 정기적이나 특별한 세무조사는 한 번도 받아본 적이 없는 것은 모든 거래를 실제로 거래한 그대로 실명으로 조금도 틀림없이 정직하게 신고하고 비자금 등을 절대로 만들지 않고 착실히 세금을 신고하였으므로 동종 업계에서 최상위 이익의 법인세를 신고하기 때문일 것입니다.

또 개인의 세금도 착실하게 거래한 그대로 신고하고 있는 것은 2014년도에 경기 중부세무서에서 2005년부터 2013년까지 모든 거래 사실을 조사하며 다섯 차례 이상 보완 조사를 했으나 결국에는 세금 추징을 한 푼도 못하고 '서류상 종결합니다.'라고 공문을 보내왔습니다.

이것은 하나님을 믿는 진리의 말씀이 진실하고 올바른 의로운 삶으로 나를 인도하시고 보호하시며 함께하신 덕분으로 지금도 최대한 정직하게 살아가려고 노력하며 사업이나 개인 소득으로 얻은 물질을 하나님의 나라와 복음을 위하여 사용하려고 노력한 덕분으로 하나님의 축복인 것입니다.

그렇습니다. 사업의 안전은 무엇보다도 무리수를 두지 않은 경영을 바탕으로 철저하게 계획을 세우고 정직하게 하여야 되는 것은 진리 안에서 참 자유를 누리며 자신 있게 사업에만 집중할 수 있기 때문입니다. 편법이나 비자금 등을 조성하며 사업을 하다 보면 편법이 중심이 되어 법에 저촉을 많이 받다 보면 사업의 중심이 흐트러지고 사업에 집중할 수가 없기 때문에 사업에 악영향이 생겨서 결국에는 정직하게 사업하는 것보다 못하기 때문입니다.

나 자신은 경제적으로 무에서 유를 창조하는 과정에서 수많은 어려움을 당할 때마다 진실하려고 노력하고 인내와 연단과 지혜를 주시고 소망으로 인도하신 하나님의 진리 말씀에 순종하도록 함께하신 하나님의 은혜에 한없는 감사와 영광을 드리는 것입니다.

또한 어려운 삶속에서도 항상 함께하며 끝까지 건강상 어려움 속에서도 고생하면서 인내로 평생의 길을 함께 걸어주고 항상 뒷받침하여 준 인생의 동반자인 사랑하는 든든한 아내에게 깊은 감사를 드리는 것입니다. 지금 보유하고 있는 개인 재산이 상당히 많은 편이나 이 재산은 과거 사업을 시작한 후에 종합건설회사에서 공사를 턴키로 하청을 받아 이익을 남겨서 다시 부동산 개발을 통해 조성한 것입니다. 그 당시 하청을 받을 때에는 종합건설회사의 직영 공사로 공사를 했기 때문에 개인적으로는 세무 신고를 하지 않아서 이익이 많이 생겼으나 신고하는 제도가 없었습니다.

그래서 개인 재산을 사회에 대부분 환원시키려고 기도하면서 현재까지 50억 원 정도를 환원했으나, 전체적으로 100억 원 이상을 생명을 살리는 단체 아름다운 미래 유산을 통해 사회에 환원시키려고 2011년 사단법인 '아름다운 미래 유산' NGO를 설립하고 어린 생명들을 위하여 일을 하고 있습니다.

그러므로 내 평생 기업을 운영하여 얻은 수익은 귀하고 귀한 것으로 소중하게 사용하기 위하여 하나님 나라와 복음을 전하는 일에 많은 투자를 하고 이 사회의 공의에 보탬이 되어 죽어 가는 생명들을 구하여 감사와 평안이 넘치는 하나님 나라 백성으로 많은 사람이 살아가도록 최선을 다할 것입니다.

또한 나에게 주신 수익을 대부분 기부하여 만들어진 사단법인 '아름다운 미래 유산'을 통하여 복음 사업을 계속하여 세계 빈민국 오지 마을 여러 곳에 하나님 사랑과 예수님 십자가 은혜로 세워진 학교들이 나의 사후에도 계속 세워지며 발전하여 영원히 존재하도록 터전을 굳건하게 하여 아름다운 미래 유산으로 후대에 물려주어야 할 것입니다.

이 모든 일은 진리의 하나님을 믿고 또 십자가 보혈을 흘려 죽으시므로 나를 죄악으로부터 구원하신 우리 주 예수님을 믿어 하나님의 진리 안에서 자유를 누렸고 이를 증명하시는 보혜사이시며 예수님의 영이신 성령님의 함께하심과 인도하심으로 진리 안에서 올바르고 진실된 삶을 살게 하여 주신 은혜와 사랑에 고맙고 감사하며 찬양과 영광을 받으실 하나님께 머리를 숙여 영광을 돌리는 것입니다.

- 안전한 기업이란 없으므로
  기업의 미래를 예측하고 단점을 찾아 항상 보완을 계속해야 한다.
- 직업의 선택은 계속 발전될 수가 있는 일을 선택하고
  미래에 꿈을 펼칠 수가 있어야 한다.
- 성공하려면 자신의 외로움과 고독함과 싸워 이기며
  앞날을 끝없이 펼쳐 나아가야 한다.
- 진정한 사업가는
  스스로 계획하고 스스로 실행하고 스스로 관리할 수가 있어야 한다.
- 준비 없는 시작은 없으며
  시작 없는 결과도 없으며
  좋은 결실도 없을 것이다.
- 철저한 계획을 세우고 최선을 다한 결과를 얻어
  다시 계획으로 피드백하여 계속 도전하라.

제 5 장

인생의 최대 목표, 아름다운 미래 유산

20.
우리 민족을 향해 한 발짝

나의 삶은 사업을 성공시키기 위해 오직 일에 빠져 새벽부터 밤중까지 온 정신을 집중하여 일하는 때가 대부분이어서 남들이 다 하는 골프나 시간을 많이 빼앗기는 운동, 여행 등 여유로운 생활은 생각해 볼 겨를도 없는 삶을 계속 살 수밖에 없었습니다. 심지어 서울에서 살면서도 남들이 다 올라가 보는 남산도 서울에 무작정 상경한 지 15년이 지나서야 겨우 올라가 볼 정도로 주어진 일과 미래의 앞만 보고 달려가는 삶을 살았습니다.

눈만 뜨면 회사의 일에만 매달리다가 밤중에 집에 들어오면 기다리는 아내는 밤늦게 맛있는 닭볶음이나 돼지고기볶음 등 고열량 음식을 해 주어 과식을 하고 나면 하루의 긴장이 풀리면서 식곤증으로 소파에 기대어 뉴스를 보다가 잠이 들 때도 많았습니다. 또 운동을 계획적으로 할 시간이 없어서 몸무게는 결혼할 때 63kg 정도와 허리는 27인치였으나 30kg이 더 늘어나 몸무게가 최고 93kg까지 올라가고 허리는 36인치까지 늘어났습니다.

과중한 회사 업무와 그로 인하여 발생되는 여러 가지 리스크를 처리하느라 신경을 너무 많이 써서 스트레스를 끝없이 받아왔습니다.

머리는 지근거리고 편두통이 항상 지속되어 혈액순환 개선제를 매일 먹고 살았는데 먹을 때만 문제없다가 다시 아프고, 입 안에는 혓바늘이 쉬지 않고 생겨서 약을 매일 먹으면서 사업에 최선을 다할 수밖에 없었습니다.

그야말로 쉬지 않고 생각하고, 정신적으로나 육체를 풀가동하고 잠도 제대로 자지 않고 오직 일에만 집중하며 살아가는 날들이 계속되었습니다. 심지어는 주일날도 예배가 끝나자마자 현장을 한 바퀴 돌고 주일 저녁 예배 시간에 맞추어 돌아올 때가 많았던 것으로 일만이 나의 삶 그 자체였습니다.

그렇게 나 자신을 돌보는 시간과 여유도 없이 사업에만 열중하는 삶이 계속되는 가운데 어느 날 아침 출근을 하던 중 머리에 통증이 너무 심하였습니다. 급하게 강남 세브란스병원 응급실로 들어가 검사한 결과, 뇌졸중 초기와 심장에 협심증과 신장에 혹이 있으며 갑상선 저하증, 전립선 비대증 등의 진단을 받게 되었습니다. 온몸이 종합병원 그 자체인 것을 모르고 정신없이 사업에만 몰두하고 일만 했던 결과 병으로 나타난 것이었습니다.

다행히 피가 뇌에서 터지지 않고 꽈리만 조금 발생한 관계로 약을 쓰고, 심장에는 스텐트를 넣는 조영술을 받고 신장과 갑상선과 전립선은 약을 처방받아 겨우 죽음 직전에서 다시 살아났습니다.

또 한번 하나님께 감사를 드리며 과거에 세 번의 교통사고의 죽음 직전에서 구원하신 하나님께 약속한 복음을 전하며 의로운 삶을 살겠다고 다시 한번 더 서원기도를 하면서 사업을 계속하였습니다.

그 후 머리에 두통은 계속되었으나 약을 먹다가 매일아침에 녹차 두 팩을 유리컵에 담가서 한 컵씩 쓴맛이 날 정도로 진하게 타서 먹기 시작하면서 두통이 사라졌는데 지금도 먹고 있는 녹차의 효능이 좋은 것 같다고 생각합니다. 입 안의 혓바늘은 매일 약을 먹고 살다가 우연히 바르는 '아비나'라는 약을 약사의 권유로 바르기 시작하면서 먹는 약을 끊을 수가 있어서 감사했습니다.

나는 지금도 여러 가지 병으로 5~6알의 약을 계속 먹으면서 살고 있으며, 하나님께 서원하며 약속한 복음 전파를 하기 위하여 용인시 기흥구 구갈동 390번지에 건축한 낙원빌딩 2층에 하나님께 서원기도를 한 대로 선교를 위하여 나 홀로 미션 파라다이스 선교회라는 선교회를 설립하고 전도사 한 명을 직원으로 두고 청소년 북 카페와 중국인 예배, 워십무용단 등 선교 일을 시작으로 본격적인 하나님과 약속한 복음을 전하는 일을 시작하였습니다.

오래전 1995년 필리핀 앙겔레스 마답답이라는 빈민촌에 처음 교회를 세우는 일을 시작으로, 1999년부터 국내에서 선교 사무실을 개설하고 선교 일을 하면서 늘 청소년들에게 복음을 전하여야 하겠다는 생각으로 청소년들을 어떻게 돌보는 것이 가장 옳은가를 끊임없이 생각하고 기도하면서 사업을 병행하였습니다.

어느 날 갑자기 TV에서 북한에 굶어 죽어가는 사람들이 속출하고 있으며 수십만 명이 중국으로 탈북하고 있다는 뉴스를 보았습니다. 그중에서도 북한의 많은 어린아이들이 중국으로 탈북하여 중국 동북삼성의 길거리를 떠돌아다니며 구걸하고 있다는 뉴스를 방송에서 듣고 이들을 돌보아야겠다는 결심을 하고 중국으로 향했습니다.

우리 민족에게 복음을 전할 기회가 왔다는 생각에 비행기를 타고 중국으로 가서 중국 심양과 안산 길림성 연길 등을 다니며 중국 공안들의 눈을 피해 조선족과 함께 아파트를 임차하여 탈북자 아이들을 모아 몰래 살게 도와주었습니다. 그때부터 성경 책과 입을 옷가지며 먹는 음식 재료까지 중국 조선족 동포를 통해 지원하고 밖으로 나오지 못하게 하면서 계속 돌보아 주었습니다.

중국 공안들은 탈북자들을 붙잡으면 체포하여 북송을 시켰기 때문에 아파트에서 나오지 못하게 하고 성경 책을 가져다 넣어주고 복음을 전하면서 비밀리에 밤 10시 내외의 밤중에만 조용히 드나들었습니다. 아이들은 성경을 보고 쓰며 외우며 굶주림을 해결받아 조금씩 변하기 시작하였던 것입니다.

우리가 함께하는 선교팀은 한국에서 중국으로 갈 때 어린 탈북자들에게 주려고 국내에 어린이들이 입던 옷과 생활필수품을 모아 한 사람당 약 40kg을 가지고 20kg은 비행기 화물로 부치고 20kg은 배낭과 가방에 메고 양손에 들고 비행기로, 기차로, 버스로 계속 이동하며 탈북 아이들에게 가져다주며 돌보아 주었습니다.

또한 중국인들에게 복음을 전하려고 중국어 성경 책을 한국에서 인쇄하여 인천항에서 단동으로 가는 배로 중국인 보따리 장사에게 부탁하여 몰래 단동으로 보내고 그곳에서 찾아 중국 지하 교회가 많은 동북삼성인 심양, 장춘, 안양, 연길 등으로 보냈습니다.

우리 일행이 심양 시내를 지나가고 있을 때 떠돌아다니며 구걸하는 북한 아이들이 '아저씨!' 하며 부르는 목소리는 북한 탈북자 아이라는 것을 직감할 수 있었으나 아이들은 중국 공안에게 잡혀가는 것을 피하기 위해 몰래 숨어서 우리말을 하는 남쪽 사람들이 지나가면 '아저씨!' 하며 불러 보고 경계를 하면서 골목길에서 얼굴만 약간 내밀었습니다.

우리 선교팀은 아이들에게 '한국에서 너희들을 도와주려고 왔다'는 말로 아이들을 안심시키고 모아 이곳저곳에 작은 아파트를 렌트하여 여덟 곳에 탈북자 아이들이 50여 명이 넘게 되었습니다.

북한 아이들은 처음에는 마치 들고양이같이 얼굴만 내밀다가 다가가면 숨어 버리며 경계하고 떨면서 정신 불안증을 보였습니다. 그러나 아파트에 데려와 밥을 먹이고 대화하며 성경 공부를 시키고 나면 아이들은 점점 상태가 호전되었으며, 성경 책을 몇 장씩 암기하고 필사하며 점점 적응하면서 하나님 나라와 자유세계를 배우기 시작하였습니다.

탈북자 아이들은 탈북 도중 온몸에 상처가 많이 생긴 아이들도 있었고, 동남아 아이들처럼 신장과 몸무게가 작아 볼품이 없었다가 평안을 찾고 잘 먹게 되면 신장이 6개월 동안에 갑자기 20㎝나 자라는 아이도 있었습니다.

북한 상황을 들어 보면 김일성이 사망하고 김정일이 정권을 잡으면서 경제가 많이 어려워져서 국민들에게 배급하던 식량이 부족하여 배급이 중단되면서 갑자기 굶어 죽는 사람이 2백5십만 명 정도라고 들었습니다.

아이들이 부모를 떠나 탈북하게 된 경우는 가정에 모든 식량이 바닥이 났어도 배급이 없고 식량을 구할 길이 없어서 부모나 자식들이 너나없이 모두 굶고, 가정에서는 부모가 아이들에게 줄 식량이 없으므로 아이들을 통제할 수 있는 능력을 상실한 것입니다. 그래서 아이들은 무작정 먹을 것이 있는 곳을 찾아 떠돌아다니다가 압록강이나 두만강을 건너가면 먹을 것이 있다는 말 한마디에 중국 땅인지 북한 땅인지 분간도 못 하고 중국으로 건너와서 가정집을 돌아다니며 구걸하는 것이 대부분이었습니다.

학교에서도 학생, 선생님 가릴 것 없이 굶는 사람이 많았기 때문에 선생님들이 학생들을 통제도 하지 못하였으며, 학생들이 학교를 나오지 않아도 그만이었습니다. 이러한 전염병 같은 기근 현상은 평양 일부를 제외한 북한 전체를 강타하였기 때문에 통제가 거의 불가능한 상태로 만들었습니다.

1990년도 말에 북한에는 식량난으로 한 집 건너 한 사람씩 죽어 나가는 비참한 일이 벌어졌고, 심지어 이웃집 아이를 몰래 잡아먹고 그 인육을 시장에 돼지고기라고 몰래 팔았다가 잡혀간 사람을 보았다는 말을 직접 들었습니다.

한 아이는 탈북하다 잡혀서 감옥에 갔으나 감옥 안에 겨울철에 온돌 기능이 전혀 없는 콘크리트 바닥에 계속 움직이지 못하게 하여 콘크리트 바닥에 앉아서 결국 엉덩이가 썩어 들어갔다고 합니다. 살아 있는 아이들이라 할지라도 발가락이 동상에 걸려서 잘라내는 극한 상황까지 왔으며, 많은 국민들이 먹고살 길을 찾아 중국으로 탈북을 계속 시도하였던 것이 사실입니다.

북한 감옥 건물 뒤 산에는 겨울에 언 땅이 파지지 않아 시체가 즐비하고 시체를 대충 묻은 둥 마는 둥 하여 시체의 손과 발이 보이고 심지어는 감방 안에서 죽은 시체와 함께 몇 날을 보내는 경우도 있었다고 그 참혹한 경험을 증언하는 사람도 있었습니다.

북한 선교는 북한에 들어가 복음을 전해야 하지만 우리가 북한에 들어가 복음을 전할 수 없는 상황에서 하나님은 북한의 식량난을 통하여 그들을 우리에게 보내 주신 것 같았습니다. 그래서 그들을 위해 최선을 다하여 내가 가지고 있는 자금을 투입하여 그들을 계속 돌보며 복음을 전했던 것입니다.

동북삼성을 계속 돌아다니며 조선족 신앙인들을 여러 사람 고용하여 탈북 아이들과 가족들을 계속 돌보아 주면서 간절한 소망은 북한 내부에 들어가 직접적으로 선교하는 것이었습니다.

그러던 어느 날, 심양시와 안산시에서 탈북자 선교를 하고 돌아오는 길에 중국 심양공항에서 다른 선교사님들과 대화를 하고 있는데 단둥에서 온 한 자매가 우리가 선교에 대한 이야기를 하는 것을 옆에서 듣고 반갑게 인사를 하였습니다.

그 자매는 단둥의 샘 병원에서 간호사로 근무하면서 병원에 오는 중국인들에게 복음을 전하고 있다가 부모님이 계신 한국을 잠깐 다녀오기 위해 공항에 나온 것입니다. 나는 단둥에서 왔다는 말을 듣고 귀가 솔깃하여 북한 땅으로 한 발짝 더 다가가기 위해 무조건 그 자매에게 부탁하여 다음에 단둥 가는 길에 나를 데리고 가 달라고 부탁하여 그 자매는 2개월 뒤 단동에 들어가는 길에 나와 동행하여 단둥에 가서 김홍명 선교사 부부를 소개받았습니다.

단둥은 북한 무역의 약 90% 정도가 유통되고 있어서 그곳에 가서 복음을 전하고 싶은 생각이 간절했기 때문에 하나님께서 인도자를 보내셔서 단둥 땅을 밟게 되어 내가 원하는 길을 인도하신 하나님께 감사하게 되었던 것입니다.

김 선교사를 처음 만나서 선교 방향을 이야기하며 2일 동안 김 선교사가 산과 들로 돌아다니면서 자신의 선교의 은사는 소나 돼지와 식물을 키우는 농장을 하여 북한을 도와주는 선교를 하겠다는 말을 하였으나 맨 처음에는 잘 이해가 되지 않았습니다.

선교 방법이 내 생각과는 많이 차이가 있어서 2일째 되는 날 저녁 식사를 하면서 김 선교사에게 나는 짐승이나 식물은 키울 생각이 없으며 사람을 키우는 복음을 전하려고 중국 땅에 왔다고 하자 한참 생각에 잠긴 김 선교사는 밤중에 나를 데리고 허름한 단독주택에 갔습니다.

그 주택 안에는 중국인과 조선족 그리고 농아인과 함께 약 20여 명이 예배를 드리고 있었고, 인도자는 조선족 여자 집사가 성경 말씀을 설교하며 동시에 농아인을 위한 수아로 설교하면서 예배를 인도하고 있는 곳은 허름한 단독주택 지하 교회였던 것입니다.

예배를 마무리하면서 조선족 여자 집사님은 한국에서 목사님과 장로님이 오셨으니 안수기도를 해 달라고 우리에게 요청하였습니다. 그래서 목사님과 함께 한 사람씩 무릎을 꿇게 하고 안수기도를 같이 하였으나 어디서 왔는지 예배를 드리던 사람보다 더 많은 사람이 안수를 해 달라고 계속 무릎을 꿇어서 김 선교사님과 함께 수십 명에게 목이 쉬도록 간절하게 안수기도를 해 주고 돌아오게 되었습니다.

돌아오는 길에 성령께서 말씀하여 주시기를 이 사람들을 돌보아 주라는 말씀을 강하게 주셔서 김 선교사님에게 이들에게 예배를 드릴 수 있는 넓고 좋은 집을 마련해 주도록 요구하였습니다.

다행히 다음 날 돌아오는 비행기 시간이 오후라 오전에 여유 있는 시간을 활용하여 부동산을 여러 곳 돌아다니며 예배드리는 집을 알아본 결과, 아파트 거실에서 50명 이상이 족히 예배를 드릴 수 있는 넓은 아파트 공간을 렌트하여 조선족 여자 집사님에게 인계하고 돌아오게 되었습니다.

2개월 후 다시 단동에 가서 예배 처소에 가 보니 장소가 부족할 정도로 60여 명의 사람들이 가득 모여 집이 떠나가라는 식으로 크게 찬양을 하고 하나님께 영광을 돌리며 예배를 드리고 있어서 너무나 감사했습니다. 그중에는 농아들도 많이 있어서 농아들을 위한 교회를 별도로 설립하기로 하고 단둥항구 가까운 곳에 단독 주택을 렌트하여 다시 농아인 지하 교회를 설립하여 주었습니다.

그 후 계속 농아들이 계속 불어나 농아인 교회를 네 곳까지 확장했습니다. 농아인들이 많은 이유는 과거 중국 전역에 아이들의 전염병이 왔을 때 정부에서 약을 잘못 사용하는 바람에 농아인들이 많이 생겼다고 합니다.

농아인들은 말이 잘 통하지 않지만 말 대신에 핸드폰으로 메시지 전달을 하면서 우리가 도와주고 교회를 세워준다는 말을 메시지로 순식간에 전파하여 많은 농아인 젊은 청소년들이 빠른 기간에 모이게 되었습니다. 그러나 농아인에게 수아를 잘하는 농아인 지도자가 부족하여 문제가 될 정도였습니다.

농아들이 많이 모인 후에는 이들의 생계를 위하여 단독주택을 구매하고 교회를 설립하여 그 집 안에 성구를 만들어 파는 성구 공장을 열어 주었습니다. 자재와 공구도 사 주며 성구와 십자가를 많이 만들어 놓게 하여 성구를 다시 사 주는 방법으로 도와주고, 동북삼성 교회나 중국인 신앙인들의 가정에 십자가 5천개와 성구를 보급하는 사업도 함께 하였습니다.

김 선교사님과 함께하는 선교 일은 엄청난 속도로 부흥하여 기존에 김 선교사를 후원하던 교회와 사람들이 선교지를 방문하였을 때 크게 감동을 받아 추가로 후원을 많이 하였습니다. 그래서 단동 외곽에 폐교하려던 초등학교를 매입하여 지하 신학교와 농장을 만들어서 중국 최초로 가나안농군학교 중국지부를 설립하였습니다. 개소식을 하던 날 한국에서 후원하던 사람들 150여 명이 참석하여 거창하게 가나안농군학교 중국 지부 개소식을 하였습니다.

김 선교사님은 광고를 하면서 나와 같이 선교지를 일으킨 이야기를 설명하다가 울먹이는 목소리로 처음에는 장로님이 자신이 하는 선교 일을 간섭하는 것 같아서 싫었으나 시간이 지나면서 하나님의 뜻인 줄을 알고 순종하여 선교지가 엄청나게 부흥이 돼서 감사했다는 말을 하였습니다. 김 장로님이 없었으면 선교지가 이렇게 발전할 수가 없었다면서 울먹이고 감사를 하며 장로님을 인도하시고 함께 하신 하나님께 영광을 돌려드렸습니다.

심양에는 중국 지하 교회를 위하여 심양에 있는 선교사 한 분을 선택하여 지도자 교육시설을 아파트에 비밀리에 신설하고 지원하였습니다. 번개시와 안산시의 여러 곳의 지하 교회를 설립하고 그 지도자들을 1주일에 1회씩 심양으로 불러서 1박을 시키며 교육하고 먹여주어 다시 그들이 돌아가 교회를 운영하는 시스템으로 지하 교회를 확장하였고, 절기에는 한국에서 목사님을 모시고 가서 몰래 세례를 주고 성찬식을 하고 돌아왔습니다.

하루는 김 선교사님이 북한에서 온 당 간부를 소개해 주겠다고 해서 단동에서 함께 차를 마시며 북한인을 만났으나 그 사람은 북한이 어려우니 지원을 좀 해 달라고 부탁해서 나는 지원을 하면 북한 정부에서 확실하게 사람들에게 분배하는 사진도 찍어 올 수가 있는지 물어보고 가능하다는 말에 밀가루를 2.5톤 트럭 1대분을 구매하여 보내주었습니다.

2개월 후에 단동에 가서 북한사람을 다시 만나보니 진짜인지 가짜인지는 모르겠으나 북한에서 밀가루를 하차하는 모습과, 주민들에게 분배하는 사진과 함께 북한 지방정부에서 발행한 밀가루를 받았다는 영수증을 보내온 것을 확인한 다음 그 모든 서류를 가지고 한국으로 돌아왔습니다.

그 후 북한을 계속 지원해 주고 싶었으나 북한을 개인적으로 지원해 준 것은 우리 정부의 허락 없이 북한인과 직접 접촉하며 거래하는 것은 불법이라는 사실을 알게 되었습니다. 그래서 지금까지 있었던 모든 내용을 복사하고 편지로 써서 통일부에 보내고 죄송하다는 말과 함께 공식적으로 북한을 지원하는 방법을 알려 달라고 해서 2개월 후에 대북 지원 단체인 굿네이버스와 함께 일하면 좋겠다는 통일부의 서신을 받았습니다. 북한 선교를 위하여 기도하면서 북한 내부에 들어가 선교하기를 서원하였던 기도를 하나님께서 들어주시고 나를 북한에 보내주신 것입니다.

그 후 굿네이버스와 함께 북한을 방문하여 평양과 주변에 있는 탁아소, 유치원, 제약공장, 닭 농장, 돼지 농장, 소 농장, 사료 공장 등을 10여 차례 이상 방문하면서 많은 곳을 돌아보았습니다.

굿네이버스와 함께 한국에서 젖소를 보내준 농장을 방문했을 때는 마을 사람들이 다른 마을과 달리 부유하게 살고 있었습니다. 그 마을은 우유로 요구르트나 치즈까지 만들어 평양에 팔고 있다고 말하며 우리가 방문했을 때는 산돼지를 잡아와서 여러 가지 고기 음식을 만들어 대접을 하는 등 여유가 넘쳐보였습니다.

또 굿네이버스에서 사료 공장을 지어주었는데 그 사료를 가축들에게 주면 가축들은 분뇨를 만들어 땅을 비옥하게 하고 땅은 곡식이 잘되게 하여서 식량난을 해결하고 가축에서 나오는 수입으로 사료를 만들어 다시 가축들에게 공급하는 시스템을 만들어 북한인들이 부유하게 살아가는 것들을 계획하여 시설을 하였던 것입니다.

북한에 갈 때마다 평양에 있는 봉수교회나 칠곡교회에 가서 예배를 드리면서 북한 주민들도 예배를 드리는 순간에는 성가대의 노래도 진심으로 부르는 것 같았고, 예배드리는 전체의 모습은 은혜롭게 예배를 드렸으며 헌금도 조금 하면서 북한 교회에서 사용하는 찬송가, 성경 책도 얻어 왔습니다.

평양 인근의 장교리라는 마을에는 북한 마을 현대화라는 북한 정부와 협약으로 대한민국에서 설계한 목욕탕, 마을회관, 유치원 등을 건축하기 위하여 우리 낙원건설 직원을 평양에 상주시키며 모든 자재를 남쪽에서 배로 운반하여 남포항을 통해 장교리로 우송하여 지원했습니다. 북한 주민들에게 남한의 첨단 건축 공법을 지도하며 공사를 해 주었으나 도면을 주었는데도 철근 배근도에 맞지 않게 자기 식대로 공사를 하여 힘들었습니다.

한번은 북한의 장교리라는 곳에서 북한 건설 인력에게 공사하는 방법을 교육하고 마을을 돌아보고 있는 중에 마을 집 앞에는 몇 곳에 출입 금지라는 표시를 해 놓아서 북한 안내자에게 물었더니 전염병이 돌아서 통제를 하고 있으며 전염병을 옮긴 사람들이 많아서 집에서 병이 나을 때까지 출입을 통제하고 있다는 것입니다.

남한 같은 경우에는 병이 걸렸을 때에는 응급실을 찾거나 가까운 병원에서 진료를 받았을 것이나 북한의 의료 사정이 열악하여 병원도 없을 뿐 아니라 병원에 가도 약이 없어서 집에서 병이 나을 때까지 격리를 시키는 것이 전부여서 안타까울 뿐이었습니다.

경제협력 사업으로 북한 동해 원산 인근 문천 아연 탄광에는 굿네이버스와 함께 70억 원을 투자하여 아연을 생산하여 국내에 들여와 판매하는 일에 함께하기도 했었습니다. 그러나 평양에서 원산으로 가는 고속도로는 콘크리트 도로이며 많이 낡아 차량으로 40~50㎞ 속도 이상은 갈 수가 없었습니다.

고속도로를 오가는 길옆에 지나가는 사람들의 모습은 검게 타서 동남아 사람들과 유사하였고, 대부분 사람들이 힘이 없어서 걸어가지 않을 때에는 앉아 있는 모습이었습니다. 자동차가 나무를 태우며 가는 목탄 자동차도 보이고, 소가 끌고 가는 달구지도 보이고, 군용트럭이 고장으로 길가에 세워 놓고 차를 고치고 있는 군인들의 모습과, 군인들이 언덕 잔디밭에 무질서하게 누워 있는 모습도 보였습니다. 평양을 지나 농촌으로 갈수록 경제적인 열악함이 현실로 나타나 있었던 것이 안타까웠습니다.

우리 일행은 동해안 원산에 도착하여 바닷가 한 음식점에서 점심을 먹었으나 요리사가 일본에서 요리를 배워 왔다고 하면서 여러 가지 생선 요리와 해물탕을 맛있게 끓여 주어 먹었습니다. 식사 후에 원산 앞바다를 끼고 달리며 원산 바다를 바라본 해수욕장에는 주민들로 보이는 민간인 가족들이 아이들과 함께 평화롭게 해수욕을 하는 모습도 보여서 평양에서 원산을 오가는 고속도로를 달리며 보았던 농촌 사람들의 열악한 모습과는 대조적이었습니다.

1시간을 더 달려서 문천 아연 탄광을 방문하여 공장을 둘러본 우리는 북한의 아연 제련 기술이 낙후되어 1차로 제련한 슬러지가 산

더미처럼 쌓여 있는 것을 보았습니다. 그러나 아연의 제련이 덜된 슬러지를 우리나라 생산 시설과 제련 시설의 기술을 투입하여 설비를 개선하여 슬러지를 다시 제련하면 많은 양의 아연을 추가로 얻을 수가 있었습니다.

그 후 기계 시설을 남한에서 제작하여 북한 문천의 아연 광산에 보내어 시설을 확충한 후에는 문천 아연 광산에서 슬러지로 방치했던 아연을 새로운 기계로 생산하여 그 아연을 남한으로 가져다가 팔아서 그 값의 반절은 현금으로 북한 아연 탄광으로 보내 공장 운영에 사용하게 하고, 반절은 식용유와 식량을 구매하여 북한으로 보내는 방법으로 남북 간 교류하는 경제 협력 사업에 협력을 하였던 것입니다.

한번은 5월 말에 평양 순안공항에서 백두산을 가기 위해 백두산 삼지연 공항으로 가는 북한 비행기를 타고 가서 삼지연 공항에서다시 버스를 타고 백두산 중턱까지 올라가 도보로 조금 올라가니 백두산 천지가 한눈에 들어왔습니다.

백두산 천지는 우리를 기다렸다는 듯 구름 한 점 없었습니다. 과거에 탈북자들을 도우면서 압록강이나 두만강 쪽에서 백두산을 올라가 본 경험이 있으나 북한 땅을 통해 백두산을 올라가 본 것은 내 생전에 다시 있지 않을 수 있어 감회가 새로웠습니다.

중국에서 탈북자들을 돌보며 북한 땅을 향해 기도하며 가보고 싶었던 소원을 하나님께서는 단둥에서 북한을 사랑하여 밀가루를 지원하는 계기로 북한 땅을 허락해 주셨으며, 보너스로 백두산 천지까지 북한을 통하여 올라가 바라보게 하신 것을 너무나도 감격하여 눈물을 흘리며 감사 기도를 하였던 것입니다.

중국 두만강 연길에서 올라가는 백두산과 중국 압록강 회산 쪽에서 올라가는 백두산 길을 두 곳에서 다 올라가 보았으나 북한 삼지연에서 올라가는 백두산은 길이 완만하게 올라가면서 오르내리는 길에 고산지의 희귀 식물들과 꽃들이 많았고, 백두산을 올라가는 주변은 정말 아름다운 풍경을 잊을 수가 없습니다.

백두산 정상은 마침 구름 한 점 없는 맑은 하늘을 열어 주어 백두산 정상에서 보는 천지연은 우리를 환영하듯 아름다운 하늘 위의 바다 같은 느낌을 주었습니다. 북한 선교를 하고자 열망하며 북한을 향해 한 걸음씩 나아가다 보니 하나님께서는 천지까지 보여 주셔서 무한한 감사를 드렸습니다.

과거에 탈북자들을 연길에서 돌보던 중에 두만강 쪽으로 백두산을 올라갔을 때 날씨가 맑아서 두 손을 높이 들고 기도를 하고 있는 순간에 갑자기 하늘에서 구름이 내 머리위로 몰려오는가 했는데 내 머리가 하늘 쪽으로 모두 수직으로 서면서 '지~' 하는 소리가 나기 시작했습니다.

이것은 기도 중에 구름이 내 위에 몰려와 나를 완전히 덮으면서 구름 속에 있던 번개를 만드는 전기가 내 손과 머리를 통해 땅으로 흐르면서 소리가 나는 것으로, 손을 내리면 소리가 멈추었고 손을 들면 다시 모든 머리가 수직으로 서면서 '지~' 하는 소리가 계속 났던 신기한 현상을 맛보며 탈북자들과 북한과 남북통일을 위하여 1시간가량 깊은 기도를 하고 하산하였습니다.

북한 쪽 백두산을 내려오는 길 주변 계곡 깊은 곳에는 5월 말인데도 아직 녹지 않은 얼음과 눈도 보였으며, 백두산 중턱 평평한 잔디밭에 앉아 평양에서 가져온 도시락을 먹는 기분은 정말 통일을 맛보는 듯했습니다.

내려오는 길에 삼지연 호수를 돌아보는 과정에서 김일성 혁명 동상 앞에서 북한의 아름다운 여성이 김일성 혁명성과업을 북한 시골 말씨로 열심히 설명하는 것을 들었고, 그 여인이 너무 아름다워 슬그머니 10달러를 몰래 손에 쥐어 주니 내 손을 꼭 잡아 주었습니다.

또 김정일이 태어났다고 하는 백두산 정일봉이라는 글씨가 크게 새겨진 백두산으로 이동하여 그숲속에 있는 나무 원목으로 지은 숲속의 작은 집을 김정일의 생가라고 소개하여 돌아보았습니다.

김정일이 태어난 생가를 돌아보기 위해 오가는 길에는 김정일의 생가를 보기 위해 행군을 하며 오가는 초, 중, 고등학생들을 자연스럽게 보면서 평양의 아이들과 너무 다르다는 것을 느꼈습니다. 아이들은 동남아 아이들처럼 신장이 작고 말랐으며, 고난의 행군 시기에 태어난 아이들은 대한민국 아이들보다 평균 20㎝는 더 작아 보이고 태양 빛에 검게 탄 아이들이 고생을 많이 하면서 살아가고 있는 것 같아서 너무나 안타까웠습니다.

김정일이 태어난 곳은 북한에서 선전하는 정일봉이라는 곳이 아니라고 합니다. 러시아 선교사님 말씀에 의하면 김정일은 사실 러시아 연해주 불라디보스톡과 우스리스크 중간에 위치한 라즈돌리나 라는 곳이 있는데 그곳은 소련 군대가 주둔하다가 탱크를 몰고 한반도 땅에 들어와 6·25전쟁을 일으킨 부대로서, 그곳에서 김일성이 소련군 대위로 근무했던 2층 벽돌조 막사에서 김정일이 태어났다고 합니다.

생각 속에만 존재하고 있었던 북한 소식을 탈북자들을 통해서 증언하는 것을 듣고 또 선교사를 통해서 북한 동포들을 사랑하는 마음이 계속되자 하나님께서는 나를 우리 정부를 통해서 북한을 직접 들어가게 하시고 북한 내부의 많은 것을 보게 하셔서 북한 선교에 눈을 뜨게 하셨습니다. 또한 통일이 되었을 때 우리에게 선교를 어떻게 하여야 할 것인지를 판단하게 하시며, 우리 민족을 위해 기도하게 하신 은혜에 감사드리는 것입니다.

남한의 모든 국민들은 북한 사람들과 한 민족이요, 같은 말을 하며 살아가는 동족이므로 정치적이나 지리적으로 헤어져 있더라도 그들을 사랑하는 마음으로 항상 다가가 교류하며 그들에게 인도적으로 삶에 필요한 것은 돌보아 주어야 합니다. 또 통일을 대비하여 기도하며 물질적으로 준비하면서 현재 할 수가 있는 일들을 실천하며 잘사는 남한 국민들은 북한에 대하여 우리 민족임을 잊지 말아야 할 것입니다.

- 약자는 강한 자가 품어야 하고,
  가난한 자는 부유한 자가 돌보아 주어야 하며,
  병든 자는 건강한 자가 보살펴 주어야 하는 것이다.
- 건강과 신앙은 타인이 지켜줄 수가 없으며
  오직 내 스스로 지킬 수 있는 것이다.
- 뜻이 있으면 길이 있고
  길을 열심히 가면 목적을 이루고 좋은 열매를 맺는다.
- 우리 민족은 한 민족이며
  떨어져 있어도 두 민족이 될 수는 없는 것이 한 핏줄이기 때문이다.
- 북한 정권은 변화되어야 하나
  북한 국민은 함께 살아야 하는 한 민족이다.
- 민족을 사랑한다면
  북한과 최소한 인도적 도움과 교류는 지속되어야 한다.
- 문을 두드리라. 그러면 열릴 것이라는 말씀으로
  계속 북한을 두드리면 열릴 것이다.

21.
북한 탈북자 선교

청년의 시기 27세 겨울 어느 날, 갑자기 성령께서 내게 임하신 후에는 항상 하나님께서 명령하신 미래 복음의 일들이 나에게 주어졌다는 생각을 항상 놓아 버릴 수가 없었습니다. 이미 내가 가야할 길과 미래에 해야 할 하나님 나라를 위한 일들이 정해져 있었고, 그것을 항상 생각하게 하시고 잊어버리지 않게 기도하게 하시며, 자신도 모르게 하나님께서 인도하여 주셔서 하나님께서 원하시는 길을 가도록 하셨습니다.

하나님께서는 내가 운영하는 회사를 더 키우고 더 큰일을 하려고 내 욕심으로 사업을 하다가 사기를 당한 후에 잘못된 길을 가는 것을 깨닫게 하셨습니다. 또 용인시 기흥구 구갈동에 미션 파라다이스라는 선교회를 세우고 대한민국에 들어와 있는 중국인들을 모아 예배를 드리며 교육하여 중국으로 돌아가 복음을 전하도록 하게 하셨습니다. 중국 동북삼성을 돌아다니며 탈북자들을 모아 도우며 중국에 10여 곳의 교회를 세우기 시작한 것이 선교의 본격적인 일이 되었습니다.

개성공단에서 아파트형 공장 건설을 욕심으로 큰 사업을 하다가 문제가 발생하여 철수하면서 하나님의 뜻이 무엇인지 더 확실하게 깨닫게 하셨습니다. 내 발걸음은 하나님 말씀을 실천하여 의로운 길을 계속 가도록 인도하시는 모든 일들이 하나님의 뜻임을 확실하게 깨닫게 하셨습니다.

처음 선교에 대하여 계획하며 기도하고 있을 때 북한의 식량난으로 250만 명이 죽었다는 소식과 함께 북한에서 나이가 많은 사람은 북한 내에서 많이 죽었고, 젊은 사람과 어린이들이 중국으로 몇십만 명이 압록강이나 두만강을 건너 탈북하여 중국 동북삼성에서 구걸하며 방황하고 있었습니다. 특히 어린이들이 중국 동북삼성을 떠돌아다니며 구걸하는 TV 뉴스를 접하였을 때는 내 발걸음은 이미 중국행 비행기를 타고 탈북자들을 구출하기 위하여 가고 있었습니다. 이 모든 것이 하나님 나라의 일을 위하여 성령께서 인도하고 계시는 증거인 것입니다.

중국 심양과 안산, 연길 길거리에서 떠돌아다니는 탈북자 아이들을 조선족 동포와 함께 데려다가 아파트 여러 곳을 얻어 양육을시키면서 탈북자를 돕는 일을 큰 보람으로 느꼈으며 당연히 해야 할 일이라 생각하였습니다.

많은 돈의 투자와 신체적인 위험이 따르는 일이지만 북한 탈북자를 도와주는 것이 하나님의 뜻이라는 것의 선교 꿈은 점점 더 커져서 돈을 벌고 사업하는 목적이 이 선교와 복음을 위한 것이라고 점점 가슴에 크게 자리를 잡아가고 하나하나 실천에 옮기고 있었던 것입니다.

그 후에도 중국에 가서 탈북자 어린이들을 모아서 여러 곳에서 양육하고 중국에 교회를 여러 곳에 세우고 복음을 전하고 있을 때 많은 우리나라 선교사들이 여기에 동참을 하였으나 중국에서 북한 탈북자들을 한국으로 이동시키려다가 중국 공안에게 잡혀 감옥에 가는 선교사님들도 여러 명 있어서 이 일은 희생을 각오하고 하여야만 가능한 일이었습니다.

"마가복음 8:35 누구든지 제 목숨을 구원코자 하면 잃을 것이요 누구든지 나와 복음을 위하여 제 목숨을 잃으면 구원하리라" "데살로니가전서 2:8 우리가 이같이 너희를 사모하여 하나님의 복음으로만 아니라 우리 목숨까지 너희에게 주기를 즐겨함은 너희가 우리의 사랑하는 자 됨이니라"는 말씀처럼 복음으로 민족을 구원하기 위함이요, 예수님께서 십자가의 사랑으로 우리를 구원하셨으므로 우리도 주님의 사랑으로 세상 사람들을 구원하는 십자가의 은혜로 세상 사람들을 사랑하라는 것입니다.

중국에서 탈북자 선교를 하시다가 감방에 투옥되어 옥살이를 하고 추방되어 다시 북한 동포들이 많은 러시아 연애주 라즈돌리나에서 선교를 하시고 계시는 전 선교사님과 함께 북한 쪽으로 두만강 하류를 향해 핫산으로 가는 길의 큰 마을마다 교회를 세우기로 하고 세 번째 교회를 세우며 지원하고 있는 전 선교사님과 협력하여 일을 하고 있습니다.

그 후 전 선교사님은 북한 땅이 가까운 러시아 라즈돌리나에서 러시아로 나온 북한 노동자들과 고려인들과 러시아인들을 위해 교회를 설립하고 신학생들을 양육하며 선교를 하고 있으나 이곳은 러시아 연해주 우스리스크나 블라디보스톡 중간 지점으로 러시아에서 북한을 오고 가려면 이곳을 거쳐 가는 삼각지와 같은 길목의 땅에서 선교하시고 있습니다.

또 탈북자들을 많이 도와주었던 천 목사도 중국 감방에 갔었으나 우리는 탈북자들을 선교하는 사람들과 함께 협력하여 본격적으로 탈북자를 도와주기 위하여 (사) 두리하나 선교회를 강남구 역삼동 낙원건설이 보유한 건물에 설립하고 본격적으로 탈북자들을 도우며 지원하기 위하여 협력하여 도움을 주기 시작하였습니다.

여기에 참여한 창립 이사진은 천 목사, 송내중앙 감리교회 김 목사, 전 안기부장 권 장로, 두레교회 김 목사, 온누리교회 김 회계사, ○ 목사, 김 장로 등이었고, 많은 사람이 회원으로 참여하여 탈북자를 구출하고 도와주어 한국으로 올 수 있도록 하는 일에 본격적으로 활동을 시작하였습니다.

우리가 하는 일은 중국 각처에서 활동하는 선교사님들과 조선족 탈북자 선교 일에 동참하는 많은 사람에게 우리 두리하나 선교회 전화번호를 알려 주고 이들이 한국으로 오고자 하여 전화하면 모금한 돈과 사람을 투입하여 중국에서 기차, 승용차, 버스 등으로 제삼국의 국경까지 가서 야밤에 국경을 넘어 몽골, 미얀마, 라오스, 태국,

베트남, 캄보디아로 이들을 비밀리에 이동시켜 안전하게 피신시킨 후 나중에 ○○부와 ○○부에 넘겨서 안전하게 한국에 오도록 도와주는 일을 하는 것이었습니다.

탈북자 선교는 우리도 가끔 목숨을 걸고 하는 일이나 마찬가지였으며 몽골 루트는 중국에서 기차나 자동차를 이용하여 몽골방향 북쪽으로 가서 몽골 국경을 도보로 몰래 넘어 몽골 군인들에게 잡혀서 감방에 들어가면 우리 정부와 몽골 정부가 협의하여 한국으로 이동시키는 것이었습니다.

태국 방향 루트는 탈북자가 중국 남쪽으로 이동하여 도보로 중국 국경을 넘어 미얀마나 라오스를 거쳐 태국 치앙라이 골든트라이앵글 지점으로 강을 건너 태국 땅으로 넘어가 경찰에 잡혀서 감옥에 가게 되면 탈북자들이 유엔으로 난민 신청을 하여 난민 지위를 얻은 다음 탈북자가 원하는 나라로 가는데 대부분 우리나라 대한민국으로 오게 됩니다.

캄보디아 루트는 중국에서 버스, 기차 등으로 중국 남방으로 가서 베트남 국경으로 이동하여 국경을 넘으면 하노이에서 탈북자를 받아 다시 호치민으로 보내고 호치민에서 다시 캄보디아로 보내서 비밀 장소에 머물다가 한국으로 이동하게 되는 것입니다.

지금 말하는 경로는 일반적인 것으로 상세한 것은 지금도 탈북자가 비슷한 경로로 이동할 수 있으므로 더 상세한 것을 말할 수가 없습니다. 한국에서 탈북자들이나 관계자들의 전화를 받으면 이들의 이동을 도우며 안전하게 한국에 오게 하거나 제삼국에서 정착하도록 여러 가지 일을 하며 지원하였습니다.

우리 선교회는 몽골에서는 탈북자 정착촌을 만들어 보려고 두레교회 김 목사와 전 한나라당 대표 황 의원 등 여러 사람들과 함께 몽골 국회를 방문하고 수백만평의 땅을 기증받기로 협약을 체결하고 탈북자 정착촌을 만들어 탈북자가 농사 등을 경작하며 살아갈 수 있도록 몽골 국회와 협약까지 했으나 결과는 잘 이루어지지는 않았습니다.

또 김 목사님과 우리 일행은 러시아 블라디보스톡을 방문하여 러시아 연해주에서 많이 생산되는 콩을 사서 북한의 식량난을 해결해 보려고 노력했으나 러시아에서 생산되는 콩의 통관의 어려움과 물류 시스템의 문제가 있었습니다. 블라디보스톡에서 북한까지는 기차 정거장이 몇 개 되지 않지만 열차 화물 차량을 구하고 옮겨 실어야 하고 다시 국경에서 러시아 철도 레일과 북한 철도 레일 사이즈가 틀려 많은 풀어야 할 많은 어려움이 산재되어 결과적으로는 이루어지지 않았습니다.

중국으로 탈북자 탈출이 절정기에 이를 때 베트남으로 밀려오는 탈북자들을 다시 캄보디아나 태국을 통해 대한민국으로 오게 되는 루트인데 밀려오는 탈북자를 바로바로 대한민국으로 오게 할 수 없는 것은 대한민국의 탈북자 교육 시설이 부족하여 일정한 인원을 일정한 기간마다 오게 하여야 합니다.

베트남은 북한과 같은 공산주의이므로 북한과 가까워 베트남에서 우리나라로 탈북자들을 직접 오도록 할 수가 없고, 제3국의 탈북자 시설에 수용 능력도 부족하여 베트남으로 밀려오는 탈북자를 임시로 베트남 정부 몰래 호텔 두 곳을 렌트하여 약 500여 명을 비밀리에 수용하고 있었는데 그곳은 대사관에서 어느 장로님을 지원해 드리며 운영했던 곳이었습니다.

탈북자 중에는 죄를 범하고 탈북하여 온 사람 등 문제가 많은 사람도 끼여 있을 수 있어서 베트남에 머무는 기간에 하나님의 말씀으로 교육을 하여 대한민국으로 오도록 하는 것이 시급했습니다. 하나님 말씀을 교육하기 위해 성경 책을 베트남으로 보내려고 노력했으나 베트남은 공산주의라 성경 책 반입이 금지되어 아이디어를 낸 것이 탈북자들을 관리하는 자금을 지원하는 곳은 우리나라 대사관이기 때문에 대사관에 보내는 택배나 우편물은 외교 관례상 검사하지 않는다는 것을 알고 성경 책 수백 권을 여러 박스에 나누어 담고 이중으로 박스를 포장해서 대사관으로 보냈습니다.

화물을 보낼 때는 박스 포장을 두 겹으로 포장하여 겉에 박스에는 대사관 이름을 기록하고 박스를 하나 뜯으면 속 박스에 탈북자를 관리하는 장로님에게 전달해 달라는 편지를 써서 보냈는데 그대로 되었던 것입니다.

베트남 대사관으로 보낸 성경 책은 생각하는 대로 잘 도착하여 탈북자들을 교육하도록 하였으나 이것은 우리 정부 대사관을 이용하여 성경 책을 밀수를 한 것이나 마찬가지였습니다.

탈북자가 있는 곳은 나와 베트남 장로님 외에 우리나라 일반인들은 아무도 모르고 있었고 베트남 정부에서도 모르고 있어야 하는데 베트남과 캄보디아를 다니며 많은 탈북자를 지원하는 것을 우리 선교회에도 그 위치나 수용 인원 등을 상세하게 말할 수가 없었던 것은 그것을 절대로 비밀 유지를 해야 생명을 구할 수 있기 때문입니다.

만약 보안을 지키지 않으면 탈북자 아지트에 있는 모든 탈북자들이 북송 위기에 처하게 되어 생명이 위험하기 때문에 상세한 아지트를 공개하지 않았습니다. 그런데 아지트를 공개하지 않는다고 불만이 많은 선교회 이사진들과 내부 사람들과 마찰이 있었지만 나는 그들의 생명을 지키기 위해 끝까지 철저히 비밀로 하였습니다.

단지 탈북자 시설은 그 아지트가 정리된 후에 말하는 것이 정도인데 당시 두리하나 선교회는 평소 우리나라 모든 언론, 일본 NHK, 영국 BBC 미국 CNN 등 많은 외국 언론과 탈북자 문제로 인터뷰를 계속적으로 하고 있었기 때문에 더욱더 나는 보안에 신경을 쓸 수밖에 없었습니다.

어쩌다가 베트남 아지트를 우리나라 한 신문사 기자가 베트남 선교사들의 입을 통해 대충 눈치를 채고 베트남에 가서 대충 그런 시설이 있을 것이다, 라고 취재하고 와서 언론에 시설이 있다고 보도를 하였지만 베트남 정부도 베트남에 탈북자 시설이 어디에 있는지를 몰라 탈북자가 베트남에는 없다며 부인하는 공식 브리핑을 할 정도로 비밀이 유지되고 있었습니다.

그 후 베트남 정부의 부인에도 불구하고 우리 정부 00부에서 위급함을 알아차리고 먼저 나서서 북한 정부가 손을 쓰기 전에 베트남 정부에 탈북자 아지트가 있다고 시인하게 하는 힘겨운 협상을 한 끝에 탈북자들 모두를 북한으로 북송하지 않고 우리나라 비행기 전세기 2대를 베트남 호치민으로 띄워 약 500명의 탈북자를 한국으로 실어 오는 작전이 실행된 일도 있었습니다.

나는 선교회의 재무 담당 이사로서 두리하나 선교회를 운영하기 위하여 강남구 역삼동의 내가 보유하고 있는 빌딩을 무상으로 지원하고 선교회 자금이 필요할 때마다 많은 자금을 지원하는 등 선교회가 존재하도록 상당한 기여를 하였습니다. 그러나 선교회가 점점 방만하게 운영되어 계속 자금이 모자라는 문제가 발생하였습니다. 2000년 중반부터는 탈북자가 점점 줄어들고 기획 탈북으로 탈북 방법이 변화하자 탈북자 선교회를 다른 사람들이 운영하도록 하고, 이사진에서 사직하고 탈북자 선교에서 세계 빈민국 오지에 초,중,고등학교를 세우고 복음을 전하는 선교로 방향 전환을 하였던 것입니다.

그 후 중국 단동에 들어가 압록강 하류에서 백두산을 오르며 북한 실상을 모니터링하고 다시 두만강 하류의 중국 국경과 러시아 국경과 북한 압록강 하류가 만나는 삼각 지점에 가서 중국 국경에 있는 전망대에 올라가 북한 땅을 바라보며 기도하면서 이 삼각지 국경을 자유롭게 넘나드는 통일의 날이 오기를 하나님께 간절히 기도하였습니다.

압록강을 둘러보는 어느 날에는 중국 국경과 북한 국경이 2m 정도밖에 안 되는 곳에 허술한 철조망이 설치되어 있었고, 국경을 넘어 북한 땅 약 20m 정도 거리에 북한군 병사가 소총을 거꾸로 매고 있는 것을 확인하였습니다. 우리 일행은 북한군 병사를 불러서 이야기를 걸어 보기 위해 같이 갔던 조선족을 통해 북한 병사를 불러서 담배를 주겠다고 했습니다. 그랬더니 가까이 와서 담배를 받고 볼펜도 달라고 하여 대한민국의 글씨가 적혀 있는 볼펜을 주었더니 감사하다고 인사를 하고 받아 가는 것을 직접 목격하였습니다. 이렇게 가까이서 대화할 수 있는 상태인데도 언제나 통일이 될까 하는 아쉬움은 탈북자 선교를 하는 동안 항상 맴돌았습니다.

두만강이나 압록강 상류 강폭이 좁고 강바닥이 낮은 지역은 북한 동포들의 고기 잡는 모습이나 빨래하는 모습이 코앞에 보였습니다. 강폭이 좁은 곳에서 북한을 보고 있으면 아이들이 지나가고 있어서 차를 세우고 아이들에게 과자 봉지를 돌멩이에 매달아 강 건너로 던져 주었습니다. 그러나 아이들은 짐승들처럼 재빠르게 숲속으로 들어가 버려서 말 한마디 해 보지 못하고 과자 봉지만 강 건너 북한 땅에 던져 놓고 떠나면서 멀찍이서 보면 그때야 아이들이 나와서 과자 봉지를 주워 가는 것을 볼 수 있었습니다. 이내 말을 걸어 보지도 못하고 우리는 떠나야 해서 아쉬웠던 기억도 있습니다.

압록강 상류에는 북한의 해산이라는 도청 소재지 격의 도시가 있으나 중국 땅이 북한 땅보다 약 30m 높은 언덕에서 북한 해산 시내를 내려다보면 바로 앞에서 다 볼 수 있는 곳이 있었는데 우리는 가지고 간 망원경으로 더 상세하게 북한 국민들의 실생활을 여러 방향으로 들여다보았습니다.

북한 주민들이 강가에서 빨래를 하거나 목욕하는 모습, 장마당에서 물건을 거래하는 모습, 길거리의 행인들, 학교에서 아이들이 뛰어놀고 있는 모습, 군부대의 군인들이 많이 보여서 행군하는 모습 등 여러 가지 북한 주민들의 실생활을 볼 수 있는 유일한 곳이기도 합니다.

우리나라와 북한 간 휴전선은 폭 4km 비무장지대가 있으며 동,서가 바다로 막혀 있으며 북쪽에는 두만강과 압록강으로 막혀 있어서 서로 교류를 할 수가 없으나 독일은 베를린 도시 중앙에 장벽을 두고 있는 가까운 거리에 서로 소리를 지르고 대답할 수 있었던 국경 환경으로 나중에는 인력을 교환하고 서로 물건을 사고팔며 서로의 생활을 알게 됨으로써 동서독 간 민간 교류를 통해서 결국은 통일이 되었습니다. 그렇지만 우리나라의 국경 환경과는 많이 달라서 정말로 우리나라의 통일은 어려운 일일 수가 있겠다는 생각까지 들었습니다.

그렇다고 정치적이나 외교적으로 북한과 대화나 협상으로 통일이 가능할까! 이것도 쉽지 않은 것이 북한의 특성상 세계 어느 나라보다 주민 통제가 잘되어 있는 나라이며, 설상가상으로 중국의 공산국가로 북한을 개방하는 데 소극적이기 때문에 정치적으로나 지정학적으로는 북한이 섬나라처럼 고립되어 있는 것입니다.

북한 내부의 정치적으로는 오직 정권을 유지하기 위하여 국민의 기본적 인권마저도 희생시킬 준비가 되어 있어서 주민들끼리 서로 감시 체계와 사상 교육을 철저하게 하므로 독제 체제가 무너지기는 어려운 상태입니다.

중국은 북한을 자신들의 우방이라는 허울 좋은 명목을 갖고 있지만 그 실상은 북한의 자원을 헐값에 사들이고 소비 제품을 많이 팔아먹는 경제적으로 북한을 속국화시키고 있는 것이며, 이처럼 북한을 중국의 이용 수단의 나라로 외견상 보호하고 있는 한 통일을 속단하기는 정말 어려울 것입니다.

우리나라는 북한을 바라보면서 부족하나마 때를 기다리며 북한 국민들을 깨우는 교류나 외교적인 방법은 어떠한 경우라도 멈추지 않고 계속되어야 언젠가는 북한이 붕괴되거나 평화통일이 될 때 남북이 서로 한 민족으로 인정하며 남북과의 괴리가 줄어들고 함께할 수가 있을 것입니다.

북한 정권이 변화하여야 한다는 속마음을 항상 가지고 가되 우리 민족은 절대 포기해서는 아니 되며, 꼭 필요한 생명을 구하는 일이나 질병에서 어린이를 구하는 구호적인 것들은 서로 교류와 함께 공급을 해야 하는 것입니다.

남북이 언제 통일이 될지는 의문이나 통일이 될 때까지 우리 나라 교회와 성도들은 기도하고 작은 돈이라도 준비하며 통일이 되었을 때 교회를 세우는 일 등에 사용할 수 있는 자금을 확보하는 것과, 국가나 민간단체에서는 민간 교류라도 계속되며 정권이나 군사적으로는 관계가 없는 아이들을 위한 먹거리, 의약품, 문화, 종교관계, 학술관계, 체육활동 등은 절대로 끊어 버리지 말고 계속되어야 하는 것입니다.

우리 민족은 시간이 아무리 지나고 지리적으로 단절되어 아무리 멀어져 있더라도 두 민족이 될 수가 없으므로 끝까지 인내하며 서로 인도적 지원은 하면서 설득하고 교류를 멈추지 않고 서로 도우며 협력해야 할 것입니다.

- 돈을 열심히 벌어야 하나
  돈을 사용하는 의로운 목적도 세우고 돈을 벌어야 한다.
- 통일은 북한 국민이 진리의 자유를 깨닫고
  그 중요함과 새로운 힘이 생길 때 가능한 것이다.
- 통일은 언젠가는 이루어진다는 사실을
  대한민국 국민이 모두 알고 계속 교류해야 한다.

- 북한은 섬나라처럼 고립되어 있는 지리적 여건으로,
  우리가 들어가서 일깨워야 한다.
- 선교를 하며 복음을 전하는 것은
  세상을 진리로 해방하는 것으로 세상 끝 날까지 계속되어야 한다.
- 진실하게 사람을 끝까지 대하면
  언젠가는 그 사람도 진실을 알고 돌아오게 된다.

22.
고난이 복음으로 인도

복음을 위한 발걸음의 시작은 강남구 일원동에 있는 교회를 섬길 때 정 목사님이 필리핀에 선교를 다녀오셔서 5백만 원이면 필리핀 오지에 교회를 세울 수 있다는 말씀을 하셔서 처음으로 필리핀 앙겔레스 마답답이라는 지역의 피나투보 화산 폭발로 이재민이 수십만 명이 발생한 난민촌에 교회를 건축하여 복음을 전하기로 하고 여름에 필리핀 선교 여행에 동참하면서 시작되었습니다.

1995년도에 필리핀에 처음으로 선교 여행을 가는 사람으로서 목격한 것은 필리핀 사람들이 우리나라 사람들 신체보다 작고 한여름에 지프니를 타고 비포장도로를 하루 종일 타고 다니고 있는 것을 목격하였는데, 우리나라 환경과는 많이 다르고 낙후된 부분들을 보면서부터 선교에 대한 생각을 많이 하게 되었습니다.

지프니는 짚차를 개조해서 뒷부분을 길게 화물차처럼 만들어 군인들 트럭에 인력과 화물을 동시에 실어 나르는 것처럼 많은 사람들이 타고 다닐 수 있도록 개조한 차입니다. 창문이 없는 차로 흙먼지와 매연이 얼마나 심한지 저녁에 숙소로 돌아오면 몸에는 모래 먼지가 묻어 나오고 옷은 두 번 입을 수 없을 정도였습니다. 과거에는 우리나라보다 더 잘살았다는데 실상은 도시 길가에 쓰레기가 많이 널려 있고 주민들의 생활은 많이 낙후되어 있는 것을 볼 수 있었습니다. 우리가 방문한 지역은 필리핀 앙겔레스 마답답이라는 곳인데 1991년도에 피나투보 화산이 폭발하여 이산화황가스로 인하여 햇빛이 10%나 계속 감소되어 전 세계 기온이 0.5도나 떨어질 정도로 지구에도 큰 재앙이 발생하였던 곳이었습니다.

유엔에서 구호물자를 긴급으로 지원하여 이재민들이 사는 집단 난민촌을 건설한 지역의 열악한 숙소와 피나투보 화산이 폭발한 지역들을 돌아보고 돌아왔습니다. 피나투보 화산을 가는 들판 길에는 화산 폭발로 발생한 이재민 아이들이 길거리에 서서 우리에게 계속 손을 벌리고 무엇인가 달라면서 수 킬로미터 동안 수백 명의 아이들이 구걸하는 모습이 보였습니다.

길가에는 화산에서 흘러내려 온 모래가 쌓여 있는 맨땅에 십자가가 세워져 있어서 왜 십자가가 들판인 땅에 서 있는지 선교사님께 물었더니 그 십자가는 원래 2층 지붕 위에 있는 십자가였으나 화산재가 마을을 다 덮고 계속 쌓이면서 2층 건물 지붕까지 다 덮여 지붕 위 십자가만 땅 위에 보이게 되었다는 것입니다. 과거 마을에 쌓인 화산재는 약 10m 이상으로 이 모래 땅속에 마을이 있었다는 말을 들었습니다.

우리는 피나투보 화산이 폭발하여 마을 전체가 매몰되고 많은 이재민이 발생한 지역을 돌아보았습니다. 산중턱 마을에 통나무로 뼈대를 세우고 긴 갈대 같은 풀을 베어다가 덮어 만든 지붕과 벽체는 아무것도 없으며, 바닥은 땅 자체이며 그냥 햇빛과 비를 피해 서서 예배를 드리는 산동네 초가집 교회 현황을 모니터링하며 현지 교회들을 여러 곳 방문하고 다시 난민촌으로 와서 난민들을 위해 교회를 세우기 위해 여러 곳을 돌아보며 장소를 물색해 보았습니다.

난민촌 집은 모래바람이 날리는 넓은 들판에 블록으로 벽을 쌓고 미장이나 페인트칠은 하지 않은 상태로 지붕은 함석으로 덮고 건물 내부 바닥은 시멘트 바닥 그대로였습니다. 문은 헝겊 천으로 만들어 커텐으로 달았고, 겨우 몸을 피할 정도의 넓이가 20㎡ 정도밖에 되지 않는 집을 수만 가구를 지어 도시를 이루고 있었습니다. 어떤 집에는 시멘트 바닥에 누워 자는 사람을 볼 수가 있었고, 간신히 유엔 구호품을 공급받아 생활하고 있었습니다.

우리는 난민촌 중앙에 난민들을 관리하기 위하여 세워진 관리소 옆에 종교 부지를 마련하여 교회를 건축하기로 하고 시정부에 문의하였지만 쉽지가 않아 고민했습니다. 그러다가 과거에 마닐라시 경찰서장이 한국에 온 적이 있을 때 우리 교회 목사님이 만나서 극진히 대접해 준 일이 있어서 마닐라 경찰서장에게 혹시나 하고 부탁했는데 다행히 교회를 지을 수 있는 마땅한 부지를 알선받아 50년을 무상으로 임대하여 사용하는 조건으로 대지를 받을 수 있어서 하나님께 감사를 드렸습니다.

마닐라 경찰서장의 말 한마디는 즉시 통하여 지역 책임자와 협의가 되어 돈을 주고 교회 부지를 사지도 않고 무료로 땅을 50년 동안 빌려주는 조건으로 교회 부지를 확보하여 교회를 건축하기 위하여 설계를 하고 그곳에 1995년도에 건축헌금으로 약 3천만 원을 헌금하여 바닥은 콘크리트를 타설하고 미장을 하였으며, 벽체는 블록을 쌓고 페인트를 칠하고 지붕은 강철판으로 시공하고 합판으로 천정을 만들어 페인트칠을 하였으며 외부 담장까지 시공하여 아름다운 교회를 건축하였습니다.

그 후 19년이 지나서 2014년도에 필리핀을 방문하여 1995년도에 세운 교회를 돌아봤는데 그동안 많이 부흥된 교회 모습을 보았으나 전문적으로 사역하는 목회자가 없이 선교사님이 여러 교회를 순회하면서 목회를 하는 것이 안타까웠으나 과거 난민촌 지역에 지어졌던 블록조 허술한 건물들은 온데간데없고 현대식 도시가 되어 있었습니다.

우리 일행은 파라다이스 여성 워쉽 선교단과 함께 교회 5곳을 돌며 집회를 하였으며, 초등학교 6곳을 돌면서 초, 중, 고등학생들 전체와 교사들을 모아 놓고 말씀을 증거하며 파라다이스 선교회 워십무용단의 워십을 하면서 집회를 하여 많은 은혜를 나누어 주고, 태풍으로 무너진 학교를 돌아보며 체육관 지붕을 보수하라고 후원을 하였습니다. 하나님께 큰 영광을 돌리고 와서 필리핀 선교 기쁨을 오래도록 가슴에 간직하게 되었습니다.

선교 일을 본격적으로 시작하면서 낙원건설과 개인적인 사업은 하나님께서 항상 지혜를 더하시므로 계획하는 일마다 잘되어 성장을 거듭하며 회사와 개인의 사업으로 발생한 이익금은 선교를 향하여 상당 부분이 사용되고 있었습니다.

그러던 중 회사를 더욱더 성장을 시키고자 미8군에 공사를 하려고 입찰에 참가했으나 입찰에 매번 잘되지 않던 중 미8군에 일을 봐주는 사람이 뇌물을 주면 낙찰을 쉽게 한다고 제안했고 사람까지 고용하여 시작한 이상 결과를 봐야 했기에 공사 금액이 약 500억 원 공사에 약 1%인 금액을 상대에게 전해 주고 입찰을 시도했던 적이 있었습니다.

결과는 전에 입찰과 같이 잘되지 않았고 그 사람은 차일피일 미루며 돈은 돌려주지 않아서 불법이지만 경찰 친구에게 그 사람의 신원 조회를 부탁하여 알아본 결과, 입이 떡 벌어질 정도의 전과 14범의 사기꾼이었던 것입니다.

고민에 빠져 하나님께 깊은 기도를 하고 자신을 돌아보면서 어디서부터 잘못되었는지를 회개하고 모든 것이 욕심으로부터 시작되었던 것을 깨닫고 크게 후회하며 앞으로 욕심으로 사업을 하지 않겠다고 하나님께 기도하며 다짐에 다짐을 하였습니다.

사기를 친 그 사람에 대하여는 전과 14범으로서 돌려받지 못하는 돈이라면 내가 아니더라도 다른 사람이 그 사람이 고발하여 벌을 받게 할 것이라고 생각하고 그 사람에 대한 전화번호부터 그 사람의 모든 자료를 다 삭제하고 불에 태워 버리고 그 사람을 원망하기보다는 나 자신이 회개하는 것이 우선이라는 것을 생각하고 기도하였습니다.

그 후 모든 나쁜 생각을 빨리 잊어버리자는 생각과 새로운 생각으로 돈을 벌면 손해 본 돈을 빨리 회복할 수 있다는 생각으로 사기를 한 그 사람도 고발하지 않았습니다. 그 후 내 잘못된 삶을 돌아보고 하나님께 기도하기를 앞으로는 작은 돈이라도 어려운 자나 어린 생명을 구원하는 일에 사용하기로 하나님께 서원기도를 하며 선교 사업에 전심전력을 다하기로 다시 결심하였습니다.

또 개성공단에 아파트형 공장 사업을 우리 민족을 사랑하는 뜨거운 마음으로 시작했으나 남북 관계가 경색되면서 사업이 중단되고 철수하는 일이 발생되었으나 결과만 놓고 보면 남북 정부 간 소통의 부족과 우리 정부의 정권이 바뀔 때마다 당이 다른 전 정부의 정책은 다 무시하고 새로운 정권의 자신들이 추구하는 인기 영합적 정책으로 앞선 정부의 정책은 무시되는 악순환이 반복되다 보니 남북 관계에도 전 정부가 진행하던 것도 연결성이 없이 나쁜 영향을 미친 것이 그 원인이었습니다.

그 대표적인 예로 개성공단의 부족한 인력 문제에 대해서 노 정부가 북한과 협상하여 계획한 개성공단 기숙사 건축은 개성공단에서 먼 거리에 있는 인력을 상주시키며 부족한 인력 공급을 해결하기로 한 정책이었는데 다음정부인 이 정부가 들어서면서 100% 취소를 하였던 것입니다.

이것은 정권의 문제가 아니라 개성공단 입주자들 사업의 존패 위기와 직결되는 문제로 국가에서는 기업을 위해 협력을 했어야 하나 정치적으로 해석하여 개성공단 인력 공급에 큰 차질이 발생하였던 것입니다.

그 후 금강산 피격 사건 등 남북 간의 갈등이 시작하면서 첫 번째로 아파트형 공장을 건설하여 분양하려는 낙원건설이 개성공단에서 첫 희생양이 되어 철수할 수밖에 없었던 것입니다.

다시 한번 하나님께 무릎을 꿇을 수밖에 없었으며 하나님께서는 욕심으로 자금을 끌어들여 대형 사업을 시작한 부분을 지적하여 주시고 내 삶에 많은 책망을 하셨던 것이 사실이었습니다.

낙원건설은 개성공단의 실패로 모든 재산과 대표이사 개인 재산까지 모두 은행에서 근저당을 설정하였기 때문에 은행에서는 PF자금을 모두 변제하지 않으면 근저당 설정한 재산을 하나도 풀어주지 않겠다고 하면서 이자까지 올리며 횡포를 계속했으나 고난이 심할수록 하나님께 매달리며 회계 기도를 하면서 내 삶의 미래는 선교 쪽으로 방향을 더 확실하게 잡아 나가게 되었습니다.

개성공단에서 약 200억 원이라는 큰돈을 손해보고 철수를 하고 난 후에는 잠도 잘 수가 없었고 신경을 너무 써서 기억력이 상당히 상실되고 눈의 시력이 떨어지기 시작하며 머리에는 흰머리가 많이 생기며 삶의 기력이 점점 잃으면서 내 삶에 어두운 그늘이 쌓이는 것 같았습니다.

2010년 어느 날 문득 거울 앞에 내 얼굴과 모습을 바라보면서 얼굴의 형태가 과거에 비해 많이 늙어가고 있고, 내 신체의 변화가 크다는 것을 느끼면서 죽음으로 향해 가고 있는 것을 발견하게 되었습니다.

그날부터 내 인생의 남은 앞날을 진리 하나님의 인도하심을 간절히 바라며 날마다 기도를 하였고 개성공단에서 실패하여 과거에 빠져 있는 일을 생각하는 것이 아니라 앞날의 미래를 위해 기도하면서 지금의 때가 더 지나가기 전에 체계적인 미래를 위하여 살아야 한다는 생각을 굳히고 하나님께 간절히 서원기도를 하면서 약속했던 선교를 하여 내가 죽은 후에도 복음이 계속 전해지는 제도적인 일을 해야겠다는 생각을 강하게 했습니다.

그 후 내 여생의 목표를 선교에 두고 계속 기도한 끝에 아프리카와 서남아시아 빈민국 오지에 학교를 세워서 어린 생명들이 기독교 선진 문명의 혜택을 받고 하나님 말씀으로 성장하여 그 나라를 복음으로 이끌어 가고 하나님을 믿는 나라가 되어 복음이 전해지는 계획을 완성하였습니다.

하나님께서 원하셔서 세운 복음을 위한 빈민국 오지의 복음학교는 내가 죽어도 영원히 발전을 계속하며 남아 백성들을 진리 하나님께 인도하리라는 생각으로 급한 마음으로 2011년 4월에 사단법인 아름다운 미래 유산이라는 NGO 법인을 설립하였습니다.

이제 본격적으로 선교 사업을 시작하여 지금은 콩고민주공화국 동부의 베니, 우간다 부지, 시에라리온 코이노, 탄자니아 킬리만자로, 네팔 카트만두, 방글라데시 다카, 미얀마 유치원 등 빈민국 7개소 학교를 지원하는 것과, 국내 지원 시설 4개소, 무료 급식 등을 운영하는 것을 지원하거나 신설 학교를 세워 복음이 전해지고 있는 것에 대해 하나님께 감사하며 영광을 돌리는 것입니다.

이제 고등학교를 졸업한 후에 45년을 사회생활을 하였고, 그중에 30년을 사업하면서 수많은 고난을 겪으며 하나님께 무릎을 꿇고 기도한 끝에 이제야 온전히 하나님 뜻을 깨닫고 바른길을 가게 된 것을 하나님께 감사드립니다. 앞으로는 절대로 욕심을 부리며 사업을 하지 않겠으며 흔들리지 않고 복음을 위한 학교를 계속 세우며 이 생명 다하도록 주님의 복음의 일을 완성하고 주 앞에 서는 날 칭찬받기를 간절히 원하는 것입니다.

내가 살아서 나머지 인생에 할 일은 욕심으로 살아갈 때마다 나를 채찍질하셔서 선교를 위한 바른길로 가도록 인도하신 하나님의 뜻에 따라서 하나님 나라를 위한 복음의 바탕을 완성하여 내 후대가 이것을 이어받아 영원한 하나님 나라의 생명을 살리는 복음이 계속되는 일을 작게나마 완성하는 것입니다.

- 어려움이 닥칠 때 잘 극복하는 사람과
  자책하며 좌절하는 사람의 두 부류가 있다.
- 잘못이나 문제가 발생했을 때 회개하고 바른길을 가면
  불행한 일은 사라지고 행복으로 돌아온다.
- 씨 뿌린 자는 작은 씨앗을 뿌리지만
  씨는 계속 자라서 큰 나무가 되어 많은 열매를 맺는다.

- 환란을 인내와 연단으로 극복하는 사람은
  과거보다 소망을 가지고 더 큰일을 하게 된다.
- 돈은 의로운 자에게 가면 사람을 살리지만
  악한 자에게 가면 그 사람과 타인의 생명을 빼앗는다.
- 하나님을 믿는 자는 실패 후 회개하며 크게 깨닫고
  하나님 진리 말씀으로 더 의로운 사람이 된다.

23.
복음을 위한 아름다운 미래 유산

선교 초기에 필리핀에 교회 건축을 시작으로 베트남과 캄보디아를 여러 번 방문한 적이 있습니다. 베트남에서는 오 선교사님 외 몇 분과 선교에 대하여 협의하면서 지원을 하였고, 오 선교사님이 운영하는 '가이자'라는 포털사이트 회사에 투자하여 기업이 성공하면 선교에 도움이 많이 된다기에 지분 10%를 받기로 구두로 약속을 받고 1천만 원을 투자하였으나 지금은 소식이 없어서 회사는 잘되는지 모르겠습니다.

캄보디아에는 탈북자를 교육하고 양육하시는 김 목사님을 계속 후원하고 대화를 나누면서 기도하며 교류했으나 어느 날 선교사님 계좌가 막혀서 계속 지원을 하지 못하게 되어 아쉬웠습니다.

본격적인 선교 사업을 위하여 현지를 방문하기로 하고 먼저 네팔을 방문하여 기존 학교 한 곳을 기독교 학교로 전환하여 복음을 전하기로 현지 선교사와 협약을 하고 일반 학교 선생님부터 복음을 전하고 아이들에게 복음 송 노래를 부르기 시작하면서 지금은 상당수 선생님이 복음을 받아들여 학생들을 모아 매주 예배를 드리는 수준까지 올라왔습니다.

과거 지진으로 학교가 금이 가고 일부가 무너져서 더 좋은 초, 중, 고등학교를 건축하기 위하여 침례교단의 105도 선교회와 힘을 합쳐 땅을 구입하고 학교 건축을 계획하고 있으나 현지 사정으로 잘 진행되지 않아서 기다리는 중입니다.

방글라데시에는 수도 다카의 빈민가 판자촌에서 건축하며 사용하다 버린 거푸집으로 만든 집들이 많은 곳 주변에 건물을 렌트하여 학교를 세우고 약 200명의 아이들이 공부를 하고 있습니다. 교실이 작아 증축을 하였으며 기독교 정신으로 공부하는 학생들은 열악한 환경에도 불구하고 성적이 우수하게 올라가고 있으나 땅값이 비싸서 학교 건축을 하지 못하고 있는 실정입니다.

학교를 방문했을 때는 학생들이 학교에 들어가는 골목길 양쪽에 서서 박수를 치며 환영을 하면서도 어린 학생 두 명이 꽃바구니를 들고 앞서가면서 꽃을 길에 뿌려 주는 아름다운 환영식을 해 주어 평생 잊지 못하는 추억거리를 주었으며, 선교를 하며 얻은 영광을 다시 하나님께 돌려드리며 감사했습니다.

방글라데시 수도 다카는 강 하류에 위치한 곳으로 매년 우기에는 도시가 부분적으로 자주 물에 잠기는 일이 생기고 전염병이 많이 발생합니다. 세계에서 인구 밀도가 가장 높은 도시로서 오가는 버스끼리 서로 작은 충돌을 하여 버스 옆면을 보면 많이 찍혀 있고, 사람들은 버스 출입문을 열어 놓은 채 매달려서 가고 버스 지붕에나 화물차에도 사람들을 실어 나르는 등 말 그대로 인산인해의 현장을 볼 수 있는 곳이었습니다.

미얀마에는 외국 기업들이 들어와 인건비를 중심으로 봉제 공장 등을 하나둘 세우면서 도시가 확장되고 발전하여 시골 젊은 청년들이 도시로 몰려와 무허가 빈민가가 기하급수적으로 늘어나 슬럼가가 형성되어 있습니다. 덩달아 아이들도 많아져 열악한 환경에서 질병에 시달리고 있는 아이들을 대상으로 모아 하나님 말씀으로 교육하기 위하여 유치원을 100㎡을 건축하여 50여 명의 유치원 아이들이 공부하고 있으며, 또 다른 슬럼가에도 아이들의 미래를 위하여 유치원을 건축하는 곳에 계속 지원을 하고 있습니다.

중국 선교는 선교사님들이 많이 들어가 교회를 세우고 개인의 신앙을 깨워 주며 교회 성장에 많은 기여를 하고 있으나 어느 정도 기간이 지나면 공안에서 뒷조사를 하여 꼬투리를 잡아 추방시키는 일을 계속하고 있으며, 자신들이 스스로 교육하고 스스로 전도하고 스스로 성장한다는 구호의 삼자교회로 성장을 주장하고 있으나 종교가 정치적으로 이용을 하고 탄압하고 있는 일당독제 공산주의는 언론의 자유와 인권이 무시되면서 변화는 더디고 있습니다.

중국 선교를 위하여 과거에는 박 선교사님, 윤 선교사님, 김 선교사님 등 여러 선교사님들과 협력하여 교회를 세우고 신학교를 열어 지도자들을 2곳에서 교육을 하였고, 농아 장애자들과 한족들을 위한 교회를 10곳에 세우고 가나안 농군학교를 설립하는 데 도움을 주며 지원하였습니다. 그러나 지금은 여러 선교사들이 모두 추방되어 많은 고생을 하며 일구어 놓은 선교지가 지속되지 못하여 안타까워하고 있으며 추방된 선교사님들이 캄보디아, 태국 등 여러 나라에 흩어져 선교를 하고 있습니다.

중국 티벳에 복음을 전하기 위하여 방문하였을 때 그들의 삶은 해발 3,000고지가 넘는 도시에서 힘들게 살고 있으면서도 중국의 문명과 멀리 떨어져 있어서 삶의 방법이 현대 문명과 거리가 있어 열악해 보였습니다. 아들이 태어나면 가장 똑똑한 남자아이를 절에 바치고 그 아들을 평생 공양해야 하며 3보 1배의 규례를 지키기 위하여 추운 겨울에도 도로나 길바닥에서 계속 3보 1배를 하면서 포탈라궁이나 따져스궁이라는 왕궁을 향해 가고 있었습니다.

어떤 인도인은 2년 동안 인도에서 3보 1배를 하며 길바닥에서 비가 오거나 눈이 와도 노숙을 하며 히말리야산을 넘어 티베트까지 온 사람들이 있으며, 포탈라궁에서는 그 사람을 불교의 성인이라 칭하여 고향에 가면 큰 대접을 받는다고 합니다.

티벳 불교를 믿는 사람들이 죽으면 천장이라는 장사법이 있는데 극락에 가라고 하늘에 제사를 지낸다는 명목 아래 시체를 잘게 토막을 내서 독수리에게 밥을 주는 장례를 치르고, 조금 못한 사람이 죽으면 시체를 갠지스강 상류인 티베트강에 수장하여 물고기 밥으로 주고, 죄를 많이 지은 사람은 다시 태어나서 죄를 짓지 말라고 땅에 묻어 준다고 하는 장례 예식을 거행하고 있었습니다. 시내에서는 리어카로 물건을 싣고 파는 사람들 중에는 사람의 머리뼈로 만든 바가지를 팔고 있는 모습도 볼 수 있었습니다.

하나님께 기도하기를 '왜 이런 사람들까지 구원하시려고 복음을 위하여 티베트까지 보내셨습니까?' 항의하며 '이 사람들은 그대로 살다가 죽도록 놔두면 더 좋겠습니다.'라고 하나님께 따지는 기도를 하였습니다.

티베트를 여러 차례 다니면서 선교의 방향을 찾았으나 티베트 지역이 좁아 선교하는 것이 금방 드러나 유치원부터 시작하려고 했으나 선교사가 3,000m 이상의 고지역과 열악한 생활환경 등을 견디지 못하고 철수하여 지금은 지원하지 못하고 있습니다.

아프리카에 처음 가게 된 동기는 무안군 몽탄면 대치리 대치제일교회 주일학교에서 함께 공부했던 친구인 합동 총회장이신 상계동 꽃동산 교회 김종준 담임목사님을 다시 만나 꽃동산교회를 출석하면서 그 후 장로 안수를 받고 필리핀 선교와 아프리카 선교 여행에 동참하여 복음에 도전을 받으면서 시작되었습니다.

맨 처음에 아프리카 케냐를 방문하였을 때 그곳에는 이미 꽃동산교회에서 세운 유치원이 잘 운영되고 있어서 선교의 모델이 되었습니다. 우간다 부지라는 곳에 갔을 때에는 엔테베 국제공항에서 수도 캄팔라를 가는 중간 길에서 좌측으로 약 1㎞ 떨어진 언덕 중간에 멀리 빅토리아 호수가 보이는 아름다운 산 중턱 위치에 약 5,000평의 학교 부지에 허술한 부지 초등학교에서 학생들이 100여 명이 되지 않게 공부하고 있었습니다.

부지 초등학교는 과거의 한국계 미국인 선교사님이 인천에 한 교회에서 후원받아 대지를 구입하여 세운 것으로 학교가 순조롭게 운영 중에 기숙사에서 어린 학생끼리 성관계를 한 사건이 발생되어 정부로부터 폐쇄 명령을 받고 수년 동안 운영을 못 하고 방치하였다가 어린이들을 크게 부흥시켜 대한민국의 어린이 성장의 모델이 된 유명한 상계동 꽃동산교회에 기증이 되어 선교사를 파송하여 운영을 시작하였던 곳이었습니다.

나는 이 학교가 장소는 좋으나 방치되다시피 한 것을 아쉽게 생각하고 좋은 학교로 살리기 위해 매년 지원을 하였는데 1차로 물이 새는 지붕을 수리하고 다음에 수도와 전기를 공급하였습니다. 또 울타리를 보수하고 운동장 평탄 작업을 하는 등 수년 동안 계속 투자하여 학생들이 안정적으로 공부하도록 하여 200명 이상으로 성장하도록 지원을 하였습니다. 지금은 복음교육에 더 욕심을 내어 학생들이 약 200명에서 300~500명을 교육시키기 위해 투자하기로 하고 학교 증축을 위하여 설계하여 공사를 착공하여 교실 7칸을 완성하고 계속 학교 건축을 하는 중에 있습니다.

이곳은 선교사님의 열정적으로 학생들을 교육하기 위하여 아침 일찍 학생들이 등교하는 시간에 선교사님과 교사들이 예배를 드리고 나면 운동장에 아이들이 조회를 위하여 모여 있을 때 말씀을 전한 다음 다시 교실에 들어가 10분간 기도회를 하고 공부를 시작합니다.

오전 공부를 마치는 11시 40분에는 모든 학생들이 학교 교회로 사용하는 강당에 모여 목이 터져라 찬양하면서 예배를 드린 후에 아름다운 미래 유산에서 지원하는 우갈리와 콩으로 만든 무료 급식을 제공받고 점심시간에는 운동장에서 뛰놀며 보냅니다.

우간다 엔테베 국제공항에서 15인승 작은 프로펠라 비행기에 사람과 화물을 복도에 함께 싣고 다니는 비행기를 타고 다시 콩고 동쪽 베니라는 지역으로 기독교 학교를 개설하여 선교를 하려고 콩고 민주공화국 동부를 향해 발길을 옮겼습니다.

그런데 비행기가 기류에 취약하여 급강하를 몇 번씩 하는 바람에 비행기가 추락할 것 같은 느낌을 받으며 의자를 강하게 붙잡고 자동적인 기도를 올렸습니다. 하나님께서 살려 주셔야 하나님께서 원하신 선교를 할 수가 있다고 애원하는 기도를 드리면서 중간 기착지 우간다에서 국경을 막 넘어가서 콩고민주공화국의 땅인 부니라는 땅에 도착하였습니다. 그 후 여러 번 이런 비행기의 급강하 과정을 겪을 때는 죽고 사는 것은 하나님께 맡기며 우리는 복음의 할 일을 향해 나아갈 것이라고 담대함으로 다녔습니다.

중간에 잠깐 머무는 콩고민주공화국 공항에서 다시 현지에서 비자를 받는 돈을 자신들의 마음대로 많이 요구하여 비자 비용을 좀 깎자고 하니 또 깎아 주기도 하였습니다. 다시 비행기를 타고 40분 정도 날아가서 우리가 가고자 하는 베니 공항에 착륙하는 순간에 산불이 난 것처럼 흙먼지가 일어나 옆을 보니 공항 활주로가 흙으로 되어 있어서 흙길 위에 비행기가 착륙하여 마침내 콩고 땅 동부 오지에 도착하는 감격적인 순간을 맞이하게 되었습니다.

우리 일행은 김 선교사 안내로 학교를 운영할 만한 건물을 물색하였으나 임대료가 만만치 않아 건물이 있는 땅을 구입하거나 땅만 구입하여 학교를 건축하자는 내 생각의 제안을 했습니다. 그러나 초기에 선교 비용이 많이 들어간다는 이유로 무산되었고, 건물을 렌트하기로 하여 약 5천만 원을 들여 커피를 생산하였다는 망가진 공장을 렌트하였습니다. 인테리어를 하고 학교를 시작했으나 2년 만에 임대료가 많이 상승하여 다시 학교 부지를 약 5천 평 구입하도록 김 선교사님에게 지원하여 학교를 아름답게 건축하였습니다.

학교를 건축하는 중 전남 함평에서 목회를 하시다가 은퇴하신 이점호 목사님부부께서 오지의 학교 건축에 함께하셔서 유치원, 초·중·고등학교와 교회까지 무사히 건축하여서 지금은 약 1천 명의 유치원, 초·중·고등학교 학생들이 공부하는 기독교 학교로 자리를 잡고, 매주 주일날이면 학교 교회에서 많은 학생들과 학부모님들이 예배를 드리고 있는 것으로 하나님께 영광을 드립니다. 이점호 목사님 부부의 많은 고생으로 일으킨 콩고 동부의 작은 오지 도시의 열악한 환경이지만 도시에 좋은 학교의 샘플이 되어 귀중한 복음의 아름다운 미래 유산이 되었습니다.

그 후 유치원과 초·중·고등학교의 좋은 학교로 소문이 나면서 학생 수가 1,200명까지 늘어나 공부를 하게 되어서 하나님께 감사를 하며 영광을 돌리게 되었던 것입니다.

그곳은 전기가 들어오지 않았고 수도가 없는 오지로 얼마 떨어지지 않은 곳에 유엔이 주둔하고 있어서 안전한 곳 같으나 학교 비품이나 발전기 등을 매번 도둑이 가져갔습니다. 또 우간다 반군이 학교가 있는 베니 지역을 점령하여 선교사의 가방과 여권을 빼앗고 차량키까지 빼앗겨 김 선교사가 위험에 견디지 못하여 떠난 상태로 운영되고 있어서 계속 모니터링을 하면서 지원하는 것이 어렵게 된 점이 아쉽지만 선교사가 언젠가는 콩고 땅에 다시 가야 한다고 생각하고 있으며 기도하고 있습니다.

콩고에 수차례 방문을 했을 때 벨기에 사람이 과거 콩고민주공화국을 식민지로 지배하였을 때 농장을 하고 있다가 대부분 철수하였으나 철수하지 않고 있던 한 곳에 농업학교를 건축해 달라고 2만 평 정도를 땅을 기증받았습니다. 그 후 우간다 반군이 베니를 점령하여 선교사가 상주를 하지 못하여 농업학교 건축은 안타깝게도 무산된 적이 있었습니다.

그러나 선교는 목숨도 아끼지 않고 희생하면서까지 복음을 계속 전해야 한다는 생각으로 (사)아름다운 미래 유산은 작든 크든 자금을 마련하여 복음을 전하는 학교 건설에 최선을 다할 것입니다.

2017년도에도 시에라리온 다이아몬드 광산이 있는 코이노 지역 오지에 김 선교사님 부부가 손수 현지인들과 함께 벽돌을 찍어 학교를 건축하며 헌신적인 노력하고 있는 곳에 학교 건축과 숙소 등을 지원하여 2017년도에 준공을 하고 개학하였습니다.

그 후 학교를 방문하였을 때 운동장 공사를 하였으나 경사가 지고 고르지 않아 평탄 작업을 하는 공사비를 계속 추가로 지원했으며, 지금은 200명이 넘는 유치원 아이들과 초등학생들이 공부를 하고 있습니다. 학교가 건축된 후에는 많은 무슬림 아이들까지 기독교 학교에 등록하여 공부하고 있으며 선교사님의 정성스러운 교육과 학교를 돌보심으로 날로 발전하고 있습니다.

2018년부터는 탄자니아 킬리만자루에서 조금 떨어진 오지에 학교 건축 계획을 끝내고 건축을 시작하였습니다. 학교 부지 약 15,000평을 김 선교사님이 구입하였으나 짐승들이 사는 숲이 많은 곳으로 조금씩 개간하여 숙소, 게스트하우스, 교회, 유치원들을 건축하고 있으며, 계속해서 초등학교를 건축하고 있으며, 이곳에 복음을 위한 학교를 위해 계속 지원을 할 것입니다.

학교가 계속 건축되면 유치원에서 초등학교까지 200~300명의 아이들이 하나님 말씀과 함께 교육을 받으며 복음이 전해지므로 그 지역에서 하나님의 백성들이 늘어나 장차 나라를 다스리는 성인들이 나오고 지역에서 영향력이 있는 인재가 발굴되기를 간절히 기도드리며 아름다운 미래 복음의 유산으로 남기를 간절히 바라는 것입니다.

빈민국에는 우리나라를 비롯하여 많은 NGO 단체들이 일을 많이 하고 있지만 의식주 해결과 일부 삶의 질을 높이는 일을 하고 있으며, 직접적으로 교육에 참여하지 않는 곳이 많습니다.

그러나 그 지역과 나라를 변화시키려면 하나님의 말씀으로 교육하는 기독교 교육을 학교가 직접적으로 할 필요가 있을 것입니다. 아름다운 미래 유산이 지원하는 학교는 기독교 교육을 직접하는 곳으로, 성적이 높게 나오고 올바른 교육으로 그 효과가 큰 것이 다른 학교와 많이 다른 사실입니다.

선교의 삶은 아침에 일어나면 항상 하나님께 하루를 시작하게 된 것을 감사하고 하루의 계획과 삶에 대하여 공의롭게 모든 일들을 실천하며 살게 해 달라고 기도하며 새로운 마음으로 시작합니다. 하루의 모든 삶을 하나님의 의로운 뜻에 합당하게 살아가는 것을 최대한 실천하며 오후에 해가 지고 집에 돌아오면 하루의 잘잘못을 정리하고 회계하여 심령을 정리한 다음 내일을 준비하는 하루하루 삶을 살아야 합니다.

또 하루의 삶을 하나님께 감사해야 하는 것은 먼저 우리를 죄악에서 건져주신 예수님의 은혜와 사랑에 항상 감사하고, 아침에 일어나면 태양은 변함없이 떠오르고 있고, 우리의 호흡을 돕는 산소는 끊임없이 공급되고 있으며, 우리의 생명줄인 물은 항상 존재하며 하나님의 진리 말씀은 항상 살아 계셔서 우리의 생명의 양식이 되시는 것에 감사해야 하며, 우리에게 생명이 있는 한 감사로 시작하여 감사로 마감해야 하는 것입니다.

우리가 하나님의 진리 세상을 이루며 살아가려면 진리의 말씀으로 전신갑주를 하고 항상 주변에서 다가오는 악한 세력을 경계하며 물리치는 하나님의 성령의 검 즉 진리의 말씀으로 무장하고 진리 말씀을 늘 묵상하는 삶 가운데 실행하며 세상을 정복하고 다스리며 믿음 위에서 세상에서 승리하는 삶을 살아야 할 것입니다.

그러므로 믿음으로 성인이 된 우리는 자라나는 청소년들에게 하나님의 진리의 말씀을 진실하고 올바르게 교육하여 그들이 성인이 되었을 때 다시 성령을 받아 스스로 하나님 말씀에 따라 실천하여 다시 세상을 구원하는 일을 계속 반복되도록 해서 이 땅에 하나님 나라가 영원히 존재하도록 해야 할 것입니다.

내가 가지고 있는 자금은 사람을 살리는 곳으로 흐르고 있으며, 지금까지도 몇십억 원을 사용했으나 앞으로도 얼마의 자금이 복음을 위해 사용되려는지 알 수는 없으나 하나님께서 인도하여 주시는 대로 죽어가는 생명을 살리는 일이라면 계속하게 될 것입니다. 하나님께서 이 일을 계속하도록 지혜와 명철을 주셔서 남은 삶의 앞길에 하나님께서 나와 함께하심과 인도하심과 축복이 계속되도록 기도드리는 것입니다.

연약한 나를 돌아보면 하루하루 삶도 벅차고 힘들 때가 많으나 내가 태어날 때를 생각하면 벌거벗고 태어났고 이 땅에서 나름대로 뜻을 펼치면서 내 맘대로 살다가 겨우 하나님의 자녀라는 것을 깨달았으며 이 세상에서 할 복음의 일들을 찾게 된 것을 하나님께 감사드립니다. 앞으로도 계속 하나님께서 원하시며 기뻐하시는 일에 서원하며 최선을 다할 것이며, 또 이 돈을 계속 복음을 위하여 사용하게 될 것을 하나님께 소원하며 살아갈 것입니다.

내 인생의 마지막에는 이 땅의 모든 일들이 하나님께 영광을 드리고 내가 가진 모든 것을 다 복음을 위하여 사용하고 나는 벌거벗은 채로 하나님 나라 영원한 내 본향으로 돌아가기를 원합니다.

"욥기 1:21 이르되 내가 모태에서 알몸으로 나왔사온즉 또한 알몸이 그리로 돌아가올지라 주신 이도 여호와시요 거두신 이도 여호와시오니 여호와의 이름이 찬송을 받으실지니이다." 아멘.

진리이신 하나님은 세상의 근원이요 기준이 되시며 창조의 질서가 되셔서 높고 높은 진리의 영역에 계셔서 영원히 우리를 다스리시며 사람들에게 유일한 섬김을 받으시고 하나님의 진리 말씀을 사람들이 온전히 실천하므로 하나님께 영광을 드려야 마땅한 것으로 하나님의 말씀을 실천하며 진리로 인한 참된 영적으로 내적인 복을 받고 살아야 하는 것이 인간의 안전하게 가장 잘 살아갈 수 있는 질서인 행복인 것입니다.

- 잘못된 삶을 깨닫고 바른길을 계속 가는 사람은
  다시는 잘못되지 않을 것이다.
- 성장할 때는 욕심을 내어 열심히 살아갈지라도
  나이가 들면서 점점 욕심을 내려놓으라.
- 돈이 가장 위대하게 사용되는 것은
  공의로운 곳과 생명을 살리는 일에 사용되는 것이다.

- 의로운 일이 생각날 때 즉시 행동에 옮겨라.
  그러면 후에 하나님께서 그를 보호하실 것이요 축복을 받는다.
- 가장 위대한 유산은
  사람을 올바로 교육하고 공의와 평화를 후대에 물려주는 일이다.
- 아무리 명예와 권력과 부유한 삶을 살지라도
  모든 사람이 빈손으로 돌아가는 것이다.

24.
교회 건축의 축복

내가 어려서 다녔던 고향 교회는 아버지께서 살아생전 목수 일을 하시면서 건축하는데 함께 하셨고 아버지께서 돌아가신 후에는 어머니의 손을 잡고 다니던 교회로, 어머니께서 삼 남매를 데리고 사시면서 마음을 의지할 곳이 없어 하나님을 믿기 시작하셔서 새로운 삶의 미래를 열어갔던 곳입니다.

우리 가족이 하나님을 믿기 시작한 시골 교회는 내가 18세가 되었을 때 지은 지 오래된 일본식 박공으로 된 목재로 지은 교회가 세월을 견디지 못하고 무너지기 직전의 교회가 되어서 교인들은 새롭게 교회를 건축하려고 시멘트와 모래를 사다가 손수 벽돌을 찍어 도로가에 쌓아 놓고 교회 건축을 위해 2년 동안이나 기도를 하고 있었습니다.

그러나 벽돌을 찍어 놓은 지 2년이 지나면서 쌓아 놓은 벽돌 사이에서 풀이 나고 이끼가 생기고 있었으며, 교회 처마 밑에는 교회 출입문을 제작하여 가져다 놓았지만 유리창이 깨져 있었고, 건축을 위해 사다 놓은 목재는 먼지가 가득 쌓여 가면서 교회 건축은 시골의 열악한 형편으로 계속 미루어지고 있었습니다.

교회는 많이 낡아서 지붕에는 기왓장 사이로 물이 새고 천장 서까래 사이에 있는 흙이 예배를 드리고 있을 때도 떨어지기도 했습니다. 바닥은 목재 판자로 깔았으나 나무 두께가 두껍지 않아서 자꾸 부러져 사람 다리가 빠지며 다치기도 하고, 벽체는 흙으로 발라져 있던 것을 흙이 떨어지지 않도록 도배한 것이었습니다.

비가 오면 마루 밑부분에 물이 흐르고, 밤에 예배를 드리고 있으면 마루 밑에서 쥐가 찍찍거리며 왔다 갔다 하였고 겨울에는 마룻바닥 틈에서 영하의 냉기의 바람이 올라와 도저히 추워서 앉아 있을 수가 없을 정도로 방석위에 앉아 달달 떨며 예배를 드려야 했습니다. 하루 빨리 철거하고 건축을 하여야 했으나 교인들은 모아 놓은 돈이 없어서 교회 건축을 계속 미루면서 공사를 시작하지 못하고 있었습니다.

교인들이 교회를 건축하자고 모두 결의를 하고 손수 벽돌을 찍어 놓고 목재를 사다 놓았지만 건축을 미루고 있는 이유를 살펴보면 시골의 실정상 여유 있는 돈이 없었기 때문이었습니다. 교회 건축에 들어가는 돈을 헌금하는 것에 대해서 산골짜기 마을의 특성상 많지 않은 농지에서 생산되는 수입이 적어서 대부분 교회 성도들이 서로 부담이 되어 교인 수가 적은 시골 교인들이 실행에 옮기지를 못하고 차일피일 미루고만 있었던 것입니다.

고등학교를 갓 졸업한 나이지만 주일 예배를 마치고 차 장로님을 만나 교회를 건축하지 못하고 있는 사정의 이야기를 모두 듣고 교회 건축을 시작하면 도와줄 사람이 있겠느냐고 여쭈어보았습니다. 차 장로님께서는 우리가 사는 무안군 옆 함평군에 있는 교회 장로님이 목수 일을 하시는데 교회를 건축하면 목재 창문을 무상으로 제작해 주기로 했다고 말씀하셨습니다. 그 말을 듣고 차 장로님과 함께 함평군 교회 장로님을 찾아가 다시 부탁하고 확인한 결과, 반갑게도 목재 문을 제작해 주시겠다고 승낙하여 주셨습니다.

"시작이 반"이라고 했던가. 용기를 얻어 차 장로님께 교회를 건축하자고 말씀드리고 그다음 주 대예배를 마치고 주일학교 학생들을 모아 교회에서 함께 기도하면서 "하나님, 교회 건축을 시작해야 합니다. 어린아이들이지만 우리를 도와주세요. 하나님께서 우리들의 힘이 되어 주실 줄 믿습니다." 하며 아이들과 함께 간절히 기도를 하고 아버지께서 살아생전 건축하신 교회를 철거하기 시작하였습니다.

아이들은 초등학교 1학년부터 중학생까지 약 20명이 되었는데 큰 아이들을 지붕에 올려 보내고 지붕 기와부터 무조건 한 장씩 뜯어 철거 작업을 시작하였고, 2일째에는 지붕을 모두 철거하고 목조 교회를 쓰러뜨리는 데 성공했습니다. 3일째 되는 날 교회를 완전히 철거하고 다음 날은 주일 학생들과 함께 교회 건축 시작인 기초공사를 위하여 땅에 새로 지을 교회 크기로 새끼줄로 표시하고, 고사리 같은 어린아이들이 곡괭이와 삽을 들기도 힘이 들지만 용기를 내어 땅을 파기 시작하였습니다.

하나님께서는 어른들이 교회 건축을 위하여 자재 일부만 준비하고 차이피일 미루며 교회 건축을 하지 않으니 주일학교 학생들과 청소년인 나에게 교회 건축을 시작하게 하셨으며, 우리들의 용기는 하나님께서 주시지 않으셨다면 교회 건축은 있을 수 없는 것이 사실이었던 것입니다.

고작 공업고등학교 건축과를 졸업한 것 외에 건축에 대한 실무적인 상식이 전혀 없었으나 18세 청소년이 무조건 교회를 건축해야 한다는 생각 하나로 힘도 없었고 인력도, 건축에 들어가는 돈도 없었으나 무조건 쓰러져 가는 교회 건축을 시작은 해야 한다는 생각 하나만으로 어른들도 하지 못하였던 교회 건축을 시작한 것이나 이 힘과 보이지 않은 능력은 어린 나이에 하나님께서 주신 것으로 먼 훗날에 건설업을 하는 사업가로 성장시킨 하나님의 큰 뜻을 예정하신 것으로 생각이 듭니다.

주일학교 초등학생들과 날마다 오직 삽과 곡괭이로만 땅을 계속 파며 아이들은 손이 부르트기도 하였지만 벽돌을 쌓기 위해 기초를 깊이 60㎝와 너비 60㎝로 땅을 계속 파기 시작했습니다. 좋은 땅도 있으나 마사토의 단단한 땅을 일주일 동안 힘겹게 기초공사를 위한 땅을 파고 있었지만 어르신들은 이놈들이 말도 하지 않고 무조건 교회를 철거했다는 이유로 미워하는 마음이 생겨 아무도 협조를 하지 않으시고 아이들을 보내려 하지 않으셨으나 하나님께서 어린생명들을 통해 교회건축을 하게 하신 아이들과 나의 용기는 어른들이 꺾지는 못하였습니다.

그래도 교회 건축은 교회 대표이신 차 장로님께 간접적으로나마 승인을 받고 철거했으나 교인들은 교회가 없어졌으므로 주일날 예배를 드릴 장소가 없어서 장로님 댁 마루와 방에서 예배를 드릴 수밖에 없었습니다.

주일날 예배를 드릴 공간이 사라져 버렸으므로 하는 수 없이 이제 일은 저질러 놓았으니 어쩔 수가 없다는 생각으로 포기하고 모든 성도들이 교회 건축에 협조하기로 결의하여 본격적으로 시작했습니다. 그 당시에는 교회 목사님들이 많지 않은 시절이어서 면 소재지 교회 목사님이 격주로 우리 교회에 오셔서 예배를 인도하시고, 나머지 예배는 차 장로님께서 예배를 인도하시고 계셨으므로 실제 교회의 대표는 차 장로님이 책임을 지고 교회 모든 것을 결정하고 계셨던 것입니다.

어르신들은 이왕 건축을 시작을 했으니 끝은 보아야 예배를 드릴 수가 있어서 모든 교인들이 협력하기로 하고 교회 건축을 본격적으로 참여하기 시작하여 각각 은사와 은혜 받은 대로 일하는 사람과 자재를 조달하는 사람과 밥하는 사람 그리고 교회 건축 자금을 마련하기 위하여 모금을 하는 사람들로 하나님께서 주시는 은사를 받은 대로 자기 할 일을 찾아 최선을 다했고, 새벽마다 교회를 건축하는 곳에서 하나님께 진심으로 기도하며 최선을 다한 결과 결국에는 교회가 3개월 만에 아름답게 완성되었습니다.

그동안 교회 건축을 믿음이 부족하여 미루어 왔으나 마음속에는 아이들을 통하여 교회 건축을 시작하게 된 것을 다행이라고 생각하시는 것처럼 교회 성도들은 각 사람마다 가정 형편에 따라서 어떤 사람은 마늘 한 마지기를 헌물하고, 어떤 사람은 소 한 마리를, 어떤 사람은 쌀 한 가마를, 어떤 사람은 작은 돈으로 제각각 헌물과 헌금을 한 결과, 교회는 아름다운 건물로 지어지고 커튼과 의자까지 완성되었으나 부채는 하나도 없었고 오히려 약간의 여윳돈까지 남게 되었습니다.

이 모든 것이 사람의 생각으로는 불가능한 일을 하나님께서 역사하셔서 교회 모든 성도들의 마음을 화합하게 하시고 우리 어린 생명들에게 힘을 주셔서 교회 건축을 시작하고 다시 모든 교인들이 협력을 하여 완성하는 아름다운 결과에 하나님께 영광을 돌리면서 과거에는 사람의 믿음이 부족하여 교회 공사를 시작하지 못했던 것을 온 성도들이 하나님께 죄송한 마음으로 감사 기도를 드렸습니다.

고등학교를 다닐 때부터 몸이 허약하여 키 175㎝에 몸무게가 57㎏밖에 나가지 않아서 학교 다닐 때 조회를 하면서 어지러우면 앉아야 하는 일이 여러 번 있었고, 또 자취하면서 영양이 풍부한 반찬이 없으면 간장에다 보리밥을 비벼서 먹을 때가 많았습니다. 연탄이 없어서 방에 불을 넣지 못하여 겨울에는 방 안에도 영하의 추위를 이기려고 입을 수 있는 모든 옷을 다 입고 양말을 2개씩 신고 이불을 겹겹이 덮고 냉방에서 떨며 자던 때가 수없이 많았습니다.

사회에 나왔을 때에도 먹는 것이 변변치 않아서 몸이 완전하게 회복되지 않아 빈혈 상태가 남아 있었습니다.

사회에 나와서도 내 삶은 더 나아지지 않아 먹지 못하여 열악하고 몸이 허약하여 고향 교회를 건축하면서도 힘든 노동일에 견디지 못하고 빈혈이 와서 길바닥에 쓰러져 버린 일도 있었습니다.

고등학교 건축과를 졸업 후 군대를 가기 전 하나님께 교회를 건축하고 헌당하여 드리는 용기가 어디서 나왔을까 생각하면 흡사 그 어린 나이의 다윗이 목동으로 양들을 치며 아무 곳에도 의지할 수가 없을 때 홀로 하나님을 간절히 찾던 시절, 절대적으로 위급한 상황을 맞이하고 몸부림치며 짐승들을 쫓기 위하여 돌팔매질을 수만 번 연습하며 자신을 단련시켜 사자와 곰을 쫓으며 "하나님은 나의 방패시며 나의 산성이요 나의 피난처다"라고 외치며 두려움을 이겨내는 믿음의 능력을 키운 것과 같아 보였습니다.

위대하신 하나님은 부모 이새도, 형들도, 사울왕도 다윗을 작은 어린아이 볼품없는 자로만 무시하고 인정해주지 않았지만 하나님은 다윗을 용기 있는 강한 자로 인정하셔서 전쟁에서 골리앗을 이기게 하시고 이스라엘 왕위에까지 오르게 한 것과 같이 위대하신 하나님은 우리 교회 주일학교 학생들과 나에게도 함께하시며 용기와 능력이 한이 없으신 위대하신 하나님이신 것이었습니다.

두 번째 교회는 논산기도원교회 건축을 위하여 사업하기 전 결혼 후 7년간 월세방을 돌아다니며 살면서 아내가 저혈압의 병에서 완전히 회복되지 않았으나 하나님의 기도원 건축의 부르심을 받고 회사에 사표를 내고 시작하였습니다. 내 생애의 첫 사업인 천안의 공장 건설의 적자 현장에서 극복하여 첫 수확한 소중한 이익금을 기도원 건축을 위하여 모두 드려 기도원 건축을 무사히 완공하여 하나님께 영광을 드렸으며, 기도원 공사를 하면서 국도와 호남고속도로에서 교통사고로 죽을 고비를 두 번이나 넘기면서도 하나님의 뜻을 이루어 드린 결과, 사람에게 첫 열매와 좋은 것으로 하나님께 예배를 하라고 하신 뜻을 실천하였던 나에게 후에 10배의 엄청난 축복을 주시어 사업가로 성장시킨 것으로 확인할 수가 있었습니다.

세 번째는 필리핀 앙겔레스 마답답에 피나투보 화산의 폭발로 수만 명의 이재민이 발생된 유엔난민촌에 첫 선교지 교회를 세워드리기 위하여 교회 부지를 찾고 있을 때 하나님께서는 마닐라 경찰서장을 동원하시어 부지를 확보하게 하시므로 난민들을 위한 교회를 건축하여 드렸고, 네 번째는 양주에 있는 한 부대에 삼각형 모형의 교회를 아름답게 세워 헌당하여 드렸습니다. 또한 빈민국 오지에 학교를 세울 때마다 교회를 설립하였고 중국, 러시아, 동남아시아 등 하나님께서 원하시는 곳이라면 항상 교회를 직접 세우든 협력하여 세우든 간에 많은 곳에 교회를 세우도록 하였으며, 지금도 하나님께서 원하시는 곳이라면 교회 건축을 계속하겠다는 기도를 하고 있는 것입니다.

내 기도를 들으시고 하나님의 특별한 맞춤의 역사를 살펴보면 사업을 시작한 후에 파주 현장에서 실험실로 사용하던 조립식 건물이 약 150㎡가 깨끗하게 보존되어 있어서 공사를 마친 후 성령께서 하나님의 교회를 위한 곳에 헌물하기를 원하셔서 기증할 곳을 찾고 있었는데 하루는 전혀 모르는 전라북도 남원에서 교회를 건축하려는데 어려움이 있다는 전화가 왔습니다.

전화를 한 목사님께 내용을 물어보니 지금까지 가정집 마루에서 예배를 드렸으나 헌금을 조금 하여 시골에 교회를 지을 땅을 구입하여 기초 바닥 콘크리트를 타설해 놓고 기도하고 있다는 것이었습니다.

그런데 내가 한 번도 가보지 못하였던 남원시 왕정동을 가보니 기증하기를 원하는 조립식 건물의 사이즈와 기도하시며 교회를 건축하기 위하여 바닥 콘크리트를 타설해 놓고 교회 신축을 도와주기 원하는 교회의 바닥 사이즈가 똑같아서 참으로 신기하고 놀라웠습니다. 어떻게 전혀 알지 못하는 사람끼리 약속한 것처럼 내가 가지고 있는 건물 사이즈와 똑같이 기초를 하고 기다리고 있었던 것인지 우리의 길을 인도하시고 함께하시는 하나님께 무한한 감사를 하며 교회 건축을 해 드리고 난 후에 십자가까지 설치해 드리고 나니 하나님께서 나에게 함께하시고 그 길을 인도하신 은혜에 감동이 되어 하나님께 영광을 돌려드렸습니다.

그리고 내 아들 대희가 춘천 보충대로 군 입대를 하였습니다. 우리 부부가 아들을 차에 태우고 춘천을 가면서 기도하기를 아들이 전방이라도 배치받아서 군 생활을 잘하여 다시 멋진 남자로 태어나 건강하게 집으로 무사히 돌아오기를 하나님께 기도하며 춘천 보충대까지 데려다주고 왔습니다.

그 후 자대 배치를 받기 위해 철원 주위의 한 사단 보충교육대 신병교육대에서 훈련 교육을 받고 있다고 편지로만 소식을 듣고 있던 중 어느 날 우리 교회 전도사님이 찾아와서 자신이 아는 목사님이 군 훈련소 장병들에게 위문 예배와 공연을 하시며 전국을 순회하면서 매주 예배를 드리러 다닌다고 하시면서 같이 가자고 하여 허락을 하고 따라가기로 하였습니다.

며칠 후 전도사님이 이번 주 훈련소 차례가 마침 아들 대회가 훈련을 받고 있는 철원에 있는 보충대교육대 훈련소를 가는 순서라고 하여 참으로 우연의 일치라고 생각했습니다. 전혀 모르는 목사님께서 한 주에 한 번씩 전국을 돌아다니며 위문 공연을 하는 이번 순서가 아들이 훈련을 받고 있는 곳이며, 그 훈련도 일주일 뒤에는 끝나서 자대 배치를 받으면 만날 수가 없었으나 전혀 모르는 미지의 도시의 서로 엇갈린 네거리에서 오가다 마주쳐 만난 것처럼 정말로 하나님의 인도하심이 아니면 불가능했던 일이 현실이 된 것입니다.

그 목사님과 전도사님 봉사단 10여 명과 위문단은 각종 악기를 준비하고 나는 훈련병들에게 줄 간식 700여 명 분을 준비하여 오후 예배를 마치고 저녁 6시경에 화천훈련소에 도착하여 약 700여 명을 모아 놓고 훈련병들의 안전과 대한민국을 위하여 하나님의 인도하심과 보호하여 주시기를 간절히 원하면서 열심히 찬양하고 기도하고 하나님께 영광을 돌리며 예배를 드렸습니다.

같이 간 위문을 담당하시는 목사님이 규정상은 되지 않지만 아버지께서 오셨으니 아들을 만나고 가야 하지 않겠느냐고 하면서 사단 군종 목사님께 부탁을 하여 아들을 불러내서 만나게 해 주셨습니다. 내 아들은 훈련을 받고 바짝 긴장된 모습이었으나 잠깐 만나고 있을 때 사단의 군종 목사님이 찾아왔습니다. 이야기 도중 아들이 신학대학을 다니고 있다는 말을 듣고 사단 군종 목사님은 마침 연대에 군종 병이 필요하다고 하시면서 사단 인사장교와 협의하고 검토하시겠다고 기도해 주기도 하였습니다. 그렇게 우리 일행은 군 위문 예배를 잘 마치고 밤중에 집으로 돌아왔습니다.

다음 날, 사단 목사님이 전화를 하셔서 사단 인사장교가 종교가 다른 사람이라고 하시면서 평소 자신과 대화가 잘 되지 않아 말을 잘 들어주지 않는다며 오늘 인사장교를 만나러 가니 기도해 달라고 하셨습니다. 그 뒤로 약 15일이 지난 후 사단 군종 목사님이 아들이 여단 군종 병으로 배치를 받았다고 전화를 해 주었고, 여단 군종 장교가 여단을 방문하여 주기를 원하여 방문하겠다는 약속을 하고 여단 부대를 방문하여 여단장(대령)을 만나 면담하던 중 여단장이 안수집사로서 반가웠으며 장병들이 예배를 드리는 기존 교회를 보여 주었습니다.

기존 교회는 언덕 위에 블록조로 지은 건물이지만 지붕은 슬레이트조와 벽체는 블록을 쌓고 치장줄눈을 하여 페인트를 칠했고, 바닥은 시멘트 바닥이며, 나무 의자에는 냄새가 나고 벌레가 나올 것 같이 허술하기가 짝이 없었고, 크기는 약 20명이 예배를 드릴 수 있는 작은 장소로 하나님께 예배드리기가 적당하지 않았던 곳이었습니다.

여단장이 마침 신앙생활을 하는 안수 집사님이라 하시면서 나와 같이 부대 곳곳을 보여 주고는 장병들을 위한 교회를 지어야겠다며 어느 장소가 좋은지 나에게 선택해 달라고 하여 갑자기 하나님께서 이곳까지 인도하시고 계신 것을 직감하였습니다.

이유는 아들이 입대하여 훈련을 받고 있을 때 전혀 모르는 목사님을 통해 알지 못하는 훈련소로 가게 하고, 그곳에서 약속하지 않은 사단 군종 장교를 만나게 하시고, 우연히 아들이 신학을 하고 있다는 사실을 여단 군종 장교가 알게 되고, 아들을 이곳 여단에 군종 사병으로 배치받게 하시고, 이곳에서 여단장을 만나 교회 건축을 의논하고 있는 것 등 모든 일이 징검다리처럼 하나씩 연결되어 있어서 신기하였습니다. 하나님의 인도와 나에 대한 여단에 교회를 지으라는 하나님의 명령이라는 것을 직감하여 깨닫고 여단장에게 두말하지 않고 이 여단에 교회를 건축하여 하나님께 헌당을 하겠다고 약속하게 되었던 것입니다.

그리고 여단장에게 혹시 지금까지 교회 건축을 위하여 기도하며 헌금을 했는가 물었더니 1천2백만 원을 신앙생활을 하는 장교와 사병들이 건축을 위하여 수년 동안 기도하며 조금씩 헌금을 하면서 준비하였고, 또한 서울 압구정동에 있는 소망교회 여전도회에서 교회를 건축하면 의자를 헌물하겠다는 약속이 있었다고 해서 여단장에게 그렇게 열심히 준비를 하셔서 하나님께서 나를 이곳까지 보내셨다는 말을 하였습니다.

여단장과 함께 교회를 건축할 부대 내에 땅을 둘러보다가 정문에서 들어가자마자 왼쪽 주차장을 장병들이 부대를 출입하며 보고 지나가는 군인들도 들어와 예배를 드릴 수 있는 곳이라 생각되어 건축부지로 지정해 달라고 요구하고 약 200㎡의 교회 건축을 위하여 지금까지 군인들이 건축한 헌금을 포함하여 교회를 건축하여 헌당하였고, 그 후 여러 번 찾아가 위문 예배를 드리며 집회하여 하나님께 영광을 드렸던 것입니다.

여단에 교회를 건축하기 전에는 10~20여 명의 장병들이 예배하러 나오던 교회가 건축을 한 후 300명의 장병들이 나와 교회 안을 꽉 채우고 입구까지 앉아 매주 예배를 드린다고 감사를 하면서 나에게 사단장이 감사패를 주었고, 군종 장교가 교회 부흥에 대한 기쁜 소식을 몇 년간 계속 전해 왔습니다.

군 선교는 그 후에도 계속 수년 동안 훈련소 사역하는 일에 훈련병 간식비와 경비를 지원하였으며, 교회를 직접 세운 곳이 2곳이었습니다. 하나님께서는 중국 단동 번시에 3곳의 지하 교회를 세우게 하셨고, 심양에 2곳, 동남아시아에 3곳, 국내 교회 여러 곳, 러시아에 3곳 등 선교지 아프리카 학교마다 교회를 세우게 하시거나 지원하게 하셨고, 서남아시아 등 여러 나라들마다 교회를 설립하게 인도해 주셨습니다. 이를 전부 포함시키면 약 30여개소의 교회를 세우거나 세우도록 교회 건축을 지원하고 있는 것입니다.

어려서부터 수많은 고난에서 하나님의 인도하심으로 이기고 성장하여 사업을 하면서 국내든 선교지든 교회 세우기를 원하여 협력해 주기를 요청하는 선교사님 등 모든 분들에게 작은 돈이라도 헌금을 하여 도와드리거나 직접 교회를 세워드리며 교회 건축을 할 수 있게 항상 도와드리도록 하나님께서 인도하셨습니다.

고향 교회를 건축하여 드리고 난 후에는 성도들이 주일 예배 때마다 나를 위해서 기도해 주신다는 소식과 안부를 계속 전해 주신 덕분으로 사회생활에서 하나님께서 인도하심으로 살아왔습니다. 논산의 기도원을 건축하고 계속되는 사업에서는 항상 기도하면서 사업을 시작하며 많은 어려움을 극복하면서 물질적으로 많은 축복을 하나님께 받았던 것이 사실입니다.

그리고 지금까지 섬기는 신갈 축복교회는 이렇게 세워졌습니다.

장로 안수를 받은 상계동 꽃동산교회에서 주일학교 좋은 친구이자 지금은 합동 측 총회장이신 상계동 꽃동산교회 김종준 담임목사님과 함께 일하고 또 가끔 식사도 하면서 교회의 미래나 선교 이야기를 하고 지내던 중 상계동 꽃동산교회가 건축을 한 지 몇 년이 지났을 때였습니다. 상계동 꽃동산교회가 건축을 하면서 부채가 수십억 원 정도로 많아 이자를 1억 원 가까이 매달 부담한다는 이야기를 듣고 김 목사님께 다시 온 교회 성도들이 부채를 변제하여 이자를 줄이는 헌금을 하는 것을 기도하고 다시 한번 전 교인이 건축 헌금을 하면 어떻겠느냐고 김 목사님께 제안을 했었습니다.

목사님은 건축을 하고 몇 년이 되지 않았기 때문에 성도들이 힘이 들 것이라고 걱정을 했으나 이자가 한 달에 1억 원 가까이 나간다는 말을 듣고 성도들이 힘을 합하여 이자를 줄일 수 있다면 1년에 10억 원 정도가 절약된다고 강력히 말씀드렸습니다.

물론 성도들이 힘이 들겠지만 교회의 미래를 생각한다면 고려해 보아야 할 것이라고 말씀드리고는 내가 앞장서겠다고 하고 사업에 사용되어야 할 내가 가지고 있는 모든 돈을 모아서 1억 원 건축 헌금을 하였습니다.

목사님은 내가 헌금하였던 내용을 광고하시면서 감동을 받아 자신도 퇴임 후를 위하여 외부 집회에서 받은 강사료를 헌금하신 후에 조금씩 수십 년 동안 모아온 돈 모두를 모아 1억 원을 교회 부채를 해결하기 위하여 모두 헌금을 하시는 것이 시발점이 되어 온 성도들이 힘을 합쳐 헌금을 한 결과, 부채를 대부분 변제하였습니다. 그 후에는 교인들이 뭉쳐서 힘을 내어 위례상업고등학교를 매입하고 학교 강당에 교회를 설립하여 일만 성도가 예배하는 큰 교회로 부흥하며 성장하게 되었습니다.

그 후 상계동 꽃동산교회에서 장로 안수를 받고 서초구 염곡동에서 상계동 교회까지 멀리 다녔으나 용인시 기흥구로 다시 이사를 가게 되어 교회가 너무 멀어 힘들게 다니다가 수년 전부터 계속 기도하며 선교하기를 서원하였던 것을 하나님께서 인도하셔서 용인 신갈 지역에 온전히 선교만을 위한 교회를 설립하기로 김종준 담임목사님과 협의한 결과 동의해 주셨습니다.

마침 내가 건설하여 분양하려던 기흥구청 옆 상가 7층 건물을 건축하면서 오전 예배는 상계동 본 교회에서 드리고 오후 예배는 골조공사를 하고 있는 건축 현장에 들어가서 돗자리를 깔고 예배를 드리며 기도하였고, 준공 후 신갈 꽃동산교회를 설립하여 하나님께 헌당 예배를 드리고 상계동 꽃동산교회에서 목사님을 파송하여 꽃동산 지교회로 섬기며 열심히 예배를 드리기 시작했습니다.

그러나 신갈 꽃동산교회를 개척하여 몇 년간 섬기면서 여러 장로님들과 목사님의 의견들이 달라 헌금한 돈이 쌓여 있는데도 당초 목적대로 선교를 확대하지 않고 부분적인 선교에 그쳤습니다. 이에 마음이 너무 아파서 신앙생활의 불편을 느끼며 다시 선교를 위하여 기도한 결과, 헌당을 한 지금 교회는 그대로 현재의 목사님과 성도들에게 인계를 하고, 선교를 위한 교회를 다시 설립하기로 기도하고 작정하였습니다.

신갈 꽃동산교회에서 나와 6개월간 여러 교회를 돌아보며 선교를 위한 표준적인 교회 모델을 찾아보고 축복기도원교회를 설립하기로 결심하였습니다. 그런데 신갈인터체인지 옆 신역동 한적한 곳에 약

1,000평의 대지를 매입하여 건축 허가를 신청했으나 도로가 4m가 되지 않은 곳이 있고 사유지가 포함되어 있다는 이유로 시청에서 건축 허가가 반려되었습니다.

그러나 진입로 바닥에 콘크리트로 현황 도로가 되어 있었으므로 허가를 해주어야 한다고 시청에 어필을 하던 중에 내가 신갈동에 건축하고 있는 땅에 도시계획으로 도로 확장을 위한 도시계획선을 임의로 표시하여 건축 공사를 계속할 수가 없게 되어 투자했던 자금도 회수하지 못하며 큰 문제가 발생하게 되었습니다.

나는 화가 나서 용인시장을 만나자고 비서실에 신청을 했으나 대신 부시장과 건설국장과 관계되는 모든 사람들과 회의를 한 결과 도시계획선을 절대 취소할 수가 없다고 하여 그러면 나에게 용인시청에서 실수하여 내 사업을 어렵게 하였으니 이에 상응하는 혜택을 달라고 요구하여 대신 신역동에 교회 허가를 내주라는 딜을 하여 교회 건축 허가를 받았는데 이 일이 신역동 교회 허가를 위한 하나님께서 인도하신 일이 아닌가 생각합니다.

그 후 허가를 완료하고 교회를 건축한 다음 축복기도원교회를 설립하고, 처음에는 내가 목회를 6개월 동안 하다가 목사님을 초빙하여 약 2년 정도 예배를 드리면서 100명 이상 부흥을 하여 교회의 모습을 갖추기 시작하였습니다. 그러나 새로 초빙한 장 목사님이 신개발지구 홍덕지구가 입주를 하면서 그곳에서만 계속 전도 활동을 하다가 홍덕지구 사람들이 80여 명 이상으로 불어나자 전도한 사람들을 대부분 데리고 우리 교회를 떠나가 홍덕지구에 새로운 교회를 개척하여 설립하게 되었고, 결국 성도들은 10명이 조금 넘은 사람들만 남게 되었습니다.

그러나 우리 교회 남은 모든 성도들은 장 목사님을 원망하기보다는 장 목사님이 새로 개척한 그 교회가 잘되기를 바라며 다시 작은 인원으로 새롭게 다시 시작하기 위하여 당분간 교회를 내가 맡아 설교를 하며 교회 미래를 위하여 하나님께 기도하기 시작했습니다.

축복기도원교회를 운영하며 목회자 수련과 청소년을 위한 집회를 교육 중심으로 운영하려고 건축했으나 대부분 교회들이 축복기도원교회 건물과 장소는 방학 기간에 많이 빌려달라고 하면서도 우리 교회의 교육 프로그램 보다는 자체 프로그램을 사용하여 당초 목적대로 교회를 사용할 수는 없었습니다.

그러나 기도원교회를 식사를 제공하고 숙소를 빌려주면서 사용료를 받을 수 있게 되었는데 수련회를 통해 2년 동안 1억 3천만 원을 넘게 받은 헌금을 고스란히 저축하여 (사)아름다운 미래 유산을 설립하게 되었고 이 자금으로 빈민국에 복음학교를 설립하여 운영하는 선교 밑거름으로 사용되어 이 모든 것이 결국 하나님의 뜻인 것으로 받아들였습니다.

우리 교회를 크게 건축하였으나 크기에 비하여 작은 수입과 교회 부흥이 더뎌 시내로 나가 다시 교회를 시작하려고 외진 곳에 있는 교회를 요양병원에 매각하고 구갈동에 임시로 교회를 운영하다가 지금의 롯데마트 뒤 옛 신갈중앙교회가 교회를 매각하고 상갈동으로 새 성전을 건축하여 이전하게 되자 옛 신갈중앙교회를 매입하여 그곳에 지금의 신갈축복교회를 다시 이전 설립하게 되었으며 교회가 유흥업소가 많은 곳에 자리하고 있으나 열악한 주변 환경을 극복하고 이기는 교회가 되어야 한다는 기도를 하며 교회 앞에는 찬양 곡을 항상 틀어놓고 오가는 사람들이 듣도록 하고 교회 안에서 어르신들을 위한 무료급식을 하여 지역에서 빛되는 교회로 인정받아 부흥이 점점 잘되는 교회로 성장하며 추가로 청소년들을 대상으로 무료급식과 토요모임을 시작하고 있는 것입니다.

지금의 신갈축복교회는 건물이 약 350평 정도로 한 번에 150명은 예배를 드릴 수가 있는 교회로서 시내 복판에서 열심히 전도하여 어린이들까지 100여 명의 성도들이 예배를 드리며 조금씩 부흥이 되고 있는 지역에서 좋은 교회로 인정을 받고 있습니다.

또한 매주 월요일에 어르신 무료 급식을 할 때에는 항상 예배를 드리고 있어서 지금은 어르신 교회가 별도로 설립이 되었고, 100여 명의 어르신들이 매주 예배를 드리며 찬양을 열심히 하시면서 식사하고 있는 것을 하나님께 감사드리는 것입니다.

지금은 우리 교회가 청소년을 위한 카페를 열어 아름다운 미래 유산과 함께 복음 사업을 열심히 하고 있어서 하나님께서 영광 받으시고 우리 교회에 축복의 문을 계속 열어 주실 줄 믿고 있습니다.

빈민국 오지에 학교를 세우면서 학교 안의 교회를 학교 강당과 겸용으로 건축하여 사용하므로 많은 사람들이 학교에 와서 예배를 드리도록 하고 있습니다. 욕심 같아서는 더 많은 교회를 세우고 싶지만 확실하게 자립하는 기독교 학교나 교회를 세워나가는 것이 필요한 것 같아 하나님께서 인도하시는 대로 나아갈 생각입니다.

하나님께서는 사람에게 세상의 모든 만물들을 주시고 정복하고 다스리라는 엄청난 큰 복을 주시고 그에 대한 감사로 첫 수확의 첫 열매와 가장 좋은 것으로 하나님께 가져와 예배하라고 말씀하셨습니다. 다시 말하면 세상 만물을 창조하신 창조주 하나님으로서 사람에게 창세기 1장 28절 말씀과 같이 "하나님이 그들에게 복을 주시며 하나님이 그들에게 이르시되 생육하고 번성하여 땅에 충만하라, 땅을 정복하라, 바다의 물고기와 하늘의 새와 땅에 움직이는 모든 생물을 다스리라 하시니라"라고 축복을 주신 후에 만물을 주신 하나님께 첫 열매와 좋은 것으로 드리고 항상 감사하는 삶을 살며, 하나님께 영광을 돌리고 하나님께서 주신 가장 좋은 복을 평생 받고 살아가는 하나님과 인간의 온전한 관계가 유지되어 하나님 나라가 영원하게 하라는 것입니다.

내가 순수한 청소년 시절에 건축 일을 시작하기 전 고향 시골 교회를 건축하게 하셔서 내 인생의 정성 어린 삶의 첫 교회 건축을 하나님께 서원 드리게 하시고, 논산 기도원 건축은 사업을 시작하면서 천안 공장 건축의 첫 수확의 소중한 결실과 내 삶의 전체를 월세방에서 살면서도 잘 다니던 회사를 사표 내고 기도원의 건축에 모두 투입하게 하셔서 영광을 받으시고, 각종 선교지와 군 선교까지 하나님께 드렸던 모든 것들이 다시 하나님의 축복이 되어서 100배로 갚아 주신 결과가 사업에서 큰 성공을 얻을 수 있었던 것이라고 말씀드리지 않을 수가 없는 것입니다.

그렇습니다. 유일하신 창조주이신 참 진리의 하나님의 뜻은 사람을 진리 안에서 진실과 올바른 의로 인도하시어 사람이 하나님의 의에 일을 완성하도록 하시는 것으로, 오직 사람이 하나님의 그 뜻을 이루며 하나님께 영광을 돌리며 사람은 하나님께서 진리 안에서 주시는 복을 받고 평안과 감사와 기쁨으로 살아가라는 것입니다.

그러므로 인간은 항상 의로운 생각으로 자신이 하고 있는 일에 최선을 다하면 비록 일하는 과정에서 어려움이 있을지라도 낙심하지 않고 인내하고 연단하면서 계속 일을 한다면 결국 하나님의 축복으로 이어져 행복하게 잘살게 된다는 것을 말씀드리고 싶습니다.

교회를 통하여 사람의 생명을 살리시기 위해 내 인생에는 죽을 때까지 하나님께서 함께하시며 인도하시는 대로 교회의 건축과 복음을 전하는 학교 건축이 계속될 것이라는 것을 사랑하는 하나님과 나 자신에게 약속하며 동시에 하나님께 영광을 돌리는 것입니다. 할렐루야, 아멘!

• 젊어서 좋은 경험을 많이 쌓을수록
성인이 된면 완벽한 전문가가 되어 성공하는 것이다.
• 젊어서 어려움을 잘 이겨 내는 자는
나중에 더 큰 위험도 이겨 내고 성공한다.
• 섬김과 봉사와 화합과 사랑은
마음에 감동이 지속될 때 가능한 것으로 신속히 행하라.

• 하나님이 인도하시는 길은 사람에게 어려운 길로 인도하시나
믿고 따르는 자에게는 축복하신다.
• 하나님이 인도하시는 길을 믿고 순종하며 따라가면
의로운 좋은 결실을 맺는다.

• 대의란,
예수 그리스도 십자가 보혈의 피가 우리를 죄에서 구원하심을 확실하게 믿고, 하나님의 진리 안에서 진실과 올바르게 공의로운 삶을 살아가는 것이다.

25.
목회자와 교회를 위하여

한국 교회 6만 개와 목회자 15만 명 시대, 오늘날 목회자는 가장 먼저 하나님 진리 말씀을 깨닫고 거듭나 성령을 확실하게 받고 교회와 성도들을 위하여 겸손과 온유한 마음과 섬김으로 화합하며 성도들을 온전히 사랑하며 하나님의 진리 말씀을 항상 묵상하며 실천하면서 진실되고 올바른 삶을 위하여 자신을 돌아보며, 진리의 말씀 복음을 희생으로 전하며 삶의 모습은 세상의 빛과 소금의 역할을 다하고 있는가 자신의 모습을 심중하게 기도하며 되돌아보아야 합니다.

한국 교회 대부분 목회자들은 하나님 진리 말씀을 중심으로 충실히 말씀을 증거하고 복음을 전파하며 교회 운영을 예수 그리스도 십자가 사랑과 보혈의 피로 우리를 죄악에서 구원하신 은혜 아래 하나 되어 잘 운영하고 있으나 일부 극소수 목회자들까지도 모두 교회 운영 방향과 교회 안에서 이루어지는 모든 일들과 의사결정을 하나님 진리 말씀 안에서 진실하고 올바르며 공의롭고 정의로운 기준을 따르며 올바로 결정을 하시고 있는지 아니면 진리의 말씀의 기준에서 벗어나 개인적인 생각으로 목회를 하며 계속되는 실수를 하여 세상의 지탄을 받고 있는지, 자신을 진리하나님 말씀에 비추어 되돌아보며 진리 하나님 말씀 안으로 들어가 구속을 받고 바르게 살며 목회를 하고 있는지 돌아봐야 합니다.

이것은 성령을 받지 못하고 세상적인 생각으로 진리의 말씀에 입각한 올바른 판단이 흐린 목회자가 각자 개인적이며 세상적인 주장 또는 자신들 기준으로 주장을 관철하며 무리하게 목회를 하고 있는 것들이 문제입니다. 또한 이해관계인들과 집단을 이루어 교회 안에서도 하나님의 진리 말씀을 벗어나 자신들의 생각을 적용하고 있는 것들을 항상 진리의 말씀을 기준으로 거울삼아 점검해야 합니다.

교회의 일까지 진리의 말씀을 기준으로 하지 운영하지 않고 다수결 등으로 결정함으로써 하나님의 말씀을 떠나 점점 세상적으로 다수의 집단이 원하는 흐름을 따라서 세상을 따라가고 있는 교회들이 존재하고 있는 것이 사실입니다.

왜 교회가 세상으로부터 지적을 받는 상태까지 되었는지 깊이 생각하고 기도를 해보아야 하며, 큰 이유 중의 하나는 하나님의 진리 말씀은 하나이며 절대 변함이 없으나 목회자들이 하나님 진리 말씀에서 벗어나 자신의 생각을 중심으로 교회가 운영되고 있는 것이 문제입니다. 이러한 개인적인 생각으로 많은 교단이 생겨나면서 그 교단이 교세를 확장하기 위해 신학교를 세워서 신학을 교단 목적을 앞세워 공부를 하고 있으나 성령을 받지 못하고 신학을 적당히 공부한 신학생들이 하나님 말씀을 세상적인 지식과 혼합적으로 생각하는 이론 속에서 목사 안수를 받고 배출되고 있기 때문입니다.

또한 겉으로는 하나님 진리 말씀대로 목회를 하고 있는 것 같으나 목회자의 과거 개인 습관이나 행동은 과거 잘못된 모습에서 벗어나지 못하여 실수를 계속하고 있는 것이 사실입니다.

목사 안수를 완전하게 받는 절차를 생각해 본다면 신학을 공부하면서 성령을 받은 목회자 밑에서 최소 3~4년 정도 이상을 철저히 보고 배우며 근무하면서 지도를 받고 다시 성령을 확실하게 받았을 때 예수님께서 성령에 이끌리어 광야에서 40일을 금식하신 후에 사탄의 시험을 이기시고 진리의 말씀을 증거하신 것같이 그 1/10인 4일이라도 성령을 받고 자신을 돌아보는 금식 기도를 한 후 목회의 준비가 되었을 때 목사 고시를 보도록 담임목사가 추천서를 써 주고 노회에서 중복하여 성령의 임하심을 개별적으로 다시 확실하게 점검하고 난 후 목사 안수를 하거나 받아야 할 것입니다.

그러나 오늘날의 일부 목회자들의 문제로 성령 임재하심과 인도를 받지 못하고 세상적으로 교회를 이끌어 나갈 때 사탄의 강한 유혹을 이기지 못하고 죄에 빠져 세상 법에 저촉되는 범죄 행위가 계속 일어나게 되면 그 수가 극히 작은 수만 분의 1일지라도 모든 교회와 목회자가 함께 매도되는 것을 세상 매스컴으로부터 막을 방법이 없어 방치되고 있는 것이 현실입니다. 사탄은 목회자의 이 약점을 노려서 교회를 망가뜨리는 것입니다.

교회에 문제가 발생하면 하나님 말씀으로 중심으로 간절히 기도하여 해석하고 겸손하게 자신이 더 낮아져 하나님 말씀으로 판단받기보다는 두 집단으로 나누어져 서로 옳다고 다투다가 결국은 진리의 말씀보다 더 낮은 세상 기초 학문인 세상 법에 맡기어 판단을 받는 등 교회가 세상 속에서 존재하고 세상 사람들의 생각에서 벗어나지 못하여 그들은 하나님의 진리 말씀으로 돌아오기가 그리 쉽지가 않을 것입니다.

하루빨리 각 교단과 노회 지도자들은 온 교회의 목회자들을 위하여 하나님의 진리 말씀 안에서 쉬지 않는 기도를 계속하고 하나님 진리 말씀을 실천하며 살면서 후배 목회자들을 올바로 목회하도록 주기적인 목회자 교육을 하여 하나님 진리 말씀 안에서 목회를 하도록 해야 할 것입니다.

아직도 성령을 받지 못한 목회자는 추가 교육과 함께 예수 그리스도 십자가 은혜 안에서 하나님을 향한 깊은 진리말씀을 깨닫고 거듭나 기도하며 성령을 받아야 할 것이며, 교육을 받지 않는 목회자들은 주기적인 목회자 점검으로 세상 법에 저촉이 되는 목회자는 세상 법으로 판단받기 전에 목회 활동을 중단하도록 하여 교단 내에서 스스로 정화 활동을 계속해야 할 것이며, 최소한 세상 사람들로부터 교회나 목회자가 세상 법에 저촉되는 일이 발생해서는 아니 되는 것입니다.

하나님의 진리 말씀에서 떠나 자신들의 이론을 스스로 만들어 주장을 하는 것의 예를 들어 본다면, 성경에 하나님께서 우리들이란 표현이 있다고 하여 하나님의 형제간이나 하나님의 아내가 있다고 주장하고 육적인 자식이 있다고 판단하나 이는 잘못된 것으로 "에베소서4:4 몸이 하나요 성령도 한 분이시니 이와 같이 너희가 부르심의 한 소망 안에서 부르심을 받았느니라 5 주도 한 분이시요 믿음도 하나요 세례도 하나요 6 하나님도 한 분이시니 곧 만유의 아버지시라 만유 위에 계시고 만유를 통일하시고 만유 가운데 계시도다" 우리들이란 성부, 성자, 성령이 진리와 생명과 빛과 사랑으로 여러 가지 모습으로 보이지만 하나가 되셔서 함께 일하시고 계시는 것을 말씀하고 있으나 세상 방법으로 운영하고 있는 이단 교주들은 자신을 하나님과 동등하게 신격화하면서 돈과 재산을 헌금과 헌물을 하도록 강요하는 등 여러 가지 비진리 말씀적인 일들을 저지르고 있습니다.

그것은 기존 교회의 문제가 극소수라고 할지라도 언론에 오르내리면 모든 교회가 그러한 것처럼 매도되어 세상 사람들이 손가락질하기 좋은 결과를 만들어 내기 때문입니다.

세상 사람들은 자신의 행위가 악하므로 진리 안에서 의로운 삶을 살아가는 그리스도인들을 싫어하는 것은 "요한복음 3:19 그 정죄는 이것이니 곧 빛이 세상에 왔으되 사람들이 자기 행위가 악하므로 빛보다 어둠을 더 사랑한 것이니라. 20 악을 행하는 자마다 빛을 미워하여 빛으로 오지 아니하나니 이는 그 행위가 드러날까 함이요"라는 것으로 그리스도인들이 아주 작은 실수를 할지라도 당신들도 우리와 같으며 당신들이나 잘하라고 하면서 배척하는 것이나 참 그리스도인들은 "21 진리를 따르는 자는 빛으로 오나니 이는 그 행위가 하나님 안에서 행한 것임을 나타내려 함이라 하시니라"라는 말씀으로 자신의 행위가 하나님 진리 안에서 일어나는 일임을 자랑하고 그 행위가 빛이 되어 세상에 비추는 위대한 일로 하나님께 영광을 돌리는 것입니다.

하나님의 진리 말씀을 왜곡하고 교회의 운영을 하고 있는 목회자의 개인 생각으로 다수결의 동의도 뛰어넘어 666…(2/3)이상 동의하도록 교회를 이끌어 나가고 있다면 그 교회는 회복할 수 없는, 아니 돌아오지 못하는 세상 속으로, 더 나아가 사탄이 교회를 이끌어 가고 있는 것이 아닌지 신속하고 재빨리 되돌아보고 하나님 진리의 말씀 안으로 교회가 되돌아와서 모든 일이 이루어지고 결정되어야 할 것입니다.

요한계시록 13장 18절에 "짐승의 이름이나 그 이름의 수라 그 짐승의 수를 세어보라 그 수는 사람의 수니 육백육십육이니라"라고 기록되어 있는 것을 이렇게 해석해 봅니다. 666은 667보다 작은 수로 하나님의 완전한 숫자인 7의 숫자를 채우지 못하고 있지만 미완성된 숫자인 6이 계속되면 결과적으로 666으로 100%의 수 중 2/3가 완성되어 세상적인 완성 수인 것입니다.

이 미완성 같은 2/3의 666…이 계속되는 수는 국가 헌법을 개정하거나 세상의 그 어떤 회의나 결정과 교회 안의 모든 회의나 결정 동의도 출석하는 수의 1/2의 반수를 넘어 2/3 동의가 충족되면 어떤 안건도 가결되어 이 결정에는 어느 누구도 번복하지 못하는 세상적인 의결정족수로 의사결정 과정에서 가장 강력한 완성된 수가 됩니다.

우리나라 초대 국회에서도 국회의장 일당들이 사사오입의 666…으로 삼선개헌을 하여 대한민국의 돌이킬 수 없는 문제를 일으키고 이승만 대통령을 앞세워 권력을 휘두르다가 4·19가 일어나게 하고 그 일가족이 몰살하였으며, 유신헌법의 산선개헌 등 2/3 동의를 세력화하여 사탄의 모임을 이루며 결국은 박 대통령 부부가 불운으로 일생을 마감하였습니다. 그 후의 정권에서도 비정상적인 대통령의 탄생과 일방적인 국정 운영으로 광주민주화운동을 폭도로 인정하여 많은 사람들이 희생되게 하였으며, 민주주의라 할지라도 666…(2/3)나 과반수를 규정하여 모든 일들을 처리하고 있는 것이 사실입니다.

과반수는 언제나 번복이 가능한 숫자이지만 국가 헌법에서 국회의원 2/3가 동의하면 헌법 개정이 시작되고 이러한 예는 4·19나 유신독재와 통일주체국민회의를 생각할 수가 있으며, 이 숫자는 옳고 그름을 떠나서 번복하기가 쉽지 않은 것입니다. 그러나 악한 세력이 이를 점유했을 경우는 악한 방법이 계속 국가나 단체들에 의해 진리에 반하는 일들을 끝없이 하게 되는 것과 이 세력의 권력을 등에 업고 자신들의 욕심을 채우려는 나쁜 생각을 가진 사람들이 모여드는 것이 큰 문제입니다.

그래서 666 수가 짐승의 이름이나 그 이름의 수라, 사람의 수라는 것은 하나님의 진리 말씀을 떠난 각 집단들이 자신들의 이익을 위하여 모이거나 짐승과 같은 사람들의 모임 이름과 숫자로 보았습니다.

그 수는 사람의 수라는 것은 하나님 진리의 말씀을 떠나 세상적으로 모인 사람들이 잘못된 결론을 만들어 가는 사람의 수이나 짐승들과 같은 육신의 일을 이루기 위한 생각으로 모인 수이며 인간의 수라고 생각합니다.

"그 수는 사람의 수니 666…이니라"라는 것은 육적으로 이루어지는 짐승들의 생각으로 하나님을 일을 거역하고 세상적인 자신들의 욕심의 일을 도모하기 위한 일을 결정하는 수이며, 진리와 반대되는 사탄의 수이며 짐승 즉 육적인 사탄의 일을 행하는 짐승 같은 사람들의 수라고 생각합니다.

더 나아가 민주주의 가장 큰 병폐는 다수결에 의한 나쁜 세력들의 모임이며, 하나님 진리 말씀은 1/100~1/10,000이 옳을지라도 그 말씀은 살아 계시며 존중되어야 한다는 것을 말하는 것입니다.

공산주의 독재 정권과 이단들은 1/2도, 2/3인 666…도 더 나아가 100% 수를 주장하며 하나님을 믿는 백성들을 괴롭히며 죽이고, 결국은 세상의 왕인 사탄의 일을 완성하는 세상을 지옥으로 만드는 일당독재와 무조건 충성주의로 국가나 단체를 이끌어 나가며, 모든 권력이 집중되어 악한 일들을 저지르는 것으로, 과거 로마 시대의 기독교를 박해하는 절대적인 독재 정권이 기독교인들을 핍박하고 죽이는 황제 네로를 연상하게 되는 것입니다.

이 수는 일당독재주의 기준에서 누구도 이에 반대하지 못하는 공산독재주의를 뜻하는 것이며, 지금은 민주주의 안에서는 이단들이 사용하는 교주를 중심으로 모인 악한 세력들입니다. 우리 민족 안에서도 북한과 같은 일당 독재에서 과거 부흥했던 북한 기독교를 멸살시켜 대부분 없어졌으며, 이 악행은 오직 정권을 위한 666 2/3을 넘어 100%의 사탄이 정치를 하며 하나님의 세계를 멸망시키고 있는 것을 볼 수가 있는 것입니다.

민주주의에서도 한 권력이 정권을 계속 잡았을 때 일시적으로 나타나는 현상과 교회에서도 하나님의 진리 말씀의 진실에서 나오는 공의와 정의가 사라진 사람들의 주장이 강해지면 엉뚱한 방향으로 결론이 나오는 위험한 이단이 발생하여 결국 독재와 이단을 위한 100% 사탄의 세상을 만들어 가는 것입니다.

에배소서 6장 11절에는 "마귀의 간계를 능히 대적하기 위하여 하나님의 전신갑주를 입으라"라고 말씀하시면서 12절에 "우리의 씨름은 혈과 육을 상대하는 것이 아니요 통치자들과 권세들과 이 어두움의 세상 주관자들과 하늘에 있는 악의 영들을 상대함이라"라고 기록하고 있으며, 이들과 싸우기 위하여 17절에 "구원의 투구와 성령의 검 곧 하나님의 말씀을 가리라"라고 하신 것입니다.

그러면 이 짐승들의 수를 이길 방법은 세상에서는 없을 것이라고 생각되나 우리 주 예수 그리스도 성자 하나님께서 이 땅에 오셔서 십자가의 죽으심으로 하나님의 뜻을 다 이루시고 세상을 이기신 것처럼 하나님을 믿는 백성들은 하나님의 진리 말씀을 올바르며 진실되게 깨닫고 성령을 받아 실천하므로 하나님의 백성들이 육신의 목숨을 걸고 진리 안에서 나오는 진실과 올바른 공의 즉 다시 말하면 하나님의 진리 말씀이 행하여지는 하나님 나라를 위하여 하나님의 말씀으로 전신갑주하는 성령의 검 말씀을 가지고 목숨으로 진리의 말씀을 사수하여야 할 것이며, 우리 몸은 희생될지라도 그 상은 천국의 영원한 생명의 면류관으로 대신하게 될 것임을 말하는 것입니다.

하나님이시며 진리의 독생자 예수님의 십자가 보혈의 피로 우리를 구원하시고 새 생명을 주시어 살리시는 은혜와 사랑을 위하여 목숨을 걸고 진리의 말씀을 지키며 살아가는 것과 예수님의 피 값으로 진리의 성령을 받아 새 생명의 삶과 빛과 사랑의 세상을 지켜 나가는 것은 하나님 백성들의 값진 삶일 것입니다. "고린도후서 5:14 그리스도의 사랑이 우리를 강권하시는도다 우리가 생각하건대 한 사람이 모든 사람을 대신하여 죽었은즉 모든 사람이 죽은 것이라" 우리의 육신을 예수님과 함께 이미 십자가에서 죽었으니 천국의 소망을 가지고 사탄의 세력을 물리쳐야 할 것입니다.

현재의 교회는 하나님께서 세상을 구원하시는 요한복음 3장 16절 "하나님이 세상을 이처럼 사랑하사 독생자를 주셨으니 이는 그를 믿는 자마다 멸망하지 않고 영생을 얻게 하심이라"는 말씀과 예수 그리스도의 십자가의 희생으로 우리를 죄악에서 구원하신 사랑의 은혜로 세상에서 하나님의 완전한 사랑을 실천하는 목회와 복음 전파가 계속되어야 할 것입니다.

그러므로 그리스도인들은 진리의 하나님 말씀으로 전신갑주하고 진리의 구원의 투구를 쓰고 거짓의 세상에서 진실의 무기로 대항해 나가야 할 것이며, 희생으로 복음을 전하며 사랑을 온전히 실천하면서 평안과 기쁨과 천국의 소망으로 하나님 나라를 지켜내야 하며 때가 되면 죽을 수밖에 없는 육신을 위해 살지 말고 육신의 죽음도 불사하는 주님을 위한 희생의 복음이 결국 우리와 온 세상을 살리고 우리를 천국까지 인도하셔서 영원한 삶을 누리게 하실 것입니다.

히브리서 11장 36절 이하에는 믿음의 조상들이 어떻게 믿음을 지키며 살았는가를 보여 주는 좋은 구절입니다.

"36 또 어떤 이들은 조롱과 채찍질뿐 아니라 결박과 옥에 갇히는 시련도 받았으며 37 돌로 치는 것과 톱으로 켜는 것과 시험과 칼로 죽임을 당하고 양과 염소의 가죽을 입고 유리하여 궁핍과 환난과 학대를 받았으니 38 (이런 사람은 세상이 감당하지 못하느니라) 그들이 광야와 산과 동굴과 토굴에 유리하였느니라" "39 이 사람들은 다 믿음으로 말미암아 증거를 받았으나 약속된 것을 받지 못하였으니 40 이는 하나님이 우리를 위하여 더 좋은 것을 예비하셨은즉 우리가 아니면 그들로 온전함을 이루지 못하게 하려 하심이라"라는 말씀으로 이 세상에서 하나님 나라를 이루기 위한 수고의 결과는 더 좋은 천국의 삶으로 대신 준비하신다는 말씀으로 우리가 세상에서 진리 말씀 안에서 행하여지는 믿음을 지키는 수고가 더 좋은 천국을 예비하신 하나님께 영광을 돌려드리는 것입니다.

교회에서만큼은 꼭 하나님 진리 말씀이 중심이 되어 모든 일이 결정되어야 합니다. 한국 교회에서 일어났던 일의 한 예를 들어 보면 교회 담임목사님이 은퇴할 시기가 되었으나 담임목사님 자녀인 목사님께 교회를 물려주려고 하다가 노회와 총회에서 말들이 많아지는 사건이 발생하였습니다.

현행 총회교회법에 저촉되지 않는다면 처벌이나 재판을 다시 하라는 것은 잘못된 것으로 보이지만 우선적인 대안은 빨리 노회나 총회 법령을 하나님의 진리 말씀 안에서 벗어나지 않고 하나님 말씀에 합당하도록 개정하여 다시 이 같은 일이 반복되지 않아야 할 것입니다.

그러나 자녀에게 교회를 물려주어 교회가 하나님 말씀으로 부흥 발전과 생명을 살리는 일과 계속적인 복음의 활동에도 많은 도움이 확실히 된다면 하나님 말씀에 합당하다고 보아야 할 것은 레위의 자손들의 자녀에게 대물림을 하는 제사장직에서 볼 수가 있습니다. 그러나 지금은 공의로운 방법에서 보아야 할 것은 일반 성도들이 보기에 하나님의 진리 말씀은 뒤로하고 교회 세습에 무리한 결정을 하였다고 소문이 났으므로 양심의 가책과 많은 성도들과 세상으로부터 비난은 감수해야 할 것입니다.

교회는 법을 제정하거나 결정을 할 때 꼭 빠지면 아니 되는 것은,

1) 하나님의 진리 말씀을 근거로 진실되고 올바른 판단을 우선하여 교회 지도자들이 계속 기도하고 회의를 하여 하나님 말씀을 근거로 결론을 내고,

2) 하나님의 진리 말씀 안에서 모든 회의자들이 기도하며 모두 화

합하여 교회법을 제정하고,

3) 제정된 법령을 잘 설명하여 실행에 차질이 없도록 규칙이나 부칙으로 충분한 설명을 확실하게 달아서 진리 하나님의 뜻에 어긋나지 않도록 법을 제정하고 시행하여야 할 것이나,

4) 만약 합의가 되지 않는다면 합의가 완료될 때까지 계속 하나님 진리 말씀을 중심으로 기도하여 합의를 이루어야 할 것이며, 절대 억지로 하지 않아야 하고 계속 기도하며 진리 하나님 말씀을 받아 결정을 하여야 할 것입니다.

그러나 총회나 노회, 교회까지도 하나님의 진리의 말씀을 우선하여 따르지 않고 세상 방법으로 1/2이나 2/3(666···)의 원리대로 하나님의 말씀에 어긋나도 다수결 원칙으로 결정하는 것이 관례가 되고 있습니다.

그러나 다수결 원칙은 많은 숫자의 동의에 따라 결정이 되는 것이나 하나님 말씀은 단 1명이나 1%의 진리의 말씀에 올바른 의견이 있다면 그 의견에 따라 결정이 되어야 하는 것이 하나님의 뜻이므로 교단, 노회 지도자와 목회자는 먼저 하나님의 말씀에 합당한지를 깊이 묵상하고 기도하여 진리말씀의 뜻에 따라야 할 것입니다.

분명히 알아야 하는 것은,

1) 우선 처리해야 할 안건이 하나님의 진리 말씀 몇 장 몇 절에 의하여 합당하느냐가 우선 적용하여 참석자 모두가 아멘을 하고,

2) 하나님 진리 말씀에 맞는 범위에서 모두가 합의하여 법을 제정

하거나 선택의 결의를 하여 결과도 하나님의 진리 말씀에 어긋나지 않도록 하여,

3) 항상 두 번의 결의가 있어야 합당한 결정이라고 볼 수가 있는 것입니다.

현 일부 교회들의 문제점은 교회에서 목회를 하는 목사님들과 교회 지도자들이 하나님의 진리 말씀을 세상 삶 속에서도 얼마나 확실하게 진실되고 올바르게 실천하고 살고 있으며 부교역자들과 성도들이 잘 실천할 수 있도록 교육이 잘되고 있는 것인지 말하기가 쉽지 않습니다.

이유는 일부 신학생들이 하나님의 말씀을 지식적으로만 받아 들여 은혜가 없고 성령도 받지 못한 상태에서 졸업한 후에 목사 안수는 교회나 노회 어느 누구도 안수를 받을 목회자가 성령을 받고 올바른 신앙생활을 하고 있으며, 겸손과 섬김과 화합된 사랑의 삶을 확실하게 실천하고 있는지 점검하는 일은 부족하고 오직 목사고시 시험지와 간단한 면접 등이 기준이 되고, 노회에서는 교회 수가 늘어나는 것에 불과하며 목회자의 질은 교단이나 노회에서 책임지지 않은 상태가 되어 현재의 세상적인 개별교회의 모습을 바로잡기가 어려움이 있다는 것입니다.

일부 목회자가 완전한 하나님의 사람이 되지 못한 상태에서 목사 안수를 받고 교회에서 사역하는 과정은 담임목사님과 다툼이 있을 수 있습니다. 또 담임목사님은 부목사님들과 전도사님들에게 교회

일을 시키는 데 급급하고 있는 것을 되돌아보고 먼저 모든 목회자들이 성령의 인도하심으로 하나가 되어 주님의 십자가 보혈로 구원의 은혜와 사랑으로 겸손과 섬김으로 희생을 하여 하나님 일에 동참하도록 철저한 교육을 담임목회자가 책임을 져야 합니다.

담임목사님은 부교역자들이 하나님 말씀 안으로 깊이 들어가 실천을 하며 성령의 인도하심으로 생활하도록 말씀을 늘 묵상하며 기도하며 사역해야 하는데 이를 뒤로하고 교회 일에만 집중하면 담임목사님의 말을 잘 듣지 않는다고 매년 부목회자들을 교체하는 데 급급할 수가 있는 것을 조심해야 합니다.

많은 부목회자들은 자신의 과거 잘못된 습관에서 벗어나지 못하는 부분과 영적인 부분은 살피지 못하고 있으면서도 교회의 근무환경이나 급여 불평으로 또 다른 교회를 찾아다니는 뜨내기 삶이 지속되므로 자신을 진리말씀으로 스스로 다스리지 못하고 살고 있어서 하나님의 진리 말씀으로 목회를 하고 계시는 온전한 목회자들까지 전체가 도매금으로 매도되어 자주 방송에 오르내리고 있는 것이 사실입니다.

끝없이 진리의 말씀을 배우고 묵상하며 배워야 할 부목회자들은 자신이 기르던 성도들을 담임 목회자가 아니라는 이유로 내버려두고 이리저리 자신의 편한 목회를 위해 자신에게 맞는 교회를 찾아 떠돌이 목회를 하고 있고, 담임 목회자들은 자신들의 교회 관리에만 바쁘므로 부목회자들에게 일만 시키고 있고 부목회자들의 말씀

교육과 함께 기도하는 것을 손 놓고 있는 사실입니다.

과연 한국 기독교가 앞으로 얼마나 하나님 말씀 안에서 후퇴하지 않고 계속 성장할 것인지에 대해서는 확실하게 말하기가 어렵고 교회 세속화로 세상의 빛과 소금의 역할은 점점 후퇴가 되고 있는 것이 아닌지 되돌아보아야 할 것입니다. 따라서 담임 목회자들은 부목회자들을 철저하게 교육하여 성령을 받고 목회를 진리말씀과 화합의 사랑으로 일하도록 책임을 다하여야 할 것입니다.

한 가지 목회자에게 원하는 외적인 모습은, 정장을 하고 성경책을 항상 가슴에 움켜잡은 모습입니다. 성직자의 겸손과 섬김과 사랑의 모습을 세상에 보여주시기를 원합니다.

현대 교회들과 목회자들을 바라보며 나 자신이 할 수 있는 일이 무엇일까 기도하며 생각해 보아도 직접 확실하게 할 수 있는 일은 한계가 있으나 개인의 힘으로 할 수 있는 것은 목회자들을 교육하여 다시 교회를 회생시키는 시설을 설립하여 올바른 선배 목사님들이 후배 목사님들과 교회 지도자들을 교육하는 일을 도와드리는 것은 가능하리라 생각합니다.

그래서 내가 건강하여 활동이 가능한 지금은 사단법인 아름다운 미래 유산을 통하여 우선 내가 할 수 있는 일들은 아이들의 복음교육과정인 초등, 중등, 고등학교를 세계 빈민국 나라 오지의 도시에서 많이 떨어져 있고 가난하여 공부하지 못하고 있는 곳에 학교와 교회를 함께 세워서 어린 생명들에게 복음적으로 학교교육을 계속

하는 것입니다.

두 번째로 국내에 목회자들을 교육하는 목회자 재생센터를 건립하여 교회와 목회자들을 살리어 하나님 나라가 영원해지도록 목회자 교육에 최선을 다할 생각이며, 이를 실천하여 내가 하나님께 서원하고 하나님께서 원하시는 영원한 하나님의 나라가 이 땅에 계속되기를 간절히 원하는 것입니다.

대한민국 교회는 다시 거듭나서 깨어 일어나야 합니다. 세상이 타락하고 어두움을 향해 갈지라도 하나님의 진리 말씀은 더욱더 빛이 나야 하고 세상의 빛과 소금이 되고 하나님의 사랑을 세상 사람들이 모두 알도록 세상의 이웃을 사랑하여 실천하는 모습을 보여 주고 실천해야 할 것입니다.

하나님의 성령을 받아 목회를 하고 있다고 생각하며 확신하는 선배 목회자는 내 교회만 위하여 목회를 할 것이 아니라 세상의 모든 교회와 목회자와 성도들이 다시 거듭나고 성령의 인도하심으로 함께 하나님 나라를 향해 나아갈 수 있도록 서로를 위해 기도하고 교육하며 성장하는 데 목숨까지도 아끼지 않고 최선을 넘어 전심전력을 다해야 할 것입니다.

이를 위하여 함께할 참신한 하나님의 자녀 목회자들이여, 다 같이 모여 기도하고 대한민국 교회를 살리는 일에 함께하며 실천에 옮기시기를 예수 그리스도 십자가의 보혈의 피로 우리를 죄악에서 구원하신 예수님 은혜와 이름으로 간절히 기도드리는 바입니다.

성령을 받은 목회자와 성도들은 세상과 자기 욕심의 생각으로 살아가는 것이 아니라 성령님이 함께하시고 인도하시며 권세와 능력으로 공의를 위한 삶을 살아가고 있으므로 하나님께서 원하시는 교회와 목회자의 개혁에 동참하게 될 것이라고 확신합니다. 하나님께서 예수님 안에, 예수님께서 하나님 안에, 예수님께서 내 안에, 내가 예수님 안에 있으므로 성령의 삼위일체를 통한 하나님의 온전한 뜻이 하나님 나라와 교회 안에서 이루어지리라고 확신하며 믿는 것입니다. 아멘.

- 하나님 진리 말씀을 따르는 사람은
  자신을 빛과같이 드러내고 참 자유를 누리며 살게 된다.
- 세상의 정화 시스템인 교회와 목회자가가 타락하면
  세상을 바로잡을 기회는 사라진다.
- 목회는 겸손과 섬김과 희생의 복음과 사랑의 화합과 말씀의 권세와
  능력으로 하여야 한다.

- 성도를 목숨 걸고 책임지는 목회가 참 목회이며,
  목회자는 희생으로 섬기며 복음을 전하는 것이다.
- 빈손으로 왔으니
  하나님 나라를 위해 가지고 있는 모든 것을 사용하고
  빈손으로 하나님께 돌아가자.
- 세상이 악하여 사탄의 세계가 될지라도
  1%의 진리 말씀이 최후에 승리하는 것을 굳게 믿으라.

- 성령을 받은 목회자와 성도들이여,
  하나님 나라를 위하여 한마음으로 단결하여 일하라.

제 6 장

새 생명의 삶을 살아야 한다

26.
어머니의 신앙과 정신

어머니께서는 결혼 전 전남 무안군 청계면 청계리 행림이라는 마을에 사시다가 한일합병 때 18세에 20세인 아버지와 결혼하셨으나 결혼 후 일본사람의 꼬임에 일본으로 건너가 탄광에서 일을 하시다가 해방이 되어 한국으로 돌아오셨으나 아버지께서는 결혼 전부터 술을 좋아하셨고 결혼 후에도 술을 계속 드시다가 결국 34세에 간경화로 돌아가셨습니다.

어머니께서는 32세까지 4남 1녀를 낳으셨으나 둘째, 세째 남자아이 둘을 열병으로 잃고 삼 남매와 함께 홀로되셨으며, 재산이 전혀 없고 의지할 곳이 없어서 삼 남매를 고아원 등에 맡기고 팔자를 고칠 수도 있었겠으나 자신의 몸으로 나은 자식들을 버리지 않으시고 살리기 위하여 자신의 행복은 생각할 수도 없이 뒤로하시고 오직 삼 남매 자식들을 위하여 스스로 고난의 인생을 선택하신 훌륭한 분이셨습니다.

어머니께서는 일가친척과 어디에도 의지하지 않으시려고 수많은 어려움을 극복하시며 오직 내 속으로 낳은 자식들을 버리지 않고 살아 보겠다고 최선을 다하여 자식들을 위해 헌신하신 분으로 세상의 어머니들에게도 본받을 만한 귀하고 장하신 어머니이십니다.

어머니께서는 아버지께서 돌아가시자 면 소재지에서 월세방을 얻어 거처를 마련하시고, 목포 선창가에서 생선을 사다가 대바구니에 담아 머리에 이고 몽탄면의 이곳저곳 마을을 돌아다니시며 생선을 파는 행상을 하시면서 물건을 생선과 바꾸는 장사와 작은 돈을 마련하시고 자식들을 먹여 살리시느라 최선을 다하셨습니다.

어머니께서는 오직 자식들을 먹이고 입히시려고 수많은 고생을 하시며 먹을 것을 먹지 않으시고 자식들을 올바로 키워야 된다는 생각만으로 돈을 모아 몇 년 후 집안 인척들의 권유로 아버지 친척들이 살고 계시는 고향 총지마을에 이사를 가서 작은 아버지 집 작은 방에 거처를 마련하시고 살기 시작하셨습니다.

어머니께서는 생선 행상을 하시면서도 나를 업고 돌아다닐 때에 내가 아무 가게에서나 손에 잡히는 대로 먹을 것을 무조건 집어 먹어서 어머니는 돈을 계산하느라 바쁘셨고, 많은 사람들이 귀엽게 잘 생겼다고 먹을 것을 그냥 주시며 너는 먹을 것을 가지고 태어나서 항상 잘될 것이라고 어렸을 때부터 말씀하셨습니다.

어머니께서는 내가 어렸을 때부터 내가 결혼하여 살 때까지 소고기, 닭고기 등 육고기는 일절 드시지 않았으며 주변 사람들과 우리 삼남매도 그렇게 알고 살아왔습니다.

우리 가정이 부엌도 없는 월세방에서 살고 있을 때 어머니께서 집에 오셔서 계시는 동안 처사촌 오빠 집으로 구정 명절에 초대받아 갔습니다.

사촌 오빠 부부는 우리 가정에 대접을 잘하기 위하여 맛있는 떡국에 소고기를 잔뜩 넣어 한 그릇씩 담아 식탁에 올려놓았으나 어머니께서 고시를 드시지 않으므로 문제가 되어 밥이 있느냐고 물었으나 때마침 밥이 없었습니다.

풍부한 대접에도 불구하고 난처하게 된 처남과 처남댁은 얼른 밥을 다시 하려고 하는 순간 어머니께서 밥을 다시 하지 말라고 하시며 소고기 떡국을 드시는 것이었습니다.

이것을 본 나는 머리 뒤통수를 망치로 맞는 듯 무언가를 생각하며 어머니께 너무나 죄송하여 화장실에 들어가 참을 수 없는 눈물을 흘리고 닦고 난 후에 다시 식사할 수가 있었습니다.

사실을 어머니께서 어려서부터 고기는 자식들을 위해 주고 자신은 고기를 먹고 싶었으나 가족을 위하여 자신을 고기를 먹지 못한다고 하시면서 지금까지 살아오셨던 것입니다.

이 위대한 자식 사랑의 어머니의 뜻을 모르고 그저 내 욕심만 차리고 살아온 이 불효자식들을 생각할 때에 너무나 가슴이 아팠으며 그 후에로는 어머니께 고기를 드시도록 적극 권위하며 살게 되었습니다.

어머니를 생각할 때마다 어머니와 같이 정신력과 신앙심이 강하신 분은 세상에 없을 것이라고 항상 머릿속으로 생각이 들었습니다. 그러나 반대로 아버지께서는 결혼을 하셨어도 가정을 책임지지 않으시고 술로만 사시다가 돌아가신 후 어머니께서는 32세 젊은 나이에 홀로되셔서 겪어야 했던 많은 유혹과 고난의 모든 삶을 이겨내시며 삼 남매 자식들을 올바로 진실되게 키우시기 위하여 하나님을 믿고 우리를 하나님께로 인도하셨습니다.

어머니께서는 하나님을 믿으면서 항상 새벽기도에 빠지지 않으시고 계속 기도하시면서 교회 청소를 다 하시고 목사님을 따라서 성도들의 심방을 계속하시는 등 세상의 흐름에 따라 살지 않으시고 세상을 오히려 리더해 가시면서 세상을 다스리시는 신앙으로 교회와 동네사람들에게 모범을 보이시며 사셨습니다.

어머니를 생각할 때마다 자식들이 무엇 이길레 자신의 인생을 희생하셨는가 생각을 해봅니다. 어머니께 자식들을 위하여 무거운 고기 바구니를 이고 행상을 하신 결과로 무릎관절과 허리가 40세 때부터 아프셨으나 자식들은 철없이 살기만하고 어머니께 잘해 드리지 못하고 고생만 하시다가 돌아가시게 한 것에 대하여 너무너무 죄송하여 가슴이 터질 것만 같고 어머니를 생각할 적마다 눈물이 앞을 가리는 것은 어쩔 수가 없습니다.

고향 우리 집 뒤에는 어머니, 아버지 묘지가 밭 위 언덕 양지바른 곳에 모셔져 있고, 어머니께서 생선 장사 행상으로 돈을 모아 구매하신 밭이 있지만 경사도가 심하여 경운기로는 밭을 갈 수가 없을 정도라 항상 소로 쟁기질을 하여 농사를 경작하는 밭이 약 2,000㎡가 있습니다.

어머니께서는 이 밭에서 생산되는 각종 농작물을 경운기나 자동차로 운반할 수가 없어서 항상 지게로 나르고 머리에 이고 다니셨습니다. 다른 토지는 아주 작아서 이 경사진 밭에서 여러 가지 야채를 길러 밤중에 주무시지도 않으시고 손으로 다듬은 후 작은 다발로 묶어 놓고 주무셨다가 새벽에 야채 단을 큰 보자기에 싸서 머리에 이고 새벽길을 6㎞ 거리를 걸어가셔서 5일장이나 목포로 가는 새벽 기차를 타고 가셔서 목포 기차역에 대기하고 있는 야채 장사꾼들에게 판매하여 받은 돈으로 다시 목포 선창가에 가셔서 생선을 사다가 머리에 이고 시골 여러 곳의 마을에 다니시며 팔아서 내 학비나 가정에 필요한 경비를 조달하셨던 것입니다.

형은 열한 살 정도에 아버지께서 돌아가시고 어머니께서는 행상을 하시게 되어 누구의 통제나 보호를 잘 받지 못하고 자유롭게 성장하여 형 스스로 모든 일들을 판단하면서 살게 되었습니다. 그런 관계로 어려서부터 담배를 피우고 아버지와 같이 술을 좋아하면서 어머니 마음을 여러 가지로 속상하게 하셔서 어머니 마음을 늘 아프게 할 때가 많이 있었습니다.

그러나 어머니께서는 형이 자라고 성인이 되면서 형의 자유로운 행동으로 많이 힘들어하셨지만 어려움이 있을 때마다 형과 누나와 나를 교회로 인도하시고 교회에서 하나님께 많은 눈물을 흘리시며 기도하셨습니다. 평생의 세월을 오직 하나님을 의지하고 믿으며 기도와 신앙의 삶으로 모든 어려움을 이겨 내셨고, 삼 남매 자녀들을 오직 신앙으로 성장하게 하시어 우리들에게 하나님의 귀중한 신앙의 유산을 물려주셔서 우리 가정은 하나님의 진리와 은혜와 사랑으로 살아가게 된 것을 감사하게 생각하는 것입니다.

결국 어머니께서는 형을 신앙으로 이끌어 내시고 고향 교회의 장로가 되게 하셨으며, 그 영향으로 형은 어머니께 불효하셨다고 하시면서 형수와 함께 어머니를 평생 극진히 돌보셨습니다. 나는 매달 형과 형수씨의 효도하시는 모습에 감사를 드리며 어머니와 형의 가정을 위해 매달 생활비를 보내드리고 서울에서 무안까지 2~3개월마다 내려가서 어머니를 찾아뵙고 어머니와 형 집에 필요한 것들을 많이 공급하였습니다.

과거에 슬레이트 집이 허술하였던 것을 스라브 집으로 개축해 드렸고, 농협에 형에게 부채가 있던 것을 모두 변제해 드리고 형님의 가정을 계속 돌보아 드리고 어머니를 모시는 형님의 가정에 매달 100만원씩 생활비를 보내드렸으나 어머니를 정성으로 모시는 형과 형수에게 비하면 항상 죄송한 마음으로 늘 살아왔습니다.

형의 모든 자녀들은 믿음으로 성장하여 신앙생활을 잘하며 부모님 말씀에 순종하여 자신들의 직장 생활을 잘하여 모두 독립적인 생활을 하고 있어서 어머니의 신앙이 손주들까지 믿음의 유산으로 전해진 것을 하나님께 감사를 드리는 것입니다.

어머니께서는 하나님을 믿으시며 교회에 일이 있을 때마다 정성을 다하여 음식을 만드시고 헌금을 철저히 하시면서 교회의 한 일원으로서 책임을 다하시며 권사가 되셨지만 교회를 항상 청소하시는 청소부요, 교회의 전도사와 같이 항상 심방을 함께 다니시는 전도자로서 동내 사람들이나 인척들에게 교회에 나와서 하나님을 믿으라고 항상 권유하시며 전도를 하셨던 동네에서도 모범적인 삶을 사셨던 것입니다.

누님은 나보다 두 살이 더 많고 어린아이 때부터 어머니를 도우시며 꿋꿋이 살며 어려서는 어머니와 농사일과 집안일을 함께 하시며 고생하셨습니다. 초등학교 때 풍금으로 선생님 없이 배웠던 피아노 실력을 노력하여 지금은 70세를 바라보는 나이에도 권사가 되어 교회의 전자오르간 반주자와 베이스기타 연주로 예배를 드리며 어머니를 본받아 교회 청소와 꽃을 가꾸며 구역장과 여전도회의 일원으로서 역할을 다하는 모범이 되는 사람이 되었습니다.

누님의 자녀 3남매들도 할머니의 신앙으로 시작하여 누님의 내외분과 손주들까지 신앙으로 잘 성장하여 좋은 배필들을 만나 잘 살아가고 있는 것이 모두가 어머니의 신앙을 유산으로 물려주신 결과인 것입니다.

우리 3남매는 어머니의 철저한 신앙으로 어려서부터 주일날 동네 사람들이 들에서 일을 하더라도 어머니는 우리를 항상 쉬라고 하시며 3남매를 모두 교회를 꼭 나가게 하셨고, 인척들에게도 항상 모범을 보이시며 예수 믿고 신앙생활을 하며 복 받고 잘 살라고 항상 만날 때마다 권유하셨습니다.

어머니께서 집안의 모든 사람들보다 열악한 환경에서 자녀들을 잘 키우고 모범적인 교육과 자녀들이 신앙생활을 잘하며 복을 받고 부유하게 사는 것에 영향을 받은 여러 친척들은 과거에는 신앙생활을 하는 사람이 없었으나 우리 가족의 삶을 본받으며 지금은 70% 이상이 하나님을 믿고 살아가는 믿음의 집안이 되어서 하나님께 감사를 드리는 것입니다.

내가 어려서 서울에서 생활할 때에도 노동일을 하느라 2주에 한 번밖에 휴일을 주지 않아 매주 교회를 가지 못하고 야간에도 작업을 하고 있을 때 주변 교회의 차임벨 소리의 찬송가가 조용히 울려 퍼지면 말없이 교회에 가고파서 눈물을 흘릴 때가 있었으며 교회는 항상 어려서부터 어머니의 품 같은 생각이 들었습니다.

그래서인지 결혼하고 이사를 할 때마다 항상 교회가 가까운 곳으로 집을 찾아 이사를 갔고, 우리 아이들은 교회를 중심으로 살게 하여 항상 하나님의 진리 말씀 안에서 성장하여 지금도 손주들까지 신앙생활을 잘하며 교회에 여러 가지 봉사를 하고 있고 작은딸은 장신대 출신 목사와 결혼하여 목회자 사모가 되어 참으로 감사를 드리는 것입니다.

약 20세 정도의 나이일 때 한번은 둘째 큰어머니께서 돌아가셔서 온 집안이 슬퍼하며 장례를 잘 치르기 위해 고향 선산까지 상여를 매고 올라가서 큰어머니 산소를 정성껏 잘 모시고 묘지를 정리하고 마지막으로 묘 앞에 음식을 차려 놓고 모두가 절을 하고 산을 내려와야 할 차례였습니다.

그러나 집안 며느리들이 마지막으로 묘지 앞에 차려 놓을 밥상을 깜박 잊어버리고 준비해 놓지 않은 바람에 집안 어르신들이 술을 한 잔씩 하셨으므로 며느리들에게 큰 소리를 치고 계셨습니다. 어찌할 바를 모르고 모든 집안 식구들이 망설이고만 있었으나 갑자기 일어난 이 사태를 어떻게든 수습해야겠다는 생각으로 무조건 모든 집안 가족들을 묘지로 모이시라고 내가 소리를 쳤습니다.

온 집안 가족들이 어린 내가 갑자기 소리치는 소리에 엉겁결에 묘지를 빙 둘러섰고, 나는 다시 서로 손을 잡으시라고 하면서 돌아가신 큰어머니께서 집안 가족들끼리 싸우는 것을 원치 않으실 거라고 하며 다 같이 기도하자고 하였습니다. 큰 소리로 하나님께 기도하기를, 집안 모든 사람이 협력하여 큰어머니를 잘 모시게 하심을 하나님께 감사하다고 기도하면서 온 집안이 큰 어머니 장례를 통하여 서로 도우며 화합하며 사랑하게 해 달라고 간절히 기도를 하였습니다.

모인 모든 가족들이 마지막에 "예수님 이름으로 기도드렸습니다."

할 때 아멘을 하였고, 기도가 끝나고 술에 취한 어르신들까지 현식이가 참 잘했다고 칭찬을 하시므로 문제는 해결되었습니다.

이런 갑작스런 기도를 하게 된 것은 항상 어머니의 담대한 신앙을 본받아 나도 지혜를 얻어 옳은 일이면 앞장서시는 어머니의 위대한 신앙 때문에 용기를 내어 집안이 화목해야 한다는 생각이 앞섰던 것이며, 이 후에도 장례식장에서 기도를 할 때마다 장례를 통하여 온 집안이 화목하게 해 달라고 항상 기도를 하였습니다.

어머니께서는 내가 서울에 살면서 어머니께 전화를 하여 안부를 물으면 "너는 어디를 가든지 하나님께서 함께하실 것이며 너희가 어려서 교회를 건축한 후에는 너희가 잘되도록 항상 시골 교회에서도 대예배를 드릴 때 너에 대한 기도를 빠뜨리지 않는다"고 하시며 항상 믿음으로 기도하며 살라고 당부하시고 어머니께서 아프신 곳이 있을지라도 무조건 아무 일이 없으니 잘 있으라고 하시며 나를 오히려 위로하시고 본인은 뒤로 생각하신 위대하신 어머니셨으나 나는 어머니를 찾아가 뵙고 난 후에야 아프신 것을 깨닫고 어머니께서 우리 삼남매가 어려서부터 어머니의 희생으로 지금까지 존재하였다는 것을 깨달았습니다.

어머니의 신앙을 본받은 우리 3남매는 결혼할 때에도 모두 신앙생활을 잘하는 사람을 만나 결혼하여서 지금은 형과 매형과 나는 모두 장로요, 어머니와 형수, 누님과 아내는 다 권사가 되어 자녀들도 다 신앙을 기본으로 철저하게 신앙인으로 살아가고 있는 것이 어머니의 후손들의 자랑이요 어머니의 자랑스런 유산이기도 하며 복된 가정이 된 것입니다.

어머니께서는 살아생전 돌아가시기 얼마 전까지도 보조기에 의지하시고 새벽기도를 계속 다니셨고, 교회 일을 육체가 허락하실 때까지 계속하시며 기도와 찬양으로 사시면서 항상 하나님께 영광을 돌리시다가 어머니의 본향인 하늘나라로 돌아가셨습니다.

돌아가시기 전 2개월 전에 어머니를 만나러 고향에 갔는데 어머니의 무릎이 많이 좋지 않으셨고, 형수가 하시는 말씀이 어머니께서 치매 기가 있다고 하여 마지막으로 내가 어머니를 모시기 위해 어머니께 서울에 가시자고 하였는데 어머니는 평소에는 고향교회를 떠날 수가 없다고 하시면서 교향에서 계시겠다고 거절을 하셨으나 오늘은 "오냐, 가자." 하셨습니다.

평소에는 항상 고향 교회를 놔두고 어디를 가겠느냐고 하시고 동네 회관에서 동네 사람들과 함께 지내는 것이 좋다고 하셨고, 고향집에서 살겠다고 하시던 분이 갑자기 서울에 가시겠다고 하신 것은 분명히 어머니께서 무슨 변화가 생기셨습니다.

마침 아프리카 선교 일정이 1주일 뒤에 잡혀서 선교를 다녀와서 1개월 뒤에 어머니를 모시고 가기로 하고 그 후 아프리카 선교를 12일간 다녀온 뒤 1개월이 조금 넘어 어머니를 모시고 와 용인에 있는 병원에서 다리 관절과 호흡기 기관을 치료하기 위하여 먼저 입원을 시켰습니다.

며칠 뒤에 아침에도 아무 일이 없었던 어머니께서 오후에 병원에서 급히 연락이 와서 가보니 어머니께서 점심식사에 나온 사과를 드시다가 급체를 하여 심장 박동이 정지가 되어 중환자실에서 의식불명 상태로 계셨습니다.

병원 의사가 하는 말이 응급처치 상태에 있을 때 심장정지 상태가 20분 이상이 지나 뇌 손상이 왔고, 심폐소생술로 심장은 회복되었으나 95세 노령의 어머니는 뇌가 처음에는 30%가 죽고 1주일 뒤에는 100% 뇌사 상태가 되어 식물인간 상태로 회복이 불가능하여 결국 15일을 중환자실에 계시다가 돌아가신 것입니다.

어머니께서 병원에 계실 때 전문 간병인을 고용하여 돌보게 하였으나 급체를 막지 못했고, 병원에서도 급체의 응급처치를 한 것이 아니라 심장정지 응급처치를 하는 바람에 음식물이 기도에 막혀 있는 상태에서 결국 산소호흡기에 의지하여 계시다가 돌아가시게 되었습니다. 나는 간병인에게 책임을 묻지 않고 수고비를 다 주고 병원에도 책임을 묻지 않고 용서하고 기도하며 어머니 장례를 치르고 마무리하였으며, 그동안 어머니를 자주 찾아뵙는다고 했으나 잘 실천하지 못하였으며 어머니 상태를 잘 모르고 모셔온것에 대하여 내 책임으로 돌리고 하나님께 용서를 구했습니다.

아내와 나는 어머니 무릎을 조금만 더 치료하여 집에서 걸어다니시며 나머지 인생을 100세가 넘도록 건강하게 사시도록 도와드리려고 했으나 갑작스러운 사태에 방법을 찾지 못했습니다. 그러나 어머니의 몸 상태도 모르는 미련하고 부족한 자식의 어리석음에 일찍 돌아가시게 한 것이 한없이 슬프기만 하고 마음 둘 곳이 없어 어머니의 사진만 멍하니 바라보는 것이 전부입니다.

시골에서도 어머니께서 급체할 때가 있었다고 하였으나 이런 사실을 알려 주는 사람이 없었고, 나 또한 어머니의 건강 상태를 잘 알지를 못하여 더 오래 사실 수도 있었던 것을 정성이 부족하여 돌아가시게 한 것이 한이 되어 2년 지난 이 시간도 어머니를 생각하면 너무 죄송하며 보고 싶은 마음을 어디다 둘 곳이 없는 것 같아 허전하기가 한이 없으며 어머니의 사진만 멍하니 바라보고 눈시울을 적실 뿐입니다.

부모에게 향하는 효도는 시간이 흘러갈수록 그 기회가 점점 사라지게 되므로 효도를 우선적으로 많이 하고, 부모님과 함께할수록 또 자식이 복을 받고 그 자녀가 따라하게 되므로 효도를 중심으로 살아가는 가정은 자손 대대로 복을 받고 살아가는 것입니다.

어느 날 갑작스러운 하나님의 부르심을 받아 95세 연세로 어머니의 영원한 고향인 하나님 나라로 "나의 갈 길 다 가도록 예수 인도하시며…."를 찬송하시며 하나님의 품 안인 하늘나라로 되돌아가신 것입니다.

어머니께서 갑작스럽게 돌아가신 후에 멍하니 사진만 바라보면서 영원히 살아 계실 것이라고 생각했던 나 자신이 얼마나 어리석었는지 평소에 어머니 말씀을 더 잘 듣고 더 많이 찾아뵙고 건강을 더

챙겨드려야 했으나 돌아가신 후에는 이 모든 것들을 실천하지 못하였던 것들이 가슴을 쓰리게만 하여서 불효자식은 돌아가신 어머니만 생각하며 통곡할 뿐입니다.

이제 어머니께 아무것도 해드릴 게 없는 지금은 어머니의 살아생전 원하셨던 말씀을 생각하며 어머니 말씀대로 신앙생활을 더 열심히 하면서 복음을 위하여 선교 활동을 적극적으로 하겠다고 기도하면서 어머니 자손들을 잘 돌보며 함께 잘 살아가겠다고 고백하는 것이 전부입니다.

아버지는 살아생전 술만 드시다가 자식들에게 말씀이나 행동으로 본을 보여 주지 못하였고 나에게는 아버지를 상상 속에서도 존재하지 않도록 내가 태어나 7개월 만에 돌아가셔서 얼굴도 모르는 아버지에게 물려받은 것이 한 가지 있었는데 아버지께서 살아생전 누룩나무로 연필꽂이를 하나 만들어 놓으셨던 것을 내가 계속 간직하며 책상 앞에 연필꽂이를 볼 때마다 아버지께서 일찍 돌아가셨으나 나에게 공부를 열심히 하라고 주신 선물이라 생각하고 철이 들어 공부를 열심히 가정에 행복으로 돌아오게 되어서 34세에 일찍 돌아가신 술꾼 아버지께도 감사를 드립니다.

아버지께서 일찍 돌아가시고 다 고아로 자라야 하는 3남매를 어머니께서 헌신적으로 잘 키우시고 하나님을 믿는 신앙을 자녀들에게 유산으로 물려주신 것에 대하여 어머니께 진정으로 감사를 드리며, 어머니 후손들에게는 신앙을 잃지 않고 살아가도록 교육하여 신앙의 명문 가정으로 영원하도록 하겠다고 고백하며 진리의 하나님께 한없는 감사와 영광을 돌리는 바입니다.

사랑하는 어머니, 보고 싶은 어머니, 저도 어머니 신앙을 따라서 열심히 살며 복음을 전하다가 하나님 품 안인 천국에서 다시 만나겠습니다.

사랑하는 어머니께서 내가 아주 어려서 어렴풋이 생각이 나는 것은 신앙생활을 하기 전에 나를 뿔땅꿀이라는 우리 집에서 가까운 절에 데리고 가셔서 등불에 이름을 적어 놓고 합장하시던 것이 생각나지만 그곳에는 올바른 교육과 소망이 없는 것을 깨달으시고 결국은 교회를 나가셔서 하나님을 믿고 우리 가정이 모두 새 생명을 얻어 하나님 나라 소망으로 살게 된 것은 어머니께서 하나님을 믿고 우리에게도 신앙을 유산으로 물려주신 것이 가장 소중한 보물이 되었고, 나 자신이 지금은 다시 어머니의 뜻을 받들어 복음을 전하며 신앙생활을 열심히 하며 살게 된 것을 감사드리며 하나님께 영광을 돌려드리는 것입니다.

- 후퇴할 수 없는 어려움과 위기의식을 극복하고 사는 사람은 크게 성공할 수 있다.
- 진리 말씀을 우선적으로 깨달아서 올바르고 진실된 삶을 사는 것이 최고의 보물이다.
- 하나님의 진리 말씀을 유산으로 물려주고 계속 지키도록 하면 자손 대대로 영원히 복을 받는다.

- 부모님이 살아생전 효도에는 그 어떤 조건과 주변의 눈치도 보지 말고 무조건 최선을 다하라.
- 어머니께서 계시지 않은 고향도 형제간도 멀어져 가고 낯설게만 느껴진다.
- 사랑하는 어머니, 보고 싶은 어머니, 선한 싸움을 다하고 다시 천국에서 만나요.

- 부모 말씀을 따르는 자는 최소한 부모와 같을 것이나 부모의 말씀을 따르지 않는 자는 부모가 물려주는 것마저 지키지 못한다.

27.
진리 말씀을 전하는 설교자

사단법인 아름다운 미래 유산은 2011년도에 설립하였으며 이사진은 우리 교회 오동삼 목사님과 교도소 선교를 하시고 계시는 박 목사님 외 나를 포함한 7명의 이사와 감사 두 분을 초빙하여 NGO 단체를 설립하고 시작하였습니다.

이사들 중에 박 목사님은 교도소 선교를 오래도록 하고 계시면서 나에게도 교도소 선교를 함께 하길 원하셨고, 이에 동의하여 지금은 한 달에 1회 이상 전국에 있는 교도소의 초청을 받아 전국 교도소를 돌아다니며 하나님 진리 말씀을 전하여 재소자들이 새 생명으로 거듭나 세상으로 복귀하여 살아가기를 간절히 원하면서 순회 예배를 드리고 있습니다.

사단법인을 창립하기 전에 개인적으로 미션 파라다이스 선교회를 조직하여 용인시 기흥구 구갈동 빌딩에 선교 사무실을 열어서 전도사님과 함께 선교회를 운영하며 책을 읽으면서 차를 마시는 북 카페를 개설하였고, 옆에 있는 방 한 칸 벽에는 대형 거울을 붙여 놓고 내 아내와 함께하는 5명이 워십 무용 연습을 시작으로 파라다이스 선교회를 설립하였습니다.

그 후 파라다이스 무용 워쉽 팀과 박 목사님과 함께 전국 교회, 교도소와 병원, 선교지 등을 돌아다니면서 말씀을 전하며 선교를 하고 있는 것입니다.

28세에 성령이 나에게 임하시면서 개인적으로 말씀을 전하면 많은 사람들이 은혜를 받았다고 인사를 하였고 그 후 용인 꽃동산교회와 우리 교회를 개척하며 초기에 약 6개월간씩 설교하면서 일부 기간에 목회를 하였고, 그 후에도 1개월에 한 번씩 우리 교회에서 지금까지 설교를 하고 있습니다. 그러나 외부에서 많은 사람 앞에 설교를 하기 사작한 것은 2011년 사단법인을 설립한 후 설교를 하였던 것이므로 목회자는 아니나 말씀을 전하는 일이 보람이 있었고 말씀을 전하면 많은 사람들이 은혜를 받으므로 설교의 기회가 있을 때마다 계속 전해야하겠다는 목적이 생겼던 것입니다.

하나님께서 성령으로 함께하시고 인도하여 주심으로 사업을 하면서 받은 은혜와 사랑이 커서 많은 사람들에게 감동으로 말씀을 전하게 된 것이 설교를 초청받아 하게 되었고, 이 말씀을 듣고 감동을 받은 기관에서 다시 초청을 하여 여러 곳으로 연결되어 지금은 주기적으로 말씀을 전하게 되었던 것입니다.

처음 교도소 설교는 경상북도 청송군에 자리 잡고 있는 청송교도소 3소에서 약 3~400명의 재소자들을 대상으로 설교를 하였습니다. 이곳은 전 전 대통령이 정권을 잡고 있을 때 폭력배나 무질서한 사람들과 문제가 있다고 생각하는 사람들을 무조건 잡아다가 강제로 교육을 시켰던 삼청교육대로 유명한 곳이기도 합니다.

우리가 항상 교도소를 방문할 때에는 죄소자들에게 줄 떡을 인원수대로 준비하고 파라다이스 무용단이 워십을 몇 곡 준비하여 재소자들을 대상으로 워쉽을 하고 설교를 하며 집회를 하였습니다.

장로인 내가 일반 목사님들과 다르게 설교를 하면서 많은 사람들이 깨달은 것 같았고 교도소 안에도 신앙생활을 하는 사람이 참 많이 있다고 생각을 했으며, 그 사람들이 하나도 졸지 않고 설교에 집중하며 '아멘! 아멘!' 하며 말씀을 잘 들어주어서 예배는 성공적으로 드렸던 것 같습니다.

예배를 마치고 돌아오는 길에 여러 사람이 설교 내용이 좋았고 은혜를 많이 받았다고 하시면서 칭찬해 주셔서 기분은 좋았으나 막상 설교를 했던 때에는 많이 떨렸고 더듬거렸으며 설교 내용 중 두서가 없이 말씀을 전한 적도 있어서 마음으로는 준비를 잘하여 실수 없는 말씀을 전해야 되겠다고 다짐하며 돌아왔습니다.

그다음에는 12월 달에 강릉교도소를 가기 위하여 대관령 휴게소를 오가는 길에 함박눈이 많이 내려서 노송의 가지에 소복히 하얀 눈이 내려와 눈이 부셨으며, 우리 일행은 서로가 휴대폰 카메라를 들고 아름다운 설경을 사진 찍느라 정신이 없었습니다.

우리가 봉사하러 가지만 함박눈에 마음이 포근하였고 워쉽 무용단 권사님들이 음식을 만들어 도시락을 준비하고 오셔서 눈 속에서 먹는 도시락 맛도 특별한 맛이었습니다. 교도소를 다니며 길거리 정자에나 휴게소 뒤의 정자에 앉아 도시락을 먹는 즐거움도 우리 일행처럼 봉사하는 사람들만이 느끼는 특별한 재미입니다.

청주여자교도소는 예배에 참석하는 여성들만 약 300명 이상인 교도소로, 예배 분위기는 성가대를 지휘하는 대학교 교수가 와서 그들을 연습을 시키고 지휘하고 있어서 그런지 찬양이 큰 교회 성가대 같은 느낌이 들었습니다. 그 찬양단은 과거에 방송국 경연대회도 참석했다고 들었으며, 전체 예배하는 분위기는 찬양 소리도 은혜가 넘치며 내가 전하는 말씀도 '아멘! 아멘!' 하면서 잘 듣는 모습으로 일반교회의 은혜가 넘치는 부흥회 같은 예배였습니다.

그런데 예배를 드리는 사람들 뒤편에 어린 아기를 안고 예배드리는 여성 죄수가 있어서 교도소 안에 어린아이가 있는 이유를 물어보았습니다.
그 아이는 교도소 안에서 출산하였으므로 일정 기간은 교도소 안에서 엄마가 아이를 키워서 내보내는 규정이 있었으며, 그 어린 아기는 몇 달 정도 되어 보였는데 엄마 품에서 너무나 아름답게 편안한 모습으로 안겨 있는 것을 볼 때 엄마가 무슨 죄를 범했는지는 모르겠으나 그 아기와 엄마를 함께 내보내 주었으면 하는 생각이 앞섰습니다.

여주에 우리나라에서 유일한 민간 기독교 교도소는 서울 명일동에 있는 명성교회가 많은 한국 교회와 그리스도인들과 함께 모금에 참여하고 헌금하여 건설한 기독교 교도소로 하나님의 사랑으로 교육하고 기술도 배워서 재범율이 낮으며, 재소자들이 다 나와 예배를 간절하게 드리고 있어서 하나님께 감사를 드렸습니다.

예배를 드리고 나서 다른 교도소와 달리 제소자들 모두에게 한 사람씩 인사를 해달라고 요청이 있어서 예배당 출입구 문 앞에 서서 재소자들 한 사람씩 다 손을 잡아 주고 눈을 마주치며 '감사합니다.' 인사하면서 마음속으로 하나님을 꼭 믿고 새 생명으로 사시라는 무언의 메시지를 보내고 손을 잡아 주었으나 그들의 눈빛이 대부분 일반 사람들과 조금 다르다는 것을 느꼈습니다.

교도소 선교를 함께 다녔던 곳은 영등포 구치소, 외국인 교도소까지, 이외에도 전국 10여 곳 이상을 파라다이스 무용 워쉽 팀과 다른 교회 목사님들 등 함께 기회가 주어질 때마다 최선을 다하여 그들에게 줄 떡을 준비하여 열심히 말씀을 전하러 다녔습니다.

서울 송파구 둔촌동에 소재하는, 국가에서 운영하는 중앙보훈병원을 찾아가서 국가를 위하여 봉사하고 희생하며 살다가 다치고 병으로 고생하시는 분들을 위로하기 위하여 위문 예배를 드리러 주일 오후에 가면 약 300여명이 예배드리려고 오셨습니다. 특히 침대에 몸을 의지하고 계시는 환우들과 일반 환우와 가족들, 중앙보훈교회에 고정적으로 나오시는 성도들까지 많은 사람들과 함께 예배를 드리며 하나님께 영광을 돌려드리고 돌아왔습니다.

예배는 하나님의 역사하심이 국가를 위한 공의로운 삶을 살다가 병으로 오신 환우들과 그 가족들에게 임하셔서 속히 치료해 주시기를 간절히 바라면서 예배를 드리고 돌아오곤 할 때마다 하나님께서 신앙의 자유를 누리며 평화를 누리며 살고 있는 대한민국을 돌봐주시기를 간절하게 기도드렸습니다.

또 매월 마지막 주일 오후 4시에는 벽제를 지나 통일로를 따라 파주로 향해 가는 길에서 조금 떨어진 서울 기동경찰연수원에 가서 의무경찰 훈련병 위문을 위한 예배를 드리러 청년 찬양단, 파라다이스 워십 무용단과 함께 신나는 예배를 드립니다.

우리나라 미래를 책임질 청년들에게 하나님 말씀으로 거듭나서 강하고 담대하며 긍정적인 삶으로 세상을 이끌어 가는 능력 있는 청년들이 되어 달라는 말씀과 한 가지의 일 미래의 먹거리 일에 과감히 도전하고 전심전력하여 자신을 성공으로 이끌어 나가기를 간절히 원하는 말씀을 증거하고 돌아오게 됩니다.

그러나 처음에는 2~300명이 예배에 참석하던 대원들이 종교의 자유라는 이유로 예배 참석자가 점점 줄어들어 가는 것이 참으로 안타까운 일이며, 교도소에서도 종교의 자유를 주는지 예배에 참석하는 인원이 점점 줄어들어 새 생명을 얻어 살아갈 기회를 박탈하는 것 같아서 안타까웠습니다.

우리 교회에서는 교회를 처음 개척하면서 몇 개월간 설교를 하였다가 목사님을 초빙한 후에 지금은 한 달에 한 번씩 오후 예배에 말씀을 전하면서 우리 교회 성도들에게 내 삶의 현장에서 주신 은혜와 말씀을 감동적으로 전하려고 노력하며 목사님과 함께 말씀이 좋은 교회로 소문이 나기를 간절히 바라고 있으며 내가 전하였던 이 말씀을 잘 정리하여 후대에 교훈으로 남기려고 준비를 하고 있습니다.

우리 교회 지하에서는 매주 월요일 점심에 무료 급식을 하면서 항상 예배를 드리고 있어서 목사님께서 나에게도 말씀을 주기적으로 전해 주기를 원하시지만 내가 특히 월요일에는 한 주간이 시작하는 날이라 바빠서 가끔 말씀을 전하게 되어 아쉽지만 앞으로 더 많이 말씀을 전하려고 기도하고 있는 것입니다.

교도소 선교와 여러 곳에 봉사와 선교를 한 번 다녀오려면 떡이나 간식을 준비하고 어려운 재소자들과 환자, 교육생들을 도와주고 섬겨야 하는데 위문을 위해서 오가는 일행의 식대와 차량 유대를 계산하면 많이 들 때에는 1백만 원 가까이 들 때가 많이 있고, 한 달에 2~3번을 가는 때도 있어서 일 년을 생각하면 약 2천만 원 가까이 쓰고 있는 것입니다.

그러나 우리가 가진 물질을 사용하는 것 중에 가장 소중하게 사용하는 것은 사람의 생명을 살리는 일로서 돈을 사용하는 곳도 사람의 영혼을 살리는 곳에 사용되는 것이 가장 현명하고 값진 것입니다. 따라서 앞으로도 이 의로운 일을 위하여 내 생명의 남은 세월과 물질과 정력을 쏟아 부을 것입니다.

교도소, 병원, 훈련소, 교회 등을 다니며 하나님의 말씀을 전하고 있는 것이 내 인생에 보람된 일이며 전하는 말씀으로 새 생명이 태어난다고 생각을 할 때 이 일은 꼭 계속되어야 하는 것입니다.

내가 힘이 있고 쓸 수 있는 돈이 계속 있다면 이 일을 계속하고 싶으며 설교한 내용을 책으로 엮어서 많은 사람들에게 나누어 주어 그들이 읽고 하나님의 복음을 받아 들여 새 생명으로 태어나기를 간절히 바라면서 이 일을 계속하려는 것입니다.

어느 날부터 갑자기 설교를 하는 사람으로 바뀌어 가고 있고 그 일을 완전하게 하려고 설교일의 15일 전부터 말씀을 묵상하고 그들을 위하여 기도하며 최선을 다하여 말씀을 전하려고 노력하고 있는 내 모습을 볼 때 하나님께서 이 일에 함께하심을 믿습니다.

젊은 청소년들을 만나면 나도 모르게 대한민국을 책임져 달라는 애원이나 하듯이 몸부림하며 청년들의 미래를 위한 말씀을 전하고 젊은 사람들의 인구가 줄어들어 가는 것을 안타깝게 생각하여 결혼을 빨리하고 아이를 2명이상을 낳으라고 외치고 있으나 정부의 대처가 느린 것 같습니다.

진리 하나님께서 세상을 창조하시고 사람에게 생육하고 번성하며 세상을 정복하며 다스리라는 것은 진리 하나님이 세상을 사람들과 함께하시며 함께 세상을 다스리시기를 원하시므로 사람이 아이를 낳고 기르며 교육하여 후대를 위하는 것은 하나님의 뜻이라고 강력한 메시지를 전하며 결혼을 빨리 하여 아이들은 2~3명을 낳으라고 외치고 다니는 것입니다.

그렇습니다. 사람이 태어나 교육을 하지 않아도 남녀가 만나서 짝을 이루고 아이를 탄생시키고 자녀를 교육하여 이 세상에 영원히 아름다운 하나님의 나라가 계속되게 하는 일인 것입니다.

이것은 식물도 번식을 하고 곤충도 번식하며 동물도 자기 새끼를 낳아 번식을 하는데 특히 젊은이들은 경제적이나 여러 가지 이유를 대면서 결혼과 아이를 낳는 것이 선택의 하나라고 하면서 하나님의 창조의 역사와 창조 질서를 거부하는 것은 잘못된 선택이라고 할 수가 있습니다.

특히 하나님을 믿는 백성들은 결혼하고 아이를 생산하는 것이 선택이 아니라 필수이며 의무인 것을 알아야 하며, 결혼하지 않고 아이를 생산하지 않는다는 것은 국가를 포기하고 하나님의 영원한 나라를 포기하며 가정의 대를 끊어버리는 것과 같을 것입니다.

사람이 태어나 엄마 품에서 자라다가 세상을 살아가기 위해 많은 교육을 받고 사회에 진출하여 자신의 뜻과 영향을 발휘하여 스스로 살아가면서 자유 대한민국과 사회를 책임지며 결혼을 하고 자녀를 낳으며 하나님의 말씀대로 행복하게 살아가야 합니다.

또 내가 살아온 결과를 다시 후대를 위한 교육하여 좋은 삶을 후대에도 아름다운 미래 유산으로 물려주는 것이 사람의 의무요 하나님의 뜻인 것을 확실하게 알고 잘 실천해야 하는 것입니다.

- 의로운 일에 목적을 두고 실천하며 살아가는 사람은
  평안과 기쁨의 결실을 맺는다.
- 청소년은 세상의 미래이므로
  우선적으로 성인이 되어 세상을 책임지도록
  잘 교육하고 돌봐 주어야 한다.
- 세상의 가장 중요한 유산은
  하나님 진리 말씀으로 살아가도록 교육하는 제도를 남기는 것이다.

- 자녀를 생산하지 않으면
  자신의 존재를 거부하며 스스로 후대를 사형시키는 것이다.
- 세상에 태어나 진리 가운데 행복하게 잘 살고
  후대에 반드시 좋은 삶의 교훈을 남겨라.
- 세상은 살아 있는 사람들 것으로
  죄수도 교육하여 올바르게 살게 하여야 한다.

28.
시간을 활용하여 성공하라

1975년도에 고등학교를 졸업하고 삼부토건 마산 수출항구 매립 공사에 취업을 시작으로 사회에 진출한 지 45년이 되었지만 사회에 진출하면서 성공에 필요한 전공의 필수과목 오직 한 가지 건축 전공 과목 공부를 열심히 하였고 내 평생 직업인 건설 일을 최말단 노숙자에서 잡부로 시작하여 밑바닥에서 하나씩 충실하게 배우며 성장시켜 온 것이 고스란히 모두 좋은 경력이 되어 삶의 역사를 이루게 되었던 것이 사실입니다.

사람이 한 번 인생을 살아가면서 어떤 직업을 선택하여 어떤 삶을 살아야 실패하지 않은 인생을 살 수 있으며 세상을 공의로운 생각 안에서 자신이 원하는 대로 지배하며 경제적인 자유를 누리며 부유하게 살면서 성공으로 살아갈 수 있는 것인지 누구나 한 번쯤은 생각해 보았을 것입니다.

많은 직업 선택의 기로에 서게 되고 고민을 하지만 "직업에는 귀천이 없다"는 말과 함께 진실되고 올바로만 살아갈 수가 있다면 그 어떤 직업을 선택하여도 한 가지 그 직업으로 선택한 일에 집중하며 전심전력을 다하여 일하면서 자신을 성장시킬 수가 있다면 대부분 사람들이 그 직업에 성공하여 자신이 원하는 만족된 삶을 살아가게 될 것입니다.

그러나 사람의 구조는 육적으로는 짐승과 다를 바가 없지만 사람은 육신이 원하는 대로 살아가는 것을 뛰어넘어 영혼의 바탕을 기본으로 하여 마음이 의롭게 형성되어 올바로 생각하면서 행동을 하므로 영적으로 완성되어 그 영혼과 마음에서 나오는 생각이 육체를 완전히 정복하여 컨트롤을 할 수 있어야 마음먹은 대로 행동에 옮기어 일을 할 수가 있고 육적으로도 좋은 결실까지 얻게 되는 것입니다.

그 행동의 결과는 올바른 삶도 있을 수 있으나 영적으로 죽어 있는 사람은 잘못된 삶의 결과로, 육적으로 짐승과 같이 오직 먹고 즐기며 놀면서 있는 것을 소진하고 자신과 주변을 책임지지 않고 흐트려 버리는 결과로 나타날 수도 있어서 무엇보다 사람의 영혼이 진리의 의로운 하나님 말씀으로 잘 형성되고 그 마음이 의로운 생각과 의로운 행동으로 나타나서 인간의 장점인 좋은 생각과 대화로 서로 겸손하게 섬기고 화합하며 사랑하면서 어려움을 인내로 연단하여 극복하므로 강하게 살아가는 것이 그 어떤 것보다 더 중요한 것입니다.

어떤 사람은 아이큐가 좋아서 공부도 잘하고 가정도 좋은 환경에서 자라서 부유하거나 명예를 얻었거나 각종 명성을 얻고 살아왔으나 인생 전체의 결과를 볼 때 과거 부모님의 삶보다도 못하거나 더 나아가 올바름과 진실의 삶을 잘 구분하지 못해서 죄를 짓고 살다가 감옥에서 인생을 보내는 사람도 있는 것을 보았습니다.

그러나 어떤 사람은 편부모나 양 부모님도 모두 계시지 않은 환경에서 고아원에 입양이 되어 어려움을 기본적으로 갖고 성장하였으면서 하나님의 진리 말씀을 중심으로 수많은 고난을 극복하고 이기며 항상 의로운 생각으로 최선을 다하며 살아온 결과, 명예를 얻고 사회에서 존경받는 삶으로 잘 살아가는 사람도 있습니다.

비록 부유하지는 못해도 공의를 행하고 감사하며 즐거움으로 살아가는 사람들이 있으며, 세상의 고난과 모든 환란의 생활을 올바른 삶을 자신만의 것으로 만들어 의로운 기준으로 삼아 살아가며 세상에서 존경받고 하나님께는 영광을 드리며 미래의 소망을 가지고 힘 있게 살아가는 사람들이 많이 있어서 우리가 살아가는 기준을 잘 정하여 자신의 영이 육체를 지배하는 삶, 다시 말하면 자신을 지배하면서 통제하고 절제하며 주변 사람들과 함께 화합하는 삶을 살아가야 할 것입니다.

세상에서 성공은 지식을 많이 축적하여 고위 관직이나 좋은 자리, 좋은 직장으로만 성공하는 것 같지만 그 지식과 자신의 명성을 지키지 못하고 잘못 사용하여 욕심으로 살다가 실패하거나 그 지식으로 권력과 명예는 얻었으나 남을 괴롭히며 세상을 어지럽게 사는 사람들도 있으므로 무엇보다도 하나님의 진리 말씀 안에서 진실되고 올바른 삶을 살아가며 평안과 기쁨을 얻는 것이 행복하게 살아가는 보물인 것입니다.

사람마다 지능지수가 다르고 환경이 달라 모두가 똑같은 의로운 결과를 이루는 것은 아니므로 쉬운 일만은 아니나 먹거리 직업 한 가지 일만을 놓고 이야기하면 자신의 적성과 좋아하는 것과 현재 하고 있는 일들 중에 한 가지에 집중하여 오랜 시간 동안 같은 일을 최선을 다하여 반복한다면 대부분 사람들은 달인이 되고 그 일에 대하여 성공할 수 있을 것입니다.

나도 서울에 무작정 상경하여 처음 용접 보조공로 삶을 시작할 때 서울에서 정착하기 위하여 낮에 일하고 밤에도 낮에 하였던 일들을 복습하고 연습하여 다른 사람들보다 최소한 1~2년을 앞당겨 6개월 만에 공장에서 제작하는 대부분의 일들을 다 배워서 제품을 제작할 수 있는 기술자가 되었습니다.

군대에서 3년 동안 건설공사 관리사병으로 건설 일만 하다가 건설의 토목, 건축, 전기, 설비의 공사를 모두 체질화하면서 모든 자재 이름을 외우고 자재를 사용하는 곳과 공사 방법 등의 기초를 완전히 닦아서 사회에 나와 회사를 다닐 때도 회사를 위하여 영업과 공장 생산관리와 현장의 공사를 하면서도 모든 지혜와 명철과 모든 능력을 100% 발휘하여 계속 일하였던 결과가 획기적인 성장을 가져와 결국은 사업을 시작했을 때 과거에 수많은 고생을 하며 끊임없이 내가 하는 일을 배우며 업그레이드시켜 계속 피드백을 하면서 경력을 쌓았던 모든 기술의 능력과 정신이 모두 돈으로 바뀌어 부유한 삶을 살게 하였던 것입니다.

우리는 하루를 살아가는 것을 무의식속에서 살아가기 쉬우나 하루의 시간은 모래시계의 인생 안에서 아주 소중한 시간들이므로 어떻게 활용하여 살아가는가에 따라서 인생 전체를 생각하면 엄청난 결과를 이루거나 실패의 삶을 살아가는 갈림길에 서 있을 수 있는 것입니다.

백세시대의 기준으로 본다면 100세×365일=36,500번 날이 반복되는 것으로 하루의 삶을 올바르며 발전적인 삶으로 실천하며 변화시킨다면 인생 전체에 어마어마한 결과를 가져올 수가 있는 날들이 있는 것입니다.

어떤 사람은 직장 생활을 하면서 하루를 8시간만 힘들게 일하는 시간으로 생각하며 8시간만 일하고 나머지는 쉬며 세월을 보내는 것이라고 생각을 하면 그 사람의 인생의 하루는 8시간이 전부인 것이므로 나머지 세월을 낭비만 하고 사는 안타까운 인생이라고 말할 수가 있는 것입니다.

그러나 과거 TV에 '사건 25시'라는 프로그램이 있었는데 왜 25시라고 했을까. 경찰의 하루는 하루를 24시간 내내 범죄가 일어날 수가 있어서 계속 감시를 하며 쉬지 않고 범죄를 예방하고 사건을 해결하고 있다는 것이며, 사람이 잠자는 시간에도 경찰은 눈을 뜨고 계속되는 범죄와의 싸움에서 뛰고 있다는 것을 표현하기 위하여 '사건 25시'라고 했을 것입니다.

그렇다면 모든 사람이 하루를 살아갈 때 나 자신은 어떻게 시간을 늘려서 2~3배로 활용하여 삶에 많은 도움이 되도록 함으로써 인생 전체에 엄청난 결과를 이루도록 시간을 효과적으로 이용하고 살아갈 수가 있을까.

요즈음 국가에서 노동법을 적용하여 노동시간을 하루 8시간으로 규제하고 있으며, 이를 어길 경우는 처벌을 받는 것을 볼 수 있으나 내 개인적인 소견으로는 돈을 많이 벌려면 주어진 시간 외로 더 많이 일을 하여야 능력이 향상되고 그 일에 대한 달인이 되어 일당도 올라가고 그 외에 소득이 늘어날 것이나 야근을 하지 못하도록 규정하고 있어서 일을 하고 싶은 사람도 하지 못하도록 법으로 규제하는 것은 안타까운 일입니다. 개인적인 소견으로는, 직원들이 각자 노동부에 야간작업 기간을 신고하고 직장에서 자발적인 야근을 하는 것은 인정해야 한다는 입장입니다.

하루의 일하는 시간이 많아야 기술도 빨리 습득하고 성장할 수가 있으나 하루의 시간도 자유자재로 이용하지 못하면 결과적으로 국가의 성장이 1~2% 정도에 멈추고, 개인적으로 기능적인 기술도 빨리 습득하지 못하여 금전적인 벌이에도 이용할 수가 없어서 경제적인 빈곤에서 헤어날 길이 막혀버리는 것이 안타까운 사실인 것입니다.

그렇다면 하루의 시간을 자유자제로 이용할 수 있는 사업을 하면 될 것이나 사업을 하기 전에 자신이 하려는 사업에 해당되는 일을 잘할 수 있는 사람으로 변해 있어야 하고 그 후에 사업을 하여 하루의 시간을 최대한 이용하여 자신의 일을 성공시키고 돈을 많이 벌어서 의롭게 사용하도록 하면 될 것입니다.

성공하는 사람은 일반 사람보다 3배의 시간과 능력을 발휘하여 더 많이 활용하여 살아간다는 것은 다른 사람이 잠을 잘 때 새벽부터 일찍 일어나 뛰고 일과 시간은 물론 저녁에도 시간을 활용하여 다른 사람이 8시간을 겨우 살아갈 때 두 배의 시간을 활용하므로 16시간을 뛰고 있는 것이 기본이기 때문입니다.

또 하루 내내 그 사람의 정신이 살아 있으며 할 일을 먼저 당겨서 하고 미래의 먹거리 일을 스스로 찾아서 뛰면서 앞날에 도움이 되는 일을 찾고 만들어서 일을 하며 매일 자신을 단점을 돌아보며 보완하고 계속 성장시켜 살아가면서도 계속 생각을 하며 자신을 업그레이드하는 사람은 남보다 추가로 1배의 효과가 있으므로 시간 활용을 두 배로 하면서 삶의 정신이 살아 있는 사람은 보너스를 추가하여 하루를 3배로 살아가는 것과 같은 것입니다.

이렇게 살아가는 사람들은 3배만 살아가는 것뿐만이 아니라 휴일에도 계속 뛰고 있고 삶의 방법을 일위대가 식으로 구체화하여 제도적으로 잘될 수 있도록 구축하므로 효과는 극대화시키는 일들을 제도적, 시스템, 타인 이용, 타 회사들의 능력을 이용하고 계속하여 자신은 매래의 새로운 길을 개척하여 나가면서 일반 사람들의 생각을 초월하여 30배, 50배, 100배의 엄청난 효과를 나타내는 결과를 이루며 기어가는 사람 위에 걸어가고 그 위에 뛰거나 날아가는 것이 사실입니다.

그러나 게으른 자가 100세를 살아간다면 뛰는 사람은 100세 시대에 300세나 500~1,000세로 살아가는 능력을 발휘하므로 엄청난 일의 효과를 내며 살아가고 있는 것처럼 자신에게 주어진 일이나 주변의 수많은 일들을 거침없이 해치우며 살아가고 있습니다.

시간을 최대한 효율적으로 살아가는 사람은 "시간이 금이라"는 말과 같이 버려지고 흘러가는 시간을 붙잡아 금같이 사용하므로 결과적으로 버려지는 시간으로 금을 캐는 효과를 가져오므로 오히려 성공하지 않은 것이 이상할 것이며 성공하는 것은 당연한 것입니다.

그래서 경찰이 사건 25시라는 말과 같이 하루를 풀(full)로 시간활용을 잘하는 사람은 24시간을 전혀 잠자지 않는 사람처럼 효과를 나타내어 일생에 엄청난 결과를 이루며 만족하면서 다른 사람을 앞서서 살아가는 것입니다.

성경의 비유에는 주인과 종 사이에서 "마태복음 25:15 각각 그 재능대로 한사람에게는 금 다섯 달란트를, 또 한사람에게는 두 달란트를, 또 한사람에게는 한 달란트를 주고 떠났더니" "16 다섯 달란트 받은 자는… 장사하여 또 다섯 달란트를 남기고 17 두 달란트 받은 자도… 두 달란트를 남겼으되 18 한 달란트 받은 자는 가서 땅을 파고 그 주인의 돈을 감추어 두었더니 28 그 한 달란트를 빼앗아 열 달란트 가진 자에게 주어라"고 말씀하셨으며 5달란트와 2달란트 받은 자가 2배로 남기는 비유에서 "21 그 주인이 이르되 잘하였도다 착하고 충성된 종아 네가 작은 일에 충성하였으매 내가 많은 것으로 네게 맡기리니 네 주인의 즐거움에 참예할찌어다"라는 말씀으로 열심히 일하는 사람은 계속 부유하게 된다는 뜻입니다.

한 달란트 받은 자가 그 돈은 땅에 묻어 두어 한 달란트 그대로라는 말씀에서 주인은 그 사람에게 명령하며 "30 이 무익한 종을 바깥 어두운 데로 내어 쫓으라 거기서 슬피 울며 이를 갊이 있으리라 하니라" 하셨으며 게으른 자는 있는 것까지 잃게 된다는 말씀으로 "데살로니가후서 3:10 우리가 너희와 함께 있을 때에도 너희에게 명하기를 누구든지 일하기 싫어하거든 먹지도 말게 하라 하였더니"라고 하신 것입니다.

우리 삶에서 조금한 일이라도 성실히 하며 확실하게 일을 마치는 성취감으로 살아가는 사람들에게는 작은 것을 남기는 것은 작지 않으며, 장사꾼이 "1원을 보고 10리를 간다"는 말도 있는 것은 분명 작은 것에 큰 비밀이 있다는 것을 알아야 할 것이며, 작은 것에도 열심히 배우고 키우고 모으며 살아야 할 것입니다.

이 비밀은 아주 사소한 것에 충실하면 큰일을 할 수가 있다는 것이며, 작은 것이라도 계속 모아지면 큰 것이 된다는 "티끌 모아 태산"이라는 우리말도 이와 같은 이치입니다. 작은 것을 꾸준히 열심히 계속하여 성공시키는 습관으로 평생을 살아가는 사람에게는 자신도 모르는 사이에 부유함이 언제 다가온 줄도 모르게 쉽게 다가

오며 많은 사람들의 입으로 전하기를 그 사람이 쉽게 부유한 사람이 되었다는 것을 말하고 있는 것입니다.

우리가 날마다 먹고살기 위하여 행하고 있는 일과 기술을 생각해 보면 어떤 사람은 돈을 벌기 위해 일하며 살아간다고 하거나 월급을 받기 위하여 직장 생활에서 일한다고 하지만 회사 입장에서 본다면 분명 회사에서는 일해 줄 사람이 필요하여 사람을 채용했을 것입니다.

돈을 벌거나 먹고살기 위해서보다는 일이 우선되어 일을 열심히 잘하는 사람은 분명히 돈도 먹거리도 해결된다는 것을 잊지 말아야 할 것입니다. 여기에서는 회사와 자신의 사이에서 모순을 말하고 있으며, 삶의 본질을 오해하고 살아가고 있고 삶의 우선순위가 뒤바뀌어 있는 것입니다.

회사는 직원을 채용할 때 월급을 주기 위하여 채용하는 것이 아니라 일을 해결하기 위하여 채용하였다는 것을 알았다면 한마디로 일에 미친 자가 되라고 말하고 싶습니다. 일에 미쳐 그 일에 최고가 되어 회사에 기여를 많이 한 사람은 월급이 오르고 승진하여 심지어는 그 직장의 최고 경영자가 되기도 하는 것을 볼 수가 있는 것입니다.

사업을 하는 사람도 자신이 한번 시작한 사업의 그 일에 미친 자가 되어 계속 전심전력으로 일을 하면 분명히 성공할 것이며, 실패하더라도 그 일을 반복하여 전심전력으로 계속하여 도전하면 그 사람은 결국 그 일에 최고자가 되고 사업에도 성공할 것입니다.

그렇습니다. 성공이라는 것은 우선 그 일에 미쳐서 시간 가는 줄을 모르며 하루를 3배로 시간을 만들어 활용하며 포기하지 않고 계속 도전하는 정신으로 전심전력을 다하면 그 어려움과 고난과 환란도 겸하여 따라다니지만 결국 인내와 연단이 소망을 이루어 성공으로 인도하게 되는 것을 명심해야 할 것입니다.

사람이 일하기를 싫어하면서 하늘에서나 외적인 복이 떨어지기를 원하며 복권을 사지만 평생 동안 한 번도 당첨되기 어려운 곳에 투자하며 실망을 거듭하게 되는 것이며 부지런한 사람은 자신의 내적인 능력을 키워서 나 자신이 스스로 복을 만들어 가면서 평생 동안 계속해서 복을 받으며 세상을 다스리는 위대한 삶으로 행복하게 살아가는 것입니다.

내가 의로운 삶 가운데 할 수 있는 어떤 직업이라도 조금만 열심히 한다면 나에게 복으로 돌아올 수 있는 성공의 확률은 1/100에서 1/10이 되고, 1/2이 되고 100% 성공하는 점점 확률이 높아지며, 결국에는 30배~100배의 결실을 맺을 수 있다는 것을 잊지 말고 끝없는 노력으로 자신의 삶에 전심전력을 다하여 자신을 능력 있는 자로 만들어 가야 할 것입니다.

성공은 외적으로 운이 따르고 복이 쏟아져야 한다고 생각할 수가 있을 것이나 사실은 나 자신이 일에 성공하여 평생 동안 모든 일이 잘되도록 구조를 만들어 가는 것이 완벽한 축복이며 날마다 계속되는 복을 받으며 살아갈 수가 있는 것입니다. 즉 자신이 하고 있는 일을 성공시키고 자신 있는 삶으로 의롭게 살아가는 것이 큰 복이라고 말할 수가 있습니다.

일을 성공시키면서도 더 중요한 것은 나 자신의 건강을 지키며 올바른 삶을 살아가는 진리의 삶이 가장 큰 축복임을 알고 실천하며 살아가야 인생 전체에 빈틈없는 삶을 살아갈 수가 있는 것입니다.

사람들은 기적을 원하고 있으나 기적은 자신의 일에 전심전력을 다하여 큰일을 이룬다는 것을 명심해야 합니다.

- 올바로 살아가는 것은
  어떤 위험에서도 나를 지키며 안전하게 살도록 한다.
- 어려운 환경을 끝까지 이겨 내는 사람은
  더 튼튼한 배경을 얻는 것과 같다.
- 어려움을 극복하는 사람은
  어려움을 극복하는 만큼 완벽해지고 더 튼튼해진다.

- 한 가지 직업을 전심전력으로 성장시키면
  자신과 가족을 먹여 살리고도 남는다.
- 작은 일에 최선을 다하는 사람은
  큰일도 할 수가 있으며 성공하기는 쉽다.
- 부지런한 사람이 일하면 비가 멈추고
  게으른 사람이 일하면 비가 더 오는 것 같다.

- 시간이 없다고 핑계 대는 사람은 없어지고,
  시간이 있다는 사람은 사용해도 계속 늘어난다.

29.
세상을 쟁취하라

이 책을 계속 읽으면서 아직도 자신이 어떤 삶을 살고 있는지 살펴보지 않고 자신의 일에 대한 새로운 계획을 세우지도 않으며 변화하지 않으려 하고 지금 이 시간에도 아무 행동을 하지 않으며 시간을 계속 헛되게 낭비하고 세상 흐름에 따라 갈대와 같이 흔들리며 살아가고 있다면 그 사람은 살아 있는 자가 아니라 죽어 있는 사람입니다.

육신으로는 살아 있으나 영으로 산 자와 죽은 자의 구분은, 산 자는 진리 하나님의 말씀에 따라 진실되고 올바른 공의 삶을 살아가므로 하나님의 나라를 위하여 항상 깨어 있어서 빛 가운데 착한 행실로 긍정적으로 힘 있게 살아가는 자를 말하며, 죽은 자는 진리 안에서 진실되고 올바른 삶을 거부하고 개인주의 육신이 원하는 대로 정욕과 욕심과 향락을 따라 살면서 공의를 추구하지 않으며, 짐승과 같이 먹고 마시며 놀기만을 좋아하고 개으르며 아무것도 책임지지 않으려 하고, 오직 하나님의 진리말씀에 반대되는 흐트러버리는 피동적으로 세상 흐름에 따라 살아가는 삶을 말하는 것입니다.

지금도 내 앞을 지나가고 있는 시간과 세월을 그냥 멍하니 그대로 보내며 피동적인 생각으로 살아가지 말고 긍정적인 생각을 하여 나쁜 일만 아니면 무슨 일이든지 시작하여 시간을 붙잡아 나만의 시간에 탑승하여 시간이 자신의 것이 되어 멈추어 서도록 한 번 살아가는 세상이므로 자신만의 역사를 흘러가는 시간 위에 기록하라는 것입니다.

나쁜 일만 아니면 인생의 미래 삶에 도움이 되는 무슨 일이든지 하고 일의 결과를 미래를 위하여 축적하여 발전시키며 이왕 하려면 자신과 가족이 먹고살아야 하는 한 가지 일만은 잘할 수 있는 일에 전심전력을 다하여 달인이 되도록 발전시켜서 한 번 살아가는 인생에서 성공의 결실을 맺기 바랍니다.

자신을 완성하려면 먼저 무조건 생각 없이 행동만 한다고 무엇이든지 다 할 수는 없는 것이므로 마음을 새롭게 하고 무슨 일을 하려면 그 일에 대한 충분한 조사와 경험을 하여 그 일이 자신의 미래에 어떤 결과가 올 것인지 기도하고, 자신의 적성과 좋아하는 것에도 맞는지를 점검하면서 결정을 하고, 그다음에 모든 마음과 생각과 육체를 동원하여 전심전력으로 꾸준히 변함없이 성공할 때까지 계속 노력해야 할 것입니다.

그래서 무에서 유를 창조하는 심정으로 작은 일에도 쉬지 말고 계속하여 도전하면 재능이 없어도 "서당 개 삼 년이면 풍월을 읊는다"는 말과 "강산도 십 년이면 변한다"는 옛말이 있듯이 아무리 무능한 사람이라 할지라도 아주 어린아이가 말을 배울 때 똑같은 말을 100

번 이상 반복하면서 한 단어씩 말을 배우는 것처럼, 또 장애가 있고 몸이 다친 사람이 재활 훈련을 하면서 수백 번 수천 번 반복하여 죽어 있는 신경에 새로운 힘을 넣어 생기를 찾는 것처럼 아무리 무능하더라도 한 가지 일을 반복하여 계속하면 결국 달인이 되어 목적한 바를 이루어 성공하게 된다는 것입니다.

하루를 최선을 다하는 마음으로 일을 하여 하루의 삶에 후회가 없이 하루를 완성하며 살아가는 사람은 결국 일주일 한 달을 완성하고 1년을 완성하여 세상을 이기고 다른 사람을 앞서가게 되어 그 분야에서 최고자가 되어 그 일과 직장을 실력으로 점령하고 직장과 사업에서 성공하고 더 나아가 세상을 다스리며 세상 위에 서는 성공의 삶을 살게 될 것입니다.

높은 산을 보고 올라가기 힘들다고 포기하는 피동적인 생각으로 살아가는 사람은 평생 높은 산에서 세상을 내려다보는 즐거움이 없을 것입니다. 미리 겁을 먹고 미리 포기하다가 세상에서 흐름에 이끌리어 살아가는 것이 아니라 스스로 확실한 목표를 설정하고 한 발짝씩 앞만 보며 하나씩 완성하거나 하루하루를 완성해 나가는 것처럼 오늘 할 일에 최선을 다하여 완성하므로 하루부터 만족하여 하루를 쟁취하고 하루의 삶부터 후회 없는 삶을 살아야 할 것입니다.

내가 지금 하고 있는 일에 최선을 다하여 살아가는 모습으로 하루하루에 충실하면 결국은 자신의 한계를 이겨 내고 땀을 흘리고 심호흡을 하며 등산하는 사람처럼 산 정상에 서 있는 성공한 자신의 모습을 보며 잘했다고 스스로를 칭찬하게 될 것입니다.

토끼와 거북이의 경주 이야기에 있듯이 거북이의 걸음이 늦을지라도 쉬지 않고 계속 걸으면 빠른 토끼가 거만하여 다른 짓을 하는 것보다 나아서 앞서게 된다는 것처럼, 결국 "천 리 길도 한 걸음부터 시작한다"는 것과 "시작이 반이라"는 것은 모든 일을 망설이지 말고 시작하여 하루하루를 최선을 다하면 비록 가는 길이 험하고 어려움이 있더라도 결국은 결실의 그날이 다가와 성공하게 된다는 것입니다.

무조건 빠른 시간에 생각을 완성하고 행동에 옮기고 최선을 다하는 삶이 계속된다면 중도에 시련이 있을지라도 인내하며 연단하게 되므로 일을 계속하게 되어 결국 좋은 결실을 이룰 것이므로 절대 일의 중간에 포기는 금물입니다. "데살로니가후서 3:10 누구든지 일하기 싫어하거든 먹지도 말게 하라 하였더니"라는 성경 말씀을 생각해 보고 신선한 노동의 일일지라도 열심히 잘하면서 그 일에 대한 사업도 생각하며 관리 능력을 키우면 노동과 관리와 자본이 결합되면 소기업이 되어 작은 자라 할지라도 부지런하여 자신의 삶을 성장시키면 큰 나무가 되는 것입니다.

대한민국의 현대사회는 직장을 가지고 살아가는 사람들 중에 사무실 직장은 정년퇴임이 되면 아무것도 할 수 없는 상태가 발생되나 기능직 직장은 정년이 없고 사업하는 자로서 가진 기술을 건강이 허락하는 때까지 계속 사용하여 돈을 벌 수가 있으며, 하루 일당이 해마다 계속 올라가고 있어서 기능직 직장을 많이 생각할 때가 왔으며, 적극적으로 3D 업종을 선택해도 되는 선진국 형 노동시대가 우리나라에도 열린 것입니다.

나쁜 일만 아니면 어떤 일이든지 부지런하고 계속적인 도전 정신이 우리 삶에 얼마나 큰 결실을 가져올 수 있는지 상상해 보면서 자신에게 큰 기대를 가져 보며 뛰어야 할 것입니다.

공부는 아이큐나 적성, 집중성 등 여러 가지 이유로 각자 성적이 차이가 나서 모두가 똑같이 잘할 수는 없으나 특히 성적이 낮고 아이큐가 낮아서 어려움을 겪고 있는 사람에게 드리는 말씀은 잘 못하는 공부는 적당히 할지라도 미래에 삶을 이어가야 하는 일을 통해 생계와 연계되는 꼭 필요한 공부와 한 가지의 일은 청소년 때부터 우선적으로 최선을 다해야만 어른이 되어 후회 없는 인생을 살아갈 수가 있는 것으로 무조건 대학교를 가는 어리석은 공부는 멈추도록 하는 것을 개인이나 학교나 그리고 국가에서도 이 목적을 위하여 직업의 조기교육을 중점적으로 실천해야 할 것입니다.

사람은 만물 중에도 아주 유능하고 가장 상위에 존재하도록 창조되었고, 동물 중에서도 최상위 동물인 것은 기어 다니는 모든 동물들은 땅만 바라보고 그날그날 먹고 자며 뛰어노는 것만 가지고 살아가지만 인간은 아래의 땅과 앞을 보는 넓은 세상의 모든 것과 위의 하늘을 동시에 바라보면서 진리 하나님의 뜻을 받아 생각을 하여 세상에서 자신의 뜻을 펼치며 다스리면서 그 지식을 축적하며 인간끼리 서로 대화를 하여 화합하면서 계속 사회를 발전시키며 지혜가 뛰어난 능력을 가진 존재인 것만은 틀림이 없습니다.

그러므로 사람이 어떤 일이든 일 앞에 두려움과 포기하지만 않는다면 한 가지를 일을 통해서도 성공하여 자신감을 얻어 주변의 많은 것을 성공시킬 수 있다는 능력을 소유하게 되므로 우선 한 가지 일이라도 잘하여 자신감을 얻어 미래를 열어 가는 것이 중요하고 이 일의 성공으로 여러 가지 일을 하며 세상을 정복하고 다스리는 세상을 쟁취하는 것입니다.

항상 노력하면 된다는 생각으로 무슨 일이든 미루거나 주저하지 말고 즉시 시작하고 전심전력을 다하여 계속해서 많은 어려움을 극복하고 인내하여 연단을 하면 결국은 자신이 상상하며 계획하던 일들이 현실이 될 것이고, 그러면 그에게 미래가 보이고 그 사람은 성공의 맛을 보게 될 것입니다.

아니 된다는 생각을 하는 순간 자신을 퇴보시키고 자신을 망친다는 것을 생각하고 긍정적인 생각으로 그 일에 완성이 만족할 때까지 포기하지 말고 일에 계속 도전하고 인내하고 연단하여서 성공으로 이끌어 가야 합니다.

돈을 좇아가는 한탕주의 삶을 살려고 한다면 그 사람은 분명이 나중에 범죄인이 되어 있을 확률이 높은 것이 "디모데전서 6:10 돈을 사랑함이 일만 악의 뿌리가 되나니 이것을 탐내는 자들은 미혹을 받아 믿음에서 떠나 많은 근심으로써 자기를 찔렀도다"라는 성경 말씀을 기억하여야 합니다.

사람들이 잘살아 보려고 욕심이 생기면 생각의 폭이 좁아지고 이성을 잃기 쉬워 실수를 많이 하고 자기 중심으로 우물 안 개구리 식으로 생각하며 살다가 자기 좁은 생각에 스스로 빠져 사기당할 가능성이 농후하므로 결국은 돈의 욕심 때문에 죄를 범하게 되므로 돈을 따라가지 말고 돈보다는 한 가지 일이라도 열심히 하여 그 일을 잘하게 되면 일을 잘하는 능력만큼 돈이 일에 그림자가 되어 자신을 따라다니도록 자신의 일을 전심전력으로 성공시켜야 합니다.

돈은 항상 나와 타인에게도 고정적으로 머물러만 있는 것이 아니라 여러 가지 조건의 흐름에 따라서 세상에 돌아다니므로 돈을 내게 붙잡아 놓을 수 있는 제도적인 삶을 마련하는 것은 타인이 어떻게 해줄 수가 없고 자신만이 할 수 있는 자신만의 일을 성공시키므로 그 일에 대한 보답의 결과로 돈을 붙잡아 놓을 수가 있는 것입니다.

돈을 벌어도 돈을 더 많이 벌기 위하여 욕심으로 또 돈을 따라다니다가 가진 돈까지 달아나기도 하므로 벌어 놓은 돈을 나에게 머물도록 하는 것은 욕심으로 사업을 하기보다는 진실하고 의로운 착한 생각을 하며 안전하게 사업을 키워야 위기가 올 때 무사히 견딜 수가 있는 것입니다.

"마태복음 6:19 너희를 위하여 보물을 땅에 쌓아 두지 말라 거기는 좀과 동록이 해하며 도둑이 구멍을 뚫고 도둑질하느니라 20 오직 너희를 위하여 보물을 하늘에 쌓아 두라 거기는 좀이나 동록이 해하지 못하며 도둑이 구멍을 뚫지도 못하고 도둑질도 못하느니라 21 네 보물 있는 그 곳에는 네 마음도 있느니라"라는 말씀처럼 돈은 의로운 곳으로 흐르도록 하여 내 마음을 먼저 안정화시키며 기도를 하면서 하나님의 말씀과 지혜를 주시는 대로 차분하게 사업을 해야 사탄의 유혹을 이기며 성공할 수가 있습니다.

또 안정화란 자신이 하고 있는 사업에 계속 투자하는 것보다 굴곡과 변화를 주지 않은, 작게는 저축을 말하고 크게는 부동산 개발 등에 투자하여 미래에 그 부동산 값이 오르고 추가로 월세를 받을 수 있는 것을 선택한다면 나중에는 사업보다 부동산이 더 큰 효자 노릇을 하고, 사업에 위기가 왔을 때는 그 부동산이 사업에 버팀목 역할을 할 것입니다.

더 중요한 투자는 부동산 등 물질보다 더 우선하여 자신이 진실되고 올바르며 착하게 살아가도록 인격을 형성하려고 기도하면서 하나님의 진리 말씀을 믿고 아가페적인 사랑을 실천하며 복음적인 삶에 투자함으로써 진실되고 의로운 삶을 살아야 노후에는 참 평안과 기쁨의 최고의 복을 받고 살아갈 것입니다.

미래의 계획은 하루하루의 삶을 최선을 다하면서 1달, 1년, 10년 단위로 끊어서 구체적으로 계획을 세워 한 가지씩 착실하게 실천을 계속하면 결국에는 시간의 차이는 개인마다 다를지라도 각 사람의 때가 되면 뜻하는 바를 이루게 될 것이므로 아무리 어려움이 많을지라도 인내하며 자신이 하는 일에 최선을 다하여야 합니다.

세상의 삶은 전심전력을 다하여 노력하며 자신의 한계에 계속 도전하면 남보다 목적을 더 빨리 이룰 수 있는 확률이 높은 것이며, 그 사람에게 보너스로 능력도, 명예도, 권력도, 부도, 가질 수 있는 권한을 먼저 부여받을 수가 있을 것입니다.

직업 선택이 어려울 경우에는 자신이 가장 잘 아는 것이나 내가 잘할 수 있는 일부터 찾아보고 아니면 주변에서 펼쳐지는 인력이 필요한 어떤 일이든 무조건 해 보고 그 결과에 대한 것은 스스로 판단해 보며 자신이 잘할 수 있다고 확신의 결론을 얻어 미래를 결정하면 될 것이나 한 가지 명심할 것은 아무것도 하지 않으면서 아니 된다고 시간을 낭비하지 말라는 것입니다.

당신은 지금 모래시계의 삶을 살고 있다는 것을 명심해야 할 것이며, 지나간 시간은 다시 돌아오지 않으며 남은 인생이 시간이 줄어들어 가는 삶을 살고 있다는 것을 알아야 하며, 지나간 시간은 그 어떤 것을 주고도 되돌릴 수가 없고 돈으로 살 수도 없으며 영원히 잃어버리는 귀중한 보물이므로 "시간은 돈이다"라고 말하는 것입니다.

내 인생의 전체 계획으로 자신이 일하여 먹고살아야 하는 일은 중학교 때 빨리 결정하여 고등학교 시절에서는 기초를 닦는 것이 좋을 것이며, 결혼도 빨리 할수록 좋은 것은 노후에 일찍 자녀들의 부담을 덜고 평안의 삶을 살게 되어 인생 전체의 시간을 절약하는 것이 됩니다. 요즈음은 대학생 때부터 서로 연애하고 서로의 짝을 찾는 사람이 많은 것은 한정된 사람 가운데 일찍 결혼하려는 사람은 자신과 맞는 좋은 사람을 찾을 확률이 높습니다.

사람의 신체는 남자가 23세, 여자가 25세부터 세포의 생성이 생기는 것보다 줄어들어 가는 세포가 많아져 점점 늙어가므로 이때가 신체적으로 가장 좋은 결혼의 때이므로 남녀가 23~25세가 육체적으로 결혼의 적정기이나 최소한 30세 전에는 서로 만나 결혼하여 자녀를 생산하고 경제적으로 부부가 함께 돈을 모을 수가 있는 적정기인 것입니다.

결혼을 할 때에는 자신이 가진 돈은 결혼하면서 많이 사용하여 버리므로 결혼은 절약하여 빨리 함으로써 경제적으로 이득이 되고 한 사람보다 두 사람이 함께 경제적으로 절약을 하고 함께 뛸 때 주거 등 경제적인 문제를 해결하기 위하여 많이 아끼고 많이 모을 수 있으므로 망설이지 말고 무조건 빨리 결혼하여 스스로 위기의식과 경직된 마음을 가지고 전심전력으로 뛰면 꼭 목적하는 결혼 생활을 잘하여 성공하는 결혼 생활이 될 것입니다.

또한 젊을 때 빨리 결혼하여 아이를 빨리 생산하면 건강한 아이가 태어나고 건강하게 키울 수가 있는 것이며, 국가에서 교육이나 양육비 지원을 많이 늘리고 있으니 자신 있게 결혼 생활을 시작하는 것이 중요합니다.

자신의 실력이 부족하고 경제적으로 열악할수록 무조건 결혼을 빨리 하고 서로 협의하여 살아간다면 "백지장도 맞들면 낫다"는 말씀처럼 인생을 살아가는 것에도 많은 도움이 되며 무엇이든 시작하고 최선을 다하다 보면 생각하지 못한 좋은 길이 예비되어 다 해쳐 나가게 되는 것입니다.

결혼을 30세 이전에 하면 나이가 들어 자식을 30세 전에 또 결혼시킬 때 자식에게서 60세 전에 일찍 해방되어 60세 이 후 노후에는 건강하여 여유로운 삶과 여행 등으로 평안을 누리며 살 수가 있고 경제적으로도 일찍 자녀들에게서 해방되며 결국에는 부모님에게 효도하면서 일생 전체에 대한 좋은 계획을 세울 수가 있어 결혼을 23~30대에 빨리 하는 것이 부모나 자신과 자녀에게 여러 가지로 득이 되고, 무엇보다도 국가적으로도 도움이 많이 되는 것이므로 적극적으로 해야 합니다.

하나님께서는 세상을 창조하시고 사람이 세상에서 충만하며 다스리며 하나님의 뜻을 이루며 자녀를 낳고 자손대대로 진리 안에서 의로운 삶을 살며 세상을 아름답게 꾸미며 하나님 말씀대로 살아가는 모습을 보시고 기뻐하시며 영광을 받으신다는 사실을 알아야 합니다.

결혼을 하지 않고 자녀를 생산하지 않는다는 것은 창조주 하나님과 부모님께 죄를 짓는 것과 같고 대를 끊어버리는 것과 자신의 후대를 끊어 사형시키는 것이나 마찬가지라는 것을 깊이 생각해야 합니다.

들에서 자라고 있는 잡풀도 창조의 섭리에 따라서 끝없이 번식을 하고 곤충이나 미물들도 번식하며 짐승들도 새끼를 낳고 번식하며 살아가는 것이나, 하물며 인간이 개인의 욕심으로 자신만의 즐길 삶만 찾는 이유와 개인 이기주의나 자기가 좋아하는 일을 한다는 핑계로 혼자만 살아가는 것은 하나님의 창조 질서를 배반하고 국가 질서를 파괴하는 것입니다.

아이가 태어나면 내 소유라는 생각에서 벗어나 한 생명이 세상에 태어나게 한 것을 감사하며 그 생명이 잘 성장도록 기도하며 도움을 주는 삶을 살아야 하는 것이 도리입니다.

문어의 삶을 보면 문어가 어미로부터 태어나 잘 자라 장성하여 바위틈 속에 알을 낳고 그 알을 다른 침약자 고기들로부터 지키려고 문어 알을 문어 몸과 발로 감싸며 한 달 이상을 굶으면서 계속 산소를 문어 알에 공급하다가 한 달 후 알을 부화시켜 바다에 불어 퍼지게 하고 자신은 육체의 모든 기력이 상실되어 목숨을 잃게 되어서 바다 고기들에게 스스로 식량이 되어 희생이 되면서도 자신의 알을 낳아 번식하려고 목숨을 바치는 것을 보면 사람이 배워야 할 점이 큰 것입니다.

또 연어의 삶도 부모로부터 태어난 개천에서 자라면서 바다를 마음껏 돌아다니다가 번식을 위하여 자기가 태어난 개천으로 다시 돌아와 알을 낳고 연어 어미의 생명은 기력을 다하여 죽으면서 갓 태어난 새끼의 식량으로 제공하며 죽음을 다하는 귀한 삶을 배워야 할 것은 사람도 때가 되면 여러 가지 이유로 결국은 모두 다 죽게 된다는 사실을 알아야 하며 세상에 태어난 목적은 개인주의인 개인을 위해 살라고 태어난 것이 아니라 하나님 나라 공의를 함께 이루는 삶을 살다가 하나님 나라를 유산으로 물려주고 죽어야 한다는 것입니다.

단 그 사람의 인생에서 육체적인 또는 구조적인 이유로 결혼할 수가 없거나 아이를 생산하지 못하는 육체적인 결함이 있는 사람이나 종교적 이유 등 특별한 목적을 가지고 결혼하지 않는 사람과 세상 모든 사람을 위하는 공적인 특수한 목적으로 살기 위해 결혼을 하지 않아야만 그 일을 완성하고 공의를 이루는 삶에 큰 목적이 있다고 하면 예외를 둘 수가 있을 것입니다.

그러나 사람의 개인을 생각하는 것보다 세상을 창조하신 창조주 하나님의 뜻을 먼저 생각하고 하나님의 말씀과 국가적인 공의를 이루는 것을 우선으로 생각하는 성숙한 사람의 삶이 필요한 것입니다.

우리가 살아가는 사회는 진리의 하나님에 의하여 세상이 창조되어 운영되고 있으며 하나님의 진리 말씀을 중심으로 탄생한 자유 대한민국이 있습니다. 대한민국 안에 내가 존재한다는 것으로 우리가 항상 하나님의 나라를 위하여 국가를 먼저 생각하는 공의로운 삶을 살아야 옳은 삶일 것입니다.

각각 개인의 삶을 우선시하는 사람들이 많아지면서 공의보다는 개인의 자유를 먼저 생각하고 계속 중요시하다 보면 결국은 국가의 사회질서가 무력화되고 국가의 결속력이 떨어지게 되면서 국가가 원치 않은 방향으로 잘못될 수가 있어서 외세의 침략 등으로 대한민국이 지구상에서 사라질 수도 있다는 것을 알아야 합니다.

여기에서 하나님의 말씀을 자유롭게 섬기며 세계 속으로 나아가는 선교의 나라임을 자부하고 명심하여 하나님 나라와 국가를 먼저 생각하여 하나님 나라 공의를 기준으로 살아야 그 국가의 공의 안에서 내가 보호받으며 행복하게 사는 것입니다.

개인주의는 하나님을 멀리하고 개인의 향락의 자유주의 삶이 강해지므로 육체가 원하는 향락 중심으로 살아가게 되어 있어서 동물적인 감각으로 육체가 원하는 대로 살아가기 쉬워지므로 사람은 스스로 하나님의 진리 말씀의 질서에 통제를 받으며 살아가야 되는 것이 인간의 기본 삶이라는 것을 잊어서는 아니 되며, 사람은 하나님 진리 말씀 안에서 말씀으로 살아갈 때 가장 위대한 삶을 살아갈 수가 있으며 행복하게 살아가는 길입니다.

청소년들은 오직 자신의 생각만 주장하는 개인주의에서 깨어나 하나님의 진리 안에서 공의를 우선적으로 생각하고 살아야 되며, 개인주의 종교 자유라는 명목으로 살아가다 보면 하나님 나라도 없으며, 자유 대한민국 국가가 없어도 된다는 것과 같으므로 항상 하나님 나라를 위한 공의로운 삶이 우선되고 그다음에 내가 그 안에 있어야 안전함을 알아야 합니다.

우리나라를 지키려면 항상 일정 이상의 인구가 유지되어야 하지만 지금의 우리나라 인구 감소가 예정되어 있는 것을 돌아보고 급격하게 인구가 줄어들어 인구가 1/2이 된다고 생각하면 자유 대한민국에 갑자기 핵무기가 이 땅에 떨어져 국민이 많이 죽어버리는 것과 무엇이 다른지 생각해 보아야 할 것입니다.

아무리 삶이 어렵다고 하지만 그럴수록 세상에서 우리가 국가를 책임지는 심정으로 세상을 이기며 살아가야 되므로 나 자신이 강하고 담대한 마음을 가지고 과감히 세상에 도전하는 정신이 필요하며 세상을 이기며 애국심을 가지고 살아야 할 것입니다.

또한 때가 되면 결혼해야 하는 것은 하나님의 창조 질서이며 부모가 나를 낳을 때 어떤 마음으로 낳았으며 아무리 어려운 삶이라 할지라도 세상에 생명이 태어난 것만으로도 축복인 것이므로 부모에 대한 도리와 효도를 위해서라도 아이를 두 명 이상 낳아서 국가를 먼저 생각하면서 그 안에서 내 자유를 누리며 세상을 이기며 정복하고 살아야 할 것입니다.

우리나라가 일본에 한일합병이 되었을 때 얼마나 고통 속에서 살았으며 억압을 받고 살았는지 생각해 보고 나라를 찾기 위하여 많은 선조들이 독립운동을 하며 피 흘렸던 것을 생각하며 이 자유 대한민국의 유지를 위하여 애국을 한다는 공의로운 생각과 내 나라가 없이 일제의 압박에서 벗어나 독립하려고 목숨을 바쳐 싸우며 희생했던 독립투사나 독립운동가들을 다시 생각해 보아야 할 것입니다.

나라 없는 서러움을 견딜 수가 없어서 이 한 몸 바쳐서 나라를 구하고 나는 희생해도 좋다는 결심을 하였던 것이 지금 이 자유를 누리는 대한민국인 것을 젊은이들이 깊이 알아야 할 것입니다.

독립운동을 했던 선조들은 어떤 사람은 몸으로, 어떤 사람은 지식으로, 어떤 사람은 의술로, 어떤 사람은 자신이 가진 모든 재산을 바쳐 독립운동가들을 도와주고 자신은 걸인이 되어 구걸하는 신세가 되었다고 들었습니다. 나라 없는 설움을 한마디로 말하고 있는 것입니다.

지금도 자유 대한민국을 지키는 것이 그 무엇보다도 중요한 것은 자유가 박탈된 북한을 바라보고 세상에서 가장 자유롭고 안전하며 신앙의 자유가 보장되는 대한민국과 같은 나라가 지구상에 드물다는 것을 알고 이 나라를 보호하며 살아야 하며 이 좋은 대한민국을 책임지고 행복하게 살아가며 또 안전하게 살다가 후대에 아름다운 미래 유산으로 물려주어야 할 것입니다.

이것이야말로 진정으로 세계 속에서도 신앙이 가장 강하고 복음이 세계로 향하여 나가는 대한민국의 세상을 쟁취하는 것이요, 진리 안에서 하나님 말씀에 구속받아 공의를 쟁취하고 세상에서 의롭게 살아가는 것이므로 내가 살고 있는 아름다운 대한민국에서 신앙을 지키며 살아가는 이유입니다.

내 나라, 이 신앙, 이 자유를 지킬 수가 있는 세계 속에서도 가장 안전한 대한민국을 사랑합니다.

- 일을 시작하는 자는 두려움도 어려움도 고난도 있으나
  좋은 결실도 얻게 된다.
- 두려움은 자신을 후퇴하게 만들지만
  용기 있는 사람은 미래에 많은 것을 얻는다.
- 자신의 일을 성공시킨 사람은
  매사에 자신이 있고 담대하여 계속 성공하게 된다.

- 꽃은 아름다움으로 판단하고
  가축은 고기질로 판단하나
  사람은 하고 있는 일로 판단한다.
- 정도의 생각은 국가를 생각하고
  가정을 생각한 후에
  나를 생각하는 것이다.
- 일의 계획은 철저하게 세우고
  실천은 최선을 다하며
  결실은 최상의 결실을 얻도록 노력하라.

제 7 장

세상에서 살아 있는 동안 할 일

30.
진리 안에서 진실한 삶

청소년 시절 철이 없을 때 탐욕의 유혹에 이끌리어 참지 못하고 어머니께 거짓말할 때가 여러 번 있었던 것이 내 나이 65세가 넘었으나 어려서 거짓말을 했던 기억이 얼마나 정확하게 날 수가 있을까 하겠지만 중학교에 다닐 때 특별히 기억할 만한 것은 어머니께 거짓말을 여러 번 했던 일들은 정확하게 기억이 납니다.

중학교 2학년, 기차 통학을 하고 있을 때 수업을 일찍 마치고 기차 시간이 여유가 있어서 운동장에서 축구를 하며 뛰어놀다가 허기가 지는 때 기차를 타기 위해 목포 양동에 있는 영흥중학교에서 목포역을 향해 가다 보면 교문 옆에 있는 학교 구멍가게와 문구점을 지나 콘크리트 언덕길을 내려가면 학생들을 유혹하는 만화집과 몰래 영화를 보았던 중앙극장도 지나면서 오거리 방향 상가 지역을 지나 목포역으로 가게 됩니다.

이 가게 저 가게 기웃거리며 지나가다가 보면 가게들 사이에서 모락모락 하얀 김이 피어오르는 찐빵과 만두가 익어 가는 향기로운 냄새가 코를 스쳐서 학교에서 점심을 먹었으나 운동장에서 땀을 흘리며 뛰놀았던 관계로 배가 꺼져서 발걸음이 잠시 머물며 생각에 잠기다가 주머니의 부족한 사정을 인지하고 기차역을 향해 갈 수밖에 없는 것을 깨닫고 발길을 돌리게 되는데 이유는 단 한 가지 내 주머니에는 항상 용돈이 없기 때문이었습니다.

이것도 하루 이틀이지 오후에 공부를 마치고 운동장에서 뛰어놀다가 배가 고플 때 기차를 타러 가는 길에 찐빵이 익어 가는 냄새는 결국 참을 수가 없었고, 부족한 살림에 막내라도 공부시키기 위해서 배추 또는 시금치 단을 머리에 이고 6㎞를 걸어가셔서 5일장에 팔아 학비를 마련해 주시는 어머니의 고생은 뒤로한 채 오직 찐빵 하나가 먹고 싶어서 참고서를 사야 한다고 어머니께 거짓말을 하여 돈을 받아낸 적도 있습니다.

어머니께 돈을 받아 찐빵 집에 달려가 정신없이 찐빵을 사 먹고 다른 학생의 참고서 책을 빌려서 어머니께 가져다 보여 드리며 거짓말을 하였던 것이 사회에 나온 후 스스로 고생하면서 깨닫게 되었으며, 어머니께 거짓말했던 과거를 뉘우치고 죄송한 마음이 들어 성인이 되어 어머니께 잘못을 고백했으나 어머니께서는 '너는 항상 착실했다'는 말씀만 하였습니다.

심지어 찐빵집 밖 한쪽 벽에는 여러 곳의 영화관에서 영화 포스터를 붙이는 공간이 있었는데 영화관에서 그 벽에 영화 포스터를 붙이는 대신 영화 초대권을 찐빵집 주인에게 주었고, 찐빵집 주인이 영화를 매번 볼 수가 없었으니 찐빵과 만두를 사 먹는 우리들에게도 성인영화 초대권을 그냥 나누어 주었던 것입니다.

주인은 내가 찐빵을 맛있게 먹는다고 영화 초대권을 몇 번 주어서 아무도 모르게 중앙극장에 가서 학생 관람 불가인 성인영화를 짜릿하게 보고 어른들 틈에 끼어 나오는데 극장 앞에 학생 지도 선생님이 보초 서고 계신 것을 보고 정신없이 도망갔던 추억도 떠오릅니다.

그 후에도 어머니께 몇 차례 거짓말을 더 하여 빵을 사 먹었던 기억이 있으며, 내 주머니에는 항상 돈이 없어서 친구들의 신세를 지고 다닐 때마다 돈에 대한 궁핍한 생각을 많이 했고, 항상 돈이 있어야 한다는 생각을 하면서 살아왔습니다.

또 중학교 2학년 2학기 때 수학여행을 가야 하지만 고생하시는 어머니께 수학여행비를 달라고 도저히 말씀드리지 못하고 있다가 학교에는 돈이 없어서 수학여행을 가지 못한다고 담임선생님께 말씀드렸으나 수학여행 날짜가 다가와 어머니께 어렵게 말씀드렸으나 어머니께서 수학여행비 약 2,500원을 어렵게 마련해 주셨는데 수학여행은 학교에 이미 못 간다고 말을 했기 때문에 그 돈으로 하모니카를 사고 영화도 보고 만화책도 보고 찐빵도 여러 번 사 먹고 친구들에게 선물을 사 오라고 하여 어머니께 가져다드린 기억이 납니다.

또 고등학교 2학년 때는 기타를 배우고 싶어서 수학여행비를 어머니께 받아 수학여행은 가지 않고 기타를 배우려고 사다 놓았으나 고등학교 시절에는 자취를 하면서 나름대로 공부를 열심히 하느라 기타를 배우러 갈 시간이 없었고, 기타를 연주할 시간도 없어서 노래 책과 코드집을 사다가 조금 배우다가 시골집에 방치하고 고등학교를 졸업한 후 사회에 진출했습니다.

그 후 군대를 갔다가 제대한 후 서울에서 자리를 잡고 여유가 생겨서 고향 집에 가서 기타를 찾았으나 대신 누님이 혼자 기타를 열심히 배우다가 결혼할 때도 기타를 가지고 시집을 가서 열심히 노력하여 지금은 교회에서 베이스 기타를 연주하는 사람이 되었으나 나는 지금도 일에 바빠서 일만 하다가 때를 놓치는 바람에 기타 연주를 하지 못하고 있습니다.

70세 가까이 된 누님은 어려서 풍금으로 연주를 시작하여 독학으로 열심히 찬송가를 연주하며 교회 반주를 하였던 것이 지금은 피아노나 오르간을 프로급으로 연주를 잘하는 전문가가 되어 교회에서 대예배의 반주자로 활동하고 있습니다.

사회에 진출하여 많은 사람들을 만났을 때 여러 사람이 자신은 호적이 잘못되어 나이가 한 살이나 두 살이 적게 되어 있다고 하면서 나이를 속이며 자신이 상대방보다 나이가 더 많다고 상대를 속이고 다른 사람으로부터 나이가 많은 형으로 대접받기를 원하는 사람들을 여러 명 보았으나 여기서 이상한 것은 열 사람이면 1~2명이 서로 나이를 높이려고 거짓말을 하는 것같이 보였습니다.

우리나라 호적 제도가 그렇게 많이 허술할 리가 없는데도 다른 사람들도 많은 사람들이 습관적으로 거짓말을 하는 것을 보아 왔습니다. 다른 사람들이 거짓말하는 것들을 보면서 내가 학창 시절에 고생하시는 부모님께 거짓말을 하여 여러 번 찐빵을 사 먹었던 기억이 내가 고생을 하면서부터 생각났던 것이 사실입니다.

사회에 진출한 후에는 고생을 하면서 속이 조금씩 들며 어머니께 정말 잘못한 것을 깨달아 다시는 거짓말을 하지 않겠다고 다짐을 하였습니다. 그 후 사람들이 나이를 물을 때는 "55년생입니다."라고 정확히 말하여야겠다고 작정하고 그때부터 다른 사람이 나이를 물을 때마다 55년생이라고 항상 대답하고 있습니다.

우리는 삶 속에서 자신의 실력이나 사회적인 지위가 낮더라도 자신을 남보다 더 높게 보이려고 하거나 높게 보여 남을 낮추므로 자신의 만족도를 높이고 남보다 더 잘나거나 위대해지는 느낌으로 우쭐하며 허세로 살아가려는 사람들이 많은 것이 사실입니다.

내가 아는 사람은 대화하며 서로 약속을 할 때마다 모든 일들이 곧 잘될 것처럼 스스로 대답을 쉽게 하고 자신이 하고 싶은 말들을 즉흥적으로 많이 하는 것들을 보았으나 나중에 그 사람의 실행의 결과를 보면 그 사람이 스스로 약속했던 일들이 제시간에 대부분 지켜지지 않았으며, 상대방에게 일의 진척이 없어서 독촉을 받는 등 점점 신뢰를 잃어 가고 있는 것을 보았습니다.

그러나 생각해 보면 거짓말은 반복할 때마다 거짓말을 계속하기 위해서 먼저 자신을 스스로 속이며 계속 거짓말을 하여야 하고 거짓말했던 말들을 불필요하게 기억하면서 애써 자신에게 정직한 척하는 것 같습니다.

그러나 자신이 무언가 부족함을 계속 느끼는 것은 부인할 수가 없는 것으로 진실되게 정직한 쪽으로 변화가 없다면 평생 자신을 속이고 많은 사람들에게 거짓말을 하고 살아가게 되는 것은 나이를 속이는 것은 한번 속이면 죽을 때까지 상대를 속이며 자신에게도 거짓말을 계속하며 거짓된 자신을 정당화해야 한다는 것으로 그 거짓말은 그 사람이 죽어야 멈추는 것입니다.

그 사람은 마음의 허전함을 채우려고 계속 거짓말을 하는 것이지만 진실과 올바름은 처음부터 순수하며 자신의 마음이 평안과 상대에게 진정한 마음을 전달하는 수단으로 결국에는 서로의 신뢰와 믿음을 쌓아 가는 소중한 자산인 마음의 자산인 것을 알아야 하는 것입니다.

그러나 거짓과 속임수는 항상 자신을 돌아보면서 자신의 본모습은 감추려는 것으로 마치 여자의 화장과 같아서 화장을 하고 거울을 보며 이 얼굴이 본 얼굴이라 착각을 하며 스스로 화장을 한 자신의 얼굴을 보며 예쁘다고 하는 것처럼 하나님께서 고유하게 주신 자신의 얼굴을 미완성으로 부족하게 생각하여 다시 얼굴을 완성된 것처럼 꾸미려는 미완성의 삶이지만 진리 안에서 진실과 의로움과 착함 속의 빛 된 삶은 그 어떤 상황에서도 떳떳하고 자신 있는 마음으로 올바른 삶 속에 평안과 자신감이 넘치는 생각과 만족된 삶을 누릴 수가 있는 자신감과 기쁨인 것입니다.

이것은 부유한 사람이 아무리 싸구려 옷을 입어도 자신이 있게 살아가고, 출세한 사람은 어디를 가서 자신을 내보여도 자신을 보는 모든 사람이 우러러볼 것이기 때문에 자신만만한 모습으로 당당히 세상을 이기며 살아가는 것과 같은 것이며, 자신 없이 살아가는 사람은 항상 다른 사람과 비교하며 좋은 옷을 입어도 상대방과 비교하며 불안해하는 것과 같은 위치입니다. 그러므로 우리가 진리 안에서는 진실한 삶은 그 어떤 것으로도 그 사람을 통제하거나 통제당하지 않는 삶으로 제한을 받지 않은 참된 진실 안에서는 완전한 진리의 자유를 누리는 삶을 살 수가 있는 것이므로 이 진리의 진실함과 공의로운 삶은 세상을 정복하며 다스리는 힘입니다.

내 얼굴은 지금도 평생 동안 아무것도 바르지 않고 살고 있는 토종얼굴이며 심지어는 선크림도 바르지 않고 살고 있으나 얼굴도 자연 상태로 자신 있게 관리하면 저항력이 강해지는 것 같습니다. 내 삶은 어떻게든 무슨 말을 하던 간에 진실을 말하려고 애써 노력하며 진실과 거짓이 우리 몸 안에 같이 상주하고 있는 속에서 서로 대적하는 가운데 진실이 승리하도록 하나님의 진리 말씀으로 무장하고 기도하며 실천하면서 인내하여 진실의 결실을 얻도록 하고 있는 것입니다.

하루는 회사 현장 직원이 1달 전에 지시한 일을 다 마치고 보고하는 중에 내가 생각하는 것과는 전혀 다르게 일이 처리되어 잘못된 것을 보고 직원의 잘못을 꾸짖자, 직원은 내가 지시할 수 없는 방향으로 지시하였다고 하면서 직원은 내가 지시한 대로 일을 하였을 뿐이라고 하며 변명을 늘어놓고 오히려 책임을 나에게 떠넘기는 것이었습니다.

일을 지시할 때 그 자리에서 그 직원에게 무슨 말을 하였는지는 서면상으로 기록이나 녹음을 하지 않은 관계로 과거에 말했던 말은 말하는 순간 허공으로 날아가 버려서 이를 증명할 길이 없으므로 나와 직원 모두가 서로 우기는 상태가 될 수밖에 없었던 상황이 벌어졌습니다.

지시한 정확한 말을 증명할 길은 없지만 단호하게 너희가 지금 거짓말을 하고 있다고 단언하고 절대로 그런 결정을 하지 않았다고 하고 그런 결정을 할 수도 없다고 강하게 말해 주었습니다.

생각이 정확히 나지 않고 증명할 길도 없는 것을 어떻게 그렇게 말할 수가 있을까. 그렇습니다. 단 한 가지 이유는 내가 항상 그릇된 방향으로 편법을 사용하여 지시한 일이 없었고, 지금 생각하더라도 내가 항상 주장하는 진실과 정도의 생각과 정반대의 결정을 지시할 리가 없었기 때문이었습니다.

말한 기억은 정확히 증명할 길은 없지만 내가 주장하며 살아온 방향과 반대되는 이야기를 꾸며대며 직원이 떠넘기는 말을 하였기 때문에 단호하게 부인하는 말을 하였으나 결국은 그런 일이 있은 후 이틀도 되기 전에 직원의 말이 틀렸고 내 말이 옳다는 것이 판명되어 다행이었습니다.

이것이 진실의 힘입니다. 진리 안에서 나오는 진실과 올바름은 언제 어디서나 누구와 편법이나 타협으로 흐트러지거나 변하지 않고 '물건의 길이를 재는 자나 물건의 무게를 다는 저울'과 같아서 스스로 세상을 판단하게 되는 것으로 남들로부터 거짓된 판단을 받지 않는 위대한 힘을 가진 것이고, 진실은 스스로 자신을 지킬 수 있는 위대한 힘이 되는 것입니다.

그렇습니다. 우리가 늘 삶에서 쓰는 표준이 되는 저울이나 길이를 재는 눈금자는 어느 누구도 판단하는 자가 없는 것처럼 평소에 거짓과 속임수를 쓰지 않고 진리 가운데 진실하고 올바른 삶을 살아가는 사람은 세상으로부터 판단받지 않고 스스로 기준이 되어 세상을 정복하고 다스리며 살아가는 것입니다.

이 진리의 힘과 기준은 둘이 될 수가 없고 오직 하나이며 이 진리는 영원 전부터 스스로 존재하며 스스로 세상을 창조하셨으며 스스로 세상을 판단하며 스스로 세상을 정복하고 세상을 다스리고 계시는 진리의 하나님이신 권세와 능력인 것입니다.

성경은 1) 하나님에 대하여는 "시편 25:5 주의 진리로 나를 지도하시고 교훈하소서 주는 내 구원의 하나님이시니 내가 종일 주를 기다리나이다"라고 기록이 되어 있으니 하나님은 진리 되시는 분이며 전지전능하신 우주와 세상의 최상위에 계셔서 섬김을 받으시는 하나님이신 것입니다.

"이사야 65:16 이러므로 땅에서 자기를 위하여 복을 구하는 자는 진리의 하나님을 향하여 복을 구할 것이요…." "로마서 1:25 이는 그들이 하나님의 진리를 거짓 것으로 바꾸어 피조물을 조물주보다 더 경배하고 섬김이라 주는 곧 영원히 찬송할 이시로다"라고 말씀하시고 계시며, 2) 예수님에 대하여는 "요한복음 14:6 내가 곧 길이요 진리요 생명이니 나로 말미암지 않고는 아버지께로 올 자가 없느니라"라고 말씀하시며 "고린도후서 11:10 그리스도의 진리가 내 속에 있으니…."라고 말씀하시고 있으며, 3) 성령님에 대하여는 "요한복음 15:26 내가 아버지께로부터 너희에게 보낼 보혜사 곧 아버지께로부터 나오시는 진리의 성령이 오실 때에 그가 나를 증언하실 것이요" "요한복음 16:13 그러나 진리의 성령이 오시면 그가 너희를 모든 진리 가운데로 인도하시리니 그가 스스로 말하지 않고 오직 들은 것을 말하며 장래 일을 너희에게 알리시리라"라고 말씀하시며 하나님과 예수님을 증언하려고 우리에게 오셔서 영원히 계시는 성령님이 진리로 성삼위일체가 되어 항상 함께 일하시며 스스로 영원히 존재하시는 세상에서 최상위에 계시는 위대한 분을 섬기는 것이 기독교라는 것을 이 세상 모든 사람들이 알아야 할 것입니다.

하나님의 진리는 스스로 탄생하셨으며 스스로 자신을 지키며 어두움과 거짓과 죄악 속에서도 스스로 빛을 내고 강해지며 우주 만물의 최상위에 서 있는 것입니다. "요한3서 1:8 이는 우리로 진리를 위하여 함께 일하는 자가 되게 하려 함이라"라고 말씀을 하셨으니 사람은 진리 하나님의 모든 영광을 위하여 항상 존재해야 하는 것을 잊지 말고 살아야 하는 것은 하나님의 진리 안에서 모든 일을 하면 하나님의 진리가 그 사람을 높이시고 참 자유하게 하시고 행복으로 인도하시는 것입니다.

하나님의 진리는 스스로 가장 높은 자리에서 스스로 영광을 받으시며 세상 만물 위에서 영원히 세상을 다스리시며 계시는 것입니다. "요한계시록 22:13 나는 알파와 오메가요 처음과 마지막이요 시작과 마침이라" 세상의 시작 전에 계셨던 진리의 하나님은 세상이 끝이 나도 영원히 계시는 분으로 사람에게 영광을 받으셔야 마땅하신 분입니다.

인간은 세상에서 존재하는 어느 누구에게도 지배를 받지 않은 지상에서 최상위의 위대한 존재임이 틀림없으나 하나님의 진리 말씀 아래에서 존재하고 하나님 진리 말씀에 구속을 받고 살아야 되는 것은 인간이 진리의 하나님을 떠나 죄를 지으며 타락하면 세상 전체가 죄 속에 빠져서 혼란이 계속되기 때문입니다.

그러므로 인간은 진리이신 하나님 말씀에 따라 그 진리의 말씀을 지키며 살아서 진리 안에 거하며 진리의 의의 삶으로 공의를 위한 정의를 세우며 진실과 질서 가운데 세상을 다스리고 정복하며 살아갈 때 진리 안에서 참 의를 행하며 자유하며 평안과 기쁨의 삶을 영원히 영위할 수가 있는 것입니다.

그러므로 인간은 오직 진리 하나님을 두려워하며 영원토록 경배를 드리고 모든 일을 하나님의 뜻대로 행하며 완성하여 하나님께 영광을 돌린 후에 하나님께서 주시는 영원한 행복을 받고 살아야 참 삶을 살아갈 수가 있는 것입니다.

15년이 넘는 세월을 직장에서 보낸 후에 30여 년을 사업하면서 우리 회사는 정기적인 세무조사를 한 번도 받지 않았습니다. 그러나 두 번을 국세청에서 정기 세무조사를 하겠다고 통보를 받기도 한 적도 있었습니다. 그러나 우리 회사 직원은 세무서에 대해 당당하게 우리 회사가 그동안 세무 비리가 전혀 없었고 지금도 지적받은 탈루 혐의가 전혀 없으며 동종 건설 업종에서는 매출액 대비 최상위로 세금을 많이 내고 있다면 세무조사를 면제해 달라는 공문을 보냈고, 이에 국세청에서는 기꺼이 면제하겠다는 통보를 보내왔습니다.

많은 타 회사 사람들이 대단하다는 말을 하였으나 우리 회사는 당당히 국세청에 세무조사 면제 요구를 할 수 있었던 이유는 우리 회사가 건설의 동종 업종에서는 매출액 대비 최고의 세금과 국가에 내야 할 세금을 철저하게 최선을 다하여 납부하고 있었기 때문입니다.

개인 세무조사도 2014년도에 4개월간 중부지방국세청에서 있었습니다. 이유는 많은 재산을 모으며 비리가 있으리라고 생각하여 중부지방 국세청에서 7년간의 많은 자료를 보고 세금을 추징하려고 했으나 단 1원도 발견하지 못하고 "서류상 종결합니다."라고 공문을 보내왔습니다.

내가 재산을 모으는 방법은 하나님께서 항상 넘치는 지혜와 명철을 주셔서 공사를 하면서 타 회사보다 10% 이상 이익을 더 냈고, 개발 사업을 통해서도 그동안 나에게 많은 지적 재산을 주신 결과 다른 사람들보다 판단 능력이 뛰어나 성공하였으나 세무 신고를 있는 그대로 정확한 거래와 신고를 하였으며, 지금까지 건설 사업의 어려움이 있을 때마다 개발하여 임대를 한 부동산을 통하여 사업의 안정화를 주신 것이 사실입니다.

세무조사를 받으면 '100명이면 100명이 다 털린다'는 말을 들었으나 나에게는 해당되지 않은 말이었습니다. 왜 그랬을까. 과거 중학교 2학년 때 고생하시는 어머니께 거짓말을 하고 돈을 받아 찐빵을 사 먹었던 잘못을 깨닫고 다시는 거짓 없는 삶을 살아가겠다는 생각을 한 번도 저버리지 않고 계속 정직을 원칙으로 살아왔던 것이 진리의 하나님께서 나를 보호하시고 함께하시며 인도하시고 계시기 때문입니다.

앞으로도 삶의 목표를 거짓 없는 삶과 진리 안에서 의를 행함으로 참 자유로운 평안과 기쁨을 누리며 하나님 나라의 삶에 동참하여 이 땅에서도 많은 사람들 앞에서 기준이 되고 표준이 되어 이것을 후손에게 아름다운 미래 유산으로 물려주는 일을 하려고 노력하고 있습니다.

얼마 전에도 농협으로부터 저축의 날 감사장을 주신다기에 농협은행에 가서 참석하였으나 갑자기 어떤 사람이 나에게 다가와 정말 미안하고 죄송하다며 인사를 깍듯이 하면서 과거의 일을 용서해 달라고 간절한 마음으로 나에게 여러 번 용서를 빌었습니다.

나는 그 사람을 기억하지도 못하였으며 그 사람이 무슨 말을 하는지 잘 모르겠으나 그 사람은 시간을 두고 한참 있다가 다시 와서 세 번이나 반복해서 다가와 자신이 과거에 잘못했다고 진심으로 사과를 하는 것이었습니다.

한참 뒤에야 어렴풋이 생각난 것은 과거에 아프리카 케냐의 오지에서 쓰레기를 주워 팔아서 생계를 유지하며 살아가는 어려운 아이들을 모아 합창단을 조직하여 우리나라에 와서 공연을 한 지라니 합창단이 내가 설립하고 운영하는 축복기도원교회에서 1개월간 숙식을 제공하려고 할 때 교회 진입로가 좁아 진입로 중간에 농사를 짓고 있는 그 사람에게 논둑의 좁은 길 땅으로 버스가 들어오도록 조금만 넓혀서 사용하자고 협조를 구했으나 그 사람은 오히려 큰 돌을 가져다 길을 더 좁게 만들고 갖은 욕설을 했던 기억이 어렴풋이 생각났습니다.

열대지방에서 오는 어린 생명들이 겨울철 강추위에 약 500m를 걸어올 수밖에 없는 것을 버스가 들어오도록 많은 노력을 했으나 그 사람은 결국 허락하지 않았고 버스가 들어올 수가 없어서 열대지방 케냐에서 오는 어린아이들이 추운 겨울에 500m가 떨어진 길가에 버스를 세우고 걸어올 수밖에 없어서 안타까워했던 사건이 그제서야 생각이 떠올랐던 것입니다.

그러나 10여 년이 지나간 일이며 모두 다 잊어버린 일이나 그 사람은 그동안 내가 약 10년 동안 이 지역사회에서 많은 봉사를 하며 지역을 위해서 여러 가지 일을 한다는 소식을 듣고 자신이 그동안 미안해서 가슴속에 늘 괴로움 속에서 살았다는 것입니다. "예배소서 4:25 그런즉 거짓을 버리고 각각 그 이웃으로 더불어 참된 것을 말하라 이는 우리가 서로 지체가 됨이니라 26 분을 내어도 죄를 짓지 말며 해가 지도록 분을 품지 말고 27 마귀로 틈을 타지 못하게 하라"는 말씀은 나 자신을 진리 안에서 의로움으로 나를 보호해 주시는 말씀입니다.

그렇습니다. 그 사람에게 욕을 먹은 나는 그 사람이 욕설을 많이 했던 것을 생각에서 용서를 하였으며 마음에서 삭제해버리고 평안으로 살고 있으나 욕을 하며 원망한 사람은 마음에 담고 괴로움 속에서 살았던 것입니다.

이 사람과 관계를 생각해 본다면 용서하고 잊어버린 사람은 평안을 찾고, 용서하지 못하는 사람은 괴로움 속에서 살아간다면 용서와 사랑은 상대방을 위해서 하는 것이 아니라 나 자신의 평안과 기쁨을 되찾기 위해서 최대한 빨리 매일매일 그날을 넘기지 말고 용서하라는 하나님 말씀을 생각해 보아야 합니다. "마태복음 6:14 너희가 사람의 과실을 용서하면 너희 천부께서도 너희 과실을 용서하시려니와 15 너희가 사람의 과실을 용서하지 아니하면 너희 아버지께서도 너희 과실을 용서하지 아니하시리라" 라는 말씀을 기억해야 합니다.

우리는 진리 안에서 진실하고 올바르게 살며 서로 용서하고 사랑을 하며 함께 살아야 진리 안에서 참 자유를 누리는 것이 되므로 진실되고 의로우신 하나님을 믿고 살아가는 삶에서는 참다운 진리의 자유 삶을 찾을 수 있는 것이 사실입니다.

그래서 내가 이 세상에서 가장 잘한 일이 있다면 진리이신 하나님을 믿으며 그 말씀대로 살려고 계속 노력하며 하나님의 진리의 영이신 성령 안에서 의로운 복음을 전하는 삶을 살면서 진리 안에서 공의를 행하며 참 평안과 기쁨을 누리며 살아가는 것입니다.

진리 하나님을 믿고 말씀을 즐거워하며 말씀을 묵상하며 살고 있다는 것은 나를 진리 하나님 앞으로 인도하므로 이 세상 어떤 것보다 소중하다는 것을 진리의 말씀을 깨닫고 의로 살아가게 하는 믿음은 어떤 것으로도 바꿀 수 없는 세상에서 가장 귀한 보물 중에 보물입니다. 할렐루야, 아멘!

- 거짓은 스스로 자신의 어리석은 생각의 올무에서
  점점 벗어나지 못하게 한다.
- 거짓은 거짓을 감추기 위해 또 다른 거짓을 낳으며
  자신을 미완성자로 계속 낙인찍는 것이다.
- 진리의 빛은 항상 드러나므로
  진리의 삶을 사는 사람은
  세상의 빛이 되어 존경의 대상이 된다.

- 진리 안에서 나오는 진실과 올바른 공의는
  세상을 정복하고 다스리는 힘이 된다.
- 오직 세상에서 사람의 섬김을 받을 분은
  사람 위에 계시는 진리 하나님뿐이다.
- 용서와 사랑은 의로운 것이며
  자신을 평안과 감사와 기쁨으로 인도하는 것이다.

31.
인생의 세 가지 보물

세상 삶에서 생각하는 보물은 단순하게 생각하면 금, 은. 보석, 다이아몬드 등 눈에 보이는 것들과 값이 많이 나가는 것들을 생각할 수가 있습니다. 그리고 현실적으로 돈으로 무엇이든 다 살 수가 있기 때문에 돈이 보물이라고 해도 과언이 아닐 것입니다. 또한 우리 눈으로 보며 육신의 삶에 크게 만족을 누리는 것들을 보물이라 말할 수가 있을 것입니다.

미국에서 오래전 금값이 높아 금을 채취하기 위하여 많은 국민들이 혈안이 되어 있을 때 미국 서부를 개발하기 위하여 서부에는 금, 은 광산에 많은 매장량이 있다고 미국 동부에 소문을 내어 동부에 몰려 사는 사람들이 서부로 금을 캐기 위해 마차를 타고 온 가족과 함께 서부로 이동하여 살게 되면서 서부가 발전되어 거대한 도시가 생기게 되었다고 하는 이야기를 들었습니다.

또 내가 아는 한 사람은 과거에 국내에서 금광을 찾아다니다가 국내에서는 좋은 금광을 찾지 못하고 금광을 개발하려고 캄보디아까지 가서 정글 속에서 금광을 찾아다니다가 말라리아에 걸려서 죽을 수밖에 없었으나 현지의 캄보디아 간호사인 여인이 정성으로 돌보아 주어 현재는 그 캄보디아 여인과 결혼하여 함께 살고 있는 것을 보았습니다.

영화나 소설에서도 과거에는 베스트셀러의 책들이 보물에 관한 이야기가 많이 있었으며, 우리나라에서도 신안 앞바다 해저 보물선 이야기라든가 오늘날에서는 동해 바다 독도 앞바다의 러시아 보물선 침몰 이야기로 주식이 폭등한 이야기나 보물에 관한 이야기라고 하면 아직도 많은 사람들이 정신을 못 차리는 것을 볼 수 있는 것이 사실입니다.

금, 은, 보석, 다이아몬드 등은 공통점은 오래도록 두어도 변하지 않고 반짝반짝 빛을 내며 비싼 가격에도 부피가 작은 것들이지만 그것들은 누구나 사고파는 물건이므로 내 것이 될 수도 있고 타인의 것이 될 수도 있어 어쩌면 어느 누구 것도 아닌 것입니다.

또 도둑이 가져가 버리면 없어져 버리고 계속 가지고 있더라도 싫증이 날 수도 있어서 가지고 있는 사람을 온전히 만족시켜 줄 수가 없으며, 그 보물들을 보관하려고 해도 마땅한 장소가 없어서 걱정이며 그 보물들로 인하여 사람들과 좋지 않은 관계도 형성될 수도 있으나 보물의 욕심으로 사람과 사람들을 갈라놓을 수도 있고 있다가도 없을 수 있는 것이므로 꼭 영원하고 완벽한 보물이라고 할 수 없을 것입니다.

우리에게 평생 동안 만족을 주며 평안과 기쁨으로 계속 우리의 삶을 이롭게 하며 끝없이 좋은 삶을 살게 하며 싫증나지 않고 기쁨을 주는 보물은 무엇일까. 생각해 보면 무엇보다도 자신을 이 세상에서 살아가는 동안 자신을 안전하게 지켜 주고 보호해 주며 기쁨을 주는 위대한 삶으로 인도해 주는 것과 자신의 삶을 보람되고 성공한 삶을 만들어 주는 것이라고 생각해 봅니다.

돈을 많이 벌어서 재산을 많이 가진 사람이 나이가 들어 가장 걱정이 되는 것들은 그 재산을 관리하고 정리하는 수고를 하여야 하고, 그 재산들이 오히려 자신을 힘들게 한다거나 자녀들이 그 재산으로 하여금 후에 다툼이 일어나는 일도 발생할 수도 있고, 재산을 믿고 개으르며 향락이나 즐기는 삶을 살다가 사회의 지탄을 받는 일이 일어나고, 혹 잘못되어 재산을 탕진하거나 잃게 되면 아무것도 할 수가 없는 무능한 자로 남게 되고, 재산이 많이 있는 만큼 수고도 많이 해야 되는 것이 사실입니다.

명예와 권력과 명성을 얻었으나 자신에게 완전한 평안과 기쁨을 항상 줄 수는 없으며, 그 기간 또한 들의 꽃과 같이 짧아 잠깐일 수밖에 없어서 결국은 들에 핀 풀의 인생과 꽃과 같이 빨리 시들 수밖에 없는 것이 권력이나 명예일 수가 있는 것입니다.

또 명예와 권력과 하고 있는 직업이나 일의 목표는 이루었으나 잘못된 사고방식으로 아랫사람들을 함부로 사용하고 타인을 무시하고 갑질하며 살아가고 성추행까지 하며 올바로 살아가지 못해 죄를 짓고 교도소 신세를 지고 있는 자들이 있으며, 권력자들과 사법부의 최고의 명예를 얻었으나 공의를 위한 정치나 정의의 공정한 재판을 하지 않고 사법 농단으로 사회의 웃음거리가 된 사람도 있으나 성공한 모든 사람들은 우선 겸손하고 섬기며 화합을 기본으로 하는 봉사 정신으로 살아야 하는 것입니다.

자신이 가진 명예와 권력과 재산이 자신과 삶을 온전하게 컨트롤하여 주지 못하는 것은 대부분 성공자들에게서 나타나는 현상이며, 또 파란만장한 삶 속에서도 자신을 성공시키고 기업을 일구어 성장시켜 정상적인 궤도에 와 있어 자신은 철저한 삶을 살아가고 있으나 그의 자녀들은 자신이 회사 대표 위에서 권세를 부리는 것처럼 대표도 하지 않은 직원들에게 갑질을 하고 세상의 웃음거리가 되는 경우로 그 부모가 얼굴을 들고 다닐 수 없게 먹칠을 하는 경우도 있습니다.

또한 평생을 명예 하나만 지키며 군 장성이 되었으나 무리한 명령제도에서 세월이 바뀌어 사병에게도 인권을 존중하며 명령해야 한다는 것도 망각하고 갑질과 성추행으로 문제를 일으키고 예술 무대나 체육 지도자들이나 문인, 연예인 등 수십 년 동안 명성을 떨치며 살거나 지도자 생활을 하였던 사람들이 성추행이나 성폭행을 하여 자신을 지키지 못하고 지신을 스스로 추락시키는 것을 볼 때 결국 명예와 명성도 자신을 지킬 수는 없는 것으로 보물이라고 볼 수 없는 것입니다.

이와 같이 최상위층 수많은 사람들이 많은 것들을 이루어 놓고도 사회에서 손가락질을 받는 것들을 보면서 부와 명예와 권력과 풍부한 지식과 명성을 가졌더라도 그것들이 자신을 지키지 못하였습니다.

그들이 올바른 삶을 살지 못하는 것은 정말로 불행한 일이 아닐 수가 없으므로 이 땅에 진정한 보물이라고 볼 수 없는 것입니다. 과연 우리의 인생에서 무엇이 우리를 지켜 주고 보호해 주며 즐거움과 평안과 기쁨 속에서 행복을 주는 보물인가 생각을 깊이 해볼 필요가 있습니다.

그렇습니다. 우리에게 가장 중요한 것은 금, 다이아몬드, 보석, 물질과 돈과 권력과 명예도 아닌 '진리이신 하나님 말씀 안에서 나오는 진실로 올바른 삶을 살아가는 의로운 삶으로 평안과 기쁨이 진정한 천국이며 사람의 최고의 보물'이라고 할 수가 있습니다.

그 진리 안에서 진실과 의로운 삶은 하나님의 진리 말씀에서 나오는 가장 진실하고 올바르며 착하고 정직한 삶으로 빛 된 삶을 살아가는 것이 가장 큰 보물인 것입니다.

이 보물인 진리는 수많은 종교에서나 학교의 배움터에서 많이 쏟아져 나오고 있다고 볼 수 있으나 일반적인 지식의 세상의 진리라는 삶도 결국은 자신들의 욕심 가운데 빠져버리면 다 지킬 수가 없어서 문제가 되는 것이므로 진리가 세상에 존재하고 있는 것 같으나 사람의 생명을 살리는 새 생명의 진리는 하나님 진리 말씀으로부터 시작되는 예수 그리스도께서 십자가에서 보혈을 흘리시어 우리를 죄에서 구원하신 은혜의 감동으로 나오는 십자가 사랑의 완벽한 아가페 사랑의 진리인 것입니다.

1) 우리가 '하나님의 진리 말씀 안에서 올바른 삶이 최고의 보물'인 것은 알았으나 이것을 지키지 못한다면 아무것도 아닌 것이므로 우리가 온전히 지키려면 죄악에서 우리를 구원하시기 위하여 예수 그리스도께서 십자가에서 보혈을 흘리신 것을 믿는 은혜를 통하여 하나님의 진리 말씀 안으로 들어가 말씀을 깨닫고 거듭나서 성령을 받아 권세와 능력의 성령 인도하심으로 의로운 삶으로 살아가는 것이 무엇보다 중요한 것입니다.

하나님의 진리 말씀을 지키며 살면 세상 법으로도 통제받지 않고, 진리 안에서 참 평안과 기쁨으로 살아가기 위해서는 먼저 '예수 그리스도께서 우리를 죄에서 구원하시기 위하여 우리 대신 십자가에서 보혈의 피를 흘리시며 죽도록 하나님의 독생자 예수님을 이 땅에 보내신 하나님의 참 사랑과 예수 그리스도께서 십자가 보혈로 우리를 구원하여 주신 은혜를 우리가 믿을 때 구원받는다'는 사실로 우리가 감동의 진리 안으로 들어가게 됩니다.

그 십자가의 보혈의 희생으로 참 하나님의 사랑과 구원을 선물로 주신 감동의 은혜로 하나님 진리 말씀 안으로 들어가 말씀을 깨닫고 회개하고 거듭나 성령을 받아서 새 생명을 받아 성령의 인도하심으로 살아가는 것입니다.

온전한 진리의 삶은 성령 안에서 새 생명으로 진리를 알고 진리의 의를 실천하므로 진리 안에서 자유를 얻는 영적인 삶을 살아갈 때 죄악에서 떠나 의로운 삶으로 참 평안과 기쁨으로 진리 안에서 참 자유를 누리며 공의를 행하며 성령이 인도하시는 삶을 살아가는 것이 진정한 보물이라고 말할 수 있는 것입니다.

2) 두 번째로 우리가 세상에서 평안이 살아가려면 의식주 해결이 중요한 것처럼 생각할 수가 있으나 의식주 모든 것들이 우리의 몸을 위한 것이라고 하지만 잘 먹고 잘산다고 해서 그 건강한 육체가 진리의 말씀을 떠나 향락이나 폭력성을 띠거나 개으름을 피우고 개인의 욕심을 위하여 잘못 사용되면 온전한 삶을 이룰 수가 없고, 오히려 현대사회에서는 먹고 마시는 것들이 너무 풍부하여 비만하게 되므로 오히려 각종 병에 시달릴 수가 있다는 것을 명심해야 합니다.

우리의 몸은 마음을 형성하고 있는 영혼과 하나님의 진리 말씀을 담고 있는 그릇이나 집이나 밭과 같은 것으로 진리 말씀을 행하여 좋은 결실을 얻는 옥토 밭 같은 것으로 영혼과 육체가 건강하여 세상의 모든 일들을 잘 감당해갈 수 있는 소중한 영혼과 마음을 보관하고 있어서 건강하게 잘 보호받아야 하는 소중한 기관인 것입니다.

그러므로 두 번째로 중요한 보물은 '우리의 몸을 위하여 적당히 먹고 계획된 운동을 하면서 건강관리를 잘하고 진리의 말씀으로 육체를 죄와 세상 향락의 육적인 삶으로 더럽히지 않고 영적으로 잘 완성된 모습으로 깨끗하게 보존해야 하는 신체적 건강'이라는 것을 절대로 잊어서는 아니 될 것입니다.

3) 세 번째는 우리가 세상에서 살아갈 때 부와 권력과 명예와 예술과 체육과 특기적인 지식을 쌓아 가더라도 결국은 그것들을 완벽하게 성공을 이루는 실력자가 되어 있지 않는다면 결국은 세상에서 낙오자가 되어 힘들게 살아갈 수밖에 없습니다.

그러므로 내가 하고 있는 미래 먹거리인 직업의 일을 완성하여 그 일과 분야에서 성공한 자가 되어야 하는 것이나 사람이 살아갈 때 세상에 보이는 모든 공부와 일을 다 잘해야 꼭 성공하는 것은 아닙니다.

단 한 가지 일이라도 남보다 특별하게 잘해서 성공한 자가 된다면 한 가지 직업으로 성공을 해도 자신 있게 살아갈 수가 있으며, 세상에서 배풀고 여러 가지 지위도 얻을 수가 있어 존경을 받으며 살아갈 수가 있을 것이므로 한 가지 일을 잘하여 성공하는 사람은 그 일의 실행 과정을 거울삼고 샘플삼아서 다른 일도 잘할 수가 있으므로 세상에서 얻고자 하는 성공의 길을 갈 수가 있습니다. 결국 세 번째 보물은 '나 자신이 하는 일, 자기 직업을 성공시키는 것'이 이 땅에서 귀한 보물이 되는 것입니다.

그러나 세상 사람들이 생각하는 것의 보물의 우선순위로 '1) 자신이 하고 있는 일을 최우선시하는 것과 2) 다음에 육체가 잘 먹고 즐기며 살아가는 건강과 3) 다음은 진실하고 올바로 살아가는 순서라고 거꾸로 생각하는 것이 큰 문제'로 지금도 많은 국가, 사회, 직장의 지도자들이 잘못되는 이유 중에 하나가 내가 말한 보물의 순서를 일부터 생각하고 올바른 삶을 나중으로 행각하며 거꾸로 생각하고 살아가기 때문이라고 생각이 듭니다.

이제 우리의 보물은 1) 가장 먼저 하나님의 진리 말씀 안에서 올바르고 진실된 삶을 살아가기 위해서는 우리를 죄에서 구원하시고자 십자가에서 보혈의 피를 흘리시고 희생하신 예수님을 올바로 믿으며 하나님의 진리 말씀을 깨달아 행하면서 성령을 받고 이웃을 내 몸과 같이 사랑하는 진리의 의를 행하며 참 평안과 기쁨으로 살아가는 것이 세상에서 첫 번째 하나님 나라 대의를 이루며 나를 항상 안전하게 보호하며 만족을 주는 보물의 삶인 것입니다.

2) 그다음에 나 자신의 몸을 병에 걸리지 않고 더럽히지 않고 훼손되지 않도록 영과 육적으로 깨끗하게 하고 보호하여 건강을 잘 지켜서 하나님의 말씀인 영을 잘 보관하고 실행하여지는 질그릇과 성전과 밭과 지팡이의 도구로 사용되는 우리 몸을 적당한 식생활과 운동을 하며 죄와 향락에서 떠나 몸을 헛되이 사용하지 않고 진리 안에서 공의로운 일에 사용되도록 하여야 하므로 몸을 잘 보호해야 합니다.

3) 또 내가 세상을 마음껏 살아가면서 하는 공부나 일과 직업에 맡은 바 임무를 완성하기 위하여 전심전력을 다하여 목표를 달성하고 성공하므로 최소한 내 주변에서는 최고자가 되도록 일에 성공적인 인생을 완성하는 것이 무엇보다도 중요한 것은 이것이 내 얼굴이요, 명암이요, 세상에서 자랑하며 살아가는 것이기 때문입니다.

이 세 가지 보물은 절대로 순서를 바꾸지 말아야 할 것이며 이 세 가지가 나만의 보물인 것은 이 보물에 어느 누구도 침범하지도 못하고 도적질을 당하지도 못하는 형체도 없어서 어느 누구에게도 빼앗기지 않은 영원히 오직 나만이 가지고 나만이 소유하며 죽을 때까지 참 만족과 평안과 기쁨을 주며 나와 내 가족을 지켜줄 수가 있는 나만의 보물인 것을 잊지 말고 평생 동안 실천하며 살아가야 하는 것입니다.

이 보물을 소유한 자들은 세상 마지막 날까지 하나님께서 선택하시고 인도하시며 함께하셔서 세상에서 존경을 받으며 세상의 빛과 자랑거리와 많은 사람들에게 존경을 받으며 평안과 기쁨을 줄 것이며 하나님께 영광을 돌리고 결국에는 천국까지 인도하실 것입니다.

"누가복음 9:24 누구든지 제 목숨을 구원하고자 하면 잃을 것이요 누구든지 나를 위하여 제 목숨을 잃으면 구원하리라 25 사람이 만일 온 천하를 얻고도 자기를 잃든지 빼앗기든지 하면 무엇이 유익하리요" 하시는 말씀처럼 세상에서는 여러 가지 모습으로 성공을 하였다고 할지라도 올바로 살아가지 못하고 건강을 지키지 못하여 결국에는 타인으로부터 통제를 받고 손가락질을 받으며 실패한 인생을 살아가는 사람들이 많이 있으나 하나님의 진리 말씀에 순종하여 진리 가운데 올바르며 진실되게 살아가는 자들은 참 자유를 누리며 평안과 기쁨으로 살아가면서 이 땅에서나 천국에서 자신의 생명을 굳건히 지키는 것입니다.

사람이 세상에 태어난 것이 육적인 부모에 의에서 태어나 자유로운 몸이라고 생각하여 아무렇게나 자신의 생각이 가는 대로 살아가는 것 같으나 사람의 생명은 육신에 있는 것이 아니라 영혼에 있으므로 하나님의 진리 말씀으로 통제를 받지 않고 하나님의 말씀을 멀리하며 육적인 욕심 가운데 자기중심으로 살아간다면 세상은 사탄의 악한 짐승들이 우글거리는 약육강식의 삶 속에서 살아갈 수밖에 없어서 찢고 찢기며 여러 가지 고통과 고난의 삶을 살다가 죽게 되어 유황불이 끓는 지옥행 열차에 타는 것입니다.

그러므로 사람은 진리 하나님이 창조하신 목적대로 진리 안에서 올바르고 진실되게 살아가야만 사람이 존재하는 참다운 값으로 살 것이며, 진리로 구속받아 참 자유를 누리며 진리 안에서 나오는 공의를 중심으로 정의를 행하며 살아가게 되는 것입니다.

우주 만물 중에 최상위에 계시며 우주의 주인이요 근원이며 질서이신 하나님의 진리 말씀을 스승으로 모시고 열심히 배우고 살아가는 백성은 죄악에서 떠나 성령의 인도하심과 함께하심으로 진리 안에서 자유로운 참 평안과 기쁨의 삶인 천국의 삶을 살아가게 되는 것입니다.

우리의 삶속에서 참다운 보물은 눈에 보이며 사람을 현옥하는 물건으로 존재하는 하찮은 보물이 아니라 하나님의 진리 안에서 나오는 말씀대로 살아가면서 복을 받아 행복하게 살아가는 것이라고 말할 수가 있는 것입니다.

"고린도후서 4:18 우리가 주목하는 것은 보이는 것이 아니요 보이지 않는 것이니 보이는 것은 잠깐이요 보이지 않는 것은 영원함이라"라는 말씀대로 최고의 보물은 보이지 않는 하나님의 진리 말씀 안에서 살아가며 그 생명을 우리에게 주셔서 영원히 존재하며 하나님의 진리를 실천하기 위한 몸을 건강하게 하고 최선을 다하는 삶으로 우리의 주어진 일을 성공시키면 세상의 아무도 우리에게 빼앗아 갈 수 없는 영원한 귀한 보물인 것입니다. 아멘.

- 세상에서 진실하고 의로운 사람이 되려면
  예수님을 믿고 하나님 진리를 깨달아 성령을 받아야 한다.
- 예수 그리스도 십자가 보혈의 구원을 믿으면
  살아 있는 진리를 깨닫고 참 자유의 삶을 살게 된다.
- 보이는 것은 변함으로 만족을 잠깐 주는 것뿐이나
  보이지 않는 것은 변함이 없으므로 영원한 것이다.

- 진실과 올바른 삶과 마음의 평안과 기쁨은
  세상 무엇보다 가장 귀한 것이다.
- 진리 안에서 올바른 삶과 건강을 지키는 것과
  자신의 일의 성공이 세상에서 최고의 보물이다.
- 진정한 보물은 변함이 없고
  어느 누구도 가져가지 못하는 나만의 영원한 것이여야 한다.

32.
삶을 어떻게 마감할까

어렸을 때 공부나 집에서 하는 일에는 철이 없어서 많이 게으른 사람으로 살았으며, 청년기와 결혼을 할 때까지는 경제적인 어려움 속에서 아무 능력도 없었으며 정말 부족하고 연약하며 무능한 사람이었지만 세상 어디에도 나를 조금도 도와주거나 기댈 곳도 없었던 것이 사실입니다.

그러나 진리 하나님을 만나면서 부족함이 조금씩 안개가 걷히듯이 사라졌고 지금은 보다 넉넉하고 풍부하며 연약함보다 강하며 무능함보다 목표를 향해 질주하고 멈추지 않으며 미래를 위하여 어떻게 살며 어떻게 인생을 마감해야 하는지 진리 성령의 인도하심과 함께하심으로 날마다 말씀을 묵상하며 기도를 쉬지 않고 계속하며 하나님의 말씀의 복음을 실천하며 더 올바로 살아가려고 최선을 다하여 노력하고 있습니다.

우리 집안은 내가 세상에 태어나 한 살도 되기 전에 아버지께서 돌아가시고 어머니께서 32세에 홀로되셨을 때 우리가정의 능력은 제로인 상태에서 큰형은 열한 살, 누나는 세 살, 나는 한 살에 집도 없이 추풍낙엽처럼 흐트러질 수밖에 없는, 힘없이 세상 흐름에 따라 흔들리는 삶이 우리 가정의 모습이었으며 우리 가정의 전부였다고 볼 수 있었던 것이나 오직 자식들을 살리시기 위하여 면 소재지에서 월세방의 삶을 시작으로 어머니께서는 이 마을 저 마을을 생선 바구니를 이고 돌아다니시며 행상을 하시어 벌어 온 작은 돈으로 네 식구가 연명해야 하는 기초적인 생활도 되지 않은 어려운 삶 속에서 하나님의 인도하심을 받으면서 무에서 유를, 어두움에서 빛을 찾아 하나씩 시작하였던 것입니다.

우리 가정에 보이지 않은 실오라기 같은 소망의 끈을 붙잡을 수 있었던 것은 마을 언덕의 교회에서 땡~ 땡~ 들려오는 아름다운 진리의 종소리 주인 진리 하나님의 부르심을 따라 작은 믿음의 삶이 우리 가정에도 시작되어 우선 어머니의 연약함에 힘이 되었으며 아버지 없이 자라는 아이들의 스승이 되었던 것이 사실입니다.

하나님의 진리 말씀이 우리 가정에 조금씩 뿌리를 내리며 하나님을 알게 되면서 우리 가정의 모든 부족함과 연약함이 하나둘씩 지워져 가고 새롭게 소망으로 나아가며 새 생명의 말씀으로 우리 가정의 영혼과 마음 한구석부터 조금씩 채워지면서 시들어 가는 나뭇가지에 생명의 물을 만나 조금씩 싹이 다시 트기 시작한 것이 우리 어머니의 삶이요, 우리 가정의 삶의 시작이었던 것입니다.

중학교 때 기차를 타고 통학하며 너무나 돈이 없어서 힘들어하며 창밖의 공장들을 보며 꿈꾸었던 사업의 꿈이 내 마음에 새겨지기 시작했고, 고등학교를 졸업하고 무조건 취업하여 어머니를 도와드려야 한다는 생각만으로 홀로 마산 수출항구 매립 공사에 취업하여 사회생활을 시작하였으나 너무나 연약한 몸이 힘이 들어 버티지 못하고 포기하고 다시 무작정 서울에 상경하였으나 갈 곳이 없어서 막노동부터 시작하여 중랑천 개천가에서 살아남으려고 움막창고에서 몸부림을 쳤으나 결국 길거리를 방황하며 먹을거리가 없어서 눈물을 흘리며 공중화장실에서 수돗물로 배를 채우고 공사장의 더러운 거푸집 속에서 노숙하며 잠자리를 해결하였던 것이 나의 인생과 사회생활의 시작이었습니다.

한 달에 5천 원의 월급을 받기 위해 휴일 없는 밤중까지 온몸이 땀으로 범벅되어 일을 하고 있을 때면 멀리서 울려 퍼져 내 귀에 깊이 스며드는 교회의 종소리는 나를 부르고 있었으나 얽매인 몸으로 목구멍이 포도청이라 교회도 가지 못하고 눈물을 흘리며 일을 해야 했던 것이 새롭게 생각납니다.

천대받는 것이 싫어서 용접과 잡철물을 제작하는 기술을 빨리 배우기 위해 이를 악물고 죽도록 노력하여 남보다 기술을 빨리 배웠고, 군 생활에서 나에게 주어진 건설의 모든 일들을 내 몸에 체질화하여 내 지식 재산으로 만들어 제대한 후 직장 생활에서 과거에 배운 일들을 유감없이 발휘하여 내 인생의 발걸음을 한 걸음씩 성공을 길을 향해 재촉하였습니다.

어느 정도 사회생활이 안정되며 사회를 알기 시작한 후에는 하나님을 사랑하는 마음으로 진리의 말씀을 열심히 보며 기도가 계속

되었을 때 어느 날 갑자기 진리 성령이 나에게 다가오셔서 몸을 치료하시고 하나님께서 진리 말씀으로 나를 하나씩 깨워 주셔서 주야로 성경을 읽으며 깨닫고 감사하며 은혜를 받고 복음으로 미래의 방향을 설정하여 주셨습니다.

이 결과 십자가 보혈의 피를 흘리시어 나를 구원하신 예수님은 하나님의 진리의 세상으로 나를 인도하셔서 진리를 깨닫고 진리 안에서 자유를 누리며 살게 하시고 성령을 받게 하셨으며 성령님이 함께 하시고 인도하셔서 나를 의로운 길과 복음의 길로 한 걸음씩 인도하셨던 것입니다.

진리의 하나님은 나를 지도하시므로 직장에서도 능력을 키워 주신 후에 능력을 발휘하게 하시어 많은 사람에게 칭찬과 부러움을 받게 해 주셨으며 사업을 시작하게 하신 후에는 첫 사업의 첫 열매를 가난하고 어려운 시골의 기도원 건축에 원하셔서 순종하였으나 사업의 길을 열어 주시어 축복하시고 큰 성공을 이루게 하시므로 하나님께 영광을 돌리며 감사와 기쁨으로 살게 하셨던 것입니다.

진리 하나님을 알면서 하나님은 부족함과 연약함에서 하나씩 벗어나게 하시고 성장시키시며 나를 점점 강하게 하시며 인내와 연단으로 단련시키셔서 내가 계획하고 생각하는 것들을 하나님의 생각과 일치하게 하시어 하나님 나라 계획을 세우고 하나씩 실천하게 하신 것입니다.

하나님의 인도하심을 따라서 복음 사업을 청년 때부터 사업으로 이어지면서 계속 꿈꾸게 하시며 많은 사람들에게 스스로 복음 예언의 말을 시인하게 하시며 한 걸음씩 기도와 함께 복음의 꿈을 확정하시고 직장 생활의 어려움과 사업을 시작한 후에도 어려움이 닥쳐올 때마다 더 강한 믿음의 마음으로 복음으로 인도하시며 조금씩 복음을 실천하는 일이 계속되었던 것입니다.

사업이 어려울 때마다 하나님은 나에게 찾아오셔서 바른 결정을 하게 하시고 나아갈 길을 예비하시고 인도하시며 육체는 피곤할지라도 영혼을 살리셔서 결국은 내 안에 계시는 하나님은 내 안에 진리의 성령이 육체를 지배하게 하셔서 어려움 속에서도 좋은 결실을 맺게 하시는 위대하신 하나님이셨던 것입니다.

절체절명의 큰 순간은 우리 민족을 사랑하여 탈북자들을 도우기 위하여 중국 동북삼성을 수년 동안 돌아보고 압록강과 두만강 변을 돌아보면서 북한 땅을 향해 계속 기도하게 하심으로 우리 민족을 향해 계속 나아가게 하시면서 더욱더 사랑하게 하셨습니다.

그 후 신의주 건너편 단둥까지 가서 선교 활동을 하다가 북한 사람을 접촉하여 5톤 트럭에 밀가루 한 차를 사서 북한을 도와주게 하시다가 통일부 안내로 굿네이버스와 함께 북한 내부까지 들어가 평양에 있는 봉수교회와 칠곡교회에서 예배를 드리며 선교 활동을 꿈꾸었으나 북한 내부에서 선교 활동은 한계에 부딪쳤고 하나님께 서원하며 시작한 선교는 북한 땅을 넘어 세계 빈민국 오지를 위한 선교를 하게 되었던 것입니다.

대신 북한에는 평양시 외곽에 있는 유치원, 제약공장, 가축농장, 사료공장 등을 돌아보고 장교리에 목욕탕, 탁아소, 유치원 등을 지어 주기 위하여 평양에 직원을 상주시켜 건축을 하였고, 북한 동해 원산 주변 문천 아연탄광에 아연을 재련하여 남쪽에 가져와 판매하는 경제협력사업에 동참하는 등 북한 내부를 10여 차례 이상 왕래하며 여러 경제협력사업을 하였습니다.

그러나 결국은 북한의 핵개발 등으로 남북 관계가 경색되어 북한 내부 사업이 진전이 없어서 북한 사업을 고민하던 중 개성공단 진출 기회를 얻어 개성공단 송학호텔 앞에 대지 약 1만 평을 토지공사로부터 분양받아 아파트형 공장을 약 2만 평 건설하던 중 금강산 피격 사건 등으로 2008년 남북 관계 경색과 북한 개성의 인력공급이 부족하여 개성공단 사업을 계속하느냐 아니면 철수하느냐의 결정을 위해 몸부림치며 기도할 수밖에 없었습니다.

많은 사람들이 개성공단 사업을 계속하라고 하면서 하나님이 계시니 염려하지 말라는 의견에도 불구하고 새벽기도에서 간절하게 기도하는 내 기도를 들으신 하나님의 직접적인 음성은 "개성공단 사업을 멈추고 철수하라"는 말씀을 주셨습니다.

하나님의 음성대로 개성공단에서 철수를 결정하였으나 만약 하나님의 음성을 듣지 않고 철수하지 않았다면 내 가정과 회사는 모든 경제적인 것들이 파국으로 치달아 지금은 아무것도 존재하지 않았을 것입니다.

그러나 진리의 하나님은 개성공단을 철수하고 괴로움 속에서도 많은 재산을 처분하여 은행 PF자금을 변제하면서 고통 속에서 하루하루를 살고 있으면서 수년이 흐르는 가운데 지금까지 사업을 하였던 모든 것들이 욕심으로 하였던 것을 깨닫게 하시고 하나님의 복음으로 한 발짝 더 나아갈 수가 있었던 것이 다행으로 깊은 감사를 드리는 것입니다.

어느 날 거울을 보고 있을 때 거울 속의 얼굴이 속히 늙어 가는 모습과 기억력이 점점 사라져 가는 것과 머리에는 흰머리가 많이 나고 있는 것을 보고 내 인생의 건강한 삶이 얼마 남지 않았으므로 속히 죽음으로 갈 수도 있다는 것을 깨닫게 하여 주셨던 것이 사실입니다.

현재까지 많은 욕심적인 삶에서 벗어나라는 하나님의 음성으로 사업 방향을 질타하시어 갑자기 인생의 위급함을 깨달아 '2011년에 급한 마음으로 사단법인 아름다운 미래 유산을 설립'하게 하시며 앞날의 사업으로 인한 경제적 이익 방향을 선교를 중심으로 돌리고 생명을 살리는 일을 하도록 강력하게 주장하시고 인도하여 주셔서 내가 사업하는 미래 모든 삶이 선교 중심으로 하나씩 바뀌게 되었던 것이 사실입니다.

삶의 계획과 일정들을 내가 계획을 세울지라도 하나님은 결국 하나님께서 원하시는 방향으로 인도하시고 함께하시는 것으로 "예배소서 1장 11절 모든 일을 그의 뜻의 결정대로 일하시는 이의 계획을 따라 우리가 예정을 입어 그 안에서 기업이 되었으니"라는 말씀으로 잘못된 욕심적인 삶의 결실들이 무슨 소용이 있으며 모든 사업의 시작은 나 스스로 결정하였으나 일의 결과는 나 자신의 존재가 하나님의 뜻에 따라서 모든 것이 결정되었다는 것을 이제야 깨닫게 된 것을 다행이라고 생각합니다.

이제 내가 스스로 사는 것보다 하나님의 지팡이와 하나님의 질그릇과 하나님의 집과 전으로 하나님께서 사용하시도록 온전히 내어드려서 하나님의 나라와 하나님의 진리의 의가 세상에 세워지는 모든 일에 이 한 몸과 마음과 생각을 드리는 것이 마땅하리라 생각합니다.

자식들이 무엇인가. 부모는 하나님의 진리 안에서 하나님의 뜻인 복음에 따라 살기를 자식들에게 간절히 바라는 것이나 그 자식들은 세상적인 생각이 가득하여 자식들과 온전한 소통도 잘 되지 않은 어려움이 계속되고 부모가 평생을 통하여 파란만장한 삶을 통하여 얻은 값지고 귀한 교훈과 지식과 지혜와 삶의 방법을 아무리 알려 주려고 노력해도 모두 잔소리로 듣고 있는 것 같으며 어려서부터 지금까지도 자식에게 많은 것들을 교육하였어도 들을 귀를 가지고 있지를 않아서 전달이 되지 않고 있는 이 마당에 자식에게 무슨 희망과 그들을 통하여 하나님께서 원하시는 무엇을 이룰 수가 있을는지, 하나님께서 원하는 어떤 좋은 결과를 얻을 수 있을까 많은 생각에 잠겨 있습니다.

이 삶의 지식과 황금과 같은 이 삶의 지혜를 듣고자 하는 자는 나오라. 말하리라, 하나님께서 지금까지 내 인생에 부어 주신 풍부한 내가 가진 지식과 지혜와 모든 능력을 원하는 자는 듣고 실천하여 큰 결실을 맺어라. 내 말을 듣고 따르는 그들은 세상에서 승리하며 성공하여서 하나님의 진리 안에서 행복한 삶을 살게 될 것이며, 하나님의 영원한 나라에 동참하며 그 사람도 행복하게 살다가 복음 위에 영원하여질 것입니다.

하나님께서 나에게 주신 황금과 같은 모든 지식과 지혜와 물질은 이제 세상의 사람을 살리고 교회와 대한민국과 가난으로 힘들어하는 의로운 자들에게 쓰여서 아름다운 미래 유산으로 영원히 복음가운데 남게 될 것입니다.

지금 내 나이 65세이지만 다시 하나님 나라를 위하여 새롭게 복음을 위한 사업을 시작하려고 복음 사업의 스타트라인에 서 있다고 생각합니다. 과거에는 나 중심으로 모든 일을 하며 살았다면 이제는 하나님께서 원하시는 것이 무엇인지 우선 마음에 확실하게 두고 생각하며 하나님께서 원하시는 일을 찾고 인도하시는 대로 하나씩 실천하려고 합니다.

무엇보다 주님 앞에서 진리 말씀 가운데 존재하는 온전한 모습으로 살아가기 위하여 늘 말씀을 묵상하며 미래를 위하여 기도하며 실천하면서 살아갈 것입니다.

그다음은 주님께서 우리들에게 부탁하시고 명령하신 복음을 위하여 시스템을 구축하여 많은 영혼들에게 새 생명을 얻도록 복음을 전하는 것과 이를 뒷받침하는 물질을 사용하여 교육적으로 안정을 취할 수 있도록 선교센터를 건립하여 영원히 존재하는 제도적인 선교단체를 만들어 후대에게 물려주려는 것입니다.

나는 목회자가 아니므로 선교에 대한 것은 해외의 모범 선교사를 발굴하여 그들이 하나님과 함께 동행하며 복음 사업을 이룩한 많은 교훈들을 기록하여 남기고 후대가 읽고 배우게 하여 복음이 영원하도록 할 것입니다.

이 모든 일들은 진리 하나님이 독생자 예수님을 이 땅에 보내셔서 나를 죄악에서 건지신 은혜와 사랑에 보답하고 영원한 하나님 나라에 내가 영원히 존재하며 동참하는 삶을 살다가 하나님의 보좌 앞에 거룩한 부르심의 상을 위하여 나아갈 것입니다.

이제 과거는 뒤로하고 앞날에 하나님의 복음의 일을 완성하여 하나님께서 세상을 창조하신 그 뜻을 이루어 영광을 올려드리고 내 본향 하나님 나라에 가서 잘했다 칭찬받으며 영원히 평안과 기쁨의 하나님 나라에서 거룩하신 하나님을 뵈옵고 영원히 찬양하며 존재하기를 원합니다.

진리 말씀의 하나님께 영광을 돌리며 경외하며 경배드리며 찬양과 감사와 영광을 드립니다.

- 나쁜 습관을 고치며 진실하고 올바른 삶을 위한 기도는
  새벽 시간과 식사 때마다 하여 자신을 돌아보며 하라.
- 하나님의 진리 말씀은
  세상의 1,000명의 스승을 모시고 사는 것보다 낫다.
- 진리 말씀을 추구하는 사람은
  스스로 생각하고 실천하며 스스로 결실을 맺는다.

- 진리 하나님 말씀으로 행복하게 살며
  후대를 진리 말씀으로 교육하여 가장 올바른 유산을 남겨라.
- 하나님 진리 말씀을 따르는 자는
  세상에서 가장 위대한 학문을 하고 최고의 의를 이루는 것이다.
- 내 후손은 하나님 진리 말씀대로 살아서
  신앙의 명문 가정으로 영원하기 원한다.

33.
내 고향 하나님 나라

사람은 수많은 동물들과 같은 종류 중에 한 가지라고 하지만 영혼과 육신을 가지고 있으며 털과 같은 옷을 입지 않고 가장 연약한 모습의 벌거벗은 채로 이 땅에 태어나서 세상을 살아가는 동안에는 육신을 위하여 아름다운 옷으로 단장하고 좋은 음식으로 잘 먹고 좋은 집에서 부유하게 살아가는 것이 복을 받고 살아가는 것이라고 생각할 수가 있습니다.

그러나 이 땅에서 삶의 끝 날에는 세상에서 부귀영화를 누리고 살았더라도 다시 두 손에 아무것도 쥐지 않고 세상에서 즐기던 아름다운 옷과 배부르게 먹었던 좋은 음식과 평안을 누리던 아름다운 집과 부귀영화도 다 그대로 세상에 두고 자신이 세상에서 행하며 살았던 선과 악의 모든 잘했던 것들과 잘못하였던 것들에 대한 심판을 받고 진리 안에서 진실과 올바른 선한 의의 일을 한 자는 천국으로 올라가고 그릇되고 육신적으로 향락을 즐기며 잘못된 죄악의 삶을 산 자는 지옥의 유황불로 추락하는 것이 인생의 전부입니다.

그러므로 이 땅에서 살아갈 때 자신의 본모습은 좋은 옷을 입고 잘 먹고 잘 살더라도 항상 벌거벗은 모습이 본모습인 것을 알고 속

모습을 항상 정확하게 바라보며 현재 가진 모든 것은 결국 세상에 아낌없이 주고 벌거벗은 채로 돌아가야 하는 원리를 알고 살아야 욕심 없이 진실함과 올바른 삶을 살아가게 될 것입니다.

사람은 하나님 진리 말씀 안에 있는 공의를 이루는 삶을 실천하기 위하여 올바른 의의 삶으로 공의로운 계획을 정확히 세우고 실천하며 열심히 살아가는 것이 가장 위대한 삶을 살아가는 것입니다. "잠언 12:28 공의로운 길에 생명이 있나니 그 길에는 사망이 없느니라" 라는 말씀처럼 공의로운 삶으로 자신을 의로운 생명의 길로 나아가는 삶을 실천하여야 합니다.

내가 태어나 아버지의 얼굴을 모르고 자라 왔으며, 어머니 치마폭 안에서 소년 시절을 보내며 외롭게 자랐고, 성장하면서 대부분 모든 일을 스스로 고민하며 결정하고 미래의 삶을 해결해야 했으므로 늘 두려움과 경직된 마음 가운데 나 스스로 생각하며 모든 일들을 이겨 내며 힘들게 살았습니다.

사회에 진출 후에는 결혼 전이나 결혼 후에도 무일푼 신세에서 벗어나 우선 경제적으로 자립하여 성공의 삶을 살기 위하여 영육 간에 몸부림을 치며 발버둥칠 때마다 어려운 환경을 이기며 강하게 살도록 지혜를 주시며 인도해 주시는 진리 하나님이 항상 나와 함께하시며 인도하신 것을 감사하는 것입니다.

그 후에 취업을 하여 삶의 먹거리인 일을 전심전력하여 완성하고 실력을 향상시켜서 나중에는 많은 일들을 거침없이 해결하면서 세상에서 하는 모든 일들을 책임지고 완성한 결과가 사업을 시작해서도 계속되어 결과적으로 나에게 닥쳐오는 모든 일의 완성과 성취감에 미친 사람이 되어 일하여 모든 경력이 능력으로 쌓여 사업을 성공시킨 것이 사실입니다.

사업이 급성장을 거듭하면서 목숨을 걸고 일하였으나 수많은 실수도 하고 욕심으로 돈을 더 벌려다가 사기도 당하며 거친 현장 생활을 하면서 몸도 많이 다쳐서 지금도 수십 곳에 육신의 상처가 훈장처럼 존재하며 파란만장한 세월을 보냈습니다.

한평생 살아가는 동안에는 세상에서 유일하게 나의 위대한 스승으로 함께하시며 가장 든든한 배경 하나님의 진리 말씀이 함께하시고 인도하시면서 지금까지 지켜 보호하여 주신 것을 진심으로 감사하며 위대하신 하나님을 모시고 앞으로도 하나님말씀이 인도하시는 대로 가려고 노력하고 있으며, 남은 인생 전체에 하나님께서 함께하시며 인도하시고 축복하여 주실 것을 감사드립니다.

과거 27세에 성령께서 나에게 오셔서 함께하시기를 시작하시면서 하나님께서 원하시는 일을 이루고 하나님께 영광을 돌리며 최선을 다하려고 노력하기 시작하였고, 오직 하나님의 부르심과 죄인 된 나를 구원하시기 위하여 예수 그리스도 십자가 보혈의 피를 흘려 주신 은혜와 사랑에 감사하여 하나님 나라의 일을 한 가지라도 더 이루기 위해 한발 한발 복음을 향해 나아갔던 것이 사실입니다.

그러나 내가 지금까지 이루어 놓은 모습을 보는 이 순간에도 하나님의 사랑과 예수 그리스도 구원의 은혜를 생각하면 한없이 부족하고 초라하기 짝이 없으며, 아직도 내 삶에서 완성하지 못한 일들을 해결하고 육신의 일에서 해방되어 평안이 주의 품에 쉬고 싶은 마음이 간절합니다. 자녀들을 열심히 키우면서 교육한다고 했으나 하나님의 온전한 사람으로 키우지 못하였고, 사업은 아직도 내가 손을 때면 회사를 믿고 맡길 만한 사람이 없으며, 선교지도 세상을 마감하더라도 자립하여 스스로 성장해 가도록 완벽하게 세운 것이 없습니다. 우리 교회는 영원히 존재할 수 있는 교회로 남아 세상에 항상 복음을 전하며 세상을 깨우고 지역사회의 많은 사람들을 교회로 모이도록 건강한 교회가 되어 하나님께 영광을 돌리는 교회로 존재하고 있을는지 여전히 하나님께 죄송할 따름입니다.

건강은 심장병과 신장병, 간의 염증과 갑상선기능 저하증, 전립선염, 무릎 통증 등으로 늘 피곤하고 종아리에는 하지정맥류가 있어서 시술을 했으나 지금도 밤이면 근질근질하여 몇 시간 동안 잠을 이루지 못하다가 새벽에 가서야 겨우 잠이 들 때가 많아서 낮에는 부족한 잠으로 늘 피곤함과 함께 살아가면서 날마다 온몸을 걱정하며 관리해야 지탱하고 있습니다.

매달 병원에 다녀야 건강을 유지할 수가 있어서 내 앞날에 어떤 일이 벌어지며 어떤 문제가 발생할지 확실히 알 수가 없는 상태이므로 이 땅에서 얼마나 더 살 수가 있을까 의문이 들 때가 많이 있으나 하나님께서 이제까지 함께하시고 인도하여 주셨으니 앞으로도 내 생명을 허락하시는 날까지 복음의 길을 열심히 가려고 하는 것입니다.

남은 미래에는 내가 세운 계획대로 잘 마무리되려는지 기도를 하면서도 걱정과 근심을 하며 오늘도 미완성된 내 인생의 길을 한 발짝씩 옮겨 조금 더 완성하고 하나님께서 원하시는 일들을 이루고 내가 편히 쉴 수 있는 하늘나라에 소망을 두고 살면서 남은 일들을 완성하기 위하여 한 걸음씩 열심히 하고 있는 것입니다.

언젠가는 이 땅에서 모든 것을 내려놓고 내 머리 안에 있는 세상적인 생각과 복음을 위하는 것까지도 모두 멈추고 오직 이 땅에서 한 선한 일의 결과와 평안함과 기쁨만으로 내 본향인 하나님 나라로 돌아갈 것입니다.

이 땅에서 남은 날 동안 가장 중요하게 해야 할 일이 무엇인가를 늘 생각하면서 내 생각이 희미해지며 육체가 더 허약해지기 전에 나를 다시 돌아보고 남은 삶을 잘 마무리하도록 최선을 다하는 일에 하나님께서 끝까지 도와주시기를 간절히 바라는 것이 이 땅에서 소원입니다. 날마다 나를 돌아보고 나를 알아야 미래에 대한 대책을 세울 수 있을 것입니다.

1) 우선 자녀들의 앞날에 하나님께서 원하시는 대로 진리 안에서 진실하고 올바른 복음의 일을 행하며 살아가도록 최대한 안내하여 하나님의 진리의 말씀의 중요성을 잘 알고 실천하도록 하며 더 이상

자녀들을 간섭하지 않아도 스스로 믿음의 공의를 실천하는 자랑하는 자녀들이 되기를 원하며 내가 말하는 모든 생명과 같은 말을 잘 듣고 실천하기를 간절히 원하는 것입니다.

자녀들이 마음속에 진심으로 하나님을 더 사랑하려고 노력을 계속하면서 세상에서 스스로 자신의 일을 성공적으로 완성하며 믿음의 의를 행하며 복음을 전하는 일에 동참하여 살아가기를 간절히 원하는 것입니다.

하나님의 진리 말씀을 날마다 주기적으로 계속해서 보고 깨달음으로 자신의 피와 살이 되는 것을 알아야 할 것입니다.

당장 먹고사는 일이라면 땅만 보고 짐승같이 살아도 될 것이나 세상에서 공의로운 삶으로 성공하려거든 앞을 내다보아야 하며 하나님 나라의 삶을 위하여서는 하나님의 뜻을 분별하여 생각하며 따라 살아야 할 것입니다.

사람이 서서 사는 이유는 땅에 발을 딛고 살고 있으나 땅과 앞의 세상과 하늘을 함께 보며 하나님 진리 말씀을 깨닫고 미래를 보고 땅을 정복하고 다스리며 살아가라는 뜻이나 땅에서 기어 다니는 짐승들은 걸어 다니는 사람을 모르고 사람은 하나님의 진리를 모르며 살아가는 것이 문제인 것입니다. 내 자녀들은 하나님의 말씀과 부모의 뜻을 깨닫고 복음으로 살아가며 하나님의 진리 말씀 안에서 성령의 인도하심을 따라서 하나님의 유능한 종으로 잘 살아가기를 원하는 것입니다.

내 후손들은 진리 하나님을 자신들의 모든 것을 다하여 사랑하고 세상에 사랑의 의를 실천하여 두 계명을 완성함으로 하나님의 한없는 사랑과 축복을 받으며 또한 영원히 자손대대로 복을 받고 살아가는 일이 계속되도록 전통을 세우며 신앙의 명문 가문으로 남기를 간절히 기도드리는 것입니다.

2) 섬기는 신갈 축복교회는 담임목사님과 어르신들 중심으로 모이고 있어 젊은 사람이 많지 않은 교회로 100명 이내 교회지만 열심히 하나님께 예배하고 봉사하며 지역 어르신들에게 무료 급식을 하고 청소년들을 돌보는, 사랑을 실천하는 모범된 교회입니다.

그러나 미래에 영원히 존재할 수 있는 교회라고 보기에는 아직 부족한 교회로서 하나님의 진리 안에서 나오는 공의를 이루는 섬김과 용서와 사랑이 온전히 더 잘 실천이 되고 더 부흥하여 출석하는 교회 성도들이 200명 이상은 되어야 할 것입니다.

교회가 더 복음적으로 나아가며 설교 내용이 예수 그리스도 십자가의 보혈로 많은 사람이 구원을 받고 성령의 인도하심으로 사람의 생명을 살리며 공의의 은사가 행하여지는 목적을 둔 살아 있는 설교와 희생적인 사랑으로 교회가 하나 되어 성도들이 감동적으로 신앙생활을 하며 각자 받은 은사를 최대한 확대하면서 칭찬받아 지역을 살리고 영적으로 죽어 있는 사람들을 구원하는 복음의 일이 계속되는 교회가 되어야 할 것입니다.

3) 가장 소중한 유산으로 남기고자 설립한 사단법인 아름다운 미래 유산은 한마디로 많은 사람과 교회가 함께 동참하여 이 땅에 영원히 복음을 전하는 단체로 존재하여 귀한 생명을 살리는 복음이 계속되어야 합니다.

아름다운 미래 유산은 계속 빈민국 오지에 하나님의 복음을 영원히 전할 수 있는 학교를 계속 건설하도록 제도화하려면 수많은 회원을 확보하고 인적 구성을 잘하여 완전한 시스템을 갖추어 자립할 수 있는 단체가 되어야 합니다.

아직은 회원 수가 많지 않고 이사진도 약하고 직원도 부족하고 여러 면에서 온전히 복음을 전하는 단체라고 볼 수 없을 정도로 미약한 상태의 단체이므로 내 재산부터 하나님께 하나씩 드리며 계속 기도하고 있고 하나님께서 아름다운 미래 유산의 앞날을 인도해 주시리라 믿고 계속 복음으로 나아가는 것입니다.

앞날에 국내나 외국에도 아미유 지부가 많이 생겨서 스스로 성장하며 많은 어려운 사람을 도우며 그들에게 새 생명의 말씀을 공급하여 일어서게 하는 이 지구상에 꼭 필요한 복음 단체가 되기를 간절히 원하는 것입니다.

4) 내가 운영하는 낙원건설은 이익을 창출하는 것이 제일의 목적

이라고 말할 수가 있으나 그 이익을 하나님 나라의 의로운 복음의 일에 계속 사용하는 것이 더 중요한 목적이 있으며 기업이 존재하는 한 모든 소득은 생명을 살리는 곳에 사용될 것입니다.

5) 내 몸이 건강해야 하는 이유는 아직은 할 일이 너무 많이 있으며 이 일들을 잘 완성하여 후손들에게 잘 물려주고 이 땅을 떠나는 것이 옳다고 생각하여 건강을 스스로 철저히 지키며 온 힘을 다하여 남은 일들을 완성하기 위해 최선을 다할 것입니다.

진리 말씀의 하나님께서 사람을 세상에 창조하신 것은 하나님이 창조하신 사람들이 하나님 진리 말씀으로 운영되는 세상을 회복하기 위하여 믿음으로 세상을 정복하고 다스리는 일을 잘 실천하므로 세상이 하나님의 진리가 행하여지는 아름답고 사랑의 의가 넘치는 의로운 세상으로 존재하여 모든 사람들이 하나님의 진리 말씀 안에서 복을 받고 참 평안과 기쁨의 세상을 살아가는 것을 보시고 스스로 영원히 영광 받으시는 참으로 인자하시고 진실하심이 영원하시는 참 하나님이십니다.

우주 만물 중에 가장 위대하신 우주의 주인이시며 전지전능하신 참 진리이시며 참 생명이시며 참 빛과 사랑과 은혜가 한이 없으시고 끝까지 죄인인 우리를 사랑하셔서 독생자 예수 그리스도를 이 땅에 보내셔서 우리를 죄에서 구원하시기 위하여 십자가에서 물과 피를 다 흘리시며 못 박혀 죽으셨으나 하나님의 예수 그리스도에 대한 확증된 사랑으로 다시 부활하게 하셔서 다시 진리의 성령의 성삼위일체로 우리에게 오셔서 영원히 우리와 함께하시며 인도하여 주시는 성삼위일체 하나님이시며 성령 하나님께 한없는 찬양과 감사와 영광을 드리는 것입니다.

내 안에서 살아 계시며 나에 대한 사랑이 영원히 변치 않으신 진리 하나님을 내가 제일 사랑하며 하나님 진리 말씀을 온전히 실천하여 하나님을 영화롭게 하며 하나님의 영원한나라를 위한 복음의 유산을 이 땅에 남기고 내 고향 하나님 나라로 올라가서 평안과 기쁨으로 영원히 편히 쉬기를 원하는 것입니다.

이제 모든 할 일을 정리하였으니 하나하나 실천하고 모두 완성하여 내 손에서도 하나씩 떠나보내고 내 생각에서 지우며 내 영혼과 내 육체가 편히 쉴 곳을 찾아갈 것입니다.

남은 생애에는 지금까지 세상에서 있었던 모든 일들을 문서로 정리하여 후대가 기억하도록 남기면서 하나님께서 나를 부르실 때를 기다리며 찬양하며 하나님 나라를 향해 가기를 원하는 것입니다. "영원하신 진리의 권세와 능력의 하나님이시며 참 진리와 생명과 빛과 사랑이시며 나의 힘이 되시는 하나님께 감사와 영광을 드리며 진심으로 사랑합니다."

거룩하신 보좌 위의 하나님이여! 찬양합니다. 할렐루야, 아멘!

- 자신을 의로운 거울에 비추어 보라
  그리고 진리의 공의를 위한 길로 계속 나아가라.
- 지혜로운 사람은 항상 자신의 부족함을 깨닫고
  지혜를 계속 구하며 최선을 다한다.
- 진리 하나님을 사랑하면 하나님의 깊은 뜻을 알고
  세상에서 존경받고 의로운 성공을 한다.

- 하나님 진리 말씀을 실천하는 삶과
  영원한 복음을 전하는 삶이 진정한 성공의 삶인 것이다.
- 사람이 하나님 진리 복음을 위하여 살면
  복음 안에서 그 사람도 영원해지는 것이다.
- 사람이 성령 안에서 의에 삶으로 사랑을 실천하면
  평안과 기쁨으로 천국을 간다.

- 자녀에게 신앙의 삶을 본보이고 올바로 교육하여
  진리의 의에 삶의 유산을 남겨라.